孫康宜文集

學生淩超
丁酉敬題

卷三

自傳、性別研究、及其他

Collected Works of Kang-i Sun Chang

名家推薦

余英時（中央研究院院士、美國哲學會院士）

白先勇（香港中文大學教授、華文文學泰斗）

余秋雨（上海戲劇學院教授、著名華語散文家）

王德威（中央研究院院士、美國哈佛大學中國文學與比較文學Edward Henderson講座教授）

鄭毓瑜（台灣大學中國文學系講座教授、中央研究院中國文哲研究所合聘研究員）

黃進興（中央研究院院士）

胡曉真（中央研究院中國文哲研究所所長）

柯慶明（台灣大學中國文學系名譽教授）

作者致謝

感謝蔡登山、宋政坤二位先生、以及主編韓晗的熱心和鼓勵，是他們共同的構想促成了我這套文集在臺灣的出版。同時我也要向《文集》的統籌編輯鄭伊庭和編輯盧羿珊女士及杜國維先生致謝。

感謝徐文花費很多時間和精力，為我整理集內的大量篇章，乃至重新打字和反復校對。她的無私幫助令我衷心感激。

感謝諸位譯者與合作者的大力協助。他們的姓名分別為：李奭學、鍾振振、康正果、葉舒憲、張輝、張健、嚴志雄、黃紅宇、謝樹寬、馬耀民、皮述平、王瑷玲、錢南秀、陳磊、金溪、淩超、卞東波。是他們的襄助充實和豐富了這部文集的內容。

感謝曾經為我出書的諸位主編——廖志峰、胡金倫、陳素芳、隱地、初安民、邵正宏、陳先法、楊柏偉、張鳳珠、黃韜、申作宏、張吉人、曹淩志、馮金紅等。是他們嚴謹的工作態度給了我繼續出版的信心。

感謝耶魯大學圖書館中文部主任孟振華先生，長期以來他在圖書方面給我很大的幫助。

感謝王德威、黃進興、陳淑平、石靜遠、蘇源熙、呂立亭、范銘如等人的幫助。是他們的鼓勵直接促成了我的寫作靈感。

感謝外子張欽次，是他多年來對我的辛勤照顧以及所做的一切工作最終促成這部文集的順利完成。

二〇一六年十月寫於耶魯大學

徜徉古典與現代之間*

——《孫康宜文集》導讀

韓晗

二〇一五年，本人受美國耶魯大學與臺灣秀威資訊科技有限公司的共同委託，主編《孫康宜文集》（五卷本）。孫康宜教授是一位我敬慕的前輩學者與散文家，也是馳名國際學壇的中國古典文學研究專家。經出版方要求及孫康宜教授本人同意，筆者特撰此導讀，以期學界諸先進對孫康宜教授之學術觀念、研究風格與散文創作有著更深入的認識、把握與研究。

一

總體來看，孫康宜的學術研究分為如下兩個階段。

與其他同時代許多海外華裔學者相似，孫康宜出生於中國大陸，上世紀四十年代末去臺灣，在臺灣完成了初等、高等教育，爾後赴美繼續攻讀碩士、博士學位，最後在美國執教。但與大多數人不同之處在於孫康宜的人生軌跡乃是不斷跌宕起伏，並非一帆風順。因此，孫康宜的學術研究分期，也與其人生經歷、閱歷有著密不可分的聯繫。

* 上海戲劇學院教授余秋雨先生對該導讀的修訂提出了非常重要的修改意見，筆者銘感至深，特此致謝。

一九四四年，孫康宜出生於中國北京，兩歲那年，因為戰亂而舉家遷往臺灣。其父孫裕光曾畢業於早稻田大學，並曾短期執教北京大學，而其母陳玉真則是臺灣人。孫康宜舉家遷臺之後，旋即爆發「二・二八」事件，孫康宜的舅舅陳本江因涉「臺共黨人」的「鹿窟基地案」而受到通緝，其父亦無辜受到牽連而入獄十年。[1]

可以這樣說，幼年至少年時期的孫康宜，一直處於顛沛流離之中。在其父蒙冤入獄的歲月裡，她與母親在高雄林園鄉下相依為命。這樣獨特且艱苦的生存環境，鍛鍊了孫康宜堅強、自主且從不依賴他人的獨立性格，也為其精於鑽研、刻苦求真的治學精神起到了奠基作用。

一九六二年，十八歲的孫康宜保送進入臺灣東海大學外文系，這是一所與美國教育界有著廣泛合作並受到基督教會支持的私立大學，首任校董事長為前教育部長杭立武先生，這是孫康宜學術生涯的起點。據孫康宜本人回憶，她之所以選擇外文系，乃與其父當年蒙冤入獄有關。英文的學習可以讓她產生一種逃避感，使其可以不必再因為接觸中國文史而觸景生情。從某個角度上講，這與「後毛澤東時代」的中國青年在選擇專業時更青睞英語、日語而不喜歡中國傳統文史有著精神上的相通之處。

在這樣的語境下，孫康宜自然對英語有著較大的好感，這也為她今後從事英語學術寫作、比較文學研究打下了基礎。她的學士學位論文以美國小說家麥爾維爾（Herman Melville）的小說《白鯨》（*Moby-Dick; or, The Whale*）為研究對象。用孫康宜本人的話講：「他一生中命運的坎坷，以及他在海洋上長期奮鬥的生涯，都使我聯想到自己在白色恐怖期間所經歷的種種困難。」[2]

從東海大學畢業後，孫康宜繼續在臺灣大學外文研究所攻讀美國文學研究生。多年英語的學習，使得孫康宜有足夠的能力赴美留學、生活。值得一提的是，此時孫裕光已經出獄，但屬於「有前科」

---

[1] 如上回憶詳見孫康宜：《走出白色恐怖》，北京：生活・讀書・新知三聯書店，二〇一二年。

[2] 孫康宜：藉著書寫和回憶，我已經超越了過去的苦難（燕舞採寫），《經濟觀察報》，二〇一二年八月三十一日。

的政治犯，當時臺灣正處於「戒嚴」狀態下，有「政治犯」背景的孫康宜一家是被「打入另冊」的，她幾乎不可能在臺灣當時的體制下獲得任何上升空間（除了在受教育問題上還未受到歧視之外），甚至離臺赴美留學，都幾乎未能成行。[3]在這樣的語境下，定居海外幾乎成為了孫康宜唯一的出路。

在臺大外文所攻讀碩士學位期間，成績優異的孫康宜就被新澤西州立大學羅格斯分校（Rutgers-the State University of New Jersey）圖書館學系的碩士班錄取。歷史地看，這是一個與孫康宜先前治學（英美文學）與其之後學術生涯（中國古典文學）並無任何直接聯繫的學科；但客觀地說，這卻是孫康宜在美國留學的一個重要的過渡，因為她想先學會如何在美國查考各種各樣的學術資料，並對書籍的分類有更深入的掌握。一九七一年，孫康宜獲得該校圖書館學系的碩士學位之後，旋即進入南達科達州立大學（South Dakota State University）英文碩士班學習，這是孫康宜獲得的第二個碩士學位——她又重新回到了英美文學研究領域。

嗣後，孫康宜進入普林斯頓大學（Princeton University）東亞研究系博士班，開始主修中國古典文學，副修英美文學與比較文學，師從於牟復禮（Frederick W. Mote）、高友工等知名學者。普林斯頓大學的學術訓練真正開啟了她未來幾十年的學術研究之門——比較文學視野下的中國古典文學研究。

一九七八年，三十四歲的孫康宜獲得普林斯頓大學博士學位，並發表了她的第一篇英文論文，即關於加州大學伯克利分校（University of California, Berkeley）東亞系教授西瑞爾・白之（Cyril Birch）的《中國文學文體研究》（*Studies of Chinese Literary Genres*）的書評，刊發於《亞洲研究》（*Journal of Asian Studies*）雜誌上。這篇文章是她用英文進行學術寫作的起點，也是她進入美國學界的試筆之作。

3 孫康宜在《走出白色恐怖》中回憶，她和兩個弟弟離臺赴美留學時，數次被臺灣當局拒絕，最終時任保密局長的谷正文親自出面，才使得孫康宜姐弟三人得以赴美。一九七八年，其父孫裕光擬赴美治病、定居，但仍遭到當局阻撓，孫康宜無奈向蔣經國寫信求助，其父才得以成行。

一九七九年是孫康宜學術生涯的重要轉捩點。她的第一份教職就是在人文研究頗有聲譽的塔夫茨大學（Tufts University）任助理教授，這為初出茅廬的孫康宜提供了一個較高的起點。同年，孫康宜回到中國大陸，並在南京大學進行了學術講演，期間與唐圭璋、沈從文與趙瑞蕻等前輩學者、作家有過會面。作為「改革開放時期」最早回到中國大陸的旅美學者之一，孫康宜顯然比同時代的其他同行更有經歷上的優勢。

次年，在普林斯頓大學東亞系創系主任牟復禮教授的推薦下，孫康宜受聘普林斯頓大學葛思德東方圖書館（East Asian Library and the Gest Collection）擔任館長，這是一份相當有榮譽感的職位，比孫康宜年長五十三歲的中國學者兼詩人胡適曾擔任過這一職務。當然，這與孫康宜先前曾獲得過圖書館學專業的碩士學位密不可分。在任職期間她由普林斯頓大學出版社出版了自己第一本英文專著《晚唐迄北宋詞體演進與詞人風格》（*The Evolution of Chinese Tz'u Poetry: From Late T'ang to Northern Sung*）。這本書被認為是北美學界第一部完整地研究晚唐至北宋詩詞的系統性著述，它奠定了孫康宜在北美學術界的地位。一九八二年，孫康宜開始執教耶魯大學（Yale University），並在兩年後擔任該校東亞語文研究所主任，一九八六年，她獲得終身教職。

如果將孫康宜的學術生涯形容為一張唱片的話，從東海大學到普林斯頓大學這段經歷，是為這張唱片的A面，而其後數十年的「耶魯時光」將是這張唱片的B面。因此，《晚唐迄北宋詞體演進與詞人風格》既是A面的終曲，也是B面的序曲。此後孫康宜開始將目光聚集在中國古典文學之上，並完成了自己的第二本英文專著《六朝文學概論》（*Six Dynasties Poetry*）。

從嚴謹的學科設置來看，唐宋文學與六朝文學顯然是兩個不同的方向。但孫康宜並不是傳統意義上的歷史考據研究學者，她更注重於從現代性的視野下凝視中國古典文學的傳統性變革，即「作家」如何在不同的時代下對政治、歷史乃至自身的內心進行書寫的流變過程。這與以「樸學」為傳統的古典文學經典研究方式不盡相同，而是更接近西方學界主流研究範式——將話語分析、心理分析、女性主義與文體研究等諸理論引入古典文學研究範疇。

這就不難理解孫康宜的第三本英文專著《情與忠：晚明詩人陳子龍》（下文簡稱《情與忠》，*The Late-Ming Poet Ch'en Tzu-lung: Crises of Love and Loyalism*）緣何會成為該領域的代表作之緣由。陳子龍是一位被後世譽為「明詩殿軍」的卓越詩人，而且他官至「兵科給事中」（相當於今日臺灣「國防部監察局局長」），屬於位高權重之人。明亡後，他被清軍所俘並堅決不肯剃髮，最終投水自盡。孫康宜將這樣一個詩人作為研究對象，細緻地考察了其文學活動、政治活動與個人日常生活之間的關係，認為其「忠」（家國大愛）與「情」（兒女私情）存在著情感相通的一面。

不言自明，《情與忠》的研究方式明顯與先前兩本專著不同，前兩者屬於概論研究，而後者則屬於個案研究。但這三者之間卻有著內在的邏輯聯繫：立足於比較文學基礎之上，用一系列現代研究理論來解讀中國古典文學。這是有別於傳統學術的經典詮釋研究。從這個角度上來講，孫康宜別出心裁地將中國古典文學研究推向了一個新的高度。

在孫康宜的一系列著述與單篇論文中，「現代」與「古典」合奏而鳴的交響旋律可謂比比皆是。如〈象徵與托喻：《樂府補題》的意義研究〉著重研究了「詠物詞」中的象徵與托喻；而〈隱情與「面具」——吳梅村詩試說〉獨闢蹊徑，將「面具」說與「抒情主體」理論引入到了對吳梅村（即吳偉業）的詩歌研究當中，論述吳梅村如何以詩歌為工具，來闡釋個人內心所想與家國寄託；〈明清女性詩人之才德觀〉則是從女性主義的角度論述女性詩人的創作動機與群體心態。凡此種種，不勝枚舉。

二

從東海大學到普林斯頓大學完整的學術訓練，讓孫康宜具備了「現代」的研究視野與研究方式，使其可以在北美漢學界獨樹一幟，成為中國古典文學研究在當代最重要的學者之一。

但公正地說，用「現代」的歐美文學理論來研究中國古典文學，決非孫康宜一人之專利。在晚清時便有王國維借鑒德國哲人叔本華的若干理論來解讀《紅樓夢》，對學界影響深遠，至於海外漢學領域內，可謂比比皆是。如艾朗諾對北宋士大夫精神世界的探索、浦安迪的《紅樓夢》研究、宇文所安對唐詩文本的精妙解讀、余國藩的《西遊記》再解讀以及卜松山在儒家美學理論中的新發現等等，無一不是將新方法、新視野、新理論、新觀點乃至新視角與傳統的「老文本」相結合。甚至還有觀點認為，海外中國古典文學研究其實就是不同新方法的博弈，因為研究對象是相對穩定、明確的。

無疑，這是與中國現代文學研究截然不同的路數。發現一個「被忽略」的現當代作家（特別是在世的作家）不難，但要以考古學的研究範式，在中國古典文學史中找到一個從未研究過的個案，之於海外學者而言可謂是難於上青天。

談到這個問題，勢必要談到孫康宜學術思想的特殊之處。從「傳統」與「現代」的相結合當然是大多數海外中國古典文學研究者的「共性」，但孫康宜的「傳統」與「現代」之間卻有著自身的特色，筆者認為，其特殊之處有二。

首先是女性主義的研究視角。這是許多海外中國古典文學學者並不具備的。在海外中國古典文學研究領域，如孫康宜這樣的女性學者本身不多見，孫康宜憑藉著女性特有的敏感性與個人經驗對中國古典文學進行獨特的研究與詮釋，這是其特性而非共性。因此，「女性」這個角色（或身分）構成了孫康宜學術研究中一個重要的關鍵字。譬如他在研究陳子龍時，會考慮到對柳如是進行平行考察，而對於明代「才女」們的審理，則構成了孫康宜極具個性化的研究特色。

當然，很多人會同時想到另外兩位華裔女性學者：田曉菲與葉嘉瑩。前者出生於一九七一年，曾為《劍橋中國文學史》（*The Cambridge History of Chinese Literature*，該書的主編為孫康宜和宇文所安Stephen Owen）中撰寫從東晉至初唐的內容，並在六朝文學研究中頗有建樹，而出生於一九二四年的葉嘉瑩則是一位在中國古典文學研究領域成果豐碩的女性學者，尤其在唐宋詞研究領域，成就不凡。

雖都是女性學者，但她們兩者與孫康宜的研究仍有著不可忽視的差異性。從年齡上講，田曉菲應是孫康宜的下一代人，而葉嘉瑩則是孫康宜的上一代人。孫康宜恰好在兩代學人之間。因此，相對於葉嘉瑩而言，孫康宜有著完整的西學教育，其研究更有「現代」的一面，即對於問題的認識與把握乃至個案研究，都更具備新理論與新方法。但之於田曉菲，孫康宜則更看重文本本身。畢竟田曉菲是從中國現代史轉型而來，其研究風格仍帶有歷史研究的特徵，而孫康宜則是相對更為純粹的文學研究，其「現代」意識下的女性主義研究視角，更有承上啟下、革故鼎新的學術史價值。

廣義地說，孫康宜將女性主義與中國古典文學糅合到了一起，打開了中國古典文學研究的一扇大門，提升了女性作家在中國古典文學史中的地位，為解讀中國古典文學史中的女性文學提供了重要的理論工具。更重要在於，長期以來中國古典文學史的研究與寫作，基本上都是男權中心主義的主導，哪怕在面對女性作家的時候，仍然擺脫不了男權中心主義這一既成的意識形態。

譬如《情與忠》就很容易讓人想到陳寅恪的《柳如是別傳》，後者對於陳（子龍）柳之傳奇故事也頗多敘述，但仍然難以超越男權中心主義的立場，即將柳如是作為「附屬」的女性進行闡釋。但是在《情與忠》中，柳如是卻一度構成了陳子龍文學活動與個人立場變化的中心。從這個角度來看，孫康宜不但提供瞭解讀中國古典文學史中女性作家的理論工具，而且還為中國古典文學研究提供一個相當珍貴的新視野。史景遷（Jonathan D. Spence）曾評價該著的創見：「以生動的史料，深入考察了在十七世紀這個中國歷史上的重要時期，人們有關愛情和政治的觀念，並給予了深刻的闡述。」[4]

其次是將現代歐美文論引入研究方法。之於傳統意義上的中國古典文學研究而言，引入歐美文論是有一定爭議的，與之相比，乾嘉以來中國傳統學術（即「樸學」）中對古籍進行整理、校勘、注疏、輯佚加上適度的點校、譯釋等研究方式相對更受認可，也在古典文學研究體系中佔據著主流地位。

隨著「世界文學」的逐步形成，作為重要組成的中國古典文學，對其研究已經不能局限於其自身內部的循環闡釋，而是應將其納入到世界文學研究的體系、範疇與框架下。之於海外中國文學研究而言，尤其應承擔這一歷史責任。同樣，從歷史的角度來看，中國古典文學的形成決非是在「一國」（非現在所言民族國家之概念）之內形成的，而是經歷了一個漫長的民族融合、文化交流的過程。因此，中國古典文學的體制、內容與形態是處於「變動」的過程中逐漸形成的。

在這樣的前提下，研究中國古典文學，就必須要將當代歐美文論所涉及的新方法論納入研究體系當中。在孫康宜的研究中，歐美文論已然被活學活用。譬如她對明清女性詩人的研究如〈明清文學的經典與性別〉、〈寡婦詩人的文學「聲音」〉等篇，所著眼的即是比較研究，即不同時代、政權、語境下不同的女性詩人如何進行寫作這一問題；而對於中國古典文學經典文本、作家的傳播與影響，也是孫康宜所關注的對象，譬如她對「典範作家」王士禎的研究，就敏銳地發掘了宋朝詩人蘇軾對王士禎的影響，並提出「焦慮」說，這實際上是非常典型的比較文學研究了。此外，孫康宜還對陶潛（陶淵明）經典化的流變、影響過程進行了文學史的審理，並再度以「面具理論」（她曾用此來解讀過吳

[4] 張宏生：經典的發現與重建——孫康宜教授訪談錄，任繼愈主編，《國際漢學‧第七輯》，二〇〇二年。

梅村）進行研究。這些都反映了歐美文論研究法已構成了孫康宜進行中國古典文學研究中一個重要的內核。

孫康宜通過自己的學術實踐有力地證明了：人類所創造出的人文理論具有跨民族、跨國家的共同性，歐美文論同樣可以解讀中國古典文學作品。她曾將「文體學研究」融入到中國古典文學研究當中，其《晚唐迄北宋詞體演進與詞人風格》一書（北大版將該書名改為《詞與文類研究》），則明顯受到克勞迪歐・吉倫的《作為系統的文學：文學理論史札記》（*Literature as System: Essays toward the Theory of Literary History*）、程抱一的《中國詩歌寫作》（*Chinese Poetic Writing*）與埃里希・奧爾巴赫的《摹仿論：西方文學中的真實再現》（*Mimesis: The Representation of Reality in Western Literature*）等西方知名著述的影響，並將話語分析與心理分析引入對柳永、韋莊等詞人的作品研究，通讀全書，宛然中西合璧。

女性主義的研究視角與歐美文論的研究方法，共同構成了孫康宜學術思想中的「新」，這也是她對豐富現代中國古典文學研究體系的重要貢獻。但我們也必須看到，孫康宜的「新」，是她處於一個變革的時代所決定的，在孫康宜求學、治學的半個多世紀裡，臺灣從封閉走向民主，而中國大陸也從貧窮走向了復興，整個亞洲特別是東亞地區作為世界目光所聚集的焦點而被再度寫入人類歷史中最重要的一頁。在大時代下，中國文化也重新受到全世界的關注。孫康宜雖然面對的是古代經典，但從廣義上來講，她書寫的卻是一個現代化的時代。

三

哈佛大學東亞系教授、《劍橋中國文學史》的合作主編宇文所安曾如是評價：「在她（孫康宜）

所研究的每個領域，從六朝文學到詞到明清詩歌和婦女文學，都揉合了她對於最優秀的中國學術的瞭解與她對西方理論問題的嚴肅思考，取得了卓越的成績。」而對孫康宜學術思想的研究，在中國大陸也漸成熱潮，如陳穎〈美籍學者孫康宜的中國古典詩詞研究〉、朱巧雲〈論孫康宜中國古代女性文學研究的多重意義〉與涂慧的〈挪用與質疑，同一與差異：孫康宜漢學實踐的嬗變〉等論稿，對於孫康宜學術思想中的「古典」與「現代」都做了不同角度的論述與詮釋。

不難看出，孫康宜學術思想中的「古典」與「現代」已經被學界所公認。筆者認為，孫康宜不但在學術思想上追求「古典」與「現代」的統一性，而且在待人接物與個人生活中，也將古典與現代融合到了一起，形成了「手姿優雅，誠懇謙和」（王德威語）的風範。[5]其中，頗具代表性的就是其與學術寫作相呼應的散文創作。

散文，既是中國傳統文人最熱衷的寫作形式，也是英美現代知識份子最擅長的創作體裁。學者散文是中國新文學史上的重要組成，從胡適、梁實秋、郭沫若、翦伯贊到陳之藩、余秋雨、劉再復，他們既是每個時代最傑出的學者，也是這個時代裡最優秀的散文家。同樣，作為一位學者型散文家，孫康宜將「古典」與「現代」進行了有機的結合，形成了自成一家的散文風格，在世界華人文學界擁有穩定的讀者群與較高的聲譽。與孫康宜的學術思想一樣，其散文創作，亦是徜徉古典與現代之間的生花妙筆。

從內容上看，孫康宜的散文創作一直以「非虛構」為題材，即著重對於人文歷史的審視與自身經驗的闡釋與表達，這是中國古代散文寫作的一個重要傳統。她所出版的《我看美國精神》、《親歷耶魯》與《走出白色恐怖》等散文作品，無一不是如此。

---

5 王德威：從吞恨到感恩——見證白色恐怖（《走出白色恐怖》序），詳見孫康宜：《走出白色恐怖》，北京：生活・讀書・新知三聯書店，二〇一二年。

若是細讀，我們可以發現，孫康宜的散文基本上按照不同的歷史時期分為兩個主題，一個是青少年的臺灣時期，即對「白色恐怖」的回憶與敘述，另一個則是留學及其後定居美國的時期，則是對於美國民風民情以及海外華人學者的生存狀態所作的記錄與闡釋。在孫康宜的散文作品中，我們可以明顯地讀到作為「作者」的孫康宜構成了其散文作品的中心。正是因為這樣一個特殊的中心，使得其散文的整體風格也由「現代」與「古典」所構成。

現代，是孫康宜的散文作品所反映的總體精神風貌。即表露家國情懷、呼喚民主自由、批判專制集權與嚮往美好生活，用帶有基督精神的的「信、望、愛」來寬容歷史與個人的失誤乃至荒悖之處。一言以蔽之：孫康宜的散文是用人間大愛來書寫大時代的變革，這些都是傳統中國散文中並不多見的選題。

值得一提的是，孫康宜對自身經歷臺灣「白色恐怖」的家族史敘事、旅居美國的艱辛與開拓等等，這些都是特定大時代的縮影，構成了孫康宜在「現代」層面上獨一無二的書寫特徵。海外華裔學者型散文家甚眾，如張錯、陳之藩、鄭培凱、童元方與劉紹銘等等，但如孫康宜這般曲折經歷的，僅她一人而已。或者換言之，孫康宜以自身獨特的經歷與細膩的感情，為當代學者型散文的「現代」特質注入了特定的內涵。

在《走出白色恐怖》中，孫康宜以「從吞恨到感恩」的氣度，將家族史與時局、時代的變遷融合一體，以史家、散文家與學者的多重筆觸，繪製了一幅從家族災難到個人成功的奮鬥史詩。成為當代學者散文中最具顯著特色的一面。與另一位學者余秋雨的「記憶文學」《借我一生》相比，《走出白色恐怖》中女性特有的寬厚與作為基督徒的孫康宜所擁有的大愛明顯更為特殊，因此也更具備積極的現代性意識；若再與臺灣前輩學者齊邦媛的「回憶史詩」《巨流河》對讀，《走出白色恐怖》則更加釋然——雖然同樣在悲劇時代的家庭災難，但後者憑藉著基督精神的巨大力量，走出了一條只屬於自己的精神苦旅。因此，這本書在臺灣出版後，迅速被引入中國大陸再版，而且韓文版、捷克文版等外文譯本也將陸續出版。

與此同時，我們也應注意到孫康宜散文中「古典」的一面。她雖然是外文系出身，又旅居海外多年，並且長期用英文進行寫作。但其散文無論是修辭用典、寫景狀物還是記事懷人，若是初讀，很難讓人覺得這些散文出自於一個旅居海外近半個世紀的華裔女作家之筆。其措辭之典雅溫婉，透露出標準的古典美。

筆者認為，當代海外華裔文學受制於接受者與作者自身所處的語境，使得文本中存在著一種語言的「無歸屬感」，要麼如湯婷婷、哈金、譚恩美等以寫作為生的華裔小說家，為了更好地融入美國則直接用英文寫作，要麼如一些業餘專欄作家或隨筆作家（當中包括學者、企業家），用一種介於中國風格與西式風格（甚至包括英文文法、修辭方式）之間的話語進行文學書寫，這種混合的中文表達形態，已經開始受到文學界尤其是海外華文研究界的關注。

讀孫康宜的散文，很容易感受到她敬畏古典、堅守傳統的一面，以及對於自己母語——中文的自信，這是她潛心苦研中國古典文學多年的結果，深切地反映了「古典」風格對孫康宜的影響，其散文明白曉暢、措辭優雅，文如其人，在兩岸三地，孫擁有穩定、長期且優質的讀者群。《走出白色恐怖》與《從北山樓到潛學齋》等散文、隨筆與通信集等文學著述，都是中國大陸、臺灣與香港地區知名讀書報刊或暢銷書排行榜所推薦的優質讀物。文學研究界與出版界公認：孫康宜的散文在中文讀者中的影響力與受歡迎程度遠遠大於其他許多海外學者的散文。

孫康宜曾認為：「在耶魯學習和任教，你往往會有很深的思舊情懷。」從學術寫作到文學創作，徜徉於古典與現代之間的孫康宜構成了當代中國知識份子的一種典範。孫康宜在以古典而聞名的耶魯大學治學已有三十餘年，中西方的古典精神已經浸潤到了她日常生活與個人思想的各個方面。筆者相信，《孫康宜文集》（五卷本）問世之後，學界會在縱深的層面來解讀孫康宜學術觀念、研究風格與創作思想中「現代」與「古典」的二重性，這或將是今後一個廣受關注的課題，而目前對於孫康宜的研究，還只是一個開始。

二〇一七年十二月，於深圳大學

出版說明

《孫康宜文集》一共五卷，涵蓋孫康宜先生治學以來所有有代表性的著述，所涉及文體亦多種多樣。慮及散文創作與學術著述的差異性，編者在整理散文部分時，除主要人名、地名與書名等名詞詞彙首次出現使用外文標註并將譯法予以統一之外，其使用方法、表述法則與語種選擇基本上保留當時發表時的原貌，以使文集更具備史料意義，特此說明。

目次

Contents

輯一　性別研究及其他

輯三　訪談錄

輯一

走出白色恐怖

"A prize winning scholar and teacher, Kang-I Chang shows another rare gift in this powerful memoir. *Journey Through the White Terror* is an unforgettable account of a child and family caught in the storm tides of history. Though the subject is deeply emotional, Professor Chang's clarity and honesty prevail throughout."——**Richard H. Brodhead, President Emeritus, Duke University**

"Compared to the experiences of many White Terror victims, the story of Kang-i Sun Chang's parents has a happy ending. And what moves us most is not only the deep love that her father and mother shared, allowing them to remain mutually faithful for so long, but also the self-respect and determination to overcome hardship that was born in the midst of their great individual solitude."——**David Der-wei Wang, the Edward C. Henderson Professor of Chinese Literature, Harvard University**

"An incomprehensible accusation, unaccountable acts of benevolence, a sensitive account of difficult times and the story of the growth of a scholar's mind: such is the content of Journey Through the White Terror, tied up with ironies of fate and happy endings. Kang-i Sun Chang's family history intertwines with the creation and dissolution of political blocs, shifts in Chinese and Taiwanese identity, and the opening-up of the United States to Asian immigration. It makes Cold War Asia understandable through the gestures of daily life, of sewing, rumors, sweet potatoes, and long-awaited letters."——**Haun Saussy, University Professor of Comparative Literature, University of Chicago**

"As a professor who taught the first Taiwan History course outside of Asia, I was in desperate need of good first-hand accounts of the fifty-five years (1945-2000) of KMT rule on the island. What Professor Chang has written wonderfully helped to fill that need. For many years Taiwanese dared not speak out about their sufferings. Today, even though conditions on the island have ameliorated, the habit of silence continues to be preferred as the prudent course. This is why Prof. Chang's book on 'the 2-28 incident' will be welcome and will, we hope, be followed by further narratives of other incidents and events in this tragic history."——**Beatrice S. Bartlett, Professor Emeritus of History, Yale University**

"In this highly original and emotionally evocative work, Kang-I Chang recounts the memoir of her childhood during the White Terror with profound psychological insight into the critical value of family and faith as she and her parents navigate the shifting tides of politics and fortune. And in an unforgettable way, she again reminds us of the great pain carried always by all such survivors, reflecting, in the words of William Faulkner: 'The past is never dead. It's not even past."——**John F. Setaro, M.D., Associate Professor of Medicine, Yale university School of Medicine**

"The content [of this book] is striking in its immediacy, heart-warming in its humanity, and as a historical document it is extraordinarily informative about otherwise shadowy events. It is truly a deeply moving story, or collection of stories, that will long stay in my memory."——**F.W. Mote, the late Professor Emeritus of Chinese History, Princeton University.**

"As a Slavist, I have read many Russian memoirs of families forced to negotiate terror and exile, but none has impressed me so much as this book.I will use some of the material from the book in one of my presidential columns for the MLA Newsletter——this book should be more widely known for the lessons about history, character, and family that it teaches."——**Michael Holquist, the late Professor Emeritus of Comparative and Slavic Literature, Yale University.**

序言　從吞恨到感恩

——見證白色恐怖

王德威

孫康宜教授是美國耶魯大學首任Malcolm G. Chace '56講座教授，也是國際知名的漢學家。孫教授專攻古典文學，主要領域在六朝詩歌、唐宋詞學、晚明遺民文學以及女性文學，除了個人專著多本外，並曾主持《中國女性詩歌詩論傳統》，以及《劍橋中國文學史》等巨型出版計畫。在英美漢學界論治學之嚴謹、任事之認真，孫教授是公認的模範。

孫教授丰姿優雅，誠懇謙和，永遠給人如沐春風的感覺。然而，這樣的學者風範下卻藏著一個憂傷的故事：她曾經親歷臺灣的白色恐怖，而且是受難者的家屬。

白色恐怖是臺灣政治史的一大汙點，有多少年也是島上的禁忌話題。一九八〇年代末言禁大開，以往的斑斑血淚浮出地表，成為社會共同追記、反思的宿業。但在世紀末又一波政治風潮的影響下，白色恐怖真相未必大白，反而成為不同陣營叫囂辯爭的口實。

與此同時，孫康宜教授在海外默默寫下《走出白色恐怖》。比起檯面上涕泗交零或義憤填膺的控訴，這本回憶錄乍看之下如此直白單純，未必符合一般想像。但孫康宜要說的是，白色恐怖的曲折複雜何足為外人道？而在淚水和怨懟的盡頭，什麼樣的悼亡追憶方式才有持續的意義？「走出」白色恐怖，真是談何容易！孫康宜教授的回憶錄不厚，卻是她蓄積多少年的勇氣才寫出的見證。

走入白色恐怖

一九四九年，大陸變色，國民黨撤退臺灣。為了堅守最後的彈丸之地，在島上大舉肅清異己。五月十九日，臺灣省警備總司令部發布戒嚴令。六月，「懲治叛亂條例」、「肅清匪諜條例」開始實施。這段高壓統治主要發生在一九五〇、一九六〇年代，日後被稱為「白色恐怖」高峰時期。當時，被捕處死或遭受長期監禁者，保守的估計約有八千人之譜，軍事法庭受理的案件將近三萬件，而被羅織株連，或遭誤審冤獄的例子，更不在少數。

白色恐怖的打擊對象包括知識分子、文化人、軍人、農民、工人；左翼和社會民主運動分子則首當其衝。在國民黨退守臺灣的初期，這樣雷厲風行的行動有其歷史緣由，但因此所帶來的巨大傷害卻不是幾句簡單的政治解釋所能涵蓋。已經過世的考古人類學權威張光直（一九三一—二〇〇一）先生在一九四九年只是中學生，就曾因為思想問題被捕，一度甚至有生命危險。當代中國詩詞研究的大老葉嘉瑩教授一九五〇年代初受到家人牽連，也曾入獄。日後，雷震（一八九七—一九七九）藉《自由中國》雜誌鼓吹民主自由遭到長期軟禁，陳映真因為參與讀書會而鋃鐺入獄，都是知識界耳熟能詳的例子。

對歷經反右、文化大革命風潮的大陸讀者而言，孫康宜的白色恐怖經驗可能有似曾相識之感；比起來，白色恐怖在規模和行動上甚至可能是小巫見大巫。有多少年，歷史對兩岸的中國人都是殘暴的。但我們關心的是，不論顏色、規模，恐怖一旦發生，對每一位受難者都是人格的違逆、人權的侵犯。更不堪的是，一代中國人所承受的政治暴虐和傷害，必須有好幾代人來承擔。時過境遷，後之來者要如何召喚亡靈，重新體會前人一言難盡的創傷？

一九八七年臺灣「解嚴法」生效，為時三十八年的白色恐怖正式告一段落。但真正的挑戰剛剛開始。各樣的紀錄、回憶層出不窮，讓我們想起一九八〇年代傷痕文學的狂潮。隨之而來的則是一系列有關見證的問題：創傷能夠從由歷史的後見之明來彌補嗎？亡者已矣，倖存者有什麼樣的資格代理那些永遠沉默者的發言權？還有，傷痕敘事也必須推陳出新嗎？我們都還記得祥林嫂說故事的教訓。歸根究柢，述說歷史不難，述說歷史的「難以述說性」才難，因為那是永遠的心靈挑戰和道義承擔。

是在這樣的前提下，《走出白色恐怖》提供我們又一次思考現代中國暴力與正義、創傷與救贖的例證。孫康宜的父親孫裕光先生（一九一九—二〇〇七）是天津人，母親陳玉真女士（一九二二—一九九七）出身臺灣高雄。一九三〇年代末，兩人都是日本留學生（孫裕光是早稻田大學的學生，陳玉真則就讀東京高女），他們相識相戀，之後回到祖國完婚，孫裕光並曾在北大擔任講師。然而，這是亂世，再美麗的羅曼史也難逃命運的撥弄。國共內戰開始，孫裕光有感時局不穩，決定帶著孩子回到妻子的故鄉——臺灣。與他們同行的有孫前此在北大的同事，也是臺灣人在北京的精神領袖，張我軍先生（一九〇二—一九五五）。

一九四六年春天，年輕的夫婦和兩歲的女兒康宜還有出生剛滿三個月的長子康成來到臺灣。孫裕光在基隆港務局謀得一職，原以為找到安身之處，殊不知厄運才剛剛開始。隔年，二二八事件爆發，時任行政長官的陳儀（一八八三—一九五〇）施兵鎮壓，大開殺戒，一時風聲鶴唳，本省人、外省人一同遭殃。這場事件也埋下日後臺灣省籍糾紛的禍根。一九四〇年代末，國共內戰局勢逆轉，臺灣一夕數驚。就在此時，白色恐怖的陰影來到孫家。一九五〇年春天，孫裕光突然遭到逮捕，因為莫須有的罪名判刑十年，家產盡被查抄。如他日後所寫道：「大禍忽然臨到我們全家，一個幸福快樂的家庭，一夕之間墜入憂傷痛楚的流淚之谷。」

這年，孫康宜六歲。她所記得的是半夜軍警突然闖入家中，將父親用手銬押走的混亂；是母親走投無路，攜帶三個年幼的子女逃到高雄鄉下避難的驚恐。我們不難想像，這樣的經驗對一個剛懂事的孩子所帶來的惶惑與屈辱。以後十年，孫康宜隨著母親還有兩個弟弟避居臺灣南部，有寄人籬下的日子，也有苦中作樂的日子。她的母親堅此百忍，付出一切心力維持家庭。與此同時，孫裕光先被遣送綠島，再移回臺北監獄。探監成為這個家庭最重要的假日節目。一九六〇年孫裕光刑滿獲釋，此時孫康宜已經高中二年級了。

但這只是故事的一半。時間過了三十五年，一九九〇年代中期，孫康宜偶然發現她的大舅陳本江（一九一五—一九六七）與臺灣一九五〇年代「鹿窟事件」的糾葛。鹿窟位於臺灣北部山區，一九五〇年代初期曾經號稱為島上最大左翼武裝根據地，一九五二年為國民黨軍警殲滅。而鹿窟的領袖之一正是陳本江。

陳本江留學日本時期與孫裕光成為同學好友，也促成了孫和妹妹陳玉真一段因緣。抗戰後期陳本江也來到北平，一直到一九四八年才回臺灣。陳浪漫多才，留學期間顯然已經傾心左翼理想，他的中國經驗尤其讓他體會革命之必要。一九五〇年代初，他奉命進入鹿窟，伺機行動。就在此時，孫裕光被捕，原因無他，保密局希望從他身上套出陳本江的下落。

憑著遲來幾十年的線索，我們終能拼湊出孫家悲劇的來龍去脈。一個中國天津來的青年和一個臺灣高雄來的青年在日本結為好友，他們的友誼後來發展成姻親關係。然而，造化弄人，他們各自見證了臺灣白色恐怖的不同面向。孫裕光和臺灣妻子在戰亂中結為連理，他們沒有政治企圖心，但時代的紛亂卻將他們捲入政治漩渦。另一方面，陳本江是典型的浪漫革命家，為了心目中的理想，犧牲一切上山打游擊。何其反諷的是，「鹿窟事件」的嚴重性遠遠被誇大。而事件之後，陳本江只坐了三年牢就被釋放，用以作為國民黨寬大為懷的樣板，反倒是孫裕光堅不合作，被判刑十年。無論如何，白色恐怖為兩人的生命帶來重挫。陳本江的後半生無限頹唐失意，英年早逝。孫裕光皈依基督，一九七八年輾轉來美，成為大學教師和志願傳道人。

孫康宜筆下遭受白色恐怖經驗的其實不只她的父親和舅父。前文提到的張光直也出現在她的回憶錄裡，張光直的父親就是當年一起和孫家渡海回臺的張我軍。張光直是張我軍的次子，一九四六年同家人回到臺灣。一九四九年，還在念高三的他對左翼思想發生興趣，結果被捕入獄，經過一年之後才得釋放。這一年的牢獄之災讓張光直直面人性最堅強，也最醜陋的兩極；他於是竟對人類學發生興趣。另外，孫康宜在探尋陳本江的鹿窟冒險時，發現他與「臺灣第一才子」呂赫若（一九一四——一九五一）生死與共的情誼。呂赫若一九三五年崛起臺灣文壇，同時在聲樂界一鳴驚人；儘管前程似錦，他卻更鍾情左翼運動，也因此結識陳本江。一九四九年，呂還曾舉辦過音樂演唱會，不久後神祕失蹤。多年後證實，他追隨陳本江進入鹿窟，一九五一年前後意外遭到毒蛇咬傷，竟因此而死。

在臺灣解嚴以前，白色恐怖是不能聞問的禁忌，倖存者守口如瓶，罹難者則根本死無對證。張光直日後成為名滿天下的哈佛教授，但一直要到上個世紀末才寫出十七歲那年的遭遇。呂赫若的名字和作品也是一九九〇年代才重新受到注意，他的死因到今天仍然眾說紛紜。孫康宜的大舅早逝，她的父親對自己的過往也多半保持緘默。

白色恐怖最後的恐怖是，哪怕客觀環境改變，也永遠讓生者無言以對，逝者不能瞑目。緬懷往事，這是孫康宜最艱難的挑戰。為她的至親之人，為她自己，她要如何走出白色恐怖？

走出白色恐怖

孫康宜是白色恐怖間接的受害者。她六歲那年的遭遇要等到半個多世紀以後才得以述說，這漫長的等待可能包含了什麼意義？如上所述，臺灣一九八七年解嚴以前，官方對白色恐怖刻意抹煞，當事人也多半諱莫如深。何況孫康宜本人早在一九六八年就離開臺灣，與事件發生的現場和關係人自然有了隔閡。更重要的原因應該是對她的父母輩而言，往事不堪回首，就算有話要說，也有不知從何說起的困難。失語的痛苦不只是因為來自外部的壓力，也更是因為當事人內心驅之不去的創傷。

孫氏夫婦在一九七八年由子女協助來美定居。回首前半生的經歷，他們必定有恍若隔世的感覺，孫裕光此時已是虔誠的基督徒，甚至改名孫保羅；他們寧願以寬恕的心面對過去。但作為人子，豈能容父母和他們那個時代所曾經受的苦難就此湮沒？往事不能如煙！

然而，一旦提起筆來，孫康宜才瞭解她自己又何嘗不深陷失語的痛苦？走出白色恐怖的第一關就是說話問題。孫康宜生於北京，在說京片子的環境中長大，即使到了臺灣，也依然隨著父親京腔京調。一九五〇年父親入獄後，母親帶著三個孩子回到高雄鄉下避難。「印象中，到了林園之後不久，或許是為了適應周圍的環境，我很快就把北京話全忘了，此後一年，我整天只說臺語。」南臺灣是閩南語系居民的大本營，孫康宜入境隨俗，自然講起了臺灣話。但是，她的北京話這麼快就「全忘了」，當然事出有因。失語的悲哀也是失父的悲哀，這是書中最令人揪心的部分。一年以後，孫康宜又開始學起「國語」，但因為老師生來就有本地口音，這次學得的國語是臺灣腔的「臺灣國語」。「嚴格地說來，它應當是我的第三母語。」

這一口臺灣國語成為孫康宜成長過程中傷害的印記。國民黨政權推動文化正統性時期，全民說國語是首要目標，相對於此，臺灣話是方言，是粗鄙落後的語音象徵。孫康宜的尷尬是，父親是外省人，又生於北京，理應會說「標準」國語。她的臺灣腔其實是後天環境使然，或者更弔詭的，是推行標準國語的國民黨所強加於她的。但外人疑惑或輕視的眼光不會因此稍歇。有很長的時間，這使得孫康宜自卑甚至自閉。多少年後，她到了美國，得以盡情地說英語——她的第四母語，她才擺脫了臺灣的「語言的牢籠」。

這語言的牢籠不也正是白色恐怖——或任何顏色的恐怖——的癥結？在威權政治統治下的人是沒有隨心所欲的說話，或不說話，的自由的。孫康宜的大舅陳本江為了表達革命理想，不惜放棄大好前程。孫康宜的父親因為沒有說出保密局要聽的話，落得十年監禁。他日後在基督信仰裡找到與上帝對話的管道，即使如此，他始終不能從人間失語的症候群裡復元。

但《走出白色恐怖》最值得注目意義不僅在於挖掘、哀悼那曾經使人失語的原因或痛苦而已。透過這本回憶錄，孫康宜更要探問，一旦理解了失語的前因後果，我們的下一步是什麼？西方從事浩劫文學研究的學者已經一再告訴我們，任何想還原現場，控訴不義的努力都帶有內在的悖反性。就算千言萬語，我們又怎能夠僭越受難者永遠被剝奪的說話位置？暴力之所以「罄竹難書」，正是因為暴力所帶來的恐怖已經超過了語言文字的表意範疇，直指文明的非理性黑洞。

但即使如此，傷痕見證者還是得勉力找尋述說的方式。這裡的邏輯是，哪怕暴力帶來的恐怖難以述說，我們也要說出這恐怖的「難以述說性」，以為抗衡。孫康宜教授的強項之一是六朝文學，可以指出一千五百年前寫〈蕪城賦〉的鮑照（四一四—四六六）就已經有了類似認知。〈蕪城賦〉描述的是宋孝武帝因為內亂而在廣陵肆行屠城，帶來大毀滅。鮑照觸目驚心之餘，只有浩歎「天道如何？吞恨者多！」

在「失語」和「發聲」不斷搏鬥的過程裡，我們揣摩逝者的心聲，也同時承認自己的局限。問題是，書寫難道只能慨歎天道無親，記錄一次又一次「吞恨者」的憾恨？在這一點上，《走出白色恐怖》做出相對積極的回應。誠如孫康宜所言，她的回憶錄不必只見證不義，訴說傷痕。她更希望寫出一本感恩之書，感謝那些在孫家最苦難的時候，對他們施予救助的那些人。

換句話說，孫康宜不願意只扮演「吞恨者」或為「吞恨者」發言的角色；她更要做感恩者。她要強調在暴力的彼端，更有強大的救贖力量——家族的、社會的，甚至宗教的——值得述說，而且同樣是無論怎麼說，也說不盡。這，才是「走出」白色恐怖的關鍵。

閱讀《走出白色恐怖》，我們於是理解在種種有關迫害、離散、監禁，或死亡的敘事中，親情的表述——尤其是夫妻的恩義之情、家族和手足的呵護之情、人子的孺慕之情——如何為冰冷的歷史注入一股暖流。孫康宜的父親入獄後，她的母親卻傲然獨立，不畏旁人眼光，教養三個子女，等待丈夫歸來。她在鄉下開洋裁班，掙來辛苦錢養活一家；她不辭舟車勞頓，一次又一次帶著孩子到北部探監。母親一向被稱作美人胚子，但對孫康宜而言，她的美來自她堅毅的性格，她對家、對生活本身的信念。

孫康宜的父親在監獄中歷盡痛苦，以致在綠島服刑期間曾經企圖自殺。但在偶然的機緣裡，他竟在島上發現一顆臺灣少見的紅豆——相思豆，並且珍而藏之。多少年以後，這顆紅豆轉到孫康宜手裡，此中無限的情義傳承，從夫妻到父女，不問可知。孫裕光逐漸從《聖經》裡找到寄託。苦難開啟了救贖的契機。一個被屈辱的靈魂在另一個天地裡發現信仰與愛的真諦。當他出獄時，他已經是個虔誠的基督徒了。

特別值得注意的是，孫家是外省人和本省人共同組織的家庭。孫裕光落難後，全仗妻子方面的家人伸出援手。即使偶有齟齬，家族的力量應該是讓孫家撐下去的原因。白色恐怖中外省籍受難者有太多在臺灣無親無故，他們生前死後完全無人搭理。比起來孫裕光畢竟是幸運的。尤其臺灣在經過二二八事件後，孫家的故事有了一層族群相互扶持的深意。孫康宜尤其感謝二姨一家的關愛，後來二姨的次子張欽次博士竟成為她的先生，這是另一段親上加親的佳話了。而張欽次營救孫裕光夫婦離開臺灣，過程的曲折複雜同樣令人感動。

孫康宜的有情之筆更及於家族以外的人。她的老師同學、教會長老、美國友人，甚至萍水相逢的三輪車夫，他們或是見義勇為，或是出於惻隱之心，及時給予幫助，陡然使孫康宜的世界充滿溫暖。

這是她書寫的最終目的吧。往事不能如煙：不能忘記的不只有苦難和冤屈，還有仁愛與自尊。

比起許多白色恐怖受難者的遭遇，孫康宜父母的故事有個苦盡甘來的結局。而最讓我們動容的不只是她的父親與母親相互信守的深情，也是他們各自在極度孤絕的情況裡，所煥發的自尊力量以及超越苦難的決心。這一力量和決心也許來自傳統的影響，也許來自宗教的信仰，無不顯示一種對人與人間親愛精誠的信念。《聖經・以弗所書》的話：「以恩慈相待，存憐憫的心，彼此饒恕。」

走過白色恐怖正猶如走過死亡的幽谷，孫康宜以她父母親的經歷，記錄了一個不義的時代，卻也是一個有情的時代。但她何嘗不也為自己所得自父母的言教身教，做出殷殷回顧。他們的委屈和抗爭俱往矣，但他們的子女終要以最素樸的方式來述說。政治的激情有時而盡，倫理親情的曲折綿長，反而成為記憶現代中國歷史的另一種資源。從吞恨到感恩，這是孫康宜給我們的啟示。

作者自序

我父親是天津人，母親是臺灣人。一九三〇年代，他們到日本留學，相遇於東京。於中日戰爭烽火連天的年代，兩人經過千難萬險，在天津結了婚。

一九四四年，我在北京出生；兩歲時隨父母從上海黃浦江登上輪船，越洋過海到了臺灣；三歲時（一九四七），二二八事件爆發；六歲不到（一九五〇），父親蒙冤坐牢十年。那時，正是臺灣白色恐怖的年代。

這幾年我父母相繼去世，對我們一家人經歷的風風雨雨，事過境遷後，想起來有千言萬語要說：其中有令人難忘的生死之交，有奇妙的兩岸姻緣，有人性的軟弱和剛強，亦有道德情操的昇華。

我至今難忘，一九六五年（二十一歲那年），自己很自然就選了美國小說家梅爾維爾（Herman Melville, 1819-1891）的小說《白鯨》作為大學畢業的論文題目。今日回想起來，我當時之所以對《白鯨》那本小說如此感興趣，而且堅持非寫那篇論文不可，可能因為我在作者梅爾維爾的身上找到了某種認同——他一生中命運的坎坷，以及他在海洋上長期奮鬥的生涯，都使我聯想到自己在白色恐怖期間所經歷的種種困難。一次，在與指導教授Anne Cochran見面時，我特別向她透露了家父不幸坐牢十年的遭遇。可惜，處於當時的政治環境，我還沒有勇氣寫下自己的經驗。

後來，一九六八年我越洋移民到了美國。多年後，我遊歷加州西海岸，登上輪船到了天使島（Angel Island）上，撫今追昔，感慨萬千。對許多移民美國的華人來說，在三藩市對岸的天使島是個充滿傷痛的歷史印記。原來，在一九一〇至一九四二年極其漫長的三十年間，美國法律是不准華人移民美國的。所以，在那段期間，所有入境美國的華人（三十年間總共有十七萬五千位華人入境）全都被關在荒廢的天使島上，一律被當成犯人來看守著。可以想見，這些華人所遭遇的種族歧視和侮辱自是苦不堪言。他們在孤獨無助時，唯有靠文字的媒介來宣洩內心的痛苦。所以，直至今日，天使島上「移民站」的四周牆壁仍充滿了無數中國詩歌的遺跡。那一行一行的題壁詩真實寫出了早期華人的辛酸史，也是創傷心靈的文字見證。

天使島上的文字見證深深地感動了我。在那以後不久，我決定要把我從前在臺灣所遭遇的白色恐怖經驗寫成文字，讓悲劇傷痕化為歷史的見證。同時，我的朋友黃進興先生也再三囑咐我：「你若不趕快寫出來，那段記憶就丟失了。」於是，就有了《走出白色恐怖》這本書的寫作。

寫在這裡的章節大都與白色恐怖有關，但這本書並非控訴文學，也不是傷痕文學。相反地，這是一本「感恩」的書——對於那些曾經給我們雪中送炭的朋友和親人，我的感激是一言難盡的。那些善良的人大都是被世人遺忘的一群，他們也一直承載著複雜的歷史政治糾葛，因此我要特別把他們的故事寫出來。

這本書也敘述了自我追尋和自我反省的過程。當我站在今天的高度來回憶過去時，我發現我又學到了許多。我原來以為從前幼時所遭遇的患難是我生命中的缺陷，但現在發現，那才是我的心靈資產。我感謝早期那段艱苦的人生歷程，是它讓我在成長中提前成熟，也讓我在缺憾中找到了完整的自我。詩人席慕蓉曾經說過：

> 那時候　妳就會明白
> 生命中所有殘缺的部分

原是一本完整的自傳裡
不可或缺的內容

（〈殘缺的內容〉）

感謝北京三聯書店為我出版這本書的新版，讓我有機會再做修訂，也做了不少增補。同時我也要感謝台灣允晨出版社廖志峰先生的授權。這本書之所以能順利出版，也要感謝北京三聯編輯馮金紅女士的幫助，是她的熱心和執著才使其終於如願地出現。同時，康正果、李紀祥、張輝、傅爽、黃宗斌、陳銘城、曹欽榮等幾位朋友親戚，都為了這個增訂版做出了貢獻，在此一併致謝。我的先生欽次不但幫助我「走出」白色恐怖，而且始終任勞任怨、不遺餘力地為我擔任起許多繁瑣的工作，我要再次向他獻上感謝。

孫康宜

二〇一一年六月修訂

二〇一七年十一月補充

第一章　張我軍、張光直和我們家

張光直的父親張我軍先生是我父親的老朋友，也是我們家的老熟人。常聽我父母說，當年（一九四六年春季）我們一家人如果不是通過張我軍先生的幫忙，一定很難順利地從上海黃浦江登上輪船，越洋安抵臺灣。據說，當時的船票很難買到，要排很多天的隊才能勉強拿到票。即使能買到票，由於所有的船艙都擠滿了人，我們一家大小是否能安全地上船還真成問題。特別是，要上船之前，人人還必須冒著生命的危險爬上一個又高又窄的梯子，一不小心就會掉到海裡去。在這種情況下，若要抱著小孩上那梯子就更加危險了。但張我軍先生卻毫不猶豫地抱起我那個才三個月大的弟弟康成，奮勇走上了危險的階梯。接著，我父親抱著我跟上去。最後，我母親也上了船。對於這件事，我父母一直牢記在心。

其實，和家人離開大陸的那年，我才剛滿兩歲。按理說，一個兩歲的小孩不可能記清楚當時大家乘船渡過臺灣海峽的驚險實況。但奇怪的是，那段渡海經驗的某些片段至今仍深深地印在我的腦海裡。其中印象最深刻的是，那位張伯伯在船上時時刻刻照顧我（我當時年紀太小，還不知道他就是臺灣的著名作家張我軍先生），我記得他頭上的頭髮梳得十分整齊，人長得並不很高，至少沒有我爸高。另一個經常出現的鏡頭是：船上的甲板似乎到處都很破舊，連母親正蓋著的棉被也沾上了不少鐵鏽。我看見母親在甲板上不斷暈船嘔吐，父親則整天忙著照顧她，還有那個仍在繈褓中的大弟康成。這時，張伯伯就和我在船上玩起了捉迷藏的遊戲，還領著我和其他乘客說話。我還隱約地記得，抵達基隆港剛上岸時，張伯伯還買了一根冰棒給我吃。我看著那冰棒直冒氣，以為那東西很熱，一直想把它吹冷……

在記憶中，小時候我常想起船上的一幕；每當我回憶那位可親的張伯伯時，還以為那人只是萍水相逢的乘客。直到許多年後，有一次母親才告訴我：那位張我軍先生在北京時早就是我們家的至親好友了。據母親說，一九四三年她和我爸結婚後，一直就住在北京中南海附近的北新華街。當時，父親二十四歲，剛從日本早稻田大學政經系畢業，才開始在北大當講師。張我軍教授則同時在北大教日本明治文學。由於兩人對於日本文學的共同興趣，很快就成了忘年之交（張我軍先生較我父親年長十七歲）。後來，他們發現，兩家人有極其相似的語言和文化背景，因此他們自然就更加頻繁地來往起來了。原來，張我軍先生來自臺灣，他的妻子羅文淑是在北京長大的大陸人。而我父母的情況正與他們相映成趣：我父親是天津人，在天津英租界長大，但自日本回國後長期住北京；而我母親則是一個早年在日本留學的臺灣人。在感情上，兩對夫婦都是來自「異國」而一見鍾情的好例子（當時臺灣還屬於日本，故曰「異國」）。為了他們的婚姻，雙方又都經過長久的掙扎奮鬥才終於如願的。此外，他們的日語又都很流利，時常被錯認為日本人。加上兩家人都很迷外國電影，正巧我們家就在中央電影院（即現在的北京音樂廳）對面，所以每回張我軍夫婦來看電影，就順便先來我們家吃晚餐並聊天。當時，他們那種神仙似的生活確實令人欣羨。

然而，好景不常，一九四六年初北京人已漸漸感到了通貨膨脹的壓力。據說，北大也快要停發薪水了。父親每天早晨出去上班，時常看到沿街到處都是又窮又餓的乞丐，他總是把口袋裡僅有的零錢全都給了那些無家可歸的可憐人。冬天的北京街頭更是慘不忍睹，早晨常會看見凍死了的人的屍體。在這種情況之下，爸媽開始為了來日的經濟問題發愁，可以說已到了十分嚴重的程度了。後來，他們只得找張我軍先生商量，大家終於決定要一夥兒搬去臺灣，希望能在海的另一邊找到好的求生之路。

他們想，以他們傑出的學歷，至少能在臺灣大學找個教書的工作吧！加上他們在臺灣又都有親戚，於是就更加充滿信心了。因此，這就有了他們一九四六年春共同自黃浦江上船的臺灣之旅。

從小我就把張我軍先生當成了心目中的英雄人物。對我來說，他簡直是「勇敢」之神的替身。後來，母親還告訴我一個動人的故事：據說，孫中山剛去世後不久，張我軍先生就寫了一篇題為〈孫中山先生弔詞〉的詩，是準備用在一個祕密的追悼會上的。當時，臺灣人在日本的統治之下，只敢暗暗地悼念孫中山，不敢公開流淚。這時，日本警察發現了這首悼詩，十分憤怒，立刻嚴禁臺灣人朗讀該詩。幸而這首詩並無具名，否則當時還很年輕的張我軍先生一定會慘遭迫害。我很喜歡這個故事，一直到現在還經常講給人聽，所以，我的許多朋友只要發現與張我軍先生有關的生平軼事，都會立刻與我分享。例如，我的耶魯同事John Treat教授在偶然的機會裡，找到了一個日本史料，頗富啟發性。那條史料出自巖谷大四的《「非常時日本」文壇史》一書中。據巖谷先生所述，一九四二年年底在東京舉行了一次「大東亞文學者大會」。當與會的作家們剛抵東京火車站，他們就聽說大家必須集體前往日本皇宮，以便向日本天皇致敬。當時，所有的韓國代表——包括著名的作家李光洙（香山光郎）——都非常高興。唯獨代表中國的張我軍先生拒絕參加這個典禮；為了表示抗議，他立即轉身，把背對著皇宮（這裡要說明一點：張我軍雖是臺灣人，但他因長期居住北京，故那次會議中，他代表中國，並不代表臺灣。臺灣方面則由張文環等人代表）。當時巖谷大四先生正好在場，看見張我軍先生的表現，很佩服他的骨氣，所以多年後撰寫那一段歷史時，巖谷先生還念念不忘張我軍，特別在書中記載此事[1]。

可惜，張我軍先生早已於一九五五年逝世，而張光直教授也已過世，否則我一定會把巖谷書中的

[1] 見巖谷大四，《「非常時日本」文壇史》（東京：中央公論社，一九六〇），頁三一至三二。我要特別感謝John Treat教授給我供給這一項寶貴的材料。同時，我也要謝謝龔文凱博士，他為我花費許多時間查考有關這一方面的資訊。

這段史料告訴他。

我是一九七四那年初識張光直先生的，地點是普林斯頓校園。記得，才第一次見面，我就忍不住把兩家交往的舊事告訴了他，同時也順便把一九四六年春那段難忘的船上經歷給他描述了一番。他對那船上的故事特別感興趣，這是因為這段往事正是他從來所不知道的，而我的描述正好可以補足他資料上的空白。原來，當時張我軍先生帶我們去臺灣，他並沒帶他自己的家人一道上船，因為他打算獨自一人先去臺灣找事，等有了著落之後，才要慢慢把妻子和孩子們從北京接到臺灣。因此，當時正在北京上中學的張光直並沒和我們一道在船上，否則他早就會與我認識了——雖然我當時才只是一個兩歲大的女孩（張光直和他的母親一直到該年十二月底才到臺灣，他們是從天津上船的，一共坐了三個月的船才終於抵達基隆碼頭）。

我經常想：我與張光直教授的生平境況有些像兩條相近而平行的鐵軌，儘管我們的家人曾經有過那般密切的交往，但由於各種時勢的運轉和政治的因素，我們從來不知道對方的存在，一直到許多年後各自都移民到了美國，都已在漢學界裡做研究，這才開始互相認識。但終於才發現，那段無聲無息的歷史也暗暗地流逝了。

然而，在我們各別的心中，彼此都深切地體驗到，那多年前乘船渡海的經驗確是我們個人命運的轉捩點。首先，到了臺灣之後不久，我父親就受到親戚朋友們的連累，於一九五〇年一月底被冤枉成政治犯，坐牢十年。這同時，張我軍先生在臺灣「始終處在半失業的狀態」（見《張我軍文集》，頁一二一），後來為了養家，只得在臺北開一間茶葉店。還聽說，張光直以一個建國中學學生的身分，因涉及所謂的「四六事件」而於一九四九年被捕（有關此事的詳情，直到讀了張光直教授的回憶錄《蕃薯人的故事》才完全清楚）。據我父親說，一九四九年年底，在他被抓進監牢前的幾個星期，曾有機會到那茶葉店裡去拜訪張我軍先生。他記得張先生那天滿面愁容，言談中也較平日來得安靜得多。當時，我父親以為張我軍的憂鬱完全是出於一種「懷才不遇」的感傷——特別是，以張先生早年在北大教授日本文學的顯赫地位，今日在臺灣卻如此潦倒，實在不怪他有這樣的想法——所以，也沒去推敲是否還有其他的原因。後來，過了許多年，我父親出了監獄，再回頭去想一九五〇年元月初那次見面的情景，才突然悟到：原來，那段時間正是張光直被關在臺北監獄的時候，當時還傳說有不少學生在獄中遭槍斃。可想而知，張我軍當時一定為了兒子的事感到焦慮不堪了。

再過五年，張我軍先生病逝，等我父親於一九六〇年一月出獄，當然也就見不到老朋友了。令人特別感傷的是，他們那一代的人似乎總是被迫在冷酷的政治面前永遠保持沉默，所以即使和老朋友在一起交談，也不敢私下討論自己兒子所遭遇的政治受難。

必須一提的是，一直到多年後我移民到了美國，才聽說原來張光直並非張我軍先生的長子。張光直的大哥張光正先生一直留在大陸，並沒和家人於一九四六年遷往臺灣。而當時在臺灣的張我軍一家人都不敢公開提及張光正的名字。所以，一九五五年十一月張我軍先生去世時，訃告上並沒列入這位真正長子的名字（康宜按：張光正筆名何標，長期住北京，可參見其作品《我的鄉情和臺海兩岸情》，北京：臺海出版社，二〇一〇）。由這件事可見，當年人們在臺灣的白色恐怖期間，因為極度恐懼而養成了凡事沉默的習慣。

關於這種「沉默」，我自己後來也學會了，以至於在我父親坐牢的十年間——那就是，從我六歲到十六歲的十分漫長的成長期間——我一直不斷地告誡自己，除非不得已，絕對不向人說有關父親被捕的事。動亂時期的冷酷之一就是，連小小年紀的孩童也必須學習控制自己的舌頭。但這樣的「沉默」對我個人並非沒有好處，它使我長期在沉默中培養觀察周圍的能力，使我較同齡的人來得早熟。問題是，對整個時代歷史來說，許多重要而複雜的歷史真相也都因為這種集體的「沉默」而隨之被遺忘了。

記得，一九七九年我在一次學術會議裡再次碰見張光直教授。當時，我還特別和他討論有關沉默與中國傳統文化的問題。我告訴他，經過將近三十年的「沉默」，我父親終於得以離開臺灣到了美國，而且已經開始在亞利桑那州教書了。可惜的是，我父親已經習慣了「沉默」，從來不把他曾經在新店軍人監獄和綠島的十年經歷透露給我們。可以說，只要是涉及臺灣和中國大陸自一九五〇年代以來的政治問題，他全都閉口不言。幸而我母親有時還會憑記憶給我透露一點兒資訊，滿足了我的好奇心。但我知道，父親的沉默是由於長期受到心靈的傷害所致，所以我從來不強迫他說什麼。我對張光直教授說，可惜張我軍先生已經不在世了，否則我父親可能會在老朋友的影響之下，再次恢復他年輕時代對當今現實的關切，或許也能學習從極端的沉默中走出來。一聽到我提起他父親的名字，張光直教授的一雙大眼睛立刻亮了起來。他說：「請把令尊在亞利桑那州的地址給我，我回哈佛校園後，一定立刻寄給他一本我父親的遺著……」

幾天之後，我父親果然收到了那本寶貴的書：《張我軍文集》。那些文字是張光直教授從各處失散的報章雜誌裡收集而來的，該文集於一九七五年由臺北純文學出版社出版。在他的〈序〉裡，張光直教授寫道：「父親逝世已快二十年了。其間我自己一直在國外為生活奔波。父親的文稿和書籍都留在臺北的家，也隨著母親和幼弟一次次的搬家而散失殆盡。所以，這裡所收的詩文篇幅雖少，卻也費了很大的氣力……讀者如果看到我父親歷年的文章，值得重印而這裡沒有收入的，盼能告訴我。」這段序文我爸媽讀了都非常傷感；突然間，記憶中的那些往事又再一次浮上了心頭。他們都曾經是張我軍先生的好友兼讀者，尤其是我母親，從十多歲開始就成了張先生的忠實讀者，每讀一篇張我軍的散文，就必定剪下來收藏。但不幸的是，自從一九五〇年初家中發生政治災難以來，所有過去的書信、書籍、文稿，以及老朋友們的照片全都遺失了。所以，對於張光直教授寄來的這本張我軍的遺著，他們都格外珍惜。我父親還特別在該書的末頁記載道：

A gift from Dr. K. C. Chang,
Dept. of Anthropology
Room 54A, Peabody Museum
Harvard University
Cambridge, MA 02138

然而，時間過得真快，這樣一晃，許多年又過去了。

記得，那是二〇〇二年五月，我又去舊金山探望當時年紀已達八十二高齡的父親。自從我母親於一九九七年九月去世之後，他就開始過著獨居生活了。我父親晚年的生活內容十分豐富，每天除了禱告、讀《聖經》以外，就是廣泛地閱讀世界新聞和書籍。那次，我順便帶了一本張光直教授於一九九八年由聯經出版社出版的《蕃薯人的故事》給他。父親一看見書皮上登有張光直中學時代的相片，就顯然十分激動，手直發抖。我說：

「幸虧張光直教授在過世之前有機會寫這本早年的自傳，給歷史做了見證。但與其說它是給歷史做見證，還不如說它是在給生命做見證。我最不喜歡看別人寫控訴文學，我認為那是沒有深度的作品。張光直這本書之所以感人，乃是因為它具有一種超越性。它不在控訴某個具體的對象，而是在寫人。它一方面寫人的懦弱、陰險，及其複雜性；另一方面也寫人的善良、勇敢，以及人之所以為人的尊嚴性。所以，他真是名副其實的人類學家……」

想不到我滔滔不絕地說了這麼多話，自己突然覺得不好意思，就不再說下去了。這時我在椅子上坐定了，便開始注視父親的表情。

「嗯，我看這是一本很重要的書。」父親突然開口說道，「你將來是否也考慮寫一部類似的自傳？……」父親這句話令我感到非常意外。原來，他已不再像從前一般地沉默了。顯然，他也不希望我繼續再沉默下去了，他要我也能開始提起筆來，為生命做出有意義的見證。想到這裡，我微笑地看看他，點點頭。

我慢慢站起來，走到窗前，這時發現院子裡有棵樹葉極其濃密的大樹，正悠閒地鼎立在那兒。除了正在飛翔的鳥兒以外，四面一片空寂，好像這世界只剩下我和父親兩人。我覺得這個境界真是美極了。

那天，在離開父親的公寓之前，我又一次在他的書架上找到了張光直教授於一九七九年所贈的那本《張我軍文集》。我摸摸那書皮，再次感受到了一種友誼的溫暖。

第二章　「二二八」的聯想

在我們抵達臺灣的第二年（一九四七），二二八事件爆發了。那年我剛三歲，父親二十八歲不到，當時任職基隆港務局總務科長。

那年二月二十七日，臺北發生了一個緝煙衝突事件，政府緝煙人員因故打傷了一臺灣人煙販，又打死一個路人。次日，臺灣各地群眾發起暴動，焚燒了煙酒公賣局又攻占了警察局，憤怒的臺灣民眾與政府軍警對峙，事態蔓延，很快就演變成臺灣人攻擊「外省人」的局面了。因此，大陸人都不敢出門，也有四處逃難的（據一九四七年三月一日美國駐臺大使館信函文件記載，當時有不少大陸人逃到美領事館避難[1]）。其實，在二二八事件之前，人們就已經預感到「大災難隨時會爆發」，因為「早在一九四六年末，失望和不平已經在臺灣，尤其在城市中十分普遍，緊張的局面不斷升溫」〔參見Lai Tse-Han, Ramon H. Myers, and Wei Wou，《一個悲劇性的開端：臺灣一九四七年二月二十八日的起義》（*A Tragic Beginning: The Taiwan Uprising of February 28, 1947*）（斯坦福大學出版社，一九九一），頁九四〕。至於二二八事件的真相，當時美國的《紐約時報》（一九四七年三月二十九日）也有詳細的報導。

我父親身為大陸人，又是政府公務員，當時處境極其危險。因為有些臺灣人為了要出氣，只要看見外省人（不會說臺語的）就出手打殺。那時，我們家住在基隆大沙灣港務局宿舍，職員上班必須乘

1 見王景弘編譯，《第三眼睛看二二八：美國外交檔案揭密》（臺北：玉山社，二〇〇二），頁四〇至四一。

港局小渡輪。事變發生後，這裡的職員都不敢出去上班了，一因港內槍彈亂飛，二因渡輪上的工人全是臺灣人。只有我父親每天照常乘船上班，因他平素同情體恤屬下的臺灣員工，與他們交了朋友，這時就受了保護，來往平安無事。但到三月八日，不料國民黨軍增援部隊，由福建乘登陸艇蜂擁而至，一舉控制了基隆高雄兩大港及要塞。士兵一上岸立刻向臺灣民眾不分青紅皂白地開槍掃射。於是，忽然之間，局勢一變而成了外省人屠殺臺灣民眾的慘劇。軍隊遇到臺灣人，凡不會說普通話的，馬上就地處決，血染基隆港，遍地是血腥[2]。

父親在基隆港務局工作時留影

沒想到這麼一來，我家又緊張了，因我母親是臺灣人。她曾住過北京，故學會了「普通話」；可是，萬一有人聽出她的臺灣口音來，那怎麼辦？一時全家憂心忡忡，如坐針氈。

部隊登陸那天，槍林彈雨，父親被困在港務局的大樓裡，不能回家。傍晚，母親開始緊急應變。那時，我和大弟還小（小弟尚未出生），完全幫不上忙。母親一個人挪開榻榻米下面的墊板，彎著腰爬到水泥地上，清理地上的泥沙，然後把一床厚棉被鋪在地上。那些日子裡，只要一有槍聲，或巷子裡有嘈雜聲，母親就急忙掀開板子，帶著我和大弟鑽進地下去，日夜都如驚弓之鳥。

那時我才三歲，然而在往後成長的歲月中，那可怕的情景還時而在腦海裡浮現。

但今天許多人，不明真相，對二二八事件有所誤解。一般人總以為在暴亂中，只有臺灣同胞受難，以為當時所有臺灣人和外省人都是對立的。但事實上，就如王曉波所說，二二八事件也是外省人

2 據父親當年的同事湯麟武先生（後任職成功大學水利系教授，今定居美國）回憶，二二八事件剛平息後，他回去港務局工作，「看見製造防波堤沉箱的管道中，一具屍首，已經發黑，不知是生前落海或打死後拋棄的……」。湯先生對那個情景，至今難忘。

的「恐怖時期」[3]。在那段期間裡，聽到有許多「臺灣」民眾保護外省人的事。同樣，國軍登陸亂殺臺灣民眾的時候，也有不少大陸人以悲憫的心懷，同情保護臺灣同胞的。我父親就是一例：

原來，我們宿舍附近有一家鄰居，是打漁為生的臺灣人。國軍登陸後不久，有一天漁夫的妻子來找我母親，哭哭啼啼地說，她丈夫失蹤好幾天了，不知下落。父親一聽，立刻換上制服，帶著證件，出門直朝基隆要塞司令部走去。到了那裡，父親被領進去，等候消息。半晌，才有一個軍官過來，看看父親，一面擺手，一面說：「別想了，人早已丟進港裡去了。」說著就轉身而去。父親呆了半天，在回家路上，心裡一直盤算如何把這悲慘的消息告訴那個漁夫的家人。可最後還是鼓起勇氣，到了他們家裡。面對面看著他的妻子兒女，父親只是哽咽得說不出話來。我猜想，那時看父親的表情，那漁婦已經知道凶多吉少了。待父親吞吞吐吐說出實情，她一家大小相抱大哭，父親只能站在那裡陪他們掉眼淚。

那時，我父母想到的是那個漁婦所面臨的現實問題：今後如何活下去？所以，有一段不短的時間，我們經常以物資及金錢幫助了他們。

這件事，直到二〇〇二年六月父親才告訴我。他說：「快六十年過去了，許多二二八的細節，我都記不得了，唯獨這件事一生難忘。」

其實，我父母一向就以助人為己任。早在北京時，他們就常做救濟窮人的事了。

在我出生後的次年冬天，我們住在西單附近。有一天，北大剛發薪水，父親高高興興地走在回家的路上。將近西單，忽見一群人圍著一個小販，走過來一看，原來是個賣粽子的瞎子！聽說因為他妻子那天生產，只好他自己出來掙錢。父親一聽，向著路上行人大聲招呼：「請大家都過來，幫忙多買

[3] 王曉波，《臺灣史與臺灣人》（一九八八；臺北：東大圖書公司，一九九九），頁一六四至一六五。

幾個粽子吧……」果然，一會兒工夫，粽子快賣光了。眾人漸漸散去，父親就拿著所賣的錢，又伸手從褲袋裡掏出那一整包厚厚的鈔票（薪水），一起放在瞎子手裡，對他說：「這足夠你家裡一兩個月的生活了。你拿好了，放心回家吧……」

不用說，那個月我們家的生活就很辛苦了。

想來，那真是個苦難的時代。無論在大陸還是臺灣，當時有許多人都面臨著生存的危機。然而，當善良的人遇到可憐的人，至少能給那悲劇的時代，加添一點人間的溫暖。

第三章　六歲

六歲可是個可愛的年齡。

若提起「六歲」，我十六歲的女兒Edie首先會想起她有過許多芭比娃娃。六歲還是她遊戲的年齡。那時候，她整天都在抱著娃娃，玩*Winnie the Pooh*和*Big Bird*劇情中的各個玩偶，一雙小手常忙個不停。記得，她六歲那年的母親節，老師要她們班上每人抄一首詩獻給母親，那詩的末尾還按上了自己的小手印。詩曰：

Sometimes you get discouraged
　　Because I am so small
And always leave my fingerprints
　　On furniture and walls
But everyday I'm growing--
　　I'll be grown someday
And all those tiny handprints
　　Will surely fade away
So here's a final handprint

Just so you can recall,
Exactly how my fingers looked
When I was very small
（我才這麼小，
老是把手印
弄到傢俱和牆上，
常惹得你有些沮喪。
但我天天都在長大，
有一天就會長大，
而那些小小的手印
終歸磨滅消失光，
現在我把這手印留在這兒，
正好使你想起
我那麼小的時候
十個指頭的模樣）

我把這首女兒的贈詩和手印當作圖畫掛在牆上，多年來時常欣賞，百看不厭。然而，每看到這「圖畫」中的小手，都會情不自禁地想起自己六歲時遭遇的事情……

記憶中，那是一九五〇年初，我們才從臺中搬到臺北不久。有一天半夜，正在熟睡，突然有軍警多人敲門闖入，他們銬了父親的雙手，就把他押走，給母親和我們孩子留下了一片驚惶。父親出事那天，大弟康成不滿四歲，我尚未六歲，小弟觀圻才一歲零八個月大。記得，父親被捕後不久，警方又來家裡拿走很多東西，包括現鈔以及父親全部的衣物、書籍等。母親當時才二十八歲，在臺北舉目無親，遭此突變，她唯有垂淚。幸好趁混亂之機，她把一些金子藏在小弟的尿布中。此後不久，她就帶著三個小孩乘火車南下，一直逃到高雄縣一個叫做港嘴的鄉下，暫時投靠在我大姨家。其後好長一段時間，父親幾如失蹤。家裡沒有收到他的任何消息，母親開始以為他有遇害的可能，甚或像二二八事變時許多人被打死在南港橋下那樣……

但六個月之後，母親終於收到了父親從臺北新店軍人監獄寄來的一封信，說已被判刑十年。信中並沒說為何被判刑，僅說一切尚好，勿慮。母親知道父親受了別人的連累，但在一九五〇年代初臺灣那種動亂的情況下，她也無可奈何。

得知父親還在世，母親不再像從前那麼悲觀，因此就鼓起了生存的勇氣。這以後不久，母親就開始在林園小鎮開裁縫補習班，賴此以維生。可想而知，從我六歲這一年開始，直至往後的十年中，我們都過著十分艱難的生活。

那時，母親常常鼓勵我：「你小小年紀就受這苦，我實在心疼……。但一個人幼年受苦總比中年受苦好，你再苦也得努力用功啊……」後來我讀到初中，很擔心母親累倒，曾多次想放棄保送高中的機會，去讀師範學校，好早些畢業幫母親賺錢。但我的想法受到母親嚴厲否決。儘管我為此和母親爭執過一番，但她一心一意要我努力求學，只望我求學上進，不許我因家庭的負擔而受拖累。她說：「我寧可犧牲兒子的教育，也要成全女兒。男孩子長大了在社會上出路很廣，女孩只有好好上學才會更有出息……」

總之，母親自己再苦也盡量不要她的兒女受苦。在那個年頭，母親等於是我們的溫室，而我從六歲起就在這「溫室」裡成長，從來沒有受寒凍的侵襲之苦。一九五〇年代初，臺灣人的生活還很貧窮；一般鄉村村民三餐多以甘薯果腹，以鳳梨汁、鹹蘿蔔乾佐膳，在農曆初一、十五拜拜時才能吃到純白米乾飯、魚和豬肉。那時，多數學童赤腳上學，以買菜用的舊袋子當作書包，下雨天戴斗笠、穿簑衣。而我們三人穿的卻是臺灣有錢也買不到的羊毛衣，那些毛線都是從前母親從天津帶來的。

母親於困境中始終堅持自立，凡事都首先為她的兒女著想。為了養活我們，她成為一個裁縫師。她任勞任怨，每天都傾注全力要把每件事做好，於是幾個月下來就培育了不少傑出的裁縫學生。可想而知，她很快就贏得了鄉里人的信任。她的裁縫班自然變得愈來愈大，收入也逐漸穩定。

但由於精神緊張，壓力過重，母親在我八歲那年開始身患重病，不但有嚴重的腸疾，長期便血，而且逐漸地心臟衰弱，每次病發，連醫生都感到束手無策。有位醫生只好勸她隨便愛吃什麼就吃什麼，意思是她活不久了。當時，母親最擔心的就是，怕自己活不到我爸爸出獄的時候，怕沒人能照顧她的三個孩子。她原來不信宗教，但有一次在病中無助，只好跪地向主耶穌呼求禱告，結果很奇妙地痊癒了。從此以後，她就成了虔誠的基督教徒，一直到一九九七年過世為止，她一生熱心傳揚福音，領人歸主。

我從小就從母親那兒得到許多靈感。母親剛開裁縫班時，我正好六歲，才上小學一年級。看到她每天專心地在一針一線中過日子，我也學會了努力工作的習慣，有時陪她「開夜車」到深夜。當時，家中沒有書桌，我就在排列整齊的裁縫桌上放滿了報紙，在上頭練習書法，之後自己又用針線把寫完的書法縫成冊子，交給老師。七歲那年，我終於獲得了全高雄縣書法比賽第一名。得獎的當天，我迫不及待地寫信告訴爸爸，聽說爸爸收到了信之後整夜失眠。我想，對他來說，兒女的成就乃是他在監獄裡繼續堅持下去的理由了。

我最喜歡用手指來回地數算，看看還有幾年爸爸就會回來。媽媽經常告訴我，我的手完全遺傳了爸爸那雙強韌的手，既粗大又有力氣，不像她那生來細潤修長的手。和父親一樣，我成天喜歡寫字，六歲不到就能寫五十多個字了。從小我就不喜歡玩具，卻喜歡各種各樣的紙和鉛筆。在遭家變以前，父親每天下了班幾乎都帶我去逛文具店。

母親說，我很小就很勇敢。當年保密局的谷正文先生來抓我父親，本來連我媽媽也要一起抓去。但我一看情況不對，立刻拿起一根很長的棍子朝著他猛打過去。據說，谷先生因被我這麼一個六歲孩子的孝心感動而作罷，否則我們姐弟三人可真要成了孤兒了。多年後，母親還一再強調，是我的那雙強壯的小手營救了大家。

在林園鄉下上小學，從三年級起，我就當起學校裡每天升旗典禮的樂隊指揮，所以直到如今我仍記得小時候指揮時那種揮動手臂的感覺。

托爾斯泰曾說：「幸福的家庭全都一樣，不幸的家庭各有其不幸。」（《安娜・卡列尼娜》）但奇怪的是，當父親不在家的那十年間，儘管政治迫害不斷給我們帶來許多生活上的困境，但自小我的心裡卻是樂觀而平靜的。我以為自己雖然活在不幸的時代裡，卻有一個幸福的家庭。我想這是因為母親不斷給我們一種愛的啟蒙的緣故吧。

首先，母親很愛父親。她天天自己省吃省穿，全為了我們姐弟三人，但若遇到父親喜歡的東西，哪怕再貴的價格也要把它買下來寄給遠方的他——雖然母親知道，東西一旦寄到監獄裡，父親不一定能自己全部享用到。此外，母親也經常為父親製作新的內衣和被褥，總是邊縫邊落淚。遇到這種時刻，我最深的感觸就是愛，心想母親雖然孤獨寂寞，但她的內心十分充實，因為她對父親的愛是無條

母親與當時學習裁縫的學生們（以及我和小弟觀圻）合影。

件的。她是為了愛才生存下去的。

許多年後，我讀到清代女詩人席佩蘭的〈寄衣曲〉，仍忍不住要想起母親來。席佩蘭的詩中描寫自己要給遠離在外的丈夫做衣服，誰知卻突然發現剪裁甚不容易：「欲製寒衣下剪難。」這是因為丈夫已離家很久，人不在身邊，無法量身體的尺寸，只有等夜裡夢見郎君時再說了：「去肘寬窄難憑準，夢裡尋君作樣看。」母親也和席佩蘭一樣，天天都想為自己的另一半剪裁衣服，但不同的是，母親的愛充滿了現實的焦慮——她擔心父親適應不了獄中的苦難生活，想像他被拘禁中一定被折磨得不成人形了，甚至還時常夢見他那面黃肌瘦的樣子。可以說，父親的健康情況就是母親日夜縈繞心頭的憂慮（後來不久，父親果然在獄中染上了肺結核，真的變得消瘦無比，於是母親便開始為他四處求醫。有一段日子，母親還臨時請假，自己趕去臺北，天天送藥和營養品到獄中給父親）。

母親的熱情與生命力常使我聯想到那終日不斷結網的蜘蛛。女詩人席佩蘭另有一首〈暮春〉的詩，寫的正是蜘蛛「宛轉抽絲網落紅」的執著情懷。詩中那蜘蛛正忙著專心結網，就像母親努力做裁縫一樣。唯其執著，所以能在艱難中體現出生命的頑強與美麗。從小我就常常想，母親那種毅力還代表了一種持續努力的生命態度。我想起了亞里斯多德的話：「是那不斷持續的習慣塑造了我們每個人。凡是傑出的表現都不是偶然一次做出來的，那是習慣成性的結果。」[1] 這也正是母親給我的教訓和鼓勵。她常對我說，孔子所謂「學而時習之」的「習」字最重要；「習」就是不斷學習的意思，是在持續的努力中培養出來的習慣。唯其「習」，所以才能「樂之」，才能體會到工作的趣味。她還說，一定要把學習訓練成一種生活方式，才會在生命裡得到豐收。我們不是為了生活的需要才學習，

[1] 亞里斯多德這一段話的英譯是：We are what we repeatedly do. Excellence, then, is not an act, but a habit. 關於這一段引文與蜘蛛的關係，我得自一張poster的靈感。二〇〇二年三月十八日，我參觀附近的一所中學（Orange Junior High School），那天突然在學校的布告欄上看見亞里斯多德這段話的英譯，引文上頭還畫了一個正在忙著結網的蜘蛛。

因為學習本身就是生活的目的。

後來，我就把母親的「習」的家訓教給了我的女兒，要她努力用功。但女兒對讀書寫字缺乏興趣，起初令我有些失望。但後來發現她在音樂方面頗有天分，才漸漸地轉憂為喜。從小女兒就喜歡學各種不同的樂器，不論是拉小提琴、中提琴，或是彈鋼琴，她都有如魚得水的樂趣。我從前對音樂毫無知識，現在卻因為必須陪女兒到處參加演奏，才終於體會到美麗的音樂也是在不斷持續的努力「練習」中產生出來的。

最讓我感到慶幸的是，在母親過世之前，她居然有機會欣賞到我女兒的音樂表演。每次看到Edie和她的同學們在臺上演奏提琴，看到她們細膩美妙的手指居然能游動自如，且能撥動觀眾的心弦，她就會說：「這些活動的小手指多麼靈活可愛呀，她們使我想起了小時候的你……」

我永遠忘不了自己六歲時的那段經驗。朦朧之間，我似乎還記得這樣一個情景：火車正在行駛著，好像在跑，好像在往前衝，但我卻把報紙緊緊地擱在膝蓋上，一直專心在上頭學寫字。突然間，母親很快地抱起了大弟、小弟，又直拭眼淚，然後低聲向我說道：「小紅，你寫字的手指不累嗎？我們就快到高雄站了。趕快把報紙收起來，別再寫了，咱們就要下車了……」說著就緊緊地抓住了我的手。

那是一九五〇年的春季。當時，我還不知道，那才是我童年患難生涯的開始呢。

第四章　雪中送炭恩難忘

父親遭遇牢獄之災的十年間，母親反覆給我們唸《聖經．詩篇》二十三篇：

耶和華是我的牧者，我必不致缺乏。他使我躺臥在青草地上，領我在可安歇的水邊。他使我的靈魂甦醒……我雖然行過死蔭的幽谷，也不怕遭害……。

我當時最喜歡「領我在可安歇的水邊」那句話。長大成人之後，再回頭去看那段走過的路，更覺得上帝一直都在領著我們走路。世路本來就難，所以中國古代最流行的樂府歌曲之一就是〈行路難〉。六朝詩人鮑照就在他的〈行路難．十八首〉中說道：

君不見河邊草，冬時枯死春滿道。君不見城上日，今暝沒山去，明朝復更出。今我何時當得然，一去永滅入黃泉，人生苦多歡樂少……

我曾在幼年時期體驗過「人生苦多歡樂少」的滋味。所以，每當憶起那個遭難的年代，就自然會想起〈行路難〉來。然而，就因為「行路難」，所以才更能珍惜那走過的路，也對曾經幫過我們的幾個「恩人」難以忘懷。我時常在想，上帝是藉著這些人的手，持續地「領」著我們一家人走過「死蔭幽谷」的。

其中一位難忘的恩人就是一九五〇年代執教於林園國校的藍順仕老師。他來自澎湖，幼時因家貧，穿著破爛，常被師長藐視甚至挨打，故發誓有一天若當老師，必定要愛護貧窮子弟和家有變故的學生。他到林園國校教書那年才二十四歲，但一年下來已做了不少好事——例如，將自己配給的米送給貧窮的學生，替他們交學費，背患過小兒痲痺症的學生上學和回家等。

那年，我的大弟康成才七歲，上二年級，他的導師就是藍順仕老師。當時，我上小學四年級，上課的地方正巧在康成他們教室的隔壁。我的級任導師是來自山東的女老師曹志維，她很喜歡我，推舉我做班長。因為曹老師和藍老師處得很好，總在一起聊天，所以兩人時常提起我來。有一天課後，藍老師突然看見那一向與同學玩得很開心的我，卻反常地做憂鬱狀，正獨自靠著牆壁站著，好像有什麼心事的樣子。於是，他就立刻問曹老師，想瞭解一下我的情況。原來，前一天在上作文課時，曹老師定的作文題目是〈我的爸爸〉，我卻邊寫邊流淚。曹老師料想我家一定有了什麼變故，就摸摸我的頭，以示安慰。當天下午，曹老師就到我家專程拜訪。她一走進我們家，就看見我媽媽流著滿頭的汗珠，正在教裁縫。媽媽一見老師來了，立刻把工作放下，請她到安靜的後院交談。母親本來不願提起父親正在監牢裡受害的事，但沉默片刻之後，就勉強流著淚告訴了曹老師。經過這次拜訪，曹老師才知道我母親是個「女中丈夫」，獨自一人撐起了養育三個小孩的重任。因此，曹老師對藍老師說，她很同情也很佩服我媽媽，認為她是一位十分了不起的女性。

這次以後，藍老師更加瞭解到：我們一家確實已處在一種山窮水盡的境地了。當時，藍老師是林園大信醫院張簡醫師家的家庭教師，而張簡醫師又曾是我們家的老朋友，對我們家的遭遇十分清楚，故也時常向藍老師提起我們。

據後來藍老師說，在他班上，大弟康成幾乎從來沒有言笑（小孩反常的表現），又常被班上的其他學生「拳揍腳踢」，而康成既不反擊，也不哭，十分堅強。在這種情況下，藍老師總是非常同情康成，並且做了適當的公平處理。

但我們一家人有幸和藍老師結緣，始於他的一次雪中送炭。大弟康成從開始就是個好學生，從來沒遲到過，但學期中突然連續三天遲到。於是，藍老師就詳細查問。後來才聽說，原來我母親因重病，由當地教會的石賢美伯母（教會長老）陪同，已前往左營的二姨家，將要接受治療。我被寄放在林園的表姐家，而大弟、小弟兩人則寄住在遠處的港嘴大姨家。這樣一來，康成每天早晨就得獨自走路到林園國小上學，每趟須費時一小時以上。藍老師知道這事之後，就開始用自行車早晚載康成上學、回家。後來，他就乾脆讓康成跟他一起住在學校宿舍裡，每天照顧康成吃住，還幫他洗澡。同時，每天也帶他到張簡醫師家中補習（不久，我也加入了這個補習的陣營）。幾個月後，母親終於病癒回林園，才和我們團圓。但藍老師還是每天下午到我們家接我和康成去補習。下了課，他總是帶我們到前市場喝杏仁茶吃油條。

有一次，康成哭著去上學，因為臨時發現書包丟了，以為給賊偷走了。但藍老師立刻安慰他，還答應要買新書和全新的書包給他。沒想到下課時，康成愕然發現五歲的小弟觀圻（當時還沒上學）正背著那書包坐在校園裡的一棵樹下，左右翻看「哥哥」的書本。這事使得藍老師甚為感動，以為小弟生來好學，因而也開始把小弟帶到他家裡去讀書了。

可以說，在我們姐弟三人的成長期間，藍老師一直是我們的良師益友。我曾為數學裡的「雞兔問題」和「植樹問題」與藍老師爭執不休，但他總是很耐心地為我解答疑點。此外，在我十歲以前，他已經介紹我讀《孤女佩玲》、《愛的教育》、《復活》、《悲慘世界》等世界名著，並鼓勵我每看一本小說之後，就得寫讀後感。這對我在青年時期的文學和道德教育起了很大的啟發。記得，有關《孤女佩玲》一書，我的讀後感的大意是：我以為小女孩佩玲有如生長在深山峭壁、長年忍受強風冷霜之侵襲的花朵。即使那花受到了嚴冬的考驗，最終還能開出美麗高雅的花朵。這足以證明，人生道路雖然坎坷難行，但只要有堅強的毅力和耐力，還是可以走出康莊大道的。藍老師很欣賞這篇讀後感，還特地拿給我母親看。據說，我媽媽看了直落淚。

藍老師為了鼓勵我求上進，屢次講有關古代一個名叫孫康的故事。他說，孫姓自周朝以來就是一個重要的姓氏，幾世紀以來出了不少對中國文化有貢獻的人，尤以晉朝孫康刻苦讀書的故事最為著名。孫康祖籍太原，出自一個有名的仕宦大家，但到了他那一代，家境已逐漸中落。孫康自幼喜歡讀書，常常讀到深夜，然而因為家貧買不起油燈，所以在冬天下雪的季節，他就利用雪的反光來讀書。後來，孫康長大成人，果然頗有成就，官至御史大夫，他那刻苦上進的形象因此也成了千年以來所有讀書人的榜樣了。我聽了這個故事，十分感動，常常告訴大弟康成說：「我們兩人的名字和孫康的名字很像，讓我們也來學孫康吧。」記得有一次，我在美術課上還畫了一間小屋，名為「映雪堂」。下課後，藍老師知道了此事，高興得直摸我的頭。

藍老師一面鼓勵我上進，但另一方面也教給我老子的道家哲學。他說，雖然我的年紀還小，但將來長大了一定會遇到為人處世的困難。他要我學習老子，不要與人爭長短；他鼓勵我永遠要像「水」一樣，雖自居卑下，卻能不斷流動，自由開闢新的空間。他經常朗誦老子《道德經》的第八章給我聽：

> 上善若水，
> 水善利萬物而不爭，
> 處眾人之所惡，

當時，我對他的期待還不甚瞭解。後來長大了，發現自己之所以還能在某些情況裡忍耐求全，乃由於藍老師的鼓勵之故。他曾告訴我：「有時為了人間的和平，這個世界需要有人做『垃圾桶』。」他說，「垃圾桶」極為低下，為人所厭惡，然而那些願意處於低下的人，才是真正的智者。這些年來，每當我遇到人事間的困難時，總會想到藍老師。

我最感激藍老師的原因就是：他本來與我們互不相識，卻因為同情我們一家人的遭遇，而把我們姐弟三人當成自己的孩子來教育。我們一直稱他為「藍舅舅」，我母親則視他為親弟弟，他喊我媽媽做「三姐」（因為我母親在娘家四姐妹中排行第三），一時在林園里成為美談。

但有一天，藍老師突然收到了一封用端正的楷書寫成的匿名恐嚇信，信中大概說道：你與孫家有來往，調查局正在調查中，你趕快去自首，以免皮肉之痛。藍老師收到那信，感到非常奇怪。之後，每隔一兩個星期，半夜就有警察來宿舍敲門，以查戶口為名，鞋也不脫就擅自上床翻被，好像要抓人似的。那時正值白色恐怖期間，藍老師只敢怒而不敢言。他因怕我媽媽知道了會擔心，也不敢告訴我們。後來，有一個星期日下午，當地派出所警員通知藍老師親自到派出所去一趟。據說，到了所裡，有一位刑警很嚴肅地問他口供，並以「坐飛機」刑求，苦不堪言，前後一共連續了幾個鐘頭。臨走前，他們還對藍老師說，要他利用一星期的時間好好想一想。幸而那次沒被押走。

多年後，事過境遷，藍老師才把此事告訴我。我對他說，從寫字的風格看來，我認為那封匿名的恐嚇信不太可能來自國防部，或許是什麼人作假的也說不定。至於警察找他去刑求，很可能是「作

---

1 後來，我讀到老子專家吳怡先生對該章的闡釋，發現他的注釋與五十年前藍老師給我解說的非常相似，甚喜。見吳怡，《新譯老子解義》第三版（臺北：三民書局，一九九八），頁四八至四九。

假」的那人隨便去警察局打「小報告」，才惹的禍吧。但其實到現在為止，我們仍舊不知那件事的真相為何。藍老師常說，「九個君子鬥不過一個小人」，他勸我不要再去想那回事了。

在我小學六年級的下半學期，我與弟弟們暫時寄居在左營高雄煉油廠的二姨家裡。後來，我上高雄女中，十五歲那年，我們又從林園搬到草衙，母親仍開洋裁班。以後，我們就較少見到藍老師了。但他每個月都會從老遠趕來看我們一次；我們只要有任何困難，他仍盡力為我們解決。後來，父親回來後，藍老師也把他當自己的「姐夫」看待。

我們全家移民到了美國以後，數十年來，藍老師與我們家通信不斷，越洋電話也不斷。一九九七年我母親去世，葬在斯坦福大學附近的Alta Mesa Memorial Park的墓園裡。藍老師給我父親的信上寫道：

三姐回到天上後，三姐夫為三姐安排她生平最羨慕的舊金山幽美地區作為她的安息地，三姐夫又為三姐精心設計那麼美的墓碑，我以「親弟弟」的身分向三姐夫叩謝。

誠然，友誼可以勝過親情，它真的令人難忘。與藍老師的結緣為我揭示了一個人生的真理——那就是，生命是脆弱的，但人與人之間的摯愛卻是強大而有力的。

第五章　探監途中

一九五三年，我九歲，那一年父親從臺灣東岸的綠島（通稱「火燒島」）集中營轉至臺北新店軍人監獄繼續服刑。此後，每年寒暑假，母親必帶我們姐弟三人去監獄探望父親。我們家住在高雄鄉下，每次去探監的往返行程都十分辛苦，特別是擠公共汽車和趕火車，一路上顛簸嘈雜，我們這弱小的婦幼四人，幾乎總是在人堆裡受盡擁擠推搡之苦。出發的當天，母親一大早就帶我們從林園鄉下乘汽車到鳳山，再由鳳山搭「高雄客運」往高雄市；到了高雄之後，又得轉乘市內汽車到高雄火車站；在擠滿了旅客的火車站匆匆買了票，又得長時間地等車；而好容易上了車，每一次車廂內都是爆滿。那些搶先上車的、急著占位子的，全都橫衝直闖，母親只得護住兩個弟弟，一隻手拉一個，邊走還要邊回顧落在後邊的我，而我身背大書包，想趕上去卻總是走不快。等趕上車，渾身無力地往車上一坐，火車搖晃中一歪頭就靠在椅背上入睡。直到幾小時後抵達彰化或臺中車站，停車的時間較長，母親買了水果零食和便當，這才叫醒我。我揉揉眼睛，掏出我那把小刀，把母親遞過來的香瓜切成片，與弟弟們分食。那火車也真慢，到達臺北，總要拖到次日清晨。這時候，母親又要招呼我們這些喊餓的孩子吃了早點，再搭汽車前往新店。

從新店往軍人監獄，要乘三輪車，那段路最令我難忘。那是一條漫長的路，沿途十分荒涼。我們四人總是同坐一輛車，母親和我坐在座位上，兩個弟弟蹲在我們的腳邊。聽說我們去軍人監獄探監，三輪車夫的臉上多流露出同情的表情，都不願多收我們的錢。記得有一回，一個三輪車夫邊踩車邊說道：

「孩子還這麼小，爸爸就被抓去關了監獄，真可憐啊！你這位太太也真不容易呀，是遠道來的吧？唉，我知道那裡頭關的不少人都是冤枉的……」他一邊說著，向監獄的方向指了一下。

媽媽只是唉聲歎氣，答不上話來。一時間，我思緒起伏，悲從中來，就在一邊抽泣起來。淚眼中只見三輪車的車輪在石子路上慢慢滾動，那一條荒涼的路顯得愈走愈遠。我聽見母親慢慢地對那三輪車夫說：

「你真是好心人，我們是從高雄鄉下趕來的，坐了一天的火車才到呢。我丈夫已在牢裡關了三年，還有七年刑期才滿。到時候，會不會出來，還說不定呢……」

「唉！你的命真苦……」車夫只顧歎氣，口中不斷在說，「命啊，命啊，這都是命啊。」

終於，我們抵達監獄牆外。遠望陰森森的，到處有憲兵站崗。母親向車夫說：

「多少錢？讓我先付這一趟的錢給你。」

「不用，不用，我在門口等你們，等回去時再付錢吧。」

「也好，那就多謝你了。」母親笑臉向他致謝，臉上卻掩蓋不住深重的憂慮。

我們進了監獄，母親和管門的人說了幾句話，就帶著我們孩子站在面會室裡等候。面會室中隔一道玻璃窗，把兩邊分成隔絕的空間，裡外雖看得分明，伸手卻不能互相觸摸。家屬在外，犯人在內，所謂「面會」就是徒然地面面相對，誰也不得逾越冷酷的界限。獄卒領著我爸爸從玻璃的那頭走來了。他滿臉憔悴，渾身消瘦，穿著沒繫腰帶的囚服，我一下楞住了，不住望著母親說：「爸爸來了……」

面會開始了，母親卻一句話也說不出來，她只是把小弟、大弟高高抱起，好讓爸爸看個清楚。我則努力踮起腳尖，在一旁觀望。旁邊一直有人站著監視，面無表情，一面在計時，一面似乎還在錄音。最後，父親先開口：

「我一切很好，你們不要擔心……」

「你看，三個孩子都長大了。快叫爸爸……」

記得，那天的對話大約如此：

「我給你寄來的藥都收到了嗎？還需要我寄什麼東西？」

「不需要了。你太忙，不必每封信都回。」

「這學期孩子的功課都很好，小紅還是考第一，康成第二名，觀圻明年就要上小學了，我會繼續寄他們的相片給你。你要好好照顧自己呀……」

這時管門的人早已在催促了，因為每次面會時間不能超過十分鐘。但聽說那次獄卒特別同情我們，看見我們母子四人好不容易從老遠的高雄跑來面會，破例給我們延長了五分鐘。

走出監獄，我們都忍不住流淚了。在極短的時間之內，我彷彿長大了許多。遠遠地，我看見監獄的牆外空蕩蕩的，只有那個三輪車夫很耐心地在那兒等候我們。

在回程中，三輪車夫一直安慰我母親，說：「你們還算幸運的，這年頭能保一條命已經不錯了……」走了幾十分鐘，我們又回到了新店的汽車站。

三輪車剛要停下來，母親已伸手掏出錢來。下了車，母親一面向車夫道謝，一面要把錢遞過去。誰料，車夫一下子竟跳上車去，向我們擺擺手，喊了一聲：「我不能要你們的錢哪……」母親還沒來得及開口，那車夫頭也不回，飛奔而去。

在中午的太陽下，母親站在那裡，無奈地望著車夫的背影，半晌悵然無語。

幾十年來，我一直忘不了那個好心的三輪車夫。我常常想，那個人現在還活著嗎？還在新店踩車嗎？但我知道，臺灣的三輪車早已被出租汽車取代，可以說已全部自然淘汰掉了。

二〇〇〇年八月，在北京遊圓明園，我赫然看見一輛輛人力車在路邊候客。有一位身材特別矮小的青年，向我笑著走來，問我要不要乘他的車，說從圓明園的這一頭拉到另一頭，只要人民幣三塊錢。我說：「我給你三十塊……」他睜大眼睛直說：「不好，不好，怕我們老闆知道了要處罰的。」但很快他就讓我上了車。

那青年以一種緩慢的節奏拉著車子，臉上慢慢滲出了汗珠。圓明園內，一抹斜陽，涼風輕吹，望著那湖上的景色，我神思悵惘，了無觀賞的心情。眼前這美麗的情景正與五十年前坐三輪車探監形成了強烈的對比，思前想後，我都不敢仔細回顧我們是怎樣一步步走過那段坎坷路途的。

最後，下了車，我還是把三十塊人民幣塞給車夫，什麼也沒說轉身就走了。

第六章　父親的故事

有關父親一九五〇年在臺北被捕的詳細情況，我一直到半世紀之後（即二〇〇二年的夏天）才偶爾從父親自己的口中得知片段。那個隱藏多年的政治迫害景象才慢慢在我的眼前又一次展開了。

原來，我父親坐牢十年乃是受我大舅陳本江先生的連累（見本書第十一章〈我的大舅陳本江與「臺灣第一才子」呂赫若〉）。因為保密局的人抓不到陳本江本人，故把目標轉向陳的親戚和朋友們。由於我父親當時的身分和地位較為顯著，而且又是陳的妹夫，還是大舅留學日本時期的同學，所以就不幸成了代罪羔羊。

在我幼時的印象中，好像有一天夜裡父親突然被人強迫帶走，以後就沒回來了……但後來我才知道，那記憶並不全對。事實上，保密局的人前後一共抓了父親兩次。一九五〇年一月二十三日深夜父親第一次被逮捕，當晚受了強烈燈光下連續不停地拷問，在拂曉前被推入陰森森的囚房，該囚房僅三個榻榻米大，門一打開，父親就看見一堆人早已攤在地板上，橫七豎八。因燈光頗暗，父親自己掙扎了老半天，才找到一個小空位，勉強坐了下來，不久即和衣（大衣）昏昏睡去。晚間在吉普車剎車聲和人們淒慘的哭喊聲中，不時驚醒。當時，父親想到家裡的妻兒，心亂如麻。據說，他心裡最惦著我，還寫了一首詩，其中一句是：「昨日掌上珠，今朝成孤雛。」後來，他在日記中寫道：「一九五〇年頭，大禍忽然臨到我們全家，一個幸福快樂的家庭，一夕之間墜入憂傷痛楚的流淚之谷……」

但父親被捕一個月左右，突然被釋放。那時，家中的東西已全遭沒收，且被迫搬進另一間被沒收的民宅中，整天一直有特務在家裡監視。日間，則有保密局的人帶父親到各個城市，他們要他說出某某親友現在躲在哪兒等等（當時有親友參加了民主革命聯盟），但父親卻絲毫說不出什麼，態度也不合作，故五月五日那天又被抓。

第二次父親被捕那天，大弟康成正在發高燒。故上了軍車，父親一直心如刀割。首先，他被關在保密局另一個臨時看守所裡，所內地板尚未乾，整天不得鹽吃，身體浮腫，幾乎支撐不住，且時時活在黑暗中。每天早晨，倒馬桶是唯一得見天日的機會，但後面總有刺刀和衝鋒槍跟著，十分恐怖。當時，父親天天被施加各種各樣的體刑。

數月之後，父親被移送至軍法處看守所。在那兒很久都沒判刑，只得到一個號碼。剛進去時，半夜經常聽見有人陸續叫喊某某號、某某人，接著只見一個個年輕人被推出去槍斃，他們大都是優秀的臺灣青年，幾乎全是臺大學生。

那年六月，韓戰爆發，不久父親就被判刑十年，隨即關入軍人監獄。這時監獄剛建成，連牆壁都還是濕淋淋的。每天那兒的政治犯等於睡在「水上」，因為被褥底下都滲透著來自浴室和廁所的水。但這時總算終於准許犯人給家人寫信了。此時，在妻兒下落不明的情況下，父親只得寫信給住在南部的大姨父。後來，信通了，母親帶著兩歲的小弟觀圻，飛快地趕往臺北的監獄接見父親。那回，父親隔著窗，只見母親抱著觀圻，觀圻拿著半個香蕉在嘴上啃，夫妻兩人，一時淚眼相對無言。

但母親第二次去接見時，父親已被送到綠島勞動營去了……

原來，有一天半夜，上頭突然命令牢裡的政治犯立刻打好行李，然後大夥兒就上了大卡車。車在大路上行駛著，父親卻看不見外頭，因為車上的窗簾全部拉下，四面一片黑暗。後來，才發現自己已被押到基隆港碼頭，又被逼上船，船上每兩人一副手銬。一到綠島，解下手銬，先走五公里路到營區，當時天已傍晚，但未開飯，立即又集合，當下給每人發下繩子和槓子，列隊再走到碼頭，每人須抬運米糧回營，黃豆一包兩百斤，壓在肩頭，人勉強才站得起來。因為打著赤腳，而路上又都是沙石，步步都是在極端的痛苦中走過的。據父親回憶，在那段強迫勞役的日子裡，他常常想起托爾斯泰小說《復活》中所描寫的集中營的情景。有時他覺得苦不堪言，生不如死，加上早已在監牢裡得了肺病，這一下就更嚴重了。父親從來不會游泳，有一次看見綠島有一個很深的池塘，他故意跳下去，心想一定會立刻就死了。沒想到，他的身體竟浮在水上，沉不下去。那次父親雖幸運地活了下來，但他的一些朋友卻死在綠島了。

大約兩年後，父親終於被押運回臺，關入新店軍人監獄。在那裡幾年之間，父親看見難友們死的死，瘋的瘋。同時，他仍照常受罰，每日帶著腳鐐出去做工。後來，身體不支，就開始吐血，心想此生是絕對無法生還了。但最後還是寫信通知了母親，好讓她寄藥到監裡。

坐牢的經驗使得父親漸漸看透了人性，從此勤讀《聖經》。他發現，《聖經》乃是反映人性的一面鏡子。在經歷過諸種人生境遇之後，父親終於找到了他的信仰。在坐牢的最後三年間，父親似乎開始能靜下心了。他不但自願在牢裡教英文，也從事各種翻譯工作。例如，他譯自日文的〈論科學的思考〉一文曾發表於《科學教育》第三卷第三期（原著者為湯川秀樹）。文章結尾寫道：

> 時間是什麼？時間是怎麼度量的？事件的先後，以及「同時」到底具有怎樣的意義？……或許這世界的確有一個絕對的時間和空間存在，但是，作為人類的我們永遠不會把握到它；人們所能知所能曉的只是那充滿規約的，相對的，時間和空間。

我想這個「相對」的時間與空間，大概就是父親在尋找人生意義的過程中，所領悟到的一種「絕對」的真理吧。

後來，父親把他那篇譯文從牢裡寄來，獻給我媽，作為他們結婚第十四周年紀念。母親深受感動，因為沒有什麼禮物比那篇文章更珍貴的了。

第七章　母親的固守

我的母親有一種固守的性情，凡事都能心志堅定，不受外在的誘惑。這種性格也使她在患難中變得十分堅強，成為一個剛烈的女人。

父親被保密局逮捕的那一年，母親才二十多歲，但她在受苦的十年間自始至終都很獨立自強，即使遇到了經濟上的困境，也從不接受親友們的資助，只是自己晝夜不停地作工，勉強餬口。在那些日子裡，她有喝不盡的苦杯，流不完的眼淚，淚水經常濕透枕邊。同時，她還得了重病，但仍然不顧一切拚命作苦工。因此，在林園的小城中，她很早就贏得了「賢德婦女」的名聲。後來，父親出獄時，各處親友紛紛來慰問，知道母親所經歷的事，無不稱讚她的美德懿行。

記得，我們剛搬進煉油廠教員宿舍不久，有一天，一位父親的老朋友遠道來訪，聽了媽媽的故事，又感歎又讚美，臨走向我父親說：「這是現代的王寶釧啊。」因為在那個白色恐怖的年代，許多人出獄之後，就會發現自己面臨著兩種困境——其一是就業問題；其二就是家庭破碎，自己的妻子早已離去。當然，那是殘酷的政治現實所造成的悲劇，是人人都能體諒的。

當時，許多政治犯一旦被判刑，知道自己出獄無期（即使被判有期徒刑，也不一定能按期出獄），就勸他們的妻子再婚，主要怕她們耽誤了青春，也怕她們和孩子們無法生存下去。我記得，媽媽剛開始在林園鄉下開洋裁班時，有一天忽收到爸爸寄來的這麼一封信，信中提到既然他已被判十年刑，生還無望，要媽媽趕快改嫁云云。

媽媽讀完了信，氣沖牛斗，嘟囔著說：「胡說些什麼呀……」說著，立刻買火車票，出發北上。那次媽媽一個人匆匆趕去臺北，我完全不知道爸媽是如何進行對話的。只知道從此之後，爸爸再也不敢提這事了。

媽媽天生麗質，她的美貌，在家鄉是出名的。後來，她在東京讀書的時候，有一次在開往京都的快車上，一位紳士模樣的人上下打量她半天，過來打招呼，稱讚她的美麗，弄得媽媽莫名其妙，還以為遇到了壞人，緊張萬分，事後才知道原來那是個日本製片廠的導演，想羅致人才當電影明星的。多年後，我們住在林園鄉下，母親偶爾會到學校來開家長會，學校裡的同學們也都會問：「那個穿旗袍的漂亮媽媽是誰？」她上街買菜，也經常引人注目，加上她待人誠懇謙和，所以里的人都特別喜歡她。

每次有人在我面前稱讚我媽媽，說她很美，我總是感到很驕傲。但我認為母親的美是她的內在美的真情流露，她那種凡事固守的性情使她特別有魅力。對我來說，母親的美是一種人格美，珍貴有如玉石。

我記得，爸爸不在家的那段期間，媽媽最發愁的就是我們的經濟問題。每當我們快要交學費的時候，她就不得不想盡各種辦法籌錢。有一天，一位與媽媽娘家有世交的朋友忽然來信，說他近來發了大財，想帶媽媽到鳳山去做一筆很好賺的投資生意，說只需幾個鐘頭的時間就能把事情辦好。母親聽了很高興，於是就約好某一天早上一同去鳳山。出發的當天，那位朋友還特地請了專車來接，也算彬彬有禮了。

誰知當車子駛到半途中時，媽媽開始起了疑心。似乎車愈來愈近郊外，不像去城裡的樣子，而且已快到海邊了。這時，媽媽才猛然發覺自己受騙了，於是神色驚惶起來。那朋友知道難以再隱瞞了，就溫溫和和地向媽媽一五一十據實說了：原來，那天不是出來談生意，而是想找個機會向媽媽求婚，希望媽媽能嫁他作妾！媽媽一聽，大吃一驚，又氣又怕，立刻就喝令司機停車，自己開了車門，飛快地往海邊跑去，好像要去投水自殺的樣子。車裡連司機帶那個朋友嚇得趕緊追上去，費了好大一番功夫才把我媽帶回車裡。一路上，那位老朋友面紅耳赤，連連向媽媽賠罪不止。就這樣，媽媽才得脫險。

這件事是事後我們房東太太告訴我的。那年我雖然才十一歲，但已開始懂得這種事的嚴重性。我後來問媽媽，但她說不要緊，「小孩子不要亂想」。但從那時起，我開始特別注意媽媽的安全，很怕有人隨時會來害她。

自從那次的事以後，煉油廠宿舍裡的人對母親更加尊敬了，佩服她一個年輕女子有節有膽，很不平常。有人告訴我，我媽是個標準的「貞婦」，她的行事風格很傳統，也很「中國」。但其實對媽媽來說，貞潔是她人性尊嚴的一部分，也可以說，就是她對我爸無條件的愛的表現。

因媽媽自己守身如玉，她也自然不能容許別人中傷毀謗她。記得，曾有過這麼一段事：有位長輩親戚，素來品行不端，為鄉里人所不齒，因暗中對我母親有所企圖，屢用詭計都不得逞，懷恨在心，於是設計破壞母親的名譽，也想藉此激怒她。有一天，那個親戚在路上碰到我的大弟康成，就問他：「那個常去你家的藍老師每天是不是在你家睡覺？」（藍老師是我們多年的恩人兼恩師，我們上小學時，他時常到家裡來接我們姐弟三人去補習。）當時大弟還很小，不懂那個問題的涵義，回來後就告訴媽媽。媽媽一聽之下，非常憤怒，立刻要與那個親戚算帳。於是，就叫了一輛三輪車，直奔他家而去，把對方狠狠地罵了一頓，然後坐原車回來，前後不過三十分鐘，就把事情解決了。

那位親戚自從被我母親「整」了一頓之後，再也不敢造謠生事了。

一般人看我母親平日溫柔體貼，待人很慷慨，以為她不會發脾氣。但凡是真正認識她的朋友都知道，她是一個很有原則的人，她最不能容忍別人冤枉她。所以，任何有損她的人格的舉動或言語，她都絕不放過。對她來說，那些不負責任的流言蜚語是最可怕的東西，她必須一一對付，即時消滅它們，就好像一個人的眼睛裡有了灰塵，一刻鐘也無法忍受。

然而，有些親戚不太瞭解我媽，以為她太好強，因而對她有所批評。但我認為那是因為他們不瞭解母親那種固守的情操的緣故。至於我，我最佩服我媽了，我佩服她凡事不顧一切、勇往直前的精神。若不是有她那種堅持的性情，我們一家人不知要如何度過那一段苦難的日子。

第八章　出獄

一九六〇年一月二十三日是父親要出獄的日子。整個一月份我們都非常興奮。我想：終於等到有一天，母親不必急忙地撕日曆了。

原來，父親不在家的十年間，母親每天等不到黃昏的時刻，就已先撕掉了當天的日曆。既然日曆是時間過渡的指標，它也是希望的象徵。每次撕過日曆，母親總要說：「你看，明天就快要到了，你爸爸又能早一天回來了。」

為了預備父親出獄那天的到來，母親早已於一個星期前到臺北去了。那時，學校還正在上課，所以我們姐弟三人沒跟著去。我們暫時住在左營高雄煉油廠的二姨家，以等待父親的歸來。

一月二十二日，父親將要出獄的前一晚，我竟終夜不眠。第二天下午，接到母親從臺北送來的電報，確定父親已經出獄，我這才放了心。於是，那一整天我變得笑臉常開，走起路來十分輕鬆。下午，站在高雄女中的校門口等車，發現對面的天主教堂變得格外地美麗堂皇，遠處的那條愛河也呈現出特別溫柔的光彩。

隔天，我們終於在二姨家見到了父親。第一次能如此從容地仔細端詳他，這個感覺有些新奇，也有些陌生。深藍色的西裝，配上深紅色的領帶，爸爸這種裝束使我想起六歲以前所認識的他。站在他身旁的母親也顯得特別年輕，她穿了一身淡紫色的旗袍，一直很開心地和親戚們說笑。那天晚上，二姨家為了慶祝我爸平安歸來，特地開了一個家庭慶祝會。我感受到了一種從未有過的幸福感。

然而，好景不常，父親才回來幾天，我們又開始嘗到「政治迫害」的滋味了。那時，我們暫時住在二姨父他們鄉下的老家。有一天夜裡，忽然聽見外頭有人大聲在敲門。因敲得很急，大家都不約而同地從床上跳起。父親馬上開燈，穿上衣服，飛快地跑去開門。我因為臨時太緊張，就抓住媽媽的手不放。看見牆上的掛鐘，知道是半夜三點。心想，難道他們又來逮捕父親不成？

接著，只見一個警察走了進來：「怎麼不快開門？你不是姓孫嗎？快快快，我是來查戶口的！」一聽是來查戶口的，我突然放下心了。母親這才爬到臥室裡那榻榻米上，小心翼翼地把戶口謄本從櫃子裡拿出來。

那警官故意提高聲調說：「家裡怎麼只剩三個人？還有兩個男孩呢？」

我搶先說：「兩個弟弟在高雄煉油廠上課，現在寄宿在我二姨家。我二姨的地址是……」說著就要提筆寫給他看。

「好啦，好啦，我知道就是啦。」他翻一翻戶口謄本，又朝父親仔細端詳了一下，呯的一聲關上門走了。

我們三人像洩了氣的皮球，老半天都說不出話來。那天一直到天明，我們都沒再闔過眼。

此後，每隔兩三天就有一次「查戶口」。其實，我們並不怕這種干擾，怕的是鄰居們的反應。因為每次那警員到我們家查戶口，都大聲嚷著說話，好像故意要讓所有鄰居左右都知道這事。於是，所有鄰居全都看在眼裡，漸漸不敢和我們說話了。還有人七嘴八舌，趁機製造謠言。記得，那段日子我真是苦不堪言。那時，我上高中一年級，功課開始繁重，每天都讀書讀至深夜，如果半夜又有刑警來查戶口，那只得通夜不眠了——因為我從小就神經過敏，一旦醒了，就再也睡不著。

這段期間，父親開始到處找工作，但我們發現附近沒有任何人敢聘用他。當時，臺灣仍在「戒嚴」時期，到處草木皆兵，而且每個學校和機關都有「安全組」或保防祕書，要按時把所有員工的情況向上級治安單位報告，凡有前科者，均不敢錄用。後來，爸媽決定先到林園的好友石賢美長老的家中住一段日子，順便由她幫忙找工作機會。但幾個星期下來，走遍了高雄、臺南，卻處處碰壁。當時，林園附近有一家中學本來準備要聘用父親，但後來校長知道了父親的背景，就立刻送來通知：「礙難聘用」。最後，父親只得在林園的一家補習班裡暫時教英文。然而，這時當地的警察不斷到石賢美長老的家中查詢，三兩天就來一次嚇人的「查戶口」，弄得大家雞犬不寧。

後來，通過二姨父幾個月來的努力，父親終於得到消息，說高雄煉油廠國光中學校長要找他面談。該校校長頗為同情我爸，也很欣賞他的英文造詣，故很想立刻聘用他，但苦於「安全組」那邊難以通過。況且，高雄煉油廠又是國防要地，眼看這一關是絕對過不去了。後來，有位親戚找到從前逮捕父親的那位谷先生，請他在此緊要關頭為我父親寫信，證明我爸爸當年被捕實為無辜受累等情，這才勉強過了關。幾年後，我和兩個弟弟要出國留學，再次因父親的背景而無法通過警備總部一關，也通過同樣的方法才得以順利出國的。此外，一九七七年谷先生曾當面告訴我，他一直知道我父親是無辜受累的，只是我父親「脾氣太壞」，當年被捕後，曾當面頂撞他，才被判十年的，此為後話。

總之，出獄後的十七年間，父親一直在國光中學裡任教。父親早年讀書一向名列前茅，從前曾以第一名的優異成績畢業於日本早稻田大學，但後來因其不幸的政治遭遇，無法施展其才華，殊為可惜。但他終於有機會教育煉油廠員工的子弟，可謂不幸中之大幸了。本來父親兄妹三人自幼都得祖父親自教授英文，已有了根基，後來父親又在天津英租界從一位英國人教師E. R. Long專修英文，故會說一口British English。到國光中學後，父親在家夜以繼日地用功，一面讀語言學方面的著作，同時又得花時間矯正他從小習慣的英國腔，重學美國口音。因此，常常清晨四時就起身，一個人到後院走廊上改學生考卷（那時他的病尚未痊癒）。任教第二年，高雄市政府抽查全市國中英語，結果國光竟得了冠軍，與亞軍相去三十多分之譜。當時，高雄附近的報紙爭先登出有關父親教學優良的消息，還有記者專程來家裡拜訪。自此，父親的工作博得學生和家長的信任，甚至後來煉油廠招考職員的英文命題也常由他一人擔任了。

但令人感到奇怪的是，在這種情況下，當地的保警隊員仍每週兩三次到家裡來「查戶口」。經常是三更半夜就來敲門，手裡還拿著手電筒不斷在照，又到處翻箱倒櫃地搜查，有時還大喊大叫，自然也吵醒了鄰居左右。在這種時候，我們面對那撞門進來查戶口的刑警，心裡雖然感到怨恨，也無可奈何。

在這種「查戶口」的疲勞轟炸之下，母親最擔心父親又會舊病復發。後來，父親果然開始吐血，幸而得名醫診治，才渡過了難關。

至於我，每天早晚都在忙著趕交通車到高雄市區上學。在返途中，每次看見那座美麗的半屏山高高地聳立在那兒，我就知道快到家了。有好幾次，我都想起了陶淵明的那首詩：「採菊東籬下，悠然見南山……此中有真意，欲辨已忘言。」真的，儘管生活的情境仍未能如人意，但這些年來，我第一次擁有了一個「家」的感覺。

第九章　骨灰的救贖

在我九歲那年，大表姐的一句氣話幾乎殘酷地摧毀了我的童年。從此以後我才知道，言語的傷害要比任何其他傷害都來得可怕。

那故事發生在一九五三年，我父親被抓去坐牢的第三年。那時，我們住在林園鎮上一座二層樓的樓上，那樓上是母親白天教洋裁的地方，也是我們晚上休息睡覺的場所。樓下是一家西藥房，那位藥劑師是個大好人，待人忠厚誠懇，他只比我媽小一兩歲，故我一直喊他「進昌叔叔」。每次我放學回家，走過他的藥房，他總是對我很和善，有時還會給我好東西吃。那時，大姨的大女兒（才二十歲出頭，我稱她為「大姐姐」）經常來樓上找我們，也與學洋裁的學生們混得很熟。大姐姐長得很美，而且聰明伶俐，人人都喜歡她。後來，她與進昌叔叔認識，兩人不久就結婚了。自此，我改稱進昌叔叔為「進昌姐夫」。

然而我發現，大姐姐結婚後不久，開始常常在我母親面前發脾氣，母親也逐漸對她反感了起來。後來，聽別人說，大姐姐的父親（即我的大姨父）因風流成性，每天到隔壁的酒家花錢，就順便來向母親伸手要錢，母親因無法讓他如願，於是互相之間就有了誤會。這件事自然給了我媽媽很大的心理壓力——尤其，因為大姨家曾經是我們的恩人，在父親被抓之後，他們曾收留了我們。沒想到，現在大姨父竟讓我母親陷入了麻煩。

但大姐姐顯然是站在她爸爸的立場，而且漸漸和我媽媽對立了起來。一天下午，我放學回家，照常經過樓下的西藥房。當我走到樓梯口時，突然聽見大姐姐大哭大嚷，直朝著樓上大叫：

「你別得意，你以為你丈夫會活著回來？哼，我告訴你，他連骨灰都回不來……」

那句話顯然是針對我媽媽說的。聽見那句話，我立刻哭了起來，急忙跑上樓去。我發現母親早已氣得整個人倒在榻榻米上，她的學生正在用熱毛巾給她擦臉。那時，媽媽已經開始有了心臟的毛病，只要一生氣就會全身發冷、發抖。我看見媽媽好像不行了，就掉頭跑下樓去，直奔附近的大信醫院，不久張簡醫師就來給媽媽打針。這樣，母親才終於脫離了危險。

在那以後，我們很快就搬家了。母親也因為無法應付大姨父那邊的壓力，從此決定和他們全家人一刀兩斷。

我很恨大姐姐，恨她說出父親「連骨灰都回不來」那句狠心的話。為了那句話，我想了整夜，從此小小年紀的我開始有了失眠的毛病。

我之所以特別恨大姐姐，乃是因為她說出了我心中的恐懼。我很擔心爸爸會真的死在監獄裡。而且，周圍的一切情況似乎也讓我想到有那麼一種可能。

忽然間，我變成熟了。一個九歲的小孩覺得自己已經告別了「童年」。

我開始保護媽媽，也隨時隨地想照顧我的兩個弟弟。我知道，母親絕對不可以倒下去；她一旦倒下去，我們就完了。而兩個弟弟都還年幼無知，無論如何也不能讓他們操母親的心。幸而弟弟們都很懂事，一直很少給母親添麻煩。

記得，有一天半夜，母親的心臟病突然發作。我摸摸媽媽的心臟，好像跳動得很慢。我一時急了，立刻衝出門外，獨自一人飛快地跑向大信醫院的方向。那時，我們已搬去離醫院較遠的「過溝子」，每次要上城裡去都得經過一座橋，橋下的水很深。正巧兩天前有個女人因受不了婆婆的虐待，就背著兩個小孩投水自殺，我因而愈跑愈害怕。我一邊跑步，一邊往後看，就哭了起來。直到找到張簡醫師，把他帶到家裡來，我才終於靜下心來。

第二天清早，我那善良的二姨父就從遠處的左營高雄煉油廠趕來，用廠裡的專車把母親帶走了。從前，每回遇到母親生病，若必須到外地去就醫，我總是會到大姐姐家去住，而兩位弟弟則被寄放在港嘴的大姨家；但這次不同了，我們姐弟三人突然變成無家可歸的人了。

後來，兩個弟弟只好暫時住到藍老師家，而我就轉到臺中的梧棲國校就讀，寄宿在梧棲港的四姨家。

梧棲港正巧是我三歲到五歲時住過的地方，這次又回到了舊地，令我傷感。原來，一九四七年至一九四九年間，我爸爸曾是臺中港工程處的副主任。父親的老同學湯麟武先生（我稱他「湯伯伯」）則是梧棲港的主任。在我童年的印象中，我們當時在梧棲住的房子很大，還有個美麗的花園，花園裡樹木很多。誰知九歲的我又重返梧棲，才發現我們的舊居就在湯伯伯家的對面——整個港務局區就以湯伯伯家的房子和我們的老家最講究了。每天我到梧棲國校上學和放學回家，都要走過那個老家（那時已經是別人的家了），而每次走過那房子，就禁不住要流淚。有好幾次湯伯伯湯伯母老遠看見我，向我熱情地招手，要我進去他們家坐，但我都很快地迴避了（順便一提，二〇〇二年十二月，作者和大弟康成重訪臺中梧棲港，終於找到了半世紀前曾經住過的房子，撫今追昔，無限感慨）。

且說，我九歲那年，每天走到梧棲國校的途中，都必須經過一座小橋。每次走過那個橋，我就不知不覺會想到林園「過溝子」的那條河。我也經常會思念媽媽，不知她的身體怎樣了。通常我總是一個人低著頭，若有所思地走過那橋。有一回，一個住在橋邊的算命女人突然跑過來，對我說：「啊，我看見你有一雙很整齊的柳眉，你整個臉上寫著好命，來來來，讓我給你算個命吧。」我本能地退縮了，但後來終於乖乖地把手伸開來給她看。幾分鐘之後，她就微笑地說道：「好啊，你註定是要好命的呀，你將來長大了一定會去美國打天下……」我和她說聲謝謝，又繼續在橋上走過去了。

那天下午放學之後，我很興奮地把那算命女人的話告訴了四姨。我說：「我看我爸爸將來一定會活著回來，要不然我將來怎麼去得了美國？」四姨點點頭，直說：「那個算命的人完全對，你爸爸一定會平安回來的，你不用再擔心了。」我因此感到很放心。

此後，我經常想起梧棲橋上那個算命的女人。我很感激她，因為她無意中給了我一顆定心丸，讓我相信父親不會死在監牢裡。

我在梧棲一共住了四個月，後來我從梧棲回到了林園，母親也已經恢復了她的裁縫班。那時，我們早已和大姨父的一家人斷絕了往來。但有一天夜裡，大姨的次子（我稱他為「二哥哥」，已於二○○七年去世）突然出現在我們家的門口，他面帶憂鬱，悄悄地走進門來。

「三姨，三姨，你看看今天的報紙……」他遞給我媽一份報，右手指著一段新聞。

母親立刻把手上的針線放下，開始看報紙。母親邊讀邊搖頭歎氣，看起來很難過的樣子。原來，大姨父剛鬧了個桃色新聞，有人要告他，在林園的小城裡掀起了一陣風波。

「三姨，你知道我和我父親完全不一樣，這事讓我很傷心。請你把我當成你家的人吧……」說著就流下淚來，眼淚直滴到裁縫車上。

其實，我媽媽一直最喜歡「二哥哥」這個青年了。二哥哥是親戚裡第一個考取臺大的人，是當年林園鄉有名的高材生。一年以來，二哥哥一直在臺北上學，沒回過南部的老家，所以並不知道我母親已和他家絕交的事。那天他剛從臺北回來，發現我們已搬了家，還聽說兩家鬧得很不愉快，同時也看到報紙上登出有關他父親的醜聞。對二哥哥來說，這真是一個多災多難的日子。

在那以後，二哥哥每幾個星期就從臺北趕回來看我們一次。他每次回來都不忘為我補習數學，也買各種參考書給我。所以，在那段期間裡，我們雖然視大姨父家為仇家，但二哥哥卻是個例外，他簡直成了我的親哥哥了。

此外，還有另一個例外，那就是進昌姐夫。他經常騎摩托車從林園街上經過，每次總是很誠懇地和我打招呼，並問我媽媽好，問我需不需要什麼藥。我看得出來，進昌姐夫的關切完全是真心真意的。

現在回想起來，我們當時把大姨父一家人一律視為「仇人」，未免犯了遷怒之嫌。其實，真正得罪我們的也只是大姨父和大姐姐兩人，其他的人都是無辜的。但我完全瞭解母親當時的困難——在自家難保的境況中，若想要結束那種沒完沒了的親戚糾纏，恐怕也不得不採取母親那種「一刀兩斷」的對付方式了。後來，聽說許多住在林園鄉的人都很同情我母親，也知道我們兩家是勢不兩立的。

在我十一歲那年，在一個偶然的機會裡，我聽到林園教會陳希信牧師的一次震撼人心的講道：〈要愛你的敵人〉。陳牧師以一種平實的口氣把人性的共同弱點描述了一番，同時引用《聖經》的話語來鼓勵大家（《聖經・馬太福音》五章四十四節），希望教會裡的信徒都能以愛心互相對待。陳牧師的講道給了我一個很強烈的震撼——突然間，好像那股塵封內心已久的怨恨又一次被輕輕觸動，但接著又有一個更大的、更溫柔的聲音在呼喚著我。奇妙的是，從此我就不再恨大姐姐了。

不久，我的五年級導師劉添珍（後改名劉丁衡）和大姐姐的二妹結婚。在那以後，藉著劉老師的關係，我自己又開始與大姐姐一家人來往了。劉老師是我最難忘的師長之一[1]，他是天生的音樂家，他不但教我唱歌，而且推舉我為林園國校樂隊的總指揮。我至今忘不了當年我所指揮的〈國旗歌〉「三民主義，吾黨所宗」、〈玫瑰玫瑰我愛你〉等歌曲。今天回憶起來，劉老師確是最早為我開啟音樂想像之門的人。如果說，在往後的日子裡我還有幸發展出某種領導才能的話，有很大部分則要歸功於劉老師當時給我的鼓勵，因為他教給我：一個優秀的樂隊指揮就是好的領導人物。

十六歲那年，爸爸剛從監獄出來時，我們暫時住在高雄縣的草衙鄉下。我記得，第一個來訪的親

---

1 劉老師後來出版了一本回憶錄，記載他的心路歷程。見劉丁衡，《窯匠之泥》（臺北：宇宙光出版社，二〇〇〇）。

戚就是大姨父。後來，過了幾天，大姐姐也趕來草衙，一進門就在我媽媽面前痛哭，表示懺悔。母親很受感動，終於原諒了她。大姐姐後來一直對我們很好，經常來探望爸媽。

在那以後，我才知道大姐姐也有過一段極其坎坷崎嶇的經驗。原來，她在認識進昌姐夫之前，早已與一位姓林的臺大學生談戀愛並訂婚，但一九五三年初她的未婚夫突然被捕，判刑十五年。後來，父親告訴我，他在臺北服刑期間，曾與那位姓林的年輕人同住過一個監房。

這時，我才想到，原來大姐姐從前脾氣變壞、忽然開始與我媽媽鬧彆扭，或許多少與她未婚夫不幸被捕有關。

於是，我開始對大姐姐產生了同情。我想，她當時才不過二十歲出頭，就體驗到了政治迫害的殘酷，也真可憐。尤其是，她一直不敢輕易向別人述說自己內心的痛苦，必須長期壓抑一個內心的祕密，那一定是十分難受的。幸而她和進昌姐夫有個很美滿的家庭，也算是不幸中的大幸了。

然而，一九六三年元月前後，爸媽突然聽說進昌得了末期肝癌，正住在高雄市區的一家醫院裡，而且人也已經奄奄一息了。聽到這個消息，爸媽真不敢相信，因為進昌的身體一向比誰都還要壯，而且是柔道上段，怎麼會突然倒下來？聽說，當初進昌剛開始生病時，自己還以為只患了感冒，仍然喝酒不停，誰知原來是得了肝癌！

進昌去世前，我父親天天都去醫院看他。每次走進病房，都看見大姨的一家人圍在床頭哭泣，情景甚為淒涼。最後那幾天，進昌經常大哭大嚷。有一天，他突然大聲叫了起來：「那邊很暗，怕啊，怕啊……」爸爸就對大姐姐說：「我為他禱告好嗎？」大姐姐表示同意，於是爸爸就站在病床前面做了幾分鐘的禱告。接著，爸爸又問，是否願意請牧師來給進昌受洗，大姐姐也點頭示意。

當下，爸爸立刻趕回左營高雄煉油廠，並找到了後勁信義會的一位姓石的美國牧師。那牧師立刻答應要給進昌洗禮，他說：「咱們今晚就去。」

當天晚上，兩人一同走進醫院時，進昌已進入了半昏迷的狀況。石牧師對著進昌大聲問道：「你願不願意信耶穌？」奇怪的是，一個昏迷的人居然也會點頭。當時，在場的所有家人都看見了，甚為驚奇。接著，石牧師就為進昌行了施洗之禮。

施洗之後兩三天，進昌姐夫就安然去世了。他留下了一個三十二歲的年輕妻子和三個幼小的孩子。從進昌進醫院到去世那天，前後總共只有十五天。

一接到進昌去世的消息，我父親立刻趕去醫院，開始進行追思禮拜的安排。首先，爸爸為他們找到了燒骨灰的地方。那燒骨灰處有幾個爐子，平排在一面牆壁上，通常棺木則從外頭的開口處一一送入。第二天，父親等進昌身體火化後，就帶著大姐姐和她的三個孩子去取骨灰。一進門，他們只見幾根骨頭放在一個充滿骨灰的盤子上，情景十分淒涼……

不久，追悼會就在港嘴大姨家的院子裡舉行。那天，幾乎所有親戚——包括二姨父、二姨、舅舅們和我媽媽——都出席了。那天的追思禮拜從頭到尾都由我爸主持。整個大院子裡，到處都是花圈，也擠滿了人。面對著桌上的骨灰盒，父親一面做了禱告、講道，也領大家吟詩。後來，他看見村裡的許多人也來了，忍不住早已熱淚盈眶……

幾天後，大姐姐就在教會裡受洗了，孩子們也陸續都成了基督徒。他們全家信主後，時常到我們的油廠宿舍來拜訪爸媽，經年不斷。

這裡必須提到的是：進昌姐夫死後十年，即一九七三那年，大姐姐從前的未婚夫林先生終於從監獄出來了（他原來判刑十五年，但因服刑的期間不甚合作，故刑期被延至二十年）。林先生出獄後，聽說大姐姐的丈夫早已去世，就立刻向她求婚。但大姐姐卻拒絕了他的請求。

大姐姐拒絕的理由很簡單——她說，雖然林先生曾經是她最愛的人，但進昌曾給了她十年幸福的婚姻，也留給了她三個很成器、很孝順的孩子，她願意永遠紀念先夫的恩惠，為他守一輩子的寡。

聽到有關大姐姐「拒絕求婚」的這件事時，我早已移民到美國許多年了。這個故事令我難忘。我發現，我終於在大姐姐的身上看到了一種人性的崇高——那是經過受苦之後，感情淨化之後，所歷練出來的崇高（按：大姐姐已於二〇〇四年去世）。

第十章　在語言的夾縫中

半個世紀多以前，我曾經是臺灣「省籍矛盾」的受害者，當時我一直活在語言的夾縫中。在那個年代裡，語言變成了族群的、政治的表現方式，而我那不尋常的背景（父親是外省人、母親是臺灣人）又更加把我推向了兩難的語言困境。

話說，我父親是天津人，早年長住北京。身為老北京，父親總是一口京腔。一九四四年我出生於北京，從小就跟著父親和其他家人講北京話。所以，北京話是我的第一母語（母親是臺灣人，曾在東京受日本教育，但她後來開始努力學習北京話，儘管她的口音不甚標準）。一九四六那年，我們搬到臺灣以後，全家人還是繼續講北京話。按當時臺灣的標準，我的口語是最純正的北京話「國語」。

然而，我六歲那年（一九五〇年）父親被抓去坐牢，不久情況就大大地不同了。首先，家遭慘變之後，母親就帶我們姐弟三人逃到高雄縣的林園鄉下。印象中，到了林園之後不久，或許為了適應周圍的環境，我很快就把北京話全忘了。此後一年間，我整天只說臺語。一直到上小學二年級，學校強制推行「國語」，我的臺灣老師才開始教給我們帶有「臺灣腔」的國語。所以，我現在說的「臺灣國語」是我八歲那年在林園鄉下學的；嚴格地說來，它應當是我的第三母語。

當年，在林園國校，我的老師經常是夾雜著「國語」、臺語，和日語來講課的。在一九五〇年代初的臺灣，這種混雜著三種語言的情況是極其自然的。因為從前臺灣人在日本的統治之下五十年，學校和機關所用的官方語言一直是日語，而我的臺灣老師也大都是在日本的教育中長大的。後來，一九四五年臺灣光復，國民政府來臺接收，從此北京話變成了「國語」，臺灣人為了求職，只好硬著頭皮從頭開始學中文，但一時仍無法把它學好。記得有一天，我的一位二年級老師在課上大聲對我們說道：「下課後，不要拿椅子的拐子打酸子，你們只要好好勉強。」我因為已經熟悉臺語，曉得「拐子」是指椅子的腿，「酸子」就是芒果，所以立刻瞭解老師那一句話的大意。我知道他想說的大概就是：「你們下課之後不要頑皮，不要拿椅子的腿來打樹上的芒果。」然而，對於老師的話的下半句（「你們只要好好勉強」），我卻莫名其妙。後來，回家問了母親，才知道那是日語的說法。原來，在日語中，「勉強」是努力用功的意思！它完全沒有「不甘願」或「勉強為之」的涵義。

當時，林園的人都待我十分友善。在學校裡，我和他們說「臺灣國語」；在家裡，我也和大家一樣，一律說臺語。不久，來了幾個新轉來的大陸軍人子弟，班上同學開始罵他們「山豬」，時常欺負他們，我這才知道原來臺灣人很恨「外省人」。其實按理說，我父親是大陸人，他們也可以喊我做「山豬」，但因為我說一口「臺灣國語」，說起臺語來又那麼流利，所以他們也就把我看成臺灣人了。然而，我從來不覺得自己屬於任何一個特殊的族群，也沒有把語言當成什麼文化認同。我不但親近臺灣學生（當時我最要好的臺灣同學叫張簡滿里，是當地有名的一位醫師的女兒）也和外省同學做朋友。記得，我很喜歡一個來自山東的同學，我經常到她家去玩，也向她學了幾句山東土話。我發現，她也不太會說北京話的國語，而她的「國語」也漸漸有了臺灣腔。對我來說，語言的運用就如同呼吸空氣一般。以我自己的情況來說，從忘了北京話，到熟悉臺語，再到學習「臺灣國語」，乃至於後來到了美國成天說英語，這過程是再自然不過了。

然而，我十一歲那年開始遇到了語言的困境。那是一個新的挑戰，一個使我逐漸對自己的「母語」失去信心的挑戰。

一九五六年，小學六年級的下學期，我轉到左營的高雄煉油廠代用國校讀書。那是一個人人羨慕的學校，每年考中學的錄取率幾乎是百分之百。還記得開學的第一天，我遇到了一個沒想到的問題。在課堂中，老師很嚴肅地質問我：

「你是外省人，怎麼說一口臺灣國語？」口氣帶著嘲諷的味道。

「……」我一時答不上話來，只搖搖頭，紅著臉，接著眼淚就流了下來，一直滴到了書本上。

下了課，我的心情一直很壞，也不跟同學們玩。我獨自一人走到防空洞的旁邊，站在那兒發呆。我看看天空，到處還是一片燦爛的陽光。我開始懷念林園，想起自己一向在那兒被公認為標準的模範生，今天卻在這裡受到排斥，實在很不甘心。正想著，突然飛來一個小石頭，差一點打在我頭上。

「臺灣人，鄉下人，不要臉……」

我回頭一看，是個外省籍的男生，他躲在防空洞的後頭，手上拿著橡皮筋，正準備發射第二個石頭。我一聲不響地跑開了，靜靜走回教室。我並沒哭，我阿Q似地安慰自己：「我的臺灣國語關你何事？我要讓你們看看，一個帶有臺灣腔的人也能考第一！」

後來，我日夜埋頭苦讀，不到一個月，已經成了班上數一數二的高材生。老師為了鼓勵我，還常讓我到黑板上給同學們講數學，儼然當起「小老師」來了。漸漸地，大家已習慣了我的臺灣腔。三個月之後，我順利地從油廠小學畢業。在離校之前，我還交了幾個要好的外省朋友，連那個先前用石頭打我的男同學也終於和我說話了。

然而，那段有關臺灣口音的尷尬經驗，對我一直是個可怕的陰影。它使我害怕自己的「母語」，也混淆了我的文化認同，一時令我無所適從。我發現，在那個充滿了權力意識的社區中，即使是臺灣人也會說一口標準的「國語」。以我的表兄妹為例，他們是道地的臺灣人，但從小就在煉油廠的「國語」環境中長大，所以常常被認為是外省人。而我本來是個大陸人，卻因口音的緣故被看成「蕃薯人」。事實上，我應當既是外省人，也是臺灣人，我本來就具有雙重文化背景。然而，當時在臺灣的一般學校和機關裡，正確的北京話「國語」代表著高位文化對低位文化的排斥。

後來，我考取了城裡有名的高雄女中。那個中學的學生來自遠近各個不同的社區，所以學生的語言背景也較為混雜。但那段期間，我盡量不說話，隨時保持安靜，以免出錯。儘管我是班上最不愛出風頭的學生，老師最後還是選我做班長，大概因為我的學業成績優異的緣故。當時，我的沉默贏得了一個綽號：「沉默的班長」。每次我一開口說話，班上有些同學就會譏笑我。當時，在班上，我最喜歡和本省籍的同學們來往，其中最要好的朋友就是孫美惠（她後來進醫學院讀藥劑系）。方瑜（現為臺大中文系教授）則算是比較同情我的外省籍同學之一。另外，還有幾位不同班的外省籍同學——如鍾玲（曾任香港浸會大學人文學院院長）和孫曼麗（多年後成為許倬雲夫人）等——都待我不錯，只是當時彼此尚未深交。但有一天，一個與我爭分數的同學，一大清早就遞給我一個紙條：「希望你有一天能把那臺灣口音改好。」為了那紙條，我哭了一下午。但有一位浙江籍的同學蔣瑪麗好心安慰我：「臺灣腔沒什麼不好，你不要聽她胡說。偉大的蔣總統不也有很重的浙江口音！」

蔣瑪麗的話聽來似乎十分有理，卻與實際情況不甚相符。在那個充滿語音霸權的時代，所有外省的口音——哪怕是帶有嚴重腔調的湖南口音或四川口音——都可以被接受，唯獨不可以有臺灣口音。一般說來，臺灣口音被看成是土氣的、落後的，甚至是殖民的。

因此，我變得愈來愈沉默了，我也漸漸對自己的說話能力失去了信心，我害怕再面對任何不愉快的場面。此後在學校裡，除了課上老師發問，我必須答話以外，我盡量不開口說話。用現代文化研究的術語來說，我當時簡直得了「失語症」[1]。我發現自己在逃避母語，而遠離母語的方法之一就是開始日夜啃讀英文。在讀高雄女中的六年間，我幾乎每天放學回家前，都往對面的天主教堂裡跑，因為

---

1 有關「文化失語症」，請見葉舒憲，《兩種旅行的足跡》（上海：上海文藝出版社，二〇〇〇），頁三二：「其實在『不會說』和『失語症』現象背後，都不單純是話語選擇的問題，而正是文化身分或文化認同的問題。」

那兒有修女免費教我英語和法語。同時，在學校的所有課程中，我把大部分精力都放在英語課上。後來，我漸漸進入了英語的語境中，晚上甚至經常夢見自己和人進行英語對話。就這樣，我的腦子裡開始有了學語言的樂趣了。

後來，我高中畢業，保送東海大學，開始專攻英國文學。當時，東海大學英文系裡的教師全是美國人，所以在班上一律講英語。一九六八年我移民到美國之後，更是整天都在說英語，這才完全擺脫了從前的語言焦慮，也才享受到隨意表達思想的自由。在美國，我發現人人到處都說著不同腔調的英語。不論在東岸還是西岸，或是在中西部，我說的一直是那帶有特殊腔調的英語，但從來也沒人責怪我。在這期間，我曾一度跟著我丈夫欽次搬去南達科達州，當地的大學居然聘我在英文系裡教起美國學生英文文法來，完全對我的英語口音沒有一點偏見。這使我想起美國國務卿季辛吉（Henry Kissinger）說過的一句話，他說：「美國人有一種基本的善良（There is some basic goodness in American people）。」這是因為季辛吉以為，世界上除了美國以外，沒有一個國家會聘請像他那樣帶有嚴重德國腔的人做國務卿。然而我以為，這其實與美國人的「善良」無關。更重要的是，美國本來就是一個移民的國家，所以人人喜歡強調語言背景的「不同」。「不同」並非什麼可恥的事，它其實代表一種文化的魅力。

所以，雖然在許多年以前，在那個說「母語」的地方，我總覺得自己像個異鄉人，但自從移民到了美國之後，由於長期活在異鄉世界的語言、民族多元的人群中，我終於逃脫了語言的壓力。[2]總之，這些年來，我如魚得水，在英語世界裡，我喜歡自由而口不遮攔地說話。我這才發現自己原來是個頗愛說話的人。有一次，一個從中國大陸來耶魯大學訪問的學者很讚賞我的口才，他用英語對我說：「You are very talkative!」他用「talkative」那個詞其實並不恰當，因為「talkative」在英語中帶有貶

[2] 我要特別感謝廣州《南方周末》報社副刊編輯朱又可先生的幫助。是他精明的讀者反應，促使我對以上這句話的改寫。（孫康宜補註，二〇一七年三月二十日）

義，是批評人喋喋不休的意思。但對於一向說話沒有信心的我，這個大陸同胞的「讚語」卻給了我莫大的鼓勵。那天，我很高興地打電話到馬利蘭州給媽媽，談到自己居然「很會說話」這件事。媽媽說：「你從小就很能說話，你小時候說一口漂亮的京片子。當年我們從上海坐船到臺灣，你才兩歲，你主動和船上每個人說話，還跟他們說起有關狗的故事，人人都喜歡你，爭著要抱你……」

母親的話突然振奮了我，從此我不再害怕用「臺灣國語」和其他華人朋友講話了（從前我總是盡可能跟華人說英語）。記得，一九七九那年我去南京大學訪問，做了五場有關比較文學的演講，會後居然有人稱讚我的「普通話」說得很道地，說我的中國話講得比許多南京人要好，一時令我驚奇萬分。我想這是因為一般大陸人並不存在對方言歧視的緣故吧。後來，又有西安人對我說同樣的話。我終於瞭解，語言本來只是傳達思想感情的工具而已，什麼語言在哪個時間、哪個場合對我最方便，我就說什麼話。

這些不斷的鼓勵終於啟發了我的尋根欲望，使我從一九九三年以來，一直努力練習漢語寫作，不再以英文為唯一的書寫語言了。這一來，我才真正體驗到了自由運用雙語的樂趣，從此也不再感到自己是語言的囚徒了。不過，進行雙語寫作也不是一件容易事。在十分忙碌的英語世界中，我總是在生活的夾縫裡隨時抓住機會寫中文。我不斷告訴自己，我必須努力堅持下去，尤其在書寫中文的事上絕不可鬆懈，因為我知道，一種語言只要不常使用，很容易就會忘掉。然而，在這種雙語的努力中，我有時也會產生某種焦慮感。最近我才發現，不少像我一樣在美國教書多年的華裔朋友也有同樣的感覺。例如，目前執教於哥倫比亞大學的劉禾教授就曾在她的《語際書寫》一書中，提到她如何「在漢語和英語的兩種寫作模式和學術文體之間來回折騰」，因而感到特別「累人」[3]。據她說，她經常想

[3] 劉禾，《語際書寫》（上海：三聯書店，一九九九），頁二五一。

要放棄中文寫作。幸而她沒有放棄，還是堅持下去了。

活在語言的夾縫中確實不容易。有時學好了一種語言，另一種語言就退步了。例如，這些年來由於一直在美國生活，一直處在不同的語境中，我卻把從前好不容易在臺灣學會的「臺語」給忘了（這是我有生以來的第二次失語症）。沒想到，這麼一來，一些在美國的臺灣親戚就開始對我有意見了，甚至屢次責備我。他們認為，我之所以不說臺語，乃是因為我在歧視臺灣人。每次聽到這樣的評語，我都感到很傷心，但也無可奈何。事實已經證明，物極必反，當年國民政府的語音霸權促使了今日普遍臺灣人的怨恨，而這種怨恨居然還移植到了美國。以我的不少臺灣親戚為例，他們原來會說一口標準的「國語」，但到了美國之後，開始拒絕說「國語」，藉以抗議那個外省人的國民政府。他們不僅自己不說國語，還不許別人說。其實，關於臺灣人所經歷過的語言壓迫感，我比任何人都要瞭解得透徹，因為我自己也曾深受其害。然而我以為，語言的反抗也和語言的壓制一樣地非理性，兩者同樣是不自由的表現。而且，一來一往地繼續鬥下去，只有換來更多的不自由。套一句弗雷德里克．詹姆遜（Fredric Jameson）的話說，那種政治心態只會把語言變成人類的「牢籠」（prison-house）[4]。

有一天，我和我的耶魯同事布魯姆（Harold Bloom）聊天，我順便提起有關從前自己活在語言夾縫中的問題。我本來想藉此和這位文學批評大師討論一下語言和文化的普遍問題，沒想到他卻笑著對我說：「我也和你一樣，我也有類似的語言經驗。」原來，他六歲以前在家裡一律只說猶太話（Yiddish），完全不懂英語。當時，他的英文閱讀完全是自學的，是通過眼睛（而非通過耳朵）慢慢學會的。後來，上了小學，才正式學說英語。所以，英語說不上是他的真正母語。他說，一直到現在，他的英語發音還帶有一點兒奇怪的猶太腔調。但他說這話時，臉上卻帶著略為自豪的表情。言下

[4] Fredric Jameson, *The Prison-House of Language* (1972).

之意是，他那種「奇怪」的腔調就是他的「母語」，是值得驕傲的。

布魯姆的話，使我想起十九世紀詩人Sydney Thompson Dobell（一八二四—一八七四）曾經說過的一句話：「孩童生來就是偉大母語（mother tongue）的勇敢和自由的繼承者。」[5]換言之，Dobell以為「母語」是孩童所擁有最寶貴的財產。真的，對於一個幼小的孩子來說，母語是不學就會的。一個「Mothertongue」本來就是「母親的舌頭」的意思，它代表著那最真實的、最自然的文化特徵。一個人活在什麼環境中，就會說什麼語言。這終於使我悟到，原來我的「臺灣國語」已經成了我的一個寶貴的「母語」——因為它是我在幼時「不學就會」的環境中學來的。它代表我一路走來的心路歷程，也同時不斷提醒我：在半個世紀以前，在一個很遙遠的地方，它曾經是我擁有的「鄉音」（林園是我小時候避難的地方，但很湊巧的是，我在美國的母校普林斯頓大學也被稱為「林園」）[6]。

後來，我發現布魯姆把他前些時候對我說的那些話也寫入了他在《時代雜誌》裡的一篇短文中了（刊於二〇〇二年七月二十二日）。他的文章題目是〈神祕的文字〉（Magic Words）[7]。雖然這篇文字的主題偏重在閱讀，而非說話，但我卻把他的文章當成了一個「神祕」的禮物，一個紀念我終於找回了母語的禮物。

---

5 Sydney Thompson Dobell (1824-1874), "Sonnets on America."

6 例如，著名的歷史學家余英時教授在其〈一九八六年四月赴普林斯登道中〉一詩中曾稱普林斯頓為「林園」。見該詩的第一句：「招隱林園事偶然……」。對余英時教授來說，普林斯頓是他被招去「隱居」之處，自與我幼時之以林園為「避難所」不同，但兩者都能引申為一個走向遙遠的自由空間之隱喻。

7 Harold Bloom, "Magic Words," *Time* (July 22, 2002): G 10.

第十一章　大舅陳本江與「臺灣第一才子」呂赫若

一、我所知道的大舅

最後一次「見到」大舅，是一九六七年的六月。地點是臺北的殯儀館。記得，那天中午我從臺大校園趕到殯儀館門口時，所有來自各處的親戚早已在那兒會合了。幾分鐘後，爸媽領我進去見大舅最後「一面」，只見大舅很安詳地躺在棺木中。媽媽在旁靜靜地流淚，爸爸低聲對我說道：「小紅，你小時候在北京時，大舅很疼你，你要永遠記得大舅。……好了，現在他一切都很好了，他可以安息了。」

大舅去世時才五十三歲。那天是我有生以來第一次看見死去的親人的面孔。看見大舅一動也不動在那兒「安息」，我暗自禱告上帝：「讓我的大舅平安地回去吧，神啊，你是公平的……」

心底深處，我對大舅一直懷著一份虧欠。幼時經常聽說，大舅曾是我們家的大恩人，二次大戰期間，他住在北京，當時北京正鬧著通貨膨脹的恐慌，孫家一家人（包括我的姑姑和叔叔）一時都遇到了困境，即使有錢也買不到米。當時，全靠大舅一人冒險到外頭奔波才終於拿到米，才保全了大家的性命。後來，大舅於一九四八年返回臺灣，在那以後他都過著極其坎坷的生活，他曾因政治的緣故坐牢，出獄之後一直失業。但我們家多年來都在掙扎地活著，在自顧不暇的困境中，也無法給他任何經濟上的協助。況且，我一直在為自己的學業前途奮鬥，很少有時間關心大舅。

大舅去世之後幾個月，我就移民到美國來了。我經常想起大舅，每次都有一種忍不住的衝動，想提筆寫一篇紀念他的文章。直覺告訴我，大舅的一生代表著上個世紀臺灣人知識分子所面對的政治悲劇。然而，我所知道的大舅，僅只於個人的幾個主觀印象，我對他的生平實在所知甚少，故每次提起筆來，都感到力不從心。加上親戚中的長輩們一直不准我寫大舅，因為大舅曾經是一九五〇年代的臺灣政治犯，他們怕我會被牽連，所以不願和我談到大舅的任何往事。我對他們說，作為一個有歷史使命感的人，我覺得我有責任寫出有關上一代人的生平事蹟。然而，親戚們還是不許我動筆，有一位近親甚至對我說：「你若寫大舅，有一天一定會後悔的。」

一直到一九九五年，我才偶然從別人那兒聽說，原來大舅就是當年一九五〇年代初臺灣鹿窟事件的領袖。在那以前，我從來沒聽過「鹿窟」那兩個字，也不知道它代表什麼。後來，我向一些研究臺灣史的學者們請教，才知道鹿窟是個地名，位於臺北附近，而鹿窟事件是臺灣有史以來最重大的政治案件之一。據說，鹿窟組織是由一群反對國民政府的知識分子及鄉民組成，一九五二年冬國民黨的保密局人員前往鹿窟逮捕該組織的成員，並當場逮捕和槍殺數百人，自此鹿窟基地才完全被消滅。有人說，大舅之所以沒被槍斃（他手下的中間幹部全被殺害），乃是因為政府要把該組織的「頭子」留給人看，讓人知道國民黨政府是「不咎既往」的。在那以後，大舅坐了三年牢，於一九五五年出獄。

「鹿窟事件」一直成為臺灣人的禁忌，沒有人敢公然談論它，因而年輕人都不知道臺灣曾發生過此一事件。一九九六至一九九七年間臺北的新公園裡興建了「二二八紀念館」，於一九九七年二月二十八日（即二二八事件五十周年）正式開館，並於一九九八年十二月正式展出白色恐怖單元，其中包括「一九五二年鹿窟事件」的事蹟，還公開從前軍警監禁拷打村民的相片，人們才終於知道此事[1]。然而，在二二八紀念館裡所展出有關鹿窟事件的解說，亦只寥寥幾語而已：

[1] 應當補充的是：從一九九八年十二月到二〇一〇年四月，十多年間，臺北二二八紀念館一直展出所謂的「白色恐怖單元」（當初由曹欽榮、張炎憲等人親自參與、籌畫、主持）。但如今二二八紀念館已拆除，不再有白色恐怖單元（該館新貌於二〇一一年二月二十日開放）。所以，「一九五二年鹿窟事件」的事蹟已從該館消失。

> 一九五二年十二月二十九日凌晨，軍警包圍石碇鄉鹿窟鄉、汐止鎮一帶山區，逮捕數百名村民，以組織「臺灣人民武裝基地保衛隊」之名，槍決三十六名，已知判刑一至十五年不等者共計九十七人，刑罰總計八百七十一年之長。涉案者中，從外地進入山區的主謀可能是社會主義者，但被牽連的村民大都是礦工、農人等尋常百姓。事件爆發後，在嚴刑逼供下，親族相互牽連，一家數口同時被槍殺或入獄者不計其數，無辜悲情難於盡言。這是臺灣一九五〇年代最重大的政治案件之一。

以上所述「從外地進入山區的主謀」顯然就是我的大舅。大舅原名陳大川，後改名陳本江，據說在鹿窟山上，人人都喊他做「劉上級」。當時，著名的「臺灣第一才子」呂赫若（一九一四——一九五一）也和大舅一起逃到了鹿窟山。

當初聽說大舅就是當年鹿窟事件的領袖，我真的驚訝萬分。我特別感到不可思議的是，沒想到大舅那樣一個不切實際的讀書人會有能力組織像鹿窟那般「龐大」的「武裝基地」。我甚至懷疑大舅是否有興趣從事這種工作。我一直在想，難道當初有什麼難言的苦衷把他逼上了「梁山」？究竟大舅當時是處於一個什麼樣的困境呢？他到底是怎樣一個人？

可惜，那個最有資格回答我這些問題的人——我的大舅——已不在人間了。

於是，我打電話給分散在世界各地的親友們，企圖向他們取得一些有關大舅當年在臺灣時的資料——哪怕只是一些蛛絲馬跡。但令我失望的是，我的親戚們對「鹿窟」一事所知甚少，他們只知道大舅曾經逃到某處山中，後來又坐

作者夫婿張欽次博士於台北二二八紀念館留影

牢。只有一個舅舅給我的消息較為具體——他說，二二八事變之後，大舅發起了「民主革命聯盟」的組織，會員大都是一些具有愛國情緒的知識分子，但官方把它與當時謝雪紅的「臺灣自治同盟」搞混了，其實兩者並無關聯（後來，柏楊組織的「中國民主同盟」又是另一個完全不同的團體）。總之，大舅聽說政府正在逮捕他，他就逃跑了。

我發現，親友們的確不可能給我更多的資料了。所以，我就趁著打電話的機會，請他們隨便說說自己對大舅這個人的看法。這樣一來，他們才開始暢所欲言了。

一個姨父說：「憑良心說，你大舅最愛國，因為他繼承了你外公的愛國精神。日據時代期間，你外公偏不讓大舅在日本人統治下的臺灣上學，所以他年紀輕輕的就到了鼓浪嶼的一個教會中學裡讀書，而你的大舅果然很爭氣，年年考第一，是個頂呱呱的青年……」

另一個姨父說：「早在一九四〇年代，我在北京念書時，就認識你大舅了，他年輕有為，從日本早稻田大學畢業後就開始在北大教書。他當時在北京很有名，是臺灣學生會的重要成員，又是個才子，會寫詩填詞，是當年首屈一指的知識分子。但遺憾的是，他後來一直沒有機會施展天才。」

一個阿姨說：「大舅最重感情，也最講義氣。」

另一個阿姨說：「你大舅是世界上最善良的人，他總是慷慨解囊，幫助別人，可惜後來遇到了不幸。」

一個年紀較大的表兄說：「大舅是個理想主義者，他整個頭腦都充滿了烏托邦思想。」

一個表姐說：「一般說來，女人很喜歡大舅。但他最終卻成了女人的犧牲品，真令人傷心……」

過了這麼許多年，親人終於願意如此坦誠地談論大舅，令我感到欣慰。我想，或許因為大舅那個時代早已過去，人們開始興起了懷舊的情緒吧。而且，現在時代不同了，人人可以自由談論各種題目了。

有趣的是，每個親人所描寫的大舅都十分不同，這是因為每個人都從不同角度來看大舅的緣故。蘇東坡所謂「橫看成嶺側成峰，遠近高低總不同」也。我終於明白，其實我也可以寫出自己的「版本」。這些年來，我一直在尋找有關大舅的材料，沒想到最好的材料其實是我腦子裡所累積的記憶。

很早就聽大人說，我小時候在北京，最喜歡和大舅玩捉迷藏。但那時我還太小，現在完全沒有印象了。但我一直記得十一歲那年和大舅在左營煉油廠宿舍見面。那時，我寄宿在二姨家，在油廠國校上六年級。有一天，大舅突然來了，我看見他胖胖的，一頭天然鬈髮，不修邊幅，但兩眼炯炯有神，一副讀書人的樣子。他一看見我，就很熱情地喊我「小紅」，說：「你小時候最喜歡吃大蜜桃，你現在最喜歡吃什麼？……」接著就摸摸我的頭。

不知怎的，我忽然流下淚來，之後他又摸了一下我的頭。後來，他走了，我才聽二姨說，大舅剛從「山上」回來[2]。我當時不解「山上」的意思，以為「山上」就是日本的富士山，因為大舅曾在日本留學，心想，或許他一直住在富士山？

從那之後，大舅有時還會出現在二姨家。他特別喜歡我，每回來訪，都會花很多時間給我講西洋小說。那段期間，我父親還在臺北新店的軍人監獄裡坐牢，我因而整天悶悶不樂；偶爾能聽大舅講故事，可謂一大安慰。大舅博學多聞，講起故事來滔滔不絕，他想像力又豐富，說到精彩處還會指手畫腳，把小說裡的人物都說活了。其實，聽他如此生動地轉述這些故事，已不必去讀那些小說了。但我恨不得趕快能讀那些原著，但可惜我當時還沒正式學英語。於是，大舅就開始教起我ＡＢＣ來，還送我一本《魯賓遜飄流記》的英文本，鼓勵我先自學英文，以為將來上初中的準備。所以，大舅是我的第一位英文老師。

2 其實，二姨所謂的「山上」是指「鹿窟山上」。

此後，每次大舅來，他都會介紹一部世界名著給我。他總是坐在二姨家客廳旁邊的那個大榻榻米上，一邊講故事一邊抽煙。當時，最令我感到震撼的莫過於莎士比亞的《羅密歐與朱麗葉》了。記得，那天在開講之前，大舅口中唸唸有詞，原來他在背誦莎翁原著的開場詩：「Two households, both alike indignity（有兩個門當戶對的家庭）……」接著，他就用一種充滿戲劇性的口氣把那一段生生死死的愛情故事很生動地敘述了出來。他說：「這個愛情悲劇的教訓很簡單，它教人不要互相敵視。這裡講的是，兩家父母的仇恨導致了一對無辜青年男女的死亡。」不用說，聽到這樣一個悲慘的血案故事，我感動極了。大舅問我最愛那個角色，我說最喜歡那個叫勞倫斯的神父。但他聽了很驚奇：

「我以為你最喜歡女主角朱麗葉呢。……告訴我，你為什麼喜歡那個神父？」大舅換了一根菸，低聲問道。

「啊，我喜歡那神父，因為他是個好人，也是真正的英雄。他為了成全那一對青年男女，為他們祕密主持婚禮，還想出各種方法來幫助他們。但後來羅密歐和朱麗葉不幸都死了，那神父傷心欲絕，還當眾宣布要把一切罪過都歸到自己身上，所以我說那神父最偉大。」

「真好，你說得真好！」大舅微笑點頭，表示同意。

多年之後，在高雄女中的戲劇演出，我終於扮演《羅密歐與朱麗葉》裡的神父勞倫斯。那時我才發現，「神父」的那段話是劇中最長的一段。當我念到末尾的那句「讓我這條老命犧牲在最嚴厲的法律制裁之下」（Let my old life be sacrificed...unto the rigour of severest law）的關鍵臺詞時，我很自然就想起了大舅。

除了莎士比亞的《羅密歐與朱麗葉》以外，大舅還給我講《伊索寓言》裡的許多故事，其中尤以〈龜兔賽跑〉那一段最為有趣——沒想到健步如飛的兔子居然會敗給那行動緩慢的烏龜，可見懶惰是個致命傷；同時，一個人只要堅持不懈，最終一定勝利。後來，大舅也講赫胥黎的《美麗新世界》

（*The Brave New World*）給我聽。其中許多情節，我似懂非懂，只覺得來日的世界將變得很可怕也很墮落。我問大舅：「那些事都是真的嗎？」他說：「當然是真的。」我聽了根本不相信。

後來，我開始上高雄女中，大舅就不常到二姨家來了。我漸漸悟到，雖然大舅在給我講故事時顯得非常輕鬆愉快，他的實際生活是很艱苦的。聽說他許久都找不到工作，一直在經濟的困難中掙扎。

當時，他和大舅母住在高雄附近鼓山的一個親戚人家。有時下課後，我會乘公共汽車到鼓山去探望大舅和大舅母。聽說大舅母年輕時是鳳山三大美人之一，我第一次見她時，就很羡慕她那種丰姿綽約的美麗外表。有一回，大舅不在家，大舅母告訴我一段往事，讓我很感動。原來，大舅與大舅母很早就開始談戀愛了，兩人一見傾心，不久即私定終身，後來還正式訂了婚。但還來不及結婚，大舅就突然失蹤了。在大舅生死不明的情況下，大舅母決定要等他一輩子。此外，大舅母還發誓，如果有一天她知道大舅已經不在人世，她就要自殺。為了履行自己的誓言，她在隨行的皮箱裡準備了一條很長的繩子。多年之後，大舅從「山上」回來，兩人終於得以團圓。這時大舅母已年過四十，不久即產下一子，名為星甫。

但不久之後，大舅母聽到一個令她感到晴天霹靂的消息——原來，住在「山上」的那幾年間，大舅還有另一個女人，而且兩人還生了三個孩子。大舅母知道此事後，感到肝腸寸斷，簡直活不下去了。後來，大舅百般致歉賠罪，並答應從此不與山上的女人來往，才暫時緩和了局面。然而，人終究還是軟弱的，從此大舅母整天活在憂鬱中。

我終於恍然大悟，原來這就是為什麼每回見到大舅，他的臉上總是帶著深沉的焦慮之緣故。

關於這事，親戚們大都不同情大舅母，認為她嫉妒心太強，也不夠賢慧。他們認為，大舅之所以能在一連串的追捕和逃難中勉強活下來，主要歸功於山上的那個「女人」。聽說，那女人的父親（也是鹿窟村村長）特別同情大舅，也賞識他的抱負和才華，故甘願冒生命之險包庇他（甚至最後自己被槍決）。於是，大舅對他們全家都產生了感恩知遇的心。在這種情況下，大舅實在很難對那「女人」說不。

我很同情大舅，但也同情大舅母。人生本來就充滿了各種各樣的缺憾，唯在亂世中，那些缺憾就變得更加殘酷了，有時可以把人引向悲劇的結局。我想起了俄國小說《齊瓦哥醫生》（*Doctor Zhivago*），那部小說寫的就是人在動亂局勢中不幸被捲入悲劇洪流的始末。書中的主人翁在政治逃亡中度過了潦倒的後半生，也深受愛情的煩惱，最後弄得妻離子散，走上了窮途末路，有一天終於心臟病發作，倒斃在大街旁，死時沒沒無聞。

令我特別感到傷心的是，一九六七年六月十日那天，大舅也是一個人「倒斃」在大街上。原來，那天下午下班時，大舅就在公司門口的路上突然倒地。同事把他送到臺大醫院的急診室，終於不治身亡。據醫生的驗屍報告，大舅死於腦溢血。據說，第二天清早消息傳開，朋友劉明立刻來太平間確認，直歎「一代英才早逝」。當時，有一位同事說：「我從沒看過英文、日文、中文信都寫得這麼好的人，學問又這麼好，早逝真可惜！」另有人說：「以他的學問和文筆的功力，要創作一些好作品，應該不是問題。問題在心情和環境。惜哉！」

的確，大舅的一生體現了人生的許多缺憾，連他離開世間的方式也令人感到遺憾。

最遺憾的是，進了大學以後，我一直很少有機會見到大舅。記得，最後一次碰見他，是在一九六六年的春季（即他去世的前一年），地點是臺中市的汽車站。當時，我正在等開往東海大學的汽車，突然聽見有人從背後喊我「小紅」。回頭一看，發現大舅正朝我走來，說：「讓我買兩個粽子給你吃了再上車吧……」只見他一轉身就走出了車站，朝街上那賣粽子的攤子匆匆走去。那一瞬間，我看到他疲憊的背影，感到心疼。但卻從心裡感激他，沒想到他還記得我很愛吃粽子。

那天，我們就在臺中車站的候車室裡邊吃粽子邊聊天。他問我畢業之後打算做什麼，我告訴他，準備先進臺大外文研究所進修，然後再出國去念英美文學。他一聽說我將來計畫繼續攻讀文學，他的眼睛就亮了。他很高興地說道：「好，真好，你將來到美國去，可別忘了大舅啊……」

三十分鐘之後，我坐上了開往大度山的車。上了車才突然想到，怎麼一直沒問大舅那天要上哪兒去？怎麼我只顧談自己的事，卻忘了關心大舅？

總之，那是我最後一次和大舅交談。那是一次很短的偶遇，卻讓我終身難忘。

二、呂赫若與陳本江

小說家呂赫若（一九一四—一九五一），一向以「臺灣第一才子」著名。他生逢的時代，是臺灣歷史上一個充滿傷痛的過渡時期（目前所有關於呂赫若的文本資料都把他的生死年代定為「一九一四—一九五一」。但據當時一位目擊者的記憶，呂赫若的死年當為一九五〇年，而非一九五一年。現暫且仍沿用「一九一四—一九五一」，來日待考）。呂氏飽受戰亂折磨，同時對自己的政治身分深感困惑，在諸多方面，他可謂當時痛苦掙扎中的臺灣知識分子的代表。一九四七年二二八事件之後，他與我的大舅陳本江逃亡到鹿窟山區，並和其他十多位左翼知識分子會合。身為臺灣殖民地的「日本良民」，呂赫若深惡大和帝國——但直至一九四五日本戰敗，他才敢公然在文學作品中表達自己的憤恨之情。這時，在長達半個世紀的日據時期結束後，中國收回臺灣的主權，臺灣人再次效忠中國（中國在戰時曾屬於「敵人」的陣營）——對於這一點，呂氏跟眾多臺灣人一樣倍感振奮。因此，一九四五年呂赫若甚至加入過蘇新和吳新榮發起的三民主義青年團。然而，他和友人們很快對國民黨政府感到失望，隨後棄青年團而去。此後，呂赫若投身於隨二二八事件而至的地下政治運動的洪流中——然而作為一個思想家，呂氏的左翼思想背景應該追溯到一九三〇年代。

此處談到的呂氏的簡略生平，直到一九八七年臺灣戒嚴法取消後，才為公眾所知——直至那時，作家如藍博洲等人才被允許公開發表作品來紀念二二八事件的犧牲者和那個暴力年代不計其數的受難者[3]。然而，遺憾的是，二二八事件的餘波及相關的政治審查制度讓這段重構的歷史遺失了很多重要環節[4]。其中一個重要的「遺失環節」，就是呂赫若和我的大舅陳本江先生之間的聯繫。

然而，由於現存文獻資料的缺乏，我不得不採用較為隨意的回憶錄和親歷者的追述，此外，某些觀點也來自於我自己「偵探」一般的研究與合理之假設。

首先，在幾乎所有關於呂赫若的傳記性記述中，有關他和我大舅陳本江的關係以及逃亡鹿窟山那一部分都極其簡略。這顯然是因為，當時蔣介石的國民政府推行「寧可錯殺一千不可錯過一個」的恐怖政策，於是呂赫若和他的朋友們就盡力隱藏行蹤[5]。儘管呂赫若在戰前所寫的日文日記簿至今被幸運地保存了來，但由於白色恐怖，他的親友們卻隱藏並毀掉了許多他的信件和手稿[6]。因此，很多關於呂氏的寶貴資料也就在歷史上銷聲匿跡了。

但我相信，是國民黨政府造成了最關鍵的環節的遺失，他們不願讓鹿窟事件的歷史真相大白於天下，唯恐青年一代追隨早期左翼激進分子的行跡。因此，在幾十年塵封的歲月中，鹿窟事件成了臺灣

3 參見藍博洲，〈呂赫若黨人生涯〉，收入陳映真等著《呂赫若作品研究——臺灣第一才子》（臺北：聯合文學，一九九七），頁九八至一二六。

4 正如Yomi Braester所說，「一九八〇年代和一九九〇年代，臺灣民眾力圖展示屬於他們自己的歷史的敘事」，但是，「這些多重的敘事都未能創造出一個連貫的，能夠解釋現在的記憶」。參見Yomi Braester,〈臺灣人的身分和記憶的危機：後蔣時代的神祕〉（Taiwanese Identity and the Crisis of Memory: Post-Chiang Mystery），收入David Der-Wei Wang and Carlos Rojas編《書寫臺灣：一部新歷史》（*Writing Taiwan: A New Literary History*，杜克大學出版社，二〇〇七），頁二一三。

5 但即使如此，在二二八後投身左翼陣營的著名作家朱點人，於一九四九年被捕並於臺北火車站前被殺害。

6 參見呂赫若之子呂芳雄的文章，〈追憶我的父親呂赫若〉，見《呂赫若日記，一九四二—一九四四》，日文中譯者為鍾瑞芳（臺北：國家臺灣文學館，二〇〇四），頁四九二。

的禁忌話題，從沒有人敢於公開談論，甚至時至今日幾乎很少年輕人瞭解這幕真實的迫害曾經在臺灣發生過。

事實上，在一九五二年鹿窟事件爆發之前，呂赫若已於一年前去世。呂氏是那群進入鹿窟山區做初步調查的左翼分子中的一員，該調查是為尋找一個避難所做準備（帶路的嚮導是本地人陳春慶，他的姪女陳銀後來成為我舅父陳本江的第一任「妻子」）。一九四九年，國民政府軍警大力逮捕左翼分子，尤其在那年的四六事件之後（在該事件中，當時年僅十七歲的張光直在被捕者之列）——我的大舅陳本江、呂赫若和其他幾個左翼知識分子在得到警報之後，很快就流亡到了鹿窟山上[7]。

然而，由於現存資料的缺乏，呂赫若在一九四九年以前的地下經歷對許多人來說依然是一個謎。如今，距呂赫若的身影消失在鹿窟山已經六十年。首先，從可靠的第一手資料，我知道呂赫若與我的舅父陳本江曾建立了深厚的友誼。以下是一位曾經參與鹿窟事件的人親自寫給我的：

> 陳本江和呂先生有二三年的交往，學問的探討，思想的辯論，互相佩服對方的學問，也建立了深厚的互信。陳請呂參加「民主聯盟」時，呂先生就欣然接受了。

所以，我的大舅確實是二二八事件後呂氏加入左翼組織的主要原因。目前我們雖然缺乏呂赫若在二二八事件後的紀錄，有一件事情我們可以肯定，那就是在出版呂氏發表的最後一部小說《冬夜》後，他的政治觀點發生了急劇的轉變。很明顯，在經歷了國民黨政府統治下的種種折磨後——如果我們讀出了《冬夜》中寓言的意義，呂赫若最終在社會主義中找到了臺灣未來嶄新的「希望」，雖然那

7 張炎憲、陳鳳華，《寒村的哭泣：鹿窟事件》（臺北：臺北縣政府文化局，二〇〇〇），頁一二；藍博洲，《呂赫若黨人生涯》，頁一二三。

種「希望」在今天看來是過於理想化的[8]（根據一些對《冬夜》的寓言式的解讀，女主人翁彩鳳的第一次婚姻象徵了臺灣作為日本殖民地的受害者的地位，而她與大陸人的第二次婚姻則象徵了臺灣人民在國民黨統治下遭遇的無妄之災）。總之，通過觀察呂赫若和我大舅的左翼活動，我們至少能夠更加接近他們所處的那個時代的真相。尤其是我們發現在二二八事件以後，左翼分子的數量急劇增加。在這次事件之前只有約七十人加入了左翼組織，但在二二八事件之後左翼組織的成員激增到大約九百人[9]。

重要的是，正是在這個時代的轉捩點，我的舅父陳本江出現在歷史的舞臺上。當時，他是一個在日本和中國大陸都受過教育的三十二歲的臺灣人，戰後由北京返回臺灣。後來，我們發現，他成為一位重要的左翼人士。他是一個真正的知識分子，也是一位熱切渴望西方書籍的讀者，他所熱愛的西方作家包括康得、黑格爾、卡萊爾和馬克思。同時，他也有一個獨特的教育背景。在日本占領期間，我的外祖父母不允許他在臺灣上大學，所以他就到東京去留學了。一九四二年底他讀完日本早稻田大學的學位（專攻政經專業），之後又去明治大學讀研究所，畢業後就到北京去了。他在北京大學法學院任助教和講師；教經濟史、經濟學史，和日文等科目。在北京期間，陳本江親眼目睹了由通貨膨脹帶來的極大恐慌，在通貨膨脹的時候，有錢人也買不到米。他經常在冬天的清晨看到橫七豎八的屍體散布在北京的街道上（每天國黨軍隊例行公事地收走這些屍體，然後丟入城市的垃圾堆）[10]。正是在那

8 參見陳建忠，《被詛咒的文學：戰後初期（一九四五—一九四九）臺灣文學論集》（臺北：五南圖書，二〇〇七），頁二七至二八。另參見王德威，《臺灣：從文學看歷史》（臺北：麥田出版社，二〇〇五），頁一六二。

9 參見〈戴傳季先生訪問紀錄〉，臺北市文獻委員會編《戒嚴時期臺北地區政治事件口述歷史》第一卷（臺北：臺北市文獻委員會，一九九九），頁二三六。

10 顯然上海也發生過類似的情況。比如，參見張超英，《宮前町九十番地》，陳柔縉記錄（臺北：時報文化出版社，二〇〇六），頁九三至九四。

個時候，和許多那個時代的北京知識分子一樣，他決定加入左翼組織，雖然早在東京的大學時代，陳本江就已經開始對馬克思主義感興趣了。所有的這些都可以解釋他對社會主義的熱情，是由切實地對國人未來的憂患生發出來的。

作為一個熱情的知識分子，呂赫若顯然十分珍惜於他和陳本江的友誼，因為我的大舅那種滿懷烏托邦式理想，是個不折不扣的理想主義者。而且，大舅非常瞭解馬克思、黑格爾等人的哲學體系，這也正是呂氏所一直熱衷的[11]。尤其，在看到陳本江對社會主義的革命熱情並聽到他在中國的親身經歷時，呂一定經歷了一個內心世界的根本轉變——以至於他決定加入左翼組織，而陳本江恰恰就是當時臺灣左翼運動的領導人之一。當然，甚至在相識之前，我想呂氏早已對社會主義感興趣了[12]。不過，顯然是呂在認識陳本江之後，才下定決心加入地下左翼組織的。畢竟，他們意氣相投。他們同在臺灣出生，年齡只差一歲（呂氏於一九一四年出生，陳本江則生於一九一五年）——且都對日本帝國主義的殖民主義深懷不滿。作為臺灣人，呂、陳二人都感覺到他們命中註定生活在社會的邊緣。在那個時候的臺灣，最好的學校是為日本人準備的，在皇民化時期，臺灣人必須放棄自己的閩南話，被迫講日語。總的說來，在那段歷史時期成長起來的臺灣人受盡創傷（或許這就是呂赫若之所以經常用女性受的壓抑來象徵那些處於受害者地位的臺灣人的原因）[13]。大體上說，呂赫若所講述的臺灣人民在日據

11 早在一九三六年，呂赫若已經開始引用馬克思和黑格爾等人的著作，參見他的文章〈舊有新的事務〉，收入《呂赫若小說全集：臺灣第一才子》，林至潔中譯（臺北：聯經，一九九五），頁五五五至五五九。

12 參見呂正惠，〈殖民地的傷痕〉，頁八七；鍾美芳，《呂赫若的創作歷程再探》（淡水工商管理學院之會議論文，一九九五年十一月四至五日），頁五，轉引自呂正惠，頁八七。

13 參見陳芳明，〈紅色青年呂赫若——以戰後四篇中文小說為中心〉，收入他的《左翼臺灣：殖民地文學運動史論》（臺北：麥田出版社，一九九八），頁二二三。

時期所受的種種創傷，在他戰後的中文小說中都一一體現出來了[14]。這種創傷對像陳本江這樣的臺灣讀者來說，尤其顯得感同身受。陳在青年時代選擇離開臺灣恰恰是為了躲避那個時候日本殖民者的虐待與歧視。奇妙的是，與他們在臺灣的屈辱經歷相比，作為「外國」學生，多數海外臺灣知識分子在日本卻受到了尊重[15]。事實上，呂赫若本人也曾赴日學習音樂，並在那裡度過了兩年的幸福時光。正如日本學者藤井省三所指出的，作為一位傑出的歌唱家，呂赫若曾在某聲名顯赫的劇院裡參加一個劇團的演唱[16]。呂赫若於一九三九年到達日本（同年陳本江也東渡求學），但不幸的是，我們終究無法瞭解這兩個臺灣知識分子是否曾在這樣早的時期邂逅對方。我們能夠肯定的是：和那個時代其他的海外臺灣人一樣，儘管在日本生活得很好，這兩個人依然把自己的文化身分定位於中國而非日本。

然而，必須說明的是，在一九四五年日本投降以前，呂赫若用日語創作了他所有的作品，因為他最初受到的是日本語言文學的培養。但隨著年齡的增長，他逐漸生發出一種強烈的回歸本土的渴望。比如，甚至早在二戰結束之前（一九四三）呂赫若已經產生了學習中文的熱情，這促使他努力地鑽研國學經典。在一九四三年六月七日的日記中，他寫道：

> 今天買了《詩經》、《楚辭》、《支那史研究》三本書。研究中國非為學問而是我的義務，是要知道自己。想回歸東洋、立足於東洋的自覺的作品。[17]

14 參見《呂赫若小說全集：臺灣第一才子》，林至潔中譯，頁五一五至五四五。

15 參見張超英，《宮前町九十番地》，陳柔縉記錄，頁九三。

16 見藤井省三的文章，〈臺灣作家與日劇「大東亞歌舞劇」：呂赫若的東寶國民劇〉，收入他的《臺灣文學這一百年》，張季林中譯（臺北：麥田出版社，二〇〇四），頁一四七至一八一。

17 《呂赫若日記，一九四二至一九四四》，頁三五八。

同樣，在一九四三年完成的中短篇《清秋》中，呂赫若寫到了主人翁耀勳是如何地享受研究唐代詩人李白和其他的古典中國詩人[18]。同時，呂赫若也努力地讓自己熟悉中國小說。據他的朋友巫永福所言，呂赫若尤其醉心於《金瓶梅》[19]。他還有一本寶貴的注解版《紅樓夢》，無疑他曾經研究過這部偉大的著作[20]。所有的這些都顯示出在臺灣這個日據殖民地，在一個中國文學已經不再流行的時代，呂氏是如何向這類文學致敬的。除此以外，為了提高寫作熟練的程度，呂赫若在戰後很快就成為了一名為《人民導報》和《自由報》工作的記者[21]。因此，呂赫若能夠在一九四五年完全轉向中文寫作，儘管他的中文還是顯得有些僵硬和遲鈍。呂赫若一共發表了四部中文小說，名為《故鄉的故事：改姓名》（一九四六）、《故鄉的故事：一個獎》（一九四六）、《月光光》（一九四六）和《冬夜》（一九四七）。

呂赫若對中國語言和文學的熱愛與他那些中文出版界的左翼朋友的影響是密不可分的。正如臺灣作家藍博洲所示，呂四部中文小說中的三部，都是由他的左翼朋友蘇新主編的雜誌——即《政經報》和《臺灣文化》——發表[22]。此外，在呂為《人民導報》工作時，當時該報的主筆不是別人，正是陳文彬。蘇新和陳文彬分別於一九四七年和一九四九年逃回中國大陸[23]。呂赫若和我的舅父陳本江終於也在臺北創辦了大安印刷廠，從事中文音樂書籍的刊印，同時祕密印刷與社會主義有關的極具政治敏

18 《呂赫若小說全集：臺灣第一才子》，林至潔中譯，頁四一四至四六九。《清秋》作於一九四三年，但到一九四四年三月才發表（由臺北清水書店印行）。

19 參見藍博洲，《呂赫若的黨人生涯》，頁一〇五至一〇六。

20 這個版本是三卷本的《增評全圖石頭記》，參見《呂赫若日記，一九四二至一九四四》扉頁的照片。

21 參見藍博洲，《呂赫若的黨人生涯》，頁一〇五。

22 參見藍博洲，《呂赫若的黨人生涯》，頁一〇六頁。另見《呂赫若的黨人生涯》，頁一七六。

23 結果，蘇新在中國度過了最為悲慘的幾十年，並於一九八一年去世。他悲劇性的一生後來成為陳若曦的小說《老人》的主題。另見陳芳明，〈蘇新的生平與思想初論〉，收入他的《左翼臺灣：殖民地文學運動史論》，頁一二五至一九二。

感性的手冊和文件（據說，該出版社建立於一九四九年初，經理是呂赫若，陳本江則為幕後的負責人）。然而，迄今為止，除了一些音樂讀本外，我們沒有發現任何由大安印刷的呂氏作品。因此，為什麼呂赫若在二二八事件之後停止寫作，抑或他確實寫了某些東西、但之後由於政治審查的原因被毀掉了呢？總之，這個問題依然是一個懸案。同時，我聽說大舅陳本江似乎曾經以表現左翼情緒的武俠小說的形式創作過一些作品，並署有「紅豆公主」的筆名，但不幸的是，今天很難重獲這些作品了。無論如何，他和呂赫若所成立的印刷廠似乎起了一種掩護的作用——用來隱藏他們的地下活動。很顯然，呂和陳都沒有被那個時代的危險嚇倒，兩人都願意為這份新的事業犧牲生命。

根據一篇報導，在一九四九年上半年，呂赫若在臺中的家鄉潭子變賣了全部家當，為了他在臺灣的新「出版」（或者說是「政治」）事業，傾其所有[24]。同時，陳本江也在過一種極端清苦的生活，因為他在堅持不懈地為籌資建造印刷廠而縮衣節食。陳本江最終從煤礦業的巨富劉明先生和富商李順法等人那裡得到了大筆的捐贈。從一開始，大安印刷廠就被用作左翼知識分子的祕密聚會場所（主要成員都是日本各大學的畢業生），他們在這裡見面並做思想交流。

然而，惡夢忽然降臨到這個左翼知識分子團體。一九四九年秋，他們突然得到消息說政府要逮捕他們。就在那時，陳本江走進了鹿窟山，呂赫若緊隨其後。許多左翼知識分子——包括不計其數被牽連的無辜者——相繼被捕並入獄數年（如劉明先生），甚至被處死（如李順法先生）。據說，李順法原本被判十五年，但因自首時未供出曾資助陳本江之事，此舉觸怒了蔣介石，蔣遂改批示：「應處極刑」，於是原本十五年的判決就變成死刑，李順法於一九五四年八月二十四日被綁赴刑場，執行槍決，同時李家在高雄的五樓洋房被沒收。順便一提，李順法的弟弟李武昌（東京高等工業學校畢業）

[24] 藍博洲，《赫若的黨人生涯》，頁一一一。

也自行發展左翼組織（與呂赫若和陳本江的鹿窟案無關聯），被捕時曾勇敢地一人扛下所有的責任，並哀求特務放過其他無辜的人，但十六人仍遭槍決，最終自己還被判死刑，死前他的指甲全都被拔光，全身是血，體無完膚。再者，李順法的二哥李修（即日劇時代臺中以南擁有規模最大的西藥株式會社之人，亦為留日知識分子）也因連累而被判十五年。這樣一來，原本處於上流社會的李家，一瞬間變成破落的家庭！戒嚴時期的政治受難，由此可見一斑。

在臺灣歷史上，以上所述僅僅是白色恐怖時期的開始。最荒謬的是，鹿窟山的左翼人士住處被國民黨宣布為「鹿窟武裝基地」[25]。但事實上，根據可靠的消息，鹿窟地區並沒有配備任何武器；這個團體僅由十數個左翼知識分子和一些當地村民組成。但當國民黨特務於一九五二年十二月開進鹿窟山襲擊鹿窟基地時，他們帶來了軍隊，人數多達一萬多人[26]。大舉圍攻之後，毫無疑問，鹿窟村完全被夷平。因此，在我看來，因為一些保密局人士企圖為迫害左翼知識分子尋找藉口，並以此來取悅於蔣介石政府，所以他們很可能故意誇大了鹿窟「武裝基地」的規模[27]。

然而，呂赫若未能反抗國民黨一九五二年發動的襲擊，因為他已經在一九五一年中蛇毒去世。據說，他是夜裡在基地被毒蛇咬中的。如前所示，呂赫若亦有可能於一九五〇年已經去世。以下是一個目擊者給我的敘述：

25 參見谷正文，《白色恐怖祕密檔案》，記錄者為許俊榮、黃志明和公小穎（臺北：獨家文化，一九九五），頁一四八至一五九。

26 根據大多數記載，軍隊人數是兩千五百人，但是目擊者陳旬煙說，如果包括鹿窟的周邊地區，真正的人數應該有三四萬。陳旬煙的相關記述，引自《呂赫若文學座談會》，收入陳映真等著《呂赫若作品研究》，頁三三四。然而，最近據另一位當年在鹿窟的左翼分子說，當時國民黨派來的軍隊大約是一萬多人。

27 根據張炎憲和高淑媛最近對政治犯廖德金的訪談，曾經跟鹿窟事件有牽連的廖德金說，他本來沒想用「武裝力量」這個說法來描述陳本江和他的追隨者，後來他這麼說是出於拔高他的一些同伴的目的。參見張炎憲、高淑媛，《鹿窟事件調查研究》（臺北：臺北文化局，一九九八），頁九一至九四。

我記得是一九五〇年夏天半夜三四點，呂赫若先生被蛇咬。因為沒有電話，陳春慶來通知此消息，已經是黃昏。我馬上和陳春慶去看呂先生。我用點燃的香菸要燒焦傷口，他怕痛不肯。已經超過十小時，呂先生的左手臂和胸部都腫起來了。剛被咬時，呂先生就叫劉學坤在他的手臂皮下注射盤尼西林。在傷口塗上盤尼西林藥膏包紮著。因疼痛未解，天未明，劉學坤就去拜託蘇金英兄拔蛇咬草。我和陳春慶未到之前，呂先生已經喝了好幾次藥湯……但蛇是極毒的大尾龜殼花（後被劉學坤打死了），毒液已貫穿心臟，這是致命傷。

總之，呂赫若在三天後嚥下了最後一口氣。他死之後，他的朋友們（陳春慶是其中之一）把他葬在後山營的莽草林裡。他的屍體被包在草蓆裡，葬於一堆亂石之下——無意之中，一語成讖，他的原名呂石堆（字面的意思是石堆之下的呂姓之人）竟在這個時候得到了驗證。去世時，呂赫若年僅三十七歲。

另一方面，我的大舅陳本江卻一直活到一九六七年。如上所述，他在臺北市的一條街上死於腦溢血[28]。不過，在他人生最後的十五年中，卻時時刻刻受到國民黨祕密警察的監視，行為非常低調。可惜，他本想為自由而戰，卻一切成空，這可能是最終導致他五十三歲就過早去世的原因。

鹿窟事件依然是臺灣歷史上最具悲劇性的篇章之一。不幸的是，呂赫若和陳本江都沒有給我們留下有關他們的鹿窟歲月的日記或回憶錄。在他們的心中，自由和公正是他們最為寶貴的理想。然而，在政治迫害的年代，沒有什麼曾經慰藉過他們的在天之靈，連紀念的文字也沒有，有生之人難免為之神傷。唯一令人可喜的是，今天在臺北街頭的人行道上，有一塊地磚刻有人們對呂赫若的懷念。可以說，歷史終究還是公平的。

[28] 許多報導都錯誤地記錄了陳本江的去世日期。比如藍博洲就寫到陳去世於一九八五年，見藍博洲《呂赫若的黨人生涯》，頁一一九。

第十二章 虎口餘生記

如果有人問我，我這一生所完成的最艱難之事是什麼，我一定會毫不遲疑地回答道：「沒有什麼比接我父母到美國來更艱難的了。」

多年後每想到這事，還有一種心有餘悸的感覺。

我是一九六八年移民到美國來的，後來兩個弟弟也先後來美求學。那段時期我一直在修研究所的課，除了努力攻讀學位以外，心中日夜繫念的就是遠在臺灣的父母。我擔心他們會相繼病倒，尤其身旁又無兒女照顧，隨時都可能出事[1]。

於是，一九七七年一月間，我在普林斯頓將要完成博士論文時，就請父母向臺灣的僑務委員會申請出國探親手續。申請後不久，母親很順利地獲得了出境證，唯父親卻被出境管理局批駁。我們心裡都明白，父親之所以被批駁，當為坐牢十年的政治理由無疑。

那年的四月初，我突然接到家裡的電話，說父親病重已住進臺大醫院，又說根據醫生初診，七成是肺癌。接消息後，我與小弟立刻排除萬難，返臺照料病中的父親。後來，開刀之後，醫生發現父親患的原來是肺結核瘤，大家才放了心。但醫生再三囑咐，父親須接受至少一年的治療及休養，才能完全康復。這時母親身體也不好，曾多次病倒，我們又都住在美國，無法在臺長期幫忙侍奉，一時全家

1 這裡必須提到的是，一九六〇至一九七〇年代，在我們姐弟三人相繼出國之後，爸媽兩人都虧鄧慶順老師對他們的照顧。可以說，鄧老師（我們稱他為「鄧大哥」）一家人的愛心成為我父母靠著活下去的支柱。在此特記此事，以為感念之意。

人憂心如焚。

於是，我與兩個弟弟商量之後，於六月返美之前再度為父母申請出國手續。但一回到美國，就聽說爸媽已收到僑委會的覆函稱：「……在未滿一年之內，不得再申請出國」，並退還所有申請文件。

那陣子，我們都變得思慮重重。七月間大弟特別從威斯康辛州開車到普林斯頓來，想和我商量出一個更有效的對付方法。突然間，我們想到了臺灣行政院長蔣經國。聽說他對海外學人特別友善，或許願意在這件事上破例幫忙我們也說不定。

於是，我們合力草了一封致蔣院長的信，由我簽名，發出航空掛號快件，發信日期為七月十六日。在信中，我說明「家父重病垂危，且家母幾次病倒，凡知者無不下淚」的事實，並請他破例「垂念此為人子女之孝心，特准家父母出國療養」。

但此信送出去之後，有好長一段時間毫無回應。我猜想，蔣院長底下一定有人把信扣留了。於是，我開始想，是否有什麼好方法能讓蔣經國本人收到我的那封信？

於是，我想到了在芝加哥大學任教的余國藩教授，因為他很可能認識一些政府要人。在電話中，他建議我寫信給文化大學的校長張其昀教授，因為張其昀就住在蔣經國他們家的對面，只要請張先生把信交給蔣院長，那事情就簡單了[2]。

2 許多年後，余國藩（Anthony C. Yu）教授才發現他一九七七年在電話中給我的建議直接促成了我父母的順利出國。原來，余教授因為一直在美國教書，本來並不認識張其昀先生，也不知道張其昀先生就住在蔣院長家的對面。但一九七五那年的夏天，余教授回去臺灣開會。在一個偶然的機會裡，張其昀先生忽然拜訪余教授的父母，當時余教授正好在他的父母家休息，因而與張其昀先生不期而遇。兩人交談之下，十分投合，從此就成了忘年之交。所以，一九七七年我打電話給余教授，請他給我提建議時，他很自然就想到了張其昀先生。最近，我再向余國藩教授提起這段往事，他很感動，曾在信中寫道：「Providence indeed was bestowing guidance and blessing on your parents, innocent and virtuous as they have been all along（我想造物主真的特別引領和祝福你的父母親，因為他們一直是無辜而善良的）。」記在此，以為感恩之意。

我立刻投書張其昀教授，懇請他將我那封致蔣經國的信之影印本親交蔣院長手中。一個多星期後，我就收到張其昀先生的回函，謂：「囑交蔣院長一函已為轉成，祈釋遠念」云云。

在那以後不久，父親終於在九月八日那天收到出境管理局寄來的出境證及其他附件，足見蔣經國已暗中協助此事。可興奮之餘，父親突然發現僑委會所核發的「出國許可證」（即出境管理局所寄來的附件之一）早已過期。問題是，這麼一來，就無法向外交部憑辦請領護照手續了。父親籌思再三，於九月二十二日請示出境管理局，並附上所有證件，請他們能更正出國許可證的日期，以便申請護照。但十月五日收到僑委會函，內稱：「……出國許可證逾期，應依規定重新申請」，並退還所有文件。

父親乃於十月五日再上書出境管理局。不久，接出境管理局十月十七日寄來的公函，中謂：「臺端前領核准出國文件（人民出國許可證）逾期，請檢附照片三張，戶籍謄本一份，連同逾期之人民出國許可證，逕向本局服務中心第二號服務臺（即僑務委員會服務處）申請換發。」

接此公函，父親立刻乘車北上，於十月二十六日上午到出境管理局，把帶去的證件和上次的收據，全送進去查詢。站了半個多小時，對方回答說：「上邊在為你辦了，請稍等。」

這時，父親心裡充滿了希望。又過了約半小時，裡面的人出來了，手裡拿的還是剛才送進去的東西，他說：「你再去二號服務臺查問一下，你的這件公文好像還沒有移過來。」於是，父親又跑到二號臺去，服務員說：「你的文件還在中山北路的僑委會，我把電話抄給你，你自己去問問看吧。」

父親馬上打電話給僑委會，經過一會兒，對方回答說：「你的申請已經批駁了，我們沒有換領的規定，我們的批示早已發出了，二十一日就批了。」父親冷靜了一下，拿著手裡的公文再質問二號服務臺，但服務員說：「我們只管收文件，你自己要去問僑委會！」然後，父親又找到一位職位較高的出境管理人員，那人說：「我是憑你們的公文來辦換領的……公文是我們給你的，是叫你去僑委會辦，僑委會不准，我們有什麼辦法？」他的回答顯然是決定性的。但父親立刻又坐車趕往中山北路僑委會，直接找到主辦人，經查詢之後，他的回答和方才電話中說的完全一樣。

那天，父親只好到臺北火車站排隊買票，次日回高雄。他病後體力已十分衰弱，在途中幾次都差一點昏過去。到家後收到僑委會的公文說：「所請與規定不符，歉難照准。」可是這一次連那張逾期的人民出國許可證也給沒收了。

至此，希望實已完全斷絕。那天正是父親五十八歲生日，他很感慨地寫信勸我們，要我們從此死了這條心，他不許我們再為這件事操心了。

但接到父親的信，我還是不死心。我一向是個完美主義者，此事沒做成，心中很不甘願。我想立刻回臺灣一趟，哪怕最後必須見蔣經國本人，我也願意嘗試所有的途徑。

就在此時，我丈夫張欽次突然接到公司的緊急通知，說他必須前往泰國去解決一件有關海底隧道的問題。於是，我們決定由他順便先去臺灣看看情況，再做進一步的打算。

幾天後的一個下午，欽次終於到達我們左營家的門口。母親一眼瞥見他，以為是在夢中。後來，定睛一看，果然是欽次，心想他怎麼突然回臺灣來了？

「我告訴過你們，不要再為那申請出國的事操心了……」母親邊招呼他進門，邊說道。走進客廳，欽次看見父親正坐在書桌旁靜靜地看書，面容憔悴。原先想說的一大堆話，這時卻一句也說不出了。

最後，父親抬頭看見欽次，臉上閃過一絲驚愕。

「啊，你怎麼趕回來了？關於出國的事，我們都不要再去想了。再搞下去，我們都會完蛋的。你也不要再去找什麼人了，再說，所有申請證件都已經被收走了，沒希望了……」父親說這話時，語氣堅決。

那天，欽次好不容易和我父母有個團聚的機會。離開左營家時，已是晚間八時。他決定當晚就要乘快車趕往臺北，連他自己父母的家也只待了一個鐘頭不到。

第二天在臺北，欽次一早就趕到博愛路一七二號找到僑務委員會服務中心的馬行公主任。他一見馬主任，就拿出自己的名片，他開門見山地說明他冒昧拜訪的理由，並說只能在臺灣停留七十二小時，希望能在短短的這段時間把事情弄個清楚。沒想到，馬主任非常和氣，還主動要幫忙他。

「沒問題，沒問題，請你到出境管理局辦個『申覆』的手續。我這兒可以請底下的人調檔，盡量配合……」

一時說得欽次心裡充滿了希望。於是，他立刻坐車到出境管理局去，為父親臨時寫了「申覆」書。但他還是在出境管理局和僑委會之間跑了無數趟，又找了他在臺北的大哥小妹等人及時幫忙（如快速加洗相片、影印證件等），才終於為我父親拿到了出國許可證。那幾天馬主任自然也幫了大忙。後來發現，幾個月來出國許可證之所以出了問題，乃是因為僑委會的某一位辦事人把父親的檔案一直押在最底下的緣故。現在全部檔案既已水落石出，手續也就很快地辦成了。

最後，在回美國之前，欽次還親自到外交部為父親順利辦完了護照。不用說，這個突來的好消息，給爸媽帶來了無限的驚喜。

到此，逆境已完全扭轉了過來。但由於幾個月來的持續奮鬥和焦慮，我終於病倒了。病中我除了寫信給蔣經國、張其昀、余國藩、馬行公等人，向他們致謝之外，還努力思考前後的種種經驗，希望能從中吸取一些智慧心得。這次的經驗告訴我：在中國人的制度裡，上面的高官領導似乎都很仁慈而通人情，但底下的官僚卻時常不合作，甚至狐假虎威，徒增老百姓的痛苦和重擔，於是本來一件好事時常會變成了壞事。我也想到，或許這就是現代的中國人至今還無法真正實現自由民主的原因吧。同時又想到，多年來那一連串施加在我們身上的「查戶口」、監視、翻箱倒櫃等行為，似乎不太可能全是上頭領導的指示，事實上他們也不一定會知道這些詳情。但可惜的是，許多中下層的官僚卻習慣了威脅詐取，不以服務為己任，我想那一定是中國幾千年來官僚制度所流傳下來的惡習所致。何時才能使中國人普遍地變得博愛而寬容呢？何時才能走出仇恨的情緒呢？

記得，在一個疲憊的傍晚，我獨自一人走在普林斯頓的康乃基湖邊，心裡就在反覆思考著這些文化與政治的問題。我想，也許要到離開故鄉很久之後，一個人才會客觀地想到這些問題吧。

那段期間，我有幸又通過好友Edith Chamberlin的介紹，得以認識紐澤西州的國會議員代表Senator Clifford Philip Case。Case先生是個資深的美國議員（他一九五五年就開始任職國會議員，一直到一九七九年退休為止），為人熱心而有正義感。他很同情我父親的不幸遭遇，故自動與臺北的美國大使館取得聯絡，好讓我父母很快就拿到了美國的簽證。

我永遠不會忘記，那天是一九七八年一月十二日，爸媽剛取得了簽證，Case先生的祕書一早就從華府打電話來普林斯頓向我道喜。當時，我激動得流下淚來，心想一個國會議員居然會對一個普通公民付出如此真誠的關心，實在令人感動。

又過了不久，一九七八年二月三日那天，爸媽終於飛抵美國大陸。剛在洛杉磯機場進關時，父親給我打了一個電話，他說：「這次真是虎口餘生，感謝你和欽次拯救了我們。」

後來爸媽在美國開始了他們平靜的後半生。一九七九年父親病癒，進亞利桑那州鳳凰城的「美國國際商學研究院」（American Graduate School of International Management）——即有名的Thunderbird Campus——教書。一九八一年獲得該校的「傑出教授」（Outstanding Professor）榮譽，於一九八四年四月二十八日加入美國籍。後又於同年自請退休，專心研讀《新約聖經》，傳揚基督福音。

一九八八年一月三日，父親從馬利蘭州寄來了一張美麗的卡片，並附一封短信，信中寫道：

今天是我們來美十周年紀念。我們同心感謝主恩，也不能忘記你倆人竭力奔走、歷盡波折，終於絕處逢生，蒙主把我們帶了出來！《詩篇》一二四篇七節寫道：「……我們好像雀鳥從捕鳥人的網羅裡逃脫……。」Your thoughtfulness meant so much more than words can ever say!

同天，他還寫了一首打油詩，其中有以下一段：

二月初三怎能忘
飛出天羅與地網
有女孝心感天地
免我葬身汙泥塘
臺島屈辱成軼話
祖國河山夢飄香
一生際遇何足計
唯慶中華國運昌

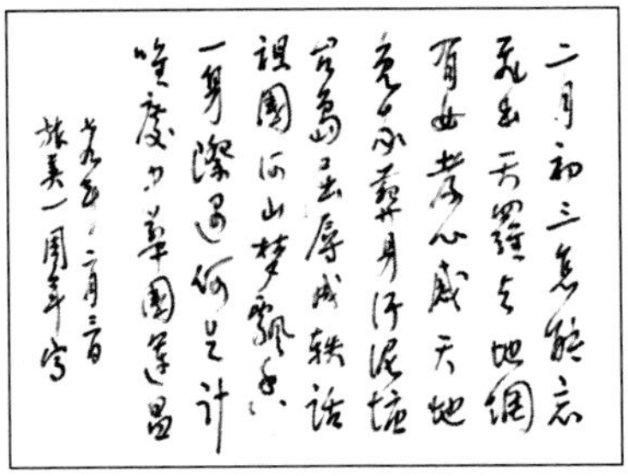

多年來我一直把父親給我的信和詩好好地收著，把它當作我這一生中所獲得的最高的獎賞。

第十三章　紅豆的啟示

記得在臺灣上初中時，我最喜歡背誦的一首唐詩，就是王維寫的那首〈相思〉絕句：

紅豆生南國
春來發幾枝
願君多採擷
此物最相思

聽老師說，紅豆樹大都生長在臺灣、廣東、廣西等熱帶地方。它的子呈紅色，扁圓形，有人把它稱為「相思子」，因為它最能慰藉人的相思之情[1]。那時我常想，有一天一定要摘一顆紅豆寄給遠在監獄裡的父親。

但不知怎的，在臺灣時，我一直沒見過紅豆樹，也沒採過紅豆，所以終究沒實現那個心願。後

1　其實，紅豆也生長在江浙一帶。有關紅豆和紅豆樹的象徵意義，可參見陳寅恪《柳如是別傳》的〈緣起〉一章，及所錄的〈詠紅豆〉詩並序。原來，陳寅恪在昆明時，偶遇一鬻書主人，主人說他從前曾旅居常熟錢謙益舊園，並「拾得園中紅豆樹所結子一粒」，願以紅豆奉贈。寅恪先生「聞之大喜，遂付重值」，買下了那顆紅豆。沒想到，那顆紅豆竟成了寅恪先生撰寫錢謙益和才女柳如是的故事之「緣起」。見《柳如是別傳》（上海：上海古籍出版社，一九八〇）第一冊，頁一至四。

來，到了美國之後，隨著時間的流逝，也就把那件事給忘了。

第一次見到紅豆，是一九七八年的春季。那時，爸媽剛移民到美國來，我也即將從普林斯頓大學研究所畢業，所以他們就特地從馬利蘭州乘火車來看我，想順便一遊普大校園。那是爸媽抵美國之後，我們的首次相會。

記得，爸爸一走進我的普大宿舍，就迫不及待地從口袋裡掏出了一個袖珍型的小袋子，一面微笑說道：

「小紅，這裡頭裝的是二十六年前我在綠島被關時所撿到的一顆紅豆，這些年來我一直放在身邊。現在就送給你做紀念吧……」

我把那個小袋子接到手中，從裡頭拿出一顆紅豆來，一時不敢相信自己的眼睛。這麼多年了，那顆紅豆居然還發出很美很亮的光澤，在燈光的照射下尤其耀眼。那紅豆呈暗紅色，比我期待中的紅豆要大得多。那個紅白相間的小袋子也尤其珍貴，那顯然是爸爸從前在綠島時，自己花過很大一番功夫才縫製出來的，正面用藍本寫著：「1952，V23，孫裕光」，反面則有「綠島紀念」四個字。「V23」是「五月二十三日」的簡寫，正是爸媽結婚九周年紀念。據媽媽說，爸爸是那天在綠島的一個水池邊撿到那顆紅豆的。爸爸當初很難適應牢獄生活，有一天想不開，曾跳到那水池裡要自殺，幸而沒淹死……

我一直注視那顆紅豆，直想流淚，但我忍住了。我說：「爸爸，你們現在已經到了美國，就是新的生命的開始了，你們不要再去想過去那些不愉快的事了。這顆紅豆我會好好收藏它，從此它就屬於我的了。」我故意裝作很輕鬆的樣子。

「對了，小紅，那紅豆本來就是要給你的。」紅豆「就是小紅的豆的意思……」媽媽在一旁插嘴，說得我們都笑得很開心。

那天，紅豆就成了我們話題的中心了。我告訴爸媽，在臺灣的時候我從未見過紅豆樹，也沒撿過紅豆。但我知道，紅豆樹是代表思念的意思，所以來了美國之後，就乾脆把一切和「思念」有關的樹都泛稱為「紅豆樹」或「相思樹」。例如，在附近的普林斯頓高等研究院（Institute of Advanced Studies）裡，就有兩排紀念愛因斯坦的「相思樹」，那也是我經常喜歡去的地方。

一提到愛因斯坦，爸媽的眼睛就亮了。尤其是，爸爸一直對「相對論」很感興趣，從前還寫了有關那一方面的文章。而且，聽說再過一年就是愛氏誕辰一百周年紀念，將在普林斯頓的高等研究院（即愛氏一生中的最後二十二年）召開紀念會[2]。為了滿足爸媽的好奇心，我立刻就開車帶他們前往Mercer街，一路上經過研究生學院（Graduate College）區，然後就彎進去那個風景幽美的高等研究院裡。

一抵達停車場，爸媽老遠就看到兩排很整齊的樹排列在那兒。媽媽一時興奮，幾乎是跑著過去的。她在樹的前頭站好了，就讓爸爸給她拍了照。真的，他們已經很久沒這麼放鬆了。媽媽一邊笑一邊說：「沒想到我們這一輩子居然還能來到愛因斯坦的地方……」

「看，請看那個白房子！那就是當年愛因斯坦的家，」我突然打斷了媽媽的話，「看，他的房子正好面對著研究院的正門。每天愛因斯坦唯一的運動就是，早晨從他家走到研究院，黃昏時再步行回去。後來，他去世了，人們為了紀念他，就種了這兩排樹……」我用手指向那遠處的白房子。突然間，我有了一個靈感：那兩排樹的每棵樹都與對面的樹互相對應，無論大小高低都相同。這情景頗令人想起中國人那種「成雙」、「成對」的自然觀，即劉勰在《文心雕龍》中所謂「造化賦形，肢體必雙」的情趣。我就對父親說：「爸爸，您看見了嗎，這兩排樹好像是一幅很長的對聯，一邊紀念愛因斯坦的生，一邊哀悼他的死。」

[2] 後來，父親把《時代週刊》（一九七九年二月十九日）紀念愛因斯坦的一篇文章譯成中文，題為〈愛因斯坦百年生辰——舉世紀念一位重新描繪宇宙的巨人〉。

「真好，這是名副其實的相思樹了。只要看看樹有多高，就知道愛因斯坦過世有多久了。」爸爸用手比了比樹的高度。

我向他們解釋，當初普林斯頓高等研究院之所以特別把愛因斯坦的房子建在研究院的正門對面，乃是因為怕他會走丟了。因為愛氏成天都在專心構思，走路時經常漫不經心，從來不看路，也只有這樣一條筆直的路最適合他來往行走了。我說：「這就是為什麼那兩排相思樹排得這麼整齊的原因——人們一方面思念他，也紀念他那專心的本領。他有時太專心了，連襪子都沒穿就從家裡走了出來……」

〔作者按：一直到多年後，我才突然領會到一件事：原來那位有名的數學家John Forbes Nash, Jr.之所以能在一九七〇至一九九〇年那段漫長的二十年間逐漸擺脫了他的精神分裂症，而終於在一九九四年榮獲諾貝爾獎金的榮譽，乃是因為他當時所在的普林斯頓校園和高等研究院提供了他能自由沉思的理想環境。Nash自己曾說：「我在這裡（指普林斯頓）受到了庇護，得以免於流落街頭。」[3]後來Sylvia Nasar把她那本有關Nash的生平傳記取名為*A Beautiful Mind*（中譯本譯為《美麗境界》）是很有道理的，因為是普林斯頓的幽靜環境培養了Nash的「美麗心靈」。記得，一九七〇年代時，我在普大攻讀博士學位的期間，我經常看見Nash獨自一人出入於Firestone大圖書館的閱覽室，他的樣子有些奇怪，忽然站起來走動，忽然又坐在窗臺邊，但從來沒有人干擾他。他的眼睛經常朝遠處看，好像在思考什麼超越現實的東西。〕

其實，通過「思考」而培養出一種超越的心靈空間也就是美國長春藤大學所標舉的通才教育（liberal education）的最終目標。「通才教育」的主旨是：不但要培養專業人才，而且更重要的是，必

[3] Nash的原話是："I have been sheltered here and thus avoided homelessness." (*Sylvia Nasar, A Beautiful Mind: The Life of Mathematical Genius and Nobel Laureate John Nash* [New York: Simon & Schuster, 1998], p. 340).中譯見《美麗境界》，謝良瑜、傅士哲、全映玉譯（臺北：時報文化，二〇〇二），頁四六七。

須造就一批能自由獨立思考的青年人。也就是說，通才教育的貢獻之一就是訓練人的悟性及沉思的習慣，使人在心靈上得以超越現實環境的束縛。

我想，我爸爸的紅豆也代表了一種「非實用價值」的省思。它意味著自省的情趣和想像。從現實的眼光看來，父親在綠島撿到的那顆紅豆似乎毫無實際的價值可言，然而那紅豆卻給了他很大的啟示，使他在逆境中仍能體會到人間的溫暖，因而有了活下去的勇氣。因此，對爸爸來說，紅豆實是無價的至寶。

我把這個想法告訴父親，他說他真沒想到那顆紅豆會給我這麼多的靈感。他還說，他很高興知道，我所上的學校——普林斯頓大學，正好是以通才教育著稱於世的。於是，那天下午我就趁機帶爸媽到普林斯頓校園遊了一下。可惜，那幾天我丈夫欽次正巧在聖路易城上班，否則他最有資格帶爸媽看校園了；欽次在普大念博士學位時，就已經常常當嚮導了。

次日下午四時，我們準時到達好友Edith Chamberlin的家中。她的家就在有名的康乃基湖邊，一九六八年，欽次和我結婚時，就是在她家開婚禮招待會（wedding reception）的。對爸媽來說，能終於在普林斯頓城拜見Chamberlin夫人，實為一生中的大事之一。況且，在爸媽移民到美國的過程中，Chamberlin曾經幫了大忙。所以，那天我們都向Chamberlin再次表達了衷心的感激。

其實，爸媽早在多年前就與Chamberlin夫人見過面了。說來話長，首先一九六六那年，欽次剛從臺灣來，他剛抵普大校園的第一天就認識了當時年已近八十的Chamberlin夫人。Chamberlin是學校特別派來招待那年的新生的；欽次初次與她見面就十分佩服她。以她那個時代的婦女（她生於西元一八九九年），能擁有兩個大學的學位（其中之一得自有名的Smith College），而且攻讀哲學，可謂不尋常。Chamberlin舉止大方，初次見面就讓欽次感到十分親切。她顯然很喜歡欽次，一直對他說：「你就叫我Gram吧（Call me Gram）。」Gram乃為Grandma（祖母）的暱稱，所以她是把欽次當成自己的孫兒了。原來，她曾寫過一首題為〈When Children Call you "Gram"〉（當子女喊你祖母時）的詩，那首詩後來很有名，有一個報紙*Longview Washington Daily News*曾登出書評，由評論家Richard Spiro執筆。此外，Gram那首詩正好寫於我出生的那一年（一九四四），所以我到美國來之後，她經常提起了這個巧合，她認為我們之間很有默契。真的，我們都對文學有相同的興趣，而她也是第一個啟迪我和欽次對美國民主自由有真正瞭解的人。其實，在普林斯頓的小鎮上，Gram早以贊助世界和平（World peace）的多種活動而著名，她每年為世界上苦難的人所捐出的錢財十分可觀，其熱心真誠的態度，令我們感動。記得，她經常帶我們到賓州的Washington Crossing公園去野餐，也為我們講解有關兩百多年前華盛頓總統在那兒勇於抵抗英軍的事蹟。她還屢次為我們朗誦傑弗遜總統的話：「I have sworn upon the altar of God eternal hostility against every form of tyranny over the mind of man.（我向上帝宣誓：我憎恨和反對任何形式的對於人類心靈的專政）。」〔作者按：這句話的中譯取自劉再復的新著，《閱讀美國》（香港：明報出版社，二〇〇二），頁四五〕總之，我們和Gram無所不談。不久，我的兩個弟弟先後到美國來讀書，Gram也把他們當成自己的家人。後來，她知道我爸爸過去在臺灣所遭遇的牢獄之災，甚為同情，故於一九七一年的春天（她八十二歲那年）動身前往臺灣，為了當面認識我爸爸。那次遊臺灣的旅程雖短卻意味深長，使她一直念念不忘。

自從Gram從臺灣回來以後，就開始與我爸爸通起信來了。她經常對我說：「How I enjoyed receiving your father's letters（「我多麼喜歡收到你父親的信啊）！」在給Gram的信裡，我爸爸也曾寫道：「It's always my greatest pleasure to read your handwriting（能看到您的字是我感到最高興的事了）。」後來，Gram告訴我，我爸爸的英文字和她的字體很像，令她不可思議。有一次，她收到一封信，初看信封，還以為她自己給自己寫信，覺得很奇怪。但她立刻就發現，原來那是我爸爸的來信。她迫不及待地拆開信封，反覆讀了那信。之後，她就忍不住在信封上批道：「I am told that Paul Sun copies my handwriting and he does such a good job it fools me.（我聽說孫保羅很喜歡模仿我的字體，但他模仿得太像了，連我都給騙過了）。」有趣的是，後來有一天，我偶然看到Gram在那信封上寫的那段評語，覺得那字體簡直和我爸的字像極了！

那天下午，爸媽坐在Gram家的陽臺上，一面喝茶，一面聊起有關我爸爸多年來和Gram通信的事。此外，面對美麗的康乃基湖，Gram就講了一個有關那湖的趣事。她說，從前並沒有康乃基湖。但有一次普林斯頓大學的校長邀請有名的財主康乃基先生來參觀普大，康乃基先生對普大校園印象不錯，但他說：「可惜你們學校少了一個湖。」所以，回去之後，他就立刻捐贈了一個「人工湖」給普大，後來學校就將那湖命名為「康乃基湖」（Lake Carnegie）。爸媽聽了這故事，很感興趣，就一直注視著那平靜而廣闊的湖面。媽媽說，她很羨慕Gram，因為她整天都能欣賞那個康乃基湖的景色。Gram說，其實就是因為那個湖的緣故，她才把她的家取名為「Viewpoint」（瞭望點）——亦即整天可以從各個角度來瞭望那湖的意思。那天下午，爸媽就在湖邊拍了不少相片。

那天，我也順便告訴Gram有關父親那顆紅豆的故事，她聽了非常感動。她說，其實爸媽也曾給過她一顆很美的「相思豆」。我們正感到奇怪，只見她立刻站起來，從客廳的書架上拿來了一張小卡片。我們一看，原來是爸媽從前送給她的一張聖誕卡，卡片上頭只有一顆白珍珠，被金色的聖誕葉襯托著。接著，她就用手指著那顆又白又亮的珍珠，一邊微笑地說：「這不是相思豆嗎？我最喜歡這張卡片了。」

Gram是個天生的詩人，所以她的想像力也特別豐富。她說，她相信那顆綠島的紅豆代表上帝給我爸爸的一種感召，神為了以後要重用他，才在苦難中先以紅豆相贈。她說，那個紅豆的啟示使她想起了女詩人Louise Imogen Guiney（一八六一——一九二〇）的兩句詩：

Use me in honor, cherish me
As Ivy from a sacred tree...
（神啊請用我，給我榮譽，請珍惜我，
像那神聖之樹上的長春藤……）

這樣的比喻讓我感到驚歎不已。把紅豆比成「長春藤」（ivy），真是一個很特殊的發明。但Gram解釋道，紅豆的意象不但使她憶起爸媽給她的那顆珍珠，也使她聯想到普大的長春藤——因為長春藤上頭經常長著綠色小果，和紅豆的大小差不多。她說，她認為這些意象都象徵著永恆的意思。

那天在Gram家中的談話令我終身難忘。每次想到Gram，就會憶起那張帶有珍珠的聖誕卡。

一九八二年秋季，我開始到耶魯大學來執教，那年我和欽次兩人就離開了普林斯頓城。那時，爸媽也早已搬到亞利桑那州的鳳凰城去住了。不久，過了九十歲的Gram已漸漸衰老，最後幾乎失明了。一九八四年四月間，我爸爸在鳳凰城正式入美國籍，Gram知道了很高興，當時她已不能寫信，在電話中對我說：「You're your dad that I am very proud of him, and that your parents'outpouring of love to me has always been very precious.（請轉告你父親，我為他感到驕傲，同時我永遠非常珍惜你父母對我那種出自心底的愛）。」

那年的聖誕節，我們都分別收到來自Gram的最後一張聖誕卡，上頭印有她的一首短詩：

My eyes cannot reach the opposite shore.
But its reflection
in the quiet lake
Tells me that it is there.

（我的眼睛看不見湖的彼岸
但它的倒影
映在安靜的湖面上
讓我知道它的存在。）

那首詩題為〈Assurance〉（信心），是Gram生平的最後一首詩。那詩主要描寫她從家中窗口望出去的康乃基湖景，也象徵性地表達了她對永生的堅定信仰。那張聖誕卡上不但印有康乃基湖的風景照，也包括了Gram個人的獨照。四個月後，一九八五年二月二十二日那天，Gram終於走完了她的豐富的一生，享年九十六歲。臨終前，她囑咐她的家人和我們把她的骨灰灑入她最心愛的康乃基湖中。在追思禮拜中，我當眾朗誦了一首Gram於一九七七年所寫的詩：

It is the Spirit that quickens
It is the Heart that gives life,
That wakens the pulse of the feeble,
That heals the wounds of the knife...
（是那聖靈鼓舞了我們，
是那個神聖的心製造了生命，
它使弱者的脈搏甦醒，
它也醫治了我們的刀傷……）

一年後，女兒在紐黑文（New Haven）誕生，我們就用Gram的正式名字Edith（Edie）來給女兒命名，以表達我們一家人對Gram的思念。

我時常想起Gram的那首〈Assurance〉的詩，因為它表達了一種永恆的信仰。我把那首詩和父親的紅豆（包括那個裝紅豆的小袋子）存放在一個檔案櫃裡，以為終身的紀念。

二〇〇二年，有一次在整理檔案時，那顆紅豆和Gram的詩又赫然出現在眼前，一時令我感觸萬端。我立即打電話給父親：

「爸爸，您還記得二十四年前，您和媽剛到美國來的時候，您送我的一顆紅豆嗎？您還記得我們在Gram家也談到紅豆的事嗎？」

「怎麼不記得？我經常在想，你幾次搬家，或許已經把那顆紅豆搞丟了……」爸爸邊說，邊發出了笑聲。

「不會的，那麼寶貴的紅豆，我怎麼會把它丟掉。」我搶先答道。

我向爸爸解釋，我很珍惜那顆紅豆，也會永遠把它收藏著。但爸爸說，這些年來，他的信仰有了長進，因此他對那顆紅豆又有新的想法。他認為那顆紅豆也和《聖經》裡所提到的一粒麥子一樣，我們千萬不要將它收藏起來，應當把它種在土裡，才能長大結果——因為據《新約聖經》所說：「一粒麥子不落在地裡死了，仍舊是一粒，若是死了，就結出許多粒子來。」意思是說，基督徒的生命歷程是一條死而復生的道路；一個人必定要像那粒種在土裡的麥子一般，必須經過土裡腐爛、破碎、掙扎的過程，才終究可以得到「重生」。

我突然恍然大悟，原來這就是為什麼父親把他那本紀念我媽媽的書取名為《一粒麥子》的緣故。同時，父親到美國來之後改名為「孫保羅」，顯然他把聖徒保羅當成了他的榜樣，他願意像保羅一樣地出死入生，完全為基督奉獻。在他給好友湯麟武教授的一封信裡，父親寫道：

> 神救了我的後半生！從死亡坑裡把我拉出來，又把我自己過去所糟蹋的光陰補還給我，把我的罪行、失敗，以及頑梗的天性一筆勾消，把一切的「借方」都改記入「貸方」！神改變了我的生命，改變了我和我一家大小的命運……

退休以後（一直到他去世前幾年），父親都在美國各地教會裡事奉，而且經常上臺講道，並幫忙年輕人解答信仰問題。一九九六年七月，爸媽將要離開馬利蘭州，在搬去加州的前夕，那兒的教會（Congregation of the Gaithersburg Chinese Alliance Church）會友們特別頒給父親一個紀念金牌，上頭刻有以下的話：

> Presented in gratitude to PAUL SUN, our first Elder, for teaching us by example, in loving God with all your heart, with all your mind, and with all your strength.
>
> （獻給孫保羅長老——我們教會的首位長老，感謝您做我們的榜樣，感謝您教給我們如何全心、全意、全力愛主。）

這就是父親把紅豆的生命真正活出來的見證。從此，我終於明白，為什麼他要我把那顆紅豆種在泥土裡了。

然而，我仍是一個有「收藏癖」的人，而且我實在不忍心把那顆寶貴的紅豆埋入土裡。於是，我就買了一個很講究的玻璃櫃，把那顆紅豆和父親縫製的袖珍小袋放在裡頭，一起擺在書房裡展覽。現在我終於可以隨時欣賞那顆紅豆了。每回看到它那明亮的光澤，還有從玻璃反射出來的影子，心裡就感到異常地平靜，靜得像那個永遠忘不了的康乃基湖。

第十四章　兩岸的受害者

一九四六年春，爸媽、大弟和我將要離開大陸時，爺爺實在捨不得我們走。據說，我們上船之前，在天津塘沽港的碼頭岸邊，爺爺一直緊緊抱著我不放。爸媽當時的計畫是，由天津先乘船到上海，在上海與張我軍先生等人集合，希望能設法買到船票，再從上海坐船到臺灣去。爸媽之所以決定要去臺灣，主要是為了找好的工作機會。那時，爺爺還算年輕，才五十三歲，還在天津英租界裡工作。爸媽一直在想，再過幾年我們就會回去天津和爺爺他們團圓了。誰知，那次的離別竟成了我們與爺爺的訣別。

在我們天津的家裡，除了爺爺以外，還有「後奶奶」以及叔叔和姑姑兩人。那年叔叔二十歲，姑姑才十七歲。幾十年之後，當我們又找到姑姑和叔叔時，他們已是鬢髮開始斑白的年紀了……

像這樣的故事，聽起來很熟悉，好像只是千萬個例子之一；因為在半個世紀以前，幾乎所有到臺灣去的大陸人都經驗到了與親人兩地隔絕的悲劇。

然而，我們家的悲劇卻是雙重的。正當我們的大陸親人被打成右派、遭到無窮無盡的折磨時，我爸爸卻同時在臺灣被冤枉成政治犯，白白地坐牢十年。一九四九年十二月中旬，國民政府撤退到臺灣後，即開始實施「寧錯殺一萬，不錯放一個」的政策，而我爸爸也不幸在一個月之後被捕入獄。當然，在這段期間裡，我們的大陸親人完全不知道我們在臺灣所遭遇的一切。

這樣的悲劇是時代的悲劇，它完全是不幸的政治形勢所造成的。

但當初我們剛去臺灣時，爸媽與大陸的家人還有很頻繁地信件來往。一九四八年初，小弟觀圻在臺北出生，他的名字就是爺爺給取的（在信中，爺爺說明「觀圻」二字乃取自枚乘的一首詩，意即站在邊界上向遠處觀望的意思，足見他對彼岸的我們懷念至深）。但一九四九年底，國民政府遷臺後不久，兩岸就失去聯絡了。

記憶中，爸媽經常給我講有關爺爺他們的事。爸媽告訴我，爺爺最疼我。一九四四年我在北京出生後，爺爺經常在週末時從天津坐車來北京，為了要抱我出去玩。他最喜歡帶我到中南海的石獅旁邊玩——我們當時就住在中南海對面的北新華街，所以離中南海很近（幾年後，中南海的石獅就搬到天安門去了）。爺爺也喜歡陪我們遊故宮。母親從前——無論在臺灣或日本——都沒看過那麼龐大雄偉的皇宮，她對於「正大光明」殿等處的皇帝座椅和屏風擺設印象最為深刻，數十年後仍記憶鮮明，百說不厭。她說，當初她在懷我和大弟康成時，幾乎每天都去遊故宮，因為她相信欣賞美麗的東西可以讓她生下聰明伶俐的孩子。

在父親坐牢的那段漫長的期間裡，母親特別想念大陸的親人，包括那位賢慧的「後奶奶」。媽媽說，她這一輩子裡還沒見過像後奶奶那樣好的人。原來，我爸爸十九歲時就失去了母親，當時我的叔叔十二歲，姑姑才九歲。次年，爺爺要我爸爸去考庚款，爸爸考取第一名，就留學日本去了。爺爺自己則在天津租地界的工部局（Municipal Council）裡當電務處主管，工作十分繁重，每天下班回家還要照顧兩個十來歲的小孩，實在辛苦。於是，有些親戚就勸爺爺再娶，但他卻堅持不肯。後來，他實在忙不過來了，就說願意考慮。有人向他介紹一位姓李的人家的女兒，人長得平平，但很溫和善良，爺爺一見就決定娶她。她就是我們的後奶奶。後奶奶雖然來自一個極其富有的人家，卻願意與孫家的人共同受苦。她決定自己不要生孩子，以便專心照顧爺爺的兩個年幼的孩子。

後來，我爸爸從日本回來，不久爸媽在天津結婚，後奶奶也在生活上給他們許多幫助。就在那時，我媽聽說她在臺灣的父母開始病重，但由於大戰尚未結束，我媽媽無法回家去探望病中的父母，因而十分掛慮。沒想到，在短短的幾個月之內，我媽媽連續失去了雙親。不用說，她得了父母去世的消息之後，傷心欲絕，那時後奶奶特別照顧她。每說起後奶奶，媽媽總禁不住要流淚。

母親也時常回憶起那段和我姑姑相處的歲月。爸媽剛結婚時，姑姑才十四歲，她特別喜歡我母親，所以不久她就從天津轉來北京讀書，和我爸媽同住。姑姑最佩服我媽媽的勇氣——因為在那個作戰的年頭，媽媽（當時才二十一歲）居然冒著生命的危險，獨自一人從日本坐船到高麗，再由東北乘火車南下，一路上遇到重重難關，但終於順利地抵達天津。姑姑稱我媽媽為「現代女英雄」，也特別欣賞她的中西文學的知識（媽媽雖是臺灣人，但小學是在廈門讀的，後來又到鼓浪嶼進教會學校，接著到日本留學，一向文學知識不錯）。因此，每天下完課，姑姑都迫不及待地要我媽媽給她說故事。有一次，媽媽講莎士比亞的《李爾王》給她聽，姑姑感動得痛哭流涕，一直說：「我將來長大之後，一定不要像李爾王那兩個大女兒一樣，她們怎麼能虐待她們年老的父親？……」據媽媽說，姑姑自小很重感情，又聰明過人，總是考第一。在臺灣時，每回想到她，媽媽都唉聲歎氣地說：「哎，當時可惜她沒跟我們出來，否則她一定能考上北一女的狀元。」

當初我們離開天津時，我才兩歲大，所以不可能對大陸的家人有什麼深刻的印象。然而，多年來母親不斷述說的那些故事卻在我心中留下了極其深刻的印象。我尤其對爺爺有一種特殊的感情——聽媽媽說，在我出生前，爺爺為了給我取好名字，許多天都沒睡好覺。他盼望爸媽的頭胎會是個女孩，因為孫家幾代除了我的姑姑以外，都是男的。後來，我生下來果然是個女的，爺爺自然喜出望外，對我嬌寵有加。我問媽媽，有爺爺的相片沒有？但媽媽說，當年匆匆離開大陸，竟然連爺爺的一張相片也沒帶，真讓人感到遺憾。幸而我們收有姑姑叔叔和後奶奶的舊照片。媽媽經常指著相片中的叔叔說：「你叔叔最像你爺爺了。你仔細看看，爺爺的輪廓大概就是這樣……」

我雖然從來沒看過爺爺的照片，卻擁有爺爺的字跡。那是爺爺在我的一張舊相片背後所寫的毛筆字：「康宜七個半月攝於北京中央公園。」那張照片很有紀念價值——那是爺爺帶我到中央公園（即後來的中山公園）去玩的時候，請人特別為我拍的獨照。然而，對我來說，爺爺的毛筆字比那照片本身還要珍貴，因此我從小就把那手跡視為至寶，也把它當成書法的帖子來模擬。幾十年來，不管我們搬到何處，那張獨照總是跟著我走，這都是為了爺爺的緣故。

我很小就告訴自己：「有一天，我一定要找到爺爺。」

記得，爸爸剛從監牢回來時，我特別提醒他：「爺爺今年應當是六十六歲了吧。」爸爸聽了很難過，但也感到安慰，他知道我沒有忘記他的大陸親人。

但私底下，我開始擔心起來——因為據報導，大陸正在鬧饑荒，不知爺爺他們是否經得起那場災難？

一九六〇年代末期，當我移居到美國來的時候，大陸的文革已經開始了。隨著時間的流轉，我知道那個與爺爺見面的夢想已經不大可能實現了。

後來，一九七六年文革結束。一九七八年爸媽來到美國之後，我們立刻開始進行尋找大陸家人的計畫。然而，當初有很長一段時間，我們一直得不到大陸親人的音信。最後，小弟觀圻通過香港中國銀行的協助，終於在十月間得到了消息——據調查，叔叔正在南京第十六中學教書，姑姑在上海的「上醫」工作，而爺爺則是「查無此人」。

得到消息之後，我們很快就與叔叔和姑姑聯絡上了。在感恩節之前，我們收到了叔叔寄來的第一封信，全家人欣喜若狂，於是多年來的思念之情一時湧上心頭，一發而不可收拾。僅僅在短短幾個星期之間，我們給叔叔和姑姑分別發了無數封信，同時他們也不斷來信，每次來信，都是厚厚的一疊。顯然大家都在企圖彌補過去的缺憾，好像那淹沒了三十多年的歷史一時間都出土了——雖然在那個階段，我們都盡量報喜不報憂。只是從叔叔的信中，我們知道爺爺早已於一九五三年就去世了，我們都為此傷心了好多天。

後來，叔叔告訴我們，他已經有兩個兒子——孫綱和孫永。姑姑也有一個兒子，名為志明。突然間，我發現自己不但多了一個嬸嬸和姑丈，也多出了幾個堂弟和表弟。他們顯然都很熱情，不斷地寄來相片。

突然，一九七九年元旦那天，美國宣布與中華人民共和國正式建交。一聽到這個消息，父親馬上決定要於該年的秋季回大陸探親。但我實在忍不住了，我很想立刻動身。所以，在短短幾個月之間，我已辦好了簽證，打好行李，準備出發了。沒想到，我居然成了父親還鄉之旅的「先行官」了。

一九七九年六月二十日，我由紐約登機，飛往香港，再由香港乘火車抵廣州。在廣州停留的那幾天，我利用時間參觀當地的旅遊景點，也遇見了不少由世界各地趕回去探親的華僑。記得，在華僑大廈裡，有一位來自馬來西亞的中年華僑流著淚告訴我，說她這次回大陸是為了尋找祖墳而來的，她聽說全家人——包括她的父母和兄弟——都不在了。

六月二十四日傍晚，我終於到了上海的虹橋機場。當年那個機場很冷清，旅客寥寥無幾，不像現在一般擁擠。下了飛機，我很容易就租到了一部出租汽車，約半個小時後就到了和平飯店。一進旅館，放好行李，就立刻打電話給姑姑。

半個鐘頭不到，姑姑和姑父就出現在旅館的會客室了。我們立刻叫了一部出租汽車，直趨姑姑的家。我看見那房子位於十分擁擠的小胡同中，但卻洗刷得很乾淨。姑父解釋道：「這次幸虧蒙你的福，因為有海外親人來訪，上級才臨時批准我們搬進這房子的……」

一進門，姑姑忍不住抱著我大哭。幾分鐘之後，我們開始相對無言，默默地流淚。也不知過了多久，我們才交談起來。我問姑姑，爺爺在一九五三年是怎麼死的？姑姑搖搖頭，不想告訴我，但最後還是說了。原來，一九五〇年代初，災難接二連三地臨到我們天津的家，首先有親戚當眾不認我們，接著爺爺就被迫辭去他做了幾十年的工作。後來，有一天晚上，爺爺突然失蹤了。姑姑一直等到深夜，但爺爺一直沒回來。姑姑就向後奶奶交代一聲，自己跑了出去，走遍了城裡每個角落，一直步行到天亮。次日清晨回家後，姑姑才在垃圾桶裡撿到了爺爺親手寫的一個小紙條：「我去天津火車站。」於是，姑姑又到火車站去，待了幾個鐘頭仍不見爺爺的蹤影。此後也再不見爺爺出來領糧票，所以家人斷定，爺爺一定是自殺了，或許投入天津火車站對面的海河裡去也說不定。

「啊，原來如此……所以爺爺連個墳墓也沒有是嗎？」我低聲問道，一時對自己的冷靜感到驚奇。

「其實，即使爺爺當年正常地死去，你也不可能看到他的墳墓，因為我們的祖墳早就沒有了……」說著，說著，姑姑又嗚咽起來了。我突然想起在廣州時遇到的那位回來尋找祖墳的華僑。

姑姑說，爺爺失蹤之後不久，祖墳就出事了，而且街坊鄰居都逃不過。關於那事，她不想多說，只感到非常傷心——因為爺爺一向最看重祖墳。本來我們的祖墳在天津近郊，附近有好大一片地，沒有樹林，只有草地。在日軍占領天津的期間，墳地曾被洶湧的大水淹過，後來爺爺趕緊去培土才勉強把祖墳保留了下來。「但現在一切都沒有了……」姑姑又歎道。

據說，不久連家譜也燒了。至於為何被燒？是誰燒的？在哪兒燒的？姑姑也說不上來。

姑姑告訴我，她從前曾經度過一段極其痛苦的生活，甚至有兩次被人強迫關進精神病院裡。後來，幸而遇到心腸好的姑父，結婚後兩人同甘共苦，又生下可愛的兒子志明，才開始「起死回生」的。說起她自己的過去，姑姑不覺地全身發抖起來。

那是我平生第一次聽到「裙帶風」、「穿小鞋」等名詞，那都是姑姑親身所遭遇過的經驗。

「好了，如今一切都好了，四人幫已經被打倒了。現在國家的新政策是『安定團結』……」說這話時，姑姑好像在喊口號。

我說：「姑姑，您可別再操心了，現在我們都已經移民到了美國，可以隨時幫您們忙了。」我沒有勇氣告訴她有關我爸爸在臺灣被抓的事。我不願再給姑姑加添任何精神上的刺激。

第二天一早，表弟志明就帶我遊黃埔江公園，他特地向我指著公園的門口，一面說道：「你看，那兒就是當年掛著『中國人和狗不准進來』那牌子的地方。」我笑著告訴他，現在時代不同了，中國人已得到全世界人的尊重了——尤其是，今天全世界五個人當中就有一個中國人，誰能忽視中國人的存在呢？聽到我這麼說，志明睜大了眼睛，給了我一個會心的微笑。

那天中午，我帶志明到和平飯店的最高層樓吃午餐。從高樓上往下看，黃埔江上的船隻一覽無餘。我指著其中一條船說：「看，看那邊，從前我們去臺灣時聽說就乘的那種船。當時我才兩歲呢……」志明聽了，張大了嘴，久久說不出話來。我想，對於一個一九六三年才出生的小孩，很難想像那麼多年前的事吧。

幾天後，六月二十七日的下午，我按計畫準時到達了南京火車站。一下火車，我就認出叔叔來了。我發現叔叔的全家人也都來了。嬸嬸和相片上的形像完全一樣。兩位堂弟卻十分不同——老大綱的眼睛顏色很淡，初看像是個美國人，身材也比想像中的略小；老二永卻身體特別健壯，像個運動健將。

坐在出租汽車裡，叔叔一直回頭看我，口裡不斷重複地說：「我真不敢相信咱們這一輩子還能見面，這完全像夢一樣。」我也一直望著他，頻頻說道：「叔叔，您長得真像我爸爸呀！」說著說著，我們很快就下車了。

叔叔他們正好住在秦淮河畔的一個巷子裡，沒想到從前在古典詩歌裡所常讀到的秦淮河就在眼前了。當我們走過狹窄的小巷，快到家時，我突然聽見有人在叫：「孫老師，孫老師。」聽到那聲音頗為熟悉，我立刻停下腳步，一瞬間以為有人在喊我爸爸。這時我忽然悟到，原來叔叔在南京也被稱為

「孫老師」。

本來在往南京的途中，我心裡早已拿定了主意，決定無論如何也不要讓叔叔他們知道我們在臺灣的那段不幸的遭遇——因為我害怕將來消息一旦傳出去，我的姑姑會承受不了。

然而，不知怎的，那天下午我們一到叔叔的家，才坐下來不久，我就滔滔不絕地講起爸爸在臺灣坐牢十年的事來了。或許這是因為，不斷的自我壓制反而引向言語爆發的緣故吧。

叔叔聽完我所述說的往事，覺得有如晴天霹靂，一時不能相信那是真的。他站起來，一面踱方步，口中直說：「不可能的……。這些年來，我幾次被批成右派分子，被定為反革命修正主義分子，加上我的名字屢次上了大字報，那都是因為我的臺灣關係。啊，怎麼會是這樣呢？真沒想到！」

叔叔告訴我，當時逼迫他的人不斷對他說，他的大哥（即我爸爸）在臺灣政府裡當高官，並且「曾為蔣介石開過飛機」。在最嚴重的幾次批鬥中，叔叔幾乎要自殺。幸而他的大兒子綱（當時才十二三歲）努力勸他，向他分析道理，叔叔才終於忍耐下來了。

「哎，綱還那麼小的年齡，就會替自己的父親解決問題，真不簡單啊。」我不覺驚歎道。

那天吃晚飯時，我們繼續談論過去那些不幸的遭遇。我發現叔叔是個很有頭腦的人，他分析事情也十分富於理性。他說，他很高興我爸爸當年沒留在大陸，否則以他那種正直而不屈於權勢的個性，他很可能活不過一九五七年的反右運動——即使能活下來，也一定不能安全地度過文革的十年。我聽了一直點頭，心裡感到既傷感又慶幸。

我接著就向叔叔詢問有關爺爺自殺的事。他沒想到我居然也知道此事。我說：「雖然知道，但不十分清楚他自殺的原因，希望叔叔能講得仔細一些。」叔叔想了想，就立刻說道：「好，咱們明天去外頭看風景時，若有機會我才告訴你，可你千萬不要讓你爸媽知道噢……你爸媽受的苦也夠多了，讓他們有個平靜的晚年吧。」

次日，叔叔帶我參觀莫愁湖、勝棋樓、中山陵、靈谷寺、明孝陵等名勝古蹟，還有著名的廖仲愷、何香凝之墓。晚間飯後，他建議一同去玄武湖散步。那天天氣出奇地涼爽，我們在安靜的湖邊走過，看見柳樹的樹枝微微飄動，特別有一番詩意。後來，走累了，我們就坐在一個很長的石凳上。

叔叔開門見山地說，他想繼續談談爺爺的事。他望一望湖上，微微咳嗽一聲，就開始說了起來：

「據你後奶奶說，你爺爺自殺的原因很複雜，至少有十種理由。其中一個理由就是現實生活的問題：那年他突然失去工作，生活變得很難維持。當時，他想來南京和我一同住，但我當時的情況不許可，於是他覺得沒有出路了。還有，他開始後悔自己生平脾氣暴躁，以為那是我的生母短命的原因，因而變得異常憂鬱。但我認為，你們去了臺灣，使他覺得今生已不再有與你們見面的希望，這確實是對爺爺的一大打擊。他失蹤以後，我們才發現他那天帶走了你爸爸、你媽媽，還有康成和你的相片。據猜測，人是投河了。我知道那河是通大海的，他和你們的相片一起消失在大海中了……」

這時，我再也聽不下去了，我發現自己已經淚流滿面。在微暗的路燈下，我看見叔叔正摘下眼鏡，在擦眼淚。

幾分鐘之後，叔叔換了一個談話的題目。他說，他一直最感激我媽，他認為我媽媽是世界上最好的人。他還說，他永遠不會忘記我媽媽和我大舅的恩惠，因為他們兩人是他的救命恩人。他告訴我，當他十多歲時，有一天他的盲腸炎突然發作，我爸媽立刻把他送到醫院裡去檢查。經過診斷，醫生發現那盲腸炎已轉為嚴重的腹膜炎，恐怕已經沒希望了。母親一聽就當場痛哭，請求醫生馬上為叔叔開刀。但醫院裡的人說，開刀費用十分昂貴，而且還要先交上幾千元的保險費，醫生才願意為病人開刀。母親於是立刻聯絡我的大舅（當時大舅在北大教書）。大舅接到消息之後，就趕來醫院，當場把他大部分的存款作為保證金交上，才終於救了叔叔一條命。但第一次開刀沒有成功，又開了第二次。在那段艱難的日子裡，我母親一直照顧他，可以說是無微不至，這使他終身難忘。

在南京和上海時，我除了在南京大學做了幾場有關美國文學的演講之外，還特地拜訪了詞學專家唐圭璋教授。

（後來，回到美國之後，我和上海的施蟄存先生開始成了筆友，才知道他不但長期研究詞而且還創立了《詞學》雜誌。但我一直遲至一九九六那年才終於見到他。那次見面給我留下了很深的印象。記得，他一直對我說：「可惜你一九七九年來上海時，我們還沒機會相識。否則，我們還可以早一點兒合作。」）

我永遠不會忘記，一九七九那年，我是七月五日那天抵達我的出生地北京的。我在和平賓館安頓下來後，一個小時不到就已拿出地圖，開始快步前往故宮的方向，企圖找到母親多年來所描繪給我的那個北京的「故居」。離開美國之前，父親百般叮嚀，千萬不要忘記去找當時的鄰居好友周金科醫生。我邊走邊念念有詞，「北新華街，周醫生；北新華街，周醫生……」我一直問路問到了中南海，從那兒很容易就拐入了北新華街。我朝著街的裡頭走，在北京音樂廳前面停了下來，心想這大概就是爸媽當年常看電影的中央電影院吧。我看見這條街的行人不多，但似乎都在朝著我這個外地人注視。這時，我突然看見一個高高瘦瘦的老人從對面的屋子裡走出來，也正朝著我看。

我趕快過街去，很禮貌的問道：「老先生，請問這兒有個周金科醫生嗎？我是從美國回來的……」沒想到沒等我說完，他就高興地握住我的雙手說：「我就是，我就是……」

這樣的巧遇令我驚奇。他一聽說我是他當年好友孫某某的女兒，就興奮得流下淚來。他告訴我，三十多年來他常常想起我們一家人，當時大家離別時的依戀仍歷歷在目。他記得我的小名叫小紅，他很疼我，那時我離開北京時才剛過兩歲生日，很外向，很喜歡滔滔不絕地說著京片子，現在聽我口音完全不像從前，外貌也一點兒不像我母親那嬌小玲瓏的樣子……說著說著就哽咽了。幾分鐘後，他恢復過來了，就立刻要領我到我們的老家去。但他說，其實已經沒有什麼「老家」了，文革時許多人都受到了迫害，這一區所有的人早已搬走，唯獨他一家人沒搬。他說，我們老家的地址是北新華街二十三號乙，但那間寬敞的房子早已被分成了兩半，一邊是霜淇淋店，一邊是很多人合住的公寓。他最後還是帶我去看了那個公寓，讓我在小時候曾經睡過的一間屋裡拍了許多照片。那天晚上，我請周醫生的全家人到賓館吃飯，也錄了音，算是慶祝三十年後大團圓，一直到深夜大家才依依不捨地告別離去。

第二天我早已約好要見沈從文先生夫婦，所以更加興奮。最沒想到的是，在出發到中國之前不久，我才從姑姑那兒聽說，沈從文先生原來是我們家的親戚（姑姑告訴我，我的姑丈是沈從文的遠門親戚。所以，我也算是從文先生的一個遠親了）[1]。那天見了從文先生夫婦之後，我還陸續拜訪了蕭乾夫婦、王力教授等人。

其中，與楊憲益和他的英國妻子Gladys Yang的見面最令人難忘。與楊憲益認識，乃是通過他在南京的妹妹楊苡教授的介紹（楊苡女士為南京大學外文系的教授，她的丈夫就是著名的比較文學教授趙瑞蕻先生）。楊家人祖籍天津，他們一聽說我原來也是天津人，就對我格外地親切，也和我叔叔做起朋友來了。在北京時，憲益和Gladys除了和我討論美國的漢學之外，還告訴我他們一些過去的遭遇。原來，他們兩人在文革時期同時被捕，都坐牢四年，但兩人卻互相不知道對方的下落。他們的一個兒子因為所受的刺激太大，結果就得了精神病。後來，兒子去了英國，但不幸在我拜訪他們的幾個星期前，卻在英國自殺了。

憲益和Gladys向我敘述自己兒子自殺的悲劇時，他們的表情一直很冷靜，那給我留下了很深的印象。他們的冷靜與當時一般大陸人的激動情緒很不相同。據我一九七九那年的觀察，大部分人一提

1 一直到最近，我才從我的表弟志明那兒獲得正確的信息，原來姑丈的父親李沛階是沈從文的好朋友，所以兩家並非「遠親」的關係。另外，有關我一九七九年與沈從文夫婦見面的情景，請見我的散文〈沈從文的禮物〉，收在《孫康宜文集》第二卷（康宜補注，二〇一五年七月）。

到文革都傷心得痛哭流涕；那情景使我想起杜甫的〈春望〉詩中的兩句話：「感時花濺淚，恨別鳥驚心。」杜甫的意思是：在飽經戰亂之後，人人的感情都特別脆弱，所以連看到花兒燦爛，也會流淚；如果和家人離別太久，甚至聽到鳥叫，也會感到心驚。

我認為憲益和他夫人的冷靜，其實是傷心到了極點之後，所反應出來的一種理性上的澈底看破。唯其已經「看破」，已經淚盡，所以不再有淚。

至於我，我還是屬於一種情感較為衝動的人。幾天後，在從廣州返回香港的火車途中，我一直在流淚，足足流了三個鐘頭。坐在我對面的那位男士，忍不住不停地朝我看，不知他心裡在想什麼。

回到美國後，我還是忍住了，我沒有告訴爸媽有關爺爺自殺的事。直到將近二十年後，母親過世了，我才終於把那消息透露給父親知道。

等是有家歸不得，杜鵑休向耳邊啼。[2]

2 錄自《唐詩三百首・雜詩》一首（無名氏）。

第十五章　務實的拓荒者張綠水

二〇〇二年，一個美麗的秋日下午，我的耶魯辦公室祕書遞給我一個很大的包裹。打開一看，發現那是個非常亮眼的木製獎牌，上面刻有鍍金的四個大字：「傑出校友」。底下注明：「高雄煉油總廠，國光油校子弟學校校友總會敬贈。」從附上的信件中得知，這是高雄煉油廠校友會首次授予的一個「傑出校友」的榮譽。不知怎的，這個一九九二年的獎牌一直拖了這麼許多年才終於轉到了我的手中。

面對獎牌，我一直在想，這個獎牌應當是獻給我的二姨父張綠水的；因為半個世紀以前，如果不是通過二姨父的幫忙，我是絕對不可能臨時轉到油廠國校的。

多年來，每次回顧自己大半生的經歷時，我都不知不覺會想到：當年能轉學到油廠國校去就讀，對我實在太重要了，因為它決定了我一生的命運。

然而，能與高雄煉油廠結緣，實出於偶然。我原來是在林園鄉下上小學的。但我十二歲那年，在小學畢業前三個月（即一九五六年二月），突然聽到一則很壞的消息：據教育部的臨時通知，從此初中升學考試，縣與市必須分開——那就是，就讀高雄縣的國小學生只能報考當地的縣立初中，不准報考高雄市區的省立高雄中學（男校）和省立高雄女中。

對於其他的學生，這可能不算是一個多麼了不起的問題，因為當年在林園鄉下，大部分人都不把升學當一回事，能讀到小學畢業或勉強考進縣立鳳山中學就不錯了。但對母親來說，這卻是一個晴天霹靂的消息，因為她一直盼望我能上高雄女中（也盼望兩個弟弟上高雄中學），以準備將來考大學甚至攻讀更高的學位。她知道我父親之所以還能在監牢裡忍耐了那麼多年，其主要原因就是我們三個姐弟的學習表現都還不錯的緣故。

因此，自從聽到教育部的通知後，母親一直著急萬分，不知如何才好。幸虧在這緊要關頭，左營高雄煉油廠的二姨父幫了大忙。他建議我立刻把戶籍轉到他們家，並答應要設法為我交涉轉學的事。母親是個凡事獨立而不想依靠別人的人，但遇到這種不得已的情況，她也只好硬著頭皮去麻煩自己的姐姐和姐夫了。

然而，按規定，油廠代用國校只收油廠員工的子女。我既然不是油廠子弟，校方自然很難批准。後來，二姨父一再懇請當時的王琇校長幫忙——加上老師們也都同情我們家的遭遇——學校也就破例准許我轉到該校就讀了（不久以後，大弟康成也跟著轉來油廠了）。

我因為只剩下三個月就要畢業，所以幾天之內就住進了煉油廠的二姨家。第一天考插班生考試，第二天就開始上課了。記得，二姨父從開始就對我特別照顧。他天天用自行車載我去學校上課，因恐怕我一個人走路上學不安全（他自己的孩子則一律步行去上課）。有一次，我得了膀胱炎，他請假帶我到左營市區的醫院裡看病，不但花了很多時間也費了不少錢，我從心裡感激他。

然而，當時由於臨時轉學的壓力太大，而我生性又是個完美主義者，每當考試成績不夠自己心裡的標準時，就在二姨家裡大吵大鬧。而且，我又神經過敏，在考試前經常睡不著覺。記得，在考初中的前夕，我居然整夜失眠，愈失眠就愈緊張，最後把別人也吵醒了，搞得他們全家人都睡不成覺了。我自己心裡知道，在那次以後，大家一定都討厭我了。但沒想到，二姨父還是對我很好。每當我睡不著覺又要開始胡鬧時，他總會端一盆溫水來為我擦臉，一面還摸摸我的額頭說：「你閉下眼睛禱告，一定會睡著。來，我們一起禱告……」奇妙的是，每回和他禱告之後，我就很安靜地睡著了。

幾年後，十五歲那年，我在小港教會受洗，也是二姨父領我去的。

後來，我順利地從高雄女中畢業，接著上大學又出國留學，如此一路走來，終於進入了自己所嚮往的學術生涯。後來，我與他的二公子欽次結婚。由於欽次多年來的體貼和幫助，我終於擁有了今天的一切。然而我知道，當初若不是及時轉去油廠國校就讀，這一切都是不可能的。

回顧以往，最令我忘不了的，就是二姨父母慷慨待人的寬懷大量。他們自己已有八個孩子，但除了「收容」我和大弟康成以外，還救助了不少其他的親戚朋友。有一陣子，我和大弟寄宿在他們油廠家的同時，還有幾個親戚的小孩也住在一塊兒。例如，我的一個表哥蔣勇一當時考取了高雄中學，但因為無法天天從遠處的岡山到高雄上學，二姨父母就讓他住進他們家裡了（蔣勇一後來曾任職小學校長，又旅居加拿大，已於二〇〇一年七月五日病逝）。記得二姨父因為家裡的「孩子」太多了，他每個週末都必須回去老遠的草衙扛回來一袋袋的米。每次我想起二姨父，就會記起他每次抬著米回來，那個滿身大汗又十分疲憊的樣子。他經常對他的兒子們說：「你們長大以後，一定要幫我扛米了……」

二姨父母的慈善心腸是有目共睹的。初到油廠時，我就經常聽到鄰居左右對二姨父的嘖嘖稱讚：「那個張綠水啊……真是一個標準的好人，全世界找不到第二個了。」二姨父除了經常幫助親戚朋友以外，他還是教會裡的一位資深的長老，他的為人普遍地得到了會友們的尊敬。

在一九五〇年代的南臺灣，高雄煉油廠堪稱為數一數二的高級社區。那個煉油廠原是日據時代的日本海軍第六燃料油廠，無論是辦公的地方或是宿舍區，都以設備齊全著名〔參見俞王琇，《半屏山下》（Monterey Park, California：常青文化公司，二〇〇二），頁一二九。〕。該廠區不但設有現代化的販賣部（中有咖啡廳和霜淇淋店等），還有一個新式的游泳池——二姨父母的宿舍就在游泳池的正對面。所以，我們這些「寄人籬下」的孩子也一時都藉著二姨父的關係，得以享受到許多廠外的人所無法享受到的東西。對我來說，高雄煉油廠好像是個烏托邦。

然而，即使我當時年紀還很小，我卻隱隱約約地感受到油廠社區裡頭存在的一種省籍矛盾。首先，外省人大都是地位較高的「職員」，住的宿舍也在較為高級的「宏毅里」；臺灣人則大都是「工員」，居住的地方則屬於「後勁區」。二姨父算是個少數的例外，他是職員裡寥寥無幾的「臺灣人」之一。

在當時的臺灣人當中，二姨父是個佼佼者。日據時代，他曾就讀於有名的教會學校「長榮中學」，畢業後就在草衙的煉油廠裡擔任重職。同時，他的家庭背景也十分特殊，主要因為他的養父張金梯先生是當地有名的大地主兼議員。聽說，我的外祖父母很早就看上了二姨父，因此二姨才剛過十二歲就與二姨父訂婚了。可以說，作為日本公民的臺灣人，二姨父算是一個數一數二的精英。

後來，一九四五年大戰結束，臺灣光復後，當時的臺灣人都很興奮，因為他們就要回歸祖國了。然而，臺灣人突然從「日本人」變成了「中國人」，要適應起來也不容易。首先，在很短的期間內，他們必須放棄日語，學習中文。同時，他們漸漸感到失望，因為發現，在國民政府的統治下，臺灣人已成了次等公民。當時，幾乎所有機關的高職位都被那些會說國語的「外省人」所占據，而大多數的臺灣人只能用不夠流利的中文勉強應付各種差事而已。在這期間，一般臺灣人所遭受到的委屈和失望自不待言。可以說，在敢怒不敢言的情況下，臺灣人開始培養了一種隱忍的功夫[1]。

對於二姨父和他的家人來說，那種挫折感不僅是文化的、語言的，而且也是經濟的。他們家裡原來有數百甲田地，但自從一九五〇年代國民政府實施「三七五減租」和「耕者有其田」以後，他們的田地最後就只剩下三甲了。本來二姨父就缺乏周轉錢財的本領，這一來他的經濟損失也就更加嚴重

1 用歷史家徐宗懋的話來說，當時的臺灣人「在統治者的高壓下呈現臺灣人生命的韌性」。見徐宗懋，《務實的臺灣人》（臺北：天下文化，一九九五），頁二八。

了。有關這件事，他雖然很少提起，內心卻是一直耿耿於懷的。

但大家都說，二姨父能以一個臺灣人的身分，長期在高雄煉油廠裡做「職員」，已經很不錯了。二姨父自己也承認他的運氣很好。但我知道，每當那些實力不如他的「外省人」被升職——而他自己總是被遺忘——的時候，他的心裡是很不好受的。一直到一九七九年，他和家人順利地移民到了美國之後，二姨父才終於脫離了那種被歧視的環境。

從前，我一直不懂：像二姨父那樣有錢的人家，完全可以在臺灣過十分舒適的生活，他為何還要千方百計地設法把全家人移民到美國來呢？

後來，二姨父的一家人搬到波士頓城來，我終於有機會看到他們寧可為了新的生活搏鬥、受苦、犧牲，而不願走回頭路的情景。在那以後，我終於明白了。我想，與他那三百年前的閩南祖宗渡海移民到臺灣一樣，二姨父（一旦對自己的現實生活開始不滿）也同樣甘心情願地前往異域，以便開拓新的空間。他的努力精神使我想起了連橫在《臺灣通史》中所說的話：「洪維我祖宗，渡大海，入荒陬，以拓殖斯土，為子孫萬年之業者，其功偉矣。」很巧的是，二姨父所在的波士頓城也正是美國人當初「渡大海」最早登陸的移民站——在那裡，我們可以看見三百年前那些從英國來的拓荒者所留下的許多遺跡。

我想，二姨父是一個「務實」的拓荒者（關於「務實」一詞的涵義，請見徐宗懋的近著《務實的臺灣人》）。到現在為止，二姨父的二十多位子孫都已在美國成功地建立了他們的生活和事業。所以，最終二姨父的願望還是達到了。

但令我最感到遺憾的是，在二姨父他們剛移民來美國、生活最艱苦的階段，我和欽次兩人正在為自己的事業苦苦奮鬥，以至於沒有條件幫助他們。等後來條件有了，想開始孝順他們，他們也已經不需要我們的協助了。

此外，還有一件傷心事：二姨父在世的最後十年間，他都是在病床上度過的。自從一九八六年他的四公子張道成（音樂家兼醫學院學生）因病早逝之後，二姨父的身體就很明顯地走下坡了。到了後來，他那幾近癱瘓的身體連翻身都很難——於是，一個平生最勤勞的人突然變成了殘廢。我最後一次看見他，是在一九九四年十月初的哥倫布日（Columbus Day），地點是哈佛大學附近的療養院Youville Wellness Center。幾天之後，他就在療養院裡過世了。記得，二〇〇〇年五月，我與哈佛大學的張鳳女士也是到同一個療養院去探望張光直教授的（原來，張光直教授生前也與二姨父的波士頓家人有過密切的來往）。

我覺得我這一輩子欠二姨父太多，無論如何也無法償還。我只有把油廠校友會頒給我的那個無價的獎牌獻給他了。

第十六章　最後一張卡片

母親生平最喜歡卡片，因為她說卡片可以一針見血地點出對方的需要，它代表一種無私的祝福和想念，也是愛的最佳表現。而且，每張卡片的樣式都不同，它的「不同」也是其珍貴之處。

一九九四年三月二十五日，母親加入美國籍的當天，我送給她一張帶有美國國旗的卡片，上面寫著幾個大字：「給母親，一個最愛卡片的美國人。」

我給母親的最後一張卡片是於一九九七年九月八日寄出的，但當卡片寄到時，母親已經不在了。母親於九月十日那天下午五時（加州時間）平安過世，坦然無懼地走到了生命的盡頭。

那張「最後」的卡片印有五朵紅玫瑰，玫瑰被一撮茂盛的綠葉環繞著，整個畫面很美，栩栩如生。我在卡片裡頭用原子筆寫著：「獻給親愛的媽媽，希望您喜歡這張卡片，它代表我對您無時無刻的惦念。」其實，在母親去世之前一個星期，我還在加州Fremont的醫院裡陪著媽媽，但因為學校已經開學了，我必須趕回東岸。沒想到，回來只有幾天，母親就走了。

後來，在瞻仰遺容的典禮中，我小心翼翼地把那張「最後」的卡片放入了棺木中。我把它放在母親修長的十個指頭旁邊，心裡一面暗暗地禱告著：「神啊，感謝你賜給母親一個豐富而榮耀的一生……」

誠然，母親的一生充滿了「榮耀」。在她離世的幾個星期前，她已做好了回「天家」的準備。她說：「天上的彩雲真美，我正在飛翔之中，一切都令我感到很輕鬆……」那時，醫生已為她定時注射止痛劑，但我知道她身上一定還是很痛。但奇怪的是，她從來不埋怨，也不顯出愁眉苦臉的樣子。母親唯一放心不下的是：生怕兒女因為她的病情惡化而過分地操心。每次聽說我和小弟觀圻又要坐飛機來看她了，母親就表現出十分不安的樣子，她恐怕我們會因此耽誤了各自的工作。

在病房裡，母親總是滿面安詳，盡量把自己的微笑帶給她周圍的人。她的孫女們最喜歡她的微笑了——在最後幾天，我曾聽到我的小甥女Vivian（大弟康成的女兒）說：「Grandma is an angel! She is God's gift to us（奶奶是個天使；她是上帝給我們的禮物）。」

我想起了美國十九世紀作家愛默生（Ralph Waldo Emerson）的一首詩：

> ...to appreciate beauty,
> to find the best in others.
> to give one's self...
> this is to have succeeded.
> （……能欣賞美，
> 能發現別人身上的好處，
> 能把自己奉獻出來……
> 這就算是成功了。）

我認為這就是我媽媽「成功」的地方。在每個人心裡，自己的母親無疑都是偉大的。但像我母親過去所受苦難之深，後來能對生命採取如此積極的態度的，實在罕見。雖然從世俗的標準看來，我的母親不過是個平凡的婦女，但她卻自始至終有一副不平凡的品格和心志。在我父親坐牢的十年間，她處身亂世，在狂飆巨浪中，以一雙纖手撐持了全家。她含辛茹苦地把我們姐弟三人撫育成人，她付上的代價就是犧牲自我。在那難以想像的三千六百五十個孤單又絕望的日子裡，她默默地燃燒了自己的生命，為兒女留下了一個有血有淚、有光有熱的人生榜樣——一筆無價的生命遺產。

然而，母親在她的一生中從不要求別人為她做什麼。或許因為如此，她終究得到的更多。例如，她的兩個媳婦都對她無條件地孝順——大媳婦黃麗娜多年來自動犧牲自己、完全以照顧媽媽所有的需要為重；二媳婦蔡真則經常乘夜班飛機從馬里蘭州趕來探望母親。人人都說我的母親是世界上最幸運的婆婆，但我以為，她的成功得自於真誠的愛——她既然把媳婦們當女兒來疼愛，媳婦也自然把她當成自己的母親來孝順。

母親的愛不僅感動了她的親友，連醫院裡為她服務的工作人員都特別喜歡她。母親過世後，洗腎中心的護士特別給我父親來信，說他們很珍惜和我母親認識的那段時光。這是因為在洗腎的期間，媽媽總是不忘感謝那兒的工作人員，還隨時送上表示感恩的小卡片（Thank-you notes）。

以母親年輕時一直在死亡邊緣掙扎的那種身體情況，最後居然能活到七十五歲的高齡，這實在是個奇蹟。但母親生前經常告訴我：「能活著就是個奇蹟了。」原來，她是把每天都當成奇蹟來活的，她的一生全是憑她對基督的信心所經歷的奇蹟。

這樣一個偉大而令人難忘的母親要如何紀念她呢？

為了紀念媽媽，我把她生平最喜歡的一張相片——那張被父親題為「母親的喜悅」的相片——做成了卡片，每天隨時觀賞。那張相片攝於一九八三年五月的耶魯畢業典禮上，那天正巧是爸媽結婚四十周年紀念。記得，那天上午我和各系的同事們正穿著禮服、戴著禮帽遊行走過校園。當我們走到戴文坡學院（Davenport College）時，母親突然在人群中瞥見了我，她高興地笑了。就在那一剎那，她被拍進了相片。

母親去世之後一個月，父親被邀請來耶魯大學附近的中國教會講道。那次他從加州趕來，行程極為倉促，但我們都不忘再去重遊母親當年被「拍照」的地方。在那裡，我們都想起了母親那個永恆的微笑。

《聖經‧箴言》書裡曾說過：「才德的女子很多，唯獨你超過一切。」（三十一章二十九節）。但我要對我的母親說：「才德的母親很多，唯獨您超過一切。」

一九九七年父親在耶魯大學校園內留影

第十七章　臺灣女子典範陳玉鑾

我的婆婆名叫陳玉鑾，我一直喊她做「二姨」，因為她是我母親的二姐。我沒有因為親上加親的關係而改口稱她為「婆婆」。對我來說，她永遠是我的二姨，那個在臺灣一九五〇年代白色恐怖期間不斷往我們家雪中送炭的「二姨」。

二姨是個傑出的賢妻良母，也是令人敬佩的女子典範。在過去臺灣那充滿政治風險的年頭，她勇敢地保全了所有家人的性命。她一共養了八個兒女，而且還長年照顧親戚家的一些受苦受難的孩子，可以說一切都做得仁至義盡、無怨無悔。因為她無論遇到什麼困難或災難，都能處之泰然，而且總是言行合一，所以親人就把她視為可靠的「磐石」（rock），凡事都依賴她。重要的是，她所處的時代正好是現代中國史上的非常時期，所以從她身上我們可以看見大時代的滄桑——她首先在日本殖民政府的統治下長大，戰後不久就遇到了二二八事件。一九四九年後又因為白色恐怖的威脅，隨時都有可能被連累的可能，其戰戰兢兢的心境，完全可以想像。但二姨似乎擁有特殊的生命力和一種生存的韌性，不管處在任何艱難的情況下，她好像都能繼續以堅強的意志保住她的大家族。許多周圍的人都稱讚二姨這種不尋常的操守和能力。我想，從許多方面看來，二姨似乎也擁有美國學者李弘祺（H. C. Lee）所謂的「臺灣人的韌性」[1]。

1 見Thomas H. C. Lee, "The Nexus: From Taiwan to Queens, NY," in Luchia Meihua Lee, ed., *Nexus: Taiwan in Queens, A Catalogue* (New York: Queens Museum of Art), pp.10-12.

我最喜歡聽二姨說故事，尤其是有關二次大戰期間臺灣的故事。我想她的一手資料總比所謂「正史」的二手資料來得可靠。二姨經常感歎：臺灣人最大的悲劇就是不斷地被迫變換「國家」的認同。例如，從前臺灣人已經飽受日本殖民者的壓迫，但在大戰期間還被迫把他們的兒子送到日軍的前方，為日本人打戰——雖然他們心中多半暗暗地認同於祖國（中國）。他自己的三弟（即我的三舅陳通和）就曾向她埋怨道：「我中學未畢業，日本人就強迫我們當『志願兵』。我有民族意識，不願當日本兵殺自己的同胞。我就離開學校，逃到東京郊區的鐵工廠做苦工。」此外，最讓人感到無可奈何的是，因為當時臺灣是日本的殖民地，所以美軍經常轟炸臺灣。據二姨回憶，他們全家為了躲避美軍的轟炸，確實經過了千難萬險。有一回，美軍轟炸高雄的草衙煉油廠，她的兩個兒子（即長子正太和次子欽次，當時才五歲和三歲大）正在外頭玩耍。幸虧他們逃得快，立刻躲到橋墩上，才不至於喪命。

一九四五年後，臺灣歸回中國。本來這是好事，但對於臺灣人（他們曾被日本連續殖民了五十年！），其中的適應過程並不容易。他們從前被迫向日本天皇敬禮，現在突然必須向蔣介石的肖像致敬。最不幸的是，一九四七年的二二八事件使得當時多數的臺灣人對國民政府失去了信任。但據二姨回憶，還是此後蔣介石政府所造成的「白色恐怖」最為可怕。不必說，由於她的大哥（即陳本江）與鹿窟事件的關係（加上我父親不幸被連累的前例），都讓二姨和她的一家人長期活在恐怖中。事實上，一九五〇年一月間，不僅我父親被捕，許多親戚也都被保密局的人抓去拷問數日，其中所受的折磨自不待言。所以，從此二姨和她的家人也學會了凡事保持沉默的習慣。

除了白色恐怖，二姨還喜歡告訴我她年輕時在日據時代的經驗。其實，二姨和她的兄弟姐妹（包括我母親，一共八個孩子）雖然都在臺灣（高雄鳳山）出生，但全家曾經一度搬去廈門，所以早年大半都在廈門上學。在廈門上學的期間，二姨年年考第一（一直到一九三六年，她回臺灣結婚）。二姨結婚後，我母親和其他家人繼續住在廈門；我母親也是成績優異，名列前茅。但一九三七年盧溝橋事變爆發，日本領事館令他們立刻回臺。他們搬回臺灣後，問題就來了，因為當時只有少數的臺灣家庭有資格送孩子上臺灣的學校。後來，我的外祖父母決定把男孩子送到東京讀書，至於女孩兒（包括我的母親和她的四妹）——由於家庭經濟的問題——則只得被迫輟學。四姨總是逆來順受，唯獨我母親站起來反抗父母的決定。先是一九三九年初我的大舅陳本江考取了日本早稻田大學的政治經濟科，已經前去東京留學。不久，我的三舅也要出發往東京，準備進日本的中學讀書。於是，這時我媽就吵著無論如何要隨她的弟弟（即我的三舅）到東京去，她說她寧願放棄嫁妝也要到日本受教育。就這樣，我母親和她的弟弟陳通和從鳳山火車站買兩張「往東京」的票（當時的票價每張三十元），他們由鳳山坐夜班車，到高雄火車站轉乘「縱貫線」夜快車，數小時後抵基隆站，轉往碼頭，坐「高千穗輪」油輪（九千多噸的油輪）前往日本。第二天一早他們抵達九州的門司港，當夜就到了本州的神戶港。那天，我的大舅特地從東京搭火車，到神戶接他的弟妹兩人。

我母親當時十七歲，先在「研數學館」註冊，惡補英語和數學，後考入東京高女。不久，通過我的大舅，認識了我的父親（父親當時是從中國大陸到日本的公費生，進早稻田大學政經系讀書，與我的大舅同班）。一九四二年底父親畢業回國，一九四三年初我母親到天津，與我爸結婚。

這是紀念早稻田校歌的一面扇子

從此，我媽和她的姐妹們走向不同的人生旅程。例如，二姨早在十二歲時即與草衙的富家子弟張綠水訂婚，十八歲時成婚。張家的房子很美，又庭院曲折有致，人稱為「大觀園」。聽說二姨結婚時，她的嫁妝之盛可謂空前（相較之下，我母親自己放棄嫁妝，但其實後來在天津和我父親結婚時，她也不需要任何嫁妝）。在草衙村裡，二姨很快就以美麗和賢慧著稱，連日本人都知道她。這可能因為她的公公（即張綠水的養父張金梯）是當地很有名的人。一般說來，二姨很感激日本人對臺灣現代化的貢獻，她說：「幸虧日本人為臺灣建設良好的下水道、電力、公路和鐵路，才有後來的臺灣。」二姨本人也特別喜歡乾淨，所以她總是把家裡裝設得十分現代化，很早就有抽水馬桶的設備，因此村裡的人都對她另眼看待。

此外，二姨特別善於針線藝術。我經常想，她一生中所創作的許多精彩的針線作品也可說是一種「女書」。當然，我們通常所說的「女書」是指通行於湖南江永一帶的婦女寫作。但我以為，「女書」一詞可用來象徵婦女們的心聲和創作體驗。據有些學者們的研究心得，凡喜歡用女書來創作的女性，一般都極富有童心，而且想像力特強，總是從早到晚寫個不停——她們時常把自己的心聲寫在紙扇上，縫在衣服上，繡在手帕上。所以，「女書」實是女性特有的生命見證。

一直到她多年後移民到了美國，二姨仍在她波士頓的家中，經常把她的生平體驗縫入了各種各樣的衣服、布面，甚至人們的心中。即使已是兒孫滿堂，還有幾個曾孫，她仍不斷用愛心來處理生活，其實生活本身就是她的「女書」。在她的女書中，章章句句都帶有真實的關切，她用的是自己最拿手的藝術「語言」，最直接的抒情方式。她動作敏捷而聰慧，不喜歡閒著無事。例如，在病床上重病的時刻，她仍不停地工作，還特地為當地的教會製作美麗而實用的窗簾。我永遠不會忘記，二姨曾為我親自縫製各色各樣的衣裙，引起了周圍朋友們的嘖嘖稱讚。她為我丈夫欽次所做的無數條領結，每一條都像藝術品一般地珍貴，都讓人聯想到母愛的偉大。她還為我女兒（甚至為女兒的洋娃娃）打出許多配有各色花紋的毛線裝，其創作和想像都是一流的。此外，她為其他親戚和朋友們所做的一切，更是數不勝數了。聽說有一回，一個過夜的客人忘記帶睡衣來，二姨立刻在短短的一個鐘頭之內做好一件睡衣送給她。

其實，與二姨相同，我的母親也是一個富有想像力的藝術家。母親從前留學日本時，除了讀東京高女，也學服裝設計，沒想到後來父親遇到牢獄之災時，母親就憑著教人裁縫的一技之長，養活了我們。所以，母親也是一個名副其實的「女書」作者。

還記得，一九九七年九月在她臨終之前，母親曾一再向我強調：「你要永遠記得二姨的恩惠，如果不是她從前在你小時候照顧你，你絕對沒有今天的一切。」

如今這兩位上一代的多才多藝的臺灣姐妹都已隨著時光逝去（二姨也已於二〇〇一年八月去世），但她們所留下來的「女書」卻永遠見證了女性特有的愛心和藝術精神。

第十八章　Moses、Charlotte與我

許牧世（Moses Hsu）教授是我當年在臺灣東海大學讀書時的老師，但他和他的妻子譚天鈞醫師則早已是定居在美國的美籍華人。譚醫師是舉世聞名的癌症專家，她多年在紐約的斯龍凱特陵（Sloan-Kettering）癌科研究中心工作，一九五〇年初她曾是老布希總統（當時老布希尚未當美國總統）女兒的醫師。幾年前他們夫婦相繼於波士頓城去世。

許牧世夫婦不但是我的師長，也是我的恩人。過去在臺灣時，他們曾經多方面照顧過我。後來，我移民到美國之後，他們為我所做的一切更令我無法忘懷。如果說，師母Charlotte很有紅玫瑰的氣質——她對人總是充滿了熱忱和愛心，那麼我的老師許牧世教授的一生則正象徵著白玫瑰的崇高與純淨。

我尤其難忘一九六六年自己從東海大學畢業的那一天。那個六月天的陽光特別明亮，畢業典禮就在剛建成不久的路義思教堂舉行。那天，校園裡到處都充滿了穿著黑色禮服的畢業生，還記得我和母親兩人胸前都戴有一朵紅色的玫瑰花。我的老師許牧世教授則是典禮中的主講人，他總是那麼謙和而親切，演講之後還特別向我母親問好。尤其令人難忘的是，當時所拍下的那張我與他們一家人的合影：相片中許教授面帶微笑，身著帶有白色垂布（hood）的禮服，頭上的帽子還掛有純白的纓縫，一束又白又亮的垂纓在風中飛揚著。他的夫人Charlotte及女兒Alicia則很開心地站在旁邊。記憶中，那飄揚著的白色纓縫，有如擴散開的白雲，越過白茫茫的天邊，漫過了寧靜的大度山。

然而，今日想來，許牧世教授身上所發出的「白色」素質其實更像一朵令人難忘的白玫瑰。詩人

Thomas Campion（一五七五？——一六二〇）曾在一首詩中寫道：「在他的臉上有一座花園，玫瑰花和白色的百合在其中隨風飄動，那是一座天上的樂園……」我認為這樣的詩句很能用來描寫許教授崇高的人格。在西方傳統中，白玫瑰一直象徵著許多美好的人性特質——如純潔、謙卑，以及對神聖者的敬畏之心等。而這些人性特質也正是許教授這些年來所希望教給我們的。

我是一九六六年春季第一次選許教授的課的。那年我已大四，正在趕寫有關美國小說《白鯨》（*Moby Dick*）的畢業論文。因為那論文題目涉及到許多有關《聖經》的典故，所以我一直在努力尋找那一方面的資料。正巧那段期間許牧世教授剛從美國來臺客座，在東海大學開了一門「基督教文學」的課。我聽說，許教授在基督教文學研究方面早已有了特殊的成就，他曾在美國新澤西州的Drew大學參與了《基督教歷代名著集成》的翻譯大工程，前後十年，與Francis Jones（章文新）和謝扶雅等人合作，一共完成了三十二部名著的翻譯。所以，東海大學能聘到像許先生那樣的專家，確為不易。那年，許教授在課上所用的教材——如《聖經》、米爾頓的《失樂園》、托爾斯泰的《復活》等，雖然我大都讀過，但我發現他用來探討宗教和文學的方法很新穎，所以很快就被他的課迷住了。我當時的期中（Mid-term）論文寫的是有關杜斯妥也夫斯基的《罪與罰》的問題。記得，許教授很喜歡我的那篇英文論文，還特別拿那文章在課堂上傳觀。

在這以後，我很快就和許教授成了好朋友。他要我乾脆喊他做Moses——因為他說，美國學生經常對他們的教授直呼其名，以示親近（當時許多東海班上的學生也跟著我稱許教授為Moses）。有一天，Moses偶然聽人提起我父親過去曾經坐牢的事，他因而開始關心我們的家人（作者按：多年後，我父親在美國終於有機會幫忙Moses校對《聖經·啟示錄》一書的中文翻譯）。其實，有關臺灣當時的政治迫害，Moses自己也曾見識過，只是因為身為美國籍，沒有直接受害而已。原來，一九六五年他在東海大學教書的同時，也在臺南的神學院裡兼課。有一天三更半夜，突然有人到他的神學院宿舍來敲門。開門之後，只見有兩個人衝了進來，口中直問：「這裡有一個姓劉的人嗎？……」說著就開始翻動桌上的書籍，並搜查房間。Moses只感到莫名其妙，但他開始很和氣地請那兩人坐下來，一面說道：「敝姓許，這裡沒有什麼姓劉的人。你們看來是搞特務工作的，但我可以告訴你，你們找錯了人。」接著他就告訴他們，說他只是一個從美國來東海大學客座、同時也順便在神學院上課的教授，如此而已。那兩個特務於是邊聽邊記筆記，其中一人居然不知道「東海大學」的「東」怎麼寫。Moses就開玩笑答道：「那個『東』就是『冬瓜』的『冬』呀……」

那次有關特務「來訪」的事，Moses並沒放在心上，因為他相信那純粹是個誤會。但後來又有一次令他難忘的經驗。那是他回美國多年之後的事了。有一回，由於翻譯新版《聖經》的計畫工作，Moses必須趕到臺北去見周聯華牧師，也想順便辦理一些有關《基督教論壇報》的事（Moses是《基督教論壇報》的創始人）。但在臺北機場下了飛機之後，居然被拒絕入境。這一次，Moses真的摸不著頭腦，想請工作人員給個理由，卻得不到答案。但他心裡很急，因為周聯華先生正在機場外頭等著他。於是，他就對管事的人說：「我不知道為什麼你們不歡迎我到臺灣來……但我有重要事必須與周聯華先生商量……」幾分鐘之後，周聯華先生就被領到會客室來與Moses相見。但後來Moses還是沒有入境，又乘飛機返回美國了。

從那以後，Moses就很少再去臺灣了。他自始至終不懂為什麼自己會成為國民政府懷疑的目標，也不知道有什麼人在後頭作怪。但他想，既然他一生只為了替上帝服務，凡事只求心安理得就可以了。

作為Moses的學生，我永遠也不會忘記他過去在學問和靈性上給我的幫助。然而，從前在東海大學的時候，我還太年輕，對於Moses在課堂上所講的還不能完全消化，頂多也只能在細讀的技巧上和文學的分析上有些初步的瞭解而已。但這三十多年來，由於人生的閱歷較深，已漸漸能領會老師從前苦心教給我們的人生課題了。Moses一貫的教學方法就是：通過文學的解讀來啟示人生的意義。再者，他以為《聖經》是人類史上最重要的文本，因為那是上帝藉著啟示而讓人寫出的文學傑作，因此他鼓勵我們熟讀《聖經》（後來，一九七〇年代Moses全力翻譯新版《聖經》，終於編成《現代中文譯本聖經》，該譯本今日已十分暢銷）。值得一提的是，在美國的學術界裡，一直要到一九八〇年代後期大家才把《聖經》當作文學來研究——其中以Robert Alter和Franke Kermode的《聖經的文學導讀》一書為代表作。然而，如上所述，早在一九六〇年代初Moses就已經把《聖經》當成文學作品來分析了。例如，在我們的課堂上，他曾把一篇篇的《聖經・詩篇》用抒情文學的角度來解讀，還要我們專心尋找詩人的真正聲音。每當他讀到「我們的生命短暫如夢，我們像早晨發芽生長的草，晨間生長茂盛，夜裡凋萎枯乾……」（《聖經・詩篇》九十篇五至六節）等章節時，我總是特別感動，連眼眶都濕了。

我最喜歡聽Moses講課——尤其是，聽他講解《聖經》等於在聽故事。記憶中最深刻的，就是有關大衛王的「罪」與「罰」的故事。《聖經》中記載，英明的大衛王不但犯了姦淫，貪戀他人的妻子，而且還借刀殺人，得罪了上帝。我上中學時第一次讀了這段《聖經》（《撒母耳記下》十二章），心裡就開始懷疑，怎麼上帝會喜歡像大衛王這樣一個「罪人」？但經過Moses的文本分析，我終於豁然瞭解了——原來這個《聖經》故事的主要重點，不在於犯罪本身的大小，而在於個人懺悔的誠心如何。所以，大衛王最終之所以能得到救贖，乃是由於他內心至誠的懺悔。的確，在《詩篇》裡我們曾聽到大衛王連續不斷向上帝祈求的聲音。其中許多美麗動人的詩句，都是詩人發自心靈深處的禱詞：「你所要求的是真誠的心；求你用你的智慧充實我。求主除掉我的罪，使我潔淨；求主洗滌我，使我比雪更白。」（《詩篇》五十一篇六至七節）。據Moses講解，真誠的懺悔之所以感人，乃因為它來自受苦的心靈；唯其受苦甚深，所以懺悔才有其積極的效用。同時，懺悔必須發自一顆謙順的心，唯其謙順，所以上帝才引以為貴。

另外，在有關《約伯記》的討論裡，Moses也屢次教我們學習思考苦難人生的積極意義。例如，約伯那個人可以說已受盡了所有可能的人間災難了，但上帝卻一再「以苦難教訓人，以禍患開啟人的眼睛。」（《約伯記》三十六章十五節）所以，即使像約伯那樣一個良心清白的人，他在受盡千辛萬苦之後，也終於後悔自己「禍從口出」的罪過。他最後向上帝懺悔道：「上主啊，我說話輕浮……我對以往說過的覺得慚愧。」（四十二章三、六節）。總之，藉著這些故事，Moses要我們明白一點——那就是，由衷的懺悔乃是獲得救贖的先決條件。然而，最重要的還是，一個人必須具有謙順的心。這就是奧古斯丁的《懺悔錄》之所以成為西方少數經典的原因之一。

對於Moses的教訓，我一直牢記在心，不敢忘記。每當我有過失時，都會自然而然地想起他的話。我發現那記憶竟是永久的。

我的一位老同學梁敏夫先生，他曾為Moses的《人世與天國之間》一書寫過序。他曾在序裡寫道：「許先生的一切作為都表現在他敦厚慈愛的心。」我認為這是一句極有見地的話。誠然，Moses那顆敦厚而慈愛的心，乃是他畢生為教育和宗教付出了最大心血的動力。為了獻身於東亞地區的宗教教育和出版事業，他曾不顧自己的健康情況，獨自離家多年，默默耕耘，無怨無悔。在那段期間裡，他幾次曾因過分勞累而昏倒。後來，直到七歲的女兒Alicia（許多雯）埋怨了——而且自己發現身體已到了非開心臟手術不可的地步了，他才決定回到美國的家中退休。

但他一直沒停過寫作。據他的妻子Charlotte說，Moses最後所寫的一篇稿件題為〈我們的婚姻〉，但只寫了三頁，他就進醫院去了，所以那是一篇最富有紀念意義的「未完稿」[1]。

1 後來Charlotte終於為Moses完成了這篇「未完稿」。見譚天鈞，〈我們的婚姻——情牽四十二年〉一文，《世界週刊》（二〇〇二年六月二十三日）。按：譚天均醫師已於二〇〇八年去世。

Moses生平最喜愛年輕人，年輕人也最喜愛他。他最後一次講道，講的是浪子回頭的故事。那天是二〇〇二年一月二十七日，即他逝世前兩個星期。

在Brookline的追悼會中，我發現整個教堂裡都擠滿了人——大都是一些仰慕Moses的人品而來的青年人。那些青年人，個個著黑裝，眼裡閃爍著純潔而美麗的光芒。我很自然地憶起了多年前那個在東海大度山上與老師合影的年輕的「我」。想到這裡，我忍不住伸手去摸一摸自己身上的那朵白玫瑰……

第十九章　女兒十六歲

A daughter is
One of the most beautiful gifts
this world has to give.
（女兒是
這個世界所能給予的
美麗的禮物之一）

——Laurel Atherton

二〇〇二年五月，女兒Edie十六歲。在她生日的前幾天，我對她說：「當年我和你一般大的時候，我父親才從監獄回來。當時，我爸爸的安全歸來就是我最好的十六歲生日禮物。你現在也快十六歲了，你要我們送給你什麼禮物呢？」

「A Learner's Permit（一個駕車許可）！」她不假思索地說著，一面做出開車的姿勢。

「噢，原來如此，那很簡單。」我鬆了一口氣。我怕她又要花錢買很昂貴的那種「不三不四」的衣服。

但出乎意料之外的是，一個「駕車許可」居然會給我在往後的幾個星期中帶來那麼多麻煩；它幾乎葬送了我暑期僅有剩餘的寫作時間。

首先，「駕車許可」本身並不難拿。在康州，一個人只要過了十六歲生日就可以到Department of Motor Vehicle（簡稱DMV）中心報考筆試，考過了就立刻能拿到「許可」——雖然那個考試並不容易通過。女兒一過十六歲，整天就吵著要去DMV考試，因為她說：「班上的Shawna早已拿到『許可』，好朋友Kat也已經會開車了。」我於是很快就帶她到附近Hamden城的DMV中心去考筆試。但我心裡估計，她大概考不過，因為從未看見她花時間準備，而且她一向最不會應付選擇題的考試了。

然而，誰能料到，女兒一下子就考過了，而且還拿了滿分，這令我十分吃驚，因為她一向很不用功，在學校裡的成績（除了音樂、藝術，和其他特別喜歡的少數科目之外）也僅是平平。她說：「DMV的那些試題容易極了，我不到幾分鐘就做完了……」我看見她手裡拿著DMV授給她的一張小小的「駕車許可」，笑嘻嘻地走了出來。

但接著麻煩事就一連串地來了。首先，女兒想要以最快的速度拿到正式的執照。按康州的規定，一個人若已拿到駕車許可，至少要等六個月後才能正式考車並拿執照。但六個月後正好是北美東岸的嚴冬季節，誰能能放心讓一個十六歲的女兒在雪地上考車呢？——我和丈夫欽次因而開始為此事憂慮。我們一直挖空心思地想：有什麼辦法能讓女兒在下雪之前就參加實地考車？

經過幾天的努力打聽，我們終於得到了一個可靠的消息：聽說一個十六歲的孩子若想要在取得「許可」之後四個月就拿到正式駕車執照，最好的辦法是參加Driver's Aid的駕駛訓練班。訓練班的要求一般很嚴：學生除了必須完成三十個鐘頭的intensive的課程之外，還得考兩個總共四小時的電腦筆試，以及八小時的「實地駕駛」練習。

我們都同意這是一個很好的解決方法，至少能讓女兒在暑期間完成所有Driver's Aid所要求的課程。再者，以我在耶魯教書工作之繁重，在學期當中是絕對無法帶女兒天天去上駕駛班的——雖然

Driver's Aid也會為青年學生開夜班。至於欽次，他當時每天要通車到紐約上班，來回至少要花掉四小時，自然無法在女兒學開車的事上貢獻任何週日的時間了。

後來，我們就決定讓女兒到Hamden的一個駕駛訓練班去上課。聽說第二天就要開課了，我們為能及時報名而感到慶幸。為了讓女兒能在八月底完成所有的課程和「實地駕車」的訓練，我們把每天的行程都排得滿滿的。同時，我一向膽小，最怕教人開車，所以又多花了四百元請訓練班裡的老師加班指導Edie開車。心想，這樣我就可以高枕無憂，好好地寫我的文章了。

於是，每天早晨九點半我從Woodbridge的家中出發，把女兒送到Hamden城的駕駛訓練班後，我就自己開車到附近一家叫做Daily Grind的咖啡館裡去看書了。一般說來，只要等到中午十二點，女兒就下課了。然而，女兒雖然已經下課，我們還是不能立刻回家，因為她下午還必須參加兩個鐘頭的「實地駕駛」訓練。因此，我們總是要到附近的餐館吃個午飯，等時間到了，我才從餐館開車送女兒到訓練班去。然後再回去那個咖啡館裡等兩個小時。可以說，在這段日子裡，我都在「等待」中過活了。

起初，我覺得這種悠閒的「咖啡館生活」頗有情調。但漸漸地，我開始著急了起來——學校馬上就要開學了，而我的寫作速度卻因為女兒的駕車訓練而耽擱了下來，心裡著實恐慌。這是因為，每回寫作時，我總要讓自己先慢慢地進入情況，等完全「進入」了，才能開始動筆。所以，這種斷斷續續的喝咖啡時間，完全不利於我的寫作。

最後，我決定要每天早起，或許還能在送女兒出去開車之前完成幾頁的書稿。

然而，女兒說「不行，不行」，駕駛的老師今天下午才告訴大家，說學生不可以完全依賴老師教他們練習開車。除了訓練班那兒幾個鐘頭的「實地駕車」之外，每天學生的父母還得找時間陪孩子開車，否則將來很難通過考車。於是，女兒要求，從即日起，每天早晨（在開往Hamden上課之前）我必須帶她到附近學校的停車場學車。這一來，我真的慌了。當時，她才總共開過四小時的車，我真有勇氣坐在她旁邊，監督她開車嗎？我本來就是因為怕教女兒開車，才處心積慮地讓她上駕駛班，希望從此讓別人為我擔下這個擔子，誰知還是行不通！

於是，我開始想：還是孩子小的時候比較好養，現在長大了，真麻煩！記得，女兒小時候總是跟著我們走，我們到哪兒就到哪兒，而且她也沒什麼主見。現在不同了，我不但要為她學車的事操心，而且整天已成了她的司機，經常要載她到處去參加各種各樣的活動！

雖然如此，我還是認了，還是盡量做一個好母親吧。這幾天，為了讓她早起練習開車，我每天清晨八點鐘就準備就緒了。記得，第一次帶女兒到Amity High School的停車場練車時，我非常緊張。從女兒發動車子的一剎那起，我就握緊拳頭，開始坐立不安起來。我一直喊：「不要開太快，小心，小心……」但她卻很鎮定，還很輕鬆地說：「Don't worry, Mommy. You always worry too much（媽媽，不要擔心，你總是太過分操心了）。」她一面說，一面不慌不忙地把車向前開，又後退、倒車、停車，一切都沒問題。接著，又開玩笑說道：「I drive, therefore I am（我開車，故我在）！」沒想到，她居然會模仿哲學家的口氣，說出那種俏皮話！但因此我心裡也就放鬆了。

顯然，我緊張是因為我想太多的緣故。美國女作家Julia Cameron曾勸告我們，對付人生最好的方法是：「不要問你能不能做什麼，只說你正在做了，然後就只管繫上安全帶……」（Never to ask whether you can do something. Say, instead, that you are doing it. Then fasten your seat belt...）她把一般的行事原則比成「繫上安全帶」的開車動作，特別給人印象深刻。我同時也想起了老子那個有關車輪的比喻——他說：「三十輻共一轂，當其無，有車之用。」（《道德經》第十一章）老子說的完全是另一個人生態度；他以為一個人要能遊於「空間」之中（即「無」的空間，超越的空間）才能發揮潛在的能力，就像車輪軸中要有空隙（「無」）才能使車子轉動。表面上老子的道家哲學與Julia Cameron的行動哲學看來正相反，但其教人不可患得患失之一點卻是相通的。

那天，在咖啡館裡等女兒時，我繼續在想：Edie和從前十六歲的我比起來，真是大不相同。首先，她所處的文化背景就十分不同。打自出生的時候開始，她就活在無憂無慮的世界裡；不管她要什麼，我們都能為她買到。加上我一直到四十二歲那年才生下她來，所以我們也就特別寵她（我二十五歲時曾產下一男嬰，名為David，但可惜沒活下來）。女兒從來不知道受苦是怎麼回事，也不會去想那個問題。此外，她的個性完全不是完美主義的那一種；有時她考試考壞了，她也絲毫不會憂慮，還會想辦法來安慰我們。對她來說，生命中乃以朋友最為重要，只要她能和她的朋友經常在一起，或能每天互通電話就可以了。同時，她自幼就特別喜歡狗和貓，四歲那年她在托兒所裡畫了一幅「全家福」，其中就包括了一隻貓和一條狗。她七歲那年寫了一首題為〈小狗〉（The Puppy）的詩，得到老師的讚賞：

If I had a dream
It would be to have a puppy.
And how I would make it come true
I would beg and beg
For a puppy.

（如果要我說我有什麼夢想，
我就說我想要一個小狗。
而如何使這夢想成真，
我能做的只有企求，企求
給我一個小狗。）

後來，經過她的「企求」再「企求」，我們終於在她十歲那年給她找來了一隻小貓——我們沒給她小狗，因為擔心小狗會帶來太多的麻煩。得到那隻小貓之後，她非常開心，立刻給貓取名為Blackie（意即「黑貓」），並寫了一首詩：

He likes the mat,
He acts like a bat,
He sits in my lap,
He plays with my cap,
He always takes a nap,
He is a witch's black cat
ZAP! ZAP! ZAP! ZAP! ZAP! ZAP!

（他像個墊子躺著，
他像個蝙蝠動著，
他坐在我膝上，
他玩我的小圓帽，
他總是白日睡大覺，
他真是個女巫的黑貓
跳！跳！跳！喵！喵！喵！）

然而，此後不久，女兒卻吵著再要一條狗。我們只好為她買一條yellow labrador種的小狗，名叫

Sunny。可惜，貓狗合不來，經常打架，最後兩敗俱傷，一起都進了獸醫醫院。在此情況之下，我們只得忍痛把Sunny送人了。

每天，她放學回家，Edie一進門就會對她的黑貓說：「Hi, I'm back!」如果那貓正好不在房子裡，她就會跑到我們家後頭的森林裡喊道：「Blackie, Blackie...」Blackie只要聽到女兒的聲音就會立刻跑回來，一切聽她的指揮。當她說「Jump!」時，牠就很乖地跳一下。說「Sit!」時，就馬上坐下。那貓儼然像個人了。

後來，臺灣的名作家隱地和妻子林貴真來訪，他們都說很羨慕我「擁有一座森林」，殊不知那個森林實屬於女兒和貓的天下。那個森林又大又安靜，只是偶爾會傳來小鹿穿過樹林的聲音，還有Blackie的回音。我覺得，我之所以漸漸地學會了與森林對話，主要也是受了女兒的影響——因為她從小就喜歡和貓狗對話，也喜歡和大自然接近，所以我就不知不覺地受感染了。有一次，我在森林的邊緣散步，驚見一群可愛的小火雞（和一隻很大的火雞媽媽）走過，我居然情不自禁地和牠們打招呼。但我想，那是一種純真的對話，一種與大自然自由溝通的對話。記得，Edie還很小的時候，我們經常帶她到一些特別幽靜的地方度假，希望在極其忙碌的生活中還能享受一種大自然的寧靜。所以，當別的孩子們還在大哭大鬧的階段，女兒已經跟我們學會了享受梭羅的Walden Pond那種湖濱境界了。此外，女兒小時候特別喜歡遊耶魯校園的各個幽靜的角落——例如，位於老校園那個紀念耶魯校長嘉馬地的「永恆的座椅」（Giamatti Chair）也是她經常去的地方。每次帶她去那種地方，我自己也經驗到了一種寧靜的沉思。所以，從某個意義來說，幼小的女兒使我填補了當時某種心靈的空缺。

女兒自小就很富有感情。記得，七歲那年，她的一篇作文得獎，老師認為那是「不可多得的抒情之作」。那篇短文題為〈我的哥哥〉（My Brother），文章是這樣開始的：

我哥哥出生時，我媽媽還沒生下我。我哥出生後不久就死了。我不知道他長得是什麼樣子，我媽媽更不知道她能否再生一個。但我見過我哥的相片。哥哥的死曾使得媽媽非常苦惱，但她後來還是生下了我……[1]

女兒雖然學業成績一直不怎麼出色，但在學校裡，她卻很會過她自己喜歡的生活。她不但有很多要好的朋友，而且在樂隊裡一向很活躍，所以今年五月Memorial Day的社區大遊行中，就由她和另一位同學負責掌大旗，走在隊伍的前頭。遊行的那一天，我等在路邊幾個鐘頭，為了替她拍照。當她發現我在後頭偷偷地拍照時，她立刻回過頭來，做了個鬼臉——她一向最怕被拍照，她認為拍照會奪去「此時此刻」的愉悅經驗。對她來說，最重要的是專心享受目前的快樂。

總之，女兒生性快樂，她每天都活得輕鬆愉快。從她幼時的「自畫像」就可以看出，她本來就是個樂觀型的人。她有時會批評我，嫌我終日都在努力工作，不懂得享受人生。

我想起了從前自己與母親相處的情形。在我小時候，當我爸爸還在監牢時，母親為了維持生活，天天都很辛苦。但我卻生性好強，在學校裡若沒有得到第一名，回到家裡就向媽媽和弟弟們發脾氣，有時鬧得天翻地覆，給了母親很大的壓力。有一次，我上初一時，考試沒考好，回來就開始向媽媽要求，說要轉到臺南女中去就讀。那時候，「跨市」轉學根本是不可能的，但我還是繼續鬧到晚上，最後媽媽受不了，就倒下來生病了。許多年之後，我長大成人，每次回憶從前和媽媽吵鬧的場景，都感到十分虧欠。

我想，比起從前的我，我十六歲的女兒給我的麻煩實在太少了。我覺得我應當學她，要放鬆一點。

1 Edie那篇文章的原文是："I wasn't born when my brother was born. He died when he was a baby. I don't know what he looked like. He was sick. My mom didn't know if she would have another baby. But I saw his picture. My mom was very worried when he died. But she still had me..."

第二十章　大弟遊綠島

二〇〇四年四月間，大弟康成為追蹤父親半世紀前在綠島服刑的受難現場，他特意前往那裡觀覽。幾天後，我收到了康成的一封英文電子郵件：

I knew I had to go to Green Island to trace the time back to when Dad was jailed there. Well, I finally did it recently. Standing on the beautiful seashore right in front of the jail compound, I felt as if time went back 50 years. My tears welled up, as the wind was blowing—no doubt just like they were decades ago. On the ferry, I saw high waves billowing through the sea, and I suddenly felt the same pain of injustice that Dad must have felt 50 years ago. I prayed to God, for He had kept Dad strong, through it all.

（我一直想去綠島去追尋父親當年在那裡坐牢的蹤跡，最近終於了卻了這個心願。佇立在監獄大院瀕臨的海邊，面對眼前美麗的景色，我恍然有時光倒流半個世紀的感覺。海風拂面，我淚如泉湧，身臨此境，也就像回到了當年。在渡口處，我遙望海面上巨浪翻滾，忽然間才真正體會到父親五十年前蒙冤受屈的痛苦。我在心裡向上帝禱告，感謝他賜給父親熬過了那場劫難的堅毅。——康宜譯）

大弟的信十分感人，未讀完那信，我已熱淚盈眶。綠島不正也是我這些年來一直想去的地方嗎？

現在通過大弟，我多少也算了卻了自己的心願，覺得可以給《走出白色恐怖》這本書畫上句點了。我於是把康成的信列印出來，快遞寄給當時已是八十四歲高齡的父親。

後來，康成又陸續寄來許多他在綠島拍攝的照片。有關從前白色恐怖期間監禁犯人的集中營照片尤其令我傷感。好像每張相片上都留下了那些已經消逝年代的傷痕。其中，最令我感動的就是曾經被監禁於綠島多年的作家柏楊所題的「人權紀念碑」：

在那個時代
有多少母親
為她們
囚禁在這個島上的孩子
長夜哭泣

此外，還有一段令人驚心動魄的壁上刻文：

下列題名人士，是二次戰後臺灣長達四十年白色恐怖時期……被槍決或被囚禁的英雄……因名單無法一一收齊，以後當陸續增補。

這些紀念碑其實在告誡我們：現在是吸取教訓的時刻了，讓我們不要再回到從前那個恐怖的時代。

我想起了美國的天使島。幾天後，我再次遊歷加州西海岸，又重新登上了輪船，到了那個遍布華人移民屈辱印記的天使島。在離「移民站」不遠處，我終於找到了那個著名的「自由鐘」，上頭寫著：「Immigration 1910」。誠然，自由是需要代價的。那個面對太平洋的大鐘好像一直在提醒人：是一九一〇年代「入境華人」的受難造就了今日美國華裔的成就與自由。

從臺灣的綠島到美國的天使島，我一路走來，雖然無法沖洗掉過去那段傷痛的記憶，但我對未來還是充滿希望的。

大弟孫康成在柏楊題字的人權碑下留影

第二十一章　父親的手

我的父親孫保羅於二〇〇七年五月九日在加州Fremont城的華盛頓醫院（Washington Hospital）裡，以八十八歲高齡與世告辭。他走得十分安詳，沒有痛苦的掙扎，沒有彌留之際的囈語，更沒有任何焦慮的跡象。他那平靜的離世經驗正好印證了他多年前曾經寫下的禱文詩句：「主！抱著你的小羊，抱我直到天堂。」直到最後一刻，我一直緊握著父親的手，企圖在剩餘的短暫時光裡，再一次抓住他那我所熟悉的「強韌」之手。

五月十四日那天，在父親的「火葬禮」中，我遵從父親遺願，親手為父親按鈕，進行火化。想到父親的手，我又回到了幼年的記憶中。

小時候就經常聽母親說，我的手不像一般女孩子那般細潤秀氣，因為我遺傳了父親那雙強韌粗大的手。但母親卻很慶幸我有一雙強壯的「男性」之手，因為據說當年父親在白色恐怖期間被保密局人員抓走之後，次日他們又來到家中，準備要逮捕母親，幸而當年才六歲不到的我及時警覺，立刻抓起一枝長棍朝那保密局的人猛打過去，才使那人最終沒有抓走母親。因此，母親相信，是那雙來自父親的遺傳基因的手保衛了我們一家人。

後來我發現，父親那雙「強韌」的手的確成為我終身效法的目標。首先，父親喜歡忙碌，喜歡凡事自己動手。我也和父親一樣，喜歡不停地工作。尤其喜歡成天寫字、練字，同時經常會在讀過的書頁上用不同顏色的筆寫讀後感。唯一遺憾的是，我沒學到父親的書法藝術。但他經常為我題字，他為我的書齋題寫的「潛學齋」遺墨尤其珍貴。尤其是，他在「潛學齋」三字下的附言「康宜敦品勵學」將令我終身難忘。

然而，真正讓我心裡感到撼動的乃是父親的信仰。父親不但是我血緣上的父親，同時也是靈性上的父親。在信仰的事上，他一直是領我走在人生旅途中的導師。父親讀經之勤實屬罕見，多年來他把《聖經》從頭到尾連續看過幾遍，而且每次閱讀《聖經》都有新的感想。因此，他所讀過的許多《聖經》本子都充滿了密密麻麻的評語心得。此外，父親酷愛有關信仰方面的書籍，尤其是陶恕（A. W. Tozer）和倪柝聲先生等人的作品，他總是百讀不厭。父親還有一顆渴慕神的心，他每天清晨四時就起來禱告，一個人靜靜靈修，如此數十年如一日。移民美國之後，他尤其喜歡幫助別人。許多朋友們都告訴我，他們經常得到我父親在信仰和生活方面的幫助和啟發。在這一方面，我自己也不斷受益於父親的幫助。他屢次提醒我，外在的成功是次要的，個人的內在精神才是最重要的。記得，一九八二年我剛到耶魯教書，生活突然忙碌萬分，整個人變得外強中乾，這時父親覺察到我的信仰問題，立刻來信警惕我：

> 信仰跟「忙」沒有關係。愈「忙」才愈需要「信心的生活」……讀經禱告，每日不過花十幾分鐘，得益無窮……你必須自己堅定過信心生活。

幾年之後，在另一封信裡，他重複有關禱告、讀經的勸誡。他還進一步建議我要有系統地「從四福音開始慢慢研讀」，最好能將「四福音倒著讀——先約翰，再路加，再馬可，再馬太」。他告訴我，「讀《聖經》，快沒有用，默想要緊」。當時，為了督促我在信心方面的長進，父親還特別寄來一幅他親自畫的「禱告的手」。我把那幅「禱告的手」鑲在鏡框裡，隨時鼓勵自己。

母親於一九九七年逝世之後，我再一度陷入了情緒與信心的低潮。當時，父親自己強忍住悲哀，一直來信安慰我。其中一封信談到人生受苦的意義，最讓我難忘：

受苦是個奧祕。人誰樂意受苦？但神必須用受苦為工具，才能叫一個人有價值。例如，《詩篇》六十六篇十至十二節所說……沒有嘗過傷心流淚歎息掙扎的人，是無法明白的……

然而，可以想像，母親過世之後十年間，父親的獨居生活是極其艱苦的（他再三堅持，絕不與兒女們同住）。但父親卻能在艱難之中化悲哀為力量，不但很快地寫出紀念母親的《一粒麥子》一書，而且繼續努力幫助別人（他曾於母親逝世一個月之後，到馬利蘭州的Gaithersburg中國教會演講；幾年之後，又以八十二歲高齡，來到耶魯附近的華人教會講道）。

從二〇〇一年起，父親開始喜歡為聖歌作詞。這是他在孤寂的老年生活中，逐漸培養出來的一種文字創新活動。有關這一方面的作品，他留下了不少筆墨。在那段獨居的生活裡，他經常自吟自唱。他曾為一首題為〈Wherever He Leads I'll Go〉（B.B. McKinney製曲）的英文聖歌寫過中文歌詞。他最喜歡吟誦的一段歌詞是：

與主同行，走血淚路，
除你以外無永生，
所有所愛
我全獻上，
破釜沉舟跟從你……

另有一首，題為〈保羅自作詞：日落的那邊〉，乃為配合〈Beyond the Sunset〉一曲所作，特別令人感動：

地上工作畢，
主接我回家，
眾聖天上迎，
喜樂何大，
罪人蒙救贖，
安然見恩主，
寶血我所靠，
亦我所誇。

然而，在那以後不久，父親的身體突然急轉直下，一下子變得衰弱無比，最後甚至到了行動完全不能自如的程度。一切都好像在見證著〈日落的那邊〉那首詞的涵義。

我向來很少記得自己所做過的夢，但卻一直無法忘懷二〇〇四年夏天那個父親節前夕所做的一個夢。記得，那天我剛寫完我的英文回憶錄（題為*Journey Through the White Terror: A Daughter's Memoir*），才用快件把書稿寄給父親，作為贈他的父親節禮物。但那天夜裡，我卻做了一個頗富寓意的夢。在那個夢裡，我很清楚地看見，我和父親母親一同坐在一個擁擠而吵鬧的會議室裡，那房間又熱又不通風，我們都被悶得很苦。最後，母親建議我們趕快離開會場。於是，我立刻用右手牽著父親的手，左手牽著母親的手，從人群中很快地走了出去。走出門外，才發現外頭十分清靜，而且出奇地涼爽，遠遠望去，只見廣闊的街道上有兩排高高的椰子樹，一路上除了我們三人之外，並無任何人。接著，我很高興地說：「我們慢慢走回家去吧……」

那是一個十分奇妙的夢。我一向不相信夢，但那個夢卻讓我自覺地意識到：父親在世的時間不多了，我要在他剩下的時光裡，多多孝敬他，也要在他身體逐漸變得衰弱的時刻，繼續握住他的手，陪伴他走完那最後的一程。

二〇〇七年五月九日那天，早晨十一點三十分整（美國西岸時間），父親終於走完了他的生命旅程。值得慶幸的是，當父親在醫院的病床上嚥下最後一口氣時，他的三個孩子都在場。尤其，令我感到安慰的是，直到他走到人生旅程的盡頭，我都緊緊握住了他的手。他那雙手，仍然像以往一般地堅韌。那是一雙禱告的手，也是為正義搏鬥的手。

【附錄】作者成長經歷和有關事件

一九四四年二月：作者生於北京市北新華街二十三號乙；籍貫天津（父親孫裕光，母親陳玉真；祖父孫勵生，祖母楊氏，後奶奶李淑君；外祖父陳祥，外祖母劉錦）。

一九四五年八月：**大戰結束，日本把臺灣歸還中國（蔣介石的中華民國政府）**。

十月：**陳儀被任命為臺灣省主席**。

一九四六年一月：大弟康成生於北京。

四月：與父母和大弟離開天津，經由上海到臺灣。

一九四七年二月：**二二八事件爆發**，時父親任職於基隆港務局總務科長。住基隆港東側。

三月：**三月八日，國民黨增援部隊由福建乘登陸艇登陸臺灣，士兵開始開槍掃射臺灣民眾**。

一九四八年三月：小弟觀圻生於臺北。小弟出生後幾天，父親即調往梧棲港務局，任職副港務局局長。

五月：**五月二十日，蔣介石成為中華民國總統（在南京）**。

十二月：**蔣介石任命陳誠為臺灣省主席**。

一九四九年五月：**五月二十日，臺灣開始實施戒嚴法（martial law）**。

十二月：**國民政府撤退至臺灣**。

一九五〇年一月：一月二十三日深夜，父親被保密局的人員逮捕，四月底被釋放。

五月：五月五日，父親第二次被抓。母親隨即帶我們姐弟三人南下，避難於高雄縣的港嘴鄉。

六月：韓戰爆發。

八月：父親被判刑十年，罪名為「判亂罪」。母親開始在林園鄉開洋裁班。

九月：作者（六歲）進林園國校一年級，被選為班長。

十月：父親被送到綠島（火燒島）勞動營。

一九五一年十月：作者（七歲）獲全高雄書法比賽第一名。

一九五二年四月：被選為林園國校模範生。

十月：父親自綠島回臺，被繼續關入臺北新店軍人監獄。

一九五三年一月：作者（九歲）初次到新店軍人監獄探視父親。

七月：韓戰停止。

一九五四年九月：作者（十歲）初識恩師藍順仕。

十一月：轉往臺中的梧棲國校就讀，得四姨父母照顧。四個月後返回林園。

十二月：十二月二日，美國與臺灣簽「中美共同防禦條約」（Sino-American Mutual Defense）。

一九五五年九月：被五年級導師劉添珍（劉丁衡）推舉為林園國校樂隊總指揮。

十二月：大舅陳本江（鹿窟事件領袖之一）出獄。

一九五六年二月：作者（十二歲）通過二姨父母的幫助，轉到左營高雄煉油廠子弟代用國校就讀。住二姨父母家。

六月：自油廠國校畢業。

一九五六年七月：考取高雄女中初中部。

一九五七年三月：作者的父親在獄中發表〈論科學的思考〉一文之中譯（原文為日文）。

一九五九年九月：作者保送高雄女中高中部。

一九六〇年一月：父親於一月二十三日出獄，結束了十年的牢獄生活。一家人暫住草衙（即二姨父的老家）。

九月：父親開始在高雄煉油廠國光中學教英文。全家人遷往煉油廠的教員宿舍。

一九六一年十月：作者在高雄女中的《羅密歐與朱麗葉》一劇中，扮演神父勞倫斯一角色。

一九六二年九月：作者保送東海大學外文系。

八月：張欽次離開臺灣，開始在美國普林斯頓大學攻讀博士學位。

一九六七年六月：大舅陳本江於六月十日在臺北去世。

一九六八年七月：作者移居美國。

一九六六年八月：與張欽次在普林斯頓大學教堂結婚。

一九六九年九月：於九月二十日產下一男嬰，名David Chang（張岱暐），僅活了四十天，於同年十月三十日病逝於紐約醫院（New York Hospital）。

一九七〇年七月：作者的丈夫張欽次在普林斯頓大學完成土木及地質工程系博士學位，開始在南達科達州立大學教書（後來轉入工程界）。

一九七一年三月：好友Edith F. Chamberlin（Gram）到臺灣拜訪作者的父母和其他親戚。

六月：作者的大弟康成離開臺灣，到紐約州StonyBrook大學讀書。

十月：聯合國的General Assembly正式承認中華人民共和國。

一九七二年二月：美國總統尼克森訪問中國大陸。

六月：小弟到美國George town大學讀書。

一九七三年七月：大弟康成與黃麗娜在臺北結婚。

一九七四年十月：小弟觀圻與蔡真在馬利蘭州結婚。

一九七五年四月：四月五日，蔣介石在臺灣逝世。蔣經國成為國民黨主席。

八月：大弟康成與妻子黃麗娜移居美國。

九月：張欽次加入美國籍。

一九七六年四月：作者加入美國籍。

一九七七年四月：父親重病，入臺大醫院開刀。作者和小弟觀圻飛回臺灣探望父親。養病期間，作者父親為她篆刻「康宜藏書」的印章，並題曰：「丁巳仲春宜兒歸省侍余病，因戲作留念。」

五月：作者拜訪前保密局局長谷正文先生。谷先生當面告訴作者，他一直知道她父親是無辜受累的，只是她父親「脾氣太壞」，當年被捕後，又當面頂撞谷先生，才被判十年的。據說，許多年輕人都因為同樣的原因而受害。

一九七八年二月：作者的父母親一同移民美國。父親改名為孫保羅（Paul Sun）。

五月：蔣經國當選中華民國總統。

十一月：作者與大陸親人首次取得聯絡（通過香港中國銀行的聯繫）。

一九七九年一月：美國政府與中華人民共和國正式建交。

四月：四月十日，美國與臺灣建立「臺灣關係法」（Taiwan Relations Act）。

一九七九年四月：作者的二姨父母（即公婆）離開臺灣，移居美國。

六月：作者到中國大陸訪問，長達兩個月，與姑姑和叔叔的家人團聚，並與唐圭璋、趙瑞蕻、楊苡、沈從文、蕭乾、文潔若、王力、楊憲益、Gladys Yang等學者作家們見面。

七月：作者的父親孫保羅開始在亞利桑那（Arizona）州鳳凰城的American Graduate School of

International Management（即Thunderbird Campus）教書。

十月：父親回大陸短期探親，並代表他的Arizona學校與天津商業管理學院建立合作的關係。

一九八〇年八月：小弟觀圻加入美國籍。

一九八一年六月：作者的父親獲「傑出教授獎」（Outstanding ProfessorAward）。

七月：作者遊日本東京等地，參觀父親的母校早稻田大學。

一九八二年十月：作者的大弟康成加入美國籍。

一九八四年二月：大弟康成的女兒Vivian於二月八日生於亞利桑那州的鳳凰城。

四月：作者的父親孫保羅加入美國籍。

六月：父親從Arizona的大學退休。

一九八五年二月：好友Edith F. Chamberlin於普林斯頓城去世，享年九十六歲。

四月：作者的二姨父（公公）加入美國籍。

一九八六年五月：女兒Edie（Edith）出生（中文名字詠慈），其英文名字為紀念Edith F. Chamberlin而取。

一九八七年五月：作者的父母親遷往馬利蘭州。父親任Congregation of the Gaithersburg Chinese Alliance教會的第一任長老。

七月：七月十五日，蔣經國取消臺灣戒嚴法。

十一月：蔣經國政府准許臺灣人民到中國大陸探親（這是一九四九年以來首次的開放）。

一九九四年三月：作者的母親陳玉真女士加入美國籍。

十月：作者的二姨父張綠水（公公）於十月十二日病逝於波士頓城，享年七十九歲。

一九九六年七月：作者的父母親遷往加州舊金山附近的Fremont城。

一九九七年五月：作者的二姨（婆婆）加入美國籍。

九月：作者的母親陳玉真女士病逝於Fremont城的Washington Hospital，享年七十五歲。葬於斯坦福大學附近的Alta Mesa Memorial Park墓園。

二〇〇一年八月：作者的二姨陳玉鑾女士（婆婆）於八月二十一日病逝於波士頓城，享年八十三歲。

二〇〇二年二月：二月十二日恩師許牧世教授（Moses Hsu）於波士頓城去世，享年八十八歲。

二〇〇四年四月：作者的大弟康成，為追蹤父親半世紀以前在綠島服刑的受難現場，特意前往綠島觀覽，並與柏楊題字的「人權紀念碑」合影。碑上寫道：「在那個時代／有多少母親／為她們／囚禁在這個島上的孩子／長夜哭泣」。

二〇〇六年四月：張欽次受聘為耶魯大學Davenport College的Associate Fellow，不久即從工程主管的崗位上正式退休。

二〇〇七年五月：五月九日作者的父親孫保羅在加州去世。

二〇一〇年七月：作者得到John T. Ma（馬大任先生）的幫助，通過馬先生所主持的「美國贈書中國」（Books for China）的管道，將潛學齋藏書八千兩百冊捐贈給北京大學國際漢學家研修基地（運書的輪船名為Mother Vessel，從紐澤西的伊麗莎白港出發，途經巴拿馬運河、臺灣高雄港，最後於七月九日抵達廈門。兩百多箱贈書抵廈門後，再用陸運送往北京）。

二〇一一年五月：五月十六日下午，由北大主辦的「潛學齋文庫捐贈儀式」在靜園五院二樓會議室舉行。該捐贈儀式由袁行霈教授主持，參加該會的人士有北京大學副校長劉偉教授、校長助理李強教授、北京大學中國古典文獻研究中心安平秋教授、廖可斌教授、北京大學圖書館館長朱強教授、首都師範大學中國詩歌研究中心趙敏俐教授、中國社會科學院文學研究所范子燁研究員、北京大學國際漢學家研修基地的程郁綴教授、榮新江教授，王博教授、劉玉才教授、齊東方教授以及文史哲、考古各系的研究生。作者的小弟孫觀圻也參加了該儀式。到此，作者珍藏了四十三年的潛學齋圖書館終於回到了她的出生地：北京。

輯二

性別研究及其他

第一章　中國文化裡的「情」觀

中國人是最重「情」，也是最希望從「情」裡擺脫出來的人。因此，「情」與「不情」一直都是中國文化裡兩個平行共存的動力。從《九歌》裡的人神戀情到〈高唐賦〉裡的楚王多情，我們一方面看見「情」所帶給人的誘惑性，也看見它的極大威脅性——因為它既賦予喜，也賦予悲；它既帶來歡笑，也帶來哭泣。它給人一種滿足感，又給人無限的惆悵失落感。因此，如何從「情」中醒悟過來（即英文中所謂的disenchantment或detachment）乃為歷代中國文人的一大關注。本文擬從「醒悟」的這個角度來看中國人所謂「以色（情）悟空」的概念。

首先，讓我們看古代詩人如何在情的誘惑下，設法採取檢束制約的方法。我們發現，古代有一系列的文學作品都為這種「約束情欲」的策略做出類似的解說——例如張衡的〈定情賦〉、蔡邕的〈靜情賦〉、曹植的〈靜思賦〉、阮禹的〈止欲賦〉、王粲的〈正情賦〉、阮籍的〈清思賦〉，以及陶潛的〈閒情賦〉都企圖以「發乎情，止乎理」的棄絕淫邪的方式來對付情。然而，現代的讀者在以「細讀」的方式解構這些文學作品時，我們不難發現古人所謂的「約束」，實在掩飾不了他們為情所擾的心理情緒。

現在，且以陶潛的〈閒情賦〉為例。陶潛此賦可謂「意淫」的最佳範例。賦裡描寫一位女子彈出美妙的琴聲，詩人聽了音樂，動了愛慕之心，想直接求愛，又恐怕不合禮，於是內心躊躇，魂夢難安，整天若有所失，心神無主。詩人一味地想與美人接近，於是在失望中發出十種願望以為自慰：他但願自己變成美人的衣領，或是裙帶，或是髮油，或是眉上的青黛，或是美人睡覺的蓆子，或是鞋子，或是她的影子，或是照耀美人的燭光，或是她手上拿的扇子，或是她膝上的鳴琴。總之，為情所迷惑的男人想盡辦法接近所愛。不幸的是，十種願望皆為虛幻的虛幻，即使終究成為事實，也只有使人樂極而生悲，因為一切皆是暫時而偶然的歡樂。於是，詩人懷著無可奈何的苦情，只好下決心恪守禮法，打算不再做非分的想法，從此放棄求愛的念頭，不再空尋情愛。

然而問題是，陶潛並沒有提出一個令人信服的「解脫」之道。如何從複雜萬端的情中超越出來，仍是一個尚未解答的問題。

陶潛等人的問題癥結在於他們一味地企圖「約束」自我欲望。他們信靠的是儒家的禮法以及老子的所謂「不見可欲，使心不亂」的禁欲主義原則。他們基本上認為男女之情是腐蝕人心的邪念，因此應當絕對地壓制情欲。然而，愈是設法壓制，情的欲念愈是暴露出來，這點可從陶潛的〈閒情賦〉中清楚地看出來。實際上，詩人在寫作過程中又再一次沉溺於情的幻念中。因此，〈閒情賦〉的結論在很大程度上是把情的複雜性簡單化了，也就難以令人信服。

與這種約束情欲的信念相對立，晚明以來的中國文人則塑造一種新的「情觀」——那是一種情愛凌駕於生死之上的自覺。在湯顯祖的《牡丹亭》裡，我們看到女主角杜麗娘因真情感動天地而死裡復生，而這也就是晚明文人所謂的「至情」。湯顯祖曾在〈序〉中解釋道：

> 天下女子有情寧有如杜麗娘者乎？……如麗娘者，乃可謂之有情人耳。情不知所起，一往而深……。生而不可與死，死而不可復生者，皆非情之至也。

因此，為情獻身乃成為明清小說戲曲的中心課題。在馮夢龍的《三言》短篇小說集裡，我們讀到了陳多壽生死夫妻之愛，也看到了賣油郎為了美娘無條件地獻出一切。情深若此，正反映當時大眾對感情至上的推崇。更重要的是，情不但被視為一種感性的浪漫之情，也成了新的道德力量。例如，從前人以為「兒女情深，英雄氣短」，晚明文人卻認為「惟兒女情深，乃不為英雄氣短」，因為男女之情已成為促進志節的精神力量（見周銓，〈英雄氣短說〉）。

這種「至情」的觀念一直左右著後來文人的寫作與閱讀方式。因此，有人把《紅樓夢》裡的賈寶玉看成情聖，因為他的「盡情」有如聖人之「盡性」：

> 寶玉之情，人情也。為天地古今男女共有之情，為天地古今男女所不能盡之情。天地古今男女所不能盡之情，而適寶玉為林黛玉心中、目中、意中、念中、談笑中、哭泣中、幽思夢魂中，生生死死中悱惻纏綿因結莫解之情，此為天地古今男女之至情。惟聖人為能盡性，惟寶玉為能盡情。負情者多矣，微寶玉其誰與歸？孟子曰：「伯夷聖之清者也，伊尹聖之任者也，柳下惠聖之和者也。」我故曰：「寶玉聖之情者也。」
>
> 〔讀花人論贊，見《紅樓夢三家評本》（上海古籍出版社，一九八八），頁二七〕

作為中國文化的百科全書（cultural encyclopedia），《紅樓夢》確是最能體現明清以來中國人的「情觀」的一部書。自始至終，《紅樓夢》扣緊「情」之一字作文章。重要的是，它表現了「情」的基本矛盾性——那就是「迷惑」（enchantment）與「醒悟」（disenchantment）的矛盾。換言之，所謂「醒悟」乃是來自「迷惑」的經驗自省；也就是說，超越誘惑的唯一法則乃是向它讓步，去澈底經驗它。這種情觀正與陶潛等人的「約束」概念相反。在很大程度上，《紅樓夢》所體現的是一種「以色悟空」的概念。早在第一回作者就告訴我們，此書又名《情僧錄》，其目的是在解說空空道人如何

「因空見色，由色生情，傳情入色，自色悟空」的經驗。這也是一種通俗化的佛教信念。

如何以色悟空？曹雪芹採用的是一種「借幻說法」的策略，此書既要說情，又要說幻。因此，他開門見山地說：「更於篇中用『夢』、『幻』等字，卻是此書本旨，兼寓提醒閱者之意。」在第五回寶玉神遊（夢遊）太虛境時，我們看見作者以幻說法的寓意：那位警幻仙子一方面以言詞迷惑寶玉（「吾所愛汝者，乃天下第一淫人也」），一方面也作為對「情為幻境」的警告（即所謂「警幻」也）。在這個關鍵性的第五回中，寶玉既在夢中經歷了「巫山之會，雲雨之歡」，又屢次被點醒「宿孽總因情」的道理。然而，我們都知道，單憑警幻仙姑的口頭教訓，寶玉是無法醒悟的。一直要到小說結尾，當寶玉嘗盡情愛的種種歡樂與痛苦的經驗之後，才可能真正悟到生命的無常性與夢幻本質。正如《紅樓夢有正本》批道：「萬種繁華原是幻，何嘗造孽，何是風流。曲終人散有誰留？……」後來，有讀者也悟到：「從前枉受情癡累，此後都歸色相空。」

利用「情似夢幻」的比喻來達到「以色悟空」的瞭解，原是非常中國式的筆法。因為在傳統詩詞中，男女之情常被看成一種夢幻的經驗。詩人在回憶過去戀情時，常常將之稱為「夢遊」，於是當讀者把《紅樓夢》裡的「悟空」看成一種「夢醒」的經驗時，自然十分合乎人情。讀者可以清楚地看到，一個癡情的寶玉已變成一個「不情」的和尚，已完全從夢中醒來。

然而，作者曹雪芹是否也經驗到了「以色悟空」呢？這也未必然。一遍一遍地改寫《紅樓夢》使他更加生情，更覺舊夢難忘[1]。他既迷戀那一段癡情的生涯，又竭力用虛無夢幻的態度來否定自己的體驗，可見宿命的情緣只要在有生之日總是難以超越的。中國人的情觀也正好建立在「迷惑」與「醒

1 關於曹雪芹改寫《紅樓夢》的經驗，與西方作家從事「改寫」的心理比較，請見《孫康宜文集》第一卷〈掩蓋與揭示：克里斯特娃論普魯斯特的心理問題〉一文（孫康宜補注，二〇一五年八月）。

悟」的矛盾上，他們很難超越情。

——一九九五年六月二十三日原發表於紐約孫逸仙中學，華夏恩情文化對話會。

第二章　關於女性的新闡釋

對許多女性來說，我們的時代是有史以來最自由、最開放的時代。隨著性別規範的分解與顛覆，今日的女人可以自由地選擇做什麼、說什麼、愛什麼、恨什麼。她們也可以選擇不做什麼、不說什麼、不愛什麼、不恨什麼。曾幾何時，「女權主義」這名詞已漸漸被改成「女性主義」，因為「權」已不再是爭論的重點——既然平等之權已勝利取得，何必再去談它？於是，我們發現，那些原來以顛覆父權為宗旨、提倡女性之間擁有單一文化認同的「激進女權主義者」（radical feminists）已失去早先的號召力。取而代之的是更符合當代潮流的「個人女性主義者」（individualist feminists）：她們認為女人自身的一切均屬個人所有，包括女人的身體與性的欲望。從大眾文化中的「瑪丹娜現象」〔見張小虹，《後現代／女人：權力、欲望與性別表演》（時報文化，一九九三），頁一〇〕到新學院派所謂的「佩格利亞情結」，我們看見女人開始反客為主，把男人當成「被控制」的對象。與其說是控制，還不如說是「征服」：按照佩格利亞的說法，女性是用其特有的性別特質來征服男人的，因此女人的「性就是權力」（Sex is power）。性的「權力」並不等同於男女平等的「權利」（right），因為它是內在於女性的東西，而不是向外爭取而來的。因此，我們可以說，今日的女性主義已由「解構」男權演進到「重建」女性的內在自覺。而這種破除性別規範的廣大意識正好迎合了後現代的文化趨勢；它融合了「主流」與「邊緣」，肯定了多元文化的「多樣性」（diversity）。這個「多樣性」無形中把女人從憤怒的、怨恨男人的、「被壓迫」的心理逐漸解放出來。表面上它似乎削弱了女性主義基本的

「性政治」（sexual politics）的原則，因它已把兩性關係從政治與革命的上下文中抽離出來，但實際上它卻表現了女性自覺的全面勝利，因為它終於使女人能自由地去發展自我、能自信地選擇對待自己與人生的態度。就如最近瑪克愛爾洛伊（Wendy McElroy）在她的新著《三個X：女子對色情的權利》（*XXX: A Woman's Right to Pornography*, New York, St.Martin's Press, 1995）中所說：「個人女性主義者基本上在頌揚（celebrate）女人的性選擇的多樣化。」如果說，一九六〇年代的女性主義者專注於女性的「意識提升」（consciousness-raising），那麼我們可以說，一九九〇年代的女性已把重點轉移到「自信心的提升」（confidence-raising）。現在她們是在「頌揚」女性的自覺與自由，而不是在提倡反抗男性的政治行動。之所以如此，乃是因為她們很自信地意識到，在經過三四十年的努力之後，女性已漸漸由邊緣的位置走到穩定而居中的位置上。在這種情況下，原來所謂「女性權威」的激進女權主義者反而被大眾女性推向邊緣之邊緣；原因是她們否認女性的「多樣性」選擇，而且繼續把自己看成是被男人壓迫的受害者。相較之下，個人女性主義者大膽地提倡「女性主體性」（female subjectivity），強調個別女人主動的、自發的體驗。然而，有別於「性革命」或「性解放」的狂放縱欲，一九九〇年代的女性觀更注重自我闡釋與自我分析，有時還進一步以自我解構的方式來處理日漸複雜的性別、性與欲望等活動。她們是「後性革命」的特殊產物，也是後現代文化的實踐者。

但我們要問：對「後性革命」的女性來說，所謂「真正的愛情」還存在嗎？諷刺的是，在普遍流行著的各種性與情欲的經驗背後，卻藏著有史以來從未有過的愛情飢渴。就如簡捷在〈後現代絕症：愛情癮〉一文所說：「這是一個對愛情飢渴到極點的年代，因為缺乏，所以飢渴。」（《世界日報・副刊》一九九六年七月十日）在後現代的開放空間裡，不少男女在性方面的過度揮霍終於造成了「情感積蓄」的貧乏。他們渴望擁有真正的愛情。但在愛情缺乏邏輯定律的今日，許多人（尤其是女性）只得從媒體上或浪漫小說中得到想像中的滿足。於是，在當代流行文化的推廣中，以及心理分析學的發展中，愛情逐漸成為一個廣泛的研究對象。在這種供與求互相呼應的上下文中，有關愛情的論述文字自然應運而生。有名的文學批評家羅蘭‧巴特（Roland Barthes）曾在他的《戀人絮語》中說道：「我實在很想弄明白愛情究竟是怎麼一回事。」其實，我們處的正是這樣一個時代：我們企圖把愛情中特有的如同亂麻的糾纏因素加以分析闡釋。這是一個愛上「愛情」的時代。

探究愛情的真相，不能不從女性著眼

愛情是唯感性的。當愛情來時，每個人（無論是男是女）都成了癡情的「女人」——「她」會因為所愛而陷入如火煎熬的患得患失，「她」會變成一個情感脆弱而易受傷害的人。所以，一向以男子漢陽剛特質自負的美國小說家傑克‧倫敦（Jack London）曾在戀愛中說：「是我身上的女性使我不斷祈求。」風流成性的亨利‧米勒（Henry Miller）也把沉陷愛河中的自我比成「正來月經的女人」。在《愛之書》（*The Book of Love*, New York, Pocket Books, 1992）中，英國文學專家黛維申（Cathy Davidson）就因此總結道：「如果我必須在男女性別上做出一個綜合性的結論，那麼我就要說：一個狂熱地談戀愛的人，不論他是誰，都會表現得像個女人——像我們平常印象中的女性一般。」（頁一五）這樣說來，愛是分解性別意識的神祕動力。通過愛，我們可以重新詮釋更深一層的性別問題。

然而，愛的模式並非一成不變的，它往往隨著時代的變遷而不斷調整、不斷在主動／被動、主體／客體的欲望關係上產生變化。上面已經提到過女性主義如何導致女性主動與女性主體性的問題，但真正的愛情關係是極其複雜而千頭萬緒的，而且因人而異，不可一概而論。所以，更重要的是，讓我們看看在後現代的今日，一般的女性渴望什麼樣的愛情。

先說媒體。從《麥迪遜之橋》（即《廊橋遺夢》）的小說及電影的全球熱賣風潮看來，現代的一般女性嚮往羅曼蒂克的愛情，但同時也希望保有婚姻。故事中的女主角芳西絲卡與情人若伯真誠相愛，但在緊要關頭芳西絲卡放棄與若伯遠走高飛的機會，寧願成全自己的一個乏味而具有缺陷的婚姻生活。這樣簡單的故事怎麼會引起女性讀者及觀眾如此強大的震撼？從一些女性主義者的觀點看來，芳西絲卡顯然是個十分落伍而不解放的女性：她應當毅然決然跟著情人若伯走，應當與丈夫離婚，而不應當遷就於原有的婚姻束縛中。但另有一些自我覺醒之後的女性卻對人性與人生的不圓滿有了新的理解。在魚與熊掌的選擇之間，她們卻找出了一個極具創意的解決之法：她們既不願意放棄原有的穩定的婚姻關係，也捨不得去掉婚外的戀情。也就是說，這些現代女性希望在「雙重」感情上展現生活的智慧；在過去這種展現複雜感情層面的能力一直被視為是男性專有的。但據菲德曼博士（Sonya Friedman）的新近考察，有不少美國婦女時常「藉由祕密情人為她們帶來新生的生命，她們視此為祕密的逃生口」（*Secret Loves*，見中譯《祕密戀情》，詹榮金譯（臺北：展承文化，一九九五），頁九）。正是這個「祕密的逃生口」使《麥迪遜之橋》的女主角得以度過平凡卻有意義的一生：芳西絲卡曾在給兒女的遺書中說，如果不是若伯那份愛的永生承諾，她也不可能忍受愛荷華村中既乏味又孤寂的生活。這種「雙重感情」無疑地給人帶來一種無可奈何的悲劇感，但它卻表現了一些女性在面對人生的矛盾時，所選擇的一種勇敢而成熟的處理方式。她們希望表明對婚姻誓約的忠誠，但也不願背棄了自我的心靈需求。

《麥迪遜之橋》之所以吸引女性的讀者與觀眾，主要原因還在於其中所表現的「女性主體性」：已過中年的農婦芳西絲卡一旦遇見真愛就不顧一切地全神投入，企圖抓住人生中黃昏到來之前的最後光亮。不論年齡有多大，一個女人永遠可以通過主觀的欲望來表現生命的活力：而這也就是伊斯伍德（Clint Eastwood）在自導自演的影片中所加入的新女性形象。在電影的鏡頭詮釋下，愛情已不再受年齡的限制。其實，那些早已成婚的中年男女談起戀愛來甚至比年輕人更熾熱、更投入。若在清教徒的殖民地時代，這樣的婚外情肯定會被視為是大逆不道的罪行。但在一九九〇年代的今日，芳西絲卡與若伯的遲暮愛情卻贏得了許多觀眾的同情的眼淚——尤其是中老年婦女，她們很容易與癡情而忠誠的女主角認同。她們認為夕陽無限好，哪怕近黃昏。

另一方面，在《麥迪遜之橋》的現代性背後卻隱藏了一個根深柢固的古典形象：那是一個多情女人拒絕與戀人結婚的形象。在這個性關係逐漸變得極其容易「接受」的時代，我們常常會忘記那個自古以來曾讓百世讀者為之入迷的所謂「拒絕」式的愛情傳統。在很大的程度上，拒絕比接受更感人、更勇敢、更令人震撼。說到「拒絕」，我們立刻會想到十七世紀法國女作家拉法葉特夫人（**Madame de Lafayette, 1634-1693**）的著名小說《克列芙公爵夫人》（*La Princesse de Clives*）。書中女主角婚後不久突然愛上一個「第三者」，與情人展關一段狂熱的精神戀愛，自信這是註定的永生情緣。但在丈夫死後——當一切阻擋這對戀人結合的所有現實因素全都去除後——克列芙公爵夫人卻做出了意外的決定：她拒絕了情人的求婚。她之所以做如此的選擇，並非由於良心的自責（她的丈夫因妻子愛上別人而病倒，終於一病不起），而是由於對婚姻本身的不信任。她怕一旦結婚，他對她的愛會隨著時光的流轉而逐漸消失。她沒有勇氣面對失去他的愛的可能性。她解釋道：

［如果結婚］我沒有法子保證你對我的熱情會一直持續下去。我甚至認為，你之所以至今仍如此鍾情於我，乃是因為在我身上你遇到了愛情的重重阻礙。

總之，克列芙公爵夫人寧可在眼前忍受與情人告別的痛苦，也不願冒個將來失戀的危險。著名文學批評家沙塔克（Roger Shattuck）把這種女性心理特有的自我護衛稱為「崇高的自私」（higher selfishness），因為女人一旦擁有愛就怕失去，通過高尚的拒絕方式，她們可以永遠將純潔不變的愛據為己有（見Roger Shattuck, "The pleasures of Abstinence", *The New York Review of Books*, June 6, 1996, pp.28-30）。其實，這樣的情愛觀一直是西方浪漫文學中的主流意識，不僅女作家全力支持，男作家更是極力推崇。例如，與拉法葉特夫人同時代的盧梭也在他的小說《新愛洛伊絲》（*Julie ou La Nouvelle Héloïse*）中開發相同的「拒絕」哲學。書中女主角朱莉寫信安慰情人道：「為了我們永遠相愛，我們現在必須放棄對方。讓我們忘記其他的一切；請做我心靈中的戀人……」

在《麥迪遜之橋》中，芳西絲卡拒絕與情人若伯私奔，就為了永遠擁有她「心靈中的戀人」。僅僅四天，她就得到了至死不渝的相知與相愛，她怕兩人在同一屋簷下過著長久的一生反而會破壞那純真的愛情。接受或拒絕，短暫的戀情或長久的承諾，長相廝守或永遠分離這些充滿了曲折的、不確定的因素都無疑地帶給了戀愛中的女性莫大的煩惱。芳西絲卡說：「如果我跟你走了，我怕自己會開始埋怨你、埋怨你破壞了我的生活。」言下之意是，她怕自己與若伯結婚就不會再愛他。她擔心的是：婚姻會成為愛情的墳墓。

但值得注意的是，即使多數女性在理想中喜歡認同於《麥迪遜之橋》的愛情觀，但在現實中後現代的女性卻刻意在解構「婚姻即墳墓」的浪漫意識。她們知道婚姻有其基本的缺陷，知道婚姻不是幸福的保證，但許多女人還是一次又一次地進入婚姻。失敗了，也還能一次又一次地活起來，還能像第一次那般癡情地把自己交出來。即使遇到了很大的感情挫傷，她們還不斷相信：真正的愛情還應當在婚姻中培養。因此，在不斷的情愛與情欲的探索中，她們原則上採取「接受」的態度，而不是古典式的「拒絕」。她們喜歡冒險，不怕付出代價。在這一方面，有名的暢銷書作者艾瑞卡・榮（Erica Jong）成為女性在婚姻道上掙扎獻身的最佳範例。她的自傳小說《怕飛》（*Fear of Flying*，見中譯本，毛羽譯，臺北：方智出版社，一九九五年）已成為一般女性公認的女性自覺參考書。在她的書中，艾瑞卡・榮描寫她如何以誠實、勇敢和智慧面對許多令人難以承受的感情波折。然而，在多次考驗之後，她不但沒有變成一個悲觀的宿命角色，反而更加樂觀地擁抱人生。她對現代女性的勸告是：爭取去愛的機會，學會「飛出」傳統，不斷自問自答自省（見倪譽堇書評，〈能飛，就飛吧〉，《世界日報・副刊》一九九六年八月九日）。

這種對情愛與婚姻價值的再思使人對「承諾」（commitment）有了新的認識。真正的愛應當是一種承諾——不但是感情的，也是理智的。因此，目前連同性戀者也在爭取「結婚」的機會，如何讓同性戀者的婚姻合法化已成為美國大眾言論的主要議題。隨著觀念的逐漸改變，人們已不再把生育當成結婚的目的；結婚的目的是，相愛的兩人把他們之間的親密關係公開化、全面化。比如說，千百年以來同性戀者一直把他們的情愛與性愛經驗當成個人生命中的祕密，但現在他們在多元文化的刺激下，終於有公諸於世的欲望，而結婚正是這種欲望最高度的表現與發揮。在女同性戀中，著名歌星伊瑟瑞吉（Melissa Etheridge）的例子最具代表性。她與她的女情人已同居八年，只要「同性婚姻」的法案通過，她們就要立刻結婚。她說：「我喜歡公開（openness），不喜歡那種需要保密的感覺。」最近她還戲劇性地宣布：她的情人已懷孕四個月（據猜測乃得自人工受精），不久她們將負起當「父母」的責任。這可以說是對傳統男女婚姻體制的最高度顛覆，所以消息一出立刻引起廣泛的議論。保守派的人立刻起而攻之，以為這是今日「我們文化中性欲倒錯（perversion）的另一跡象」（*New York Post*, August 20, 1996）。但許多人卻認為，在這個觀念分歧複雜的多元文化中，伊瑟瑞吉的形象只會更刺激個人女性主義的成長，使女人更勇於表達自己的「聲音」，故無所謂對錯。現代的女性真正關注的是女性主體性，而非性傾向的特殊性。是異性戀還是同性戀？那不是一個關鍵問題。重要的是，有機會去表達自己內心的愛的欲望。

女性主體性一直是女性主義者所從事的考古工作的重點；多年來她們不斷企圖從被埋沒的文化「古蹟」中找出女性表達自我的聲音。在這一方面，沒有比目前流行的「莎孚熱」更富有文化意義了。從西元前七世紀希臘女詩人莎孚（Sappho）的情詩中，我們看見了現代女性的影子，那是一種肯定自我欲望的立場：詩中的「我」敢於向荷馬的男性中心觀挑戰，敢於宣稱一種女性主動的愛情哲學。因此，莎孚的同性戀已不再是人們的討論焦點；重要的是，學術界想藉著莎孚文本的研究找出那個比柏拉圖傳統更早的女性文化。「莎孚熱」使我們看見，西方的女性主義早已深埋在古代文化的性別意識中。在討論現代西方的各種文化思潮時，我們絕對不能忽視歷史的演進過程。

與西方古代的女作家相比，中國傳統的才女形象更耐人尋味。目前在談論到現代中國女性或性別的問題時，人們往往把眼光局限在西方潮流的影響上，完全忽略了中國「傳統」與「現代」的聯繫。事實上，任何一種文化現象都不會全是「外來」的；它必有其「內在」於傳統本身的發展因素。例如，當前中國女性的情觀不可能不受晚明以來情愛觀的影響，自晚明以來，癡情不但被視為一種感性的浪漫之情，而且也成了新的道德力量。於是，癡情的才女被描繪成文人最鍾情的女性，也成為許多婦女模仿的對象。一直到後現代的今日，不少患「愛情癮」的女性仍渴望通過一次又一次的癡情來實現自我。即使受到很大的挫折，她們仍不絕望。從古典中國的文本中，我們早已聽見類似的女性聲音，無論是思婦的、棄婦的，或是寡婦的聲音。

如果說女性文化常以鍾情為主，那麼男性常是反覆闡釋那源遠流長的鍾情文化的主力。諾貝爾獎金得主夏默・斯希尼（Seamus Heaney）曾把挖掘文化記憶的工具（打水機、徹頭、筆桿）比成男性的精力，另一方面卻把女性看成是文化記憶中的寶藏。他把代表女性的水看成愛的象徵，因為它是神祕的、富衝擊性的、是從地下深處湧出的生命火花。這與《紅樓夢》作者曹雪芹把女人比成水的概念十分相似，因為二者都標榜古今女性的純情。無論在東方還是西方，女人一直具有她的特殊性和主要性。

另一方面，在癡情的表現上男性並不下於女性。在〈紅男綠女〉一文中，張小虹對後現代的男性新情愛觀有極敏銳的觀察與剖析（見《後現代／女人：權力、欲望與性別表演》，頁二四至三二）。她從現代的情歌中看見性別與欲望的主／客顛覆：那原本男陽剛／女陰柔的傳統已受到目前多元多面的澈底解構。於是，情歌中充滿了多情男子的聲音，「可以肆無忌憚灑下情人眼淚」。結果是，「屋內深情守候的不再只有情婦」，男人變成了不折不扣的思婦或棄婦。

值得一提的是，男／女性別的主／客顛覆早已在中國古典文學中，有其久遠的美學根源：尤其在詞的傳統中，我們常常聽見患相思病的男子的聲音。例如，迷戀妓女的宋代詞人柳永（九八七—一〇五三）曾傷心地歎道：「此際寸腸萬緒，慘愁顏，斷魂無語。」明末才子陳子龍（一六〇八—一六四七）也因相思而病倒在床：「一簾病枕五更鐘／曉雲空／捲殘紅／無情春色／去矣幾時逢／添我千行清淚也……」（〈江城子〉）這些男作家都因對情的癡戀，一反文士以詩托喻的傳統，敢於在文字間公開其情思與欲望。

其實，傳統中國男性是最迷戀情，也是最渴望從情超脫出來的人。在迷惑與醒悟之間，我們看見了情的基本矛盾性，也看到了男性詩人在文學中的特殊貢獻：與女詩人相比，男性作家更加注重「超越」的價值。他們體驗到情所帶給人的誘惑，但也同時認識到情的極大威脅性，因此他們時常在「意淫」與壓抑的心境下躊躇難安。「如何擺脫情的迷惑」因此就成了千年以來的中國文學的主題——從〈高唐賦〉到《紅樓夢》，在在都表現了男性在這一方面的經驗自省。中國人的超越方法常常是：因情悟空，相信擺脫誘惑的最佳良藥是向情讓步，去澈底經驗它，然後再從中解脫出來。

西方的文人也有同樣的苦惱，但他們更重藝術過程的心理治療。無論在異性戀、同性戀或雙性戀的上下文中，寫作已成了超越情愛苦痛的不二法門。他們相信在作者的創作過程中，一個為情所苦的人（或沉溺於愛情癮的人）可以透過心靈的淨化（catharsis）而獲得解脫。對現代女作家來說，這種寫作的淨化作用儼然成了她們撰寫小說的目的。

——本文摘錄自拙著《古典與現代的女性闡釋》（臺北：聯合文學，一九九八）一書〈自序〉

第三章　一九九〇年代的美國女權主義

如果說一九七〇年代及一九八〇年代的美國女權主義專注於對父權制的顛覆及解構，那麼我們可以說，一九九〇年代的女權主義已轉為不同派別的婦女之間的互相排斥與爭論。最近在美國文化評論中流行的所謂「大血戰」（internecine war）一詞指的正是這種女人與女人之間的抗衡與挑戰。

首先，「女權主義」一詞成為女人想要消解的對象。由於多年來許多激進的女權主義者採取許多極端的抗拒方式，無形中使得「女權主義」被瞭解成一種「怨恨男人」（man-hating）的主義。有人甚至認為「女權主義」已變成一種「女性納粹主義」（feminazi），既恐怖又危險，因此不願再與之認同。例如，最近耶魯大學舉行了一次意見調查，結果發現許多教授及學生都怕被視為「女權主義」者，主要是因為「女權主義」一詞所具有的負面意義。據他們說：

「所謂女權主義者就是故意搗蛋、找麻煩的那一種人。」
「女權主義者不但不去爭取兩性之間的平等，反而設法造成女男之間的不平等。」
「女權主義者指的是那些極其偏激、胡亂好強的那一種女人。」
「女權運動將會受到挫折，因為人們已經對那個名詞有了一定的成見。」

（《耶魯日報》一九九四年十一月八日）

值得注意的是，許多自認為是「女權主義者」的人對今日「女權主義」所展現的惡劣形象，感到異常的不安。在《誰偷走了女權主義》（*Who Stole Feminism?*, 1994）一書中，沙茉思（Christina Hoff Sommers）以一女權主義者的身分，對目前控制女權主義的學院派女權威大大地批評了一番，以為她們是破壞女權主義形象的罪魁。她說：

> 美國女權主義目前被一群特定的女人所控制——她們企圖說服大眾，讓大家以為我們美國婦女不像我們自己所想像的那般自由。這些女權運動的領導者和理論家認為……我們還在「性別的戰爭」中，她們渴望宣傳自己受壓迫的故事，為了隨時提醒其他婦女也被壓迫……（頁一六）

沙茉思以為，這些所謂「女性權威」的問題在於她們永遠把壓迫者和被壓迫者對立起來，永遠把自己看成被男人壓迫的對象。她們漠視現實，活在自己所編造的「受害者」的神話中，於是埋怨和控訴成為她們的慣常語言——儘管她們在文化、政治、經濟上已擁有和男人同等的權威和力量。沙茉思把這些憤怒的女性權威稱之為「以性別為主的女權主義者」（gender feminists），因為她們把凡事都看成是性別的戰爭（gender war）。從沙茉思的觀點看來，這些女人永遠活在性別的牢獄中，她們企圖把女人聯合起來，把世界上一切大大小小的壞事都歸罪於父權制。最顯明的例子就是暢銷書作者渥芙（Naomi Wolf）在她的《美麗的神話》（*The Beauty Myth*, 1992）一書中，把女性愛美的風尚解釋成為父權制的壓迫。這些女權主義者稱自己為「新女權主義者」，以別於一九七〇年以前所謂的「傳統女權主義者」——因為她們已不只要求自由平等，更重要的是，以激進的方式來強調兩性差異，以全盤顛覆父權制。換言之，她們基本上仍沿襲凱特・米萊特（Kate Millett）在一九七〇年出版的《性政治》（*Sexual Politics*）一書中所提出的觀念——把性角色的劃分本身一律看成是一種性政治的策略（參閱康正果，《女權主義與文學》，北京：中國社會科學出版社，一九九四）。唯一不同的是，在二十年後的一九九〇年代中，這些激進的女權主義者在多面發展她們被壓抑的潛能後，變得更加激進而憤怒，而且反過來企圖壓迫男人——雖然她們口口聲聲彰揚自己是個「被壓迫者」。

正是這些激進女權主義者的憤怒引起其他「女權主義者」的不滿，也使廣大民眾誤解了「女權主義」的真諦。據沙茉思的考察，現在大部分（非學院派）的婦女都嚮往一九七〇年代以前的「傳統女權主義」，以爭取自由平等及「提高意識」（consciousness-raising）為主——換言之，她們普遍對貝蒂‧弗里丹（Betty Friedan）在《女性的奧祕》一書中所提出的女性自我探尋產生了一種懷舊的心態。這些「傳統女權主義者」把重點放在人文主義的個人覺醒上，以為強分性別差異是一種錯誤，因此她們紛紛向學院派的女性權威挑戰，並與她們劃分界線。例如，著名散文女作家宋塔各（Susan Sontag）在《紐約書評》中批評時下的激進女權主義者為「反知識分子」，而且聲明要與那種「腐敗而危險」的主義斷絕關係，因為它推銷一種不健康的心靈／感情二分法。不久前，名女作家雷星（Doris Lessing）在紐約市演講時，也用同樣的語氣批評了當前那些「憤怒而喧囂的女權主義者」。她特別警告道：「很多婦女聽到她們那種憤怒的聲音後，一定會說：『啊，我的上帝，我絕對不和這種人打交道。』」

一九九〇年代以來，攻擊學院派女權主義最為激烈而澈底的人，要算是最近轟動歐美文壇及大眾文化界的佩格利亞（Camille Paglia）。她從一九九〇年出版《性形象》（*Sexual Personae*）以來，在短短的三四年間已成為出版界、廣播界、藝術界，甚至於電影界的討論焦點（已有不少有關她的生平及論點的影片）。最近，她又出版了《尤物與淫婦》（*Vamps & Tramps*, 1994）一書，以一種更加挑釁式的文字，企圖推翻學院派女權主義多年以來所建立的理論架構。佩格利亞在美國文化界影響之巨、涉及之遠，可謂空前。

為什麼佩格利亞的言論引起這樣熱烈的反應呢？我以為最主要的原因，是因為她從文化的最基本層面來著手——首先，她的經典之作《性形象》書中涉及內容之廣可謂罕見。該書不但討論西方文明三千年歷史的特質，而且牽涉到文學、藝術、人類學、心理學、哲學諸方面。此外，無論贊成或反對，所有撰寫書評的人都佩服佩氏的學問及字彙有如百科全書一般豐富。佩氏無疑地具有超人的寫作天才及分析的本領。

在《性形象》中，佩氏開門見山地點出女權主義的致命癥結——其實也是十九世紀以來西洋文化的根本問題。那個癥結就是對文化（culture）與自然（nature）的價值判斷之倒置。她認為西洋文明基本上是文化與自然的對立——文化代表男性社會，自然則是女性的代表。自從十九世紀以來，由於受到盧梭的影響，一般學者都誤以為「自然」是完美無缺的，而把「社會」看成是人類一切墮落腐敗的源頭。佩氏以為女權主義的問題乃在於盲目地繼承盧梭的「自然學說」，藉其抵抗那代表「社會墮落」的男性。她以為女權主義者在攻擊父權制時，忽略了一件事實：那就是所謂的「父權制」其實是人類文明的共同產物。一味地攻擊父權等於是放棄文明，把自己放逐到草原茅屋中。

再者，佩氏以為女權主義者忽略了「性」的本質，她們過分簡單地把「性」的問題看成是社會的成規——她們以為重新強調兩性性別的規範，重新組合社會，就會引向世界大同。實際上，「性」的問題是極其複雜的，不可強分。例如，佩氏以為西洋藝術文明的最高體現是一種兩性綜合之陰性美——那種美感不是原始的「女人本質」，因為從古代女人塑像可見，原始龐大的母體沒有絲毫曲線的美感。而所謂的「陰性美」則是受到男人理性美感之影響綜合下產生的。這種特殊美感實是陰陽合併的優美品質，已與原始「女性」大相逕庭。因此，佩氏之書，封面展現了古埃及女王內佛蒂蒂的半邊臉面，藉以表達這種從男性文化塑造而成的「陰性美」。該書的標題《性形象》就是指書中所討論的無數種「兩性綜合」的陰性美之形象——例如女人之中的蒙娜麗莎的微笑，以及男人之中的歌星貓王。佩氏以為所有這一切「性」的複雜性都被女權主義者忽略了，難怪她們的觀念變成偏激，而終於走入絕境。

在她的近著《尤物與淫婦》中，佩氏從另一個新的角度來批評女權主義者對女人的「性」之誤解——由於她們把男女性關係看成是一種「壓迫者／被壓迫者」的關係，所以今日美國少女發展了一種「性」的錯誤觀。就是那種「被壓迫者的心態」（victim ideology）使得許多美國年輕女子在與男人約會之後，公然控告男人強姦，而社會上也就普遍地出現了所謂「約會強姦」的一種新的罪狀名堂。佩氏以為這種「約會強姦」（date rape）的說法反映了女權主義者對下一代女子身心的嚴重破壞：

> 首先，美國危害了它自己的年輕女子；使她們變成幼稚，在感情上及知識上普遍地不成熟。再者，問題並不在她們對「強姦」本身的害怕及恐懼——她們所謂的「強姦」只是象徵著她們對自己身體神祕性的恐懼，而她們所接受的教育也從來沒教過她們如何對付或面對這種經驗。……這都是因為女權主義為這些女子建造了一座可怕的性的地獄，使她們永住其中；而現在它已擴大成為她們的整個文化世界，一種充滿憤怒及盲目狂熱的邪惡之宗教。（頁三〇）

佩氏以為問題的真正癥結乃是：激進的女權主義者不瞭解女人之「性」為何物。其實，她認為女人的「性」是一種強大的權力——在性及情感的範疇裡，女人永遠是操縱者，在男人為她們神魂顛倒之際，也正是女「性」權力最高漲的時刻。可惜，女權主義者所鼓吹的「被壓迫者的心態」使女人無法瞭解她們的真正權力所在，以及那種最深刻、最實在的魄力。所以，佩氏呼籲女人重新建造她們自己的「性形象」，要以自己的身體為傲，而且充分發揮女性生來的魅力。

不用說，佩氏新書一出，讀者紛紛購買，數星期即成第一暢銷書，而且撰寫書評的人立刻把它作為討論的焦點。就如《紐約時報‧書評》的撰筆人斯坦娜（Wendy Steiner）所說：「佩格利亞的《尤物與淫婦》一書正代表了美國對激進女權主義的霸道之全面反叛。」（一九九四年十一月二十日，頁一四）總之，無論贊成或反對，女權主義者不得不深受佩氏的影響，也不得不反省自己對性觀念的成見。

憑良心說，學院派的激進女權主義者也並非全無貢獻。就因為她們多年努力的成果，才使女性在學院中形成了與男性權威抗衡的力量，而終究使婦女在知識及政治上達到了真正的平等與自由。我們只要檢驗一下學院裡的「終身職」制度，就不難看出激進女權主義者在這一方面的貢獻——是她們不斷的努力爭取及對抗，才使學院在這十年來普遍地增多女教授「終身職」的人數。像哈佛的著名女權權威凡德樂（Helen Vendler）教授、耶魯的激進女權派教授卡達（Nancy Cott）以及普林斯頓的著名女性批評家蕭華特（Elaine Showalter）等人都在女教授「終身職」上盡了許多努力。就因為「終身職」上的勝利，才使許多學院派的女強人成為女人群中的權威，終於從邊緣陣線上走入了中心。

相較之下，佩格利亞一直處於邊緣之邊緣。由於她所持理論與學院派的文學批評方向相反，她在尋找教書工作上處處碰壁。她說：「大學校及研究院沒有一個部門願意用我，雖然我擁有耶魯博士學位也是無濟於事。」佩氏的老師布魯姆（Harold Bloom）教授（也是我目前在耶魯的同事）曾親自對我說過：「雖然我不完全同意她的思想，但我不否認她的過人之智慧，我會永遠站在她這一邊——不管別人如何反對她。」不久前《紐約雜誌》的記者也訪問了布魯姆教授，請他說幾句有關佩氏的話。他說：「佩格利亞僅憑《性形象》一書的成就即夠資格受聘於耶魯、哈佛、普林斯頓、芝加哥、柏克萊諸名校。但這些學校絕不會聘請她……佩格利亞總是走錯誤的『政治』路線，而那些學院派的人也一定反對她到底。然而，她還是終究會勝利，但須全靠她寫作上的成就……」

佩格利亞的「終究勝利」是由於她從學院的邊緣走向大眾文化的中心。她的成功也反映出「後現代」社會的文化趨勢——一種破除文化界限、綜合藝術與大眾媒體的趨勢。當學院派普遍專注於「文字」的今天，佩格利亞卻標出西洋傳統中的「視覺文明」之形象。她的「視覺觀」不但迫使普遍學院派的再思（見一九九三年三月號*Harper's*雜誌中的討論），也使許多激進女權主義者紛紛調整自己的理論成見。例如，布雷達笛（Rosi Braidotti）在她的《超越平等與差異》（*Beyond Equality and Difference*, 1992）一書中，就聲明女人的「性」形象乃是她最重要的「表達權力」。

另一方面，許多女權主義者已漸漸體驗到，過分地強調兩性抗爭會使自己淪為性別的囚徒，因此已經刻意消解那一貫的男性／女性二分法。——此外，她們也漸漸覺悟到「性」的複雜性：所謂「後天的性別」（gender）是絕不能與「生理上的性別」（sex）分開的，因為「文化」與「自然」是息息相關的。尤可注意者，最近自稱為「唯物女權主義者」的維克（Jennifer Wicke）也修正了她對「父權制」的定義：她現在認為「父權制」是由男人和女人共同建立而成的。在這股修正及再思的風潮影響之下，大家自然對吉伯特（Sandra Gilbert）和古芭（Susan Gubar）所提出的「男人禁區」（No Man's Land）——觀念不再感興趣了。

總之，佩格利亞和許多女權批評者的挑戰，迫使一九九〇年代的女權主義者去積極地修正她們的理論架構。就如康正果在他的《女權主義與文學》中所說：「每一個居於邊緣的群體或文化總是在邊緣上異軍突起，顯示了它的重要性之後，才會與中心分庭抗禮，迫使中心接受它。」（頁一一二）當邊緣勢力與中心權威形成抗衡的局面之時，無可避免地就會產生「多元化」——這就是目前美國人開始用英文的複數形式Feminisms來指「女權主義」的原因。如果說，一九七〇年代及一九八〇年代的美國女權主義偏於抗拒父權的「單元化」，那麼我們可以說，一九九〇年代是容納各樣女權主義的「多元化」時代。

——原載於《環球青年》一九九五年三月號

第四章 《花花公子》的長春藤盟校風波

這個春季，長春藤盟校（Ivy League）校園中最熱門的話題不外是《花花公子》雜誌派專業攝影師到各校甄選模特兒，並將出版《花花公子長春藤女性專集》的消息。這種事當然不是第一次發生——遠在一九八六年即有同樣性質的《花花公子》畫冊出版，當時在長春藤盟校校園中曾引起一系列的學生抗議。九年後的今日，雖然仍是眾議紛紜，但人們的觀念顯然已有重大的改變，其基本原因乃是一九九〇年代以來女性主義的戲劇性轉變。

首先，由那些躍躍欲試的年輕女學生說起。上回長春藤學生普遍抗議，乃因認為那些有興趣做模特兒的女生自甘墮落，自願為滿足男性欲望而脫。但這次紛紛前去拍照的女生卻以自我肯定、自我呈現的高姿態出現——換言之，她們已從過去的「女為悅己者脫」轉為「女為自悅而脫」。關鍵在於，這次為《花花公子》而脫的女生自視為真正解放的女性主義者，因為她們把裸露自身看成對女性美的肯定，不再是男性注視（male gaze）的玩物。這種新觀念與何春蕤在《豪爽女人》中所謂的「打破性的賺賠邏輯」相映成趣。對那些前往《花花公子》面試的「豪爽」女學生來說，展現自己身體是女性自覺的權利，並非讓男人「賺」了什麼，女人自己也未曾「賠」了什麼。

諷刺的是，正當這些「新女性主義者」已打破「性的賺賠邏輯」之際，一些固守成規的「激進女權派」，卻仍按照舊的「賺賠邏輯」來製造對策。以耶魯大學為例，正當女生以「反傳統」的方式紛紛加入自我呈現的《花花公子》寫真行列時，另一些代表「耶魯女權中心」的女生們就立刻想出了一個「反花花公子」的經濟統戰策略——這個策略就是，凡是懸崖勒馬、取消面試的女生都能得到一筆獎金，數目與《花花公子》給予的酬勞一致（其實所謂「酬勞」也只是美金五百元而已）。這些激烈的女權派成員特別發出一個傳單，上面寫道：「你已在大學教育上花了八萬元，怎麼為了賺五百元而出賣了你的身體？」

與預料中的相同，這樣的「賺賠邏輯」並不能說服那些勇於解放自己身體的女學生。這些活在一九九〇年代的女大學生代表一種新的女性形象，一種把女人的「性」視為絕對權利所在的形象。至於一個女人願不願意發揮「性」的權利，完全要看個人的抉擇。

把是否做《花花公子》的模特兒視為純粹是個人的抉擇，而不賦予道德判斷，乃是今年與過去的「長春藤風波」的最根本差異。因此，無論是男學生還是女學生，大多數人以為激烈女權派所設計的「經濟統戰策略」僅為徒勞，因為其基本命題是違反潮流的。然而，一般長春藤女生仍屬於思想開放、行為保守的一類，在《花花公子》所選出的四名耶魯美女中，只有一位已簽合同、願意將全裸相片公開。其中兩名仍遲疑不決，一名則當機立斷，自動取消資格。總之，一切都看個人的抉擇。每個人為了自我所做出的決定，也要由自己來負責。

——原載於《明報月刊》一九九五年六月號（今略為修改）

第五章　何謂男性「自我認同」的危機？

當初法國女作家西蒙・德・波娃（Simone de Beauvoir）出版她那成名之作《第二性》時，曾如此埋怨道：

> 一個男人永遠不必為了闡釋男性而去寫一本書。但我如果想要為自己下一定義，我就必須首先解釋「我是一個女人」。[1]

然而，西蒙・德・波娃顯然把男人估計錯了——因為近年來有關男性如何肯定自我，如何檢視男性本體價值的問題一直是男作家（至少是美國男作家）最關注的主題。就如哈佛大學的心理學家貝伽（William Betcher）及伯拉克（William Pollack）所說：「現在輪到我們男人來為自己下定義了。」[2]於是，我們猛然發現，大大小小的書店裡充滿了有關男性認同／批判的新書籍，而聰明的書商也以聳動的宣傳方式不斷地刺激讀者的購買行為。而且，只要打開評論雜誌，總是可以看到令人眼花繚亂的「男性認同危機」、「男性主體焦慮」等廣告。換句話說，一向以「女性自覺」、「女權意識」為中心的發言位置已漸漸轉為男性為主的意識寫作——好像是一經男人的普遍反省及解讀，所有女性

1 Simone de Beauvior, *The Second Sex*, ed. and trans. H. M. Parshley (New York: Vintage, 1989), x.

2 William Betcher and William Pollack, *In a Time of Fallen Heroes: The Recreation of Masculinity* (New York: Atheneum, 1993), p.266.

主義提出的控訴及抗拒都一一得到了具體的回應。有趣的是，這種「男性認同危機」的新文體所用的寫作及闡釋策略竟與女性主義所採用的方式一一吻合。例如，著名女性主義作家費爾門（Shoshana Felman）剛出版一本熱門書，題為《女人想要什麼》[3]；接著，芝加哥大學的綏德（Richard Shweder）教授就在《紐約時報書評》（*New York Times Book Review*）發表一篇極具爭議性的長文，題為〈男人想要什麼〉[4]——這樣一來，好像男女自覺意識的探討都採用了同一個「文本」，而他們闡釋自我的方式及所接受的挑戰也可以回溯到同一種歷史文化的集體意識。

原來，那個「女人想要什麼」的問題首先出於十三世紀英國作家喬塞（Geoffrey Chaucer）的《坎特布里故事集》（*Canterbury Tales*）中——那是書中一蕩婦巴茲（Wife of Bath）偶然為了助興而發出的問題。幾百年來，許多男性作家——包括佛洛德——都嘗試著對那問題做了不同的解答。很久一段期間，女人始終保持沉默，一直到二十世紀初才有像維吉尼亞・吳爾芙（Virginia Woolf）那樣的女作家，開始針對那個被再三重述的問題，並公然聲明「女人所想要的」就是「自己的空間」。數十年來，這個女性的願望始終是女權運動抗爭的據點，也是女性自我發掘、自我關懷的一大資源中心。至於一般同情女性的男士也僅以一種「客觀」的態度來引發一些有限的反應而已。

現在突然間，男人覺悟到女人的問題也是他們的問題。他們不但問「男人想要什麼」，也問「女人要他們做什麼」。

女人要男人做什麼呢？——許多男性作家異口同聲地答道：「女人要男人改變。」[5]這種積極

[3] Shoshana Felman, *What Does a Woman Want? Reading and Sexual Difference* (Johns Hopkins Univ. Press, 1993).

[4] Richard A. Shweder, "What Do Men Want? A Reading List For the Male Identity Crisis," *New York Times Book Review* (January 9, 1994), pp.3, 24.

[5] Betcher and Pollack, *In A Time of Fallen Heroes*, p.2.

的、自發的「自我改變」策略顯然是對女權運動的直接反應——因為三十年來女人一直在控訴男人那種父權意識的負面特質，認為男人是「不敏感的」、「不完整的」。於是，哈佛的貝伽（William Betcher）及伯拉克（William Pollack）在他們的《今日的失落英雄》（*In a Time of Fallen Heroes: The Re-creation of Masculinity*, 1993）一書中特地以回歸古典神話為前提，積極鼓吹男性自我的「再創造」，以為今日的男人應當像希臘英雄奧德賽（Odysseus）一般，心甘情願地從戰場中走回家去。這同時，威廉・達笛（William Doty）也在他的新書《男性的神話傳統》（*Myth of Masculinity*, 1993）中回溯古希臘的敘事文本，以一種懷舊的心態，大大表彰原本剛柔並濟的「完整男性」（male wholeness），他以為男人應當藉著女權運動的諸種控訴抨擊來做一個徹底的「自我檢視」及「自我批評」——換言之，男人應當來個全面的「文化修正」，去除傳統男性體系的價值觀，而且毫不避諱地表現情感脆弱的一面。的確，這種男性「自我改變」的論述已成為近一兩年來的寫作關切焦點，而對於「過去古典」的再現也正是許多男性作家所採用的策略關鍵。至於以心理學來闡釋古典神話的方式，則更不失為一個強有力的論述法則。可以說，以這種發言方式寫成的書尤更能引發讀者的強烈反應及共鳴。在這一方面，尤以摩爾（Robert Moore）及吉列特（Douglas Gillette）的《情人本質》（*The Lover Within:Accessing the Lover in the Male Psyche*, 1993）一書為代表。兩位作者一再強調，此書不但寫給男人看，也是給女人看的。其主旨是幫助男人如何尋求「失落的自我」（lost self），如何善用心理學家容格所謂的男性生命中的「女性靈魂」（anima），進而重建一個溫柔的、善良的、滋養的、情感的男性心理建構。總而言之，這些以重新創造、重新詮釋男性為宗旨的新書（巧合的是，以上所列諸書均於最近幾個月先後出版）全為了表彰陰柔與陽剛的交融，以促進男女之間更加和睦的相處。

然而，並非所有男性作家都對這種反覆述說的論調表示贊同，因為他們寧願強調「大男人意識」，其實早在一九九〇年，羅伯・布萊（Robert Bly）就在他的暢銷書《鐵人約翰》（*Iron John: A*

Book About Men）中呼籲男人應當獨立自主，不要受女人的牽制。他以為女權主義千篇一律的控訴，正好把男人引入真正的大男人境界——他認為要做一個真正的男人，就必須退到森林去尋回原始的「鐵人約翰」（Iron John）原型，要澈底尋求男性祖先的精神資源。而所謂「新男性」的再建，絕不是要去否認大男人的基本特質——相反地，現代男人應當在遠離女人的自省範疇內，勇敢地重新拾回大男人的陽剛本質。最近理查・豪利（Richard A.Hawley）在他的新書《從男兒到男人》（*Boys Will Be Men: Masculinity in Troubled Times*, 1993）中也特別鼓勵男人重新為自己的「大男人特質」而感到驕傲。他主張男女在「本質」上有別（即綏德所謂的「essentialism」），而非「偶然地」形成異性（即綏德所謂的「accidentalism」）。既然男女生來有別，「男人就不必去另創一個性別，因為我們自己具有明確的男性性別」。但他以為，問題是現代男人忘記所謂「完整的男性」原是無所不包的——它既包括強有力的鬥志，也包括柔和的情感。可惜的是，一般所謂「經典文學」（canon literature）只標榜年輕而多情的羅密歐、哈姆雷特一類人物。所以，他主張所謂「大男人特質」是指「成熟的男人」，一種像大衛王（King David）那樣集勇士、受難者、罪人、國王、懺悔者、詩人、情人於一身的完整的男性。

然而，著名作家斯多頓伯（John Stoltenberg）則認為「大男人」（manhood）那個名詞應當澈底取消，因為男女之別其實只是社會、政治、道德偏見的假相包裝；今日男人需要的不再是「大男人」那種令人眩目的名詞，他們真正需要的乃是對「自我」的尋求。他以為一個「新男人」就是「無愧於心的個人」，是康德所謂「超越自我」的重新建構之產物，也是馬丁・布伯（Martin Buber）所謂的那種永持「你／我」的相互體驗的個人，為了實現這種崇高的理想，「大男人」的舊思想必須首先被消解，「鐵人約翰」的意象也必須完全摒除。因此，斯多頓伯把他的新書題為《大男人的終止》（*The End of Manhood*, 1993）以使讀者顧名思義。可想而知，女性主義的作家一致擁護這種「大男人終止」的觀念。因此，書一出來，斯多頓伯就成為女性讀者的最愛。例如，有名的女權運動者絲坦嫩（Gloria

Steinem）評道：「斯多頓伯的《大男人的終止》是本最實用、最有人情味的每日導讀——它使人從桎梏中逃往自由。我希望羅伯・布萊也能讀這本書，也會發現真正的『男性運動』是遠離傳統男性的，是走向全人道的。」

沒想到，以「男性自我認同」危機為出發點的論述居然成為婦女真正的解放契機。因為讀了斯多頓伯的書，一個女人可以體會到，真正的自由與解放不是去企圖強調男女對立的緊張對峙，而是對「自我」的至情至性的追求。所以，著名的Ms.雜誌主編馬茜亞・基雷斯比（Marcia Ann Gillespie）就說：「讀斯多頓伯的書，使我覺得自己一直在竊聽（與自己有關的事），因為它是如此誠實而富啟示性的裸露表白。」

——原載於《當代》一九九四年三月號（今稍做補正）

第六章　我看江青自傳

記得，首次面識江青是在一九七三年秋季，地點是普林斯頓大學校園。那時，我還正在攻讀東亞文學學位，有一天我的指導教授高友工先生告訴我，江青要來本校表演民族舞蹈。我一時大覺驚奇，因為我在臺灣求學時代雖曾是江青的影迷（特別迷那《西施》及《幾度夕陽紅》），但從未聽說過她也是舞蹈家！

江青舞蹈晚會的當天，我特別興奮，但也觸及自己對臺灣往事的回憶。於是，整天我一個人坐立不安，從葛思德圖書館走到系辦公室，來來去去不知走過幾回，適逢日本文學教授John Nathan正在走廊閒蕩，兩人就聊了起來。我們正在大談江青的時候，突然有位美國學生走過來，很驚奇地問道：

「什麼？您說今天晚上毛主席太太要來？」

我們兩人不覺大笑起來，John搶先回答，道：

「不要那麼緊張，是生活在美國的江青，不是中國大陸的江青。」

當天晚上，我發現這位與毛澤東妻子同名的著名影星原來真是個傑出的舞蹈家。我記得她表演《東北秧歌》及蒙古的《在草原上》等民族舞，並用中國傳統音樂來配樂。當晚，禮堂座位全都坐滿，而且掌聲不斷。事後才知道江青才只二十七歲大，如此年輕就已在表演舞臺上成名，真不簡單。難怪當時《舞蹈新聞》（*Dance News*）評論道：「江青只有她的二十年華，但是她運用身體的能力以及藝術上的才華，都是絕無僅有的。」而《紐約時報》也說：「她是一位優美、風趣而又有力度的舞蹈演員。」

將近二十年來，由於透過我的老師高友工教授（高先生一直是江青的摯友）的關係，常常有機會看見江青。但由於「隔行如隔山」的原因，我從未認識真正的江青。一直到去年五月間我去紐約拜訪高先生時，正逢江青有空，大家一起在江青的客廳聊天吃西瓜時，我才開始瞭解江青的身世。那天，江青告訴我，她才寫完一本自傳，其中有一節是有關童年時代的（部分文章曾經發表過），於是就拿出一張極寶貴的相片給我看——那是一九五七年九月二十七日，江青（才十一歲）在北京機場獻花，與周恩來、劉少奇、匈牙利總理及阿爾巴尼亞國家主席的合照。那是江青開始在北京舞蹈學校學習的第二年，顯然是由於表現良好，才被挑選來向國際領導人士獻花。那天，江青被分配去隨著周恩來總理獻花給匈牙利的卡達爾總理，另一位同學則隨著劉少奇委員長獻花給阿爾巴尼亞的霍查主席。看完相片，我立刻說：「這樣寶貴的相片，你怎麼到現在才拿出來給人看？要是別人的話，早已拿去給《紐約時報》刊登，藉此出風頭一番了。」江青只眯著眼笑，並沒答話。最近，江青的自傳《往時．往事．往思》（臺北：《時報》，一九九一）終於出版了，我迫不及待地開夜車趕看完畢。看到第一一八頁有關〈北京機場獻花〉的一段，就特別感到親切而生動。

在自傳的〈序幕〉中，江青寫道：

> 兩年前的夏末秋初，「天安門」事件引發我想寫點什麼……下筆時才發現：筆尖能記事的現象就像身體能記住舞蹈動作一樣。自己曾熟習的舞蹈片段，多年之後光想不動時，以為一個動作也記不起了，不料隨著音樂試著舞動時，大部分的段落居然能自然而然地重現……（頁六）

江青的《往時．往事．往思》不是一本尋常的自傳，因為它表達的是一位忠誠藝術家的心路歷程，是一種心靈的自剝。其中所描寫的喜、怒、哀、樂、甜、酸、苦、辣使我感動萬千，因而忍不住在百忙中就提筆寫這篇「讀後感」，把自己最感興趣的諸點提出來與讀者分享。

在追求藝術的階段中，江青特別標舉「真我」的重要性，這一點對於從事文字工作的我起了很大的啟發。當然，我曾看過許多有關「真我」的作品，但那些都由文學理論著手（如傳統之詩話、詞話等），不像江青把自己各種不同藝術形式之創作經驗與「人生之旅」密切連接起來。一九七〇年，江青剛來美國不久，那歷盡滄桑後（包括婚變悲劇）的她衷心悟到藝術中真我的價值。她發現自己真正喜愛的創作形式是舞蹈，而非電影。她說：「對影壇生涯我並無眷戀之感，偶爾在路上，有人指指點點或讓我簽名時，才會忽然又意識到自己曾經有過那段所謂『星光閃爍的歲月』，至於舞蹈創作則雖然很多時候也摻雜著難耐的痛苦，但是伴隨著更多的是發自內心的無比富足感和激情帶來的喜悅。」（頁二一六）一九七四年，編完《陽關》現代舞之後，她終於悟到「在藝術創作上強調『我』——個性、獨性、主觀」，這才是最基本的原則（頁二九八）。也就是這種追求真我的情操，使江青多年來在創作風格上有了突飛猛進的成就。以往她只在自己原構思上編舞，但近年來她卻經常替歌劇及話劇作舞蹈場面的編排設計——例如有名的《杜蘭朵公主》（*Turandot*）一劇曾在紐約大都會歌劇院及瑞典人民歌劇院成功地演出，其中舞蹈設計乃出自江青之手。總之，自從一九八七年開始，她常被國際名導演請去為他們編舞——例如，有名的留賓莫夫（Yuri Lyublmov）請她在英國排練《哈姆雷特》劇中的舞蹈，而Claes Fellbom也請她在瑞典劇院幫忙設計《達芬奇》及《霍夫曼的故事》諸劇。可見她愈來愈喜歡把各種不同藝術形式綜合演出，也無形中把「往時」累積的舞臺、電影、黃梅調的表演經驗都融會貫通了。而現在又藉著寫「往事」的機會，終於用文字藝術來表達她的「往思」。

對於人生的際遇，她也用這種綜合性藝術來做比喻。她說：「從這個連帶關係中，我察覺到任何一件事情，都錯綜複雜地和無數件別的事情相關聯在一起的，這絕不是一個偶然的巧合。」（頁二五七）她曾把編舞比做懷孕，把作品完成比做生產，把發表公演後比做墮胎——我想多少與個人實際經驗及想像有些關係：

> 頭一次我開始逐漸地認識到：編舞構思醞釀期是懷孕——充滿了期盼、興奮、滿足、自信；到排演時是臨盆——痛苦的掙扎與搏鬥，夾帶著勇氣和希望；而作品完成後應該是誕生——無可言喻的自豪、喜悅、舒暢；可是作品發表公演後是墮胎——充塞著毀滅、沮喪、恐懼、虛空……（頁二五七）

她又說，舞臺表演有如軍隊「養兵千日，用兵一時」，因為「舞蹈演員在基訓中，排練時，花費了如此久的時間，消耗了大量的精力，而相比之下，在舞臺上『用兵』僅是『一時』而已。也正由於如此，所以演員上臺如上戰場……」（頁二六四）。這些都是她的親身體驗。也就因為如此，她才說得出底下這句充滿人生真諦的話語：

> 總之，人生中所有的七情六欲、酸甜苦辣，演員都在臺上、臺下，演出前、後享盡了。

這種分析自省的能力使江青在屢次痛苦災難中能超然地走向藝術及光明。例如，一九六〇年代後期在臺灣受盡婚姻的痛苦時，她就常「想到了練舞的大鏡」，因為她「需要在舞蹈教室的大鏡中找回失去的自己」（頁一七八）。這個勇氣使她毅然決定「逃」往美國（忍住拋家離子的悲痛），也終於從「銀幕之上，觀眾的眼皮之下」完全「出鏡」（出境）了。所以，在江青心目中，舞蹈是一面永遠提醒她的大鏡，「它像一座領航的燈塔在那裡閃動著」（頁一八七）。它象徵生命力。

江青善用象徵隱喻的手法實與她編舞的精神相當（關於江青的藝術精神，請見拙文〈一個藝術家的心路歷程〉，《時報週刊》一九九二年六月二十八日，頁八六至八七）。她喜歡用抽象的意念，藉著舞蹈，把生命意義之內涵表達出來。例如，一九七四年演的《陽關》一劇乃代表她新拓的創作生涯，其節目單寫道：

王維〈渭城曲〉的結句「勸君（我當）更盡一杯酒，西出（越過）陽關無故人」。古時（今日）出了陽關，便是塞外（大道），旅客（我已）過關而去，每每有一去難返之意。（頁二六〇）

又如，一九七七年創作的《深》更是把人生掙扎、恐懼的諸面目表現無遺。其節目說明書寫道：「『深』指深致、深入、深妙、深沉、深奧、深刻、深不可測……多個舞者戴著不同面具，代表個人內心深處千變萬化的多重面。」還有一九八三年舞劇《負、復、縛》（由香港舞蹈團演出）也同樣以抽象意念來象徵人心諸面；其節目單上有這麼一段（由鍾玲執筆）：

……出賣自己的人雖然爬上寶座，嘗到權勢和成功的滋味，但因為負疚在心，受害者的恨意，卻鬼影一般地纏繞他，令他作繭自縛，成為他終身的負荷。（頁一八二）

我自己最欣賞江青的《恆》（一九八八年編）——其五段舞章題為〈寒〉、〈雪梅〉、〈竹節〉、〈松與石〉、〈歲寒三友〉。其意義是對人的價值之肯定，全舞終結時，舞臺上出現的意象是：松、竹、梅於歲寒之間結為永恆之友，全然無懼地屹立在冰雪之中。這個象徵畫面給予那一直在舞臺上沉思著的「人」一種勇氣，使他勇敢地脫去溫暖的冬衣，冒著風雪向前邁進。

對江青來說，人間最不朽的「恆」乃是持久不變的友誼——那松、竹、梅結為永恆之友一般。她那珍視友誼的熱情（或癡情）令我無限感動。看過她的自傳使我發現，她的人生之旅有許多關鍵性的「陽關」，而每回出「關」，都與摯友的鼓勵與情誼息息相關。書中提到的幾段情誼中，有兩段特別令我難忘。其一是江青與瓊瑤之間的友誼，在〈入鏡……出鏡〉一章有詳細的記載：大意是，一九七〇年代初期，在江青陷入極端痛苦的深淵中時，瓊瑤曾不顧一切賜予雪中送炭的情誼。另一段則與她二舅有關。在〈上海童年舊事〉一章中，江青花了很大的篇幅記載她與較她大五歲的「二舅」之間的友誼。由於年齡相當，兩人在「整風運動」的恐怖期間，成為摯友。由於家庭的背景關係，「二舅」不准報考大學，故高中畢業後，即到江蘇某工廠當學徒。江青回憶道：「那一階段他對自己的前途很灰心，心情十分沮喪，所以親情和祝願對他的內心是一種莫大的安慰和補償。」在江青上北京舞蹈學校的六年之中（即十歲至十六歲），兩人一直保持了一個不成文的「約會」——就是江青每次要回上海之前，總是先通知他，到時「二舅」也向工廠請假，到附近戚墅堰小車站接江青，兩人再同搭一班車回家（有一回，「二舅」上車時滿身油漬，而且手臂青紫，指甲滿是淤血，江青忍不住啜泣了起來，因不忍見他做粗工而受傷）。後來，江青經常乘京滬線直快車南下——因此車在戚墅堰站不停，「二舅」總是預先說好，他會站在戚墅堰車站月臺上等候，當直快車過站時，江青就會趴在車廂那邊的窗口上，兩人互相揮手。有時，江青事前會請所有的同車同學幫她瞪大眼睛，一起往車站月臺那方向「找」她二舅。但往往「當火車飛馳而過時，誰也無法辨認出他的面孔來，眼前掠過的僅是一條細長的身影」。這是多麼美麗而真實的親情、友誼，又是多麼感人的故事。多年後，江青仍回味這段不尋常的經歷：

文革之後，二舅舉家由上海遷居到紐約。我旅行、演出、出入紐約頻繁，如果時間允許，他總會開車送我去機場，偶爾間在登機處，互相揮手說再見的那一剎那，我仍然會驀地憶起那遙遠的、極美的、近乎荒唐的「約會」來。那畢竟是屬於少年時光的一段最為清純而又最令人神往的經歷。（頁九七）

永遠念舊又忠於朋友的江青曾在她首創的第一個舞劇《樂》中，以象徵手法來表現友誼的真諦。劇中舞臺上不斷出現四季的變遷與延續，那延續性正象徵著人間那持久不渝的友誼。我相信，江青在生活裡親身體驗的種種友誼實在給她的藝術創作提供了許多豐富的構思材料。

江青不是一個直線型的人，因為她是曲線型的藝術家，具有曲折多面的人生經驗及想像力。她在舞蹈上自然也選擇了現代舞這條曲折而富象徵的路。

——原載於《二十一世紀》一九九三年二月號（今略為修訂）

第七章　周蕾[1]論中國現代性

在美國漢學界，像周蕾（Rey Chow）如此多產的年輕評論家比較少見。她於一九九一年出版*Women and Chinese Modernity*一書，接著陸續出版*Writing Diaspora*（《多元寫作》，一九九三）及*Primitive Passions*（《原始的欲望》，一九九五）都是極具爭議性、理論性的著作。從分析文學的策略和方法看來，周蕾代表一九九〇年代新興的美國比較文學理論方向：既要批評主流文化的霸權地位，又要反省邊緣文化的自我局限。周蕾的一貫研究方法是使用西方的理論來闡述中國現代文學中的邊緣性問題（如女性問題、種族現象等），她既不對「傳統」中國認同，也不對西方文化盲目擁戴，而是把學術立場建立在「中國的」與「西方的」辯證基礎上，從而表現出一種特有的挑戰性。這種立場頗具爭議性，因而導致來自四面八方的激烈反應。

最近，臺灣終於隆重推出周蕾第一本專著的中譯本：《婦女與中國現代性：東西方之間閱讀記》，或可引起更多的爭議及討論。該書的四章表現了四種批評的途徑：可見的形象、文學的歷史、敘事的結構、感情的接受。它們都一致牽涉到中國「現代性」的幾個重要層面：「種族」觀眾的意識形態；通俗文學中「傳統」的斷裂；一種表現新的「內在」現實的複雜寫作方式；以及性別、感傷主義與閱讀之間的關係。環繞這四章的具體「行為」（actions）是觀看、分離、描述（分割）與哭泣。

1 周蕾於二〇一六年榮膺美國藝術與科學學院院士。（孫康宜補註，二〇一六年四月二十日）。

書中所引用的現代文學文本包括鴛鴦蝴蝶派的代表作《玉梨魂》，以及巴金、茅盾、魯迅、郁達夫、張愛玲、冰心、丁玲等人的作品。

首先，周蕾對於文化多元中的「看」的問題做出頗為尖銳的分析。「看」不但指誰在「看」誰，還涉及如何看的問題，以及「看」的主體與客體之間的權力關係。她以貝托魯奇所導演的《末代皇帝》為例，說明西方人是把中國當成「他者」以及「女性化」的空間來「看」的，所以貝托魯奇「注視」之下的中國並非真正的中國，只是西方人自己創造的神話故事。同理，周蕾認為法國女評論家克莉絲特娃在《關於中國婦女》一書中對中國和女性的閱讀是烏托邦式的，因為克氏把研究目標「看」成絕對的「他者」。值得注意的是，周蕾把這種「文化相對主義」歸咎於一般漢學家對「傳統」中國文化所持的理想主義式的執迷——他們大都以「情感物戀」的崇拜來研究古代中國（因為那是尚未西化的中國），卻以蔑視的態度來對待現代中國。周蕾以為這就是為什麼現代中國文學一直被推至邊緣，而中國文學研究至今仍處於「傳統」與「現代」對立之中的原因。

作為現代中國文學的研究者，周蕾是以女性主義為出發點的。例如，在有關鴛鴦蝴蝶派的探討上，她對夏志清和林培瑞（Peny Link）的研究都有所批評，而其中一個原因是他們「對婦女問題的忽視」。因此，周蕾要把闡釋的焦點轉向女性，希望藉此把女性主義式的閱讀作為在形式分析上能動搖「傳統」本身的工具。作為批評閱讀的策略，「女性」涉及的不僅是性別問題，而且還是如何表現「權力」關係的問題。對周蕾來說，這種分析方法才是正確的，因為她認為在中國現代文學中，婦女一直是個敘述樞紐，而她所謂「細節描述」也正是女性特質的體現。

讀罷此書，還有一點值得探討：書中對「女性特質」（femininity）和「婦女」（women）的處理偶爾含混不清。「女性特質」是指美學及文化上的某種被玩味的氣質，因此它不必是「女性」的（例如，《末代皇帝》的溥儀被「看成」具有「女性特質」的角色）；然而，「婦女」一定指「女性」，但不一定指「女性特質」。周蕾把書名稱為「婦女與中國現代性」，確有以偏概全之嫌，其偏在於忽略了一個貫穿全書的重要語碼：「女性特質」。

——原載於《明報月刊》一九九六年五月號

第八章 「末戀」的風行意義

李清照說：「此情無計可消除，才下眉頭，卻上心頭。」胡適說：「山風吹亂了窗紙上的松痕，吹不散我心頭的人影。」這些話都用來說明，無論愛情有多麼不同的面貌——或大喜大悲、如癡若狂，或撲朔迷離、情絲煎熬——它總是讓人無法忘懷。於是，古今中外許多男女用生命來詮釋愛情，而愛情也成為歷來文學藝術的靈魂。

但歷來文學作品是如何詮釋愛情呢？從莎士比亞的《羅密歐與茱麗葉》到曹雪芹的《紅樓夢》，以至於紫氏部的《源氏物語》——在這些公認的經典巨著中，愛情始終是「青春之戀」，或是「初戀」。愛情是年少的癡情男女日夜憧憬的美夢——因此，在這些作品的上下文中，我們看見的只是少男少女花前月下的癡戀，或因不能結合而共赴黃泉的愛情悲劇。總之，文學裡的「初戀」始終是觸動心弦的主題，就如詩人克列爾（John Clare, 1793-1864）在其〈初戀〉（First Love）一詩中所說：

I ne'er was struck before that hour
With love so sudden and so sweet,
Her face it bloomed like a sweet flower
And stole my heart away complete.

平生第一次苦惱於這樣

又突然又甜蜜的愛，
她的臉美如溫馨的花朵
完全地搶走了我的一顆心……

可想而知，一向與文學有了無盡緣分的電影，更以如詩如畫的動人鏡頭把文學裡的初戀轉為銀幕上詮釋愛情的關鍵。

然而，這二三年來電影界突然流行「末戀」（Last Love）及其相關的主題。而以演技精湛出名的影星安東尼·霍普金斯（Anthony Hopkins）儼然成為此一新主題的代言人。在最近的兩部影片中——《長日將盡》（*Remains of the Day*）與《影子大地》（*Shadowlands*），安氏均飾演年過中旬的男子如何「壓抑」與「接納」愛情的苦難歷程。在《長日將盡》中，他演一個英國貴族家中的男總管，他愛上了女管家，但卻刻意自我否定，企圖把情感壓抑心中，成為愛戀的隱形人，然而他的臉部線條卻澈底反映出那既投注又真實的無限柔情。

若說《長日將盡》是部描寫壓抑的末戀悲劇史詩，《影子大地》則是一首接納《末戀》的感人情詩。在《影子大地》中，安東尼·霍普金斯飾演有名的英國作家路易士（C.S.Lewis, 1898-1963）。據說，電影劇情是根據真實的故事而編成的。安氏演的路易士是牛津大學的教授，他本來的生活既清靜又自由，但在進入中年以後，深深地愛上一個離過婚的癌症患者（即美國女作家玖葉·格維申（Joy Gresham）），從此引發了一段讓人泫然欲泣的故事。在這一對特殊的情人身上，我們看見那面臨死神的「末戀」無時不令人感到驚奇與更新——誰會想到，遲暮的愛情會放出如此異彩與紺香？但成熟的愛情卻正是這部電影的主題：在死亡的面前，這對情人更加放眼世間，更加珍重內在的生命，更加擁有彼此相依的契合。但帶來的痛苦卻又是如此地真實而深刻。當女主角玖葉·格維申（由黛博拉·

溫姬（Debra Winger飾演）」終於死於癌症時，那歷盡坎坷的情人路易士說了一句令人難忘的話：

The boy chooses security, the man chooses suffering.
And that's the deal.
一個男孩總是選擇安全的保障，但一個大男人卻選擇受苦。
這是生命的公平處理方式。

或許正是這種糅合偉大戀情與人間苦難的感受，使得十九世紀俄國詩人費多爾・裘采夫（Fyodor Ivanovich Tyutchev, 1803-1873）在他的那首題為〈末戀〉的詩中用落日餘暉的意象來象徵這種令人感動卻又無奈的戀情：

Last Love

Love at the closing of our days
Is apprehensive and very tender.
Grow brighter, brighter, farewell rays
Of one last love in its evening spendour.

Blue shade takes half the world away;
Through western clouds alone some light is slanted.
O tarry, O tarry, declining day,

enchantment, let me stay enchanted.

The blood runs thinner, yet the heart
Remains as ever deep and tender.
O last belated love, thou art
A blend of joy and of hopeless surrender.[1]

末戀

在我們垂暮的日子，
我們愛得又焦慮又溫柔，
那是晚晴燦爛的末戀，
那是分外明亮的餘暉。

陰影已遮住半個世界
只有西邊的雲層透出了一線斜陽。
呵，稍停，稍停，頹落的白日，
歡情，歡情，讓我再鍾情下去。

[1] 英譯採自*Love Poems*. Everyman's Library Pocket Poets (New York: Knopf, 1993), p. 212.

脈搏已日益變弱，
此心依然深懷柔情。
呵，遲暮的末戀喲，
你半含欣悅，半含無奈。

也就是這種「夕陽無限好，只是近黃昏」的末戀意象使得電影導演把兩部感人的電影分別取名為《長日將盡》與《影子大地》——二者均取落日餘暉、人生將盡之意。

但我們不禁要問：為何「末戀」的主題突然在電影界有此翻身的命運？為何代表「末戀」心態的安東尼・霍普金斯突然這樣走紅？他不但得到奧斯卡影帝的頭銜，而且片約不斷，備受好評。是什麼因素令觀眾沉迷於這樣的角色？

當然，這其中有極複雜的因素，而觀眾的喜好也有諸多面貌，不能隨便給予簡單的答案。但我認為，其中最顯明的一個原因或許是，所謂戰後的「嬰兒潮」現在均迅速走向五十歲大關，他們在飽嘗事業成功之餘，不免感到生命有限，想利用餘生開拓完整穩固的愛情，俾使人生無憾事。而這同時，人們的愛情觀也已因目前的「女性自覺」及「男性自覺」變得更加成熟而肯定了。一個具有女性自覺的女子既具備了傳統男性特質範疇的自主性及行動力，也自然有膽量確認自己的感情，而且愈近中年就愈能瞭解真正愛情的面貌，不再停留於少女情懷的盲目憧憬心態了。而在「男性自覺」的影響下，許多男人也體會到，所謂成熟的愛情是一種相知相屬的承諾，是一種毫無代價的付出，而非僅是「初戀」帶來的那種心馳神搖。有趣的是，遠在本世紀初，德國著名詩人里爾克（Rainer Maria Rilke, 1875-1926）早已預測這種成熟的愛情觀與女性自覺的密切關係：

……有一天女人將不致只是男性的反面，而是有自我意識的人……是真正的女性人……這種進步會導致連根技起的澈底改變，會使愛情的關係成為兩個獨立個體的關係，而非只是男性為主的單向關係，將來這種較富於人類理想的愛情將會是我們今日痛苦學習掙扎的結果……[2]

這樣說來，電影《影子大地》正是對這種變化中的愛情觀之詮釋，它讓我們對男女意識形態及情感潮流的面貌有一種更加深刻的玩味與瞭解。而這也就是我所謂的「末戀風行」的真正意義。

——原載於《當代》一九九四年四月號（今稍做補正）

[2] 英譯請見Rainer Maria Rilke, *Letters to a Young Poet*, translated by Stephen Mitchell (Boston: Shambhala, 1984), pp.88-89.

第九章　貝多芬的「永遠的愛人」

對於那「永遠的愛人」，貝多芬只能在心中默默地暗戀著——也唯有通過「隔絕」，才能擁有真正的愛情火花。

大約一八一二年的七月間，貝多芬曾寫下一封震撼人心的情書——那是一封未寄的情書，沒有日期，沒有收信人的名字，只是標明寫給「永遠的愛人」（immortal beloved）。一百多年來，研究貝多芬傳記的學者一直企圖解開這個神祕的謎，想能正確地查出那個「永遠的愛人」是誰。

最近，伯那・羅斯（Bernard Rose）所導演的《永遠的愛人》便以這封神祕的情書作為電影的起點；好像那封情書已轉為一個個音符，一段段線譜。整個電影是個撼天動地、緊扣心弦的大交響樂，從頭到尾不知演出了多少樂章！貝多芬的九首交響樂中，就用了五首的片段。還有第五號鋼琴協奏曲《皇帝》、彌撒及鋼琴三重奏等，全部成為營造感情境界的重要因素。為了飾演貝多芬，男主角格利・歐德曼（Gary Oldman）特別到倫敦交響樂團實地演習，而整個電影的配樂全由舉世聞名的音樂家拍檔而成——例如，華裔大提琴家馬友友、拉脫維亞籍的小提琴家克萊梅，以及鋼琴家名家艾克斯等。這是一部具有濃厚音樂氣氛及戲劇性的電影，好像每一瞬間都在變化，每一變化都顯示出音樂與生命的神奇。而貝多芬的暴風雨式的性格更在此片中表現無遺，無怪乎影評家歐文・格列伯曼（Owen Gleiberman）要說：「這是西方藝術史上第一次——也是最偉大的——對現代暴風心靈的戲劇性演出。」（*Entertainment Weekly*，一九九五年一月二十日，頁三五）

貝多芬的愛情也以戲劇性的手法演出——雖然專家們一向以考古的精神羅列出十多位「永遠的愛人」候選人名單，這個影片只勾勒出三位可能人選（劇中演「愛人」之一的女星伊莎貝拉羅塞里尼現在正與飾演貝多芬的格利・歐德曼熱戀中，一時傳為佳話）。為了製造戲劇性的效果——在這位偉大的音樂家的生命中，他只經歷過一次「真正的愛」（儘管他的愛情韻事不斷，好似一站連接一站的行程）。如果說那位「永遠的愛人」是他的生命引擎，那麼他的音樂就是海洋——是愛情促使平凡的海洋變成奇幻的海景。在音樂的海洋中，我們看見波濤起伏，洞視了人間愛與恨的祕密。在貝多芬的身上，我們體驗到人生戲劇性的矛盾——熱情與憂鬱、崇高與乖張、強壯與脆弱。

最大的諷刺是：當貝多芬開始譜寫一生中最美妙神奇的音樂時，也正是他開始耳聾的時候。一個最偉大的音樂家命定要與「音樂」隔絕，而他的愛情也同樣如此地不幸。對於那「永遠的愛人」，貝多芬只能在心中默默地暗戀著——也唯有通過「隔絕」，才能擁有真正的愛情火花。無論是音樂還是愛情，一切總似夢之迷離與矛盾。因為生命就是這樣：我們不能完全將它占有，在人生的舞臺上，我們永遠扮演耳聾的音樂家。

誰是貝多芬的真正「愛人」？片中以偵探小說的手法「證明」貝多芬愛的是他的弟媳婦——一位被認為是聲名狼藉的女人。這種結論觸怒了許多研究貝多芬傳記的專家，例如斯蒂文・懷特（Steven White）就說：「整部電影是個謊言。」事實上，從心理學的觀點看來，電影中的革命性闡釋也並非完全不可能（據說為了演出此片，許多學者也曾為之重新考證貝多芬生平）。然而，不管「永遠的愛人」是誰，她的真正存在已不重要。重要的是，在貝多芬的生命旅程中，她永遠代表一種形象與比喻。她是一個永遠的祕密，因為真正的愛情永遠是一種祕密。

——原載於《聯合報・副刊》一九九五年二月二十八日

第十章　今夏，你看過「冬天」沒？

《冬日之心》（*Un Coeur En Hiver*）是一九九三年暑假中，在炎炎夏日的紐黑文區最為賣座的一部電影。由於該片英譯為*A Heart in Winter*（臺譯《今生情未了》），許多人就開玩笑道：「這個夏天你看過《冬天》沒有？」報刊上也紛紛介紹這部《冬天》的影片，使有些讀者誤以為這是預告今年冬天將要演出的片子。

《冬日之心》是部法國片。其實，該片並非以冬季為背景。所謂的「冬天」乃是指內心所感觸的憂鬱、哀傷、不安、沉重與曖昧的一種戀情。電影中的劇情初看之下，顯得十分平常。就像其他許多法國片一樣，《冬》片亦以三角戀愛的關係為主題。故事大略是這樣的：多年來馬克新（Maxime）與斯地芬（Stephane）合夥開了一家小提琴店，由於對音樂有真誠的摯愛，他們的公司在幾年間已成為全歐首屈一指的小提琴供應處。加上馬克新一表人才、善於待人接物，許多有名的小提琴家顧客就源源不絕地來。斯地芬則扮演一個較為專業的「審音」，一而再、再而三地「調音」，直到他的顧客百分之百滿意為止。此外，馬克新與斯地芬還參加顧客的預演及公演，所以他們已不是尋常的「提琴商人」，而是與音樂打成一片的藝術家。

有一天，馬克新告訴斯地芬，說他愛上了有名的女提琴家卡米爾（Camille），兩人已同居二月餘，而且不久就要遷入新居。斯地芬很關心馬克新的一切，也感激好朋友把祕密告訴他。

然而，當卡米爾首次到提琴店請斯地芬「審音」時，兩人不自覺地一見鍾情，突然間兩人在音樂境界中的交感、溝通成為難忘的雙重奏，內心深處那種無法克制的戀情有如火山爆發一般，兩人像著魔似地為情所困。兩人從頭到尾說不到十句話，但觀眾可以深深感受到此情之深、廣與莊嚴。隨著劇情的發展，我們發現為情所困的斯地芬開始迴避卡米爾，然而熱情的卡米爾卻無法忘記那「相看無言」的戀情，為此日夜彷徨不安，連預演時也因為心中之狂亂無法專心。最後，在大演奏結束當晚，卡米爾再也無法忍受內心的掙扎，鼓起勇氣向斯地芬表明一往情深的愛情，而且自動以身相許，要與斯地芬立刻結合（這對卡米爾來說，乃是空前之舉，因為既美麗又多才多藝的她，總是惹來許多男人的追求，她從來絕不會如此主動地追求對方）。沒想到，斯地芬竟拒絕了她的要求，並說出違背自己內心的話。這使卡米爾傷心欲絕，無法接受，終於忍無可忍，在大庭廣眾中大罵斯地芬。這同時，那個內心十分痛楚的馬克新也當眾給了斯地芬一個大耳光，最後斯地芬只好離開提琴店，到了巴黎另一個地區自己重立門戶。一直到數月以後，又由於某種機緣，斯地芬才有機會再見到馬、卡二人，見面時大家仍是相對無言，由於感情的蘊涵太豐富，觀眾也就不知不覺地投入其中的「冬日」之感，而電影就在這曖昧的情境和音樂的伴奏下，慢慢地結束了。

這樣一部有音樂氣氛及詩意的電影（開頭就提出俄國浪漫詩人Lermontov的名字，就像詩意的隨興靈感一般），自然會啟發許多影評家的關注。有趣的是，有關《冬》片的影評幾乎千篇一律在攻擊斯地芬這個角色，認為他是標準的懦夫，代表一種愚昧的「沉默」，一種「沒有勇氣去活、去愛」的蠢人。主要是大家認為（至少美國的觀眾認為），斯地芬所以在那緊要關頭拒絕了卡米爾，主要是因為內心的」懼怕」——怕墮入愛河太深而受到傷害。有一篇影評甚至說他是「情感的絕緣體」，是個「殘忍」的人，勸大家「不必去管那種人的結局」（*The New Haven Advocate*, 一九九三年八月十二日）。總之，一般美國人不同情斯地芬的最主要原因，乃是由於該角色所代表的一種「反浪漫」之情緒。就因為斯地芬具有所有的浪漫「條件」，卻不能適時而浪漫行之，才令讀者更感到失望氣憤。

使我頗感意外的是，美國的影評家沒有一人注意到「友誼」在《冬》片所占的地位。原來，馬克新與斯地芬兩人是多年的摯友，在現實與理想的生活中，兩人曾經苦樂與共。現在突然陷入「三角關係」的斯地芬，是否因為害怕傷害摯友的心，才在重要關頭懸崖勒馬，拒絕卡米爾的性愛呢？或是在一番冷靜思考後，於「占有他人所愛」和「犧牲自我」的抉擇之間，他終於決定選擇後者呢？還是一種突然的頓悟，使他無法繼續往愛欲途中前進，而終於擺脫肉體的誘惑？總之，諸如此類問題始終沒有成為《冬》片影評的關注中心。我認為，「犧牲自我」的覺醒至少是《冬》片的主題之一（雖然我不敢說這是最重要的主題，因為該片自始至終有如一首情詩，特具隱晦深意，其感人處也正在這個朦朧不明的意義上）。但我的想法是有根據的，因為快到電影的結尾處有這麼一段簡短而耐人尋味的對話：

卡米爾問：「你很愛馬克新，是嗎？」

斯地芬答道：「我過去以為，在這世界上我只愛馬克新這樣一位朋友。」

斯地芬的言下之意是：他過去只愛馬克新，現在才知道自己更愛卡米爾。這是一個人在深深愛過，又經過情感控制後所發出的自白。這種自白不像是弱者之言，而是一個具有道德勇氣的人，在夢幻般的人生裡所領悟到的真實。

我認為美國影評界之所以忽略了「犧牲」與「控制」的意義層面，乃是由於美國文化及教育只重個人主義的發揮，一切皆以「占有」為主，完全不顧第三者的幸福，甚至常常可以把自己的快樂建立在別人的痛苦上。而這「占有」的個人主義又恰恰與熱戀中男女的心境相似，例如法國著名小說家史坦多（Stendhall, 1783-1842）在他的《愛情》（*De L'amour*）一書中就說，在男女進入愛戀的最深境界時，整個宇宙只存在著「我」與「你」，所有世界上的其他人都不再有任何重要性了。

但是，小說家史坦多曾經說過：「即使愛欲的產生並非當事人所能控制，但男女本身卻能在某種程度上選擇如何表現感情經驗的方式。」也許因為這個緣故，《冬日之心》裡頭斯地芬才選擇了他那種「表現感情經驗的方式」。借用李商隱的詩句來說，斯地芬雖然「深知身在情長在，悵望江頭江水聲」，但是寧可自己活在永遠「冬日」的傷感中，不忍去傷害好友馬克新的心。

犧牲自我乃是一種愛，能真正欣賞生命的人都知道，唯有那種愛才能化解人間的怨仇與陰暗。我不知道《冬》片的導演Claude Sautet是不是同意於我的解說，不過至少我的論點可以代表一種新的看法。

——原載於《世界週刊》一九九三年十一月十四日（今略為修正）

第十一章　《霸王別姬》裡的情癡

《霸王別姬》（*Farewell My Concubine*）是第一部在坎城影展贏得首獎的中國片。自從十月八日在美國放映以來，觀眾反應良好，大牌影評家不斷捧場支持——例如Vincent Canby在《紐約時報》中說該片富有特殊「異國情趣」，《芝加哥太陽時報》讚美它具有「令人眩暈的美」，《洛杉磯時報》說它是「一部輝煌的、令人迷醉的史詩」。此外，David Kim、Judy Stone等影評家亦以同樣的令人聳動的字眼來讚美這部佳片。

據我所知，這部電影對美國觀眾的魅力，有很大程度上是出於目前大眾文化對「男扮女裝」的興趣，以及對「陰陽雙性觀」的問題之專注。最近，有一系列的影片（例如《*M.Butterfly*》（蝴蝶君）、《*Mrs. Doubtfire*》（窈窕奶爸）、《*Orlando*》（美麗佳人歐蘭朵）等）都以深刻細膩的手法來點出這個「大眾化」、「聳動」、「煽情」的主題。這是因為現在人們所關心、重複討論的問題總是不出「性別本質論」。

這種大眾文化的迷信心態很容易使人誤解《霸王別姬》的主要意義。《霸》片是一部複雜多面的影片，所以它的意義也是複雜多面的。在我看來，該片中所突顯的「角色詮釋」與社會藝術人生之關係，要遠比Cross-Dressing的質疑來得重要得多。影片中扮演虞姬的程蝶衣自幼被迫男扮女裝（由「我本是男兒郎，又不是女嬌娥」的心態被迫轉為「我本是女嬌娥，又不是男兒郎」的自白），在不斷抗拒與不斷讓步的過程中，他終於變成一個美麗的面具，也因此消滅了與現實的聯繫。而這種性別的混亂以及藝術人生之混同乃是《霸》片的最重要隱喻——那就是一個對整個中國「本體危機」的隱喻。當影片中的故事從一九二〇年代進入文革的年代時，我們不得不為人的殘忍悲劇而感到震撼。在文革期間，人人被迫否認自己的主體意識，被迫戴上混同的「面具」，進而吞噬了個人的欲望與情感。對於從未經歷過文革的人，這種面具的扭曲心態簡直成了一種虛構。

另一方面，程蝶衣的角色也象徵著藝術與人生的關鍵聯繫。他所扮演的角色，也就是西方文學家（例如W.B.Yeats、Ezra Pound、T.S.Eliot等人）所謂的「面具」或「代言人」。而柏拉圖與亞里斯多德所提出的「戲劇角色」似還更近於《霸》片手法。有趣的是，幾個世紀以來，西方文學批評不斷爭議的主要問題就是：「面具」究竟代表不代表作者的本意？換言之，藝術是否代表真實的人生？到底藝術較為真實，或是人生來得真實？

十九世紀著名英國作家王爾德曾說：「給他一個面具，他便會對你說實話。」——顯然在西方高層文化中，確是有一種把藝術視為更真實的傾向。落實到中國文化中，這種辯證就成了「真假」的問題——使我們不得不想到曹雪芹在《紅樓夢》中所說的「假作真時真亦假，無為有處有還無」。太虛幻境究竟是真還是假？寶玉的大觀園，到底是真還是假？——諸如此類的問題都直接或間接與藝術面具的意義有關。

寶玉之所以被視為情癡，乃是因為他拒絕與世俗的真實認同，且寧願沉溺於自身投影的大觀園（即面具背後所提供的藝術純美）。與寶玉相同，《霸》片中的程蝶衣在一旦認同於面具的審美觀之後，就一意執著於他的純藝術世界——用佛洛伊德的話來說，他選擇固守那「樂趣原則」而否定「現實原則」。換言之，他也是一個不折不扣的情癡——或如影片中的段曉樓（扮演霸王項羽）所說，他是一個「戲癡」。

程蝶衣對段曉樓的癡情，乃是出於他在純美境界的沉溺，實與一般觀眾所謂的「同性戀本質」

大異其趣。由於程蝶衣的「意淫」出於知心，那種感情才更加動人，也進而使人領悟到藝術影響人心之巨。關於這點，我們有必要提起《紅樓夢》裡梨園戲班女子藕官與藥官之間的類似情況。第五十八回，芳官說道：

……那都是傻想頭：他（藕官）是小生，藥官是小旦，往常時，他們扮作兩口兒，每日唱戲的時候，都裝著那麼親熱，一來一去，兩個人就裝糊塗了，倒像真的一樣兒。後來，兩個竟是你疼我，我愛你。藥官兒一死，他就哭得死去活來的，到如今不忘，所以每節燒紙……

重要的是，寶玉對這種癡情有所認同。《紅樓夢》作者告訴我們：「寶玉聽了這呆話，獨合了他的呆性，不覺又喜又悲，又稱奇道絕。」這是因為寶玉瞭解癡情的價值及意義，知道藝術想像之終極「真實性」。

然而，癡情至極總是無法避免悲劇的結局——寶玉的大觀園註定是個「失樂園」，而程蝶衣的面具也因現實的殘酷而終究粉碎。情癡所追求的是個永恆不變的狀態，然而現實總是毫不留情地引向變化的世界。以有情的夢境來對付無情的世界自然會面臨危機。所以，《霸》片結尾處，當程蝶衣唱「我本是男兒郎，又不是女嬌娥」時（即將回歸男兒本質的真實狀況時），也就是他死亡的時刻。

——原載於《世界週刊》一九九三年十一月二十一日

第十二章　愛在何處？

臺上正在演出《天上人間》的舞蹈。看見瑤池仙境，蓮花仙子翩翩起舞，柔美婀娜的情景，一切宛似神奇的夢幻。很難想像這些「仙女」就是臺灣大專院校的學生。她們與在舞臺上表演追求者的男士們，都是經由考試招來的一群青年藝術工作者，在紮實的訓練及高度合作的精神之下，他們扮演著文化大使的角色，把中國古典文化和臺灣地方風俗的美感精神，藉由舞蹈傳到了美國及世界各地。

我與我的耶魯學生坐在臺下。臺上精彩的演出令我們目不轉睛地注視著，所有舞姿的錯綜變化表現出強烈的抒情氣息與傳奇意味。在明暗得宜的燈光下，我們深深體驗到藝術的感染力。我的眼光不能自已地隨著燈光的流轉頻頻往舞臺的盡頭望去，似乎在捕捉那神祕而不可知的黑暗。那是難以預測的遠方，也是讓人看不清的彼岸……

我想起幾天前在「詩學」課裡給學生講「愛在何處」的主題。有史以來，世界上各個古文明（如古希臘與古代中國）無不把「愛在何處」作為詩歌裡人們追求的共同目標。無論是古今中外，最動人的戀歌大都以思慕「不在場的情人」為主要情節。在詩人的筆下，最令人感到無奈的莫過於情人「近在眼前，遠在天邊」的距離感。古代希臘女詩人莎孚把這種追求者的企慕之情比成一個站在樹下，卻無能為力的「採果者」，中國古代詩歌則常用河水阻隔的意象來象徵這種可望不可即的戀情意識。

我看見臺上的舞者正在演出另一則「愛在何處」的故事。一個個手捧蓮花的仙女，以十分輕盈的腳步，忽隱忽現地到來，她們皓齒修眉，柔情萬端，如彩雲一般下降到人間。原來，她們不知不覺中竟為曹植〈洛神賦〉塑造了具體的形象。與洛神一般，她們也是「彷彿兮若輕雲之蔽月，飄飄兮若流風之回雪」，她們「遠而望之，皎若太陽升朝霞；迫而察之，灼若芙蕖出綠波」。與洛神一般，她們也是來自另一個世界的神女。她們象徵著愛的不可捉摸，當世上之人企圖接近她們時，她們則愈走愈遠，悄悄地消逝於水邊。此情此景令人「悼良會之永絕兮，哀一逝而異鄉」。

所以，愛的本身，那個絕美的一刻，最終只成了人們的記憶與期待。它告訴我們，人類最渴望的愛情，總是在那遙遠的彼岸。

這樣的故事，中國古代充滿了各色各樣的傳說。我想起那個站在水邊的鄭交甫，當微微的秋風吹皺了河水和落葉之時，他突然遇見了神女。他要求神女解玉佩給他，神女就給了他，可是頃刻之間，玉佩與神女都不見了。只留下他心神恍惚地舉目遠望。愛，自始至終其實只是一種想像，一種不可能實現的幻夢。愛，對傳統文人來說，不可能長期地被擁有。

但我發現，青訪團的演出主旨卻是對這種古典愛情觀的解構。而這個解構尤其在「海天一色」的節目中表現無遺——故事開始時，我們看見，在海的一方，海浪怒號；但在這一方，有個打拚的漁夫和織網婦人，兩人通過對神祕海洋的共同興趣，開始編織出一段美麗的愛情。漁夫與女子的舞步進退，回環往復、眉目傳情的神態使我們在平庸的生活中目睹了愛的真實存在。那是一種淡泊的感覺、溫馨的合拍、深情的支持。這樣的愛，看起來不如神人之戀的激情與浪漫，也不像那「不在場的情人」所帶給人的幻想和魅力。他們的相遇極其簡單而樸實，兩人都戴著斗笠，是在忙著做活兒的時候，偶爾碰到對方而產生的愛意。這樣的愛，不在迷離恍惚的夢中發生，而是在現實中成長起來的。

我想起一九五〇、一九六〇年代的高雄海岸。我曾看過捕魚人冒著海浪之險在海岸求生的情景，我曾在海灘上撿起貝殼，掏出螃蟹，一個個地拾起小小的生命。我曾伸出雙手，像捧著兩個日出，與友人同聲歌唱，唱起了我們的童年之歌。當時的我，一切都在似有非有之間，在似懂非懂的幼稚之中。

三十年前，我移居到美國東岸。每憶及遠方的高雄海岸，心中總會浮起一種祕密的幻想，朦朧的意境。許久以來，臺灣已經成了那個激發想像的「彼岸」，一個充滿距離感的另一個遙遠的世界。然而今晚，藉著「閱讀」青訪團的演出，我再一次回到那個曾經熟悉的海灣，一切虛構又變成現實。我喜歡那個捕魚人的戀愛故事，因為它是樸實生命的現代詮釋，代表一個新的聲音。我想起了簡捷的一首詩，〈貝殼，愛情如潮演奏〉：

……你帶給我一枚螺紋貝殼，
拾自險惡人生的海洋
上面銘刻著夢想的風霜
我用愛情慢慢把它拭亮：
日光下反射晶瑩光芒……

愛在何處？愛在此時此地，在眼前的「如潮演奏」之中。

——原載於《青年日報》一九九八年十月十五日

第十三章　「道」在何處？

「道」在何處？這是我的耶魯學生最感興趣的問題。因此，每當我讓他們讀《莊子‧知北遊》的那段有關泛道論的言論時，都會得到十分熱烈的反應。那段話的原文是：

東郭子問道於莊子曰：「所謂道，惡乎在？」莊子曰：「無所不在。」東郭子曰：「期而後可。」莊子曰：「在螻蟻。」曰：「何其下邪？」曰：「在稊稗。」曰：「何其愈下邪？」曰：「在瓦甓。」曰：「何其愈甚邪？」曰：「在屎溺。」……

這種把道日常生活化、世俗化的傾向乃是中國文化的一大特質。對於一向習慣於西方「形而上」哲學的美國人，這種「無所不在」的道具有無限的吸引力。與西方的二元對立哲學相比，這種物我合一、主客一體的道家思想顯得格外新鮮。因此，他們特別欣賞陶潛詩中的「結廬在人境，而無車馬喧」的意境。那是一種道的審美境界，一種在日常生活中就能體現道的自得修養。用英文來說，這是一種「intuitive living」（直覺的生活）方式，是自發的，也是自然而然的。就因為這種自然之道是無法用明確的分析語言來證實的，陶潛才說：「此中有真意，欲辯已忘言。」基本上，這種物我合一之道乃是一種主觀的個體經驗，所以它是與西方的二元分立之客觀結構截然不同的。

這種世俗化的「無所不在」的道也在儒家的「內在超越性」中找到了呼應。孟子說：「萬物皆備於我矣，反身而誠，樂莫大焉。」（《孟子・盡心上》）《中庸》第十九章也說：「誠者，天之道也；誠之者，人之道也。」「誠」既是「天道」的本質，也是企圖超越者的「人道」。在這個超越性結構中，天道是人的自然追求對象。天道早已先驗性地具有「誠」的特質，而人又用自己的「誠」附會天態。在這種以誠求誠、以誠會誠的不斷循環中，人一方面自我定位，另一方面自我超越。在實際修養心性的過程中，「誠」是溝通天與人的樞紐。但「誠」畢竟是人的主體心態，所謂「超越」也是極其主觀的內在經驗。所以關鍵是，企圖超越者必須有非常真誠的省察意識。

這種以「自我省察意識」為中心的「道」觀對海德格爾等西方思想家有很大的吸引力。這是因為二元分立的西方哲學給西方人帶來了某種程度的心靈危機，而極度的文明化與客觀物化尤其造成了精神的飢渴。當西方人反省批判自己的思維方式時，他們自然對中國文化裡偏重「人心」一方的修身哲學產生了羨慕的態度。這種態度是經過誠實的自省所造成的立場。

反觀中國，當代思想家很少像海德格爾等人那樣對自己的哲學觀做出深刻的反省與批判。

事實上，中國哲學的世俗主義，尤其在近代以來，給中國的社會心態帶來許多不良的影響。就如尤西林所說，問題就出在：「內在超越」的非絕對性與非客觀性：

……質言之，內在超越因缺乏一個絕對異在於超越者（「人」）的客觀尺度而有可能出現失去超越目標，乃至喪失超越性的危機……之所以說它脆弱，是因為天道過於遙遠，特別是，在缺乏宗教傳統的中國，天道缺乏客觀化的保證形式。〔尤西林，〈百姓日用是否即道？——關於中國哲學世俗主義傳統的檢討〉，《哲學與文化》二十一卷九期（一九九四年九月），頁八四一〕

作為一個文化評論者，尤西林的論點是極其深刻而發人深省的。因為如果多數人已因極度的世俗化而失去「省察意識」，那麼儒家所謂的「人皆可以為堯舜」的命題自然就不攻自破了。這也正是《易經‧繫辭上》給人的警告——「百姓日用而不知，故君子之道鮮矣。」在當前日趨形成的商品化時代，如果人人用自然欲望代替「省察意識」，還以為道是無所不在的，則其後果是不堪設想的。

最近，《聯合文學》的初安民曾為當今「整個社會的轉型期所挾帶而來的價值混淆和迷失」表示遺憾。當然，那是針對目前「衰靡不振的藝文界」所發出的感想，而不是指「人道」的迷失。但其基本發言的立場就是呼籲世紀末的中國人努力培養真誠的省察意識，因為我們已「失去了尊重傳統的感恩之心，徒然一味地打倒或顛覆奠定現今基礎的過去」，以至於「踵繼而來的，必然是失焦慌亂的當前，現今的我們」。再者，「順／逆的複雜更遞，善惡的多元呈現，是非的終極浮顯，必然是亙古不易的物理鐵律……關鍵點在未來歲月裡會愈來愈以不明顯的方式出現，而那一剎那，淨明的心智擁有者，才可能是世界的擁有者……」（〈迎向，文學的山海〉，編輯室報告，《聯合文學》一九九六年八月號，頁一）

如何在逐漸世俗化、商業化的後現代社會中，努力培養「淨明的心智」，將是我們今日最重要的課題。此外，在進行中西文化溝通的過程中，是否我們也應當努力超越個體文化的主觀性，從而互相達到真實心靈經驗的客觀借鏡。然而，問題是，從所謂「主觀」與「客觀」也不是的。就如海德格爾所說：「任何一種評價，即使是積極的評價，也是一種主觀化。」

道在何處？那就看我們怎麼看。我的耶魯學生們很同意這一點，所以每次討論時特別踴躍。

——原發表於紐約孫逸仙中學，華夏恩情文化對話會，一九九五年六月二十三日

（今略為改寫補正）

第十四章　在「愛」字交會

中國人總是認為「道不同，不相為謀」。尤其是從道理上及教條方面來看，基督教與中國文化的傳統價值觀（指由儒家、道家、佛教綜合孕育而成的智慧）確是格格不入，而甚至於「道不同，不相為謀」的。

然而，信仰是一種極其「個人」的內心體驗，它與個人的自我認知息息相關，因此常會因人而異。關於「基督教與中國文化有何會通處」這個問題，我願意僅就個人的信仰領會來談一談。

我所信仰的基督教是略帶超越色彩的，因此特重個人的直觀經驗與作用。在我尋找自我及生命的奧祕過程中，我曾經感受到多次與上帝復和的經驗，因而覺悟到個人生命素質的淨化與提升。信仰的奧祕只能意會，不能言傳——就如創作與愛情一般，當一個人沉浸於其中時，那種心靈的提升與自由只有嘗到「個中滋味」的人才能領會。

我多次經歷到信心的跳躍，而且多次自覺地發現，自己的信仰曾經受到道家思想及禪宗美學的影響——就是說，我從中國文化所吸取的智慧靈光使我的基督教信仰更加豐盛。我熱愛自然，每見花之一開、電之一閃、水之一瞬，就自然會感受到「剎那即永恆」、「一沙一世界」的禪意，進而思考上帝的創造奇功。而在心靈禁錮、身心為俗事所累的時刻，我也自然會想到莊子的「逍遙遊」，渴望自己能有「五石之瓠」而「浮乎江湖」。這種瞬間的感悟令我更加體會《聖經・詩篇》中的話語：「它讓我憩息在翠綠的草地上，領我到幽靜的溪水邊。」也就是這種即物興感的體會及觸景生幽的美感使我自己把基督教信仰及中國文化的精髓緊緊結合起來。

然而，另一方面，基督教與道家思想、禪宗，及儒家精神都有許多基本的不同。在我尋找信心意義的過程中，我總是不自覺地在採用一種「選擇淘汰的策略」——那就是說，我只選擇自己願意相信的那些成分，來塑造自己的信仰。這種「綜合」的態度是極其「中國」的，極富創造意義的；它使個人的信仰更加誠實而豐富。例如，在「愛」的觀念上，儒家、佛家，及基督教均教人愛生命、愛別人、愛窮人。但我卻信仰基督教的愛——尤其是「愛敵人」的旨趣。孔子說「以直報怨」，老子說「以德報怨」；二者雖皆言之有理，但卻不如基督教的「愛觀」來得感人而偉大。基督教所謂「愛敵人」是含有赦免別人的意思。這種愛觀是自我對人生人性認知的起點——就因為人性是脆弱的、有罪的，人才需要上帝的赦免，我們既得到上帝的赦免，更應當設身處地去赦免別人，去愛別人，真正的基督徒是把怨化為愛的那種人。

我認為必須在「愛」的觀念上有澈底的會通時，中國文化才能真正與基督教融合。愛是宗教的起點，也是二十一世紀人的救星。有了愛，我們才能完全忘記過去的怨恨與傷痕，才能樂於接納異己的心靈智慧。唯有愛，我們才能達到「道雖不盡相同，卻能互相為謀」的境界。

後記：此篇短文原為哈佛大學的「佛與中國基督教的對話」研討會（一九九四年十一月十四日舉行）所寫。

——原載於《宇宙光》一九九五年一月號

第十五章　新的選擇——我看今日美國女權主義

今日美國女權主義陣營的最顯著特徵就是女權領袖的自我解構。結構的結果是，幾乎所有既定的女權性政治策略都可以打破，所有激進的憤怒聲音都可以一筆勾銷。以今年來說，在眾多「女權解構」的現象裡，最引人注目的莫過於「墮胎領袖」娜瑪・馬可蔻衛（Norma McCovey）的戲劇性改變：一九七〇年代時，她為了爭取女人墮胎的選擇權利，不惜以激進的挑戰方式來對抗傳統；但二十年後的今天，她走向了另一個極端，毅然加入「選擇生育」的陣營裡，最不可思議的是，她還以「洗禮」的正式儀式來宣告這種一百八十度的澈底轉變——為她行施洗禮的人正是反對墮胎的「手術救護」集團主任本韓（Flip Benham）先生。最近，《新聞週刊》（*Newsweek*）特別以「Roe 對抗Roe」的標題來說明這種震盪人心的自我解構——二十年前娜瑪・馬可蔻衛為表彰墮胎意識及行動，不惜使用假名（Jane Roe），以虛構的欺騙方式（編造自己被強姦而需要墮胎的故事）來企圖對抗父權中心，但今日的她卻以從前的自我（Roe）的姿態來重新做個人界定。從女權主義的觀點來看，這一切改變意味著什麼呢？

一、女權主義的追求目標：如何實現自我

娜瑪・馬可蔻衛的新觀點正式代表著今日女權主義的新方向。她現在之所以反對墮胎，並不表示

她放棄了女人自由選擇的權利；相反地，她更強調女人有選擇生育的權利，要在生育的經驗上取得自治與自信，而非一味地想逃脫女性的天職。表面看來，她的生育觀似乎代表一種觀念上的倒退，與婦女解放的原本信念背道而馳。然而，事實上並非如此，因為她的「維護生育」的哲學乃是對自己過去「爭取墮胎」論點的反省與修正，是一種螺旋式的進展，一種充滿了自覺的心理調整。正因為女權主義者太過分強調墮胎的合理性，太忽略女人生育的重要性，才給許多女人造成了心理壓力（例如，讓喜歡生育的婦眾覺得自己沒出息）。於是，娜瑪・馬可蔻衛就藉著「反墮胎」的新信念來號召女人，企圖讓她們從「激進女權主義」的壓抑中解放出來。因此，她很中肯地說道：「其實，我關心的不是墮胎的選擇權利，也不是生育的選擇權利。我關心的是，如何找到娜瑪我自己。」

如何實現自我乃今日女權主義者追求的目標。在追求自我肯定的過程中，女人發現她們既可以擁有事業，也可以保有婚姻，既能發展人性的潛力，也能發揮女性的魅力。而且她們不再成為男性的一種「修辭譬喻」，而是擁有社會主體的「思想女人」。總之，她們所宣揚的是：「尊重自我的選擇意願，用於在生活中嘗試。」尤其重要的是，與過去的激進態度不同，現在的「新生女性」不以顛覆父權為宗旨，因為她們已經超越了性別的二元對立界限。最近瑞妮・典菲德（Rene Denfeld）出版的《新維多利亞人：年輕女性對老一代女權主義者的挑戰》（*The New Victorians: Young Woman's Challenge to the Old Feminist Order*）就是公開算清激進的舊女權主義者的一本書。瑞妮・典菲德稱一九七〇年代以來以反抗父權自居的憤怒女權者為「新維多利亞人」，因為她們思想封閉而充滿禁忌，又無端地編造了受害者的神話，企圖以特別政治來指導女性的道德觀。她並不認為相同的性別就必須有相同的意識形態，所以在這個變化多端的世界中，我們就非常需要多元化的「平等女權主義」（Equality Feminism）——所謂「平等女權主義」是指女人之間是平等的，個別女人有權選擇自己的政治立場和生活方式。從墮胎、性關係（異地戀、同性戀或雙性戀）、職業取向到宗教信仰，每個女人都應當有自己的選擇，不應當一切都按照老一代女權主義者的標準。

二、女人真正需要的，是常識而非理論

這種從「男女平等」轉化為「女人之間平等」的立場很受女讀者們的歡迎。因為今日美國女人都要自由支配自己的身心，不再講求觀念上的革命了。正因為如此，許多從前的偏激女權言論都失去了聳人聽聞的作用。尤其是，女權主義者對抗男性霸權的論戰早已變得重複而乏味，多半是千篇一律，只換湯而不換藥，少有超越巢臼的論點。在此情況下，多數女人發現自己真正需要的是「常識」（common sense），而非理論。因此，有人乾脆稱新一代的女性主義為「常識女權主義」（the feminism of common sense）。

面對著這種新的女性觀，男人的反應又是如何呢？不用說，美國男人很高興看到自己已從「壓迫者」的父權階級慢慢解脫出來。在過去二十年間，他們受到了女權主義者的挑戰，已漸漸由自省的經驗轉向本質的改變。時至今日，幾乎沒有男人不贊成「男女平等」的前提了。更重要的是，許多男人開始尊重女人自己的選擇，就如《耶魯日報》（一九九五年四月十日）中所說：「我們必須尊重她們的選擇，即使我們不完全同意她們」，因為「自由選擇是人人平等的前提，任何企圖壓迫或左右女人決定的企圖都是極其荒謬的」。

另一方面，新一代女權主義者也給男人普遍地帶來了莫大的威脅。在要求與激進派女權主義者劃分界限的同時，這些年輕的自由女性卻不知不覺地沿襲了不少「激進派」的遺毒。諷刺的是，她們一直批評老一代女權主義者製造無中生有的「受害者」神話，而她們自己卻又創造了另一種有關「性」的「被壓迫者」心態——於是，一波一波的「性騷擾」浪潮把整個社會攪動得震盪不已。她們太看重

自己的選擇，卻忽略了人「性」的基本曖昧性；他們太敏感於自己的身體感覺，卻漠視了男性的自然感受。實際上，在「只要性高潮，不要性騷擾」的口號背後，我們看見了觀念上的基本矛盾以及女性心理的普遍不成熟。『性騷擾』的恐懼在觀念上是一種倒退，因為它暗示著男性霸權的操縱，以及女性身為「被害者」的自卑感。就女性主義本身而言，把性行為與性別政治混淆一談，也只有更加落入傳統意識形態的圈套。

不幸的是，「性女人」與「政治女人」的糾纏不清使許多男女對女權運動產生了反感。例如，一位耶魯大學的男教授說：「女權運動碰到了挫折，因為『女權』一詞意義不明，誰都可以隨意選擇一個新的命題。」（《耶魯日報》一九九四年十一月八日），由此可見，太多的「新的選擇」、太多的新的訴求有時會帶來更多的困擾。這是因為，婦女解放（包括性解放）總是針對舊問題的一種解放；然而，舊的成規一旦被打破，就自然使我們面臨新的問題。重要的是，新問題的產生並不意味著以前的「解放」是錯的；相反地，它正促使我們積極地做出必要的自我調整。我認為今日的女權主義者並不需要什麼革命性的理論，她們需要的是，時時刻刻對個人面臨的生活方式的自覺性調整。就如歌德在《浮士德》中所說：「理論是灰色的，生命之樹長青。」唯有在生命中執著地摸索前進，女人才能得到真正的解放。

——原載於《聯合報・副刊》一九九五年十二月六日

第十六章　一個女導演的傑作：《鋼琴》

由女導演來拍電影，並藉之訴說女性特有的感情理念似乎是近年來女性運動的方向之一。這一陣女導演風也把觀眾吹進了一種新的詮釋之風——使人躍躍欲試地對約定俗成的女性形象做出新詮釋。影片《鋼琴》（臺譯《鋼琴師和她的情人》）的女導演珍妮・肯卞（Jane Campion）完全懂得一般觀眾的心理。在電影中她用一種反傳統的藝術方式，毫不避諱地呈現出女性的剛強、脆弱與需求——使人看她的電影彷彿走在神奇的山谷中，跳過一段一段險棧飛橋。《鋼琴》有如一支撼天動地的大交響樂，其中境界濃得化不開，卻也淡得可以化為山光水色。這樣一部貫注情與藝術的電影輕而易舉地贏得了本年坎城影展的首獎金棕櫚獎（與陳凱歌導演的《霸王別姬》平分秋色）。

自始至終，《鋼琴》所關注的是一種「女性的」（female）問題，而非「女權的」（feminist）問題。換句話說，它所要回答的問題是：「什麼是女人至情至性的表現」，而非「女人如何抵制父權意識」的問題。對於電影中的女主角愛答（Ada）來說，她的鋼琴就是她生命之源的泉水，也是她的靈魂。所以，她是個徹頭徹尾的藝術家，也只有經過藝術她才能表現自我的「至情至性」。也就是說，藝術就是她的語言。

但最富有戲劇性的關鍵是：愛答是個啞巴，她並沒有常人的語言，所以長期以來把自己關閉在自我限定的園地中——換言之，她像「監牢中的一朵花」，有天才與熱情，又不願與外在世界妥協。電影開始時，她是十九世紀末一個美麗而倔強的蘇格蘭女子，她年輕守寡，已育有一女，在某種巧妙的安排下，她必須改嫁一位從未謀面的紐西蘭殖民者斯蒂沃特（Stewart）。她與女兒遠渡重洋，途中所載之物除去日用品外，就是那個又大又重的鋼琴——那鋼琴是生命的引擎，也是險惡多變的海洋中的唯一希望。然而，令人感到失望的是，當她們平安抵達紐西蘭岸上時，那位勢利的準新郎斯蒂沃特卻拒絕搬運那笨重的鋼琴，完全無視於愛答的需要，只把那鋼琴拋棄在荒涼的海灘上。

可以說，從一開始愛答就活在愁雲慘霧的婚姻生活中，她食不下咽，寢不安枕，日夜想著她的鋼琴。而她的丈夫也在無動於衷（或是全然無知）的每日生活中對他那「古怪而冷淡」的妻子有所苛責。就在這滿了憤恨、煎熬的情況下，愛答得到了生命的救星。富有諷刺意味的是，這位救星並不是什麼富有雅興的文化人，而是一個淪落為土著、臉上刺有花紋的文盲。這文盲名為百印斯（Baines），他本為一個白種移民，但因自願認同於當地居民的原始生活，遂與土著無異。然而，生命的律動，召喚著性靈。有一天，在那焦渴的日子裡，愛答忍不住去敲百印斯的門，懇求他用車把她載回海邊去……

接著，我們看見愛答伸出一雙靈巧的手，開始彈起那鋼琴來，臉上出現了第一次笑容。於是，藍天與白浪、雲彩和風聲全都沉浸在那渾然忘我的音樂浪潮中。神奇的琴聲從山谷發出回音，像雲氣在流轉，彷彿貫穿了山的心臟，在這裡，愛答終於找回了她的心靈之聲，而百印斯也第一次嘗到了藝術的魅力。百印斯毅然決然以八十畝的田地買下了那鋼琴，並就教於愛答，答應在學完八十多次練習後，就可讓愛答贖回那鋼琴。

在音樂的醉人浪潮中，愛答與百印斯彼此發現了愛的需求。也不知從何時開始，默默傳神，默默溝通，使平凡的關切變成奇幻的愛情，又使奇幻的愛情轉為波浪排空的狂戀。於是，愛情變成了一種藝術創作，也成了心靈的救贖（當然，這種愛情使兩人都付出許多代價與犧牲，此是後話）。重要的是，愛情的催化劑始終是音樂——由於那鋼琴，才使兩人縮短心與心的距離，進而體驗到人性的基本願望，得以沉醉於那數不清究竟有多少樂章的大交響樂中。

看了這樣的電影，我們忍不住要問：在女導演珍妮・肯卡的意識中，是否女性的本質即是藝術家的本質？其實，這位女導演早已在《我桌上的天使》（*An Angel at My Table*）一片中肯定並確認了這一女性特質——該片女主角一向被視為精神異常，而最後拯救她心靈的東西就是寫作，因為只有透過寫作她才能表達自我的性情。所以，不論是彈琴或是寫作，它都透露出女性創作意識的重要性——女人不僅有溫柔善感的本性，更有創作的幻想。生育是一種創作，但更重要的創作卻是藝術的——因為只有在藝術的創作中，才能使她把一塊一塊、一段一段的人生經驗化為奇景，自一個境界走入另一個境界，從而發現山外之山、水外之水。

但女性藝術家不僅是藝術家，更是女人。多情敏感原是女性的特質——無論就親情、友情、愛情方面來說大都如此。她們既是脆弱的也是剛強的，既是逆來順受的也是震天動地的——換言之，她們具有藝術家的原始素質（至於發揮與否，又是另一個問題）。由於這種基本認識，近年來「文學中的女性精神」突然成為文學批評家的關切焦點。例如，女性「文本」真相如何？男作家為何常有「自我女性化」的傾向？女人的情與男人的情有何不同？何謂「女性的聲音」？何謂「女性的氣質」？——諸如此類的問題都無非引導我們去做一種新的詮釋。而在這種詮釋的新潮流中，有些女批評家乾脆誇大其詞道：「凡善於撰寫情書的作家基本上是個『女人』。」（見Cathy Davidson, *The Book of Love*, 1992）。

然而，影片《鋼琴》的最大貢獻就是，它既是關於女人的，也是關於男人的。從這個角度來看，女導演珍妮・肯卡能選上男性趣味十足的男演員哈衛・傑帖（Harvey Keitel）來扮演「土著」情人的角色，可謂慧眼識英雄。哈衛・傑帖一向以演壞人出名——在他所演的四十五部影片中，他的角色不外是強盜歹徒、犯法的軍官，以及拉皮條一類人，甚至還演過那出賣耶穌的猶太（Judas）。由於演壞人成了他的招牌，一般女觀眾都害怕他，還有人說：「絕不敢跟那樣的男人在晚間一道坐地下鐵。」現在他忽然在《鋼琴》中扮演一個好人、一個有浪漫潛力的男人、一個刻骨銘心的戀人。於是，女觀眾一窩蜂地開始喜歡他，還特別在女性雜誌《Vogue》中特設一個訪問紀錄專欄（一九九三年十二月號）。

哈衛•傑帖本人也為自己形象的改變感到高興。他尤其慶幸有機會與女導演珍妮•肯卞合作，還口口聲聲稱她為「女中之神」。他認為演戲是一種尋求自我、面對自我的藝術媒介，而非僅是角色的扮演。他自己承認，演《鋼琴》的最大收穫就是，用一種新的角度去看人生。他說：「我一直在設法如何在女人的世界中做一個真正的男人。」

也許是他這種敢於面對自己的勇氣，才使女導演珍妮•肯卞一眼看上了他（她說：「我一向佩服他……喜歡他那古怪的工作態度，不尋常的選擇角色的方式，還有那有趣的情感強度。」）果然，這一次女觀眾們最欣賞哈衛•傑帖的一點，就是他那毫無保留的「心理裸露」。

所以，從某一角度看來，與其說《鋼琴》彰顯的是女性的創作欲，好不如說它是對男性在重新闡釋自我上的肯定與確認。

完稿於一九九三年十二月十二日

——原載於《世界週刊》一九九四年二月六日（今稍做補正）

第十七章　關於老婦／少夫的「莒哈」現象

記得有一天，當我已經不再年輕時，突然有一位男士從一個公共場所的門口向我走來。他先自我介紹，接著就說：「我認得你已經許多年了，人人都說你年輕時很漂亮，但我要告訴你：我認為你現在比從前的你更美。比起你年輕時的面孔，我還更喜歡你現在的臉孔——一個被蹂躪過的臉孔。」

——莒哈，《情人》開場白

《易經》說：「枯楊生華，何可久也？老婦士夫，亦可醜也。」又說：「枯楊生稚，老夫得其女妻，無不利。」（《大過卦》）意思是說，老婦配少夫，不能維持長久的關係；反之，老夫娶少女，則無往不利。這個古代中國的「至理名言」說中了人類婚戀觀念的傳統特質——那就是，年齡與婚戀息息相關的特質。對選擇配偶的傳統男人來說，女人的價值主要同她的生育功能聯繫在一起，因而總是年輕貌美的女人最好。而年老色衰所意味的就不是變醜而已，它主要是在生育的功能方面變得無用。基於這種原因，幾千年來人們評價女人的審美觀大多數著眼於年輕的、富有青春活力的女人。有趣的是，這種女性年輕至上的價值觀，居然引發了一種畸形的「浪漫觀」——那就是古今中外所存在的「老夫少妻」浪漫觀。例如，宋代詩人張先八十歲猶納妾，蘇東坡有詩曰：「詩人老去鶯鶯在，公子歸來燕燕忙。」楊森九十歲還在臺灣結婚，娶了一個大學生，于右任新婚賀聯云：「海誓魚龍舞，山盟草木親。」阿根廷著名詩人兼評論家波黑斯（Jorge Luis Borges）在八十歲時與一個三十歲的女人結婚，論者以為如此人生，可謂無憾。而德國詩人歌德也同在文壇上創造了相似的佳話：他在八十歲時追求其前情人的女兒，並發狂地向她求婚。反過來說，若是老婦也如此做，則會被指責為「情欲倒置」。

然而，最近文壇上、影界中開始流行「老婦／少夫」的現象。在影界中這種現象已成為一種文化時髦，已不再令人感到驚奇，尤以伊莉莎白・泰勒的事例為代表——她以一個早就過了「徐娘」年齡的女人嫁給比她小三十歲左右的年輕男子，曾被報章雜誌以「女財男貌」的字眼來詮釋這種婚戀形態。在文學中，這種老婦／少夫的觀念更加得到宣揚，尤以舉世聞名的法國女作家莒哈（Marguerite Duras）作為這種意識形態的代言人。莒哈以出版《情人》（*The Lover*）一書而轟動文壇，接著並因電影改編而得到廣泛的注意。在《情人》中，莒哈為少女的情欲心態找到了新的注解，曾毫不避諱地呈現出一位年幼少女初嘗性愛經驗的自覺經過——根據的乃是作者數十年前的親身經歷（莒哈生於一九一四年，寫《情人》法文版*L'amant*時，剛剛七十歲）。後來，莒哈出版了另一部極具震撼性的自傳小說，題為《炎・安堆・石坦那》（*Yann Andréa Steiner*；英譯：*Yann Andrea Steiner: A Memoir*, 1993）[1]。但此回寫的卻是年近八旬的她與較她年輕三十歲的男子炎・安堆的戀愛過程[2]。原來，莒哈與年輕的炎・安堆從一九八〇年起就開始同居，兩人的愛情有如春陽照拂，無微不至，無所不在，終於使那百病纏身、深受酒精中毒之苦的女作家由死裡復生，開始享受伴侶相依的晚年，蓋他們彼此愛情的著力點乃在於靈魂深處的契合——兩人均體驗過納粹集權的迫害，均有一種猶太人懷舊的歷史意識，而且

1 Marguerite Duras, *Yann Andréa Steiner: A Memoir*, translated from the French by Barbray (New York: Charles Scribner's Sons, 1993). Originally published as *Yann Andrea Steiner* By P.O.L., Paris in 1992.

2 莒哈於一九九六年三月去世，享年八十二（孫康宜補注，二〇一五年六月）。

都看重文字論述的優越性。他們之間的愛情有如海洋那種不受框限的自由，也是一種敞開自我，接納另一個體、與其生命靈魂合而為一的過程。故事的劇情始於一封封來自忠實讀者炎・安堆的情書。當寂寞的名作家莒哈幾乎天天收到一封神祕的書信時，她的態度由漠不關心漸漸轉為好奇，而終於使年輕人有機會進入她的家門，進而牽引住女作家的心門。莒哈在《炎・安堆・石坦那》的開頭幾段就開門見山地寫道：

> 那天晚上（指莒哈的劇本《印度之歌》上演的晚上）以後，你開始給我寫信。你寫了許多許多，有時每日一封。它們都是極短的信，像隨筆一般，也有些像哀求的聲音——像是來自充滿痛苦、死亡的荒漠的哭泣聲。但它們確實美極了。（頁二）

> 你的信很美，是我一生中所接到最美的。對我來說，它們美得讓我受傷。（頁四）

如果說，《情人》寫的是熾燙如烈焰的純粹情欲，《炎・安堆・石坦那》寫的卻是始於心靈溝通的戀情——一種透過寫信、讀信的激動而產生愛之需求的戀情。我們發現，在寫信的事上，莒哈與她的年輕情人體驗到一種在彼此的信上約會的經驗：有等待的焦急，有預期的欣喜，有一種完全被接納的愛的幸福感。事實上，早在一九八七年莒哈已在她的談話錄《*La Vie Materielle*》中（《現實錄》，英譯為*Practicalities*）[3]承認寫信對這段愛情的關鍵性。他說：

[3] Marguerite Duras, *Practicalities: Marguerite Duras Speaks to Jerome Beaujour*, translated from the French by Barbara Bray (London:Collins, 1990).

> 我自己曾經不斷寫信——像炎一樣，我一共寫了兩年，寫給一個我從來不認識的人，後來，炎來了，他的人代替了他的信。不論是什麼方式，總是少不了愛。即使最後只剩下情書，那愛仍是真真實實的……[4]

莒哈與炎・安堆的故事早在一九八〇年代初期就已經得到文壇圈內人物的注意。首先，炎・安堆於一九八〇年出版*M. D.*（取自Marguerite Duras的簡稱）一書，公開了他們之間的關係（據說莒哈《情人》一書的寫作也得自*M. D.*一書的啟發）。接著，莒哈寫了一系列的小說，都是有關炎・安堆的，或是寫給他的——例如《Emily L.》、《大西洋的男人》（*L'Homme atlantique*）、《死亡的疾病》（*La Maladie de la mort*）[5]、《藍色的眼睛、黑色的頭髮》（*Les yeux bleus cheveux noirs*）、《諾曼第海岸的妓女》（*La Pute de la cote normande*）等。最近，評論家乾脆把這一系列小說稱之為「炎・安堆的一套故事」（*le cycle Yann Andréa*）[6]。

很明顯地，炎・安堆對莒哈的晚年創作起了前所未有的影響力。影響力之大使得莒哈在一九八〇年以後（即兩人同居以後）採用一種新的風格來寫作。在一九八〇年代以前，莒哈與她小說中的主角少有直接關係；但一九八〇年代以後，她本人成為小說中的主角，而且，早期小說中的角色都有具體的名字，但晚期小說中只用「他」、「她」等代名詞來稱呼書中角色（亦即莒哈本人與炎・安堆的代稱）。難怪有人把莒哈後來的作品稱之為「自我的小說」（auto-fiction），意即作家自己願意把「自

---

4 Marguerite Duras, *Practicalities*, p.134

5 *La Maladie de la mort*, 1982.See also *The Malady of Death*, translated from the French by Barbara Bray(New York:Grove Press.1986).

6 Aliette Annel, *Marguerite Duras et l'autobiographie* (Paris: la Castor Astral, 1990), pp. 97-126.

我」展現給讀者的那種小說[7]。誠如斯比爾（Thomas Spear）先生所說，晚年的莒哈簡直變成了「小說人物」，而且「她自動邀讀者、觀眾、聽眾來探討她日常生活的底細」[8]。

莒哈自己曾經說過：「寫作是自我成長過程與發現。」[9]在她晚年的「自我的小說」中，我們看見她對女性自我有了新的闡釋及肯定。在一九八〇年代以前的小說裡，莒哈的女性角色通常是被動的——男人才是主掌世界的動力。我們發現那些女人並沒有自己的語言，她們必須向男人求得語言後，才有勇氣訴說自己的故事或給自我下一定義。但一九八〇年代以後，莒哈的女性角色形象卻有革命性的改變，而尤以《死亡的疾病》（一九八〇）一書最具代表性——因為在該書中，所謂的「語言」就銘刻在女人的身體上，而且被視為一種完美的「虛構記號」[10]。尤可注意者，在莒哈的晚期作品中，女人不僅是男人欲望的對象，她更是欲望的主導——事實上，她已把男人視為欲望的對象。換言之，女人已掌有「欲望的權力」本身。也就是這種擁有「欲望的權力」之女性形象，才使今日許多女權主義者更加推崇莒哈的作品[11]。

最近《炎・安堆・石坦那》一書的出版更加引發許多強烈的反應。尤其在書中，我們發現那個名為「她」的女性角色並不必依靠男人的語言來審視自己。相反地，那個名為「他」的男人卻不斷請求「她」來述說故事——尤其是創造與男人自己童年有關的故事。另一方面，這個故事也是小說《夏雨》（*La Pluie d'ete*, 1990；英譯：*Summer Rain*）的劇情之延續——在《夏雨》中，那個男性角色最後在

7 Thomas Spear, "Dame Duras:Breaking Through the Text," *In Language and in love: Marguerite Duras, The Unspeakable*, edited by Mechthild Cranston (Potomac, Maryland: Scripta Humanistica, 1992), p. 19.
8 Thomas Spear, "Dame Duras:Breaking Through the Text," pp.12-13.
9 Julia Lauer-Cheenne, " The Unspeakable Heroine of Emily L.," *In Language and in love*, p.53.
10 Marie-France Etienne, "Loss, Abandonment, and love: The Ego in Exile," *In Language and in love*, p.67
11 Trista Selous, *The Other Woman: Feminism in the Works of Marguerite Duras* (New Haven:Yale University Press, 1988), p.200.

女人的身體上找到失落的自我以及往昔的童年；而在《炎・安堆・石坦那》一書中，女性終於成為象徵與想像世界的關鍵紐結（knot）。尤可注意者，藉著《炎》的出版，莒哈儼然成為老婦／少夫的聲音。她不僅敢於呈現自己的特殊戀情觀，而且公開地用炎・安堆的真名實姓來做小說的標題，可謂勇氣可嘉。再者，傳統的觀念基本上是歧視老女人談戀愛的，因此莒哈的書立刻成為女性主義「抗拒式」的閱讀物，也被作為顛覆父權制婚戀觀的抗爭策略。於是，我們發現，那一向被斥為「情欲倒置」的老婦／少夫形態突然成為女性肯定自我、顛覆傳統的廣告符號，而這種新潮流也被某些人稱為「莒哈現象」。

這種「莒哈現象」自然受到有些衛道者的抨擊，也被某些淺薄人士用來作為護身符。但從客觀的方面來看，它對整個社會的男女範疇關係有莫大的推進力。因為它基本上是一種重新詮釋、重新呈現、重新批判傳統的聲音——它至少使女人本身更加勇於追求理想、從而展現女性自覺。同時，它也讓男人體會到，女性和男性一樣，都希望能敢愛敢恨，都希望努力掌握自我的價值及自重的能力。

重要的是，「莒哈現象」更加普遍地使女人學習對年齡概念的超越。它告訴女人，老婦也與少女一樣自有其求愛求偶的權利，因為她的審美價值觀已不再受傳統概念的約束了。從前，由於女人多受傳統社會文化建構的支配，絕大部分的「老婦」卻未老先衰，自己放棄了發展女性魅力的潛能。她們悲歎日益增多的白髮和臉上皺紋，她們沉溺於青春的懷舊。為了保持一個老婦人的莊重，她們在穿戴上變得慎重而保守。她們把更多的精力和熱情貢獻給兒孫輩，不再過多關心個人的理想與成長。換言之，她們遷就了世俗的典範，心安理得地扮演了傳統文化所設計的老年之角色。她們自己使自己不再具有女性的魅力。

然而，今日流行的老婦／少夫現象至少說明，女人的心理狀況隨著社會地位的改變產生了根本的變化：（一）她不再因為年齡的考慮而放棄發展自己魅力的機會，連七八十歲的老婦也以健康操來促進身心的健康與美麗[12]；（二）女人的魅力不再僅僅來自其生育及滿足男性欲望的潛力了，她也可以像男人一樣，以她的事業之成功，學術、創作等名望，包括她智力上的優越，對男人構成吸引了——這正好與傳統的「男才女貌」價值觀來了一個置換。

當然，所謂的「莒哈現象」並不是近日才出現的。只是過去的「老婦／少夫」戀情——不論是小說家柯雷特（Colette, 1873-1954）與「小白臉」的情緣，或是散文家西蒙・德・波伏娃（Simone do Beauvoir, 1908-1986）吸引年輕小伙子的故事——多半被視為佛洛德理論中所謂「戀母情結」的實例，而且千篇一律被看成是不健康的「畸戀」。然而，今天人們卻以「女性自覺」的角度來重新詮釋這種老婦／少夫的形象，使原來被指斥為「情欲倒置」的現象變成人們漸能接受的觀念了。

莒哈之所以被視為老婦／少夫的觀念之代言人，不僅僅是由於她個人的實踐，而且更重要的是，從很早以前開始，她的小說就以描寫「不可能的愛情」（l'amour impossible）而著名。莒哈曾經說過：「我最喜歡描寫的就是一種別人認為不可能而實際上極可能發生的愛情……或許可以說，我所要描寫的就是，在某一個夜晚，在男女相處的片刻，愛情突然像一束光從黑暗中爆發出來的傳奇。」[13]在她的小說中，莒哈首先喜歡創造一種「障礙」——包括年齡及性的障礙，例如「老婦與少夫」、女人與同性戀男人之間的愛情，以及亂倫的關係等。在《諾曼第海岸的妓女》一書中，這種障礙尤其明顯——書中描寫一位老女人與年輕的同性戀男子相戀的故事。由於世俗人以為這種關係絕對不可能發生，故在衝破這一道「社會障礙」時，那種戀情所激發的「欲望」要比什麼都來得熾烈[14]。

12 See "Think Young! It Works," *Self* (November 1993) ,p. 121.
13 Marguerite Duras, *Practicalities*, p.79.
14 Thomas Spear, "Dame Duras: Breaking Through the Text," p. 35.

基本上，莒哈認為愛與狂是分不開的，所以評論家曾把莒哈的愛戀觀比成柏拉圖的「瘋狂論」——在**Phaedrus**裡頭，柏拉圖把愛情比成「被神明激動的瘋狂，狂中卻帶有最高的極樂」[15]。然而，對莒哈來說，這種「極樂」不僅是自我肯定的度量衡（measure），它更是人性的鎖，也許只有語言本身才能設法企圖超越這種情欲的局限。但莒哈要完全把情欲用語言表達出來，也是極其有限的。就如莒哈所說：「愛是無法用文字來澈底形容的，……它是令人難以捉摸的、無可奈何的，但它又確確實實存在著。」[16]在莒哈的小說中，愛既具有強大的生命力，也帶來無限苦楚，因為情欲本身就有其內在的悲劇性。因此，在《坐在走廊的男人》（*The Man Sitting in the Corridor*, 1991）一書中，性愛的描寫配合著無端的痛苦；而在《死亡的疾病》中，做愛的場景更與死亡的聲音互相呼應。也可以說，執著於情欲的美與悲劇感的探索，是莒哈小說的突出特點。就如拉崗（Jacque Lacan）所說：「莒哈最擅長文字技巧以及對人性無意識作用的掌握。」[17]

批評家一致公認，莒哈最大的貢獻乃在於創造一種文字上的「空白」——一種用安靜（**silence**）、言不盡意的手法來製造想像空間的藝術。在老婦／少夫的戀情上，莒哈更加努力製造一種「盡在不言中」的氣氛，也就是評論家所謂的「不言之空白」。在《炎‧安堆‧石坦那》一書中，這個「空白」是由海的浪潮來彌補——在一對戀人默默面對茫茫大海的時刻，海浪象徵著情欲的不可捉摸，也代表著兩人之間不可言喻的契合聯繫。但在書中，作者並未明說男女主角的心理狀況，因為莒哈認為寫作（**writing**）與愛情是一樣的——二者都被奇妙的「瘋狂」所指引，二者都無法完全傳達

---

15 Mechthild Cranston, "Introduction", *In Language and in Love*, p.10.
16 Marguerite Duras, *Practicalities*, p.77.
17 Jacques Lacan, "Homage to Marguerite Duras, on *Le ravissement de Lol V. Stein*," *Marguerite Duras*, by Marguerite Duras (San Francisco: City Lights Books, 1987) p.124.

個中的神祕。也就因為如此，莒哈以為「有」與「無」的價值也是相對的。她說：「每天在現實中所發生的事並沒有『真正』發生，有時沒有發生的事，反而是最重要的『發生事件』。」[18]所以我們在莒哈的小說中常常隱隱約約領會到我們的生命中存在著另一種真實，一種與閱讀傳統小說大異其趣的感覺。難怪莒哈在批評巴爾札克（Balzac, 1799-1850）的小說時，曾說道：「他的書很難讓人消化，因為他沒有給讀者足夠的空間。」[19]

在老婦／少夫的主題上，莒哈特別給讀者製造一個想像的空間——那就是讓人不斷對年齡差距的殘酷事實反覆沉思，在《炎・安堆・石坦那》一書中，我們聽到了兩個不斷出現的聲音：一個是無能為力感，另一個是遺忘。首先，我們知道莒哈面對的是一個比她小三十歲的男人，在男女事上顯得有些無能為力（據說炎・安堆還有同性戀的傾向）。於是，書中就不斷插入一個十八歲女孩兒與六歲男童的「戀情」——對於那個不能報以同等熱情之吻的男孩，姑娘的狂熱癡情是無可奈何的。其實，這段「姑娘—男童」的故事早已出現在莒哈獻給炎・安堆的一部舊作《八十年之夏》（*L'Ete 80*）中。但現在這段插曲又不斷出現在《炎・安堆・石坦那》一書中，顯然作者是用它來重新虛寫她與年輕情人之間的某種無奈。這既不是道德問題，也不是心理分析的問題，而是生命本體所存在的年齡缺陷之悲劇。此外，在時間的處理方面，全書的敘事方式是斷斷續續的，根據電影鏡頭的轉移變換——使人想起莒哈與三十多年前所編的電影劇本《廣島之戀》（*Hiroshima mon amour*）。然而，不同的是，《廣島之戀》專注的是年輕人的記憶，但這兒敘述的卻是一個老年人的忘卻心態。本來我們的記憶既是選擇的，又是充滿疏漏的，它只是我們對忘卻的鬥爭[20]。但是，《炎》一書中，作者似乎特別竭力模擬老

18 Marguerite Duras, *Practicalities*, p.80.

19 *New York Sunday Times Literary Supplement*, October 20, 1991.

20 See also Carol Hofmann, *Forgetting and Marguerite Duras* (Denver: University of Colorado Press, 1991).

人生活的無序性，以及老人記憶的有限性。我們發現書中的敘述者彷彿一個頭腦發呆、丟三忘四的老人；她無法確切地記起一件往事，也無法把它說清，這也正是老人日漸衰微的生命狀況。

誠然，年齡的確有其可怕而令人甚感無奈的一面，年齡是個鐵門檻，所以，雖然今日老婦／少夫已在文壇上及影界中變成一種時髦的形象，大多數人仍無法超越年齡的障礙——大概從人們對死亡的不可避免有了認識和恐懼以後，與死為鄰的老年就被給予了更多的負面的評價。理性的認識及觀念之變革並不能改變我們的美感，因為年齡的觀念滲透在我們的血肉與感觸之中，它不知不覺支配了我們好惡的反應，使我們不得不按它給定的程度自塑和待人。也就因為如此，在描寫「老婦／少夫」的主題時，近代的歌劇及電影——例如理查・史特拉斯（Richard Strauss, 1864-1949）的浪漫歌劇*Der Rosenkavalier*和著名電影《黃昏大道》（*Sunset Boulevard*）——都無可避免地展示出這種男女關係「不得善終」的危險性。其實，老夫／少妻的關係也同樣有著不和諧的缺陷，也常會有一定的危險性，因為年齡懸殊太大畢竟會帶來「代溝」的裂痕。杜詩云：「晚將來契托年少，當面輸心背面笑。」杜甫在歎老，但從他的感歎中我們可以悟到一種道理：那就是，忘掉自己的年齡，而企圖與自己年齡層次相差太大的人結合，你會顯得可笑而糊塗。

總之，權利與自覺意識雖然可以改善一個女人的年齡上的處境，但「老婦／少夫」的現象究竟有其現實困難的一面。對於普通人來說，這只能代表新的「社會形態試驗」（social experiment），它並不意味著女性生命的全盤勝利。因為生命有著它極其殘酷的一面，不管一個女人多麼老當益壯，她必須理智地接受年齡的局限。「物以類聚，人以群分。」除非是像莒哈或伊莉莎白・泰勒那種特殊的女人，我認為一個人選擇年齡相近的伴侶，其所建立的關係之豐富常會勝過其他婚戀類型。

作者附識：在找尋法文的資料上，本人曾得到蘇源熙（Haun Saussy）教授的幫忙，在此特表謝忱。

——原載於《聯合文學》一九九四年八月號（今稍做補正）

第十八章　「夢露郵票」的文化意義

美國郵政局計畫發行一系列的「好萊塢傳奇人物」郵票，而第一個即將發行的就是已故影壇尤物瑪麗蓮・夢露（Marilyn Monroe）的紀念郵票。消息一出，瞬間成為一種震撼，所有報章爭先恐後地註銷即將要發行的「32分錢」郵票，人們都說，正式發行日（六月一日）那天，各處郵局一定會擠滿陣陣的人群。

從這次「郵票狂」的事件看來，美國大眾對夢露的迷戀確實有增無減。可以說，近代的美國人除了歌星貓王——沒有一個人「活得這樣長久」。在她逝世數十年後的今日，夢露仍「活在」大眾之間——她不僅活在人們心中，而且以更加嫵媚誘人的形象姿態出現在各種媒體中。如果說，後現代社會的一個基本特徵是文化的大眾化，那麼我們可以說，夢露郵票的熱潮正好突顯出後現代文化的大眾商品特質。

是什麼原因使得美國人不斷地展現、詮釋、重新創造已故的夢露呢？一般人總是說，夢露之所以「永恆不朽」，乃是因為她是男人心目中的「性感女神」。換言之，人們一向以為，是男性主宰的媒體把夢露作為玩物來刺激大眾想像的。可以說，今日的「夢露風」乃是男性文化的產物。

然而，事實上，夢露今日之所以光榮地上了郵票，更多的是由於美國女人對夢露的普遍認同與同情。對許多女人來說，夢露代表女性的魅力，也象徵著女性生命的基本悲劇——像夢露那樣才色雙全的女人，經常有著不幸的婚姻和愛情。她們往往是一嫁失敗，二嫁失敗，最後甚至自殺身亡，在夢露的悲劇身世中，女人看見了自身的脆弱，一種情感上的脆弱。在近代文學中，尤以女詩人席薇亞・普拉斯（Sylvia Plath）的自殺悲劇最能闡釋這種情感脆弱的傷痕。這些紅顏薄命的女人之所以終於趨向死亡的途徑乃是因為她們執著於女性的愛情觀——因為在愛情的關係中，她們永遠依賴著男人的取捨，一旦失去了男人，她們就經驗到感情的全盤崩潰。

然而，有趣的是，藉著「夢露郵票」的熱潮，許多女人刻意打破傳統的紅顏薄命觀，以顛覆所謂的女人悲劇性。於是，有人就把夢露的死亡解釋成走向另一個更值得大家嚮往的世界，或是把死亡看成是天國對人間紅顏薄命者的拯救。例如，《太陽》雜誌曾經登載一則聳人聽聞的奇事——一位名為布蘆兒的夢露老友，在一次嚴重車禍、死裡逃生之後，居然宣布她曾在失去知覺的四十八小時中，有幸飛到天國去參加夢露與前甘迺迪（John Fitzgerald Kennedy）總統的婚禮！她甚至拿出夢、甘兩人的結婚照來證明確有其事。

所有這些「神話」，自然都是美國女人為了自我安慰而創造出來的美麗謊言——它代表美國文化中一種自我幻想、自我再造、自我完成的新趨勢。這種趨勢是非歷史的，即使在「懷舊」中，人們也把「過去」變成「現時」，而這種時間的錯亂也正是後現代文明的極端體現。

夢露真可謂死而復生。她基本上是後現代懷舊心態的美麗幻影，是可以用媒體不斷複製的藝術品。她是男人心目中的「她」，也是女人眼中的她自己。

——原載於《聯合報・副刊》一九九五年一月二十六日

第十九章 海德格爾的情人漢娜・阿倫特

最近，耶魯大學出版社發行了一本有關海德格爾與他的祕密情人的書：《阿倫特和海德格爾》（*Hannah Arendt/Martin Heidegger*, 1995）。書一出版立刻引起轟動，主要因為阿倫特是一度左右美國學術界潮流的偉大女思想家。她是猶太人，原籍德國，在納粹恐怖年代逃到美國，在那以後不久就出版那本至今仍是經典之作的《極權主義的起源》（*The Origins of Totalitarianism*, 1948）。她一生筆耕不輟，共出版了十餘本專著，都是既有學術性又有可讀性的作品。她最著名的學說就是她的「行動理論」，是對西洋哲學傳統（從蘇格拉底到十九世紀）的修正與解構。她以為西方哲學最大的缺點就是一直局限在純思考的象牙塔中，因此她提倡哲學與政治合一。在她的代表作《人類的境況》（*The Human Condition*）中，她特別指出「政治活動」乃為人類真正自由的先決條件。她的思想既新穎又富有說服力，而且她的作品屢次得獎，所以一時名校爭相聘請。她先後執教於柏克萊加州大學、芝加哥大學等，廣受各方學者讚揚。可以說，今日在美國政治學和哲學史的領域裡，很少有人不知道鼎鼎大名的阿倫特。

一、師生戀婚外情

從《阿倫特和海德格爾》一書中我們讀到了那段持續了五十年的感情關係。雖然這不是第一本介紹這段戀情的書，但它卻是根據這對情人彼此（和有關人士）的來往信件而寫成的第一本羅曼史，所以材料特別豐富而可信。我們發現，當初阿倫特和海德格爾的關係只是典型的婚外情：她是學生，他是老師，彼此互相欣賞、互相研究課題，不久就進入了難捨難分的地步，最終又由於現實的考慮不得不分開。但與眾不同的是，這對情侶終其一生而不能忘懷對方：二十年後海德格爾曾向阿倫特承認，她是他寫作靈感的泉源，也是引發他的「激情思考」的原動力。阿倫特也對海德格爾說：「我的著作完全得自你的啟發。」一直到生命的最後階段，她仍忍不住與他見面的衝動；他也抓住「只是近黃昏」的一些歲月，盡量保有這段感情。他比她大十七歲，但他們幾乎同時離開了這個世界，她先走，他於半年後追隨而去。真乃可歌可泣，足令世間的癡情男女佩服心動。

然而，《阿倫特和海德格爾》一書真正引人注目的原因是，作者埃廷格（Elzbieta Ettinger）的敘事重點又重新喚起美國人的「反海德格爾」情緒——原來，戰後的海德格爾曾被視為靠攏納粹極權的反猶太分子，曾一度成為被批判的對象。後來，因為時過境遷，再加上海德格爾英譯作品的連續出版，使人漸漸把眼光從政治焦點轉向了哲學的焦點，於是那段「政治失節」的紀錄才終於被人淡忘。現在，埃廷格的書突然又揭發了許多海德格爾的反猶惡行，使人發現這位偉大的思想家原來是個屢次出賣朋友、為達目的而不擇手段的人。於是，美國讀者忍不住要問：像阿倫特這樣捍衛猶太文化的人，怎麼還會去愛那個屢次陷害猶太人的納粹信徒海德格爾？

《紐約時報・書評》（一九九五年九月二十四日）曾針對這個問題做了結論。書評作者Wendy Steiner以為我們可以從阿倫特和海德格爾的愛情體會到兩個重要的教訓，那就是：（一）對天才的盲目崇拜是「危險的」；（二）無論多麼偉大包容的愛情，從客觀的角度看來，都是十分「愚蠢」的。言下之意，海德格爾是不值得同情的。

關於海德格爾的道德問題，以及他是否值得同情的問題，已經有人撰文討論（見康正果，《哲人之間的是非和私情》，發表於《讀書》一九九六年一月）。本文只擬從女性自覺的觀點來重新思考阿倫特的情感心態，看她如何藉著複雜的戀情恩怨開闢出一條嶄新的人生道路。

二、化生命悲劇為品味人生

對阿倫特來說，愛情和聰明與否無關，它是一個「存在」的問題，因為一個人只有為真正的愛情獻身，無條件地去愛才算是真正地「存在」。她於一九二四年進德國瑪律堡大學讀書時，才十八歲，而她的老師海德格爾三十五歲，正在撰寫那部後來舉世聞名的巨著《存在與時間》。阿倫特自幼孤單而早熟，十七歲就開始寫出帶有祁克果（Kierkegaard）哲學色彩的傷感詩，可以說很早就開始思考人生存在的意義。當她遇到海德格爾時，她立刻被這位迷人的思想者所吸引，在人生的存在範疇中她第一次感受到暴風雨似的愛情震撼。

如果說，海德格爾所關懷的是一種走向未來（死亡）的「時間」存在，那麼阿倫特所感受到的就是貫穿過去與未來的存在經驗，因為愛使她看見瞬間的永恆。她發現真正的愛情（與她過去在詩中所追求的浪漫幻想不同）是沒有起點也沒有終點的。換言之，愛使她體驗到存在的此時此刻。就在這種情感經驗及思想的震盪之下，阿倫特開始想出了她的博士論文的基本架構：在她的博士論文《愛與聖奧古斯丁》中，她把愛分成三種，分別代表過去、現在和未來（論文一直到一九二九年在雅思培（Karl Jaspers）的「正式」指導下才完成，此是後話）。與海德格爾相同，阿倫特「時間」學觀深受聖奧古斯丁《懺悔錄》的影響，以為人基本存在緊繫在時間的覺醒之上的。

婚外情常常是一種令人格外覺醒的經驗：從一開始，阿倫特就意識到這是一個註定要引向悲劇的戀情。尤其，在當時保守的德國，師生之戀是個禁忌，更何況對方是個有婦之夫。於是，在互相迷戀的強烈愛欲中，兩人好比活在「偷來」的存在中；一方面感受到偷情的刺激，同時也體會到惶惶不安的焦慮。於是，最後阿倫特不得不轉學到海德堡跟雅思培學習哲學。她希望從此忘掉海德格爾，重新建立她的獨立自由的生活。

然而，愛是很難忘記的。遠離情人的她深深感受到心底深處的虛空與匱乏，那種匱乏有如無底洞一般，無法用任何外在的活動來填滿它。於是，整天情緒低沉，體驗到了一種存在的危機。後來，在偶然的閱讀中她發現一個千載難逢的「知音」萬哈根（Rahel Varnhagen）——萬哈根是一百多年前與歌德同時代的沙龍女主人。在她遺留下來的書信中，阿倫特看到了自己的一面鏡子。原來，萬哈根也和她一樣癡情，一樣具有極端敏感而脆弱的一面，也同樣遇到婚外情的困擾及傷害，尤其巧合的是，萬哈根也是猶太人。

在萬哈根的心靈旅程中，阿倫特學到了一個寶貴的真理：那就是受苦可以豐富一個人的生命經驗。阿倫特開始慶幸自己在年輕時代就體會到受苦的滋味以及生命的真相：原來，在這個世界上沒有一件美好的事是永遠的，而受苦的報償就是使人更加成熟地體認到生命的基本悲劇性。

作為一個女人兼猶太人，阿倫特希望自己能像萬哈根一般，把生命的悲劇轉化為客觀的品味人生，進而把消極變成積極，於是還在德國時就開始把萬哈根的書信整理出來，終於以德文寫出一本動人的傳記：《萬哈根，一個猶太女子的一生》。此書一直到一九五八年才正式出版，部分英譯在阿倫特逝世前一年（一九七四年）問世，全集的英譯本於一九九七年出版。這本書最近成為女性主義者熱衷的讀物之一，許多人把它解讀為一個女作家藉著寫作來達到自我覺醒的範例。

這本萬哈根的傳記寫作確實改變了阿倫特的一生。阿倫特從此變得樂觀、進取、合群且超然自在。而這種改變也直接促成了她在美國學術界的非凡成就。

三、不尋常的偉大愛情

諷刺的是，一九五〇、一九六〇年代阿倫特在美國紅得發紫的年代，也正是海德格爾在戰後西德因為反猶行動而導致聲名狼藉的時候。海德格爾被解除大學教職，也被禁止出版作品。他盡力為自己辯白，但誰也不相信他。就在這時阿倫特起了助海德格爾一臂之力的決心，因為她深信只有她能瞭解海德格爾的內心，也只有她願意雪中送炭。於是，阿倫特就從美國到西德探望晚景淒涼的海德格爾。二十年不見，但舊情復燃。阿倫特從此為海德格爾在美國接洽出版商、創造新的讀者群，成了他最有力的辯護人。可以說，若非阿倫特在美國的積極奔走與宣揚，海德格爾大概不可能日後在西方世界享有如此盛譽。

是愛的力量使阿倫特不顧一切為海德格爾的平反努力。如果說，從前對他的愛是一種情欲狂戀（eros），則此時的愛更像一種無條件的給予（philia）——前者以自我的需要及欲望為主，後者則以對方的幸福為重，此外別無所求。兩人重敘舊情之後的關係指向了另一種愛的可能：那不再是婚外情的危險之愛，而是一種超越的接納與奉獻，因此一切都顯得如此理直氣壯。至少從阿倫特的一方看來，她的愛使人想起法國小說《紅與黑》中的德瑞拉夫人的愛——二者都以完整的奉獻與諒解寬宥了生命的傷痕與不完滿。

至於海德格爾配不配得到這種高尚的愛，那已經不是重要的問題了。重要的是，在阿倫特的身上我們看見了愛的救贖的功能。那種不尋常的愛連阿倫特的丈夫布洛赫（Heinrich Bluecher）也深受感動，因此成熟而大方的他不惜千辛萬苦鼓勵自己妻子為海德格爾的學術聲譽奔走效勞。於是，布洛赫也無形中詮釋了一種特殊之愛。如果說，每個成功的女人背後都有個偉大的男人，那麼我們可以說，每個有能力去愛的女人都站著一個擁有心靈大愛的男人。愛無所謂聰明或愚蠢，它只有所謂真與假。就如小說家巴爾札克所說：「真正偉大的愛情像文學傑作一樣地不尋常。」

——原載於《明報月刊》一九九五年十二月號（今稍做補正）

第二十章　「政治正確性」的不正確言論

「政治正確性」的概念原意在維護「人人平等」的原則，但一九九〇年代一連串「反政治正確性」的言論混淆了美國社會的視聽。由於「政治正確性」符合世界潮流及美國立法方向，因此它所顯出的缺陷及反挫應被視為暫時的現象，假以時日，其權威性仍會建立起來。

「政治正確性」（political correctness，簡稱P. C.）原指多元文化的基本原則，主旨在維護不同性別、種族、階層之間的平等。凡是奉行該平等信念的就是具有「政治正確性」的人，否則就是走了「不正確」路線的人。P. C.所表彰的就是人權。由於P. C.的勝利，有史以來第一次我們看見女性和少數族裔能與主掌文化、社會、經濟的白種男性平起平坐。可以說，這一切代表著美國立國精神的勝利。

然而，就在一九九〇年代多元文化開始展開種種豐富的生活景觀之際，美國的各種媒體突然出現了一連串的「政治正確性」言論，開始大肆宣傳P. C.的醜惡面，因而使多數民眾對主題真相產生的混淆不清的概念。本文主旨就是澄清其真相，藉以更具體而深刻地反省多元文化的基本精神。

首先，「反P. C.」的人一致控告P. C.大廣大社會中所造成的各種「壓迫」，認為有不少人藉著P. C.又重新製造一種類似一九五〇年代的「麥卡錫」（McCarthy）極權恐怖氣氛。

美國前總統布希（George Herbert Walker Bush）首先在一九九一年密西根大學畢業典禮致詞中公開譴責「P. C.擁護者」在美國大學校園中煽動一種「新的不寬容態度」，以及他們無端「製造分歧與離異」的罪行。接著，以寫*Illiberal Education* 一舉成名的德索查（Dinesh D' souza）在一個向全國廣播的電視節目中，把目前正在流行的「政治正確性」思潮大大抨擊了一番。

一、政治正確性造成文化危機

德索查認為，P. C.的制度化完全違背了文理通才教育的自由平等之前提，國為他發現在目前校園中，「少數族裔無論在入學許可或教員應聘上都得到優惠權，非常不公平」。所以，他的結論是：美國教育已從「自由平等」的原則轉向少數「種族優先」，已從整體合一轉向「分歧」，已從言論自由退化到言論檢查。換言之，德索查認為P. C.在美國已經造成了空前的文化危機。

像這樣充滿焦慮的警告突然通過各種媒體不斷向大眾鼓噪，於是《紐約時報》、《新聞週刊》等報章雜誌先後紛紛響應這種「反政治正確性」的論調，甚至還把擁護P. C.的人士比成社會中的「思想警察」或是中國大陸文革中的紅衛兵。

把P. C.的文化思潮看成一種極權的恐怖政策未免危言聳聽，其實也是「歇斯底里」式的情感反應。據筆者多年來在美國的教學及行政經驗，所謂「平等權益」（affirmative action）僅僅是一種提倡平等的原則，從未成為法律制裁的工具。當學校某系有職位空缺時，校方必須向外公布，聲明「申請人一律平等對待，絕不會因性別、種族、宗教、年齡的差異而被歧視」。在會面應聘的期間，校方人士必須努力遵從人人平等的原則，不可故意鄙視任何人。為求公平謹慎起見，「應聘委員會」總是由數人組成，不可能由某人獨立操縱。之所以有「平等權益」乃是為了預防對某些人的偏見，而不是為了優待某些人。

學校從來不會強制「應聘委員會」去選某位女性或少數族裔的候選人。即使被發現有不公平的嫌疑，委員會人士總有辯白的機會，絕不會被警察拘捕或沒收護照，或被判刑而坐牢，怎能說P. C.的平等制度已把美國變成一個沒有自由的極權社會？反對政治正確性的人簡直在做反面宣傳。

二、恐懼西方文明被取代

我認為「反對P. C.」的言論基本上出於有些美國人的恐懼心理：他們害怕西方文明會因為多元文化的提倡而沒落，而最終被其他文明所取代。所以，當史丹佛大學首先把「西方文化」必修課程改為「多元文化」時，許多過於敏感的學者立刻撰書詆毀當前的美國文化，趁機指桑罵槐。

首先，芝加哥大學的亞蘭・布魯姆（Allan Bloom）出版《封閉的美國精神》（*The Closing of the American Mind*）一書呼籲國人就各階層教育的紊亂現象做一番澈底的反省，其激動的言語情緒對讀者產生了很大的衝擊作用，於是他的書立刻由學術著作變成暢銷書。

不久前，一向以「影響的焦慮」學說著稱批評界的耶魯大學教授哈樂德・布魯姆（Harold Bloom）也寫了一本《西方經典》（*The Western Canon*）上來捍衛西方的文學傳統。他公然反對當前文學的政治化與社會化，並把女性主義及黑人文化一併稱為「憤怒的一群」。此書一出，凡是支持多元文化的開明人士都感到失望。沒想到，當年曾經領導解構主義、信奉過新潮文化理論的文學大師，卻變得如此保守而固執己見。難道表面上信心十足的他也患了恐懼症？

其實，當前流行於許多大學校園的「多元文化」課程對於「西方文明」學科並無任何損傷，它只是給學生增加了更多的選擇機會，並沒有因此取消原有的古典文學課程。以史丹佛大學的課程為例，所有的八門「多元文化」選修科目全都包括柏拉圖、荷馬、亞里斯多德、蒙田、莎士比亞等西方作家，只是在這些經典之外國加一些女性文學、黑人文學、第三世界文學，以及少數民族作家的作品。

對於一個逐漸變化的美國，在女性與少數族裔的聲音日漸響亮的新時代，這種「重新調整」文學經典的做法本來是十分自然之事。

我們只是回顧一下歷史就知道，文學經典是隨著時代潮流而不斷變化的——例如，十九世紀美國詩人惠特曼（Walt Whitman）也是在經過許多辯論與「競爭」之後才終於登上經典作品之列的。既然過去的人可以因社會文化的變遷而增加教育的科目，為何我們今日不能？

但問題是，今日的多元文化給傳統文化帶來了空前的挑戰；它不但意味著文化趣味的重新評價，也意味著權力的轉移。當「邊緣」文化一躍而成「中心」文化的一部分時，原本控制主流文化的中堅分子自然失去安全感，害怕隨時有喪失權力的可能。

三、主張多元文化者未鞏固權力

遺憾的是，許多主張多元文化的激進人士卻不懂得如何把握良機以鞏固既得的「名正言順」的權利。他們常常把P. C.的原則情感化、個人化，而且，無端抨擊所謂「死的、白的」歐洲男性（dead white European males），於是一竿子打了許多無辜的人；而自己也隨著變得更加「歇斯底里」化，愈來愈缺乏理性。

他們常是一些患了神經質而變得心胸狹窄的人——只要聽到有人說「freshman」，立刻暴跳如雷，說對方不懂「政治正確性」的原則，應當把「大學一年級新生」說成「freshperson」才算符合P. C.的「言語規範」，否則就算屈服於男性霸權。

同理，Indian（印地安人）應該改成「native American」（土生土長的美國人）；「disabled」（殘疾者）應說成「differently abled」（能力不同的人）；「poor people」（窮人）應說成「economically disadvantaged people」（處於不利的經濟情況的人）——總之，這些自稱具有「政治正確性」的激進分子「強迫」人人都要向他們看齊、都要在新的語言方式中實現「人人平等」的原則。其用心本來無可厚非，但其充滿仇恨的強硬態度引起許多周圍的人的強烈反感。最可惜的是，他們把一些原來支持女生與少數族裔的人拒之門外，無端地挑起性別、種族、階層之間的衝突與戰火。他們本來是多元文化的辯護者，現在卻給多元文化的發展製造了過多的障礙。

這些激烈分子的最大謬誤就是使P. C.的基本精神與原則失去了廣大民眾的尊重，其結果是P. C.變成了各種媒體的嘲弄對象。從最近名列榜首的暢銷書《具有政治正確性的晚間故事集》（*Politically Correct Bedtime Stories*）中可以看出，P. C.的文化思潮常被當成笑話來看待。

四、暢銷書嘲諷「政治正確性」

該書作者詹姆士·加拿（James Finn Garner）自稱是個「死的、白的歐洲男性」，為了證明其思想的「政治正確性」，特地把傳統的兒童故事按照P. C.的原則改寫成「完成不存任何偏見」的新小說，結果是所有約定的名稱都變成冗長而令人發笑的古怪文字堆積。

尤可注意者，在P. C.「人人平等」的原則下，所有「兩情相悅」的愛情傳奇都變成兩性互相鬥爭的故事，而故事結尾也都直接引向男性霸權的崩潰。這一方面尤以書中的《白雪公主》（*Snow White*）故事最具代表性。

在傳統的故事中，那個吃了毒蘋果而昏睡不醒的白雪公主最後因得到英俊王子的一吻而死裡復生，一對情人的美夢終於實現；但在嘲諷P. C.的故事新編中，小說結尾當白雪公主醒來時，她首先對王子破口大罵：「你是誰？竟趁著一個少女昏迷過去的機會進行性騷擾！」結果在旁觀看的七矮子（在新故事中改名為「七巨人」）只好去叫警察。

加拿用來嘲諷P. C.的兒童故事之所以滑稽可笑，乃是因為它在很大的程度上反映了目前不少所謂「政治正確性」的荒謬行徑。通過諷刺小說的客觀描寫，作者成功地顯示了一種文化思潮的可怕現象：不論該思潮的精神是如何可貴、是如何的合情合理，只要一旦被個人用作攻擊他人的武器，就會失去原有的道德原則而被人蔑視。加拿的故事集給了我們一個教訓，那就是：任何一個人都不能把自己獲得的「權利」（right）隨意發展成打擊別人的「權力」（power）。

然而，我認為P. C.所代表的「人人平等」的精神還是十分可貴的。目前P. C.所表現的缺陷及它所引起的反挫只是暫時的。從積極的方面看來，那些「反P. C.」的言論正是對P. C.的糾正；它們會促使P. C.不斷調整而進步——因為P. C.畢竟是符合世界潮流的，它的產生反映著社會意識的重大轉變。尤其是，P. C.與美國政府的立法方向是一致的。就因為P. C.主張「人人在法律面前平等」的原則也正是美國人的共識，它終究會得到廣大人民的認同。我相信在不久的將來，輿論與法律將會帶給P. C.某種應得的權威性。

——原載於《明報月刊》一九九六年三月號

第二十一章　多元文化與「政治正確性」

在多元文化的影響之下，在美國，「政治正確性」已經成為令人感到如履薄冰的準則。整個這一股文化風潮始於女權主義的興起。對於激進的女權主義者，澈底的兩性平等必須建立在語言的更新上，因為語言是人類內心思維的真實反映。打自一九七〇年代起，許多主張婦女解放的人就專注於傳統語言的顛覆及解構。其中最積極的策略莫過於出版新字典，以求全新用語的「典律化」（canonized）。例如，Kramarae及Treichler於一九八五年所編的《女性辭典》（*A Feminist Dictionary*）就引起了廣泛讀者的共鳴——作者旁徵博引的風格，加上所引資料的歷史權威性，都讓男女讀者由衷地信服。隨著女權主義的流行，人們已學會舉一反三地使用破除性別歧視的新語言。

引人注目的是，最近牛津大學出版社也採用「政治正確性」的策略來發行一本改寫的《聖經》：《新約與詩篇——屬於大眾的聖經》（*The New Testament and Psalms, An Inclusive Version*）。根據這本企圖糾正「保守語言」的《聖經》，上帝應被稱為「天上的父母」，而非「天上的父」。基督是上帝的「孩子」，而非「上帝之子」：於是，那段有關基督被釘十字架受難而死的描寫變成：「上帝的孩子臨死前在十字架上說道：『我天上的父母啊，我把靈魂交在你的手中。』」同理，「主禱文」的起句也從「我們在天上的父」改寫為「我們在天上的父母」（Our Father Mother who are in heaven）。對於許多虔誠的基督徒來說，這種竄改《聖經》的舉動是不可原諒的，甚至是十分可笑的。然而，語言是很奇妙的，它一旦被開始使用，就有轉為約定俗成的可能，這正是女權主義者的一貫信仰。

語言的「政治正確」性風潮也已引起漢語世界的關注。在一九九五年第八期《讀書》雜誌中，英國作者Paul Crook為此發表了意見。我想指出的是，目前主張走語言「政治正確性」路線者大都是男性，他們常用一種打抱不平的口氣來策畫新的女性主義，希望用語言邏輯來達到真正的男女平等。反之，許多女性都已超越了「政治正確性」的需求，因為一九九〇年代的女性已不再以顛覆男性霸權為目標，她們的行動就是最有力的語言。對她們來說，最正確的路線就是，既要做一個自由的人，也要做發揮女性潛能的女人。這不是什麼政治策略，而是多元文化下所產生的自我覺醒。

第二十二章　從比較的角度看性別研究與全球化

本文所關切的乃是有關中西文化潮流之間的借鏡和影響，以及由於這種跨文化的互動所產生的現象和問題。在這個全球化的二十一世紀裡，西方的文化批評和中國研究早已成了兩門息息相關的知識領域了。但我認為，若要澈底瞭解二者之間的複雜關係，則不僅要注意到中西文化研究的差異（difference），也必須考慮到它們之間的互補作用（complementarity）[1]。

在這篇文章裡，我將就西方性別研究和美國漢學研究的關係作為討論的起點，然後想透過兩者的關係進行一種「比較」的透視（comparative perspective）。眾所周知，在過去二三十年間，所謂「性別研究」（gender studies）早已深深地影響了美國的漢學界。尤其是，漢學界所出版有關中國古典性別研究方面的書籍突然以雨後春筍的速度充斥了學院的領域（有關這一方面的出版，請見本文後頭所附的英文書目）。按理說，美國漢學界這種新研究成果應當早已影響了西方性別研究的方向，然而事實並非如此。這就使我們不得不深究這個現象的原因了。

首先，我認為問題就出在人們一向以來所存在的偏見：一般人總以為西方的文化理論可以為中國文學研究帶來嶄新的視角，卻很少有人想過中國文學的研究成果也能為西方的批評界帶來新的展望。

[1] 請參見筆者的英文文章，"From Difference to Complementarity: The Interaction of Western and Chinese Studies," International Symposium on Globalizing Comparative Literature: Toward the New Millennium, Sponsored by Yale University and Tsinghua University, Beijing, China, August 10-14, 2001.

因此，雖然美國的漢學界早已做出許多有關性別方面的研究，而且已經有了多方面的突破，但多數從事西方性別理論的學者們卻對於這一方面的漢學成就視若無睹。總之，目前所謂東西方文化的影響，大都是單向（one-way）的，而非雙向（two-way）的。在這個後現代的時代裡，這種普遍的疏忽和偏見的確讓人感到驚奇。當然，這種偏差也並不完全沒有原因。我以為至少有兩個因素在作祟：一個就是有關文化上的「他者」（other）的盲點，另一個則與人們對於「現代性」（modernity）的誤解有關。有許多西方人認為中國文化是屬於「他者」的文化，因而把它視為邊緣文化而加以忽視。同時，有人以為傳統中國既然離現代十分遙遠，就認為它與所謂的「現代性」無關[2]。殊不知這兩方面的想法都是對人類文化發展意義的誤解。可惜的是，不僅一些西方人存有這樣的誤解，就連今日中國大陸、臺灣、香港的知識分子也經常有這種偏見。這就是為什麼這些年來有不少中國讀者只注重西方理論，卻忽視了傳統中國文化思想的原因——總之他們很少會想到要參考美國漢學領域裡所做出來的研究成果。這種捨近而求遠的態度，本來就是二十世紀以來中國知識分子的一個嚴重的盲點。但在今日的世界裡，我們實在不能再採取這種帶有局限性的治學方法了。著名的比較文學家蘇源熙就曾在他那有關全球化的書中說過：「這是用廣闊的視野來取代有限的視角」的時候了[3]。

所謂「廣闊」的視角，其實就是中西文化並重的意思。就如以上所說，尤其在性別研究方面，近年來的美國漢學研究有著傑出的成果。但它之所以傑出，乃是因為這個領域的美國學者們沒有生吞活剝地套用西方性別理論。當然，他們十分注重西方性別理論的發展；但他們更看重對中國傳統文化的具體研究。比方說，美國漢學家們一向對西方性別理論所提出的男女「差異」（difference）觀感到興趣。但另一方面，他們也發現近代西方性別研究所謂的「差異」觀，其本身雖然極富有啟發性，卻不

[2] Jinhua Emma Deng, "The Construction of 'Traditional Chinese Women' in the Western Academy: A Critical Review," *Signs* 22.1 (1996):134.

[3] Haun Saussy, *Great Walls of Discourse and Other Adventures in Cultural China* (Cambridge: Harvard University Asia Center, 2001), p.6.

能一成不變地套用於漢學研究。

首先，兩性「差異」的概念乃是西方女性研究的學者們所提出來最根本且最強有力的策略。一九七〇年代初，Kate Millett的經典作品《性的政治》（*Sexual Politics*）乃是以西方文學裡的壓迫者（男）和被壓迫者（女）的對立和「差異」為出發點的[4]。又如一九八〇年代以來，著名文學批評家Barbara Johnson的重要理論著作幾乎全是以「difference」（差異）一詞作為書的標題——例如，*The Critical Difference*（一九八〇），*A World of Difference*（一九八七），*The Feminist Difference*（一九九八）等三本著作[5]。應當說明的是，兩「差異」觀之所以從頭開始就對美國女性主義者特別管用，乃是因為它帶有雙重的作用：一方面，它可以用來控告權制度一直對女性所持「不同」的眼光和偏見，另一方面，女性主義者也希望能在那個性別「差異」的基礎上，爭取女性應有的權利。但一般說來，與法國的女性主義者有所不同，美國的性別研究學者不太喜歡從心理分析的觀點來討論男女本質上的區別[6]。她們更喜歡強調的則是由於性別「差異」所造成的權力關係和文學的傳承觀念。所以，在她的*A World of Difference*（《差異的世界》）一書中，Barbara Johnson特提出有關西方女性作家一直被排斥在「經典」（canon）之外的問題[7]。另外，Sandra M. Gilbert和Susan Gubar也從「差異」的觀點出發，她們嚴厲地批評西方文學傳統，認為那個以男性為中心的傳統一向把女性排除在外，因而造成了幾代以來女性作

4 Kate Millett, *Sexual Politics* (New York: Doubleday, 1970).

5 Barbara Johnson, *The Critical Difference* (Baltimore: Johns Hopkins Univ. Press, 1980); *A World of Difference* (Baltimore: Johns Hopkins Univ. Press, 1987); *The Feminist Difference* (Cambridge: Harvard Univ. Press, 1998).

6 例如，法國的女性主義者Helene CixousLuce Irigaray都是心理學家Lacan的門徒，他們把女性語言和男性語言區分出來。有關法國女性主義者和美國女性主義者的區別，請見Nina Baym, "The Madwoman and Her Languages: Why I Don't Do Feminist Literary Theory," in *Feminisms*, ed. Robyn R. Warhol and Diane Price Herndl, rev. ed. (New Brunswick: Rutgers Univ. Press, 1997), pp.279-292.

7 Barbara Johnson, *A World of Difference*, p.2.

家的「作者焦慮感」（anxiety of authorship）。她們所提出的「作者焦慮感」顯然是針對哈樂德・布魯姆那種以男性作家為主的「影響的焦慮」而言的[8]。

本來，這種方式的男女差異觀只在美國的學院中通行，但後來它就逐漸成為美國一般女性為了爭取女權所用的普遍策略了。其中一個重點就是不斷重複女人是「受害者」（the "victimized"）。這種女性受害論，主要在強調男權制是一切問題的開端，而女性則是男權制的犧牲品。當然，美國女性主義者的派別很多，而且每一學派所持的意見並不相同。然而，就如Teresa de Lauretis所說，這些早期的女性主義者不管各自持有多麼不同的信仰，她們幾乎都一致相信所謂的「本質女性」（essential womanhood）——即不斷被男權欺壓的女性本質[9]。總之，這種由於性別上的「不同」而轉為「受害者」的想法後來成了美國性別研究的主要「話語」（discourse）。難怪女作家Carol Calligan九八二年出版的那本題為《差異的聲音》（*In A Different Voice*）的書至今仍十分暢銷，前後一共印了三十四版[10]。

可以說，近年來在臺灣和大陸所流行的女性主義，有很大程度是繼承了美國三四十年以來的「受害者」性別觀[11]。本來這種迎合歐美文化潮流的廣大風氣是無可厚非的，因為那也是全球化的一部分。然而問題是，當女人為「受害者」的觀念被千篇一律地用來套公式、被借來作為思考性別問題的根據時，就會很容易把問題簡單化，因而給人一種重複而單調的印象。或許因為如此，性別研究無論在臺灣和大陸，至今仍被看作一種邊緣性的科目。

---

8 Sandra M. Gilbert and Susan Gubar, *The Madwoman in the Attic: The Woman Writer and the Nineteenth-Century Imagination* (New Haven: Yale Univ. Press, 1979).

9 Teresa de Lauretis, "Upping the Anti (sic) In Feminist Theory," *Feminisms*, edited by Robyn R. Warhol and Diane Price Herndl, rev. ed. (New Brunswick: Rugers University Press, 1997), 326-339.

10 Carol Gilligan, *In a Different Voice* (1982; rpt. Cambridge: Harvard Univ. Press, 1996).

11 See also, Jinhua Emma Teng, "The Construction of the 'Traditional Chinese Woman' in the Western Academy," p.133.

傳統中國的女性是否都是受害者？有關這個問題，美國漢學家們可以說是首先打破女性為受害者形象的人。在這一方面最有貢獻的學者之一就是目前執教於哥倫比亞大學的高彥頤（Dorothy Ko）。在她的*Teachers of the Inner Chambers*（《閨塾師》）那本書中，她以十七世紀的中國江南地區為例，仔細闡述了中國傳統女詩人如何建立文學地位的實況，她以為傳統中國女性不能用「受害者」一詞來概括[12]。此外，她還特別論證，時下流行的有關傳統女性為「受害者」的言論很大程度是五四運動以來的學者作家們——如魯迅、陳東原等人——所創造出來的神話。她以為，這些現代的中國知識分子之所以堅持這種理念，主要是為了強調現代中國在婦女解放方面的「空前」成就[13]。問題是，如果我們一律用女性受害論的觀點來闡釋傳統中國文化，那將是一種以偏概全的方法，也是對中國歷史本身的簡化和誤讀[14]。可惜今日許多中國學者還一直繼承著五四以來的這種偏見。

另一位研究明清史的美國漢學家Susan Mann，也得到了與高彥頤類似的結論。例如，她在一篇近作裡曾經指出，美國漢學研究的最大特色之一就是打破了女性為受害者的主題：

> 最近在美國，有關中國婦女史的研究，已經轉向了不同的研究方向——儘管還是和從前的研究路線息息相關。現在的研究方針已不再是羅列女性受壓迫的例子了，而是去探討兩性之間的關

12 Dorothy Ko, *Teachers of the Inner Chambers: Women and Culture in Seventeenth-Century China* (Stanford: Stanford Univ. Press, 1994), pp. 226-232.

13 Dorothy Ko, *Teachers of the Inner Chambers*, p.3.

14 其實，早在他的《風騷與豔情》一書中，康正果已提出了類似的看法。康正果以為，五四以來有關女性文學的研究方向，可以說是「新文化運動中批評封建文化的鬥爭形式之一。因此它不可避免地傾向於非文學的社會批評，乃至滿足於宣布政治和道德的判決」。他所謂「道德的判決」乃指一些「痛訴」婦女歷來受害的言論。見《風騷與豔情》（鄭州：河南人民出版社，一九八八），頁二。並見《風騷與豔情》修訂版（上海：上海文藝出版社，二〇〇一），頁二。

係互動以及他們在經濟、政治等具體的架構之下所擁有的權力。[15]

此外，在她後來出版的專書中，Susan Mann也進一步探討了明清時代閨秀詩人如何終於取得才德並重的崇高地位。據她考證，當時的女性作家們乃是通過男性學者們對她們才德方面的肯定，而獲得了一股新的道德力量[16]。Susan Mann的想法和我近年來研究明清文學所得到的結論正好不謀而合。我以為，中國古典女性擁有的這種道德力量，其實就是現代人所謂的權力（power）。它很自然使我們想起了當代著名評論家傅柯（Michel Foucault）所謂的權力多向論。根據傅柯的理論，人的權力是無所不在的。一個在某處失去了權力的人，經常能在另一處重建權力的優勢[17]。所以，人與人之間的權力關係其實是十分錯綜而複雜的。

另外，在她的*Technology and Gender*（《技術與性別》）一書中，Francesa Bray則以傳統中國女性手工業的成就為例，來進行討論女性的權力問題。她以為，傳統女性在紡織方面的貢獻，使她們在普遍社會中得到了一種權力——因為她們在這一方面的成就不僅是經濟的，也是道德的：

在紡織和編織之間，女人不但成了價值本身，也變成了富有德行的人。在學習手工業的過程中，她們無形中培養了女性固有的道德——例如，勤奮、節約、有條理、自我紀律等[18]。Francesca Bray用「權力的織物」（fabrics of power）一詞很形象地描述了中國女性的特殊權力——因為權力本來就像編

[15] Susan Mann, "What Can Feminist Theory do for the Study of Chinese History? A Brief Review of Scholarship in the U.S.," *Jindai Zhongguo Funu shi yanjiu* 近代中國婦女史研究(Research on Women in Modern Chinese Hisotry), 1 (June 6, 1993): 246.

[16] Susan Mann, *Precious Records: Women in China's Long Eighteenth Century* (Stanford: Stanford Univ. Press, 1997), p.31.

[17] Michel Foucault, "The Deployment of Sexuality," Chapter Four of *The History of Sexuality: An Introduction* (New York: Random House, 1978), I: pp.94-97.

[18] Francesca Bray, *Technology and Gender: Fabrics of Power in Late Imperial China* (Berkeley: Univ. of California Press, 1997), p.189.

織物一樣地千絲萬縷而複雜，我們很難孤立地去談它。女性的權力更是從複雜的人際關係中編織出來的。

根據我自己對中國古典文學和文化的研究心得，我發現傳統中國男女之間的「權力」分配，的確不能用「壓迫者」和「受害者」的二分法來簡單闡釋。首先，傳統中國是以男女的分工來維持社會秩序的——那就是，男人在外掌權，女人卻擁有家庭裡的權力。從這個觀點看來，班昭的《女誡》所提出的各種婦德實際上是早期鞏固女性權力的最佳策略。同時，傳統中國女性通常很少危及男權制的秩序，因而男人也沒有攻擊女人的必要。反而是，女人和女人之間有時會產生一種緊張的關係。比如說，中國古代最先對「尤物」提出批評並把女人稱為「禍水」的，其實是女人而非男人——《左傳》中所載「夫有尤物，足以移人，苟非德義，則比有禍」的傳文乃出自叔向之母的口中[19]。叔向之母的例子使人想到，女人經常會以「賢婦人」的口氣來批評其他美豔的婦人，並把她們說成是惹禍的「尤物」。其實，這些「賢婦人」之所以用道德的觀點來指責「尤物」，主要是出於嫉妒。

此外，晚明以後逐漸登上文壇的「才女」也經常成為其他女人嫉妒和攻擊的對象。晚明是中國歷史上第一次產生如此眾多才女的時代，當時無數的女作家紛紛出版了她們的作品選集，她們也同時得到了男性文人普遍的支持。然而，奇怪的是，那個「女子無才便是德」的說法也恰恰就在這個男性極其表彰才女的時代首先產生了[20]。現在大多數人都以為這句名言是男人發明的，但直覺告訴我，那句話極有可能是女人首先說出來的。再者，現在一般人引用這句話時，經常在斷章取義，他們完全忽略

19 這句話載於《左傳》昭公二十八年。有關此段的討論，見康正果，《重審風月鑑》（臺北：麥田出版社，一九九六），頁五八至五九。

20 晚明才子陳繼儒（一五五八—一六三九）和馮夢龍（一五七四—一六四六）都在他們的作品中提到當時這句話流行的情況。見劉詠聰〈中國傳統才德觀與清初四朝關於女性才與德之比論〉，香港大學《東方文化》(Journal of Oriental Studies, 1998)，頁一〇九。

了它的上下文。其實，那句話的原文是：「男子有德便是才，女子無才便是德。」其重點是在推崇男女共有的「德」，同時也在貶低女性的「才」。我認為，這句話帶有某些「賢婦人」的口氣。試想當時許多明清才女單憑自己的詩才就能得到男性文人的推崇和擁護，這種現象自然會使得一些女人感到威脅，因而針對這種情況，開始提出「女子無才便是德」的口號，其目的可能在打擊才女，同時也在捍衛自己。這樣一來，這就造成了廣大婦女和才女之間的對立關係了。我以為，其真正原因乃是：才女在某種程度上顛覆了傳統女性原有的社會秩序，因而很容易招惹其他女人的敵意。相形之下，男女之間並沒有因此產生了對立的關係。這是因為，才女基本上是認同於男性文化的；她們掌握了男性文化的精華，但並沒有顛覆男權的秩序。事實上，男性文人還特別提拔才女。例如，當時的文人曾用各種策略來提高女性的文學地位——包括熱心出版女性文學的選集、品評女性作品、把女性作品提升到和《詩經》、《楚辭》等古代經典的權威地位[21]。可以說，從整個中國歷史的角度看來，晚明文化就是才子和才女共同開創的新文化。既然男女之間是一種合作的關係，而不是處於敵對的位置，我們就不能以偏概全地說中國的女性是男權制度下的受害者了。

此外，自古以來中國文人就流行著一種表彰才女的風尚。有才的女子被稱為「女史」、「彤管」、「女博士」等。可以說，世界上沒有一個文化比傳統中國更注重女性的文才了。而且曆代的皇帝對才女通常都格外獎賞——例如，班昭、左芬、劉令嫻（劉孝標之妹）等都得到了皇帝的特殊待遇。重要的是，中國傳統的男女一直在分享一個共同的文化，男女也用共同的文學語言在認同這個文化。

21 有關明清文人如何提拔女作家的問題，請見拙作："Ming and Qing Anthologies of Women's Poetry and Their Selection Strategies," *Writing Women in Late Imperial China*, edited by Ellen Widmer and kang-i Sun Chang (Stanford: Stanford Univ. Press, 1997), 147-170；"Gender and Canonicity: Ming-Qing Women Poets in the Eyes of the Male Literati," in *Hsiang Lectures on Chinese Poetry*, Vol. 1, edited by Grace S. Fong (Montreal: McGill University, Center for East Asian Research, 2001), pp.1-18.

總之，中國文學從頭開始就沒有把女性排除在外。所謂詩歌的世界，其實就是男女共同的園地。尤其是，古人那個「溫柔敦厚詩教也」的觀念，本來就是一種女性特質的發揮，與現代人所謂的「femininity」有類似之處。在第一部詩歌總集《詩經》裡，我們所聽到的大都是女性的聲音——雖然那並不意味著那些詩篇全是女人寫的。但我們可以說，後來中國男性的文學傳統有很大成分就建立在模仿女性的「聲音」上。例如，中國傳統的男性文人經常喜歡用女性的聲音來發抒自己內心那種懷才不遇的情懷。同時，也有不少女詩人喜歡用較為陽剛的語言來擺脫所謂的「脂粉氣」[22]。總之，中國文學裡的聲音有一種男女互補的現象。我曾在另一篇文章裡把這種現象稱為「cross-voicing」（聲音互換），以與時下流行的「cross-dressing」（男扮女裝或女扮男裝）的說法相映成趣[23]。

傳統中國這種男女互補的精神與西方社會裡經常存在的性別戰爭顯然迥然不同。難怪中國的傳統女作家一向不與男性文人為敵，也很少覺得她們的權力受到了男性的侵犯。這與十九世紀英國出版界的情況正好相反。據普林斯頓大學Elaine Showalter教授所說，英國女小說家由於受到男性作家們的不斷攻擊，她們就集體大聲疾呼，宣布要有獨立的寫作和出版自由，並直接對那一向以男性為中心的出版制度挑戰[24]。這一切都令人想起，美國女性主義者所提倡的男女「差異」觀，原來就淵源於西方傳統中所存在的兩性之間的對抗。

22 例如，清初《名媛詩緯》的編者王端淑主張女性詩歌要能脫離「脂粉氣」方是好詩；她特別推崇「女士中之有骨力者」。參見鍾慧玲，《清代女詩人研究》（臺北：里仁書局，二〇〇〇），頁三三七。

23 Kang-i Sun Chang, "What Can Gender Theory Do for the Study of Traditional Chinese Literature?" Paper presented at the conference on "Interpreting Cultures—China Facing the Challenge of the New Millennium," Univ. of Stockholm, May 5-9, 2000, p. 6.

24 見Elaine Showalter, *A Literature of Their Own: British Women Novelists from the Brontes to Lessing* (Princeton: Princeton Univ. Press, 1977), 39, 75; *A Literature of Their Own*, Expanded Version (Princeton: Princeton Univ. Press, 1999). 並見拙作〈明清文人的經典論和女性觀〉，《文學經典的挑戰》（江西：百花洲文藝出版社，二〇〇二），頁九二至九三。

另外，傳統中國女性之所以一直沒有和男性對抗，主要還和中國人的本體論（ontology）有關。從宇宙人生的觀點而言，中國人從一開始就是認同女性的。首先，中國人相信，人是女媧造的；而女媧也是補天和發明樂器者。對中國人來說，男女的關係基本上是一種「伏羲龍身、女媧蛇軀」的互補關係，他們是一體的兩面，而非互相對立的。可以說，這種性別上的互補關係就是中國文化的原型（archetype）。唯其互補，所以男女之間所追求的是一種和平融洽的關係。

有關男女互補的關係，漢學家Charlotte Furth（費俠莉）在其專著*A Flourishing Yin*（《蕃息的陰》）中有極精闢的討論。多年來Charlotte Furth一直希望能把傳統中國那種精彩的陰陽互補觀——透過中醫的身體觀——介紹給西方讀者。她說：「我要引導讀者想像性地接觸那陌生的文化身體」[25]。她以《內經》裡的黃帝之身為標準，來進行討論中國人的陰陽互補的身體——即她所謂的「雙性身體」（androgynous body）[26]。這種雙性的身體與西方那種「單性」的身體是絕然不同的。因為中國人相信，無論是男或女，任何人的身體都分別帶有陰和陽的因素——即男人是陽中有陰，女人則陰中有陽[27]。故男女的生殖過程本是一種陰陽協調的作用，而身體的性別區分只是體現了天地人在宇宙中的原有秩序而已[28]。毫無疑問，在這個全球化的時代，中國人這種特有的人體觀和宇宙觀將給世界讀者帶來莫大的啟發。特別是，傳統中國文化裡的「陰陽互補觀」恰好與現代西方性別理論中的「差異觀」形成了明顯的對照。如果說，傳統中國的兩性關係所追求的是一種差異中的互補，那麼英美傳統所標榜的似乎是一種差異中的抗爭了。

---

25 此段譯文取自康正果的〈夏洛特‧芙斯：《蕃息的陰：中國醫學中的性別問題，九〇六〇——一六六五》〉，《中國學術》二〇〇一年二卷二期，頁二八四。

26 Charlotte Furth, *A Flourishing Yin: Gender in China's Medical History, 960-1665* (Berkeley: Univ. of California Press, 1999).

27 Furth, *A Flourishing Yin*, p.46, p.48.

28 Furth, *A Flourishing Yin*, p.311.

然而，西方性別理論所謂的「差異觀」也不是一成不變的。「差異觀」當初在女性主義剛開始的時候十分管用，因為它可以用來為一般婦女爭取到與男性平等的社會權益。但後來女性的社會地位日漸抬頭，原有的「差異觀」也逐漸過時，因而引發了各種不同的批評。首先著名歷史學家Joan Scott批評暢銷書作者Carol Gilligan的性別差異觀太過於簡化而死板，因而很容易造成兩性之間的敵對[29]。此外，從一九九〇年代開始，不少美國女性主義者開始重新界定性別，因為原有的性別界限已逐漸模糊。例如，在她的*Androgyny and the Denial of Difference*（《男女雙性與差異化解》）一書中，Kari Wei特別提倡兩性的合一，並早期希臘傳統「雙性人」（androgyne）的世界觀來呼籲男女的重新結合。她把兩性的結合視為一種原始整合（primordial totality）的回歸，是人類從分裂走向一體的過程[30]。另外，Judith Butler的*Gender Trouble*（《性別苦惱》）一書在這一方面尤其具有創見。她以為一個人的性別認同（gender identity）是不能用傳統的「主體／他者」（即subject /Other）的框架來固定的；因為性別本身是一種表演（performativity），那是隨著時間和空間的運轉而隨時變動的[31]。

這些新的性別觀無疑使得西方女性主義所謂的「差異觀」不攻自破了。首先，有一些較為開放的女性學者曾經受到了傅柯的權力意識的影響，所以開始提出了有關女性是「主動者」（agent）而非受害者的理論[32]。這種「女性不再是受害者」的概念很新穎，所以從一開始它就受到了年輕一代女性的歡迎，並且很快就成了美國新女性文化的主流。同時，一般年輕女性開始對所謂的傳統「女性主義」產生了反感——因為她們認為，那些「女性主義者」老是在控告男人的罪狀，甚至有時還把兩性之間

29 Joan W. Scott, "Gender: A Useful Category of Historical Analysis," *American Historical Review* 91.5 (Dec. 1986): 1065.
30 Kari Weil, *Androgyny and the Denial of Difference* (Charlottesville and London: University Press of Virginia, 1992), pp.2-3.
31 Judith Butler, *Gender Trouble: Feminism and the Subversion of Identity* (1990; rpt. New York: Routledge, 1999), p.25, p.179.
32 Mary Evans, *Introducing Contemporary Feminist Thought* (Cambridge, UK: Polity Press, 1997), p.35.

的性關係視為男人的強姦[33]。但事實上，許多這一代的女性更喜歡把女性的「性」等同於權力[34]。

這樣一來，逐漸過了時的女性主義終於引起了新一代女性的強烈反彈。一九九〇年代以來，美國境內更是充滿了各種「女人攻擊女人」的言論。例如，以*The Beauty Myth*（《美麗神話》）走紅的美女作家Naomi Wolf在她的*Fire with Fire: The Female Power and How it Will Change the 21st Century*（《以火攻火：女性權力對二十一世紀的改變》）一書中把那種不再受歡迎的女性主義統統稱為「受害者的女性主義」（Victim Feminism）[35]。對Naomi Wolf來說，新的女性主義應當是一種兼容並包、信心飽滿的女性意識。另外，一位哲學系的女教授Christina Hoff Sommers在她的*Who Stole Feminism?*（《誰搶走了女性主義？》）一書中公開控告那些自認為「受害者」的女性主義者，因為她們打著「女性主義」的招牌，大肆攻擊男人，把廣大女性引入了歧途，等於是對所有女人的背叛[36]。此外，年輕女作家Rene Denfeld乾脆把攻擊男人的女性主義者譏諷為「新的維多利亞」女人（The New Victorians），因為她們有如十九世紀維多利亞時代那些禁欲的女人，她們凡事自以為是，總以為自己的道德水準高過男人；她們把男人打擊得體無完膚，簡直是在對男人發動了一場「道德和信仰的十字軍東征」（a moral and spiritual crusade）[37]。因此，Rene Denfeld說，這就是為什麼新女性大多不願加入這種「女性主義」的陣營的原因。

---

33 Andrea Dworkin, *Intercourse* (New York: The Free Press, 1987), p.133.

34 其實早在一九九〇年Camille Paglia（在她的*Sexual Personae* [New Haven: Yale University Press, 1990] 一書中）已經提出了「性即權力」Sex is power）的理論。最近美國婦女領導者組織OWL（即Organization of Women Leaders的簡稱）又提出了相同的說法。見Melissa Harvis Renny, "Beyond Bra Burning: Students Explore the Meaning of 'Feminism,'" *Princeton Alumni Weekly* (March 26, 2003): 12.

35 Naomi Wolf, *Fire with Fire: The New Female Power and How It Will Change the 21st Century* (New York, 1993).

36 Christina Hoff Sommers, *Who Stole Feminism? How Women have Betrayed Women* (New York: Simon & Schuster, 1994).

37 Rene Denfeld, *The New Victorials: A Young Woman's Challenge to the Old Feminist Order* (New York: Warner Books, 1995), p.10.

到此，西方女性主義的「差異觀」和「受害論」實已受到了澈底的解構。這樣的結局不得不讓人想起了美國漢學家們對傳統中國的性別研究所做出的結論——那就是，中國男女的關係不能用「差異觀」和「受害論」來套用。有趣的是，漢學家們的研究成果竟與一九九〇年代以來美國的新女性所探討出來的結論甚有相同之處——雖然二者所採用的研究方法極不同，其研究的對象和所面對的上下文更是大相逕庭。然而，就因為東西方的文化傳統不同，而個別的文化又都對性別研究產生了相似的結論，才更耐人尋味。其實，這也就是比較文學的根本價值所在，就如普林斯頓大學的文學教授Earl Miner所說：「相對的相似處（relative likeness）並不等於完全相同（identity）……如果所有的文學傳統都一樣，那就沒有什麼可比較了。」[38]

在這個全球化的時代，我們有必要尋求東西文化之間的溝通和瞭解。以性別研究為例，雖然個別的文化所呈現的歷史、身體和性別觀有所不同，相互之間也自然感到陌生，但若能藉此機會好好地吸收前此陌生的知識，就自然能使人拓寬視野。尤其，在這個重新界定性別意識的時代，許多有關男女的觀念都需要先打亂之後才能進入另一個高層次的境界。在這種情況之下，東西方的交流自然就更加重要了。

我以為，我們不妨用傳統中國的男女「陰陽互補觀」來形容東西方文化之間的關係。唯其二者有差異，才能在其近似的功能上尋求更合適的研究角度，進而加深彼此的瞭解。

問題是，正確的交流都必須建立在「雙向」的交流過程（two-way process）上[39]。但可惜的是，在性別研究的研究範疇裡，至今仍只停留在「單方面」的中西交流上——因為，雖然美國的漢學家們

---

38 Earl Miner, *Comparative Poetics: An Intercultural Essay on Theories of Literature* (Princeton: Princeton Univ. Press, 1990), p.225.

39 Jinhua Emma Teng, "The Construction of the 'Traditional Chinese Woman' in the Western Academy," *Signs* 22.1 (1996): 143.有關這一點，並請參見拙作：Kang-i Sun Chang, "The Two-Way Process in the Age of Globalization," *Ex/Change* 4 (May 2002): 5-7.

總是不忘熟讀西方的性別理論，但西方從事性別研究的學者們幾乎從未使用過漢學研究的成果。比方說，多年來一直研究中醫文本的Charlotte Furth曾經在她的《蕃息的陰》一書中引用了Judith Butler的性別觀，但Judith Butler卻絲毫沒參考過Charlotte Furth的學術著作，否則她一定可以從Charlotte Furth書中所分析的陰陽互補觀中得到許多啟發。同理，Dorothy Ko曾經借用Michel Foucault的理論來解說中國明清婦女的權力意識，但一般研究女性權力觀的西方學者卻沒有能利用Dorothy Ko等人在漢學方面的研究成果。這是一個令人感到遺憾的現象——尤其是，美國的漢學研究幾乎全由英文寫成，且大都已在美國出版，其資料也都能在各大圖書館中找到，實在沒有理由受到忽視。

然而，我們絕不能忽視中西文化交流之間這種「單方向」的問題。這問題的嚴重性，實已影響了目前中國人的文化傾向——因為，今日許多臺灣和中國大陸的青年人寧願接受西方的文化，卻對傳統中國文化的知識愈來愈感到陌生，有時還遠較西方人為甚。這確實令人感到困惑，也讓我們不得不對全球化的意義重新進行檢討。

——原載於《文史知識》二〇〇四年十一月、十二月號，今增訂後收入本書中

（本文的英文原稿曾部分宣讀於二〇〇一年八月十一日至十四日在北京清華大學舉行的第三屆中美比較文學雙邊討論會。該會議由中國清華大學和美國耶魯大學共同主辦）

第二十三章　何謂「男女雙性」？

——試論明清文人與女性詩人的關係

據我近年來研究中西文學的心得，我認為有史以來最奇特的文學現象之一，就是中國明清時代才女的大量湧現。在那段三四百年的時間中，就有三千多位女詩人出版過專集。至於沒出版過專集或將自己的詩文焚毀的才女更不知有多少了。對於這一特殊的文學現象，我已在其他報章雜誌上從各方面來研討——例如從典律（canon-formation）、文體論、女性識字率以及出版業的繁榮等觀點來著手。但在本文中，我要從一個新的角度來看這個問題——那就是，把明清女詩人的空前繁榮置於明清文人文化的「上下文」（context）中做一新的詮釋。

首先，明清才女作品的大量出版不但反映出婦女創作的繁榮，而且也直接促使它更加繁榮。無論如何，女性文本已在當時成了普遍的熱門讀物[1]。最有趣的是：這些流芳一時的女性文本的整理、出版及傳播，主要是明清男性文人的貢獻。與英美女詩人不同，中國女詩人的文藝創作不但沒受到男性文人的排斥，反而得到男性的鼓勵及表揚。這是明清文化的一個很特殊的方面。在女權主義者集體批判父權意識的今天，我們不得不藉此提出一個問題——那就是，明清的文人為何對女性詩才如此重視？

首先，我們必須考慮的是傳統文人對才的尊重。從六朝以後，文人就發展了一套才女觀，以為理想的佳人除了美貌以外，還必須具有詩才。而這種才女觀到了明清時代終於演變成文人文化的主流，

[1] 參見Ellen Widmer，"The Epistolary World of Female Talent in Seventeenth-Century China", *Late Imperial China* 10.2 (Dec.1989), p.22。

促使明清婦女文學達到空前的繁榮。這種突發的演變與明清文人文化的特殊性是息息相關的。在明清時代，所謂的「文人文化」是代表邊緣文人的新文化[2]——它表現了一種對八股和經學的厭倦以及對非實用價值的偏好。首先，它重情、尚趣、愛才——特別是崇尚婦才，迷醉女性文本，把編選、品評和出版女性詩詞的興趣發展成一種對理想佳人的嚮往。這些文人不斷編輯各種各樣的女性選集，不但收集當代的作品，而且對過去遺失的女性文本進行考古。例如，今天大家都知道李清照是宋朝最負盛名的女詞人，但很少有人知道她的作品本來流傳下來的就很少。至少在明初時，人們已經找不到所謂的《李清照集》，如果不是靠明清文人的努力採輯與考古，我們今天也不可能有較完整的李清照作品集[3]。

除了編選女性作品以外，更重要的是明清文人與才女的認同。基於自身的邊緣處境，明清文人特別對薄命的才女產生一種懷才不遇的認同感。所謂「才女命薄」就是早夭、早寡或是婚姻不幸、所適非人。總之，才子在才女的身上看到自身的翻版，也自然把女性特徵奉為理想詩境的象徵。於是，文人文化與女性趣味合而為一，而男性文人的女性關注也表現了文人自我女性化的傾向。

有趣的是，正當男性文人廣泛地發展女性化趣味之時，明清女詩人紛紛表現出一種文人化的傾向，那就是一種生活藝術化的表現及對俗世的超越：例如吟詩填詞、琴棋書畫、談禪說道、品茶養花、遊山玩水等生活情趣的培養。與男性文人相同，這些女詩人強調寫作的自發性（重自然、忌雕琢），寫作的消閒性（非功利的選擇、怡情悅性）及寫作的分享性（與二三同好相酬唱）。這種寫作的價值觀原是十足地男性化的，現在把它與女性連接在一起，等於創造了一種風格上的「男女雙性」

[2] 參見康正果，〈邊緣文人的才女情結及其所傳達的詩意——《西青散記》初探〉，載《九州學刊》一九九四年七月號，頁八七至一〇四。

[3] Ronald Egan, *The Burden of Female Talent: The Poet Li Qingzhao and Her History in China* (Cambridge, MA: Harvard University Asia Center, 2013).（孫康宜補注，二〇一五年六月）

（androgyny）（「androgyny」這個名詞在臺灣被譯成「雌雄同體」，但我認為把它譯成「男女雙性」更能表現其精神上及心理上的文化認同意義。「雌雄同體」則更似一生物名詞，在英文詞彙裡是用「hermaphrodite」這個詞來表示）[4]。我以為用「androgyny」這個名詞來解釋明清才女的「文人化」傾向是極其合適的。因為在西方，自從柏拉圖開始，「androgyny」這個詞就表示一種藝術及真理上的「性超越所指」（a kind of transcendental signified）——它既是美學的，也是文化的。

明清才女的文化傾向中有一個值得注意的現象是：一些女詩人喜歡女扮男裝，並極力發展其形象的儒雅化。最明顯的例子就是著名才女柳如是，她曾經打扮成儒生公子的樣子，一個人到虞山的半野堂去拜訪鼎鼎大名的錢謙益，一時被傳為佳話。我們發現，戲曲小說中的女扮男裝的女英雄已化為真實人物。像柳如是一般的才女可謂「文化中的女英雄」，她們不但與男士自由往來，日日吟詩談詞，而且大談經世致用之道。這種特殊的文化現象表現在詩歌創作上，就產生了一種有趣的現象——我們發現不少明清女詩人刻意專學某男性大家的詩風（非如前此之才女，僅率性為之），大有杜甫所謂「詩是吾家事」之勢。這一點也反映了某些清代女詩人在吟詠情性上特重才學的趣味。在《紅樓夢》中，曹雪芹就處處讓他的才女掉書袋，搞所謂「無一字無來處」。虛構的女詩人與現實中的女詩人可謂一唱一和，相映成趣。

女詩人文人化的另一個現象就是：女性書呆子的普遍增多。這些書呆子就是所謂的「書癡」，她們不但愛書成性，而且還多次在詩中吟詠自學的甘苦，用讀書來詮釋生命的價值，有一種「朝聞道，夕死可矣」的精神。例如，有一位叫錢惠纕的女詩人，因為別人調笑她是「女書癡」，她有感而發，就寫了一首七絕〈聊以見志〉：

[4] 參見Kari Weil, *Androgyny and the Denial of Difference*(London and Charlottesville:University Press of Virginia, 1992), p.63;Camille Paglia, *Sexual Personae:Art and Decadence from Nefertiti to Emily Dickinson* (New Haven: Yale University Press, 1990), pp.85-124.

幾回惆悵歎娥眉，寂處深閨未有師。
但使一朝通妙義，不妨人喚女書癡。

還有一位叫張柔嘉的才女，每天開夜車一直到半夜，床上放滿了書，一心一意要做書蟲，她曾在詩中說：「百城未敢誇南面，且乞閒身作壁魚。」[5]乞求作「壁魚」就是甘心做書魚的意思。像這樣的才女並不指望憑自己的知識和文才去幹文人幻想的事情。她們往往只在讀和寫中偷閒，就像蛀書蟲一樣，只為讀書而讀書。

但是，讀書太用功就會導致生病。有趣的是，這些才女在詩中卻把生病視為莫大的福氣；因為處處感到自己的虛弱，於是便找到放棄各種家務的藉口。病幫助她們退回到自我的世界中，也給她們帶來了大量的自吟自賞的機會及時間。例如，有一位叫李𪊨媖的才女常常因為生病而感到慶幸，她曾在詩中寫道：「不為讀書耽雅趣，那能與病結清歡。」[6]把病中讀書之樂看成一種「清歡」，實是明清才女的一大發明。

此外，病自然就與女才早夭的悲劇性題材息息相關。在明、清兩朝，才女早夭的命運是極其普遍的。也可以說，林黛玉的角色不只是才女現實生活的寫照，也是直接影響女詩人的藝術形象。有趣的是，在有名的葉氏姐妹及金逸等很多早夭才女的詩作及有關她們的軼事中，我們發現她們的病容、病體、對病的反應，全都被美化為一種使她們顯得更可愛的詩意。此外，死亡還被描繪成走向另一個更值得她們嚮往的世界——從明末的葉小鸞到清代的夏伊蘭，她們的死亡都被男性文人解釋為愛才的仙界對才女的拯救。換言之，她們的死亡都被按照李賀早夭的故事來詩化，她們也都成為了「死有死

5 徐世昌輯《晚晴簃詩匯》（北京：中國書店，一九八八），頁六四〇。
6 徐世昌輯《晚晴簃詩匯》，頁六九五。

福」的才女兼仙女。而死亡也就正式獲得了自我超渡的意義。

與虛構的林黛玉相同，最傑出的早夭才女常是未嫁而卒。例如，葉小鸞在婚禮前四天戲劇性地夭折，死時才十六歲。夏伊蘭十五而歿，在那以前曾在詩中表示「老死誓不嫁」[7]。害怕結婚確是明清才女作品中的一大主題，因為從她們的創作道路看來，婚姻常常成為詩才的墳墓。平庸的主婦生活有可能消弱一個才女的性靈，正如寶玉所謂女兒結婚之後，由珍珠變成了魚眼睛。因此，以依戀和讚美的語調來歌詠早年在父母身邊的生活，就成了明清婦女詩詞中一個值得注意的問題。未嫁和嫁後是作為兩個強烈對比的世界來看的——前者代表了理想的「女兒世界」，被描繪成一個女人一生中的伊甸園；後者則寫走向受苦受難的深淵，它意味著無拘無束的年代之結束、對親情的斷送以及被捲入一個完全異己的環境中。例如，著名女詞人熊璉在自傷婚姻不幸之時，曾作《長恨編》數十首，十分感人。此外，在很多明清才女的筆下，拒絕出嫁的選擇幾乎包括了美國女權主義者Adrienne Rich所謂的「反異性戀」的因素。雖然這並非指出Lesbian的同性戀心態，但它顯然是強調了一種「姐妹情誼」——一種包括親姐妹及做姑娘時的同性詩友間的認同感。因此，女子之間的交往、遊玩和文字活動便構成了一個才女——特別是夏伊蘭——早年詩作的主要內容。這樣看來，像夏伊蘭這樣的早夭，不但不再是悲慘的事件，反而是一種櫻花般的燦爛凋謝。那是在盡情地享受了父母的嬌愛，度過了無邪的少女時代，在行將進入嚴峻的現實選擇之前，以生命的終止來維持少女之完美的一種解脫。當然，這是一個美麗的謊言，是才女傳奇的作者反覆為早夭的女詩人製造出來的一個神話。

與那些夙慧早夭的才女不同，早寡守節的女詩人卻往往長壽善終。例如，方以智的兩位姑母方維儀和方維則均早寡守節，活到八十多歲，她們在晚年還編輯《古今宮閨詩史》。有一個重要的文化

7 同上書，頁七〇一。

現象是：明清女詩人中，寡婦居多。《廣東女子藝文考》的編者冼玉清曾為這個文化現象作瞭解釋，她說：「此輩大抵兒女累少，事簡意專，故常得從容暇豫，以從事筆墨也。」[8] 換言之，這些青年孀守之人之所以成為傑出的詩人，顯然與她們很早就結束結婚生活有關[9]。就如年輕守寡的袁枚女弟子駱綺蘭所指出，一般有才的女子，一旦結婚，總是被「操井臼，事舅姑，米鹽瑣屑」等事所牽累，以至於無暇發展詩才（當然，有些女詩人有幸嫁給才子，夫婦得以日日吟詠——像袁枚另一女弟子席佩蘭就是一個最著名的例子）。但無論如何，一個殘酷的事實就是：寡婦生活有利於寫作。這是因為它使寡婦詩人逃脫了某一種生活負擔，從而使她們發現了寫作與獨身生活的關係。德國詩人里爾克（Rainer Maria Rilke）所謂孤獨與詩人的密切關係，也正闡釋了這個道理[10]。

然而，必須指出的是，寡婦的生活是極其艱難的。其中一個最普遍的現象就是寡婦的無家感。因為失去丈夫便失去了依靠，無論住在夫家，還是歸住父母之家，她都是一個多餘的人。方維儀曾在〈傷懷〉一詩中歎道：

長年依父母，中懷多感傷。
奄忽髮將變，空室獨彷徨。

我常常懷疑明清時期那麼多殉情的烈婦，是否都是在節烈觀念的支配下自殺的，我以為她們更多的是由於害怕過守寡的生活，因為作為一個未亡人活下去，要比追隨亡夫死去更艱難。例如，錢謙益

8 參看胡文楷，《歷代婦女著作考》增訂本（上海：上海古籍出版社，一九八五），頁九五三。
9 參見康正果，《風騷與豔情》，頁三四八。
10 參見Rainer Maria Rilke, *Letters to A Young Poet*, translated by Stephen Mitchell (Boston: Shambhala, 1993), p.56.

死後，柳如是自殺，那絕不是因為殉情或殉夫，乃是因為柳如是面對錢家的家族矛盾，難以繼續生存下去，才走自殺之途的。

另一方面，在那些選擇活命的寡婦的詩中，我們聽到了一種真正面對實際生活的女性聲音——與男性文人所寫的代言體寡婦詩有基本的不同。寡婦自己寫的詩傳達了傳統詩歌以外的很多信息——例如我們發現，對一個守寡的女人來說，痛苦不堪的不只是懷念死者、空房難獨守之類的空缺感，更難挨的顯然是生計的艱難。她們常常是在大半輩子含辛茹苦之後，臨到垂暮之年，才得到一生努力的報償。而正由於生計的艱難，在漫長的孀居生活中，吟詩填詞便成為對她們最有益的消遣和寄託。上面說，明清有許多才女書癡，而其中許多書癡都是寡婦，例如那位「且乞閒身作壁魚」的張柔嘉便是。此外，寡婦的詩風及情感模式常有《名媛詩話》所稱著名的寡婦詩人顧若璞「文多經濟大篇，有西京氣格」，而且誇獎她大講治國平天下的言論[11]。

一般說來，明清婦詩人突破了傳統女性詩詞的閨怨和棄婦的狹隘內容。她們把注意力移到日常生活中的種種親身體驗，而且十分真切地寫出了個人得自觀察的情景及靈感。從刺繡、紡織、縫紉到烹飪，直到養花、撫育，所有一切有關家務的詩作都構成了明清婦女詩詞的新現象。例如，張清河在其〈看蠶詞〉中寫道：「閒聽食葉最關情，彷彿詩人下筆聲。」[12]比喻新穎，情景婉然，詩中句句皆從養蠶人的生活中得來。這使我想起了嚴羽所謂的「詩有別才非關學，詩有別趣非關理」。

值得注意的是，在優秀的明清婦女詩詞中，女性的聲音實際上並不是西方女性主義者所描繪的那樣發自一個抗議父權的聲音，而是從婦女日常生活經驗的縫隙中偶爾流露出來的點滴感悟。在這一方面，有一首詩可作為代表：

11 參見沈善寶，《名媛詩話》，見杜松柏主編《清詩話訪佚初編》第九冊（臺北：新文豐出版公司，一九八七），頁四。

12 沈善寶，《名媛詩話》卷四，頁一二a；杜松柏主編《清詩話訪佚初編》第九冊，頁一七七。

唱隨儂是後來人，代備椒漿倍慘神。
今世英皇無此福，他生叔季可相親。
自慚織素輸前輩，恰喜添丁步後塵。
刻下試為身後想，替儂奠酒是何人？

（朱景素，〈外子前室繆孺人忌辰感懷〉）

這是一首值得沉思的詩。從詩題可以看出，詩人身為繼室，她在代替丈夫向前房的亡靈致祭之時，突然想到了人生的虛無及無常，以至於產生了一種感悟。無論從這位「後來人」所處的位置還是從她的自我意識看，前室、後室都一樣是這個家庭中的勞力，續弦即為補充失去的勞力。換言之，活著的人所做的一切都在重複死者在這個家庭中曾做過的事。於是，她設身處地對死者產生了同情：一個身為人媳、人妻、人母的女人是可以不斷地被其他女人替代的。這確實是一個太令人感到殘酷的事實，於是它迫使詩人很快由悲人轉向自悲：「刻下試為身後想，替儂奠酒是何人？」在這一刻，死者與生者合一，前室與繼室合一，詩人在祭奠他人之同時也提前排演了日後自己接受另一個繼室祭奠的儀式。這種情況使人聯想到《紅樓夢》裡林黛玉所說：「儂今葬花人笑癡，他年葬儂知是誰？」這是一種大徹大悟的境界，也就是王羲之在《蘭亭集・序》中所說的「後之視今，亦猶今之視昔」。這首詩提醒我們，在明清女詩詞中，最有力的召喚不是出自「女權主義」的聲音，而是發自生命中的偶然感悟。是抒情的需求引導她們偶然超越了日常生活的局限性，洞察了生命的悲劇性，也就是王國維所說的：「試上高峰窺皓月，偶開天眼覷紅塵，可憐身是眼中人。」（〈浣溪沙〉）

這是審美的感悟，一種把沉痛的心情昇華為被欣賞、被理解的感悟。最重要的是，傳達這種感悟的語言是純真而質樸的語言——亦即明清人所標榜的「清」的美學特質。因為這種詩的特質與我所謂的「男女雙性」有直接的關係，我想在此順便說明一下「清」的文學意義。

「清」本來是魏晉時代品評人物的重要概念：它意味著脫俗以及天性、本質的自然流露。此外，它還強調一個人身上與生俱來的高貴、尊嚴、典雅。同時，清與濁基本上是對立的。《易緯・乾鑿度》上說：「形變之始，清輕上為天，濁重下為地。」如果說清代表陽剛，濁就是陰柔。這種清濁之分頗能令人聯想到Camille Paglia所謂西方文化中Apollonian與Chthonian之分（即天／地、陽／陰之分）[13]。總之，「清」的價值基本上是十足的陽剛或男性化的。唐宋以降，它逐漸成為文學藝術品評中最常用的一個準則。

前面我曾經提到明清女詩人普遍的文人化傾向。我認為女性文人化的最重要的表現就是：對男性文人所樹立的「清」的理想模式產生了一定的認同。無論是生活上或是藝術上，這些女詩人流露出真率、質樸、典雅、淡泊等「清」的特質。在寫作上，她們特重自然流露與「去雕琢」的精神。有趣的是，那原本極具男性化的「清」的特質漸漸被說成女性的特質，而女性也被認為是最富有詩人氣質的性別；換言之，女性成為詩性的象徵。例如，明末的鍾惺在其《名媛詩歸》中曾把閨秀詩歌的品質和婦女創作的特徵作為他的詩歌的理想模式，而且在一定的程度上道出了女詩詞的「清」的本質：由於缺乏吟詩屬文的嚴格訓練，反而保持了詩的感性；由於在現實生活領域的局限性，反而有更豐富的想像；被隔離的處境反而造成了她們在精神、情感上的單純、純淨。這一切都使她們更能接近「真」的境界。難怪明清文人有一句老生常談：「乾坤清淑之氣不鍾男子，而鍾婦女」，而曹雪芹的《紅樓夢》也出現了「女清男濁」論。

13 參見Camille Paglia, *Sexual Personae*, p.5.

很顯然，「清」的詩學對明清詩媛的自我肯定產生了很大的影響。同時，文人和才女也正是在「清」的詩學中找到了最大的共識。「清」可謂中國古典的androgyny。

——原載《世界週刊》一九九五年一月八日、《中央日報·副刊》一九九五年三月五至九日

第二十四章　末代才女的亂離詩

在《見證的危機：文學歷史與心理分析》一書中，作者Shoshana Felman和Dori Laub曾說，文學是「面對無法發聲的歷史的唯一見證」[1]。無論在東方還是西方，一般人提到詩歌見證——尤其是見證戰亂時期的政治事件的詩歌——總以為那是屬於男性詩人的專利。在中國詩史中，「亂離」一詞首次出現在《詩經・小雅》的〈四月〉中：「亂離瘼矣，爰其適歸。」但根據《毛傳》，此處「離」字乃作「憂」字解[2]。意思是說：「喪亂真讓人憂愁呀，我該往何處去呢？」最早具有自傳色彩，而真正能稱得上見證亂離的詩篇則是女詩人蔡琰的作品。在她的〈悲憤詩〉中，蔡琰描寫東漢末年董卓之亂時自己如何在戰亂中被匈奴人俘擄的故事。據記載，蔡琰被胡騎所獲，在胡中生活了十二年，後來曹操將她贖歸。返漢之後，蔡琰因追憶亂離的經驗，感傷而作〈悲憤詩〉。雖然有人懷疑或否定此詩為蔡琰所作[3]，但一千多年來，因此詩一直在蔡琰的名下，故蔡琰始終被視為撰寫亂離經驗的典範作

1 費修珊、勞德瑞，《見證的危機：文學歷史與心理分析》，劉裘蒂譯（臺北：麥田出版公司，一九九七），頁二六。原文見Shoshana Felman and Dori Laub, *Testimony:Crises of Witnessing in Literature, Psychoanalysis, and History* (New York: Routledge, 1992), p.xviii.

2 關於《毛傳》中此處「離」字該作「憂」字解一事，我要特別感謝臺灣大學張以仁教授的指點和提醒，也謝謝他對本文的改寫提出了寶貴建議。

3 有關蔡琰的身分問題，見蔡瑜，〈離亂經歷與身分認同——蔡琰的悲憤交響曲〉，洪淑苓、鄭毓瑜、蔡瑜、梅家玲、陳翠英、康韻梅合著，《古典文學與性別研究》（臺北：里仁書局，一九九七），頁五七至九三。並參見Hans Frankel, "Ts'ai Yen," William H.Nienhauser, Jr.,ed., *The Indiana Companion to Traditional Chinese Literature* (Bloomington:Indiana University Press, 1986),

者。例如，杜甫的名作〈北征〉及其他不少長篇（〈自京赴奉先縣詠懷五百字〉等）都模仿了〈悲憤詩〉的詩風，其中「詩史」的概念也多少受了蔡琰的直接影響。清代著名詩論家施補華就在他的《峴傭說詩》中說：

> 蔡琰悲憤詩……已開少陵宗派，蓋風氣之變，必先有數百年之積也。[4]

儘管蔡琰被奉為撰寫亂離經驗的楷模，受到不少男性詩人的讚揚，但歷代的女詩人卻少有人自覺地模仿蔡琰的詩風。一般說來，傳統女詩人作品大都局限於閨怨的狹隘內容，因為她們大都缺乏自覺的歷史意識和政治關懷，故很少寫詩見證政治與社會的興亡盛衰。直到宋末元初，由於外族的入侵，才有少數女子由於身受暴力的侵犯，偶爾在遇害之前仿蔡琰詩風作詩，把個人的苦難用詩歌的形式公諸於眾。例如，歌伎趙鸞鸞不幸於戰亂之時陷於寇，據說在她遇害之前曾作〈悲笳四拍〉（仿蔡琰的〈胡笳十八拍〉），以抒發自己捨生取義的情懷。[5] 這些都是當時一些極其個別的有關女性受難和民族意識的見證實例。[6] 然而，作為一種具體的女性寫作傳統，一直要到晚明以後，它才慢慢被建立起來。這是因為，明末女詩人開始以前所未有的自覺意識，刻意地追摹蔡琰和杜甫等詩人，企圖從表現自身的不幸轉向了表現人生的不幸，從描繪戰亂的遭遇轉向了對個人情操的寄託。可以說，這樣的女性寫作突然在晚明之際出現了空前的繁榮。這種現象自然和當時女性識字率的普遍提高有關，但更重

pp.786-787; Dore Levy, *Chinese Narrative Poetry: The Late Han through the Tang Dynasties* (Durham: Duke University Press, 1988), pp.82-96.

4 施補華，《峴傭說詩》，郭紹虞編《清詩話》（上海：上海古籍出版社，一九七八），頁九七六。

5 參見裔柏蔭編《歷代女詩詞選》（臺北：當代圖書社，一九七一），頁一一九至一二〇。

6 有關女性受難與現代民族主義的關係，見劉健芝，〈女性主義與民族主義：恐懼、暴力、家國、女人〉，載《讀書》一九九九年三期，頁三至一〇。

要的乃是，女性作家在選擇文學素材時的日漸廣泛的視野。這一出發點導致了一個有趣的文化現象：那就是女詩人對廣大文化詩風之推崇。例如，清代女性評論家沈善寶就在她的《名媛詩話》中稱明末女詩人顧若璞：「文多經濟大篇，有西京氣格」，同時誇獎她大講治國平天下的言論[7]。此外，沈善寶也特別標榜了明末的幾位女性「遊擊將軍」，把這些「新女性」刻畫成才女兼俠女、賢婦人兼女將[8]。當然，這可能是沈善寶自覺地想藉文人傳統的批評方式來為才女揚名，但不可否認的是，明末女詩人由於各方面生活層面的擴展，已無形中創造了一種表現廣大現實意義的「新文學」了。

這時正巧遇到了朝代更替的悲劇，許多才女也都隨之成了時代的受害者。除了在離亂之間必須尋求重建生命的勇氣之外，她們也創造了一種見證人生的、富有自傳意味的亂離詩。我們只要翻閱一下錢仲聯先生主編的《清詩紀事》卷二二《列女卷》[9]，就能想像當時這種數量極多的亂離詩是怎樣被讀者視為「見證」的讀物來接受的。當然，這些明末清初的女詩人絕不是首次經歷到家國淪亡的一批人；在她們以前，早已有過無數次的朝代興替和隨之而來的社會動亂，以及其他各種各樣的人間悲劇。但晚明卻是中國有史以來第一次擁有如此眾多的女性作家以刻意的文學自覺，把自己的個人經驗以見證歷史的方式表達了出來的特殊時代。可以說，中國女作家從未在她們作品中如此關切過人類的戰鬥與災難的問題。換言之，在她們描寫苦難、逃亡、掙扎的過程中，她們已重新建構出一種新的「時代」的聲音，使其時代的複雜性更能為人所瞭解。這令人想起英國詩人艾略特（T.S.Eliot）曾經說過的一句話：

7 參見沈善寶，《名媛詩話》卷一，頁一a，杜松柏主編《清詩話訪佚初編》（臺北：新文豐出版公司，一九八七）第九冊，頁四。
8 參見沈善寶，《名媛詩話》卷一，頁三a，杜松柏主編《清詩話訪佚初編》第九冊，頁七。
9 參見錢仲聯主編《清詩紀事》（南京：江蘇古籍出版社，一九八九），頁一五五〇三至一六〇三九。

詩人只是把人們早已熟悉的感情用更富有自覺的方式表達出來，因而能說明讀者更加認識到他們自己。[10]

明清之際女詩人畢著就是能「把人們早已熟悉的感情用更富有自覺的方式表達出來」的一位詩人。畢著二十歲時用一首〈紀事詩〉描寫其父為國戰死，她自己又如何率領精兵去夜襲敵營、取回父親屍體的經過：

吾父矢報國，戰死於薊丘。
父馬為賊乘，父屍為賊收。
父仇不能報，有愧秦女休。
乘賊不及防，夜進千貔貅。
殺賊血漉漉，手握仇人頭。
賊眾自相殺，屍橫滿坑溝。
父體與櫬歸，薄葬荒山陬。
相期智勇士，慨焉賦同仇。
蟻賊一掃清，國家固金甌。[11]

10 T.S.Eliot, *On Poetry and Poets* (New York: Noonday Press, 1961), p.9.
11 錢仲聯主編《清詩紀事》，頁一五五〇七。

畢著此詩以直敘法說明自己在戰時亂離之際，潛入軍營而殺賊的經過，其為父報仇的勇敢行為頗似花木蘭及其他許多古代俠女的光榮事蹟。然而，與前此之奇女子明顯的不同在於，畢著能用詩歌的語言見證她自己勇敢的行為，從而也表彰和宣揚了婦人的丈夫氣。所以，在《名媛詩話》中，沈善寶特別用傳奇之筆大寫其勇敢的事蹟，並特別強調：「余讀其傳而慕之。」[12]其實，早在沈善寶之前，已有無數史家及評論家分別在他們的書中記載了畢著的生平事蹟，而他們所用的史料根據不外乎畢著所寫的這首〈紀事詩〉短詩[13]。由此可見，正是通過了這首詩，畢著不但使自己做了歷史的見證人，同時也給後世留下了一個女英雄書寫的詩史。

此外，畢著此詩充滿了男性的口吻，與傳統的婦女詩歌的風格迥然有別，而這也正是晚明女性詩歌的特異之處：由於女作家選擇了文人化的方向，開始有意寫作她們那個特殊時代的「詩史」，因而抒發出才女們特有的歷史情懷。其特殊之處在於：她們雖對社會與政治現實表現出關注，但與此同時，她們並沒因此而忽視女性在家庭問題上固有的顧慮，所以晚明女性詩歌常出現了一種全面性的「男女雙性」的風格[14]。在很大程度上說，其實這也是蔡琰詩歌的特殊風格：她的〈悲憤詩〉一方面記載了對廣大社會與政治危機的關懷（「漢季失權柄，董卓亂天常」），另一方面也抒發了她個人的女性聲音（「兒前抱我頸，問母欲何之」），因此她既是客觀見證的敘述者，也是主觀經歷亂離的女性本身。如果我們仔細分析畢著的那首〈紀事詩〉，我們就會發現該詩也有著家國與個人的雙重意義，可以說整首詩都必須經由這兩種對應關係來理解。從個人的層面而言，此詩是有關「父仇不能報，有愧秦女休」的孝女精神之發揮。但從社會國家的層面來說，這卻是一首描寫驚心動魄

12 沈善寶，《名媛詩話》卷一，頁二b，杜松柏主編《清詩話訪佚初編》第九冊，頁六。

13 參見錢仲聯主編《清詩紀事》，頁一五五〇三至一五五〇六。

14 參見孫康宜，《古典與現代的女性闡釋》，頁七二至八四。

的戰場的詩歌。這兩個敘事層面交織在一起，相得益彰。總之，無論從哪個方面看，這是一首從個人（private）走向公共（public）領域的見證詩歌。

另一位特別具有「公共」意識的明末女詩人就是有名的才女王端淑，即明朝禮部右侍郎王思任之女。她身經戰亂，飽受亂離之苦，尤其在聽說父親已經殉明之後，更加以哀悼傷感的筆調寫出許多感人的詩篇。所著《吟紅集》三十卷，乃為了「不忘一十載黍離之墨蹟也」。在流離顛沛之餘，王端淑把自己比成懷才不遇的屈原（有「長沙三閭」之句）[15]，也把自己想像成流落天涯的杜甫[16]。對王端淑來說，也許只有詩歌寫作才能給她活下去的勇氣，因為在人生的困頓中，一個詩人也只有通過艱苦卓絕的吟詠才有可能把一己之經歷銘記刻成集體的記憶。可以說，她所寫有關流離戰亂的種種親身經歷，都是為了保留記憶而寫的，因此，個人的回憶本身縱有很多痛苦，但在詩歌寫作的過程中，詩人則隨時可領悟出人世變化的意義，詩歌創作於是有了錘鍊人格和提升精神的價值。

王端淑的亂離詩，尤以其歌行體特有的激揚聲氣而感人。其〈悲憤行〉即寫出了國變之後，自己倉皇避禍，備嘗辛苦的感慨：

淩殘漢室滅衣冠，社稷丘墟民力殫。
勒兵入寇稱可汗，九州壯士死征鞍。
嬌紅逐馬閒者酸，干戈擾攘行路難。
予居陋地不求安，葉聲颯颯水漫漫。
月催寒影到闌干，長吟漢史靜夜看。

15 參見王端淑，《吟紅集》（一六六一？）丁聖肇敘，頁二a至頁二b。

16 參見鍾慧玲，《清代女詩人研究》（臺北：里仁書局，二〇〇〇），頁三六九。

思之與廢冷淚彈，杜鵑啼徹三更殘。[17]

此詩顯然援用蔡琰〈悲憤詩〉的本意。蔡琰在其詩中曾把北方的侵略者視為沒有文化的胡人：「邊荒與華異，人俗少義理。」王端淑也同樣把入侵的清兵稱為「寇」（「勒兵入寇稱可汗」）。值得注意的是，在其〈悲憤行〉中，王端淑屢次提到了「漢室」、「漢史」等字眼，可以說很明確地把戰亂與民族主義聯繫了起來。但我們必須指出，王端淑同時也把「漢室」與「漢史」拿來作為「明室」和「明史」的隱喻。作為一種巧妙的「用事」法則，這樣的隱喻方式不但可以促進讀者的聯想力，使他們盡力往「言外微旨」的方向推敲文意，而且還可以使作者本人躲避政治風險。此外，在王端淑提到「思之興廢冷淚彈，杜鵑啼徹三更殘」時，她一定會想到東漢才女蔡琰漂泊異地、顛沛轉徙的苦楚的。

比起蔡琰的詩，王端淑的〈悲憤行〉更加有一種「憤」的情緒。如果說，蔡琰的〈悲憤詩〉中充滿了個人的「悲」的痛楚之感（「欲死不能得，欲生無一可」），那麼王端淑所抒發的則是明末清初的才女所共有的一種普遍的挫折感和憤怒。在這首〈悲憤行〉中，王端淑所表現的憤怒乃是對一般男子的不滿，埋怨他們在國家傾覆之際還以個人利益為重，因而造成了江山易主的大禍：

何事男兒無肺肝，利名切切在魚竿。

這種把亡國的罪過完全歸罪於男性的態度，實與傳統流行的「女禍」觀有了本質的改變[18]。根據

17 王端淑，《吟紅集》卷三，頁一a至頁一b。

18 參見劉詠聰，《德・才・色・權：論中國古代女性》（臺北：麥田出版公司，一九九八），頁一五至四二。

古代的史料，亡國一般皆起於女色的禍患或是由於女性干政而引來的禍患。然而，王端淑和當時其他富有節氣的才女卻重新更正傳統的偏見，把社稷的傾覆說成是男人不負責任的結果。例如，當時有名的女詞人徐燦就在她的一首〈青玉案〉中批評了那些降清的人士，而且強調明朝之所以滅亡絕非女人（「蓮花步」）造成的：

> 煙水不知人事錯，戈船千里，降帆[幡?]一片，莫怨蓮花步。……[19]

徐燦這種對男性的批判態度，很容易使人想起五代後蜀的花蕊夫人所寫的〈述亡國詩〉，在那首詩中，花蕊夫人向宋太祖陳述後蜀滅亡的真正原因：「十四萬人齊解甲，寧無一個是男兒?」[20]花蕊夫人如此大膽地對男性譴責，曾在詩話史上贏得了「忠憤」的好評[21]。所以，像王端淑和徐燦這樣的才女一定在某種程度上，刻意效法了花蕊夫人的卓識之論。然而，事實上，就女性本身的認知而言，她們實已較花蕊夫人又進了一步。在〈述亡國詩〉中，花蕊夫人雖然勇敢地指出了蜀人降敵的過錯，但作為一個女子，她的境遇卻是無可奈何的（「妾在深宮哪得知」）。相較之下，明末清初的才女更對社會政治有了進一步的投入，而她們對於男性的譴責也自然採取了更有自信的態度。關於這一點，美國漢學家李惠儀曾在最近一篇文章裡指出，許多扮演男性角色的明清女英雄都在明顯地「控訴那些

---

19 徐燦，《拙政園詩餘》卷中，徐乃昌編《小檀欒室彙刻百家閨秀詞》（一八九六）二集上，頁四a。此處「帆」字疑應作「幡」。關於「降幡」的正確用法，見劉禹錫的名詩〈西塞山懷古〉：「千尋鐵鎖沉江底，一片降幡出石頭。」

20 《全唐詩》卷七九八（北京：中華書局，一九六〇），頁八九八一。參見蘇者聰《中國歷代婦女作品選》（上海：上海古籍出版社，一九八七），頁一五六。

21 參見薛雪，《一瓢詩話》，見郭紹虞編《清詩話》，頁七〇二。

儒弱而不敢行動的男性」[22]。其實何只是「女英雄」，不少未曾上過戰場的才女也在批評當時的男人。女詩人黃媛介在她的〈丙戌清明〉（一六四六）一詩中曾如此說道：

倚柱空懷漆室憂，人家依舊有紅樓。

該詩說明在國破家亡之際，黃媛介體驗到了亂離人世的痛苦，頓然起了「漆室憂」。她想起從前春秋時代魯國漆室女子的故事：當魯國國事紛紜之時，漆室處女深以為憂，故倚柱而悲歌。但現在明室新亡，在為國運悲歎之餘，黃媛介卻發現許多男子竟然無動於衷，甚至有人出入紅樓，沉醉歌酒。為此，女詩人感到無比地憤怒[23]。總之，明清之際，關懷國事的女人大有人在，例如，有名的祁彪佳之女祁湘君在她的〈哭父詩〉中歎道：「國恥臣心在，親恩子報難。」[24]江蘇的吳黃也在她的詩中寫道：「我亦髡髦者，深閨魁執殳。」[25]其實，許多生性灑脫的女傑都做出了比某些男士還來得執著而勇敢的姿態。例如，王端淑就被視為「英傑」，她的父親王思任曾說：「吾有八男，不如一女。」[26]因此，她的叔父王子琠先生也特別在《吟紅集》的序中說她令人肅然起敬，在大是大非的問題上比男子還表現得激進：

---

22 Wai-yee Li."Heroic Transformations:Women and National Trauma in Early Qing Literature", *Harvard Journal of Asiatic Studies* 59.2 (December 1999), p.365. 並參見李惠儀的新書：Wai-yee Lee, *Women and National Trauma in Late Imperial Chinese Literature* (Cambridge, MA: Harvard University Asia Center, 2014), pp. 201-294.（孫康宜補注，二〇一五年六月）

23 參見錢仲聯主編《清詩紀事》，頁一五六〇八。

24 同上書，頁一五六一五。

25 同上書，頁一五六一二。

26 陶元藻，《越畫見聞》卷下「王端淑」條，引自鍾慧玲，《清代女詩人研究》，頁三五九。

至其評論古今，談引節烈，則凜然忠憤，吾輩偷生皆當愧死……[27]

一般說來，明清之際的婦女由於飽受了亂離的苦楚，她們時常把戰亂中受害的經驗和人生受苦的本質連接在一起。根據Nosheen Khan在其《第一次世界大戰婦女詩歌》一書中所示，戰亂期間一個婦女在生活中各個方面所受的傷害絕不下於實際在戰場參戰的軍人[28]。這樣的經驗可由王端淑的〈苦難行〉詩中一窺無遺[29]。此詩確是一篇見證文學，其目的是為了見證個人與時代所共同經歷的巨大創傷。作者在詩的開頭就宣布一六六四年（甲申年）乃是她個人與時代命運的轉捩點：

甲申以前民庶豐，憶吾猶在花錦叢。

然而，那一年的國變卻改變了一切，她與國人開始了顛沛流離的逃難生活：

一自西陵渡兵馬，書史飄零千金舍。
髻鬟蓬鬆青素裳，誤逐宗兄走村墅。

為了逃命，她與家人隨著部隊行動，於是飽嘗了倉皇避亂、狼狽不堪的痛苦。所有困頓流徙的艱難，還有生死之間的掙扎，都伴著戰爭的陰影存留在詩人的記憶裡：

27 王端淑，《吟紅集》，頁六b至頁七a。
28 參見Nosheen Khan, *Women's Poetry of the First World War*(Lexington:University Press of Kentucky, 1988).pp.7-8.
29 見王端淑，《吟紅集》卷三，頁二a至頁三b。

武寧軍令其嚴肅，部兵不許民家宿。
此際余心萬斛愁，江風括面焉敢哭？
半夜江潮若電入，呼兒不醒勢偏急。
宿在沙灘水汲身，輕紗衣袂層層溼。
聽傳軍令束隊行，冷露薄衣雞未鳴。
是此常隨不知止，馬嘶疑為晝角聲。
汗下成斑淚如血，蒼天困人梁河竭。
病質何堪受此情，鞋跟踏綻肌膚裂。
定海波濤轟巨雷，貪生至此念已灰。

在生不如死的情境中，還遭到匪徒行劫，實是不堪其苦，只有對親人的思念促使她繼續走下去：

思親猶在心似焚，願餐鋒刃冒死回。
步步心驚天將暮，敗舟錯打姜家渡。
行資遇劫食不敷，淒風泣雨悲前路。

不幸的是，避難回來之後卻發現自己已無家可歸（「吾姐出家老父死」），其悲慘情景實不下於古樂府〈十五從軍行〉詩裡那位老戰士所面臨的挑戰：「道逢鄉里人：『家中有阿誰？』」

王端淑敘述亂離的筆調有如詩史，其反映歷史現實的風格很容易令人想起杜甫的〈兵車行〉、〈北征〉等詩篇。因為在那些記敘逃難經驗的篇章裡，王端淑也如杜甫一般，總是把個人的記憶與大從的情懷聯繫在一起，所以她的作品既是詩的創作也是歷史的再現。換言之，王端淑的詩結合了歷史的和文學的故事。有趣的是，這種文學的敘事和歷史的配合也正是現代人討論「見證」（testimony）問題的焦點。在《見證的危機》一書裡，作者Shoshana Felman和Dori Laub曾經說道：

> 敘事者作為一個證人，把事件結合語言，成為敘述與歷史之間的聯繫的見證橋樑，保證兩者之間的對應與結合。敘事者能夠聯繫敘事與歷史，乃因為他是一個既具知識，又誠實的人。一旦歷史藉由證人的仲介而有語言為之器使，歷史成為自己的代言人……[30]

王端淑見證歷史的欲望來自一種「文化記憶」的動力，目前流行於文學批評界的「cultural memory」一詞可以用來解釋這種「書寫記憶」的功能。根據這種解釋，只有通過書寫才能使歷史的「時間」重新有了「真實感」[31]。作為一個殉節功臣之後代，王端淑覺得她有義務把那段黍稷流離的悲慘經驗用語言記載下來，以便重新賦予那段歷史一種真實感，因而發憤寫出《吟紅集》一書。為了加深這種見證文學的文化意義，王端淑還特別在此書的前頭加上四十七位男士（「盟弟」）聯名寫出的《刻吟紅集小引》。顧名思義，「吟紅」即「吟朱」也，乃為吟詠悲歎朱元璋所建立的明朝而寫。所以，後來孟稱舜在其《丁夫人傳》中就說：「集成名曰吟紅，誌悲也……此吟紅集所以作也。」[32]

有趣的是，王端淑不但為自己「誌悲」，也為親人「誌悲」。在一首題為〈敘難行代真姐〉（為自己的親姐姐所寫）的詩中，王端淑

---

30 費修珊與勞德瑞著，《見證的危機》，劉裘蒂譯，頁一五四。原文見Shoshana Felman and Dori Laub, *Testimony*, p.101.

31 參見Vera Schwarcz, Bridge Across Broken Time:Chinese and Jewish Cultural Memory (New Haven: Yale University Press, 1998), pp.21-46.

32 引自鍾慧玲，《清代女詩人研究》，頁三六一。

充分發揮了這種代言體的見證功能：

國祚忽更移，大難逼何速。
嗟我薄命人，愁心轉車軸。
夫亡遺老親，家窘難容僕。
一兒只三齡，雖慧還如木。
予族若無人，孰肯憐孤獨？
恐為仇家知，相攜奔山谷。
山人索屋金，解衣浼鄰鬻。
月光照敗廬，雖寐難成熟。
聞兵從西來，劫掠尋村宿。
姑子能兩全，此頸寧甘戮。
節敗何生為，摧容鬢剪禿。
志老寂空門，流光惜瞬倏。
悲聲落紙中，能書不能讀。[33]

此詩雖為代言體，但其所抒寫的悲痛之情、身世之感頗有自傳體的風格。實際上，由於作者本人在亂世中的際遇坎坷，故更能與詩中的真姐相合。詩中真姐的困境也正是才女王端淑所遭遇的窮途潦

33 王端淑，《吟紅集》卷四，頁九b至頁一〇a。

倒、抑鬱失志的困難。所以，詩的末尾所表達的「悲聲落紙中，能書不能讀」的悽愴之言，也正表現了女詩人自己難以言說之痛。

把寡婦真姐的「愁心」比成「轉車軸」，確為生動的比喻，因為它很形象地捕捉了一種不斷重複，而又揮之不去，愈轉愈深的無可奈何之心境。「車軸」的用法始自漢樂府古辭〈悲歌行〉：

悲歌可以當泣，遠望可以當歸。
思念故鄉，鬱鬱纍纍。
欲歸家無人，欲渡河無船。
心思不能言，腸中車輪轉。[34]

必須指出的是，這首古樂府描寫的只是一個遊子思家的痛苦，而王端淑的詩則設身處地地描寫真姐如何在國破家亡的時刻應付一連串悲劇的故事。漢樂府的〈悲歌行〉可能在寫一個亂世中奔波戰場而終於無家可歸的軍人（「欲歸家無人」），但不管其真相如何，那位失名的作者卻沒有仔細交代清楚。相較之下，王端淑的〈敘難行代真姐〉則是一篇充滿了具體事實的個人見證：國變之際，真姐不幸又遭到喪夫的痛苦。對她來說，最難挨的乃是日常生活裡生計的實際困難；她既要照顧年老的公婆，又要撫養稚齡的兒女。又由於身經戰亂，一貧如洗的她只得攜帶家人一起上山，但上山之後卻又遇到匪徒的劫掠。人生至此，可謂前途茫茫。真姐因而想到出家為尼，此外無路可走。

這種描寫亂離人民的悲涼正好印證了歷史的真相，就如明史學家Lynn A.Struve在她的書中所說，

34 郭茂倩編《樂府詩集》（北京：中華書局，一九七九），頁八九八。

根據史實：「十七世紀中葉的中國可以說沒有一處能逃過兵禍的侵襲。」[35]但關於寡婦如何在戰亂中存活的事實，史書中卻少有記載，所以王端淑的見證詩歌正好可以補史書之缺。另一方面，王端淑也在創造寡婦的形象上，給文學帶來的貢獻：與古代男性文人（如曹丕、潘岳、王粲等人）所寫的代言體寡婦詩不同[36]，王端淑的代言詩更能捕捉女性受苦的實際艱難。一般說來，傳統男性作者所創造的寡婦形象大都只是一些獨守空閨、長年寂寞的可憐女子，她們的痛苦與古代詩歌裡的思婦所承受的憂怨相差無幾。但王端淑筆下的寡婦真姐卻給人具體的印象。該詩的寄出特徵在於：女主角一開頭就提出國難當頭的危機（「國祚忽更移，大難逼何速」），先說亡國之痛，才說個人的命運。而且在面對國難之際，她能迅速地做出決定，與家人「相攜奔山谷」。同時，在窮途末路之時，她也能勇敢地說：「姑子能兩全，此頸寧甘戮。」這樣的女子形象與傳統文學裡女子不涉政治的形象大為不同。王端淑所塑的真姐「新女性」的形象可謂真正捕捉了明清之際受難婦女的情懷，何況寫的正是自己親姐姐的遭遇。

王端淑為真姐所寫的代言詩可拿來與當時有名的男詩人吳偉業的作品相比。明亡之後，吳偉業也用了不少長篇的詩歌訴說國難之際人們所經歷的多種浩劫，其詩中所表達的感舊傷今的亡國遺恨每令人淚下。他於一六五三年所寫的〈遇南廂園叟感賦八十韻〉特別感人[37]。這年吳偉業重遊南京，與當年南廂（即明代南京國子監的司業廂）的舊役相遇，故有感而作。亡國之前，吳偉業曾任南廂的司業，現在江山易主，自己又窮途潦倒，來到舊地，只見從前的舊役已成為佃種廢墟的老園叟：

[35] Lynn A.Struve, Voices from the Ming-Qing Cataclysm: China in Tiger's Jaws (New Haven: Yale University Press, 1993), p.2.

[36] 有關男性文人所寫的寡婦詩代言體，見孫康宜，《古典與現代的女性闡釋》，頁八五至八六。

[37] 參見吳偉業，《梅村家藏稿》（一九一一年武進董氏誦芬室刊本）卷一，頁九a至頁一〇a；臺北學生書局一九七五年影印本卷一，頁六九至七一。

平生宦遊地，蹤跡都遺忘。
道遇一園叟，問我來何方？
猶然認舊役，即事堪心傷。

於是，通過老園叟訴說國難之際的種種慘狀，詩人吳偉業用這首「感賦」詩見證了清兵進入南京後所造成的災難：

大軍從此來，百姓聞驚惶。
下令將入城，傳箭耐民房。
里正持府帖，僉在御賜廊。
插旗大道邊，驅遣誰能當！
但求骨肉完，其敢攜筐箱？
扶持雜幼稚，失散呼耶娘。

與王端淑詩中的真姐一樣，逃難的人們只求骨肉平安，顧不上帶走任何家中的財物（「但求骨肉完，其敢攜筐箱」），這種百姓流離失所的景況尤令人悽愴。作為一個見證者，老園叟（實為作者本身）也只能憑記憶，只是亂離的前後因果仍難以敘述完全：

積漸成亂離，記憶應難詳。

不論在吳偉業或是王端淑的作品中，我們發現，所有遭亂離之苦的人們（無論男女）都有一種受盡傷害而又無能為力之感。事實上，這也正是男女詩人本身在亂世之中的心靈寫照。由此也正可以看出詩歌寫作的奇妙，一個詩人愈是感到無能為力，愈是遭到外力的壓迫，他就愈能化其現實中的「無能」為文字上的見證，因為寫作和想像的動力往往都是現實的失敗與挫折感激發起來的。中國古人一貫以「詩窮而後工」的概念來解釋這種現象，但在今日盛行「權力」意識的後現代上下文中，我們或許可以借用西方評論家傅柯（Michel Foucault）的「壓迫權能觀」（repressive power）來闡釋此中的道理。在一篇題為〈壓迫的假設〉的文章裡，傅柯說明了「壓迫」（repression）與「權能」（power）的密切聯繫。他認為，一個人一旦承受一種壓迫，他就自然會將之發展為另一種能力，因為我們所謂的「權能」是多方面而無孔不入的[38]。所以，引申而言，我們可以說，外在現實的壓迫感常會激發寫作的能力。儘管有人會反對把文學創作的能力與「權力」混為一談，但不可否認的是，文學的聲音——尤其是見證文學的聲音，確是一種表現話語權力的最有效的方式之一。

值得注意的是，作為一個身經亂離、飽受擾攘不安的遺民，吳偉業不但在其詩中抒發了悲憤的聲音，也不斷地透露了個人對理想世界的嚮往。早在魏晉的時代，陶淵明已經在其名篇〈桃花源記〉中為我們描繪了一個戰亂之中假想的世外桃源。因此，處在動亂歲月的詩人吳偉業也自然表達了一種追求避世的聲音。一六四五年，清軍渡江，南京陷落，吳偉業就攜家人逃往樊清湖避難。在其〈樊清湖〉五古長篇的序裡，他曾回憶道：

> 樊清湖者，西連陳湖，南接陳墓，其先褚氏之所居也……余以乙酉五月聞亂，倉猝攜百口投

38 參見Michel Foucault, "The Repressive Hypothesis", in *The History of Sexuality, Volume 1: An Introduction*, trans.from the French by Robert Hurley (New York: Vintage Books, 1978), pp.17-49.

之……

在該詩中，詩人更加形象地描寫了他對一個世外桃源的憧憬：

嗟予遇兵火，百口如飛鳧。
避地何所投？扁舟指菰蒲。[39]

在另一組題為〈避亂〉的詩中，吳偉業又告訴我們，是自己對亂離生活的厭倦使他終於轉向了對隱逸生涯的嚮往：

歸去已亂離，始憂天地小。
……
從人訪幽棲，居然逢浩渺。
百頃樊清湖，煙清入飛鳥。
沙石晴可數，鳧鷺亂青草。
主人柴門開，雞聲綠楊曉。
花路若夢中，漁歌出杳杳。
……[40]

---

39 王濤選注，《吳梅村詩選》（香港：三聯書店，一九八七），頁三二。

40 吳偉業，《梅村家世故稿》誦芬室刊本卷一，頁二b至三a；臺北學生書局本卷一，頁五六至五七。

從詩中我們可以看到，在戰火的肆虐之下，詩人已經不可能找到一個寧靜的安身之地了（「始憂天地小」）。天地本來是遼闊無邊的，現在竟然因為戰爭的侵襲而變得使人無地容身。於是，詩人就與他人一同尋求避難的地方，終於找到了樊清湖這個好地方。詩中所描寫的「花路」使人想起了陶淵明的《桃花源記》裡的安寧世界：那是一個沒有戰亂、沒有禍患、人人和諧安樂、只聽得見雞聲報曉的理想境界。而遠處傳來的漁歌，加上悠然自得的鷗鳥都給人一種遠離塵緣的感覺，難怪在詩的末尾，詩人做出了「定計浮扁舟，於焉得終老」的決定。

與吳偉業相同，王端淑也在戰火滾滾的時代極力尋求一個避難的桃源世界。在一次做客他鄉的途中，她曾題詩道：「夜來涼月下，一徑夢桃源。」[41]在上面已提及的〈苦難行〉一詩中，她在描寫倉皇避難的經驗之後，也照樣以避世幽棲的念頭作結：

> 骨肉自此情意疏，僑寓暫且池東居。
> 幸得詩書潤茅屋，僻徑無求顯者車。
> ……

可見，在喟歎人間行路之難後，女詩人仍然最嚮往陶淵明那種「結廬在人徑，而無車馬喧」（《飲酒‧第五》）的恬淡自適之生活。因為在亂世之中也只有歸隱的生活才能使人獲得精神上的自由。這是一種理想人生的堅持，也是心理上的需求。明清之際許多才女之所以選擇退隱山林的意願，顯然與這種心理需求有著密切的關係。有趣的是，上面已經討論過的女將軍兼女詩人畢著就在表現了

[41] 王端淑，《名媛詩緯》卷四二，頁六b。

「殺賊血漉漉」的英勇壯舉之後，毅然決定隱居在偏僻的水鄉，從此過起了貧窮卻怡然自樂的生活：

> 席門閒傍水之涯，夫婿安貧不作家。
> 明日斷炊何暇向，且攜鴉觜種梅花。[42]

然而我們必須指出，歸隱的情懷在中國傳統的文學中，早已屢見不鮮。但那一般都在強調男性文人在仕途生涯中對於仕與隱之間的選擇。例如，陶淵明由於厭倦於官場的生活，又對純樸的田園十分嚮往，故決定棄官歸隱——這樣，一方面可以獲得身心自由，一方面也能保持個人人品之高潔[43]。但明清之交像吳偉業那樣的文人，情況則較為複雜。他們原是一群充滿希望的年輕人，懷著知識分子應當「志於道」的抱負。如果不是突然遇到了異族入侵、亡國換代的悲劇，他們是絕對不會選擇隱居不仕的。以吳偉業為例，他雖然不斷宣稱其隱居之志，但始終懷有一份無可奈何的心情。在一首〈家園次罷官吳興有感〉的詩中，他忍不住要說：「世路嗟誰穩，棲遲可奈何。」[44]在此，他藉著同族吳園次的罷官，而發出世路崎嶇不平、人生蒼涼不穩的感慨。另一方面，他也為自己一度不得已而仕清之事感到傷心，他對此終身遺憾，屢次在詩中自我辯解。在〈自歎〉一詩中，他曾就這種因新朝故國的矛盾而引起的苦楚做出了解釋：「誤盡平生是一官，棄家容易變名難。」[45]意思是說，被逼迫在清廷任職，實是不得已的事，因為自己已是個聲名遠播之人，即使更改姓名、隱藏身分，也難以擺脫清廷

42 錢仲聯主編《清詩紀事》，頁一五五〇七。
43 參見王國瓔，《古今隱逸詩人之宗：陶淵明論析》（臺北：允晨文化實業股份有限公司，一九九九），頁五〇至一〇八。
44 王濤選注，《吳梅村詩選》，頁六〇。
45 同上書，頁二二五。

的矚目。沒想到，他從前寫的兩句詩，「卻聽漁唱聲，落日有風波」，終於成了他後來仕隱抉擇困境之預兆。當時，只在聽漁歌，欣賞落日照著湖面的風景，沒想到晚風又憑空製造了許多波瀾[46]。

反觀王端淑，她既然身為女性，本來就與人間仕途無緣，故自然不可能有躊躇徘徊於仕與隱之間的問題。但值得玩味的是，她的詩卻時常流露出一種有志難伸、懷才不遇的情懷[47]。例如，在〈述言〉一詩中，她曾說道：「歎無鴻鵠志，困頓惟拳拳。」[48]這或許與她身為女子而無法多方面地展現其才情有關。然而，我認為王端淑的挫折感可能大都來自她與一般失意文人（尤其是明亡後的失意文人）的認同。首先，由於八股取士的重重問題，許多明末的文人早已開始對於官場和科場持冷漠的態度[49]。加上多種政治的壓力，文人已逐漸對世俗制度產生了一種無能為力之感。後來，一旦遭到國變，文人這種窮途失志的情況自然就更加嚴重了。在亂世中，許多文人（包括王端淑的夫婿丁聖肇）也只得解官歸隱，從此過著窮途潦倒的一生了。對於這些不幸文人之遭遇，王端淑是心有戚戚焉的，難怪她要發出「更增禾黍歎，歧路惜王孫」的感歎了[50]。這個「惜」字特別重要，因為一般研究明清文學的學者通常只注意到當時的文人如何癡情地提拔才女，卻很少注意到才女怎樣感傷地同情過那些失意的才子。實際上，不少亂世中的才女都感到：自己與才子同是天涯淪落人，相知何必曾相識？

這種與失意文人相知相惜的態度一旦化為文字，就成為一種富有感召力的見證文學了。王端淑為哀悼明末文人徐渭及畫家陳洪綬所寫的〈青藤為風雨所拔歌〉便屬於這一類的作品。故事的背景為一個離紹興不遠的青藤書屋。該住宅原為徐渭的故居。據說，屋旁有一棵青藤為徐渭手植，徐渭因自號「青

46 同上書，頁六〇。
47 參見鍾慧玲，《清代女詩人研究》，頁三七八。
48 王端淑，《名媛詩緯》卷四二，頁二b。
49 參見康正果，《交織的邊緣：政治和性別》（臺北：東大圖書公司，一九九七），頁一七七。
50 參見王端淑，《名媛詩緯》卷四二，頁一七b。

藤」。又因藤旁邊有一個名為「天池」的水池，故他又自號「天池」。後來，畫家陳洪綬也在青藤書屋住過一段日子。現在王端淑經過一段亂離的日子後，終於搬來此地定居。她的「青藤」詩作於一六五四年的一個大風雨之日，即陳洪綬逝世兩年之後。據王端淑的詩序記載，青藤原來「百尺緣木而上」，但那天「甲午五月忽大風雨，藤盡拔，予憐之，輒起援筆作〈青藤為風雨所拔歌〉」。其詩曰：

青藤百尺緣枝起，葉葉憑雲壓花紫。
今時記得徐天池，不識從來屬何氏。
天池有文命亦薄，抵獄問天羨燕雀。
…………
惜哉待詔陳章侯，隱淪書畫徙淹留。
余幸移居歎禾黍，每喚青藤相共語。
…………
怒風忽拔勢萬斤，擊棟破垣如千軍。
疾雷崩濤飄屋瓦，驚魂露立憑雨打。
…………
陽春三月試花色，青藤主人正驕客。
自起抱藤對藤哭，會藤何遲毀藤速。
青藤青藤勿復悲，天池既死來何為？[51]

51 王端淑，《名媛詩緯》卷四二，頁三b至頁四a。

此詩雖為實寫，但我們也不難從中看出其寄託之意。徐渭與陳洪綬都是在亂世中懷才不遇而抑鬱以終的才子，所以他們的命運有如那棵被狂風摧殘了的青藤[52]。事實上，用草木的零落來象徵亂世中的失意之人早已就是中國文學裡的一大主題。宋玉曾曰：「草木搖落而變衰。」六朝詩人庾信也在其〈枯樹賦〉中借飄零的枯樹之意象比喻自己失國喪家、流離異域的悲痛[53]。但對於徐渭和陳洪綬等懷才不遇的文人，王端淑最感痛心的乃是他們的有才卻命薄這一點，所以詩中不斷用「惜」、「哭」、「悲」等充滿神傷的字眼來表達女詩人的同情與哀悼。

當然，王端淑是藉著哀悼才子的機會來哀悼自己的，不過她所用的托喻方式卻並非純屬虛構，而是有一定的現實基礎，她通常總是設法在真人真事中寄寓她個人的感慨。首先，她在戰亂中所經歷過的苦難，以及明亡後所承受的痛苦，都使她自己聯想到畫家陳洪綬的悲慘命運——陳洪綬原為有名的畫家，崇禎末年曾為國子生，但國變之後，哀傷無以自持，最後短命而死，死時才五十四歲（雖然王端淑本人後來一直活到八十多歲的高齡）。尤其重要的是，王端淑自己就住在徐渭和陳洪綬曾經住過的地方，而居然最終成了青藤枯死的見證人。在為徐陳兩人的命運歎息之時，女詩人不知不覺地產生了自憐的感慨。這種見證他人也見證自己的聲音既是感情的，也是道德的。

在詩中不斷地展現自我的志趣和節操，確是明清女詩人的一大貢獻。然而，她們更重要的突破則在於創造了一種新的文學聲音。如果說，傳統的男性文人一般總喜歡用「美人香草」的意象來寄喻他們的潔身自愛，那麼我們可以說，王端淑所用的「文人青藤」的意象正代表了明清女性逐漸走向男性的大方向。在這裡我們不妨採用「cross-voicing」一詞（仿時下文學批評所流行的「cross-dressing」一

52 參見鍾慧玲，《清代女詩人研究》，頁三六六。

53 參見庾信撰，倪璠注，許逸民校點，《庾子山集注》（北京：中華書局，一九八〇），頁四六至五四。

詞）來形容這種文學上的「男女雙性」。[54]蓋明清才女不但繼承了蔡琰所傳下來的女性見證的優良傳統[55]，也吸收了古代男性文人的托喻美學。由此也構成了本文的出發點，即在文人文化與婦女現實處境的上下文中來看明清才女的文學貢獻。

——本文原為臺灣「中研院」第三屆國際漢學會議（二〇〇〇年六月二十九日至七月一日）大會上發表的論文；載北京《國際漢學》二〇〇一年

[54] 參見Kang-i Sun Chang, "What Can Gender Theory Do for the Study of Traditional Chinese Literature?", p.6, paper prepared for the Conference "Interpreting Cultures—China Facing the Challenges of the New Millennium", sponsored by The Swedish Council for Research in the Humanities and Social Sciences (HSFR), Lidingo/Stockholm, Sweden, May5-9, 2000.

[55] 關於晚清婦女見證亂離的詩歌，參見Kang-i Sun Chang, "Women's Poetic Witnessing".

第二十五章　性別與經典論：從明清文人的女性觀說起

不久以前，在臺灣曾討論過如何建立文學經典的問題，最後終於選出了三十部經典作品。在一篇題為〈看！以臺灣為中心的文學經典〉的文章裡（《世界日報・副刊》一九九九年二月十一日轉載），詩人陳義芝曾說，經典的建立乃是人文價值的建立。同時，他討論到如何突顯臺灣文學的主體性問題。至於選擇經典的方面，他也提出了不少很有見地的問題。其中一個問題是：「……七本新詩經典的作者全是男詩人，蓉子、林泠難道不能相與頡頏……？」這就牽涉到評價經典的準則問題，也把我們引到了性別問題來了。而這兩個息息相關的題目也正是目前歐美世界文學批評的研究重點。

性別與經典的問題始於人們對於多元文化的關注。所謂「多元」就是從不同的性別種族和族群來重新評價各種文化的表現和傳統。多元文化的新趨勢很大程度是受了一九六〇年代以來女性主義的影響，以及現代社會日趨複雜而多元的自然反應。其中一個最重要的課題就是有關文學經典的重新考慮的問題，也就是陳義芝所說的「不可能毫無爭議的問題」。在當今文學研究中，尤其引人注目的是，許多女性主義者認為，以男性經典作品為中心的傳統文學觀有改寫的必要，因為所謂的「傳統經典」並不能代表人們的「普遍」經驗（universal experience）。這樣的挑戰的聲音自然引發出一連串有趣的問題：例如，怎樣的作品才能成為文學經典之作？經典之作的可讀性如何？評定文學經典的美學標準為何？經典之作和次等作品的分別何在？一部經典之作應當涵蓋人類的普遍經驗，還是代表特殊人群的文化意識？

許多這一類的問題都是女性主義批評家先提出來的。她們多數認為經典的形成完全是出於權力的運作；是獨霸的夫權制提高了男性作者的地位，貶低了女性作家的成就。但另外有一些批評家卻認為經典的形成與權力或政治無關。總之，這一方面的爭論不少，也無形間促成了大家對經典的興趣。

自從研究明清文學以來，我一直對性別與經典論的概念感到興趣。我發現世界上沒有一個國家比明清時代產生過更多的女詩人。僅僅在三百年間，就有兩千多位出版過專集的女詩人。而當時的文人不但沒對這些才女產生敵意，在很多情況下，他們還是女性出版的主要贊助者，而且竭盡心力，努力把女性作品經典化。明清文人這種維護才女的現象實在很特殊，至少與十九世紀的英國很不相同。當時英國產生了許多女性小說家，但男性批評家基本上對她們抱著敵視或嘲諷的態度。是什麼原因使得明清文人擁有如此特殊的「女性觀」？我認為歸根結柢還是由於文化的關係，所以我今天把性別與經典論放在明清文人文化的上下文中來進行討論。

這裡所謂的「文人文化」是相對於當時的實用文化而言的。在這個文人文化中，其中一個最令人注目的現象就是文人普遍地嚮往女性文本。在某一程度上，這個現象也是當時文人厭倦了八股文及其他實用價值的具體反映。他們從事於女性文本的大量整理，為女詩人出版各種不同的選集，使得婦女詩詞頓時成為熱門讀物。我們可以說當時的「女性研究」其實是明清文人對理想女性的向往的一種產物。他們一方面深深感到自己的邊緣處境，一方面也對被歷史埋沒的才女賦予極大的同情。所以，當時許多文人不惜傾注大半生的時間和精力努力收集和整理女詩人的作品。從政治上的失意轉移到女性研究可以說已經成了當時的風氣。例如，明末清初一本女性詩集《紅蕉集》的編者鄒漪就說：「僕本恨人，癖耽奩製，薄遊吳越，加意網羅。」所謂「恨人」就是懷才不遇，內心感到不平的文人。他們從收集女詩人的作品得到了安慰及成就感，以至於他們的愛才心態無形中成了一種「癖」（也就是英文所謂的obsession或addiction）。所以，鄒漪說「癖耽奩製」，意思就是說，把自己完全沉浸在女性的作品中。著名詩人王士禛的哥哥王士祿也在他的女性選集《然脂集》中說，「夙有彤管之嗜」，所謂「嗜」就是「癖」的意思。後來，清代的文人也繼承了這個晚明的文人傳統，例如以提拔女詩人賀雙卿著名的史震曾在他的《西青散記》一書中，屢次說自己是個「感慨人」，其實就是「恨人」的意思。他把自己的一生奉獻在情趣的追求上，完全忽視了功利的考慮。他說：「人生須有兩副痛淚，一副哭文章不遇識者，一副哭從來淪落不遇佳人。」這些文人之所以如此重視才女或佳人，乃是因為他們在才女的身上看到了自己的翻版。他們同樣是一群崇尚美學和愛才如命的邊緣人，他們中間有很深的認同感。這種認同感在曹雪芹的《紅樓夢》裡也很清楚地表現出來了。

所謂「邊緣」當然是指相對於政治權力的主流而言的。雖然從政治的權力而言，這些明清文人自認為邊緣人或「多餘」之人，但從文學藝術的方面來看，他們卻常常是一些走在時代前端並向傳統經典挑戰的主要人物。有趣的是，正是這些邊緣文人把一向處於邊緣地位的明清的女詩人提高到了經典的地位。有趣的是，目前不少西方文學評論家也認為，把邊緣引向主流的最有效方法就是：不斷地強調邊緣文學的重要性，不斷地擴大文學的視野，而漸漸把邊緣與主流合而為一。

明清文人是用什麼方法來提高女詩人的地位的呢？他們採用的就是這種把邊緣和主流逐漸混合為一的策略。首先，他們強調女詩人傳統的悠久性及重要性。為了證明這個大前提，他們從最具權威性的經典選集《詩經》說起，他們強調《詩經》裡有很大部分的詩歌是女性的作品。例如，鄒漪在他的《紅蕉集》的序言裡就說：「三百刪自聖手，二南諸篇，什七出后妃嬪御，思婦遊女。」大意是說，《詩經》「國風」裡的「周南」和「召南」，有百分之七十的詩歌是女性的作品。雖然這樣的論點並無實際的根據，而且似乎有把虛構和史實隨便魚目混珠之嫌，但既然這個新的經典論很管用，此後幾乎所有文人都沿用這個說法。而且既然《詩經》是孔子編訂的經典選集，明清文人也就很自然地把他們整理婦女詩詞選集的工作視為重建文學經典的活動了。就如西方文學批評Wendell Harris所說，「所有文本的解釋都靠約定俗成的闡釋策略來維持」，」明清文人所用來提高女性文學的方法就是這種凡事追溯到《詩經》傳統的「約定俗成」的策略。

另一方面，明清文人也把女詩人的作品放在《離騷》傳統的上下文來看待。例如，一六一八年蘧覺生編訂的女詩人選集《女騷》就反映了這種態度。在《女騷》的一篇序言裡，著名學者趙時用強調文學裡的「變」的作用；因為自從《詩經》的風雅篇以來，詩歌的風格與內容都有了很大的變化。這無疑是在說明，文學經典的範圍是不斷在拓寬的。言下之意就是，女性作品也應當作為新的文學經典的考慮之一。

這樣的策略很容易使我們想起六朝文學批評家劉勰在他的《文心雕龍》裡所提倡的經典論。在把《離騷》提升為新的文學典範的過程中，劉勰所用的方法正是強調「變」的重要性。所以他說，他撰寫《文心雕龍》的主要目的不僅在呈現文之心如何地「本乎道，師乎聖，體乎經，酌乎緯，」而且還要說明它是如何「變乎騷」的。他所謂的「變」就是創立新的文學準則的意思。在《文心雕龍》裡，《離騷》首度被視為純文學的一種典範，而劉勰特別強調的正是屈原的「變」的文體，一種新的文學風格——很像Harold Bloom在他的《西方正典》（*The Western Canon*）一書中所用來形容莎士比亞的「strangeness」。

我們可以說，明清文人在提拔女詩人方面所做的努力實在不下於劉勰在《離騷》的經典化上所付出的苦心。有不少文人決心要把收集和品評女性作品作為畢生的事業。為此他們想出了許多把女性詩歌經典化的有效策略。其中一個策略就是以上所說的凡事追溯到《詩經》與《離騷》等古代經典的策略。他們不但要顯示出一個古老的傳統是如何在現代詩人身上（不論是男是女）運作出那般巨大的影響力，而且也要證明現代詩人是如何創新，因而改變了這個傳統，拓寬了文學的視野。這樣的策略其實也是歷代文人一向熟悉的文學經典策略，也是比較傳統的方式。

但另外一個比較富有創新的策略，確是明清文人的一大發明：那就是強調女性是最富有詩人氣質的性別，因為他們認為女性本身具有一種男性文人日漸缺乏的「清」的特質。明末詩人鍾惺就在他的《名媛詩歸》的「序」裡把女性的本質和「清」的美學聯繫在一起：

若乎古今名媛，則發乎情，根乎性，未嘗擬作，亦不知派……唯清故也，清則慧……男子之巧，洵不及婦人矣。

後來這種把「清」視為女性的屬性的言論慢慢地成為明清文學評論中的主流了。「清」被說成是一種天地的靈秀之氣，也是女性詩歌優越的主要原因。所以，明末著名學者葛征奇說：「非以天地靈秀之氣，不鍾於男子；若將宇宙文字之場，應屬乎婦人。」編撰《古今女史》（一六二八年刊本）的趙世傑也說：「海內靈秀，或不鍾男子而鍾女人。其稱靈秀者何？蓋美其詩文及其人也。」此外，《紅蕉集》（清初刊本）的編者鄒漪也曾重複地說：「乾坤之氣不鍾男子，而鍾婦人。」後清朝雍正年間致力於收集女性作品的范端昂更以「高山則可仰，景行則可行」的態度來看待女性作品裡的「清」的素質：

夫詩抒寫性情者也，必須清麗之筆，而清莫清於香奩，麗莫麗於美女……舉凡天地之一草一木，古今人之一言一行，國風漢魏以來之一字一句，皆會於胸中，充然行之筆下……而余終不能忘於景之仰之者也。

總之，作為一種美的屬性，「清」成了明清文人用來提拔女性文學的主要策略了。

然而，有趣的是，在古代中國，「清」的價值原來是十足地男性化的。清與濁對立；清為陽剛，濁為陰柔。《易緯・乾鑿度》上說：「形變之始，清輕上為天，濁重下為地。」（《莊子・天地》釋文所引）這種帶有性別意味的清濁之分頗能令人聯想到Camille Paglia在她的*Sexual Personae*一書中所謂的陽性的Apollonian和陰性的Chthonian之分。一般說來，「清」在中國古代大多與男性的道德價值有密切的關聯。這是因為，古人相信在祭祀中神靈最喜歡清潔的供獻—即所謂「清供」，如清酒、鮮花、香草、美玉等——而且獻祭者也須沐浴、齋戒，以一種清靜的身心狀態參加這種儀式，以討神靈的歡心。所以，在這層意義上，「清」的正面價值實源於原始的神性。後來才有所謂的：「滄浪之水清兮，可以濯吾纓；滄浪之水濁兮，可以濯吾足。」於是人們就把自然界中給人以清潔之感的東西和一個男性的高尚品質聯繫在一起。所以，他們稱高潔之士為「清士」，優秀之人為「清才」。伯夷就被孟子稱為「聖之清者也」。」

到了魏晉的時代，「清」逐漸與名士階層中盛行的清談之風連在一起。作為一種男性美質的特徵，「清」已兼具善與美的意義了。它既代表男性的內在美，也代表外在美。僅就《世說新語》中記載的人物品藻，與「清」有關的詞彙就有二十多種，如清暢、清通、清遠、清疏、清鑑、清和、清朗、清虛等。在《世說新語》中，我們發現「清」所表達的道德和審美觀念已經變得更加豐富而形象化了。例如，以盛德之風著名的王衍被形容為「岩岩清峙，壁立千仞」。而那身長七尺八寸風姿特秀的美男子嵇康被人稱讚為「蕭蕭肅肅，爽朗清舉。」僅只〈賞譽〉一篇就有以下一些明顯的例子：

#12：山公舉阮咸為吏部郎，目曰：「清真寡欲，萬物不能移也。」

#13：王戎目阮文仭：「清倫有鑑識，漢元以來，未有此人。」

#14：武元夏目裴、王曰：「戎尚約，效清通。」

＃28：太傅府有三才：劉慶孫長才，潘陽仲大才，裴景聲清才。

＃38……庾公猶憶劉、裴之才俊，元甫之清中。

＃65……桓後遇見徐寧，而知之，遂致於庾公，曰：「人所應有，其不必有；人所應無，己不必無。真海岱清士。」

＃71：有人目杜弘治：「標鮮清令；盛德可風，可樂詠也。」

＃100：殷中軍道右軍：「清鑑貴要。」

＃104：世目謝尚為令達。阮遙集曰：「清暢似達。」

＃152：王彌有俊才美譽，當時聞而造焉。既至，天錫見其風神清令，言話如流，陳說古今，無不貫悉……

＃154：司馬太傅為二王目曰：「孝伯亭亭直上，阿大羅羅清疏。」

由上面的引文可見，清的美質是魏晉名士最欣賞的一種東西，他們的人物品評的對象總是包括對方的內在人格和外在形象。他們認為「清」是形與神結合所產生的美匯，它是人格的魅力也是形象的魅力。大體來說，清意味著脫俗，一種在言談舉止上表現出高雅尊嚴的風度，同時它又指一種不拘小節、肅穆而不嚴厲的態度。此外，清還意味著天性本質的自然流露，所以它又和一個人與生俱來的「氣」有關。在《典論・論文》中，曹丕就把這種得自天地的秉賦氣質與作家的風格聯繫在一起。他說：「文以氣為主，氣之清濁有體，不可力強而致。」後來，劉勰在他的《文心雕龍・體性篇》中特別就「氣」的剛柔做了較為系統化的分析。他把作家的氣質風格分為八體。雖然八體之間未必有一定的優劣之分，但從劉勰的辨析之中可以看出，屬於清剛之氣的「典雅」「精約」等較受到肯定，而相對之下，「繁縟」「輕靡」等柔濁之體則多少受到輕視。總之，風雅正聲和建安風骨都屬於清剛之氣，而南朝宮體和香豔篇什則被歸入了柔弱的一派。所以，劉勰說：「四言正體，雅潤為本。五言流調，清麗居宗。」（《文心雕龍・明詩》）李白也說：「自從建安來，綺麗不足珍。聖代復元古，垂衣貴清真。」（〈古風〉）可以說，此後「清」就成了文學和藝術評論中最常用的一個概念了，它意味著真率、質樸、典雅、淡泊等文風，而這樣的美學價值正好代表了男性文人逐漸疏遠世俗社會的高尚品質。

如上所述，在唐宋以前，「清」基本上是指男性的美質的。所以，當明清文人開始把「清」的美學推廣到才女的身上，而且把「清」說成是女性詩性的象徵時，確實給文學評論帶來了革命性的改變。明清文人的觀點之所以特別重要，乃是因為他們對「清」的創新的解釋。例如，古人認為「清」兼有美與善的特質；現在明末詩人鍾惺又在美與善之上特別強調「真」的重要性，並且很巧妙地把它和女性創作的特徵聯繫起來。在他的《名媛詩歸》裡，鍾惺舉例說明了婦女的「清」與「真」的特性：由於一般婦女缺乏寫作吟詩的嚴格訓練，反而使她們保持了「清」的本質；由於在現實社會領域的局限性，反而使她們更加接近自然並擁有情感上的單純——那就是所謂的「真」。這種具有真善美的品質無疑成了女性詩境特徵，也使得女性作品成了男性文人的楷模，所以鍾惺說：「男子之巧，洵不如婦人矣。」

明清文人的清的美學自然地對當時才女的自我肯定產生了很大的影響。她們開始意識到，女性本身卻有詩的特質。但有趣的是，正當男性文人廣泛地崇尚女性詩歌之時，女詩人卻紛紛地表現出一種「文人化」的趨向，無論在生活的價值取向上或是寫作的方式上，她們都希望與男性文人認同，企圖從太過於女性化的環境中擺脫出來。在另一篇文章裡，我曾經把這種男女認同的特殊現象稱為文化上的「男女雙性」（cultural androgyny）。在這裡我只想強調明清女詩人如何刻意模仿男性文人的寫作。例如明末女詩人陸卿子說：「詩故非大丈夫職業，實我輩分內也。」又如，著名寡婦詩人顧若璞努力學習陶淵明及柳宗元的一派，而且主張性情與學問並重：「性之近者，引而群親；學之至者，積而能化。」另外，《名媛詩緯》的編者王端淑則主張女性詩歌要能脫離「脂粉氣」才算是好詩，而且特別推崇「女士中之有骨力者」。以上的這些例子都可以說明，明清文學的新方向確是由男女兩性共同開闢的。而明清婦女詩歌之所以出現了空前的繁榮，恐怕和這種兩性的配合與合作有關。

明清才女的文學成就很容易令人聯想到十九世紀的英國女小說家。與明清的女詩人相同，英國女作家也十分多產，而且她們的作品曾大批地進入了文學市場。然而，不同的是，這些英國女小說家一般並沒得到當時男性作者的支持或幫助。據美國普林斯頓大學的英文系教授Elaine Showalter所說，在十九的英國，女性作者在出版方面的亨通被男性作者看成是一種「女性的文學侵犯」（female literary invasion）。對於百受威脅的男性小說家來說，這些女小說家好像在發動一場集體的性別戰爭，「企圖以一種積極的方式霸占男人的市場，偷取他們的文學素材，甚至搶奪他們的女性讀者。」因此男性作家開始譏諷女性作者為沒有文化的一群，認為她們不適合於寫作，因為女性在現實中經驗的缺乏成了文學創作的一大障礙。這樣的批評正巧和明清文人把女性缺乏現實經驗視為「清」的靈感來源成了一個強烈的對比。

然而，也正是這個性別之戰，觸發了十九世紀女權主義作家在英國的興起。這些不甘示弱的女作家公開宣布，她們要有獨立寫作和出版的自由，她們反對一向以男權為中心的制度。她們要建立一個以「姐妹情誼」為主的女性文化，因此她們開始創辦自己的雜誌和出版社，以與男權對抗。雖然這些早期的女性主義者並沒有因此成為著名的小說家，但至少作為一群拓荒者，她們的努力確實起了很大的作用。例如，後來有名的女作家Virginia Woolf就曾把自己的新作品交給女性出版社出版。

無論如何，事實證明，真正有才的女作家並沒因為男性作家的敵對態度而被忽視了。英國女性小說家，如Jane Austen、Brontes姐妹，和George Eliot等人都是眾所周知的作家，其盛名有時還勝過

Charles Dickens或William Thackeray等男性作家。可見，真正偉大的作家是不會被歷史遺忘的。然而，Elaine Showalter教授卻提醒我們，這種只重視個別的「偉大」作家（great authors）的觀念是不正確的。在她的書中，她一再地強調，向來通行的文學史正是通過突出幾個偉大的女作家，有意埋沒其他的女作家，使人對女性文學史失去了全面的認識。因此，Elaine Showalter說，在一般的選集和理論的書籍中，我們看不到次等作家（minor authors）的影子。

其實，明清文人和才女，在他們努力編撰婦女選集的過程中，早已思考過類似Elaine Showalter所提出來的問題。他們發現自古以來的女詩人作品大都沒有存留下來，為了不再讓女性作家繼續被曆史遺忘下去，他們才把畢生的精力都放在收集女性詩歌的事上。例如為《國朝閨秀詩柳絮集》寫序的黃傳驥就感歎道：

> 山川靈淑之氣，無所不鍾。厚者為孝子忠臣，秀者為文人才女……惟閨閣之才，傳者雖不少，而埋沒如珍異，腐朽同草木者，正不知其幾許焉也……

所以，明清文人才女完全瞭解保存女性文學遺產的重要性。而他們所謂的「採觀」，其實就是廣泛收集的意思，不但收集主要女詩人的作品，也不忽略次等女作家的詩歌。在這一方面，尤以女詩人兼學者王端淑做出的努力最為可觀。王端淑費了二十五年的時間專心編選了一部收有一千位女詩人作品的選集《名媛詩緯》，在這部選集中，除了一些新近採集到的前朝女性詩作外，其餘全是明清當代的作品。《名媛詩緯》的涵蓋之廣，可謂空前，而其編者的苦心亦可見一斑。關於這一點，王端淑的丈夫丁聖肇在選集的序中已說得很清楚。他說：

《名媛詩緯》何為而選也？余內子玉映不忍一代之閨秀佳詠，淹沒刃草，起而為之，霞綳霧緝。

以上的例子可以說明，明清的文人才女在設法把女性作品經典化的過程中，採取的是一網打盡的選集策略。這是一個正確的策略。今天人們之所以能看到這些女性作者的詩歌，可以說完全歸功於這個策略。

我們可以很自信地說，世界上沒有任何一個國家比明清時代產生過更多的女詩人。然而，奇怪的是，儘管明清婦女文學的確達到了空前的繁榮，但後來的文學史卻沒有那些女作家的名字。其被忽視的程度實有甚於Elaine Showalter所提出的有關英國次等女作家被文學史淡忘的問題。因為，即使是一流的明清女詩人也照樣被後來的中國文學史忽略了。美國漢學家Maureen Robertson就曾注意到，「劉大杰在其所撰一千三百五十五頁、含括了二千五百年的中國文學史中，只提及五位女性作家，其中竟沒有一位出自宋朝之後！」的確，一直到最近幾年，一般文學史只在不斷地重複薛濤、李清照等唐宋女作家，卻對明清女詩人採取了一種視而不見的態度。即使是對明清文學有研究的人，也大都以偏見的眼光來評價明清女詩人。例如，我們所尊敬的胡適先生曾說：「這三百年中女作家的人數雖多，但她們的成績實在可憐得很。她們的作品絕大多數是毫無價值的。」怪不得曾經流芳一時的明清女作家詩詞集，還一直被埋在圖書館中；除了專門的研究者以外，幾乎無人問津。幸而陳寅恪先生在他晚年的時候專心研究柳如是等明清女作家，才開始為這些才女平反。

即使如此，我們還是要問：是什麼原因使得撰寫現代文學史的人一再地忽略了明清女作家的重要性？在女性主義盛行的今日，我們很容易就會把箭頭指向父權制，認為那是獨霸的父權制提高了男性作者的地位，貶低了女性作家的地位。因為過去的文學史大都是男人編寫的，女性作家很自然地淪為沉默的群體，而被排除在經典之外。然而，研究經典論的當代美國批評家哈樂德•布魯姆是絕對不會同意這樣的解釋的。在他的《西方正典》一書中，哈樂德・布魯姆屢次強調文學中的「美學價值」（aesthetic value）乃是決定經典的必要因素；他甚至評擊女性主義者及多元文化論者，批評他們誤以為經典的形成與外在的權力有關。哈樂德・布魯姆的言論正好說中了今日美國「文化之戰」（cultural wars）的重點：那就是以性別和階級為出發點的一連串經典論戰。

憑良心說，經典的問題是個極其複雜的問題，很難用純「美學」或「權力」等簡單化的觀念來解釋。我以為更有意義的思考題目是：文學經典在歷史上的變遷。一般說來，作家是如何成為經典作家的？他們後來又如何被排除在經典之外的？這些都是值得考慮的問題。著名的歐洲文學專家Ernest Robert Curtius曾經說過：「一個特別有用的文學研究工作，就是考證從西元一五〇〇年到現在，那些古代經典作家的地位的變遷，尤其看他們是如何逐漸地被遺忘的。」美國文學專家Richard H. Brodhead（即耶魯學院院長）[1]也曾在經典的變遷上做過不少研究。在他的*The School of Hawthorne*一書中，他特別研討美國早期小說家Hawthorne如何從輝煌的經典寶座退到幕後的深層意義。他說：

> 與他當初旭日東升時一樣，霍桑的地位之衰微和整個廣泛的美國經典結構有極其密切的關係。他的衰微正可用來作為我們考慮所有經典跌落的原因：文學經典是經過什麼樣的階段，才被驅逐出去或漸漸耗盡其生命力的？一向被視為經典的作品，如果它一旦失去了整個文化制度的支持，它又會怎樣？……

換言之，Brodhead以為經典的建立和淘汰與整個文化發展的動向息息相關。如果要瞭解一個（或

1 二〇〇四年，Richard H. Brodhead開始擔任杜克大學的校長（孫康宜補注，二〇一五年八月）。

一群）作者與經典變化的關係，那麼我們就非得考慮所有的文化、社會、政治的因素不可。經典的變遷其實就是文化傳統的演變，它絕對不是偶然的。

然而，現代有些學者認為，通常所謂的「經典」帶有不少「偶然」的因素。例如，女性主義專家Louise Bernikow說：「通常我們所謂的文學史其實只是記錄某些個人的決定和選擇。至於哪些作者能傳世，哪些作者會被時代淘汰，要看有沒有人注意到他們、是否選擇為他們撰文表揚。」果真如此，我們是否能把現代文學史家對明清女作家的忽視看成是一種性別歧視、一種特意選擇不去「注意」或表揚的態度？或者，我們寧可說，明清女詩人的被淘汰乃是由於二十世紀的文化變遷所致，就像美國十九世紀作家Hawthorne也逐漸被人遺忘了一樣？不論如何，任何答案都會顯得以偏概全。然而，即使如此，我們知道文學經典的形成與廣泛讀者的判斷力和接受的程度很有關係。今天我們作為新時代的讀者，重讀明清文人文化和明清才女的作品，更應當認識到自己負有多麼大的文化重擔，但同時也要知道自己擁有多麼大的權力（power）。

——本文原為一九九九年四月二十八日東海大學第五屆吳德耀人文講座專題演講

（現特改寫補正）

第二十六章　「知難行易」或者「知易行難」？

正當聯合國第四屆世界婦女大會前夕，整個北京城貼滿了歡迎來自世界各國婦女的標語，有中文的也有英文的。一到梅地亞賓館就碰見許多來開會的美國婦女，她們都是笑著臉，禁不住內心的歡喜。其中有幾位還向我誇口道：「我是少數拿到簽證的人。許多人申請赴會，都被中國領事館拒絕。」面對著這些美國朋友，我的內心有著特別的感觸：不論婦女大會引起了多少令人惱火的不安與抱怨，不論它給中國添了多少麻煩，它卻真真實實地象徵了華人在全球的重要性。這次大會議題為「透過婦女的眼睛看世界」，總主題定為「以行動謀求平等、發展與和平」，主要任務是共同商定如何在邁向二十一世紀的進程中全力提升世界婦女的地位。總之，推其意，世界婦女大會的宗旨在於提倡行動與實踐。

但我到北京來，主要是為了擔任一九九五年大專辯論會（中央電視臺主辦）的國際評委。有趣的巧合是，辯論會大決賽主題也圍繞著「行動」的問題：大會規定，正方的命題是「知難行易」，反方的命題是「知易行難」。辯論會採取的是一種淘汰制，因此一直到八月二十四日，第二場半決賽過後，大家才知道最終要參加大決賽的是哪兩隊。我是八月二十五日清晨抵達北京的，一下飛機，我就聽說中國的南京大學與臺灣的輔仁大學將是大決賽的對手。

另一個具戲劇性的巧合是，南京大學由楊蔚、鄔健敏、鍾嫿嫿、韓璐等四位女生代表，輔仁大學由顧振豪、劉伯彥、林正疆、林立書等四位男生代表，因此大決賽象徵著兩性之間的辯論。

在辯論會中，各隊的立場總是由抽籤決定的，並不代表各隊的實際觀點。然而，有趣的是，在大決賽的抽籤事上也代表著某種巧合，南京大學的女隊抽到「知難行易」的命題，輔仁大學的男隊抽到「知易行難」的命題。據我個人的經驗與觀察，女人一般是循著「知難行易」的信念來行事的，由於現實的要求與直覺的敏銳，許多女人在愛情、家庭、事業上，通常採取一種毅然決然的獻身精神。她們未必把事情的利害關係權衡清楚才去行事，說穿了就是敢於擁有「不先求知而行之」的冒險精神。反之，男人則顧慮重重，非先知而不肯行，及其既知也，又因理性思考繁複而遲於行，因此篤信「知易行難」。對於這種兩性的差異，我一向頗感興趣，也常常從男女的異同感悟到許多生命的意義，所以就對八月二十七日的大決賽一直抱著很大的興趣。

與參加辯論的年輕大學生不同，大決賽五位評委都是過了中年的人。除了我與哈佛大學的杜維明以外，還有中國國內選出的三位評委：著名散文家余秋雨、古典文學專家王元化和政法大學前校長江平。我們都是踏入社會從事教育工作多年的老師。面對著滿腔熱血、熱情澎湃的年輕大學生，我似乎重拾原有的赤子之心，也重新回到了年輕時代的理想和抱負。

在評審過程中，我默默傾聽、深深震撼，一方面根據辯論雙方對辯題的闡述能力和辯論技巧的高低來公平地打分數，另一方面也從辯論的精彩段落得到一些鼓勵、一些希望、一些肯定。這些年輕辯手個個出人頭地，在分析水準、論據資料、語言能力、機智辯才、幽默感、表情風度上都讓人心服、讓人讚賞。比賽過後，杜維明對我說：「與那些年輕學生相比，我們這些評委也只是眼高手低的理論家，真所謂知易行難也！」

一、女生勝在表達與合作

作為女性，我特別為南京大學的四位女生感到驕傲。她們從初賽開始就以高水準的辯才節節勝利；從「愚公應該搬家」（反駁韓國外國語大學的「愚公應該移山」）與「社會秩序的維繫主要靠法律」（與香港中文大學的「社會秩序的維繫主要靠道德」相對抗），一直到決賽中的「知難行易」命題，她們都以語言的清晰流暢取勝。在大決賽中，她們以三對二的票數打敗了臺灣的輔仁大學男隊，很不簡單。當然，從客觀的立場看來，輔仁的男生常常在辯論的邏輯性及分析的層次上略高一籌（例如榮獲最佳辯手林正疆凌駕所有的辯論成員），但南京隊的四位女生卻在語言表達能力及整體配合上表現了特殊的成就。

促使她們勝利的原因實是女性本質的發揮，女人生來口齒伶俐，富有說話天才，而在人與人的關係上，她們更有聯繫感情的能力，因此較能發揮整體配合的完美效果。這種感情的交融可說是人類的救贖，人生的意義絕不在於自私地互相占有；人類只有通過互助互愛才能提高人生的價值。

仔細想想，這是女性的長處。在許多事上，女性確是生命中的薪柴，她可以發出永無止境的燦爛火花。就如余秋雨在《文化苦旅》的〈三峽〉一章所說：「巫山的神女……在連峰間側身而立，給驚嚇住了的人類帶來了一點寬慰……。人們在她身上傾注了最瑰麗的傳說，好像下決心讓她汲足世間的至美，好與自然精靈們爭勝。」怪不得，女真人有一句諺語說道：「生個男孩添份力量，生個女孩添份吉祥。」

二、男女互辯相得益彰

其實，南京大學女生隊與輔仁大學男生隊都為辯論會帶來了吉祥——一種男女互相合作、補足的吉祥。藉著辯論會，男女兩隊有了高層次的思想交流，互相衝激出生命的火花。在語言交鋒間，我們看見重經驗的女性與重思考的男性互相影響、互相尊重，有如星月交輝，相得益彰。從生命的意義到日常生活的實踐、從現實的改革到理想的肯定、從知識的追求到人性的反省，所有涉及這些問題的辯論都成了男性與女性觀點的綜合與延伸。有趣的是，這種兩性之間的思想融合象徵著臺海兩岸的互相包融；南京女隊屢次引用孫中山的學說，而輔仁男隊則再三闡明馬克思的思想。（辯論會後，著名作家王蒙曾特別向我提醒這個有趣的現象）。

重要的是，兩性的自由交流來自婦女解放。與西方女權主義者不同，中國女性不須全盤顛覆父權制就已得到了解放。在中國，人們早已說過：「婦女撐起半邊天。」早在一九四〇年代就有立法規定「婦女在各方面都與男人權利平等」，因此目前中國婦女在政府、金融、教育、文化、公共衛生和媒體中工作人數成長率超過男人。在獲利豐厚的畜牧業中，婦女經營者也占大多數。如今中國婦女的所得占家庭收入的百分之四十，二十年前僅占百分之二十五。與世界各地的婦女相比，中國婦女相當幸運。

三、中國婦女從未解放？

有些女權主義者認為中國婦女的那種「解放」不算是真正的解放，因為她們並未以激進的方式來強調兩性差異和對抗父權。反之，美國的激進女權主義者則把「性別的戰爭」看成首要任務，並把性角色劃分本身視為一種性政治的策略。她們以為，真正的婦女解放應當是女人自己爭來的，而不是由男人給予的。按照這種說法，中國婦女運動似乎從未真正產生過，也因此缺乏其應有的理論架構。對此，我不能全然苟同。中國婦女解放建立在與男性合作的基礎上，因此它較西方婦運來得成熟而自然。在中國，婦女解放是一個許諾，是男人主動對女人的肯定。

從男人的肯定到女性的自我肯定，這其間牽涉到理想的實踐。這是一種中國式的「知」與「行」。從這個觀點看來，無論是「知難行易」或是「知易行難」都有所偏差。其實「知行合一」才是人生的正確路線，因為它可以使人（無論是男人或是女人）更有道德勇氣，能從知中見證行，也能從行中見證知。如此把知和行合併起來，也就是王陽明所說的：「知是行的主意，行是知的功夫；知是行之始，行是知之成。若會得時，只說一個知，已自有行在；只說一個行，已自有知在。」總之，知和行是不能強分的。

——原載於《明報月刊》一九九五年十月號（今略為改寫更正）

第二十七章　於梨華筆下的性騷擾

讀完於梨華的新著《一個天使的沉淪》（臺北：九歌，一九九六），心中起了一種莫名的恐懼。令人惶恐的是，書中所寫的悲劇很可能發生在你我的身上：如果我們自己也不幸遭遇同樣的境況，是否能避免像書中人物一樣的命運？頗讓人懼怕的是，原來人性存在著如此脆弱而黑暗的一面，一不小心，一個人可以很容易地往下墮落而無以自救，最終毀人害己，甚至導致犯罪和死亡。這樣的故事使讀者難以忘懷。不但讀者忘不了，作者本人也忘不了。就如於梨華所說：

> 寫了三十多年，當然寫過不少人物：可愛的、可憎的、時時想起的、不願想起的、想起來心裡暖烘烘的、想起來全身發冷的，但沒有一個像羅心玫（書中女主角）如此令我在寫前百般沉思苦惱，寫時幾次扔筆打算放棄，而寫後又心力俱瘁，而又不斷地令我夜不成眠的人物。

這個令人難忘的故事始於一次偶然的「性騷擾」。一個六歲的女孩隨著家人到香港探親旅遊，沒想到風流成性的姑丈居然在她身上打主意。這個有錢的姑丈用手段把美麗小三子（羅心玫小名）當成「性玩偶」，得寸進尺地侮辱她的身體，終於在她十六歲那年強姦了她。姑丈對她的性凌辱在小三子心中種下了無法排遣的陰影，使她沮喪、害怕，終於由罪惡感而走向逃家、吸毒、墮胎等。墜入泥潭而無以自拔的她，最後在一次變本加厲的性虐待中，忍無可忍地把姑丈殺了。小三子自己說：「我是個殺人犯。被我殺害的是姑爹……。我不後悔我將他從人間滅除，後悔的乃是我同時也澈底地毀滅了我自己。」書一開始，我們發現殺人犯已被關進牢裡，她以一種回憶檢討的語氣向讀者原原本本地陳述事情的前因後果。然而，作者於梨華卻說：「我把她放在牢裡，但我日夜不安，因為我不能確定，她是否該坐牢。」

作為讀者，令我「日夜不安」的，倒不是小三子坐牢（因為一旦犯法就難逃離法律的制裁），而是這個悲劇事件所代表的現代家庭問題。在一個健康的家庭中，遭受性騷擾的女兒應當把自己內心的不安告訴母親，這樣就會避免事情的惡化，哪怕騷擾者是個近親。然而，小三子顯然處於一個充滿了「溝通問題」（communication problem）的典型家庭：她沒有足夠的勇氣和機會跟父母討論有關身心的關鍵問題。在她入獄後給父母的信中說：「（你們）一定責怪我為什麼不早告訴你們。我不是沒有想過、試過，甚至開始過，但一來我羞愧得難以啟口，而來我害怕你們不但不會相信，而且會訓斥我誤解長輩對我的寵愛。」誠然，在書中小三子多次想要吐露心事，但缺乏想像力的家人總是會錯意。在她心中，父母的訓斥可能要比姑丈的猥褻更加可怕。我相信這就是今日許多優秀的少年人走向悲劇，甚至犯罪的原因。例如，在美國發生的幾次女生殺嬰事件，就與害怕父母的責難有關。

另方面，一般父母對「性騷擾」的缺乏瞭解也是一個應當正視的問題。他們常常以為，性騷擾的事件只會發生在別人家中，那是媒體的新聞故事，絕不會輪到自己女兒的身上。有人甚至認為控告男人強姦的女人自己也有問題，以為那些多半是趁機出風頭或是貪財的不正當女子。對於這些女人的宣誓與作證，一般人也時常抱著半信半疑的態度。此外，許多父母過分信任親人的道德行為，從來不會疑心自己家人也會有什麼亂倫的行為。以於梨華書中的故事為例，小三子的父母絕對不能想像那位和善的姑父會對一個年僅六歲的女孩施以性騷擾。其實，這樣的事件到處都在發生。例如，有人以為從前科羅拉多的六歲「明星」女童，很可能就是被親人殺的（尚未證實）。總之，患有色情狂或「性癮」的男人——不論他們的社會地位多麼高，不論他們是親人還是陌生人——都有可能隨時把女性當成洩欲的工具。值得注意的是，隨著女人地位與權力的增長，有些女人也會把男人當成「性玩弄」的對象。不久前，一部熱門的電影《揭發》（*Disclosure*）描寫的就是這種後現代社會特有的異常現象。尤其在今日，做父母真不容易。子女強調大人必須尊重他們的隱私，但另方面，他們也因此會感到孤立而走向歧途。所以，如何運用想像力與智慧，如何在嚴厲和疏忽之間保持平衡，乃是當前父母面對的挑戰。

有人說，「性格即命運」（character is fate）：你有什麼性格，就會有什麼命運。若從這個觀點看來，於梨華筆下的小三子其實不能完全怪罪她的父母。在很大的程度上，小三子個性上的脆弱實是引向沉淪的主因。面對姑父的「進攻」，她一而再、再而三地投降；她愈是警惕，愈是受對方的擺布。結果，她逐漸自暴自棄，功課一落千丈。她離家出走後，舉目無親，最後只得求救於姑丈。此時，墮落自賤的她讓姑丈用錢買了她：不僅學費是姑丈付的，連汽車及銀行的存款都是他供給的。為了現實的利益，她放棄了靈魂，也放棄了身體，甚至讓自己無限制地肥胖下去，一直到完全失去自尊為止。

諷刺的是，最後使她拾回自尊的，乃是通過殺人的犯罪行為。她說：「殺人償命，理所當然。我是經過縝密考慮之後才下手的。與其如此骯髒卑微地活在世上，不如心境坦然地死在地下。」殺人之後的小三子突然有了痛定思痛的自省：她懺悔，澈底地進行自我分析，企求父母及所有愛她的人的寬恕，從脆弱到剛強，從退縮到勇敢，從無愛到有愛——小三子終於找到了自我。但是，她所付出的代價實在太大，她自省也來得太晚了。

追本溯源，還是「偶然」的因素在作祟。對小三子來說，生命中的一個「偶然」無形中轉成了「必然」的悲劇。然而，在這「偶然」和「必然」之間，我們是否能藉著培養心性的教育來扭轉命運的方向？孟子說：「苟得其養，無物不長；苟失其養，無物不消。」我想尤其在這個社會問題逐漸複雜的今日，「養」的功夫特別重要，而且必須在年幼之時就開始。

如何對付「性騷擾」？這完全要看我們如何「養」育子女，如何幫助他們培「養」自己的靈性與意志力。

——原載於《世界日報‧副刊》一九九八年二月十六日

第二十八章　女性、女性主義和唐璜症候

一、由李小江的新書說起

大陸的李小江教授託朋友帶給我她的一本新著《關於女人的答問》。一看目錄，這本書就吸引了我。全書二十二章，每一章的題目就是一個問題，而且以問句的形式出現——例如「你們是不是走錯了路？」（關於「婦女解放」）；「我們怎樣稱呼自己？」（關於「女性意識」）；「你的敵人是誰？」（關於「女權主義」）等。這種耳目一新的書寫方式令我特別感到興趣。與我經常閱讀的西方女性主義理論書籍有所不同，李小江的書是基於自己生命體驗而來的；書中所提出的問題都是作者本人在實際生活中所遇到的問題。誠如李小江所說：「婦女研究領域中有無窮無盡的『問題』誘惑你去『解題』。」這本書對我無疑成了不斷觸發想像的「誘惑」——我反覆問自己，一直生活在不同世界的我，面對書中這許多問題，會有怎樣不同的答案？

首先，李小江提出的第一個有關女人的問題是：「時代不同了，男女都一樣嗎？」她自己承認，她從前以為男女都一樣，因為自一九五〇年代以來，毛澤東領導的中國社會一直在告訴大家，中國婦女已經站起來，可以與男人平分天下了。但她後來所經驗的女性生活，使她看到事實的另一面：她發現女人與男人有根深柢固的區別，尤其有史以來社會對兩性所強調的雙重道德準則和雙重價值觀。就因為這些基本的差異，使她覺悟到男女還是不同。她很感慨地回憶道：

起初，我以為這只是我自己的事。從小做慣了「假小子」，除了一月一次的例假，方方面面也做得真像「小子」。成年以後，眼見著男女兩性分別向各自的性別傾斜，心裡就是不願認這個「輸」。可是生活中像有一雙看不見的手，有力地推動著這個傾斜，使得男人就是男人，女人就是不能做男人——想做也做不成，就像是黑人想做白人或白人要做黑人，不成，怎麼也抹不去那與生俱來的印跡。

所以，李小江的結論是：「時代是不同了，今天的女人應該是與男人平等但仍然不同於男人。」重要的是，「兩性差異」的認識，乃是她走向女性覺醒的第一步。她認為，這個「不同」具有十分深刻的意義：它使女人找到了屬於女人的立場，從而確定自我的主體性。在這個「不同」的基礎上，李小江找到了一個嶄新的天地，那就是婦女研究的新天地。她發現，婦女的角度給了她一個全新的世界觀；這個新角度促使她看到人性的豐富和世界的廣闊。有趣的是，本來輕視女性的她，在學習馬克思主義的青少年時代，心目中「有中國、有世界、有全人類……唯獨沒有女人」。但後來從事婦女研究的過程中，終於澈底地開出了一條「走向女人」的道路，從而獲得了身為女學者的自信。她把這個認識自己的女性覺醒，比為還鄉似的回歸。她說：「我的思想曾是一匹脫韁的野馬，馱著太多的見識和思想，尋找它夢中的家園，渴望『還鄉』。」

二、不同的人應當平等

這個由男性化（或無性別意義）的世界觀走向女人的故事，令我深受感動。這使我想起自己於一九七九首次到中國旅行的經驗——當我第一天從旅館中走到上海街頭時，著實吃了一驚；我發現整條大街擠滿了人，但很難分辨男女，因為女人也穿著男人的衣服。我當時就問導遊的人說：「為什麼中國政府要把女人改造成男人？」我得到了答案是：「這才是真正的男女平等。」然而，我卻從街頭人群的目光中讀出另一種答案，那是淹沒在汪洋大海中的失落感，沒有性別，沒有自我。這段上海經驗一直深深印在我的腦海中，多年不忘。所以，這次閱讀李小江的書才更能體會書中所謂「走向女人」的真正涵義。不難想像，今日的中國女性已向前跨了一大步：她們已走出了限制她們思想的禁錮。由男女兩性的差異中，找到了自己的聲音。

然而，比較起來，我在美國所觀察到的女性經驗可能還意味更艱難的探索。與中國的「先平等，後女人」的程序相反，美國女人則先有女性意識後才力爭兩性的平等。西方的女權運動已有兩百年的歷史，而「女性意識」，一直是開拓女人「姐妹情誼」的原動力（參見Nancy Cott, *The Bonds of Womanhood*, 2nd ed., Yale Univ.Press, 1997）。女人早就知道，她們與男人不同，如果男人扮演著「公」（public）的角色，她們則努力扮演「私」（private）的角色，兩性分工合作，理所當然。但隨著工業時代的急劇發展以及婦女教育的提高，西方女性漸漸發現「性別差異」使她們一直處於社會的邊緣地位。所以，她們開始強調，父權制是製造兩性不平等的罪魁，因為它誤把兩性的差異等同於「不平等」。這樣的女性心態最後導致了一九六〇年代以來廣泛流行的「意識提高」（Consciousness-raising）活動。在這股龐大的運動中，眾多的女性主義者分別由各方面來訴說父權制的種種罪狀，使得原來無意識的「姐妹情誼」提升到了有意識的集體覺醒。她們的口號是：女人本來就不同於男人，但不同的人應當平等（這種把「不同」提升到「平等」的策略，最後導致了美國多元文化的發展，此為後話）。

三、「應聘平等法」的爭取到落實

一九六〇年代後期正是我大學畢業，剛進研究所深造之時，當時風行的女性主義無疑對我產生了深刻的影響。然而，奇怪的是，與李小江相同，我開始是忽視女人的。一直在名校攻讀文學的我，所受的教育基本上是男性的教育。我認同男性學者對文學、歷史、哲學、美學的解讀，而周遭的男性師長、同學也都不斷支持我、鼓勵我，所以無法相信女人是被壓迫者。

曾經這樣想過：在一個民主社會裡，一個人（不論是男是女）本來就擁有獨立自主的選擇權利，如果一個女人選擇一條奮鬥的路，她也能像男人一樣取得成功。這種思想支配了我很長的一段時間，因此對於女性主義者所發出的「打倒父權」的口號難以苟同。可以說，對於激進的女權運動，我有一種厭惡的感覺。

一直到一九七〇年代後期完成學業，開始踏上教書之路，才逐漸改變看法。尤其是後來又回到常春藤校園裡工作，我很清楚地看到了美國學院中所存在的性別歧視。一九八二年初至耶魯執教，全校有六七百位終身職（tenured）教授，只有十六位是女性。這樣懸殊的比例，迫使我去思考，為什麼每年有那麼多女生（大學生及研究生）畢業，而最終應聘為教授職位的女性卻寥寥無幾？在學校裡求學的期間，女生常常名列前茅，為何在找教書工作時，反而落在男人之後？是她們缺乏事業心，還是由於學院裡一向以男權為中心的偏見？

我逐漸發現，學校裡許多女生和女教授也有同樣的想法。此時，外頭的女性主義運動已由消極的「訴苦」轉向積極的「抗議」。結果是，政府在各方面的壓力之下，終於創造了一條所謂「應聘平等法」（Affirmative Action）。「應聘平等」乃是指申請工作的個人，不分性別、年齡、種族，都有相同的列入考慮的機會。不久以後，學院中的女性也紛紛結成小組，不斷向校方請求早日採「應聘平等法」。以耶魯為例，校方於一九八六年左右正式實施此法。十二年來，終身職的女教授已增至四十多名，亦即加添了兩三倍之多。可見，在以法立國的美國，任何行動若沒有法律保障，總是很難推動的。有了法律，就非得遵守不可，於是一個既定的信念才能得到滿意的實施。

四、女人要男人改變

除了要求工作機會均等，美國女性主義者也控訴男人在「性」方面的罪過。從前，男人可以利用自己處在高地位上的權力，為所欲為地玩弄女人；但現在不正當的「性」事，常會給男人帶來觸犯法網的危險，若不小心，會被控「性騷擾」、強姦，甚至「約會強姦」等罪，即使高位如總統者也不能免。犯這種「性」罪的代價頗高，有時可以使一個人失去工作，甚至家破人亡。學院裡最常討論的一個例子，就是幾年前發生在普林斯頓大學的事件：一個年輕有為的終身教授因不斷與女子學生有染，一次被告到校中的「訴冤委員會」（Grievance Committee），最後遭校方解聘，從此過著流浪的生活；幾年後，他出版了一本懺悔錄，呼籲讀者從他的錯誤中汲取教訓。

李小江在書中曾說：「男人其實也是被女人塑造的。」我認為這句話正說中了美國女性主義對一般男性所產生的巨大影響。近年來美國文化最關注的主題之一，就是有關男性省視自己的問題。《第二性》的作者西蒙・德・波娃曾說：「一個男人永遠不必為了闡釋男性而去寫一本書。」但今日美國男性卻推翻了這個命題，現在他們說：「如今輪到我們男人來為自己定義了。」（William Betcher and William Pollack, *In a Time of Fallen Heroes*, New York, p.266）突然間，男人覺悟到女人的問題也是他們的問題，如果女人一直活在憤怒中，他們也不會愉快。因此，他們不但問：「男人要什麼」，也問「女人要男人做什麼」；他們的結論是：女人要男人改變。

五、「性」也是一種「癮」

積極的、自發的「自我改變」於是成了近年來美國男性的文化傾向。他們想有意識地從父權制的負面價值中解脫出來：他們企圖從日常生活中做到不歧視女性，不剝削女性，與女性分擔家務的「好男人」形象。另一方面，他們也希望找回男性失落的自我，努力重建一個健康而溫柔的心理架構——一個超越原有男女界限的心靈世界。在這一方面，他們大大地借助於心理分析學的啟發。例如，男性的藝術家常常把近似唐璜的風流行徑當成富有羅曼蒂克的男子氣質，把征服女人的一連串性史，當成自己的驕傲。但在目前男性自省的上下文中，這種行為被看成是一種嚴重的病症。所謂「唐璜症候」（Don Juan Syndrome）指的就是一種癲狂與抑鬱交替的心理病。犯了這種病的男人自以為是多情種子，其實是藉著不斷勾引女人來滿足內心的空虛。一而再、再而三地墜入情網，使他不斷在高潮與低潮間擺蕩，自己不知道所追求的是一個永遠得不到的「靈魂情人」（anima），是透過性高潮的經驗所得到的心理幻象。心理學家把這種「唐璜症候」稱之為「性癮」（Sexual addiction），與煙癮和酒癮同屬於一類。如何從「性癮」的痛苦中擺脫出來，如何獲取真正的心靈自由，已成為許多美國男人努力的目標（見Robert Moore and Douglas Gillette, *The Lover Within: Accessing the Lover in the Male Psyche*, New York: William Morrow & Co, 1993, p.178）。值得注意的是，李小江在她的書中也特別提到愛與性的問題，她問：「愛與性能一回事嗎？」主旨在討論有些男人「有性而無情」的問題。她希望男人不要把女人看成是發洩性欲的工具。男人必須從「性」走向「愛」，才能漸漸體驗人性的豐富和成熟。

在性與愛方面，美國女性與李小江所描寫的中國女性頗為不同。在美國，自從一九六〇年代婦女性解放以來，許多女人也與男人一樣，常因陷入「性癮」，而無以自拔。問題是，在不斷的性放縱中，她們不但沒有得到預期的「解放」，反而失去了追求愛情的勇氣。可以說，在情愛的事上，美國女性正面臨著空前的心理危機。所以，目前也和男人一樣，正在努力從「性癮」超越出來，企圖重建一個健康的情愛觀，以達到真正的自由與解放。

可見，從女權運動開始到現在，美國的男女兩性已出現了新的融合。從當初的對抗到今日的融合，我們看到了法律的功用與個人自省的能力。隨著兩性新的關係，所謂「男女」的定義也會逐漸改變。從李小江的書中，我得到的信息是：中國婦女普遍在對待男人的態度上比較溫和，因為一九四九年以後的婦女解放運動是男女共同參與的。所以，中國的女性主義者從未把男人視為敵人，她們始終把重點放在尋找自我的意識上。這樣的做法，就兩性融合而言，自然比較省力的多，只是我關心的是男人的解放問題。如果完全沒有經過異性的挑戰和隨之而來的痛定思痛的自省，中國男人沒有可能澈底地解放。錯誤的性別觀、不成熟的性觀柢，以及根深柢固的雙重標準，都是限制男性自由思想的禁錮。我想女人要的就是男人的澈底解放和改變。

——原載於《當代》一九九八年四月

第二十九章　龍應台的「不安」和她的「上海男人」

自從龍應台的〈啊，上海男人！〉一文刊出後，整個上海像「龍旋風」橫掃過一樣受了震撼。各種不同的「上海男人」（包括旅居海外的成員）紛紛向發表該篇文章的《文匯報》提出抗議，抱怨此文作者「侮蔑」上海男人、忽略上海男人乃為真正「大丈夫」云云。有趣的是，這陣龍旋風終於吹向國際的領域，〈啊，上海男人！〉的英文版在BBC國際電臺上連續播了三次，並引起與中文讀者完全不同的反應。西方聽眾的大致反應是：「上海男人真好，真先進。」

是怎麼樣的文章會引起如此矛盾而眾說紛紜的反應？就如一位讀者所說：「讀龍應台，讓人入世，讓人痛楚、激動，想和人爭吵。」（李泓冰，〈龍應臺與周國平〉）從龍應台的散文集《我的不安》（臺北：時報文化出版公司，一九九七）中，我倒得到了一個結論，那就是：龍應台是個充滿了「不安」的文化批評者，因此她也會帶給讀者各種各樣的「不安」。

就是這種字裡行間的「不安」帶給〈啊，上海男人！〉一文的挑戰性與複雜性。實際上該文是稱讚上海男人體貼太太，而且從買菜、燒飯、洗碗到洗衣，什麼都做：

> 上海男人竟然如此可愛：他可以買菜燒飯拖地而不覺得自己低下，他可以洗女人的衣服而不覺得自己卑賤，他可以輕聲細語地和女人說話而不覺得自己少了男子氣概，他可以讓女人逞強而不覺得自己懦弱。

然而，另一方面，讀者卻從上下文中隱隱約約地看到了「大男人主義」的影子：作者再三強調，這樣百依百順的「上海男人」常是被女人「虐待」的男人，是被控制的小男人。文中引用了一位二十五歲的上海小姐的話：「長得像個彎豆芽，下了班提一條帶魚回家煮飯，這就是上海男人。我要找北方人，有大男人氣概。我就是願意做個小女人嘛！」

儘管龍應台本人不一定贊同這位「小女人」的觀點，但她那傾向於不做主觀判斷的筆法使得上海讀者將作者和文中的女性角色混為一談了。許多上海男人覺得受了侮辱。但更有意思的是，一些喜歡從事心理「研究」的讀者就利用這個機會開始分析起龍應臺的心理狀況了。我認為，在許多讀者反應的文章中，尤以這種心理分析最引人注目。例如，在〈捧不起的「上海男人」〉一文中，沈善增把龍文說成是一篇「纏綿悱惻的祭文」，祭的是作者心目中理想的男子形象。他以為，在理論上龍應台從上海男人的身上找到了夢寐以求的理想男性，但在感情上她又嫌這樣的男人不夠「男子氣」；所以，龍應台其實「無意開罪上海男人，她與之過不去的是那個長久盤踞在她心頭理想男人的偶像」。換言之，沈君以為龍應台的內心充滿了一種矛盾的失落感。另一方面，吳正在他的〈理解上海男人〉一文中，分析龍應台之所以「誤解」上海男人的原因：

> 當然，我們是不能對龍女士提出如此高的理解要求的，因為正如她自己所說，她是個臺灣女人，且還在美歐俄菲什麼的生活了多年。待到她發現了這個形如「彎豆芽」的「可愛」的上海男人一族時，她已是兩個孩子的母親啦。於是，對那個「彎」字之中所可能蘊藏著一股怎麼樣的韌性與張力，她便也永久失去了可以在共同生活之中加以全面觀察深刻體會的機緣。

有趣的是，諸如此類的評論都把龍應台的「旋風」文字看成是對上海男人基本品質的嘲諷。至於龍應台本人，她則對這樣的反應感到驚訝。她說：「我的文章引起辯論是常事，引起完全離譜的誤解倒是第一次，而這誤解本身蘊藏著多重的文化意義，令人玩味。」

作為一個生活在美國多年的華裔讀者，我特別對這種「誤解」的文化意義感到興趣。我認為「閱讀」是極其個人化的經驗，它的涵義常隨個人的文化背景及價值觀而定。比如說，我曾把龍文仔細看過，但我的讀後感與上海讀者的反應完全不同。我自始至終以為龍應台感到「不安」的對象不是「上海男人」，而是上海女人。她擔心上海女人在追求解放的過程中，把「權力」（power）等同於「權利」（right）。在「妻管嚴」的環境中，有許多上海女人或許一味得意於自己的「權力」高漲，因而虐待自己那溫柔體貼的丈夫。她們不但不感激男人的幫助，反而嫌他們不夠男子氣。結果是，上海男人雖然解放了，上海女人仍未得到真正的解放。實際上，真正的解放必須建立在「權利」的分享，而非在控制對方的「權力」上。所以，龍應台問道：「為什麼當女權得到伸張的時候，男人就取代女人成為受虐者？難道兩性之間無可避免地必須是一種權力的鬥爭？」總之，龍應台最關切的還是男女之間真平等的問題。

然而，與龍應台不同，上海人似乎並不關切兩性平等的問題。對他們來說，實際生活的需要比理論上的考慮來得重要。就如一位女性讀者所說，「上海的男人也比較識時務，但識的並不是『男女當平等』的婦運道理。雖然他們個個說男女平等是應當的，在上海根本不是什麼問題，而是『經濟是基礎』的道理……既然老婆也就業掙錢的，而且是『同工同酬』！一定要老婆燒飯這句話就不太好說了。」（胡妍）

另外，有些讀者則把上海男子的務實視為求生存的一種謀略：

> 上海不少把「怕老婆」掛在嘴上，或裝作「怕老婆」的男子，實際上是並不怕老婆的，這只是

他們在夫妻關係中的一種善意的「謀略」……（陸壽鈞）

上海男人的這種「謀略」倒確是讓女人給薰陶出來的……上海的男性在全球範圍來說，是最辛苦的。他們要在家庭中充當一個很不容易的角色，這使得這些男子在夾縫中練就了一種生存、斡旋的本領……有「謀略」的上海男人，畢竟是有風度的。（王戰華）

上海男人的生命哲學是盡可能地禮讓出生活上的種種細節來滿足他們的所愛者，從而為自己換取更廣大的事業的思考空間——而這，不就正是上海男人的高明之處？（吳正）

最令我感到驚奇的是，這些有關「上海男人」的言論好像是在描寫與我結婚多年了的丈夫。現在我才知道，原來我嫁了個「上海男人」。對我來說，「上海男人」，已成為一種普遍的「好男人」類型，它不再受限於上海或任何一個地區。據我個人的觀察，這樣的男人確是最務實的人；他看見他的女人比自己還忙，就心甘情願地幫忙家事，因為他知道這是建立和睦家庭的最佳祕方。這樣的男人有時或許會顯得太認真或頑固地追求完美，但絕不是「小男人」。他們下廚，有時是為了造就女人，有時是為了個人的興趣，但無論如何，做家事絕對不會抹煞了他們的大丈夫氣概。

這樣的「上海男人」基本上是採取了老子的「柔弱勝剛強」的哲學。與一般所謂的「大男人」不同，他們擁有極高的生活智慧，也深切瞭解「知其雄，守其雌」的深刻道理。他們知道，婚姻生活比純粹的愛情要複雜得多；成功的婚姻在於日常生活中兩性之間的合作與妥協，它需要無比的耐力與胸懷。雖說他們無意在家庭中取得「權力」，但由於他們凡事照顧對方的「權利」、凡事以溫柔忍耐的態度照顧對方，結果反而取得了左右整個家庭的主權。老子所謂「將欲奪之，必固與之」，乃是這個道理。我始終認為，「權力」是極其微妙的——愈是以強硬的手段急欲取得它，愈是得不到。反之，若以虛心和「為天下溪」的精神來對付一切，則權力自然會到手。

「上海男人」的複雜性乃在於他具有「以柔勝剛」而獲取權力的本領。若把這樣的男人看成「小男人」，則是一種嚴重的文化誤解。我想這也是令龍應台極其不安的地方。尤其在性別關係上，中國的新女性往往有意無意地扭曲了「兩性平等」的意義；她們常常以咄咄逼人的方式，企圖取得控制對方的「權力」。結果是，她們不但沒有得到真正的平等，反而在爭取女權的層次上，一直站在原地上，甚至退了步。這或許是由於多年來階級鬥爭所造成的影響，也可能是對現代西方的權利概念的誤解。

龍應台的「不安」促使了我對中國女權運動的重新關注，而她所提出的「文化誤解觀」更觸發了我對文化問題的反思。其實「誤解」有時比輕易的「瞭解」還要來得深刻，因為「誤解」常常顯示出個別文化的不同價值觀。如何從誤解進到瞭解，如何促使不同文化之間的交流——這也正是我多年來研究深思的重點。

——原載於《中國時報・人間副刊》一九九八年十二月三十一日（今略為修正）

第三十章　兩個美國女人的故事

二〇〇三年，美國先後出版了兩本十分令人矚目的女性自傳。首先，在春季期間，那位多年前嫁給約旦國王的「努爾皇后」（Queen Noor）出版了她的《信心的跨越》（*Leap of Faith*）一書；後來，六月初，喜萊莉・克林頓（Hillary Clinton）又出版了她的《活歷史》（*Living History*）。兩本著作均為名女人的回憶錄，其書皮亦十分相似——封面上都有個微笑的「我」，而且書中都涉及「這些年來我是怎樣走過來的？」的主題。兩本自傳都透過對個人背景、婚姻關係，和政治局勢的省思，探討人生境遇的種種，同時也寫出過去二三十年間作者親身目睹的國際政治、經濟、社會諸多現象。兩本書的作者都受教於美國長春藤名校——努爾皇后畢業於普林斯頓大學，喜萊莉畢業於耶魯大學的法學院——而且二者的年齡相當，互相又是很談得來的朋友。此外，兩人都堅信，一個人要為自己的生命負責，要走出自己的道路來——雖然二者的個性和人生際遇頗有不同。

記得，第一次聽到約旦皇后努爾的消息，是一九七八年的暑假，那年我剛由普林斯頓拿到博士學位。有一位朋友從老遠打電話給我，告訴我新的約旦皇后原來是個美國人，也是普林斯頓大學部的校友，原名Lisa Halaby，問我是否與她相識。我說，可惜不認識，因為通常研究生與大學生很少往來。接著下來，就有好幾天在電視上看到許多有關約旦皇后的報導——只知道她出身良好，家境優裕，父親是耶魯大學的校友，曾任甘乃迪總統時代的「聯邦政府航空行政」顧問，因為公務而認識了約旦國王胡森（Hussein）。

印象中，當時太多的媒體關注反而增加了這個努爾皇后的神祕性。我一直在懷疑，一個美國女人是否受得了中東的特殊政治文化環境？作為約旦國王胡森的第四任妻子，是否會幸福？但究竟她是怎樣一個人，我似乎毫無所知。事實上，這二十多年來，我幾乎已完全忘了努爾皇后的存在。一直到讀了她的自傳，才發現努爾皇后原來是一個很有思想深度的人。在她的書中，她很深刻地描述了自己如何因為愛情而克服了多種文化界限，並以一個美國人，如何開始同情阿拉伯人的艱難處境，最後以自我奉獻的精神努力協助約旦皇室走向現代化的過程。她前後與約旦國王生了四個孩子，但同時還得照顧國王原有的八個孩子，其捨己為人的精神令人敬佩。全書寫來，像一本感人的史詩。她十分細膩地敘述了一個動亂時代的真實面貌，尤其她毫不保留地刻畫了巴勒斯坦人所面臨的生存危機以及中東問題給約旦國所帶來的許多政治困境——可以說處處充滿了辛酸，但卻又流露出無比的愛和生命熱情。我讀了十分感動。

有關中東問題，努爾皇后的自傳使人讀到了另一種立場，也讓人較能全面地瞭解整個局勢。這是因為，凡是讀了她的書的人，都能瞭解她是如何走過來的。自從一九七八年她嫁給了約旦國王胡森以後，可以說夫婦兩人都在為中東的和平前景全力以赴，一切在所不惜。他們希望能以約旦為中介，讓巴勒斯坦人和猶太人能早日達成共同的和平目標。努爾皇后對歷史上猶太人被迫害的命運是極其同情的，但她再三重複，猶太人的悲劇是由納粹等人所造成，不應由阿拉伯人來負責。然而，一九四八年以色列建國之後，巴勒斯坦人卻成了犧牲品，至少有八十萬巴勒斯坦人被迫放棄家園，逃到約旦，從此就住在約旦國裡的難民營裡，幾代以來已成了無家可歸的人。而一九六七年的戰爭之後，情況更壞，因為以色列人開始公然占據了耶路撒冷和約旦河西岸。特別使努爾皇后感到失望的是，一九七八年卡特總統在Camp David與埃及和以色列的領導人簽訂所謂的中東「和平條約」，當時居然把約旦人和巴勒斯坦人排除在外。關於這一件事，努爾皇后很不客氣地批評了卡特總統的外交政策，以為那是促使巴勒斯坦人更加懷恨西方的導火線。當時，她明明知道一般美國人不會同意她的看法，但她卻鼓起勇氣來，開始在美國做了一系列有關巴勒斯坦人的困境的演講。時至今日，當我們再回頭去看中東問題時，我們會發現，努爾皇后的觀點還是頗有見地的。

我猜想，幾年前布希總統之所以突然在約旦紅海城舉行巴勒斯坦和以色列的和平會議，並讓前約旦國王胡森的公子Abudullah——即現在的約旦國王——首先在會議上發表和平宣言，或許在某種程度上是為了補償一九七八年卡特總統所犯的疏忽吧！可惜，約旦國王胡森早已去世，而最近以來，中東的暴力衝突已經惡化到難以收拾的程度了。

從努爾皇后的書中可知，她對幾位美國總統都頗有意見，而她一向不怕直言以告。但她卻特別欣賞克林頓總統和總統夫人喜萊莉。據她回憶，她和約旦國王胡森於一九九三年初次與克林頓總統和夫人在白宮見面。雖然當初克林頓的外交政策也曾讓她失望，但從個人的方面來看，她非常喜歡克林頓和喜萊莉的為人，也欣賞他們努力學習其他文化的誠懇態度，所以漸漸地就成了朋友。尤其是，一九九四年克林頓和喜萊莉成了二十多年以來首次訪問約旦的美國總統和夫人，此事令約旦國王和努爾皇后十分鼓舞，兩人因而對於中東和平的前景感到了某種程度的樂觀。但沒想到，約旦國王胡森於一九九八年因癌症去世，努爾皇后驟然痛失所愛。傷心之餘，也只能接受事實。她在書中回憶道：

> 我（為他的死亡）感到震驚，但內心同時卻也充滿了無比的平安。當時那種寧靜之感以及那股支撐著我的純粹信心是無法用言語來形容的。我深信那只是我們兩人共同走過的那段旅程的一種新的延續，我們將永遠共同走下去。（《信心的跨越》，頁四三三）

葬禮時，克林頓總統以及美國的前幾位總統福特、老布希，和卡特都出席了。尤其使努爾皇后感動的是，克林頓總統特別邀請了努爾皇后的父母和他搭上總統專機Air Force One，一起從華府飛往約旦參加葬禮，也真夠朋友了。

約旦國王胡森逝世之後，努爾皇后決定把她剩餘的有生之年完全獻給約旦人，從此她和美國的外交來往也就告一段落了。然而，多年來喜萊莉・克林頓還是一直把努爾皇后當成知心的朋友。從喜萊莉最近出版的《活歷史》自傳中得知，許多次她遇到嚴重的挫折時，努爾皇后都能及時給她安慰。例如，有一次在克林頓總統連任的政治風險中，喜萊莉一時想不開，心情極為低潮，幸而努爾皇后的一句話振奮了她：

> 她（指努爾皇后）打電話給我……告訴我，她們家人每遇到困難時，總是彼此安慰，要大家無論如何「勇敢地走下去」（soldier on）。我很喜歡「soldier on」那句話，所以當下就用它來鼓勵我的工作人員。有時，我真覺得我才是最需要那種鼓勵的話的人。（《活歷史》，頁二五九）

幾年後，喜萊莉終於遇到了一個平生最大的考驗——那就是，克林頓與白宮實習生陸文斯基的性愛醜聞所帶來的危機。為了那件事，克林頓犯了偽證和妨礙司法的罪名，受到國會的彈劾，差一點丟了總統的名位。在這個舉世皆知的醜聞中，可想而知，作為總統夫人的喜萊莉處境最難。如何在這樣令人感到屈辱而尷尬的境況中獨自站立起來？如何從個人的憤怒和委屈走出來？如何能忍受一時之痛而繼續活下去？記得在那段期間，每天媒體都在報導克林頓的風流故事。與許多美國人相同，我當時對喜萊莉特別同情，心想如果自己也處在和喜萊莉同樣的境況中，會是怎樣呢？

但眾所皆知，後來喜萊莉的表現，的確讓人欽佩。她有足夠的度量來維持她的魄力和尊嚴。她沒有自憐，沒有控訴。她在困境中，不但沒有退縮，反而出來公開競選紐約的參議員，最後終於得勝。她的表現使我想起了古代中國人所推崇的「忍」的精神。中國人以為，忍耐是勇氣的表現，也是「士」的美德。蘇東坡在其〈留侯論〉中曾說：「古之所謂豪傑之士者，必有過人之節」，而一個人的節操和勝敗實取決於「能忍與不能忍之間而已矣」。喜萊莉能忍住眼前的屈辱，而成就遠大的人生志向，真可謂女中之豪傑。

一直到最近讀了喜萊莉的自傳《活歷史》，我才發現她的美德不只是「忍耐」（endurance），而是「容忍」（tolerence）——那是一種對人性缺陷的容忍，以及對別人隱私權的尊重。即使在獲悉丈夫的風流帳和背叛之後，她還能在傷心之餘努力主持正義，公開說明美國國會對克林頓總統的彈劾甚為不公，因為克林頓的「偽證」和「妨礙司法」的罪名都只涉及個人男女隱私的方面，而絕沒有影響到整個國家的前途和政策問題，所以人們沒有理由要逼總統下臺。換言之，作為一個民主國家的現代公民，喜萊莉相信，每一個人（連總統在內）應當擁有某種隱私的自由。當個人的男女隱私被人用來作為政治攻擊的理由，而受到不公平的裁判時，她有義務站出來說話。她在書中很鄭重地提到這一點，也說明她為何對克林頓被彈劾的遭遇產生同情的原因。

然而，最近有些讀者卻批評喜萊莉太過分委曲求全，以為她那種努力保住自己「不健康」的婚姻的做法會給年輕一代的女子一個壞的榜樣——因為他們認為，現代女人不應當成為婚姻的犧牲者，應當毅然跳出壞的婚姻才對。當然，在這同時，也有不少美國人持有不同的看法——他們很佩服喜萊莉努力挽救婚姻的堅定意志，他們反對現代人那種輕易離婚而不求妥協的態度（*Time*, July 7, 2003, p. 10）。同時，對許多人來說，寬恕有時要比仇恨或報復來得有意義。總之，對這件事的看法，可謂見仁見智。就如喜萊莉自己說：「你要活你自己的生命，你只能做出對你自己認為正確的決定。」（CNN interview, June 10, 2003）[1]

[1] 這句話的原文是："You live your own life. You make the choices that are right for you."

另一方面，我以為，喜萊莉之所以屢次遇到考驗而還能屹立不搖，主要還是由於她擁有一種勇往直前的人生觀。這當然是由於她的個性所使然，但值得注意的是，她一直把努爾皇后那句有關「soldier on」的忠告牢牢地記在心裡，所以更能不斷地鼓勵自己。有趣的是，喜萊莉竟然把書中有關她個人最痛苦的一章——即有關克林頓的風流醜聞、幾乎喪失總統寶座的那一章——取名為Soldiering On。

我不知道努爾皇后是否已經讀了喜萊莉的新書。但我相信她若看到Soldiering On那個標題，一定也會感觸極深，因為那句話正是她多年前送給喜萊莉的禮物。所謂「讀者反應」，沒有比這種富有「上下文」意味的反應來得更深刻了。同樣身為政治女人，她深深知道國家和人們對她們的高度期待，她們既要有面對自己的勇氣，又必須對公眾負責。巧合的是，她們這兩位勇敢的女人都同時出版他們的自傳。

羅斯福總統夫人Eleanor Roosevelt曾說「女人有如茶包」，因為「只有當一個茶包泡在滾燙的水裡時，我們才能知道它原來有多麼大的強度」（喜萊莉，《活歷史》，頁二五八）[2]。我以為這個泡茶的比喻很能形容以上所述兩位女人的故事，因為她們是在做了「皇后」或成了「總統夫人」以後——那就是，在經過「熱水」的多次考驗之後，才終於活出了她們那種富有「強度」的人格。

[2] 這句話的原文是："A woman is like a teabag...You never know how strong she is until she's in hot water."

第三十一章　柯慈小說中的老女人和老男人

近年來西方文學中寫老人境況的作品很多，其中尤以柯慈（J. M. Coetzee）的幾部小說最受到讀者的關注。早在二〇〇三年——即在他榮獲諾貝爾文學獎的前夕，柯慈就出版了一本有關老女人（書名為*Elizabeth Costello*）的小說了。接著，二〇〇五年出版了《慢人》（*Slow Man*）的故事。二〇〇七年底，柯慈又出版了《日記：倒楣的一年》（*Diary of a Bad Year*）一書，描寫一個老作家逐漸走向死亡的種種情況和心態。該書出版後立即轟動文壇——最近美國許多報章雜誌都發表了有關的評論。筆者假期中偷閒閱讀了那幾本小說和相關的評論，希望能給有興趣的中文讀者提供一些資訊和看法。

在柯慈幾部有關老人的小說裡，貫穿了一個統一的主題，那就是當今的老人普遍感受的落寞無奈和生命衰竭過程中的種種尷尬。柯慈顯然有藉人物的遭遇寫個人感受的傾向，因為他筆下的老人都是極其多產的作家或藝術家，他們（無論男女）一向過慣了獨來獨往的自由生活，一朝發覺自己的身體每況愈下，自然深感挫折，充滿了力不從心的悲慨。最不幸的是，他們頭腦依然清晰，且有七情六欲，只是此身不再由己，於是就產生了孤零無助的心態。*Elizabeth Costello*一書的主角就是Elizabeth Costello，她著作等身，才六十多歲，身心上已漸入老境，雖仍野心勃勃，不斷被世界名校請去演講，並在講臺上反覆宣讀自己早已十分熟練的講稿，但有些論點連她自己都不再相信。從今日的標準來看，六十多歲還不算太老，只可惜這位女作家表面上似乎還滿有信心和活力，其實都是強大精神，內心裡早已感到疲勞不堪。最後，她幾乎面臨崩潰，甚至連語言的表達能力也變遲鈍了。同時，她對死亡逐漸產生了莫名的恐懼，而該書就以想像中步向死亡的門口作結。可以說，在正視老年和死亡的事上，作者的筆墨毫不退縮。這種孤獨無奈的老人境況也同樣出現在柯慈的另一本小說《慢人》之中——書中的男主角Paul Rayment（一個六十歲的攝影師）在一次車禍中不幸失掉了一條腿，從此就成了「慢人」，於是那本來饒有情趣的日常生活就變得緩慢、乏味，只能在不斷重複之中消磨光陰。

有關老人的困境，柯慈總是描寫得十分耐人尋味。這一個主題在他最近出版的小說《日記：倒楣的一年》中，表現得尤其引人注目。故事的大意很簡單：主角是一個七十二歲的男作家，名為C。他單獨住在公寓裡，身體已漸衰弱，並發現有巴金森（Parkinson's disease）的病症，已開始有手腳發抖的症候了。其時，他剛受德國一出版社之約，要按時撰寫一些具爭議性的言論（strong opinions）。但他孤零零一個人，十分寂寞，總渴望有個談天的對象。有一天，他在公寓的洗衣間碰到一個年輕女子（二十九歲），立刻被她的美貌所吸引，於是就聘她做打字員兼祕書，讓她負責每天把他所寫的稿子打出。這樣一件小事沒想到演出一些複雜的人際關係和心理變化。而柯慈這本小說就是用日記體記載男主角那樣一天天的生活經驗。所謂「日記」，其實是由兩種不同的「聲音」組成：一方面我們讀到主人翁向外公開（public）發表的議論聲音，一方面我們也聽見他私下（private）坦白的內心獨白。在這兩種聲音之間，讀者很自然地感受到一種張力（tension）。有趣的是，這種張力卻在書的版面上藉著印刷的特殊格式表現出來——那就是，老人「公開」發表的聲音出現在每頁的上半部，「私下」的聲音則出現在下半部，二者以明顯的橫線隔開（後來，隨著故事的發展，人的關係變複雜了，版面就又增加了女子說話的第三空間，於是每一頁就變成三部分，三種聲音同時發出，有些像交響樂的演出或眾聲大合唱）。這樣的敘事結構很是新潮，有時簡直讓讀者應接不暇，但對讀者的感染力量無疑是十分深刻的。

在描寫老人的尷尬情況時，柯慈一向不留情面。或者我們可以說，作者本人就是他自己殘酷的嘲弄對象。首先，柯慈小說中的老人大都與他本人的年齡相當。加上小說主角的名字和生平也與柯慈有相似處——例如，在*Elizabeth Costello*那本書中，女小說家Costello的姓氏即以C開頭，使人不得不聯想到柯慈自己的名字（因為Coetzee也是以C開頭）。同時，女作家在會議中所宣讀的八篇演講中，有六篇是柯慈本人曾經發表過的演講。同樣，在《日記：倒楣的一年》這本書中，男主角的名字就是C，七十二歲（比柯慈本人才大四歲），而且曾出版過一本題為*Waiting for the Barbarians*（《等待野蠻人》）的書——正好與柯慈本人出版過的第三本小說同名！總之，這類小說的自傳成分和自嘲的心態不言自明。

但其實，柯慈所嘲弄的對象就是普遍人類的荒謬性——例如，Costello那種不服老、自以為是的失落感，那個老作家C一直到生命終結時還戒除不掉的好色淫念等等。所有這些情節都不免令讀者發笑。但我們卻發現，後來在描寫面臨死亡的種種問題之時，作者的口吻則慢慢從嘲弄轉為同情。我以為，那是經歷過人生的大痛大愛之後對生命本身的瞭解和同情。作者似乎在問：人生究竟值得活下去嗎？這樣的生命結局有何意義？上帝為何創造這樣一個充滿問題和抉擇的錯綜世界？因此，《日記》一書最後以討論俄國作家杜斯妥也夫斯基（Dostoevsky）的小說為終結。以下乃是老作家在「日記」中寫出的一段話：

> 我昨夜又重讀《卡拉馬助夫兄弟們》第五章，讀到小說中Ivan把那生命許可證交還給上帝。讀到那一段，我不自覺地痛哭了一場……

值得一提的是，《紐約時報書評》居然在年終最後一期的首頁上（December 30, 2007, p. 1）介紹了柯慈這本關老年和死亡的小說。同時，著名的《紐約書評》（*New York Review of Books*）也出版了長篇的書評（January17, 2008），特別討論該書有關「如何死」等問題。在過年過節的時刻談論這種極其嚴肅的問題，好像非同尋常。但這樣的安排似乎並非偶然，它好像在鼓勵讀者們：今年大家的「新年計畫」（new year's resolution）或許可以定得更加富有哲學或宗教意味。

——原載《世界日報・副刊》二〇〇八年一月二十六日

第三十二章　朝花夕拾惜餘芳

孟子說：「仁言不如仁聲之入人深也。」這個「仁聲」就是那親切動情、陶冶情操的歌聲。我們早年在學校聽到的很多說教大都隨風飄去，但我們那時候經常唱的歌曲卻深入記憶，終身難忘。有時候，目睹一句舊歌詞，哼起熟悉的曲調，記憶的閘門便會「出其不意」地打開，遙遠年代的一連串情景便波瀾滾滾地湧現到眼前。

前些天在讀北大教授夏曉虹〈晚清女報中的樂歌〉一文，讀到鑑湖女俠秋瑾所編的那首「勉女權」之歌（原載《中國女報》一九〇七年三月號），該曲的歌詞（包括「男女平權天賦就」等詞句）突然「出其不意」地讓我聯想到五十多年前我的母校高雄女中的校歌：

巍巍壽山　浩浩海洋
漪歟吾校　瀛島西南
莘莘學子　桃李芬芳
進德修業　自立自強
教育平等　女權伸張
興家建國　民族之光

我不知不覺地哼起了那首校歌，哼著哼著，特別是哼到「莘莘學子，桃李芬芳」的時候，不覺心潮起伏，熱淚盈眶，那一段塵封已久的記憶再次浮現，半個世紀以前的歲月潮水般流回來了……

我立刻找出一九六二那年的高雄女中畢業生紀念冊，那是幾年前我去臺灣時好友張簡滿里贈我的禮物。我一頁一頁翻看那本已經發黃的紀念簿，瀏覽著每一個老同學的相片，也仔細重讀畢業生彼此的贈言。我發現，當年一些簡短而平凡的贈言，今日讀來卻格外感人：例如，「當我們同在一起」、「去年天氣舊亭臺」、「送春春去幾時回」、「青青校樹」、「萋萋庭草」、「晨昏歡笑」、「筆硯相親」、「人海遼闊」、「世路多歧」、「海路天空」、「女兒志在四方」、「高瞻遠矚」、「聚散無常」、「離情依依」、「獨自莫憑欄」、「留我花間住」等。不過，最令人深思的則是紀念冊收尾部分、那用「心」形圖案圍繞著的一段話：

當我跨入社會
當我追求著幸福
當我鬢邊添了白髮
這一切
將入我夢中

猛回首，五十年彈指而過，如今我已到「鬢邊添了白髮」的年紀，甚至已接近古稀之年。歌聲喚起的這段回憶真是珍貴的情感經驗。因為紀念冊裡的每一頁都記錄著一段段逝去的光陰，睹物思舊，撫今追昔，一霎間我在歌聲帶動下進入了時間隧道。只可惜，畢業後大家各奔東西，除了少數幾位校友——如蔣瑪麗、張簡滿里、鍾玲、方瑜、石麗東和孫曼麗——以外，我早已和大多數的老同學失去聯絡。

放下那紀念冊，我決定要尋找那些失去聯絡的老同學，和她們分享人生的閱歷，真希望能找回那段沉睡了如此之久的友誼。於是，我立刻發了個電子郵件給蔣瑪麗（Mary Law），請她設法先幫我打聽當年高一同學孫美惠的現況和聯絡方式。過了這麼多年，憑空找人有如海底撈針，其難度可想而知，所以我也不敢太寄希望。沒想到，一個星期不到就接到了蔣瑪麗的回函，大意是說：她已請老同學黃玲（目前在紐約州當醫生）努力查詢，希望很快就能完成這個任務。果然，幾天之後黃玲就來函告知，說她通過幾位老同學的幫忙，已經找到了孫美惠。當天，黃玲還特別打電話來，在電話中我們都異常興奮。讓我尤感幸運的是，藉著這次機緣，我一下子找回了好幾位老同學——除了孫美惠以外，還有高靜寬（Grace Chen）、陳淑貞（Susan Chang）、鄭春美（Grace Tsai）和黃玲。同時，住在西部的李惠蓉（Ruth Su）也給我寄來部分校友名單，總算讓我回歸到海外校友的總陣營了。大約有兩天的時間，我們都按捺不住心裡的激動，不但互相打電話問候，而且伊妹兒不斷。與我記憶中的印象一樣，她們大都還是那般聰穎敏捷，她們的電子郵件內容簡潔，卻都情深意長，格外感人。

但讓我傷心的是，她們告訴我，同學中有幾位（包括我最崇拜的吳美智）已經過世。世事無常，人生易老，想到這一切，就更加強化了我積極找尋老同學的決心。

事實上，我這個「尋友」的靈感來自幾年前蔣瑪麗的一個真誠而執著的行動。二〇〇七年五月九日我的父親孫保羅於加州灣區去世，當地報紙登出訃聞。訃告上有我和兩個弟弟「同泣啟」的字樣。蔣瑪麗看到報紙，心想報上的「孫康宜」或許只是同名同姓的人，主要是她記得我父親的名字好像不叫孫保羅（父親原名孫裕光）。儘管如此，她還是於五月十四日那天準時趕到Fremont的Chapel of the Roses禮拜堂參加追悼會。她想，或許就有那麼一個可能，或許這個「孫康宜」就是她多年來一直在尋找的老同學。

誰會料到，那次的追悼會居然成了老同窗敘舊的場合？蔣瑪麗的出現使那天許多在場的親友深受感動。生命中最深沉、最誠摯的情感就在這事上得到了證明。奇妙的是，分別了半世紀的老同學居然意外地來到我們中間，不但為我父親送葬，並且見證我在火葬禮中為家父按鈕、進行火化的過程。

如果不是那次我有幸重遇蔣瑪麗，或許這次也不會如此順利就找到了這麼多位老同學。對於瑪麗，我內心是充滿感激的。但願我們共同發起的這一呼喚會產生海潮音般的迴響，會找到更多的老同學。

——寫於二〇一二年七月

——摘錄曾刊登於《世界週刊》二〇一二年八月十九日

後記：自從去年發表〈朝花夕拾惜餘芳〉一文之後，我又陸續找回了許多位高雄女中的校友，頗感欣慰。同時，今年春天蔣瑪麗開始計畫要來東岸旅行，主要想和散布於各地的老同學敘舊。於是，我就和黃玲商量，希望利用蔣瑪麗的來訪，順便在耶魯校園慶祝我們高雄女中一九六二年那一屆同學畢業五十一周年紀念，同時我請她幫忙召集住在紐約、賓州等區的老同學。後來，黃玲告訴我，除了她和蔣瑪麗以外，還有陳淑貞、陳采繁、羅純美諸位——包括她們的先生們，也要來參加此次聚會。我們決定將在紐黑文的Royal Palace餐館見面。不用說，幾個月來，我一直盼望那個聚會的到來。

今天是個難忘的日子。除了蔣瑪麗以外，我與其他老同學已經五十一年沒見面了。所以，在走進餐館之前，我激動得一直怦然心跳，不知還能不能認出她們來？但沒想到，我立刻就能叫出每一個人的名字。到底是老同學，雖然經過了半個世紀之久，大家仍像從前一樣，有說有笑，似乎又回到了過去的時光。最後，我們決定，為了談話方便，所有「女生」坐在一邊，其他「男生」（即我們的另一半）則坐在另一邊——好像又回到五十多年前男女分校的情況。

飯後，我和欽次帶大家一起遊耶魯校園。我故意領他們走那條每年耶魯畢業生遊行的路線——那就是由大學圖書館前面的Cross Campus穿過Elm Street的街道，再到老校園（Old Campus）。突然間，走著走著，我感覺自己開始在追尋過去消失的歲月。我想，失去的光陰好像是一面鏡子，它可以讓我們反思，也讓我們反覆地溫習過去的生活片段。不知，我的老同學們是否也都在回想那已消逝的時光？

今天直到黃昏時刻，我們才告別。臨走前，大家都依依不捨。望著他們驅車上路，我有一種傷感，但也有一種成就感，因為我們的五十一周年Reunion已完滿地成功。

晚間，他們都紛紛寄來伊妹兒，有些寄照片來，有些談當天的觀感。其中一位老同學寫道：「怎麼會想到分別了五十一年，我們還會有機會，在遙遠的New Haven再次相聚。真是難得。人生真奇妙。我們有緣千里來相會。」

真的，我們有緣千里來相會。半世紀前好像那麼遙遠，卻又近在眼前。

二〇一三年六月三十日寫於耶魯大學

第三十三章　女詩人的窗口

對許多美國人來說，女詩人艾蜜麗・狄瑾遜（Emily Dickinson, 1830-1886）一直是觸發想像的「窗口」。即使在她逝世一百多年後的今日美國，她的神祕而曖昧的人生還是不斷激發讀者的聯想力，就如《紐約時報書評》（一九九七年三月二日）所示，人們對這位女詩人的好奇已使「想像艾蜜麗」（Imagining Emily）成為美國的文化現象之一。在博物館中先後展出的不少後現代藝術品都集中在這個主題上：人們不斷闡釋她，不斷塑造她的「畫像」，希望在她的生平傳記和詩歌創造之間找到一個令人佩服的連接點。

我們從「窗外」不斷朝她的詩歌世界裡看，但事實上，她生前沒沒無聞，屢次投稿屢遭退稿，最多只用「不具名」的方式在雜誌上刊登了不到十首的小詩。出版的無奈迫使她躲在個人的寫作世界中，默默耕耘，靜靜寫作，長年把那縫成冊子的詩稿存放在抽屜中。如果不是她的妹妹維妮（Vinnie）在她死後偶然發現那些近千首的詩稿，我們今日也不可能看到狄瑾遜的詩集。誠然，與眾多的中國古代才女一般，狄瑾遜雖懷才而鮮為當世人所知，她只在她的「窗口」稍稍露了個頭。

模糊的印象激起人們對她的多種臆測：有人說她孤僻、傲慢，是個喜怒無常的老處女。有人說她死於抑鬱症，死後化為一個陰魂不散的白色幽靈。關於她那件白衣裳的軼事，在屢經好事者的渲染之後，早已比狄瑾遜的詩歌文本更富吸引力，它的魅力在於未知的想像和不斷可以玩味的寓意。所謂「假作真時真亦假，無為有處有還無」，在真假虛實的聯想之下，讀者們以為他們已瞥見女詩人的真面目。

對於這位女詩人，我自己早已有「考古」的興趣。每次有關狄瑾遜的新書一出，我總是設法儘快買到手，先讀為快。只遺憾多年來沒有機會去參觀她的故居。最近執教於安默思（Amherst）學院的藍樺教授邀請我與友人開車上去，我就趁機提出無論如何要參觀女詩人故居的要求。正逢故居尚未開放的季節，特蒙館長辛蒂・狄瑾遜（Cindy Dickinson）破例為我們安排一次非正式的參觀。

從安默思學院的校園漫步過去，僅過兩條街就可以抵達那座紅磚白頂的故居。從高大的樹叢間，我早已看見那座僻靜而孤立的美麗建築，它好像在持續的靜默中隱藏了許多年代久遠的祕密。但它所面對的緬恩（Main）大街卻又是一條汽車必經之道，很難想像那位以「孤僻」聞名的女詩人就住在此處。依照約定，我們一行人向故居的後門走去，早已看見館長準時在那兒等候。寒暄之後，我就開門見山地問她是否是艾蜜麗一家人的後代，但她搖頭笑道：「不，我是湊巧也姓狄瑾遜。艾蜜麗那一門的狄瑾遜家族早已不存在了。現在所有姓狄瑾遜的人都不可能是他們的後代……」

一進門就發現整個房子顯得空蕩蕩的。館長一直解釋，因為還在準備展覽開放階段，所以看不見許多擺設；而且那件有名的白色衣裳也不巧給當地的博物館借去了。我心中想，這樣也好，我寧願集中精神去體會這座故居的「原始」特質，好比在讀狄瑾遜的詩歌時，我總是特別欣賞那種樸實而精確的語言，有一種精確到令人震撼的感覺。這屋裡的樸素正給我一個探視女詩人心靈世界的「窗口」。

館長領我們匆匆走過客廳，很簡單地介紹了牆壁上的照片，包括女詩人生前拍過的唯一獨照。接著，我們就來到了廚房。最令我感到意外的是，與多數的普通女人相同，狄瑾遜是個喜愛下廚、勤於家務的人。這與向來批評家所描述的那個走火入魔的女詩人形象大相逕庭。狄瑾遜的每日生活程序大約是：早起就忙家裡雜務，接著煮飯做麵包，澆水種花，照顧病床上的老母親，平時在忙家務時，如果詩的靈感突然來臨，她就隨便抓住身邊的一塊小紙頭（哪怕只是寄帳單的信封）火速地寫下一些詩句。等到晚間入睡前，她才有時間和精力把零散的詩稿整理出來。她日復一日，任勞任怨地努力，她有如自己詩中所描寫的「蜘蛛」（spider）一般，每夜在清淨的臥室中織出一圈一圈的「珍珠絨線」。然而，對許多鎮裡的人來說，狄瑾遜只是一個有錢人家的女兒，以做菜餅有名。他們不知道她所織成的「珍珠絨線」乃是一連串的偉大詩篇。在孤獨的創作生涯中，狄瑾遜有時會自歎自哀：「我是一個沒有身分的人」，「……他們把我放在衣櫥中，因為他們喜歡我安靜不作聲」。作為一個得不到出版界賞識的才女，她的內心是寂寞的。

寂寞的女詩人常以種花、看花為消遣。在廚房的東邊有一個花房，完全歸狄瑾遜本人管理：她喜歡各種各樣的花，紅花、白花、黃花，應有盡有。加上周圍種滿了綠木成蔭的櫻桃樹、蘋果樹等植物，整個後院成了一個十足的私人花園。不難想見，狄瑾遜在做完家務事之餘，一定可以從廚房的窗口看到美麗的花樹。她曾有一首詩中說道：「我將自己藏在花叢中。」顯然把花視為知己了。如果說，門有關閉的功能（她最後十五年間足不出戶），窗子卻有開展的意義。門是實用的，窗子是審美的。通過窗子，女詩人可以盡情想像，可以毫無目標地欣賞那些含苞待放的花朵。她也會想到，在另一個屋裡、另一個窗口，或許也有人像她一般寂寞。

館長似乎猜得出我心中的想法，突然說道：「從樓上的窗口看院子，可以看得更清楚。」於是，我們大家就一同走上樓梯。到了樓上，我的眼前一亮，顯然這就是當年狄瑾遜寫作的中心所在。向右轉就到了那間有名的臥室：米色的床單、白色的窗簾，配上床邊多彩多姿的乾花，一切都令人想起那位樸實的女詩人。館長開始解釋，牆上所掛的幾張相片都是狄瑾遜生前親自掛上的：有英國女作家喬治・愛略特（George Eliot）、伊莉莎白・白朗寧（Elizabeth Browning）等人的獨照。靠窗的小型寫字桌就是狄瑾遜晚間用來整理抄寫詩稿的桌子（現在的桌子只是翻版，原來的那個桌子已存博物館中）。

我慢慢走向書桌旁的那個窗子。往外一看，果然外頭的景象一覽無遺。我看見那條緬恩大街，來往車輛絡繹不絕。這才領會到這個窗戶的特殊功用：這個窗代表著狄瑾遜與外界的密切聯繫，透過它女詩人可以看見人間的熙熙攘攘。這種由裡向外觀看的角度不但能提供美感的情趣，而且可以促發個人對人間各種可能性的幻想。我想起了狄瑾遜的一首詩：「我居住在可能之中，一個比文章更美好的屋子裡，還有更多的窗戶……」

參觀故居的那天恰是一個大晴天，午後的斜陽正透過窗口照到寫字桌上，整個臥室充溢著濃厚的幸福感，還有一種莫名的惆悵。這是一個陌生的地方，但我彷彿來過，確實經驗過這種感覺。突然想起狄瑾遜曾在詩中描寫過類似的景象：

有一種斜光
在冬日的午後——
重重地壓迫，沉重
有如教堂裡的音響……

斜陽的「壓迫」也就是情感重量的「壓迫」。在狄瑾遜的世界中，陽光總是象徵著複雜而充滿矛盾的情愛本質。如她在書信及詩中所言，那個被稱為「Master」的神祕情人既擁有陽光的溫柔也同時帶有火般的毀滅性。在愛與恨、焦慮與狂喜、吸引與致命的衝突之間，狄瑾遜捕捉了心中某種長期壓抑的情感。

我知道，就在這個窗前的小書桌上，女詩人把那種致命性的熱情轉化為許多獻給Master的詩篇。在詩中她不斷向情人暗示：她的愛有如維蘇威火山，長期壓抑下的欲望一旦爆裂湧現，就會一發而不可收拾：

我從未見過火山——
但聽旅客們說
那都是些古老而冷漠的山
平時總是靜止不動——
裡頭卻埋伏著駭人的武器，
火、煙霧和槍炮……

我相信，狄瑾遜一定也面對這個窗口寫出了那首有名的〈狂野之夜〉（Wild Nights），把神祕而難以名狀的戀情用隱喻的方式表現出來：

狂野之夜，狂野之夜！
若是我和你在一起
狂野之夜將會是
我倆的奢華之夜……

划船在伊甸園中——
啊，在海上！
今夜，但願我只停泊
在你的港灣中……

此詩以船舶入港的意象映射性愛經驗，所以批評家向來把它作為考證Master其人其事的主要根據。然而，最近有人以為狄瑾蓀是個同性戀者，而〈狂野之夜〉乃是詩人贈給她的「女情人」的，究竟何者為是，一直是個眾說紛紜的謎。著名學者法爾（Judith Farr）根據多年苦心的研究，曾提出一個頗為令人信服的結論：狄瑾蓀是個雙性戀者。從她的許多信件及詩歌看來，狄瑾蓀既愛那個經年旅行在外的Master，也長期迷戀著她的親嫂子兼鄰居——那個隔壁大廈的女主人蘇珊‧吉伯特（Susan Gilbert）。據考證，狄瑾蓀本是蘇珊的同窗密友，兩人似有不尋常的情分；後來學院畢業後，狄瑾蓀或因無法忍受與蘇珊的長期分離，就把她介紹給自己的哥哥奧斯丁（Austin Dickinson），促成了一門表面看起來十分光彩的婚事。這個婚姻一直成為狄瑾蓀家中許多不幸事件的導火索，此為後話。

值得注意的是，在這段姑嫂之間的畸戀（或僅是女詩人一方的癡情單戀）中，狄瑾蓀臥室裡的窗戶似曾扮演過一個舉足輕重的角色。法爾以為，女詩人生前之所以把書桌面向南面的緬恩大街，乃是因為那個位置使她容易從西面的窗戶瞥見蘇珊的進出活動。我對法爾的理論感到十分好奇，所以就不由自主地走進窗前的書桌。轉頭向西望去，果然隔壁的長青（Evergreen）大廈立刻映入眼底，從房子的大門口到緬恩街上，所有人的活動都看得清清楚楚。難怪狄瑾蓀在信中曾說：她常從窗口眺望哥哥那個美麗的家。

真想究竟為何？這樣的臆測是否只是一種無法證實的野史軼聞？無論如何，法爾所採用的文本細讀研究偏偏又鼓勵我們對這個問題繼續玩味下去。我忍不住抬頭問館長：「我們都知道Master先生的存在，但有人又說狄瑾蓀是個女同性戀，你以為何如？」館長對我注視良久，接著輕聲說道：「誰知道呢？狄瑾蓀與朋友（無論是男是女）交往時總有極端熱情的傾向，但我認為詩中所描寫的感情都只是精神的，而非肉體的……」

我環視臥室的四周，彷彿可以讀出女詩人當時的寂寞心聲。寂寞的狄瑾遜是用寫信的方式與朋友溝通感情的，她所寄出的信件之多，足以驚人（目前留下的就有一千封左右的尺牘）。她曾在給Master的信上說道：「今夜，我已比從前蒼老多了，……但我對你的愛仍舊不變。」對狄瑾遜來說，世上的財富莫過於情感上的富有。所以，她一旦擁有愛就害怕失去：「既然已經富有了，我真怕再去過窮人的日子。」為了保留愛情的純潔性，她不惜拒絕婚姻。她曾說：「放棄本身也是一種選擇。」在人生的旅途上，她寧願躲在風平浪靜的創作天地中，把情感上的富有化為藝術上的富有。與詩稿相同，愛永遠被珍惜著，永遠被她「存放在抽屜中」。

那天，我們先從「後門」走進女詩人的故居，最後卻從前門走出來。前後只花了三十分鐘，但我卻感到空前的富有。我們一行人在沉默的夕陽中走回安默思學院，我邊走邊回頭，忍不住再望一望那女詩人的窗口。

——原載於《世界日報》一九九七年十月七日

第三十四章　記白先勇來耶魯放映《最後的貴族》

最近，本校東方語文系特別邀請著名小說家白先勇前來放映謝晉導演的《最後的貴族》（據白先勇小說《謫仙記》改編），並與學生們討論電影與小說原著的關係。這部電影是一九八九年由上海電影製片廠製成的，拍攝地點包括上海、紐約、威尼斯，是第一部具國際性的中國大陸影片。當時，電影一出，立刻就在紐約上演。然而，那時由於美國尚未刮起「東方影片熱潮」，所以該片並未引起應有的號召力（雖然，《時代雜誌》和《紐約時報》都先後介紹了這部影片。）。

突然間，最近產生了一般「東方熱」的新潮流，尤以《喜宴》與《霸王別姬》廣受美國觀眾的矚目（二片同時被提名，角逐奧斯卡最佳外語片競賽）。其中，《霸王別姬》又由於紅歌星瑪當娜的激賞與宣傳，儼然已成為「後現代電影」，引起無數影迷的嚮往。在這樣一個令人耳目一新的氣氛下，請白先勇來放映一部由他的小說改編的中國電影，別有一番滋味——這完全不是迎合潮流的造勢花招，而是藉著已形成的文化趨勢，希望能進一步探討文學與電影之間的巧妙關係。加上耶魯大學的「電影學系」也是首屈一指的（其中有Shoshana Felman、Paul Fry、Geoffrey Hartman、Howard Lamar、Alan Trachtenberg諸位名教授），於是我們就名正言順地「宣傳」一番，希望有更多攻讀比較電影學、比較文學，及東亞語文學得師生來欣賞《最後的貴族》的演出。為了引起更有效的注目，我們特別租了紐黑文市內的電影院York Square Cinemas為放映之場地——對耶魯大學來說，這也是破天荒之舉。

果然一切如願，電影放映的當天來了很多觀眾，而且多數人都已經讀過白先勇的原著《謫仙記》

才來的。一般觀眾都很欣賞電影導演謝晉對女人心理的處理方式，尤其是電影的後半部帶給人很多的想像。由潘虹來飾演女主角李彤再合適不過，因為潘虹在電影中所投入的感情意象都令人聯想到一種悲劇性的女性——一種「見人之所不見，想人之所不想，感人之所不感，痛人之所不痛」的情感女人之造型（恕我套用趙淑敏的詞句，見〈文學女人的內心世界〉，《世界週刊》一九九三年十一月十四日）。

在討論《貴族》影片時，大家都集中在電影和小說的情節異同之問題上——例如電影始於上海李彤家的生日舞會，以及李彤與男主角陳寅的心契情合；但小說《謫仙記》一開頭就說明陳寅已與慧芬結了婚。再者，電影結尾把李彤在威尼斯跳水自殺的情景以詩意的方式具體呈示出，但小說只藉著一封電報來宣布死亡的消息。在某一程度上，電影與小說之異主要基於觀點之異——看你怎麼看。《貴族》一片採用的是一種戲劇性的「演出」（即Wayne Booth在《The rhetoric of Fiction》中所謂的「Showing」或「呈示法」，），但《謫仙記》用的是第一人稱「敘述法」（即Wayne Booth所謂的「telling」或「講述法」）。由於藝術性媒介不同，觀點有異，二者所做的表現方式亦因之而異。在討論這些問題時，白先勇以一種輕鬆的口吻來解說諸如此類的題材，使大家樂得使用一個新的思考方式來詮釋與審美標準的複雜性。

我自己對電影中李彤的死特別感到興趣——我認為電影結尾的那一段真是難得的佳作，因為它所表現得不只是死，而是生命的再生與死的結合，也是人生悲劇與美感的再創造。我們看見李彤漫步走在威尼斯街上，被一群美麗的鴿子圍繞著；一個人在微風中漂漾著，彷彿整個世界都在悄無聲息中做生命的沉思。最後，最魅人的還是聽小提琴獨奏的那一幕——當那位曾在上海住過三十多年的歐洲提琴師拉出夢境般的音樂時，銀幕上出現著抖顫的流水浪花，接著我們看見李彤那美麗而神祕的面孔。她在沉思默想後，靜靜地問道：「世界上的水都是相通的嗎？」就這樣，她從容容地自水邊消逝了（自殺鏡頭沒有直接拍出），隨著海水流漾著，流漾著……彷彿小提琴靜靜地發出韻律，溶入水中。

我認為這段極富詩意的結尾代表著導演謝晉對原著《謫仙記》的再詮釋：在小說中（寫於一九六五年），李彤是個像謎一般的人物，我們很難窺視她的真正感情，因為所有的觀點均由陳寅的獨白口氣來敘述、來發揮。然而，電影（尤其是下半部）卻把我們引入李彤的內心世界，使我們對她多了一份同情。尤可注意者，《謫仙記》裡的李彤好像只是一個「沒有固定的對象」、「男伴經常掉換」的墮落美女；但《最後的貴族》中的李彤卻成了一位真正的悲劇性人物。電影中的李彤之所以可悲，乃是因為她對愛情的要求與俗人不同，她不妥協於「生活」上的滿足，卻一味執著於「生命」層次的追求。問題是，她追求的是一種生命的「完整性」（completion），然而現實的人生卻是不完美的。唯因對生命的要求過高，所受內心傷害亦特別深切。於是，就如電影導演謝晉所說，「她像浮萍一般漂遊在外國，最後不但喪失自己的貴族身分，也失去了靈魂」（見《時代雜誌》一九八九年二月二十七日，頁四四）。

李彤的悲劇可說一部分是她的個性造成的，就如美國俗語所謂「個性即命運」（Character is fate），然而更重要的是，她的悲劇也是一般在海外的中國人之悲劇——一種無法抵制時代悲劇的無奈心態，以及有家歸不得的「浮萍」似的存在。以李彤為例，她當初在上海是個有錢人家的獨生女，父親官做得大，又擁有令人羨慕的德國式別墅，可說是年紀輕輕就享盡了無限風華。一九四八年到美國上大學後，李彤更是出足了風頭，一下子就成為威士禮校園的名人，還被選上「五月皇后」，追求她的男子可謂難以數計。誰知，不久大陸出了事，國內戰事爆發，李彤的父母從上海乘「太平郵輪」到臺灣的途中，不幸罹難身亡。於是，一夜間李彤從天堂的境遇掉入地獄中。一個漂遊於異鄉的女子，懷著一顆破裂的心，真不知如何從痛苦中再爬起來繼續前行。就在這個時候，她才完全瞭解「脆弱啊！你的名字是女人」的殘酷事實。

當初，李彤得知父母罹難的消息時，那突來的驚嚇使她經驗到一種精神的大崩潰。她在醫院裡躺了一個多月，不肯吃東西，不肯說話，天天只讓人打葡萄糖和鹽水針。在這一段「精神崩潰」的日子裡，只有男友陳寅（當時上哈佛大學）以及三位室友慧芬、張嘉行、雷芷苓（皆為上海貴族中學中西女中的同班同學）可以向她表示由衷的關切。然而，每個人此時家中都遭到戰亂的打擊，也都在痛苦中做某一程度的掙扎。就在此時，李彤毅然輟學，一夜間走出校園，只留下一個簡短的字條，連陳寅她也不通知一聲。此後一二年間，李彤有如石沉大海，誰也得不到她的消息。只有那對她一向傾心的陳寅，默默地念著她，在痛苦寂寞中漸漸撿拾到暫時的友誼慰藉。

我們再看到李彤的時候，卻是在陳寅與慧芬的婚宴上。李彤突然出現，使大家十分驚奇，一下子連那位美麗的新娘也被李彤「那片豔光恨專橫的蓋過去了」。雖然彼此說話不多，觀眾可以清楚地意識到，陳寅與李彤仍是深深地相愛著。可惜，命運由不得人支配，兩人可謂有緣而無份——儘管陳寅是她的真正知己，對她默默地憐愛著，崇拜著，卻無法扭轉生命的多變際遇。而那已成為模特兒、交際花型的李彤也就不得不以特殊的剛強來掩蓋內心的軟弱。這時本性驕傲自負的她必定對自己陡然喪失機緣的錯誤感到十分懊悔，但她仍裝腔作勢，把自己更加打扮得像天仙一般，到處惹人眼目。接著，就是從一個男人身上換到另一個男人身上，而且開始酗酒，慢慢走向自我毀滅的道路——這一切的一切，陳寅全看在眼裡，但可悲的是，他卻無能為力，解救不了她。我以為《貴族》最重要的成就之一，就是用一種不直接說出的氣氛把這種人生悲劇很巧妙而細緻地體現出來——人生的悲劇就是，既知懊悔無用，卻又無法忘卻過去。人生的無奈就是，我們永遠是在迂迴的道路上，永遠無法從「記憶」中設法解脫出來。

而所謂的「記憶」也不僅僅指「個人的記憶」而已。更重要的是，它指一種「文化記憶」，一種根深柢固種植於文化人內心深處的記憶——彷彿是心底暗處藏著的一座小花園。在《謫仙記》裡頭，作者不斷用寓言似的手法把李彤比成中國——李彤不但自稱是中國人（其他三位同班同學則分別象徵美、英、俄），而且她的彷徨與痛苦也代表整個舊中國所經驗的滄桑多變。與李彤一樣，舊中國也是屢次痛失良機，無法學會在懊悔中超越，無法使痛苦的重擔變成勝利的史詩。在某一程度上，李彤父母「船沉」之悲劇也象徵著舊中國所面臨的沉重危機。

當李彤在酒店裡告訴陳寅說，她這一生就這樣東飄西蕩地過去時，我相信每個中國人都感到內心的共鳴。但陳寅也只有以靜默、無可言說的眼神來表達心中的無奈與哀傷。在《貴族》中，李彤的造型使人不得不聯想到最近一部電影《純真年代》（*The Age of Innocence*）中的愛倫・歐蓮斯加（Ellen Olenska）此一複雜角色。與愛倫一樣，李彤也是「貴族」，也是一樣地美麗出眾，也是一樣在美國失去與情人結合的良機。然而，李彤卻無法像愛倫一樣自由自在地回到文化祖國（愛倫回到文化古城巴黎），更無法像她一樣走出一個上升的生命歷程——其主要原因乃是，李彤擁有太多的「文化記憶」，無法埋葬過去，無法對昨日做某種拋棄、某種超越。許多海外的中國人也與李彤一樣，他們忘不了過去的中國，在異鄉翻過一山又一山，仍然發現自己憶戀深處最深的還是中國。

拋開文化包袱不說，李彤的主要問題當然也是個性使然。她不幸擁有「尤物」的氣質，卻缺少「尤物」應有的堅韌。她是「紅顏」，卻沒有帶給男人「禍水」，反而成為自己的「禍水」。她的自殺帶給人一種美麗而哀傷的意象。就因為李彤較一般人更加殷切地追求美、渴望愛，她的死才更使人領受到深一層的悲痛。

那天，看《貴族》的最後一幕時，我發現自己忍不住把李彤之死比成美國影星瑪麗蓮・夢露之死，同時不知不覺又想起自己多年前所寫的一首英文短詩來：

An Elegy for a Woman

"I want to be loved by a man from his heart,
As I would love him from mine,"

Said Marilyn Monroe in the last summer of her life.
She was a woman desired by millions
But belonged to no one. God, how unfair.
Now only flowers are sent each day to her grave.

給一個女人的挽歌

「我渴望一個男人從心底熱情地愛我，
　我也願意這樣地愛他。」
這是夢露在生前最後一個夏天說過的話。
她是一個傾倒了百萬大眾的女人，
可惜她自己卻不屬於任何人。上帝啊，真不公平，
如今只見有人日日在她的墳前獻上鮮花。

真不知道小說家白先勇和導演謝晉會不會認為我這種聯想太離譜。無論如何，我的反應代表一種現代人的反應。《貴族》之所以動人，乃是因為它像一首抒情長詩，使人從眼淚的柔波想到大海的狂濤，從哀傷想到美麗，從渴望想到永恆。

寫於一九九三年十一月二十一日・耶魯大學

——原載於《聯合報・副刊》一九九四年一月二十日

第三十五章 「奇蹟」：小豬和蜘蛛

昨天是耶誕節，我和朋友及家人一道去看正在上演的「兒童」電影*Charlotte's Web*（《夏綠蒂的網》）。本來只是抱著歡度節日的心情，去電影院裡隨意消遣一下。但隨著那半寫實半童話的故事在銀幕上展開，欣賞著人與動物之間似溝通又似隔膜的生動畫面，忽然讓我想起了十多年前三隻小鹿來訪的美妙回憶。那是一段難忘的親身經驗：記得那年的大年初一，三隻小鹿突然穿過森林，來到了我家的書房門口，牠們很好奇地把鼻尖緊貼近透明的玻璃窗，久久徘徊不去。在那一時刻我彷彿看見了奇蹟，尤其從小鹿的溫柔眼神中感受到了一種純情的呼喚，正與屋裡所播放的抒情笛音形成了交響樂般的夢境。我永遠忘不了，在那一個瞬間，我確實曾與那三隻小鹿建立起某種心靈上的溝通，那是一種超越人間語言的默契感。

現在，多年後，藉著*Charlotte's Web*的電影，我又奇妙地回到了那種與動物溝通心靈的美感經驗。電影中描寫一個農場女孩Fern（由十二歲童星Dakota Fanning演出）及一隻蜘蛛Charlotte（由著名影星Julia Roberts代為發聲）如何幫助一頭小豬Wilbur存活下來的動人故事。首先，在一個緊要關頭，女孩Fern營救了小豬的生命。同時，她每天按時用奶瓶為小豬餵奶，很快就和小豬建立起了深情的友誼。後來，為了配合她自己的上學時間，女孩只好把小豬寄放在叔叔家的穀倉（barn）裡，讓小豬和其他動物們——諸如牛、羊、鵝等——生活在一起，她則每日放學後按時到穀倉和小豬相聚。在這同時，小豬和蜘蛛Charlotte也漸漸地成了無所不談的好朋友了。有一天，穀倉裡的白鵝說，小豬不久就會被農場主人（即Fern的父親）宰殺，以備聖誕晚餐之用。聽到這個消息後，小豬開始憂慮。但聰明的蜘蛛卻及時想出了一個解救小豬的妙計——那就是，牠想儘快地努力為小豬織網，並計畫在蜘蛛網上用文字織出各種有關小豬的信息來，好讓人們因看到「奇蹟」而放棄宰殺小豬的念頭。果然，蜘蛛Charlotte的計策進行得非常成功——牠先後在蜘蛛網上織出「Some pig」（非同小可的豬），「Radiant」（燦爛明亮的），「Humble」（謙遜的）等文字來形容小豬的獨特之處。當這些「蜘蛛網文字」出現在穀倉的門口時，村裡的人為此感到震驚，於是紛紛跑來觀看這個「奇蹟」（miracle）。大家都為此奇蹟讚歎不已，因為誰會想到蜘蛛居然會書寫人類的文字？可見其中必有神助。後來，消息一傳十、十傳百，以至於大家都開始傳說Fern的家中很吉祥，並說那是因為他們擁有一頭十分不尋常的小豬之緣故。最後，那頭小豬還被領到村鎮的集會中參加比賽，還因此得到村長的獎賞，從此有了「名豬」的好名聲，而女孩Fern也跟著成為當地的名人。

電影從頭到尾十分抒情，不論是描寫女孩與小豬，或是小豬與蜘蛛之間的互動都十分真摯而動人。它主要反映的是動物的靈敏和重感情的一面。

這當然是一個虛構的故事，它是根據一九五九年的名著*Charlotte's Web*（作者E. B. White）那本書所改編的。那書之所以一直被視為美國兒童的經典讀物，乃是因為它的主旨在描寫人與動物在心靈上的特殊交流，而孩童乃是最富有靈性、最能感性地瞭解動物的人，故也是該書的最佳讀者。比較之下，大人們則經常受理性和現實的局限，因而喪失了超感官的靈性，也較難領悟書中的妙處。事實上，自然界裡的奇蹟是無所不在的，只是有些人（尤其是兒童）看得見，但大多數的成人卻視而不見。

然而，電影*Charlotte's Web*的最大成就是利用童話與現實合一的手法，使得那頭富有魅力的小豬和那隻美麗善良的蜘蛛變成很通人性的動物，並會通過言談的方式隨意與人交流。因此，整個電影的效果是極富詩意而感人的。它無形中也使得大人們學會了如何換一個角度來看現實的日常生活。比方說，電影中女孩的母親，她原來很為女兒Fern那種沉溺於動物的行為感到擔心，她以為女兒患有某種「心理」問題，並為此感到焦慮，甚至還向心理醫生討教。但醫生卻向她保證Fern的行為完全正常，因為「愈天真的小孩愈有靈氣」，也愈能聽到大自然界裡動物的「聲音」。可惜，許多大人已經聽不到那種聲音了。

但電影末尾那首動人的歌曲（由著名rock歌手Sarah McLachlan獨唱）卻很感性地唱出了大人的「童心」，其節拍緩和，抒情性特強，以至於電影終場時，我居然瞥見了不少大人在那兒頻拭眼淚……

奇妙的是，走出電影院，在快要抵家的開車路途上，突然看見三隻小鹿來自森林的那一方，正在急急地穿過馬路，之後又徐徐地出現在路邊觀望。對於眼前這個情景，我心裡頭忍不住一酸，自己似乎又回到了多年前那個與鹿相遇的境界裡。我禁不住驚歎這個巧合的「奇蹟」，或許那三隻鹿是特地來向我拜年的，或許牠們是在提醒我：牠們一直是認識我的。

——原載《世界日報・副刊》二〇〇七年一月十二日

簡體字版轉載《書屋》二〇〇七年二月號

第三十六章　靈魂伴侶

——從美國電影《廊橋遺夢》說起

「靈魂伴侶」（soul mates）是今日美國最時髦的名詞——它不僅左右著當前的愛情觀，而且以它作為書名的暢銷書最容易打動書迷的心（例如，Thomas Moore的《靈魂伴侶》連續兩年登上美國的暢銷作品排行榜）。最有趣的是，連電影中情侶也被觀眾用同樣的角度來詮釋。今年銀幕最受矚目的「靈魂伴侶」就是演《廊橋遺夢》的男主角克林・伊斯伍德（Clint Eastwood）和梅麗・史翠普（Meryl Streep）。在該影片中，這兩位奧斯卡巨星把一本引起全球熱賣風潮的小說演成了有血有淚的愛情故事，把一段狂烈爆發的熾戀極其形象地化為永生的盼望——在電影的結尾，當女主角的兒女把她死後的骨灰灑在廊橋下時，觀眾不知不覺地同聲噓泣。那一對相愛而不能結合的男女，在飽受二十餘年的相思之苦後，骨灰終於結合，終於能夠自由地優遊於同一空間。此情此景令人不由驚歎：「問世間情為何物，直教生死相許。」

一、男性觀眾對本片反感

靈魂伴侶就是死生相許的伴侶，它強調的是一種靈魂的契合，一種全面的、永不消逝的情感結合。它可以是同性，也可以是異性，可以是友誼，也可以是愛情。兩人的身分如何、社會角色如何並不重要，重要的是雙方靈魂深處的實質溝通。世上最美妙的經驗莫過於找到自己的靈魂伴侶，即中國人所謂的知己，或是心理學家榮格所謂男人的anima女人的animus。

男女主角最成功的表演就是靈魂伴侶的關係具體化、形象化，並給觀眾提供了一種「情感真實性」。這就是為什麼美國人喜歡這部電影甚於華勒（Robert James Waller）原著的主要原因。許多小說的讀者（尤其是男性讀者）對該書內容有很大的反感。男人雜誌*Esquire*指出，一般美國男人認為該書鼓勵無病呻吟的已婚婦女追求一種狂想式的、不負責任的婚外情。他們認為，該書強調女人需要浪漫情調及性欲的解放，但書中的情人若伯充其量只是一個「幻想」，只是一種虛構的虛構。因為據他們觀察，走遍美國也找不到一個羅伯那樣的男人，而百分之九十的美國男人卻像書中的丈夫理查那樣——誠實、乏味、不善言說、不懂藝術、沉著可靠、滿足於現實——是真真實實的你與我。

二、銀幕硬漢自導自演成功

但是，現在藉著電影的媒介，克林・伊斯伍德改變了虛構的情人形象。一向以「銀幕硬漢」著名的他，第一次破天荒地扮演善感的浪漫情人，他既有雄豹的魄力，又有詩人的想像。在他的鏡頭詮釋下（他也是該片的導演），改編之後的電影很戲劇性地啟發了觀眾，使他們又回去發掘原作品的可讀性，於是華勒的原著又忽然登上了暢銷小說排行榜首。當初克林・伊斯伍德是冒著很大的險來接受這個角色的演出的，許多影界朋友也勸他不可隨意接受，因為那是一個吃力不討好的角色。但他始終堅持：「其實我很熟悉這個角色，我就是若伯這個角色。」現在影片既出，影評家也說：「這是克林・伊斯伍德所演的最成功的電影。」

但是，成功的原因主要是由於男女主角配合之下所發出的情感火花。女星梅麗・史翠普以她精湛的演技和女性的魅力果然不負眾望，在影片中給人的形象是個成熟而有情義的女性。這一對銀幕情侶從頭到尾所展示的是一種愛情與生命合一的經驗，他們的愛情是靈魂深處的自然需求。那是一種敞開自我、完全接納另一個體的過程。最美妙的鏡頭就是兩情相悅所帶來的自然空間——從安靜的廊橋望去，萬物都由於愛情而有了新的風貌，於是鄉野的花朵有了生命的氣息，來歷不明的飛蛾有了光彩，淡淡微雲成為美麗的銀河，所有內在外在的生命都驀地甦醒，感受到從未有過的美感與驚奇。

三、超越時間的永生承諾

也許就是因為這種開拓空間的視野使得廊橋一向被視為愛情的象徵。美國中西部的廊橋大都為十九世紀德國移民所建，從一開始這些構造簡單而富有神祕性的廊橋就成為男女幽會的場所，因為它們既有掩護的作用又是方便的座標。許多情侶在橋上纏綿之餘，還把廊橋當成互通音信之處，他們常常在橋上貼上了大大小小的紙條，盼望對方可以及時看見——就如《廊橋遺夢》中芬西絲卡寫給若伯的紙條：「當『白蛾飛動』時，如果你還想用晚餐，可以今晚在工作完成時過來。任何時間皆可。」這種充滿浪漫氣息的廊橋，尤其是通過電影中多種透視的畫面，最能扣人心弦。我們看見女主角梅麗・史翠普在橋上微笑地漫步著，一邊望著遠處的風景，一邊從橋上的空隙偷看正在拍照的情人。是愛情使她得到了自由，讓她體驗到前所未有的更新與喚醒。最美麗的人生經驗莫過於愛情所帶來的幸福感，知道生命中除了瑣屑的家常以外，還充滿了美麗的夢境與希望。最難得的是，這一段相聚不過四日的戀情卻沒有因為分離而消失，那是一種超越時間的永生承諾，也是一種死而無憾的偉大愛情。難怪許多看過《廊橋遺夢》的觀眾都說：「這裡強調的不是婚外情，而是一對靈魂伴侶的遇合。」

就因為這不是一般的婚外情，這段感情自始至終超越了婚姻的局限。它既存在於婚姻之外，也在婚姻之內產生了作用。藉著女主角的經驗，我們發現愛的真諦：所謂愛就是無限的慈悲與包容，它使人凡事為周圍的人著想。因為有愛，芬西絲卡不忍心遺棄她的丈夫與女兒；在無限艱難的抉擇中，我們看到了愛的尊嚴與偉大。在電影中頗感人的一幕就是芬西絲卡照顧病中的丈夫那一段：她對情人的癡情絲毫沒有改變她對丈夫的愛；相反地，就因為擁有若伯的永恆相知的愛，她才更有寬懷的心境去努力愛惜自己的丈夫。愛情有其根本缺陷，但也因為有了缺陷才更令人看到其中的神祕價值。在臨終時，理查語重心長地說道：「芬西絲卡，我知道你心中擁有自己的夢，我沒有能夠滿足你的夢，我感到非常難過。啊，我是多麼的愛你啊……」這種發自肺腑之言足以讓癡心的觀眾同聲歎息。

另一方面，情人若伯的愛也足以讓人感歎不已。僅僅四天，他給了芬西絲卡一生，給了她一個宇宙，使她支離破碎的部分變成整體。令人無限感傷的是，如此相愛的一對情人必須忍受永遠的分離，處境比牛郎、織女還要痛苦。為了不傷害自己的親人，芬西絲卡做出極具理智的決定，但這個決定的背後，隱藏了多少掙扎與眼淚！一個使人縈繞於心、揮之不去的電影鏡頭就是「雨中離別」的那一幕：現實的局限使這對情人不能為所欲為。自無奈的境況中，他們必須壓抑，必須忍耐，必須控制。在「盈盈一水間，脈脈不得語」的背後，我們看見愛情的可貴與人生的缺陷。是否擁有對方已經不是問題，問題是如何忍受永恆的回憶與思念。這也是真正的愛所付出的代價。

四、各種年齡都能接受的愛情

《廊橋遺夢》最高明的一點就是令各種年齡的觀眾都能接受這種刻骨銘心的愛情。小說原著的格局很容易使人以為那故事是為中老年人寫的，但電影的安排卻把故事改在年輕人的上下文中。整部電影圍繞著麥克和卡洛琳閱讀其母芬西絲卡死後遺留下來的信件與日記。利用一雙子女的闡釋與心理變化，電影逐步地展開。在倒敘過程中，我們既看見故事的主題也感受到年輕人對母親婚外戀的心理反應。與小說的處理方式不同，電影給人提供了兒女心理的複雜性。在小說中，麥克無條件地接受並讚賞其母之戀情；但在電影中，他開始是以一種沮喪與憤怒的態度來面對真相實情的。對一個兒子來說，母親愛上「第三者」就是一種背叛，在正常的情況下，很少有人能忍受這種屈辱。

然而，正在為自己婚姻問題傷腦筋的麥克終於在閱讀的思考過程中漸漸改變了想法。與卡洛琳相同，他從來不瞭解愛情的真諦，也害怕愛情所要求的代價。他們都屬於重欲不重情的年輕一代，誤以為沉溺的性關係就是真正的愛情。於是，一連串的耽欲經驗以及失敗的婚姻吞噬了他們的青春歲月，使他們感到無奈與絕望。現在看了母親的信件及日記才知道天下果有如此殉道式的愛情：原來真正的愛情是一種無私的付出與犧牲，有許多美好也有許多心酸，有欲望的滿足也有惆悵的回憶，有相聚的短暫也有情義的永恆。這確與時下流行的戀情有基本的不同：目前不論是媒體中或是生活上都流行著要報仇、要憎恨、要殺人、要施暴力的情感模式。面對芬西絲卡的故事，年輕人自然自慚形穢地有所覺悟。

電影結尾時，我們看到麥克和卡洛琳把母親的骨灰灑在廊橋下，一任那骨灰在風中飄揚，從空中落下。他們在給死者隆重的追悼，也給永恆的靈魂伴侶衷心的同情與諒解。那不是道德的諒解，而是代溝的化解。

——原載於《明報月刊》一九九五年七月號（今略為修改）

第三十七章　戰爭的代價：談電影《來自硫磺島的信件》

最近，由克林・伊斯伍德（Clint Eastwood）導演的戰爭片《來自硫磺島的信件》（*Letters from Iwo Jima*）轟動了美國影壇。該影片描寫二次世界大戰結束前日軍在硫磺島拚死抵抗美軍登陸的經過，也是日、美兩軍開戰以來死傷最慘重的一次戰役。事實上，這並非伊斯伍德所導演有關硫磺島之役的首部電影——前不久他已經導演過一部有關這個題材的電影，名為《硫磺島的英雄們》（*Flags of Our Fathers*）。然而，《來自硫磺島的信件》卻與前一部電影完全不同，它不但採取了一個全新的觀點，而且改變了傳統「戰爭片」的敘事模式，難怪大家都稱讚這個影片是伊斯伍德（今年已年高七十六歲）平生以來最登峰造極的一部作品。其中一個理由是，該電影改用敵人（即日軍）的角度來描寫和闡釋戰爭。就如Ian Buruma在《紐約書評》（*New York Review of Books*, Feb. 15, 2007）中所說：「傳統的戰爭片——不論是美國片、歐洲片，還是亞洲片——多半缺少有關敵營的畫面。」然而，導演伊斯伍德卻讓我們通過這個電影，在個別的敵軍身上看到了人類共通的情感與其複雜性。

該電影的另一不尋常手法乃是通過日本士兵們所遺留下來的信件——即六十年後（二〇〇五年）在硫磺島的洞穴中所發現的許多信件——來逐步展開敘事，因此在倒敘的過程中，故事就顯得特別感人，也體現出一種特殊的抒情意味「這無形中令人想起，多年前伊斯伍德所演出的著名電影《廊橋遺夢》（*Bridges of Madison County*）之情節——雖然涉及一個完全不同的題目，也同樣藉著當事人死後所遺留下來的信件來逐步展開的」。所以，在看《硫磺島》一片的過程中，我們好像在閱讀一連串的信件，好像在烽火連天的戰爭場面中也能感受到個別士兵們的複雜心理。這樣的心理描寫又都配合著十分動人心弦的電影主題曲，因而也進一步提高了故事的抒情性（必須指出的是，該電影的背景音樂乃由導演伊斯伍德的兒子Kyle Eastwood所設製）。

首先，電影開始之後不久，我們就被帶到硫磺島的海灘上，看見許多日本士兵們正在那兒辛苦地挖掘戰壕。其中一個特別年輕的士兵傅西鄉（Saigo）——由著名歌星二宮和也（Kazunari Ninomiya）扮演——卻一邊工作一邊在私底下埋怨著。就在那一瞬間，導演讓我們首先聽見傅西鄉給妻子的信中所表達的一段心聲：「啊，其實我們不是在挖掘戰壕，我們簡直在自掘墳墓（We are digging ur own graves）。」可以說，從一開始，傅西鄉就對這個戰爭充滿了懷疑的情緒，同時他也不甘心被派到這個註定送死的前線。後來，從電影的進一步倒敘中，我們漸漸得知，原來小兵傅西鄉本是一個麵包師，在妻子懷孕不久後，自己就「被迫」參軍，因此感到十分不情願。在此情況之下，他只得發誓，為了那將要出生的孩子，即使在槍林彈雨中也要努力保住自己的生命，好早日還鄉和家人團聚。他這樣的「貪生怕死」顯然和軍營中其他許多甘願為天皇效命、並以為國捐軀自豪的日本士兵們有所不同。因此，在硫磺島上的數月間，他屢次被長官伊藤上尉〔Lieutenant Ito，中村獅童（Shidou Nakamura飾）〕施以體罰。如果不是寬宏的粟林忠道將軍〔General Tadamichi Kuribayashi，渡邊謙（Ken Watanabe飾）〕——即那位曾經赴美留學而深諳美國文化的日本將領——及時干預，傅西鄉不知被摧殘到什麼程度。然而，不可否認的是，小兵傅西鄉所代表的乃是個人在無情的戰場上對戰爭本身所產生的一種無奈。戰爭不論從哪一方來說，都是殘酷而非人性的。

此外，電影還描寫到一個重傷被俘的美國小兵Sam，由他的身上我們可以看到敵我雙方所共同面對的戰爭悲劇。Sam臨死前和日本士兵們的簡單對話，也同時透露出每個無辜士兵的艱難處境。最讓人難忘的一幕是，當軍官西竹一〔Nishi，伊原剛志（Tsuyoshi Ihara飾）〕——即那位曾經到過美國的前奧林匹克馬術冠軍得主——在朗讀Sam的母親寫給兒子的來信時，在場的日本士兵們無不深受感動。可以說，人同此心，心同此理，Sam 的母親自然非常盼望自己的兒子能平安歸來（可惜Sam難免一死）。但他的母親卻在信中強調：「但你必須做你認為對的事，因為那才是正確的（Do what is right, because it is right.）。」

這時，有一個名叫清水〔Shimizu，加瀨亮（Ryo Kase飾）〕的日本士兵（他從前曾經當過憲兵，但因沒有遵命殺死一條狗而被遣往硫磺島送死）特別受到美國兵Sam的啟發：清水一向以為美國兵都很膽怯，甚至會因情感的緣故而放棄軍中紀律，但從Sam的身上，他卻看到了美國人的優點。因此，清水開始懷疑這場抗美戰爭的意義。而且他突然悟到：自己的生命實在太寶貴了，絕不能就如此無謂地死去（I don't want to die for nothing）。最後，他決定投降。誰知投降之後，他卻被兩個殘暴的美國兵給輕蔑地槍殺了。可見，只要有戰爭，都是殘酷而荒謬的。戰場上的一切都無所謂是非對錯，甚至連生死都充滿了偶然。所以，有一天小兵傅西鄉就忍不住自言自語道：「難道這是一場玩笑嗎（Is this a joke）？」

然而，在戰場上每個人都有他不同的命運和使命。例如，那個一向瀟灑自如的軍官西竹一，雖然他明知硫磺島之役只是死路一條，但他還是勇敢地尊奉天皇的命令，把國家的重要信息——即日本本土已無法兵援硫磺島的消息——及時帶到了硫磺島，並向長官粟林忠道將軍如實做了報告。為了讓粟林將軍澈底瞭解到硫磺島當時的處境之難，西竹一只能苦笑地說道：「將軍先生，老實說，我們最好的一條出路就是設法讓這個島嶼沉到海底（In my opinion, general, the best thing to do would be sink the island to the bottom of the sea）。」後來，西竹一終於在硫磺島上壯烈地殉國了。在殉身之前，他還誠懇地向手下的士兵們說道：「你們千萬要記住，要設法去做對的事，因為那才是正確的。」接著，就把自己的職權交給了另一位軍官。

同樣，總司令栗林將軍雖然明知這場戰爭必敗，也早已決定殉國，但他還必須以再接再厲的精神來死守硫磺島。這是因為他知道，硫磺島一旦被美軍攻下，日本本土就完了。於是，他想出用洞窟埋伏士兵的計策——而不是採取速戰速決的集體自殺和衝鋒戰略——以便藉此拖延時日，暫時保住日本本土。然而，在這種堅持之中，他所念念不忘的則是自己的家人，他藉著給妻兒不斷寫信的機會得到了活下去的勇氣。這樣經過數星期之後，他終於在一次血戰中受了重傷。他最後持槍自殺，死前曾哀求傅西鄉將他的遺體立刻埋葬掉，以免敵方會認出他的身分來（諷刺的是，這正實現了傅西鄉在電影開頭時所說的「自掘墳墓」之預言）。沒想到，最後傅西鄉卻是日營中唯一的生還者（當然，這是電影的改編情節，據實際統計，硫磺島上的二萬二千位日本士兵中，共有一千零八三人生還，其中有些人投降，有些人來不及自殺就被俘）。到此，美軍苦攻硫磺島，終於成功地告一段落。

在電影的末尾，我們看見日本小兵傅西鄉和許許多多的美國傷兵一起躺在擔架上，他的臉慢慢地朝向鏡頭，面向觀眾，似乎想說什麼，卻又欲言而止。

作為一個戰爭的見證者，或許傅西鄉想說的是：戰爭，需要人來承擔代價。但那個代價實在太大了，太傷人了，也太累人了……

——原載《世界日報‧副刊》二〇〇七年三月七日

簡體字版轉載《書城》二〇〇七年七月號

第三十八章　殺人祭的啟示：看電影*Apocalypto*有感

以《基督受難記》（*The Passion of the Christ*）著稱（並因此遭人謾罵）的美國電影導演梅爾・吉勃遜（Mel Gibson），這次又以空前的震撼力推出了他的另一部新作：《啟示》（*Apocalypto*）。該影片主要描寫中美洲的馬雅文明如何最後走向滅亡的經過，其場面既「壯觀」，又具有史詩（epic）般的規模。據歷史記載，古代的馬雅王國以城市建築和天文學著名，但其主要城市大約在西元一〇〇〇年左右先後覆滅〔請參見這一方面的經典著作：Mary Ellen Miller, *The Art of Mesoamerica: From Olmec to Aztec*（London: Thames and Hudson, 1986; rev., 1996）〕。

梅爾・吉勃遜這部電影與實際歷史的記載有些差距，但它還是盡可能「再現」出那段歷史的「真實性」。例如，電影從頭到尾都用已無人能懂的馬雅語來進行對話，極具再現古昔場景的真實感。

但與其說這部電影表現了一種歷史的「真實」感，還不如說它提供了一個「血淋淋」的近似原始真實的「場景」。從頭到尾，電影的觀眾一直在受考驗，看是否能承受得住一幕又一幕「血淋淋」的視覺感受。隨著劇情的進展，我們漸漸瞭解到故事的主要背景：原來，那時馬雅王國正在鬧饑荒，全國上下都束手無策，希望能有解脫的一日。有一天夜裡，一群馬雅士兵突然來到一個森林的村落裡進行突擊，目的是為了俘擄那兒的男兒壯丁，想把他們押到京城，以便向日神（Sun God）獻上人頭祭（human sacrifice），以此達到禳災的目的。於是，在一場極其兇猛的喋血之戰後，那個名為「燧石天」（Flint Sky）的村長當場被處死，他的兒子「豹爪」（Jaguar Paw）和幾個村裡的青年則被活活抓起。一路上他們飽受士兵們的鞭打折磨，其受苦受難的情景令人聯想到電影《基督受難記》裡耶穌背負十字架，在士兵鞭打下艱難走向山頂的過程。等到了京城的祭壇附近，一切情景更是令人觸目驚心——尤其是，祭壇的周圍都掛滿了各種各樣的死人頭顱，有大有小，或高懸或低垂。而祭壇上還坐著大有權柄的馬雅王室貴族們，他們身上戴有美麗珍貴的飾品，臉上卻毫無表情。

接著，故事的高潮終於慢慢地展開，那是最為「血淋淋」的一幕了：我們看見，那些被俘的壯丁，一個個已依序被抓到祭壇的前頭。首先，第一個俘虜先被祭司強按住全身，接著又有個祭司用快刀立即將俘虜殺死，並將血淋淋的心臟取出示眾。在群眾的一陣歡呼之後，那心臟就立刻被烈火燒焦，焰火上冒，是為祭神。接著，死者的頭很快就被砍下，只見一個頭顱從高高祭壇上順著樓梯往下滾動，底下有一名士兵很快就接下了頭顱，有如接球一般迅速而輕快。最後，那個剩下的無頭身軀又被人從高處往下丟，一直滾到祭壇的底層，血流遍地。

接著，第二個俘虜也重複了同樣的人頭犧牲儀式……

作為現代的電影觀眾，在面對銀幕上如此血腥的場景時，我們自然會認為馬雅的殺人祭殘忍至極，並以為那是完全缺乏人性的野蠻行為。然而，這樣的反應完全是基於現代人的價值判斷。其實，在古代的馬雅王國，殺人祭乃是他們的宗教祭典之一。當時的馬雅人相信，他們必須把人身上的血（例如舌頭、耳朵、嘴唇、生殖器等部位的血）——甚至整個活生生的心臟，按時奉獻給神，才能得到神的保佑。有時，祭司們為了表達他們的虔誠，還會自願獻出自己身上的血；而且地位愈高，愈可能成為自願的「犧牲品」。這是因為，古代的馬雅人相信，凡在祭典上被用做犧牲品的人，將會在死後得到升天的報償（見Richard Hooker, “Civilizations in America: The Mayas,” in http:/www.wsu.edu/-dee/CIVAMRICA/ MAYAS.HTM）。

然而，從電影《啟示》的銀幕上，我們卻看到了末代的馬雅貴族們一種恐懼的心態——他們恐懼，因為他們已經墮落，已有很重的罪惡感。可以說，他們的罪惡感愈重，愈想尋找別人來充當「替罪羊」，以為只要屢次向神獻上替罪羊，他們的罪就會得到救贖。顯然，這樣的心理已逐漸使他們對自己的罪孽感到麻木，甚至到了凡事都無動於衷的程度了。因此，在那個祭壇上，我們看見那些馬雅貴族們的臉孔都顯得毫無神色，彷彿面具般地展示在群眾面前。

另一方面，我們也在那些俘虜們的臉上看到一種難以形容的恐懼。他們恐懼，因為他們將面臨被屠殺、被挖心的考驗。他們本是受害者，所以絲毫沒有那種自動獻祭的神聖感。事實上，身為俘虜，他們的境況與被擒的獵物簡直無異。以英雄「豹爪」為例，他內心的緊張、無奈與恐懼，完全表現在他那雙焦慮不堪的眼神中。或者可以說，在目睹兩個同伴前後被殘酷宰殺的過程中，他已經在心中預演了自己的死亡了。

沒想到，當「豹爪」最後被按在祭壇上，將要被殺時，天地突然一片昏黑，所有臺上臺下的人一時大驚失色，而那個祭司也不得不停手。原來，這個突然出現的日蝕，使得一向迷信的馬雅王室貴族得到了心理的安慰：根據他們的解讀，日蝕就是象徵日神的接納與祝福；既然日神已經接受了他們的祭物，也已表示滿意，他們就可以停止獻祭了。於是，祭司立刻放下屠刀，立刻高聲望天禱告，感謝神明赦免了他們的罪過。此時，群眾也發出一陣陣歡呼，有一種突然從恐懼釋放出來的輕鬆感。

且說，在此緊要關頭之際，「豹爪」卻意外地撿回了一條命。然而，豹爪的「復活」正象徵著末代馬雅文明的沒落和死亡。在經過一場膽戰心驚的生死搏鬥之後，英雄豹爪終於殺出重圍，並把成群的追殺者一一消滅，後來自己終於安全地返回到那個安靜的原始森林，並從深洞裡救出妻兒——與此同時，在洞底分娩的新生兒也幸而獲救。最後，電影以這樣一個「新的開始」（new beginning）作為結束。

對於這樣一部結構緊密而又大規模的電影，這個結局的寓意特別重要，因為它意味著一個富有「啟示」性的信息——那就是，當人們對自己的罪惡已完全麻木而無動於衷，而且還一味地企圖從無辜人身上的血得到贖罪時，那麼世界就必然要毀滅了。事實上，《啟示》影片中充滿了許多「預言」式的情節——例如，電影中有個染有惡疾的小女孩，她曾向蠻橫的馬雅士兵們咒詛，說將會有日蝕「使天地變暗」，而且有虎豹會來改變天地，最終將會把無限墮落的馬雅帝國引向「沉淪」。這樣的預言其實很容易使人聯想到《聖經・啟示錄》裡所描寫有關巴比倫帝國的滅亡——當無辜人所流的血使海「變成血」時，「海中的活物」自然而然就「都死了」。因此，「在一天之內，他的災殃要一齊來到，就是死亡、悲哀、饑荒……」（《啟示錄》十六章三節、十八章八節）。總之，必須在這個罪惡滿滿的世界已徹底毀滅、完全被「扔在火湖裡」之後，才可能會有「一切都更新」的前景（《啟示錄》二十章五節、二十一章五節）。

我想這大概就是導演梅爾・吉伯遜對電影*Apocalypto*的主要用意吧。「Apocalypto」一字是希臘文，它是「啟示」的意思，所以也就不可避免地影射到《聖經・啟示錄》裡的寓言。

應當順便一提的是：在影片《啟示》上演的一個半月前，導演梅爾・吉伯遜自己還公開聲明，勸大家不妨把這個電影的寓意無限地發揮，因為「每一個文明的興衰過程都十分相似，其模式經百年而不變」。他甚至把自己的反戰情緒聯繫到該片說：「我們把年輕人送到伊拉克去打仗，那不也是一種**human sacrifice**（殺人祭）嗎？」

當然，梅爾・吉勃遜的這個自我解讀聽起來有過分簡化之嫌，因為電影的內容既然如此包羅萬象，絕不可能局限於一個特定的政治寓言。然而，我們也不能因此忽略導演自己的說法。我以為梅爾・吉勃遜的話還是意味深長的。或許他的電影目的之一，就是在警告我們的國家和政府：千萬不可輕易讓那些無辜的人流血，千萬不可忽視自己的罪惡，否則後果嚴重。難怪電影一開頭，就很醒目地引用了一句西方名言，那句話翻成中文，正是我們古人所謂：「國必自毀，而後人毀之。」

——原載《聯合報・副刊》二〇〇六年十二月二十日

轉載《世界日報・副刊》二〇〇七年二月二日

簡體字版轉載《書城》二〇〇七年四月號

第三十九章　虹影在山上

我第一次閱讀虹影的《飢餓的女兒》是在一九九七年的暑假。我永遠忘不了在看完那本小說之後，內心所感受到的極大震撼。連續有好幾天，內心起伏不定，無法平靜下來。小說裡所寫的赤貧與飢餓，還有那些面對苦難的人性經驗，都使我想起了自己不幸的童年。書中的背景對我彷彿十分陌生，卻又有些熟悉。這樣強烈的讀者反應促使我開始到處採購虹影的各種著作。因此，僅在短短的三個月之間，我已看完了《背叛之夏》、《帶鞍的鹿》、《風信子女郎》、《女子有行》等書。後來，虹影的《背叛之夏》英譯本*Summer of Betrayal*出來，我又重新漫遊了一次虹影的世界。最近隱地先生寄來了爾雅不久前剛出版的虹影新著《K》，我也照樣在幾天之內就趕看完畢。

我常想，有一天若與虹影見面，一定會在江上或是船上。因為虹影的小說常以江邊碼頭為背景。例如，《飢餓的女兒》從一開始就把江水與小說裡複雜的人心緊扣在一起。我們發現，「這座日夜被二條奔湧的江水包圍的城市，景色變幻無常，卻總那麼淒涼莫測」。難怪這本小說的英譯本名副其實地取名為*Daughter of the River*（江上的女兒）。此外，在《K》的小說裡，我們隨著男主角朱利安逐漸離去的眼光，只見那「船浮漂在大洋上，四周全是海水，和太空一樣藍，沒邊沒際的，一隻海鷗也沒有」。的確，在虹影的世界裡，江河與海水都代表著個人命運的神祕莫測。

所以，我希望自己與虹影第一次相遇，會是在長江沿岸的某個地方，我想問她，這些年來她一共走過了多少條神祕的河流，是如何從各種各樣的「飢餓」情況中活過來的。

終於，在今年的一個八月天，我見到了虹影。但見面的地點並不在江畔，而是在山上，在北京西郊的香山上。

原來，夏日炎炎之中，社科院的文學研究所正在香山舉辦一個盛大的國際會議，我也被請去做一次短短的專題演講。大會的前一天，我和主持人楊義教授（即文學所所長）準時從北京城裡乘車前往香山。很巧的是，剛一抵達香山飯店的大廳，就聽說虹影和她的丈夫趙毅衡教授[1]也來了，而且正在找我。這個消息令我喜出望外，這不正是採訪虹影的好機會嗎？於是，還來不及把行李放下，就匆忙地向人詢問虹影的電話和房間號碼。但服務員說：「可惜，虹影爬山去了，要到太陽下山時才會回來……」

幸而不到傍晚時刻，虹影就回來了。那天下午，我和虹影就在旅館的房間裡進行了長達三小時的訪談。我們沒有任何寒暄的話語，從頭就開門見山地進入了心靈的交談。

或許，這個機會太難得了，說話時兩人都聚精會神地在注視對方。最引起我注意的就是虹影的那雙又大又亮並富有表情的眼睛。她的雙眼隨著情緒的起伏而開閉，好像永遠具有一種幻化的功能。聽虹影說話，沒有任何人不會產生「心有戚戚焉」的感覺的。就連窗外的一片斜陽也透過窗口，照到了虹影的眼角，彷彿也想參加這個對話。就在那一瞬間，虹影突然閉起雙眼，完全走進了回憶：

「我覺得自己曾經被毀滅過，曾經走到了絕境，曾經進入了死城，但後來又重生了。我確實在黑暗的世界裡看到了光，這真是個奇蹟……」

許久沒聽到有人用這種基督徒式的口吻說話了，尤其這聲音出自虹影的口中，更令人感到新鮮。我說：「沒想到你有這種宗教信仰。怪不得你的小說裡有一種奇特的綜合——你一方面大膽地描寫女人的性欲，大膽地走入禁忌，但另一方面卻強調《聖經》裡的教訓。例如，在你那本充滿性描寫的

1 虹影與趙毅衡教授現已離異並各自組成了新的家庭。

《背叛之夏》中，小說的標題之下就引了一句來自《新約．約翰福音》的話：『一個人必須重新誕生，才能見到上帝的王國。』後來，在《飢餓的女兒》中，你也引用了《舊約‧詩篇》二十三篇有關『行過死蔭的幽谷』等話語，並描述了當時你偷聽香港的短播電臺、初次聽到這段《聖經》章節時所受到的情感震撼。所以，我認為你的小說是在描寫人生的欲望與救贖、恨與愛、焦慮與平和之間的矛盾，對嗎？你的作品令人振奮也令人悲哀，它不但描寫生命裡的黑暗也突出了光明。」

聽了我這一大堆話，虹影就立刻張大眼睛笑了，而且笑得很開心。

「哦，你說得很對，你的記性真好。」她接著瞇起眼睛，用一種近似陶醉的口氣說道，「但我還要補充一點，許多年以前，我內心確實充滿了憤怒，充滿了埋怨。是在走過了那條河，走出了那個黑暗的隧道之後，才終於走向光明的……」

「你是在哪一年開始走向光明、大徹大悟的？」我不知怎的，突然打斷了她的話，這才覺得自己問的這問題很可笑。

「啊，那是在一九九六年，那年我三十四歲。我十八歲就開始寫作，到一九九六年時，已寫了十六年。一九九六那年我突然有一種感覺，好像我自己已爬到了山頂上，而那本《飢餓的女兒》就在『山頂』上寫的。我想，我從前的作品都是在半山腰上寫的……」

「你這個爬山的比喻真有意思，這使我想起東晉詩人孫綽的〈遊天臺山賦〉，孫綽說：『天臺山者，蓋山嶽之神秀者也……非夫遠寄冥搜，篤信通神者，何肯遙想而存之？余所以馳神運思，晝詠宵興，俯仰之間，若已再升者也。』意思是說，像天臺山那樣神奇的山嶽，如果不是那種寄心遐遠、虔誠求道的人，怎肯將心思遠遠寄託在那山上呢？但我就是一個馳騁神思，日夜歌詠的詩人，我在俯仰之間就彷彿再次登上了天臺山。所以我說，虹影，你就是在想像中登上了那山頂的人了。其實，高行健不也是那個登上了『靈山』的人嗎？……」

聽到「高行健」這名字，虹影的眼睛更亮了。

「我很佩服高行健，」她邊說邊注視著我，「我佩服他，是因為他是一個有靈魂的作家。我喜歡他的戲劇，尤其是《山海經》那個劇本，但我更喜歡他的小說《靈山》，我以為那是一部難得的世界經典作品。而高行健那個人更是了不起，他是一個完全懂得《易經》哲學的人。當初，他真的得了癌症，本來已經絕望了，但他對大自然的神往、寄託，和漫遊終於救了他。」

我突然想起虹影和高行健的作品有些相似處；我應當趁此機會問個敏感的問題。我說：「你們兩位作家都很注重靈性，但在捕捉人的欲望和性的方面，也都有過大膽的突破，可否請你說說這一方面的心得？」

「哦，欲望確實是我作品中的主題。但我所寫的欲望是以女性為主體的。首先，我以為性的欲望一直是可以粉碎世界的。如果強烈的欲望最終不求解脫，一定會產生災難。在我的那本《K》的小說中，『性』是以女性為中心的。我以為『情人』的身分最能表達女性的本性。女人一旦為愛而受苦，而犧牲，內心的世界也就變得特別豐富。在小說裡，我盡量把女性欲望寫成抒情的、道家的，但其重點仍是如何從欲望解脫出來的問題。」

「有關女性的欲望，」我點了點頭說道，「不得不令人想起十九世紀美國女作家艾蜜麗．狄瑾森給她的情人Master所寫的一首詩。在那首詩中，狄瑾森把她的欲望比成維蘇威火山，因為那長期壓制下的情欲一旦被觸發湧現，就會像火山爆發似地一發而不可收拾。在你那本《K》的小說中，我發現那個一向矜持的林女士，也是這樣被引發出性的欲望的。可惜，最後她還是為那瘋狂的愛情犧牲了。男主角朱利安說得對，愛情已成了林的身體和靈魂的糧食了。欲望真是危險啊，它使人忘了如何適可而止。但從另一個角度看來，林為愛而死，或許也死得有意義……」

突然間我領悟到，虹影的《K》也是在山頂上寫的。只有那些已經從欲望中解脫出來了的人才可能寫好有關人性的欲望。想著想著，我就對虹影發出了一個會心的微笑，也同時望了一下旅館的窗外。我看見窗戶外頭全是一片密林，還可聽見清晰的鳥叫。這時，我好像看見虹影小說中的那個綠色樹林，那樹林中的陡峭小路可不就是林每天清晨冒著生命危險，偷偷跑向情人朱利安房裡的一條小路嗎？那是一條隱祕而極其危險的道路。我想，幸虧林不曾在那密林裡迷過路。但令人感傷的是，林最後終於自殺了。

「我發現你的小說裡常常描寫死亡，是不是受了哪位西洋作家的影響？……」我開始又問問題了，目光轉向虹影。

果然，這是虹影喜歡討論的一個題目。她沒等我說完，就滔滔不絕地說了起來：「其實，有關死亡這個題目，我完全得自於自己的親身體驗。我從小就看到人自殺，我們住的院子裡就有不少人自殺。我看過各種各樣的屍體，甚至親眼目睹了五官流血的死屍。後來，這一方面的事知道得多了，我發現連死亡的姿態也有性別的區分。一般說來，男人暴死時大都背朝天，女人則臉朝天。於是，我從小就有一種自定的結論——那就是，女人比較偉大，因為她敢面對上天；男人則比較脆弱，因為他只能把背對著天空。當然，這或許只是我個人的偏見，但時間久了，這個想法就自然成了我自己內心信仰的一部分了。記得，有一回，院子裡有個姨太太自殺了。她死後還常常穿了一身白，輕飄飄地爬上我家的樓梯，到了屋頂就不見了。每回看見她，我都不害怕。我到如今還時常回憶這些往事。至於這些年來，自己是怎麼活過來的，是怎麼走出死城的，我到現在還感到奇怪。」

虹影這些有關死人的故事給了我一種幽幽的傷感，但我一點也不感到恐懼。

我說：「關於女性所常感到焦慮、悲觀而自殺的故事，是不是在某程度上你也受了托爾斯泰的《安娜．卡列妮娜》那部小說的啟發。我是指寫作技巧上的啟發。」

「不，我不認為我特別受了托爾斯泰的影響。我從小就喜歡看翻譯小說，從六七歲起就開始讀雨果等人的小說。我的記性特好，而且對五官的感受力也強，所以我通常能把故事的劇情牢牢記在心裡。另一方面，我也特別用功，我一切都是自學的。例如，我小時候對高爾基的作品及其人其事十分著迷，就曾經把高爾基的精彩句子一一抄在筆記本上，甚至把整部《高爾基傳》全抄了下來。後來，我廣泛閱讀西方小說，尤其欣賞英國十九世紀女作家布朗蒂的小說《咆哮山莊》，我覺得我自己的個性很像書中的男主角，有些複雜，有些瘋狂，有些難以形容。我想，在寫小說的技巧方面，我受《咆哮山莊》的啟發最深。至於中國小說，我最喜歡的一部著作是《老殘遊記》，在某程度上，也受了該書的影響。」

「關於寫小說，你自己有什麼祕訣沒有？」我發現我問得愈來愈玄了，於是又加了一句話補充，「據趙毅衡的一篇〈序〉裡說，你寫小說時總是放音樂，而且放得極大聲，震得整個房子像一面鼓，很有趣。但除了這個怪癖之外，你還有什麼特別的寫作怪癖沒有？」

「嘿，這個問題問得真好玩！但我也說不出有什麼寫作祕訣。應當說，我是一個完美主義者，我有一種「改癖」，我的每部作品都是一改再改，不斷改寫，一直到滿意為止。就因為這個「改癖」，有時一年只寫了一百多頁。然而，我認為自己二十四小時都在寫作，因為我是在用「心」寫作。可以說，「心」的寫作要較「筆」的寫作花更多的時間。其實，我看重的這個「心」，與佛教的概念很相似。例如，我們今天在這裡花了幾個鐘頭深談，我一直都在心裡進行寫作，我心中有許多條河正在流動著。我想像我們兩人坐在船上，我們已忘記到了什麼地方了……」虹影接著用雙手比出了一條船的形狀，彷彿在強調浮舟的那種近似逍遙遊的韻味。

這個浮舟的流動意象頗令我驚奇。因為整個下午，我只意識到自己和虹影一直坐在香山上。

二〇〇一年十一月五日寫於康州木橋（Woodbridge）

——本文曾刊於拙著《遊學集》（臺北：爾雅出版社，二〇〇一）

第四十章　「愛」的畢業典禮

女兒Edie大學畢業了，今天（二〇〇八年五月十七日）我和丈夫去羅傑・威廉士大學（Roger Williams University）參加她的畢業典禮。該校的校園環境幽美，瀕臨海灣，屬於新英格蘭地區那種規模雖小，卻各以其獨特之處而著稱的通識大學（liberal arts universities）。附近的Newport城尤以古典堂皇的龐大別墅建築聞名於世，耶魯大學建築系名教授Vincent Scully稱該城為「壯麗而不重現實」（magnificently unconcerned with reality）的城市。

也許正是懷抱著「壯麗而不重現實」的幻想，Edie選中這所風景優美的學校，愛上了它那親密無間的小天地。她覺得，能在校園裡交到幾個知心的好朋友，能自由自在地發展自己的興趣，可能比事業的成功更可貴。

今晨在前往羅德島州的兩小時途中，我很自然地回憶起女兒這些年來的各種成長經驗，包括所有甜酸苦辣的經驗……，但發現自己卻一直很難專心，因為我正惦記著遠方的四川地震災區。據報上記載，中國已有數萬人死亡，而今天已是地震發生之後五天，不知還有生還者嗎？丈夫在一邊開車，我一直都在閱讀有關災情的最新報導。

突然，《世界日報》的頭條新聞引起了我的注意：「絕望的母親跪地弓背，頂住坍塌的天地，留下愛的遺言。」報紙記載的乃是一個活生生的有關母愛的真實故事。原來，在中國四川一個災區的廢墟中，有人偶然發現，在一個女人的屍體下面，躺著一個正在熟睡著的嬰兒，那嬰兒的身上居然毫髮未傷。顯然那嬰兒的母親，在那山崩地裂的一刻，為了保護孩子，硬是撐起自己的身子，盡全力來擋住倒塌的房屋，終於讓嬰兒奇蹟般地存活下來。據救援人員的報導，透過廢墟的間隙可以看見那女人死亡的姿勢——她「雙膝跪地，整個上身向前匍匐，雙手支撐身體，就像是古人行禮，但身體已經被壓變形」。最令人感動的是，那個母親在自己的手機螢幕上還留下一個短短的信件：「親愛的寶貝，如果你能活著，一定要記住我愛你。」

看完這則新聞，我忍不住流下眼淚。在如此冷酷慘重的災難中，居然也有這樣令人感到溫暖的故事。是人性的大愛彰顯了生命的寶貴價值。

最奇妙的是，今天在羅傑•威廉士大學的畢業典禮中，我居然也體驗到了另一種有關生死的大愛。首先，在畢業典禮程序表的「得獎名單」上，赫然出現那個幾個月前才剛過世的女學生名字：Tobey Leila Reynolds。原來，那一向品學兼優的Tobey不幸在康州的一條公路上被大卡車當頭撞擊而身亡。由於這事涉及「是否大客車司機該負全責」的問題，車禍發生的當天就上了頭條新聞。當時，消息傳來，羅傑•威廉士的校園裡一片驚愕與哀傷。Tobey生前也是女兒Edie較好的朋友之一，遇到這種悲劇，Edie和同學們都非常傷心。他們尤其同情死者Tobey的母親——那是一個單身撫養兩個女兒的偉大母親（Tobey的父親早已過世）。

在畢業典禮中，校長RoyJ.Nirschel很激動地宣Tobey得獎的消息：說雖然Tobey已經不在這裡，但她的學業成績優異，學校仍要給她學士學位，並授給她一個特殊的「校長獎」（President's Core Values Medallion）。當Tobey的妹妹慢慢步上臺上，為她過世的姐姐領獎時，所有臺上和臺下的人都感動得壓制不住自己的眼淚。還有人走上前去獻花，緊緊抱住Tobey的妹妹。

我一直在想：Tobey的母親一定會為她得獎的女兒感到驕傲。但遺憾的是，女兒已不在人世，已看不到這些。我想像，那個傷心的母親，在畢業典禮的同時，或者會獨自一人在家默禱。或者她會因傑出的女兒得獎，而得到安慰？或者她會雙膝跪地，祈求上帝給她更多的勇氣和希望？總之，她必須堅強地活下去。

同時，我也想到：這個由車禍所造成的悲劇，表面上和大地震所引起的生死慘烈事件似乎無法相比，但對每個母親來說，和自己兒女死別乃為人間至痛。所以，我能想像Tobey的母親內心的傷痛。

這時，我看見其他的畢業生們已開始一個個輪流上臺領取他們的畢業證書，四周還配上美妙的輕音樂。當司儀大聲唸出Edith Sun Chang的名字時，只見女兒已走在臺上，正在從容地從校長手中領取她的畢業證書……。這時，我忍不住肅然起立，心裡既虔誠又感激。

我感到自己無形中經驗了一種「畢業」。本來「畢業（commencement）就是「開始」（commence）的意思。在這畢業典禮的一天，我開始更加體會到：在這個天有不測風雲、人有旦夕禍福的世界上，能活著並能努力奮鬥下去，就是一種恩賜。

我想，二十二年後，當那個從四川地震災區幸運地活下來的嬰兒終於長大成人時——尤其，當他也能像眼前這些學生們順利畢業、開始人生的另一奮鬥階段之時——他會不會想到他的母親曾經對他說過：「如果你能活著，一定要記住我愛你」？

寫於康州，二〇〇八年五月十七日

——載於《世界日報・副刊》二〇〇八年五月二十九日

第四十一章　道德女子典範姜允中

沒想到，哈佛大學王德威教授的母親姜允中女士，就是我這些年來不斷在尋找的那種「道德女子」典範。自一九八〇年初以來，我一直在研究有關女性道德力量的課題（包括西方傳統中許多傑出女子因為特殊的人品表現而獲得某種道德權威的課題）。所以，去年我在臺大法鼓人文講座中，所選的演講題目就是「傳統女性道德力量的反思」。

與美國的女性主義者Nancy Cott相同，我所信奉的女性權力特別注重女性在實際生活中所擁有的道德力量（在這裡要特別說明的是，我所謂的「道德力量」其實就是美國性別研究裡經常出現的「moral power」一概念。我知道若把「moral power」直譯成「道德權力」或許會引起一些讀者們的誤解，但實際上，這種道德力量指的是一個人因為道德修養而帶來的威望、權威，及影響力，那就會直接涉及到現代人所謂的power—亦即權力—的觀念）。總之，我和其他美國學者所研究的這種以女性道德力量為基礎的「道德權力」其實頗受評論家傅柯（Michel Foucault）的「權力多向論」之影響——根據傅柯的理論，一個在某處失去權力的人，總會在另一處重建權力的優勢。因此，Nancy Cott等人從一九七〇以來就開始研究美國殖民時代新英格蘭區的清教徒婦女在自身道德方面所建立的「道德權威」。Nancy Cott以為，與其說清教徒婦女是父權下的受害者，還不如說她們是女性中的強者，因為她們經常在逆境中自發地化道德為力量，而終於成為生命中的勝利者。Nancy Cott的理論顯然在男女權力的概念上做了一次革命性的改寫，故其影響力也十分深遠。多年來我在這股改寫思潮的醞釀下（Nancy Cott曾經是我的耶魯同事），無形中也在自己的漢學研究中，得到了相似的結論——我發現，中國傳統女性經常在不幸中，由於對自身高潔忠貞的肯定，而獲得一種自信和權威感。這種道德的權威感經常使得中國古代的女性把生活中所遭受的痛苦化為積極的因素，進而展現她們的特殊生命力和影響力。有時她們甚至通過文字的魄力，為自己帶來了永垂不朽的崇高地位。用現代英語來講，這些女人的moral power不僅是一種authority（權威），也是一種prestige（聲望）。

然而，令人遺憾的是，我很少從現代女性生活中找到這種「道德權威」的例子。但一九九五年在一次遊覽中國東北的機會中，我偶然聽說現代的東北婦女特別注重道德觀念的培養，主要因為當地在二十世紀初就有所謂「道德會」的組織；據說這種組織對東北女子的德行教育起了很大的效用，每逢宣講日，從四面八方來的婦女都會參加聽道，但可惜這個傳統早已從大陸消失。那年，我因為手頭沒有研究的資料，同時自己一向也對民間組織不甚感興趣，所以沒對「道德會」這個傳統深究下去。

沒想到十一年後，前幾天在一個偶然的機會裡，我閱讀了《姜允中女士訪問紀錄》這本書（中央研究院近代史研究所口述歷史叢書第八十七，訪問者：羅久蓉；記錄：丘慧君；二〇〇五年出版），才發現朋友王德威的母親姜女士原來就是「道德會」的傳人。姜女士是東北人，今年已經九十歲。她是道德會宣講人姜鐵光的女兒，她自幼從父親那兒接受了道德教育，十八歲時開始入會工作，後來很快就擔任道德會瀋陽分會的宣講主任。一九四九年以後，如果不是她和幾位有心人繼續在臺灣努力經營和籌畫，「道德會」這個組織絕不會香火不絕地延續下來。最讓人佩服的是，姜女士一直本著數十年如一日的精神，始終化險為夷，勤於道德事務，以身作則。多年來，她竭力興辦幼稚園和托兒所，最近還創立老人活動中心和老人社會大學，一切以教育和服務人群為人生目的。其事業之成功以及維護道德傳統之熱忱，十分不尋常。

但我以為姜女士的成功並非來自現代女性所強調的那種「強權」意識，它主要來自一種發自內心的道德信仰和對人的包容態度。諷刺的是，她的道德實踐卻使她獲得比「強權」更大的權威。若用今日美國女性主義的話語來說，她就是一個具有「moral power」的女子了。而她之所以具有權威，乃在於她本身對於「道」的執著。因此，她永遠是那個強者、勝利者，而不是受害者。

同樣是女人，我特別佩服她在婚姻愛情方面所表現出來的智慧和大度。原來，在一九八〇年代兩岸親友開始取得聯繫後，姜女士突然發現自己必須面對其他一些女人也遇到的尷尬局面——那就是，丈夫在兩岸分別有兩個家庭的複雜場面。有許多人遇到這種情況，都陷入了沒完沒了的家庭糾紛，甚至導致各種各樣的人間悲劇。我相信，當時姜女士的心中也一定經過了一番很大的掙扎。原來，當初她曾立志終身不婚，以全部投入事業，但來臺之後基於某種考慮，決定走上婚姻的道路。所以，三十八歲才與王先生結婚，當時她知道王先生在大陸已有妻室兒女。然而身處亂世，兩岸又長期隔絕，故雙方都做了不得已的選擇。所以，姜女士早就打定主意，如果有朝一日丈夫能回大陸，能與原來的家庭團圓，她不應當阻擾。沒想到，三十多年後，在把兩個兒子德威和德輝養大成人後，她真的受到了一次嚴重的考驗。面對兩岸有兩個家庭的困擾，又加上丈夫已經年老多病，在大局和私情之間，如何做出適當的處理？真可謂無可奈何了。但在「終夜苦思不眠」之後，她終於決定要「把自己的立場放下」，凡事「成全各方」，以「大體為重」。她最後勇敢地挺身而出，自動寫信給丈夫在大陸的兒子。其深明大義的精神果然感動了對方的每個家庭成員。後來，德威的同父異母兄弟德雍來信寫道：「慈母之心，坦蕩胸懷，躍然紙上。我等反覆吟誦來信，無不感淚涕零……讀信後，特別是讀到您對我生母的問候，令人肅然起敬。」一九八七年，姜女士又經過百般努力，竭力促成丈夫與兒子德雍在日本見面相聚的機會。多年後的今日，姜女士還如此回憶道：「在飛機上我心情十分焦急，但為了王代表，必須保持鎮靜。等我們坐上車，醫生診療後認為王代表身體沒有大礙，我忍不住掉下淚來，心中百感交集，千里迢迢來到日本，無非是為他們父子團圓。」那次團圓乃是父子兩人最後一次見面，兩年後王先生就在臺灣過世了。

最令人感動的是，自從王先生去世後，姜女士還不忘幫忙丈夫的大陸子女，甚至孫兒們。她兩次遠赴瀋陽探望他們，且不斷在經濟上給予接濟和鼓勵。可以說，她凡事都做到仁至義盡、身體力行，絕不敷衍。

讀完這本《姜允中女士訪問紀錄》之後，我一直在想，是什麼原因使得姜女士擁有如此寬大的胸襟呢？我想，那就是所謂「道德」的力量吧。她曾說：「因為我覺得道不外乎人情天理，我是行道的人，事事本乎道理，但求無愧於人，也無愧於己。」其實，我看姜女士的故事之所以感人，乃因為她擁有一顆大愛的心。

我想，作為一個道德女子，姜女士所贏得的「道德權威「就是多年來自己不斷累積的大愛的成果。所以，一個人（不論是男是女）在這世上所獲得的真正權威和影響力並不是用強權奪來的，而是來自個人的長期修養和努力。唯其如此，它才會具有永恆的召喚力。

後記：寫完這篇文章後，才發現以研究現代文化與權力著稱的芝加哥大學教授Prasenjit Duara曾在他那本有關滿洲國的近著《統治權與誠信》〔*Sovereignty and Authenticity: Manchukuo and the East Asian Modern* (Lanhan; Oxford: Rowman & Littlefield Publishers, 2003）〕中討論有關道德會與東北婦女的關係。他以為東北道德會的婦女成員之所以有如此堅韌的生活力，乃因為她們對追求「道德的真實性」（moral authenticity）有一種特殊的使命感。據說，Duara教授在準備撰寫該書的過程中，曾經訪問過姜允中女士。

第四十二章　寡婦詩人的文學「聲音」

在後現代的今日，我們已經很難找到年輕的寡婦了。但在中國古代，年輕寡婦一直是文學的主題。有趣的是，文學中的寡婦形象大都是男性文人創造的。因此，一提到寡婦，我們會立刻想到幾篇著名的代言體〈寡婦賦〉。例如，在曹丕〈寡婦賦〉中，我們讀到「惟生民兮艱危，於孤寡兮常悲」的哀歎；在潘岳的〈寡婦賦〉中，我們感受到「氣憤薄而剩胸兮，涕交橫而流枕」的淒涼。其餘像王粲、丁廙，以及後來唐宋文人所寫的寡婦詩都是感人至深的作品。這些古代文人之所以喜歡撰寫這種代言體的詩歌，主要因為他們深深同情寡婦孤苦無依的處境，但有時也藉此抒發自己懷才不遇的牢騷。

但在明清以後——除了何景明的〈寡婦賦〉以外——我們很少看到男性文人所寫的代言體寡婦詩。這是因為明清時代已經出現了大量的婦女詩人，而寡婦在女詩人中所占的比例很大。明清女詩人不僅打破了男性詩人對詩壇的壟斷，而且也打破了男人在抒寫女性心理及生活方面的壟斷。就寡婦詩人而言，她們的作品重在自我抒情，她們常常毫無保留地發揮並展示自己的內心世界，給讀者一種十分真切而可信之感，故與男性文人所寫的「為文造情」寡婦詩有基本的不同。無論在題材的多樣化和表現手法的創新方面，明清寡婦詩人都為中國文學傳統做出了一定的貢獻。本文主旨就是試圖從「女性聲音」的角度來概括出明清寡婦詩人作品的若干特徵，從而闡釋文學傳統與女性個人風格的相互關係。

首先要說明的是，在明清兩代，婦女詩歌創作達到了空前的繁榮。胡文楷的《歷代婦女著作考》一書就收錄明清女作者多達三千九百一十五人，其中絕大多數是詩人。值得注意的是，在這個龐大的女詩人創作群中，有不少人是屬於才女命薄的那一類：她們或是早夭，或者所適非人，或是早寡。以施淑儀的《清代閨閣詩人徵略》卷八為例，該卷共收一百六十五人，而其中遭遇各種不幸者竟有七十三人，占該卷總數的百分之四十四點二四[1]。總之，悲劇性命運似乎特意降臨在這批才女的身上，或者我們可以說，她們之所以成為才女也許與她們的悲劇性遭遇有很大的關係。自古以來，中西文人都相信「詩窮而後工」，以為一個詩人在處處碰壁的痛苦處境中最能創造傑出的作品，所以杜甫說，庾信在晚年山窮水盡之時才有「詩賦動江關」的偉大成就；英國作家撒母耳・巴特革（Samuel Butler）也說：

苦難出詩人，
也許只有缺憾和挫折，
才可以造就出，
一個傑出的詩人。
（And poets by their sufferings grow,
As if there were no more to do,
To make a poet excellent,
But only want and discontent.）

在明清的薄命才女中，寡婦詩人是最痛苦、孤獨的一群，所以她們的文學成就也最大。她們大都在年輕時就遭遇到欲生不得、欲死不能的孤寡困境。對於一個傳統的女人來說，失去丈夫就失去依

1 參見陸草，〈論清代女詩人的群體性特徵〉，載《中州學刊》（鄭州）一九九三年三期，頁七七至八一。

靠與認同，總是不免有一種無家感。加上在明清的理學影響之下，社會的論理原則一般都鼓勵婦女守節。特別是有錢或有身分人家的女子一旦喪夫，大都選擇守寡這條那艱難的路。然而，不論是留在夫家或是歸住母家，寡婦總是一個多餘的人。著名才子方以智的姑母維儀在這一方面尤有深刻的體會：她十七歲出嫁，不久即喪夫，自己選擇回娘家寡居，與她那「十六而寡」的妹妹方維則一同在家中度過漫長的孀居生活。從她們的詩作中，我們發現姐妹兩人自始至終有著無家可歸的失落感。除了自歎薄命以外（「薄命何須更問天」），方維儀很誠實地道出寄父母籬下的苦悶：

長年依父母，中懷多感傷。
奄忽髮將變，空房獨彷徨。
此生何蹇劣，事事安可詳。
……

（〈傷懷〉[2]）

與古代「十七而寡」的卓文君相比，方氏姐妹確有截然不同的遭遇：同樣是年輕新寡，卓文君得以改嫁才子司馬相如，而其私奔之風流行卻未受到後人的批評。事實上，後世文士，每當描寫文君性格，頗多溢美之詞。倘若文君生於明清時代，她必定難逃終身守寡的命運。以方氏姐妹為例，兩人皆度過將近七十年的寡婦生活，也都體驗到孤獨的苦悶。但另一方面，在漫長的孀居生活中，吟詩填詞便成為她們的真正寄託與生命歸宿。文學創作成為她們的救贖。

[2] 徐世昌輯《晚晴簃詩匯》（北京：中國書店，一九八八），頁五二七。

在方維儀的身上，我們深深體會到才女薄命的事實。她的人生境遇確實坎坷：她丈夫死後不久，女兒就相繼夭亡，因而失卻了唯一的感情寄託。她在〈未亡人微生述〉中寫道：「萬物有托，余獨無依，哀鬱交集，涕泗沾帷，自今以往，槁容日益朽，氣力日益微。」在她的〈死別離〉一詩中，她又以更加悲苦交集的語言道出了內心的孤獨與哀傷：

昔聞生別離，不言死別離。
無論生與死，我獨身當之。
北風吹枯桑，日夜為我悲。
上視滄浪天，下無黃口兒。
人生不如死，父母泣相持。
黃鳥各東西，秋草亦參差。
予生何所為，死亦何所辭？
白日有如此，我心徒自知。[3]

與《古詩十九首》中的「行行重行行，與君生別離」一詩相比，這首詩呈現出截然不同的意境。而其關鍵處乃在於生別與死別的基本不同：在《古詩》中，那位「衣帶日已緩」的思婦雖然因為長期間「遊子不顧返」而感到焦慮，但她至少從未放棄過希望，因為只要男人還在世，總有可能再見到他（套用現代學者康正果的話來說：「他即使她失望，又以他的遙遠而使她不斷希望。因為除了把他等

[3] 沈德潛編《清詩別裁集》（北京：中華書局，一九七五），頁五六三。

回來，她別無選擇，她絕對不能絕望」[4]）。相對而言，方維儀的〈死別離〉描寫的正是一種完全絕望的心境：從一開始，作者就讓我們從中體驗到死亡所帶給人的絕望，這不只是詩中寡婦的處境，也是一切寡婦，乃至於所有失去所愛者的處境。「無論生與死，我獨身當之」，完全說中了絕望者獨自承受痛苦的悲劇感：在嘗盡生離與死別的雙重災難後，詩人發現自己格外孤苦伶仃。在這個薄情的世界中，只有北風「日夜為我悲」，於是詩人失去了活下去的理由。她想結束自己的生命，但父母卻不允許讓她去死。最後，詩人在求死不得之後只有發出無可奈何的歎息：「予生何所為，死亦何所辭？白日有如此，我心徒自知。」在痛苦無處傾訴的境況中，大概也只有指著天上的白日發誓，把感情深埋心底了。這種「我心徒自知」的悲觀心態確與《古詩》中思婦「努力加餐飯」的自慰心理成了強烈的對照。在生離與死別之間，我們看見了兩種十分不同的人生態度，也感受到思婦與寡婦極其不同的文學形象。

與歷代文人所寫的代言體寡婦詩不同，明清寡婦自己寫的詩常常傳達了男人想像以外的很多信息。例如，傳統男性文人所寫的寡婦詩幾乎千篇一律專注於獨守空閨的苦楚。但事實上，對許多寡婦來說，寂寞固然痛苦，更難挨的還是生計的艱難和日常生活的負擔。在婦女經濟上不能自立自主的傳統社會中，生活上的無依無靠顯然比情感的空缺對一個女人更為可怕。有些寡婦的生計之難全在詩中表現無遺，例如女詩人丁月犇曾在〈攜婿女至先塋〉一詩中說道：「衰門香火憑誰繼，麥飯還須百六天。」[5]孔瑤圃也寫道：「夜枕先愁明日來，朝寒又典過冬衣。」[6]這些都是一些有才氣而任勞任怨

4 康正果，《風騷與豔情》（鄭州：河南人民出版社，一九八八），頁一二五。關於生離與死別的比較，葉嘉瑩曾從另一觀點來討論這首古詩，見《迦陵談詩》（臺北：三民書局，一九七〇），頁三〇。

5 梁乙真，《清代婦女文學史》（臺北：中華書局，一九七九），頁二九八。

6 沈善寶，《名媛詩話》卷二，見杜松柏主編《清詩話訪佚初編》（臺北：新文豐出版公司，一九八七）第九冊，頁八六。

的寡婦，她們把寫詩作為艱辛生活中的唯一安慰。

值得一提的是，不是所有喪夫的女子都選擇守寡終身。在某種情況下，有些女人在丈夫死後還可能自願或被迫地殉夫。不論她們自殺的動機為何，我們可以說死節或是守節已無形中成為許多明清寡婦的終極選擇，其重要性可比明末清初遺民所面對的殉國與否的問題。明末女詩人商景蘭就是把寡婦的選擇與忠臣命運相提並論的最佳範例。在她丈夫祁彪佳以身殉國後，商景蘭便賦悼亡詩云：

> 公自垂千古，吾猶戀一生。
> 君臣原大義，兒女亦人情。
> 折檻生前事，遺碑死後名。
> 存亡雖異路，貞白本相成。[7]

此詩一開始，作者就以「垂千古」三字點明了自己對夫君殉國的稱頌之情：祁彪佳與明代朝廷共存亡之抉擇，堪稱忠臣大節之表現，足以死後聲名永存。另一方面，身為臣妻，詩人未能相伴夫君走上黃泉路，也並非貪生怕死，而是完全出於「兒女亦人情」的考慮。因此，作者在詩的末尾肯定了「貞白本相成」的道理：以為殉國之貞節與守寡之清白同樣地可嘉可許。這首詩澈底表達了一個親自經驗到寡婦困境的女性所發出的真實感悟。女評論家沈善寶在其《名媛詩話》中稱讚此詩「詩旨正大，非後人所能及」。但我認為此詩的長處在於它打破了傳統的寡婦形象，因為它是用寡婦自己的聲音來寫的：女詩人在生死抉擇之間，敢於承認「吾猶戀一生」，而且肯定了活下去的意義。寡婦活下

7 沈善寶，《名媛詩話》卷三，頁一三九。

去是一種自覺的選擇，是一種堅強的表現，它表示對艱辛生涯的信心。

從詩歌中我們經常看到一個含辛茹苦、夜夜在燈前教子讀書的寡婦形象。那是一個崇高又幽寂的母親形象。例如，早寡女詩人宗婉在她的〈感示兩兒〉一詩中寫道：「半生辛苦母兼師，朝課經書夜課詩。」[8]以「苦節」著名的張凌仙也在〈歲暮感懷〉一詩中寫道：

燈前課子誦芸編，百事縈心逼歲闌。
泉路十年音信斷，空山風雪一家寒。[9]

此詩生動地描寫出一個寡婦燈前教子的辛酸與感觸。丈夫去世後，詩人獨自擔教育子女的責任，在這歲暮天寒的季節裡，她不得不想起自己的孤單與無助。除了「課子」的重任之外，她還深深感到「百事縈心逼歲闌」的苦楚。因為還有許多雜務——如籌金錢、償債務等——需要她獨自處理，使她心中產生了很大的焦慮。這一切都由「逼」字道出了無可奈何的傷感，也由「寒」字反映出寡婦心中的寂寞[10]。

與許多寡婦詩人相同，孤獨寂寞的張凌仙只能以詩自遣。在她的詩中，我們可以讀到從婦女日常生活經驗的縫隙中偶然流露出來的點滴感悟，是抒情的動力使女詩人不自覺地超越了婦女生活的局限性。在一首〈雜詠〉中，張凌仙抒寫了這種超越感：

8 徐世昌編《晚晴簃詩匯》，頁七〇〇六。
9 沈德潛編《清詩別裁集》，頁五七一至五七二。
10 參見鄭光儀編《中國歷代才女詩歌鑑賞辭典》（北京：中國工人出版社，一九九一），頁一六四五，見何佩剛文。

家住青山側，青山斷塵跡。
浮世幾興亡，依舊青山色。

從詩中我們知道作者住在一個寂寞的「青山側」。「青山斷塵跡」特別點出一個孤苦人家與外界幾乎隔絕的處境，那是一個被封閉、被遺棄的角落。然而，人生的一切經驗都有兩面：負面的缺憾常會引發正面的感悟，也只有在生計清寒的境況中，詩人才更能體會青山的永恆價值。不論外界經歷過多少次興亡更替，青山卻永遠存在，它不會因為人間的變化而改變面目。於是，在孤零零的寡居生活中，青山成為詩人的唯一「靠山」，它也是淒苦生涯中的一種希望。

與青山的象徵意義相同，詩中常見的孤松意象常代表寡婦心中的慰藉。例如，另一位早寡的女詩人宋婉仙通過孤松的描寫來肯定自己歷盡寒霜而傲然不屈的精神。〈後山春望〉云：

滿山春樹尋常見，獨撫孤松未忍回。
黛色參天陰覆地，曾經歷盡雪霜來。

沈善寶評此詩曰：「真乃閱歷之言。」確實，不論寡婦的生活如何辛苦，她只要一想到自己有如孤松的品德，就可以立刻獲得一種超越世俗的感覺，而因增加她繼續活下去的希望。有些寡婦詩人甚至把這種心境發展成孤芳自賞的趣味。

這裡使我們聯想到中國文學裡的「孤寒」美學：自古以來，君子所欣賞的正是松柏在孤寒的境況中所代表的堅貞之操。不論處於多麼偏僻的地方，不論在多麼寒冷的冬天，這種凌霜之樹仍然長青高大。所以，《禮記・禮器》曰：「松柏之有心也，貫四時而不改柯易葉。」《史記・伯夷傳》曰：

「歲寒然後知松柏之後凋，舉世汙濁，清士乃見。」把不畏孤寒的松柏比喻成傲然獨立的君子可以說是中國文化的一貫精神。因此，當明清寡婦詩人把自己比成高潔的青松及其他類似的長青之樹時，我們看到了一種女性「君子化」的現象。一個在不利於自己的環境下還堅持活下去的寡婦，就是冬日的孤松，也是最堅強的君子。

「五四」以來，一般人都把寡婦視為社會的犧牲品，以為一個人一旦成為寡婦就成了「廢物」。事實上，對許多明清婦女來說，守寡的生涯雖然艱苦，它卻含有許多正面的意義。一個喪夫的女子，只要她把活下去看成一種自覺的選擇，她可以給寡婦生活賦予極其豐富的內容——她雖然不再扮演妻子的角色，她卻成為更加德高望重的母親，可以充分發揮許多從未想過的倫理熱情，從而積極地證實自我價值。也就因為如此，明清許多寡婦都成為非常精明能幹的內當家。她們常常是在大半輩子努力掌管家庭之後，終於在垂暮之年得到報償：兒孫們中舉為官，媳婦們工於家務及吟詠。作為大家庭中最受尊敬的老人，她們領導著一門風雅。這樣的寡婦堪稱君子，真乃「歲不寒，無以知松柏；事不難，無以知君子無日不在是」（《荀子・大略》）。

也就在這種上下文中，許多明清寡婦詩人下決心把餘生作為發憤圖強的機會。她們集中精力勤奮讀書，希望藉此提高文才，以發抒內心的憤悶憂思。例如，被稱為「扼腕時事，義憤激烈，為鬚眉所不逮」的李因，在其夫葛徵奇去世後，曾過著「白髮蓬鬆強自支，挑燈獨坐苦吟詩」的寡居生活。又如，以「文多經濟大篇，有西京氣格」著名的早詩人顧若璞曾在給她弟弟的一封信中表明了相同的志向：

> ……日有漸多，聞見與積。聖賢經傳，育德洗心。旁及騷雅，共諸詞賦。遊焉息焉，冀以自發其哀思，舒其憤悶，幸不底幽憂之疾。而春鳥夏蟲，感時流響，率爾操觚，藏諸笥篋。雖然，

亦不平鳴耳。（〈與胞弟書〉[11]）

在顧若璞的信中，我們聽到了一個「女儒者」面對生命挑戰的聲音。在遇到生命悲劇時，她不以弱者的態度向命運低頭，而採取一種「君子以自強不息」的理想。用現在的觀念說，她所希望完成的就是把自己修養成一個真正的知識分子，使自己完全跳出女性生活的狹隘內容。

在明末女詩人薄少君的八十一首悼亡詩中，我們充分看見這種「女儒者」所散發出來的陽剛之氣。《玉鏡辟陽秋》說：「少君以奇情奇筆，暢寫奇痛，時作達語，時為謔言，莊騷之外，別闢異境」[12]，實為切中肯綮之論。〈悼亡〉第一首云：

海內風流一瞬傾，彼蒼難問古今爭。
哭君莫作秋閨怨，薤露須歌鐵板聲。[13]

與傳統男性詩人悼亡詩相比，薄少君的詩句可謂反其道而行。例如，唐代詩人元稹的〈遣悲懷三首〉之所以成為古今悼亡詩之絕唱，乃因為詩中悱惻纏綿的感人情懷，足令讀者心酸淚下。但薄少君的悼亡詩正好與元稹詩的哀婉之風相反：女詩人不作元鎮式的「昵昵兒女語」，而為極其男性化的「鐵板聲」。詩的開始以「海內風流」來稱讚其夫，並痛惜其「一瞬傾」的早逝事實。是作者內心的悲憤使她激起「問天」的情緒（「彼蒼難問古今爭」），終於吟詠出洋洋灑灑的近百首悲壯悼亡詩[14]。

11 謝無量，《中國婦女文學史》（臺北：中華書局，一九七九），頁三三一。
12 見沈立東、葛汝桐主編《歷代婦女詩詞鑑賞辭典》（北京：中國婦女出版社，一九九二），許連民文，頁一六七九。
13 鍾惺編《名媛詩歸》卷三四，頁一。
14 見沈立東、葛汝桐主編《歷代婦女詩詞鑑賞辭典》，許連民文，頁一六七九。

另外一位早寡女詩人文氏也在悲憤不已的心境下寫出了那聞名後世的《九騷》。就如朱彝尊在其《靜志居詩話》中所說，文氏的寫作動機是為了「作九騷以見志」[15]。作為一個努力活下去的寡婦，文氏的「志」就是持守對丈夫忠貞不貳的節操：

含薄怒以惓惓兮，心鬱鬱而堅節。（〈矢柏舟〉）
悲朱顏其易改兮，惟寸心之不更。（〈撫玉鏡〉）

與屈原相同，文氏希望藉著自己的德行而樹立一個美名，所以屢次提出「修名」的願望：「命靈靈而不昧兮，順天稟而修名」，「惡貪穢之典濁兮，誦綠衣而修名」。對文氏來說，這才是真正的不朽，所以她說：「人在世之貞潔兮，沒萬代而垂名。」在《九騷》中，我們儼然看見了一個「女屈原」一方面懷芳抱潔，一方面上天下地、涉水登山地追求古代的賢者。而她所謂的賢者正是像舜帝二妃（娥皇與女英）那樣堅貞的寡婦：

緬二妃之清塵兮，芳草蕊焉有輝光。
佐重華之隆盛兮，風教垂於椒房。（〈懷湘江〉）

文氏努力追求道德的決心代表著許多明清寡婦的執著精神。那是一種「離騷型」的執著，真切地反映出傳統儒家的修身與修名情結。

15 謝無量，《中國婦女文學史》，頁三〇二。

但有另一類寡婦採取了一種超脫的人生態度。她們已超越了俗世的執著，她們藉山水言情，託林泉述志，頗有道人的風采。在這一方面最有成就的女詩人之一就是屢受男性文人推崇的王慧。王慧是清初江蘇人，是有名督學王長源之女。她在喪夫後就開始大量寫詩，把目不暇接的江南美景逐一寫出，儼然成為女中的山水詩人。在有名的〈山陰道中三首〉詩中，女詩人如導遊一般，向人描述人間的另一種美好境界：

出郭忘遠近，十里清陰中。
川陸互回沒，延緣遂無窮。
岡巒去殊勢，竹樹交成叢。
安知蒙密處，下有溪流通。
石橋路可尋，一轉迷西東。
煙空人不見，寂寂山花紅。[16]

以上是該組旅遊詩的第一首。從詩中可以看出，這位喜歡旅行的女詩人特別看重旅途中的「忘」與「迷」的境界。旅程始於「出郭忘遠近」的流連忘返，而其高潮竟是一種使人難辨東西的迷惑經驗。在詩人的眼中，山陰風光之所以美好乃是因為它有「延緣遂無窮」的作用。當詩人迷路走到山口溪頭時，只見路和小溪又各自向遠方伸展下去。其實，這樣的旅途感受也正反映出寡婦詩人王慧曠達的人生觀：人生就如旅行一般，即使走到絕路也還能找出新路繼續走下去。這樣的人生哲學比王維的

[16] 沈德潛編《清詩別裁集》，頁五六七。

「行到水窮處，坐看雲起時」還要積極得多，因為女詩人王慧不僅「坐看」眼前景色而且還順著「無窮」伸展的山路走去。東晉王獻之曾就山陰道的壯麗景色讚歎道：「從山陰道上行，山川自相映發，使人應接不暇」（《世說新語・言語》），所以該地一直是著名的風景區。王慧能從常見的山陰景色提煉出基本的人生哲理，難怪她屢次得到讀者們的讚賞。清代唐孫華稱其詩「吐屬風華，氣體清拔」（《凝翠樓詩集・序》），沈德潛曰：「其詩清疏朗潔，其品最上。」[17]

另一位寡婦詩人王素娥也在登覽類的詩中表現出超卓的生命境界。她是山陰人，尤其喜歡觀覽附近的山山水水。從她的詩中我們看見一種「逍遙遊」似的境界。下面是一首遊錢塘江的詩：

風微月落早潮平，江國新晴喜不勝。
試看小舟輕似月，載將山色過西陵。

（〈過錢塘喜晴〉）

這首詩描寫的是一種超然物外的感受。詩人或者是從西陵附近坐船到杭州去，或者從杭州一帶過江到西陵某地來，不論旅程路線如何，她的心情可用「輕」字來形容。她的內心輕鬆自如，所以很自然地把乘坐的小舟比成輕似天上的弦月。在這個「江國新晴喜不勝」的心情下，作者空發奇想，把自己想像成既是舟中人也是舟外人——於是她設想自己正在舟外，以一種客觀的審美態度讚歎道：「試看小舟輕似月，載將山色過西陵。」把小舟想成能把岸邊青山既輕盈又疾速地載走，確是一種極富想像力的創見，也只有當詩人以極輕鬆愉快的心情完全投入自然風光時才能體會得出。但這種寫法其實

17 沈德潛編《清詩別裁集》，頁五六七。

是對前人句式的模仿。例如，宋朝詩人鄭文寶的〈柳枝詞〉曰：「不管煙波與風雨，載將離恨過江南。」蘇軾的〈虞美人〉曰：「只載一船離恨向西州。」李清照也說：「只恐雙溪舴艋舟，載不動、許多愁。」（〈武陵春〉）這些都是詩詞評家所讚譽的佳句，所以後來許多作家都模仿這種寫法。然而，女詩人王素娥的特殊創見是：她把前人上下文中的「愁」與「恨」變成美麗的「山色」，把向來流行的悲婉語調改成愉悅的觀賞。作為一個早寡的女子，王素娥顯然是屬於恬淡知足的那一種。她在人生之旅中已認清「諸行無常」的道理，凡事不去執著也不去占取。她只覺得沿途美不勝收，她要心平氣和地駕好這一葉扁舟，她要持續旅程。

旅行可以擴展一個人的胸懷，所以不少喜歡旅行的明清寡婦詩人都成為當時的女文壇領袖。上面曾經提過的商景蘭就是一個最好的例子。就如清初才女王端淑所說，商景蘭所居住的山陰梅市風景優美，其「山水園林之盛超越輞川」，故其「筆底」頗有「江山之助」[18]。當其夫祁彪佳在世時，商景蘭已享盡了人間的榮華富貴，也看盡了江南的美麗見光；他們還擁有幾座山中別墅，所以旅遊早已成為日常生活的一部分。喪夫後的商景蘭（當時她四十二歲）更加不遺餘力地登臨作詩，與家人和各處來訪的才女互相唱和。在她的領導之下，她的家中簡直成了當時閨秀文學的中心。朱彝尊曾在他的《靜志居詩話》中記載道：「商夫人有二媳四女咸工詩，每暇日登臨，則令媳女輩載筆妝硯匣以隨，角韻分題，一時傳為勝事；而門牆院落葡萄之樹、芍藥之花，題詠幾遍，過梅市者，望之若十二瑤臺焉。」

商景蘭是第一個真正提高才女之間的認同感的寡婦詩人。因為她愛才如命，又被視為是當時「江南兩浙閨秀之冠」，所以不少才女慕名而至。其中尤以女詩人黃媛介來訪（約一六五四年）一時傳為佳話。兩位才女一旦相遇就立刻成為知音，此後一年間黃媛介住在商景蘭家中，天天吟詠又遊山玩

18 參見王端淑編《名媛詩緯》（清康熙間清音堂刊本）卷一一，頁一。

水，與商景蘭及其女兒、媳婦們彼此唱和甚盛。她們常常同遊祁家別墅愚山和密園，而且每次有精彩的唱和之作。在一首〈同皆令（媛介）遊寓山〉的詩中，商景蘭寫道：

笙歌空憶舊樓臺，竹路遙遙長碧苔。
一色湖天寒氣老，萬重山壑暮雲開。
梅花繞徑魂無主，明月當軒夢不來。
世事只今零落盡，豈堪佳客更徘徊。[19]

愚山正是當年祁彪佳在世時常和商景蘭一同度假的莊園別墅。現在女詩人又重遊故地，自然滿懷悵惘哀傷，於是發出「梅花繞徑魂無主」的慨歎。然而，使她感到傷心的不只是悼亡的回憶而已，而是對「世事只今零落盡」的感歎。作為明朝的忠臣，她與祁家都付出了很大的代價——一六四五年，祁彪佳在清兵陷南京時，絕食並自沉於池中而死；接著，長子祁理孫和次子祁班孫加入復明運動，皆先後被捕而株連甚廣。理孫不久即去世（死時才二十多歲）；班孫則被流放西北，形同死別。所以，作為一個寡婦兼女遺民，商景蘭已經歷遍人生種種悲苦與物是人非的經驗。對別人來說，「明月」或僅指天上明麗的月亮；但對國破家亡的她來說，「明月」永遠代表明朝，永遠象徵過去的一切。因此，當她說「明月當軒夢不來」時，我們感到一種今昔對比的惆悵。可以說，「明月」已成為商景蘭詩中的一個永恆的象徵。尤其，每當她在愚山莊園等處泛舟時，她總要想起那投水自殺的先夫以及代表過去的明月。以下是商景蘭的〈中秋泛舟〉：

[19] 王端淑《名媛詩緯》卷一一，頁三。

秋光何事月朦朧，玉露澄澄散碧空。
野外香飄丹桂影，芙蓉分出滿江紅。

此詩明寫月色，暗寫詩人的心境：就像那朦朧的月色一般，詩人的心中也充滿了陰影。然而，全詩一掃悲切而痛不欲生的感傷情調，它採取的是一種超越美學觀照。我們看見玉露、丹桂、芙蓉構成了一幅淒美的畫景，也能想像一葉扁舟在月色朦朧下浮動的情景。一直到詩的結尾處我們才終於領會到詩的真正隱喻：因為「滿江紅」是渡船的名稱，代表明朝。據清俞樾《茶香室續鈔》載：明太祖朱元璋「與徐公達同行，買舟以覘江南虛實，值歲除，舟人無肯應者。有貧叟夫婦二人，舟尤小，欣然納之。登極後，訪得之，無子，官其侄，並封其舟，而朱之。故迄今江中渡船，謂之滿江紅云」[20]。原來，商景蘭對她家中的小舟仍沿用明朝的稱呼；〈中秋泛舟〉等於是於大明的哀悼。但表面上這是一首十分含蓄的寫景詩。

作為一個明朝遺民，黃媛介完全可以體會這種隱喻的含意，尤其因為她自己也常用含蓄的意象來捕捉複雜的心境。在〈同祁夫人商媚生祁修嫣湘君張楚纕朱趙璧遊寓山〉的詩組中，黃媛介特別突出這種描寫方式：

……
山抱蒼潭水，亭藏碧樹煙。
棲烏啼月下，回棹泊霜前。

20 鄭光儀編《中國歷代才女詩歌鑑賞辭典》，頁一三四三至一三四四，見劉振婭文。

……[21]

詩中的「月」、「棹」諸意象可被解為「個人的祕密象徵法」（private symbology），那是中國文人特別喜好的一種象徵詩法。這種詩法的特點是，任何有意的解碼過程都無法完全證明作者的原本用意。

在才女黃媛介的身上，商景蘭找到了真正的知音：一個是歷盡滄桑的中年寡婦，一個是婚姻不幸、流落他鄉的女子，二者可說都是身居邊緣處境的人。從這兩位女詩人的經驗看來，我們可以體認到一個成功女作家所必備的心理條件：她既需要有個人的孤獨感（solitude），也需要有情感的聯繫性（connectedness）。這也正是近年來美國女性主義者所強調的「雙重空間」（double spaces）[22]。自古以來，無論在中國或是西方，女人婚後大都把精力花費在撫育子女及料理柴米油鹽之中。因此，如何突破現實生活之局限而建立個人的獨立空間就成了女性作者的首要問題。一個人只有在孤獨中才能面對自己，進而自覺地從事創作。然而，孤獨並不等於隔絕（isolation）——孤獨是一種心的訓練，只有一個原來不寂寞的人才能達到的一種自足美感。就如女性主義者Jo Anne Pagano所說：

> 就因為我知道自己與別人密切地聯繫著，我才有能力欣賞我的孤獨。[23]

---

21 王端淑編《名媛詩緯》卷九，頁二三。

22 參見Janet L. Miller, "Solitary Spaces:Women, Teaching, And Curriculum", in Delese Wear, ed., *The Center of the Web:Women and Solitude* (Albany: State University of New York Press, 1993), p.249.

23 Jo Anne Pagano, "Who Am I When I'm Alone with Myself", in Delese Wear, ed., *The Center of the Web*, p.53.

商景蘭與黃媛介都是懂得孤獨又有能力建立感情聯繫的成功女作家。歸根結柢，是她們的悲劇性命運使她們逃脫了許多普通女人的生活負擔，從而使她們找到了寫作的心靈空間。另一方面，她們之間的契合與相知更使她們有勇氣走出悲觀自憐的世界，終能同心合力建立一個新的「才女文化」（即Dorothy Ko所謂的「Women's culture」）[24]。或許更確切地說，她們所提倡的是一種「女文人」（female literati）的生活方式，是對男性文人的基本認同。與懷才不遇的文人相同，許多像商景蘭和黃媛介一樣的薄命才女都選擇走向生活藝術化：她們致力於吟詩酬唱、遊山玩水、琴棋書畫等生活情趣的培養。表面上她們的婦女詩社好像只在凝聚「姐妹情誼」（sisterhood），但實際上卻在體現一種十足的男性化價值觀。因此，在文化上，男女之間的趣味也就拉近了，他們終於有了共同的語言。尤其對寡婦來說，這種女文人的生活情趣使她們體會到名副其實的性別超越。

從某一個角度看來，明清寡婦是一種「性別遺民」——與男性的「政治遺民」一樣，她們不幸失去了自己的「皇帝」，卻終於找到了自己的聲音。那是一種超越性別的文學聲音，一方面製造了某些不同於傳統的東西，一方面卻豐富了傳統的文人文化。

——原為臺灣大學「語文、情性、義理——中國文學的多層面探討」
國際學術會議（一九九六年四月）論文（今稍改寫補充）

24 參見Dorothy Ko, *Teachers of the Inner Chambers:Women and Culture in Seventeenth Century China* (Stanford: Stanford University Press, 1994), PP.226-232.

第四十三章　傳統女性道德力量的反思

最近，美國性別研究有一種新的研究方向：那就是，不再羅列女性受壓迫的例子，而是開始探討兩性之間的關係互動以及他們在文化、藝術、經濟、政治，乃至於日常生活的架構下所擁有的實際權威、力量，和影響力。我在其他文章裡已經說過，這種權威、力量，和影響力很自然使我們想起了當代著名評論家傅柯所謂的權力多向論。嚴格地說，我們通常把power一詞譯為「權力」，其實並不適當，因為英文裡的power意義廣泛，包括權威、威望、力量、影響力諸涵義，當然有時也指「權力」。所以以下power一詞，我大都把它譯成「力量」或「權威」，但也要看上下文而定[1]。

今天，我所要講的涉及傳統女性的道德力量（moral power）。有關這個題目，美國漢學家已經研究了不少。例如，著名學者Susan Mann和Dorothy Ko等人在這一方面特別有貢獻。根據我自己對中國古典文學和文化的認識，我發現傳統中國男女之間的「權力」分配，確實十分複雜，絕對不能用「壓迫者」和「受害者」的二分法來簡單闡釋。我以為，中國古典女性所擁有的道德力量，其實就是今日我們所謂「權力多向論」中的一種power。

在此，我所謂的「道德力量」（moral power）指的是中國傳統女性在逆境中對自身高潔忠貞的肯定，從而獲得的一種「自我崇高」（self-sublimation）的超越感。換言之，這種「道德力量」的意識經

1　有關「權力」的定義問題，我曾受益於臺灣大學張以仁教授的批評和補充，在此表示感謝。

常使得中國古代的女性把生活中所遭受的痛苦化為積極的因素，進而得到一種生命的力量。這種moral power有時更像是英文裡的authority（權威）或是prestige（聲望）。

首先，談到傳統女性所最常遭遇的逆境，那就是棄婦的處境（這與失寵的臣子經常遭受放逐的情況是一樣的）[2]。有關這個題目，我們經常會想到西漢時代的班婕妤，她是文學家班彪的姑母，也是班固和班昭的祖姑。班婕妤少有才學，在漢成帝時被選入宮中，因得寵而被立為婕妤。後來趙飛燕姐妹得寵，班婕妤因而成為棄婦。在這種情況之下，班婕妤並沒有因此沮喪，而是仰賴她內在的一種道德力量努力活下去。在著名的〈自悼賦〉中，她從一開頭就說道：「承祖考之遺德兮，何性命之淑靈」（詩見《漢書》卷九七下），可見她從祖宗那兒遺傳到一種固有的道德精神和高超的才能。可以說，她從先人那兒秉承的「德」已成了她的一種prestige（威望），一種identity（身分認同）。美國漢學家康達維（David R. Knechtges）把班婕妤〈自悼詩〉開頭的這兩句譯得特別好:「Heir to virtue bequeathed by my ancestors/ Endowed in life with a noble genius」[3]。特別是，他把原作者對自己祖傳德行的自信表現得十分生動。班婕妤的自我肯定可與屈原的《離騷》一詩中所表現的精神比美：「帝高陽之苗裔兮，朕皇考曰伯庸……名余曰正則兮，字余曰靈均。紛吾既有此內美兮，又重之以修能。」與屈原相同，班婕妤藉以生存下去的憑藉也是一種「內美」的氣質，那種氣質在她痛苦中被轉為一種道德的力量。這種道德意識使她認識到生命的無常和眼前此刻的珍貴，所以她在〈自悼詩〉的末尾就如此說道：「惟人生兮一世，忽一過兮若浮。已獨享兮高明，處生民兮極休。勉虞精兮極樂，與福祿兮

2 有關中國傳統棄婦和逐臣的討論，請見康正果，《風騷與豔情》修訂版（上海：上海文藝出版社，二〇〇一），頁三四至七六。

3 David R. Knechtges, trans., "Rhapsody of Self-Commiseration," in Kang-i Sun Chang and Haun Saussy, eds., *Women Writers of Traditional China: An Anthology of Poetry and Criticism* (Stanford: Stanford Univ. Press, 1999), 19.

無期。」意思是說：「人生一世本來就十分短暫，有如浮雲一般早晚就要過去，自己既然已經獨享過富貴，也有過美好的一生，還不如勉勵自己多歡樂，讓福祿一直延續下去。」後來班婕妤一直在中國文學史上占有很重要的地位，並成為歷代女性的典範。例如，《續列女傳》特闢一章〈班女婕妤〉以歌頌她的才華和德性，並把她比為《詩經》裡的「君子」：

> 《詩》云：「有斐君子，如切如磋。如琢如磨，瑟兮僩兮，赫兮咺兮，有斐君子，終不可諼兮。」其班婕妤之謂也。[4]

可以說，班婕妤所擁有的不僅是道德力量，而且是一種「poetic authority」（詩的權威）；因為她通過詩歌來彰顯內在的美德。

班婕妤的例子使我們瞭解到，在傳統中國的環境中，當女性很少有其他權力的管道時，她們經常藉著她們的道德精神獲得某種權威意識。其實，何止在中國，即使是古代的朝鮮，也受這種女性道德權威的影響。例如，在最近十分暢銷的韓國小說《醫女大長今》中，女主角長今就如此表達了內心的感觸：「什麼是權威？難道用蠻力制服別人就是權威？……應該用自己的能力、德性、人品讓別人信服，到時候權威自然就能建立。」[5]而且，在西方傳統中，有不少偉大的女性也都因她們的人品表現而得到某種moral power。例如，《聖經》裡所記載的寡婦Ruth〔見《路得記》（the *Book of Ruth*）〕，她早已成為傳統西方文化所公認的女性道德典範。但與西方傳統相比較，古代中國的女性道德「權威」更加源遠流長，而且一旦放在文學的上下文中，就更能清楚表現出它的真正涵義。這是因為，當

---

4 《續列女傳》，見《新譯列女傳》，黃清泉譯注（臺北：三民書局，一九九六），頁四三二。

5 金相漢，《醫女大長今》（臺北：傑克魔豆文化事業股份有限公司，二〇〇四）下冊，頁一八七。

女性的道德意識一旦轉為文學作品時，它就隨著文字的力量，提高到另一個更高的超越境界，因而展現它特殊的影響力。

有關這一點，蘇蕙的《璿璣圖》或許可以給我們進一步的啟發。蘇蕙是東晉時代的女子，相傳其夫竇滔因罪而被貶。在這同時，竇滔因另有所愛而對蘇蕙疏遠，故蘇蕙十分憤怒，不願和丈夫一起搬到遠處的流沙。但後來蘇蕙漸漸「懊悔自傷」，因而用織錦的方式把內心對丈夫的思念繡成回文詩，寄給他。最後，這個織錦圖深深地感動了她的丈夫，終於夫婦團圓，而先前的「第三者」也只得被遣回關中，足見文學感人的力量有多大。到頭來，我以為是蘇蕙對自我文德的自信挽回了她的婚姻。蘇蕙《璿璣圖》的特點就是，讀者可以從各個方向來閱讀圖中的詩，可以上下讀、反讀、橫讀、斜讀、交互讀，並且可以隨意讀成許多形式的詩——如三言詩、四言詩、五言詩、六言詩、七言詩，以及各種長短不齊的詩。但不論從哪個方向讀，用什麼方式讀，讀者都會發現，在《璿璣圖》的正中央總是有個引入注目的「心」字。然而，由於此圖的讀法無窮無盡，一般讀者無法完全瞭解其全部涵義。據說，蘇蕙認為只有她的丈夫竇滔能瞭解其真意：「徘徊婉轉，自為語言，非我佳人，莫能解之。」[6]可以說，蘇蕙是利用中國文字的特點來創造這個文學上的「古今絕作」[7]。世界上大概只有中國文字可以讓這樣一個織錦圖包含著如此無窮無盡的詩。確實，此織錦圖是個不可多得的藝術作品。而且，自唐以來，該圖中的回文又以「五色相宣」標出，更加顯出其「超今邁古」的藝術性。

《璿璣圖》的故事當然有許多版本，而且蘇蕙是否真的是這個織錦圖的作者，也很難證實。然而，幾百年來中國讀者已把蘇蕙提升到了經典作家的地位。值得注意的是，蘇蕙之所以被經典化，不

6 武則天，〈織錦回文記〉，《全唐文》卷九七（上海：上海古籍出版社，一九九〇）頁一二五七至一二五八。

7 謝無量在他的《中國婦女文學史》中說，蘇蕙的《璿璣圖》是「古今絕作」。見謝無量，《中國婦女文學史》第二版（臺北：臺灣中華書局，一九七九），頁〇四。

只是她那高超的藝術技巧，主要還是由於她的《璿璣圖》所表現出來的道德情操。例如，武則天在她所著的《織錦回文記》裡就強調蘇蕙「謙然自守」的美德，以及其夫竇滔之「悔過」精神因而「遂製此文，聊示將來」[8]。這篇序是否真為武則天所寫，一直無法確定；但它卻顯然藉著武則天的名聲提升了蘇蕙的文學地位。據傳說，《璿璣圖》早已遺失，一直到唐朝才有人發現該圖的本子，最後由上官婉兒獻給皇上武則天。這就是《璿璣圖》成為文學經典之開始。後來，宋朝的起宗道人從該圖中讀出了三千七百五十二首詩；接著，明代的學者康萬民（即著名文學家康海之孫）在其〈璿璣圖讀法〉中又整出四千二百〇六首詩，並加上新的圖表[9]。現代學者周振甫也嘗試解說《璿璣圖》詩中的各種涵義，認為作者蘇蕙「講究修養品德，像古代賢婦人」一般；她的《璿璣圖》「反映出一位生長在封建社會中很善良的志潔行芳的婦女，對待負情的丈夫的複雜感情，表達的非常真切」[10]。總之，無論在文本的傳承（textual transmission）上，或是評注的傳統（commentary tradition）中，蘇蕙已經建立了她那不朽的文學和道德權威。

中國女性很早就懂得如何善用她們的道德權力。因此，漢代班昭作《女誡》，主要為了傳授給女兒們一種基本的道德教育。明代永樂皇帝的夫人徐皇后（即明初功臣徐達的女兒）更加擴充女教的範圍；她著《內訓》一書，共二十篇，有〈德性〉、〈修身〉、〈慎言〉、〈謹行〉諸篇。她在〈自序〉中寫道：「常觀古賢婦貞女，雖稱德性之懿，亦未有不由於教而成者。」[11]所以，她撰完此

8 有關竇滔「悔過」這一點，我要特別感謝衣若芬博士的指正。

9 有關這一方面的研究，請見陳磊的文章。Lei Chen, "The Compass of Texture in Commentary: Reading Su Hui's Xuanji Tu," Manuscript, 2004, p.8.

10 周振甫，〈蘇蕙〉，見鄭光儀主編《中國歷代才女詩歌鑑賞辭典》（北京：中國工人出版社，一九九一），頁一六八至一七八。

11 《仁孝文皇后內訓一卷》。徐皇后〈自序〉，見胡文楷，《歷代婦女著作考》增訂本（上海：上海古籍出版社，一九八

書，即把該書頒行天下，乃為了教育所有的婦女。後來，居然連朝鮮宮中的女人也都在讀這本《內訓》[12]。現在，一般人談到「權威」，經常只想到政治上的權力，但事實上有關中國傳統女性的權威與地位，必須把它放在道德的上下文之中。

這就涉及到女性（femaleness）的基本定義了。美國文學批評家Camille Paglia曾在其*Sexual Personae*（《性形象》）一書中界定femaleness一詞。她所用來解說femaleness的東西就是原始石器時代那個龐大的、常年懷孕的大母神Venus of Willendorf，那是大約西元前三萬年左右的母神石雕[13]。這個大母神象徵的是女性原始的生物性。然而，我認為「女性」在中國古代有著不同的定義。在傳統中國，女性一直被放在社會、家庭，和倫理的範疇中。因此，談到母親，《女孝經》強調的是「胎教」（書中有一章名為〈胎教〉），而不是臃腫不堪的動物性母體。對於一個懷孕的女人來說，最重要的乃是一舉一動都要自我道德規範化，為的要生出才德並重的孩子。同時，兒子長大之後也自然最尊重母親。在他們剛出版的*The Red Brush: Writing Women of Imperial China*（《彤管：中國歷代女作家綜述》）一書中，漢學家Wilt Idema和Beata Grant特別指出「胎教」和中國傳統道德教育之關係，我以為確實抓到了問題的關鍵[14]。

值得一提的是，母親在家庭的重要性也影響了許多寡婦在政治上的地位。例如，武則天和慈禧太后都是在成了「寡婦」（那就是「太后」）之後才開始得到政治權力的[15]。但開始時，這些女性也都

五），頁一三九。

12 金相漢，《醫女大長今》上冊，頁八四。

13 這個石器時代的小石雕是在澳大利亞發現的。參見Camille Paglia, Sexual Personae: Art and Decadence from Nefertiti to Emily Dickinson (New Haven: Yale Univ. Press, 1990), 54-55.

14 Wilt Idema and Beata Grant, *The Red Brush: Writing Women of Imperial China* (Cambridge, Mass.: Harvard Univ. Asia Center, 2004), 59.

15 Idema and Grant, *The Red Brush*, pp. 17-18.

是以撫養和教育兒子為名義（意即以「道德」為名義），一直到後來才逐漸抓到政權。如果我們重新閱讀唐朝和清末的歷史，就更能體會這些「寡婦」的權力有多大了。

在文學上，中國寡婦詩人的地位也極其崇高。這是因為她們多半有過多重的生活經驗，而且身為女性，她們曾經做過妻子、母親，也在夫家嘗過複雜的家庭經驗，所以一旦成為孤苦無依的寡婦，只要她們提起筆來寫作，一般都可以寫出感人的文學作品。這就是為什麼在中國古典女性作家（尤其是明清女詩人）之中，有很大成分是寡婦詩人。在近代學者謝無量的《中國婦女文學史》一書中，作者花了很大的篇幅來討論一個名叫「文氏」的明代寡婦詩人[16]。在這以前，清代文學家朱彝尊也曾經在他的《靜志居詩話》中表揚過文氏的早寡守節。總之，文氏之所以在文學史上不朽，乃因為她曾作《擬騷》以見志。她的詩歌顯然以屈原的《離騷》為範本。與屈原相同，她也重視心中的「內美」，亦即完整的道德教育（見首篇〈感往昔〉）。因此，《擬騷》的〈自序〉一開頭就說道：「余少時與姑共修閨範，王父授《論語》、《毛詩》。」在成為寡婦之後，她特別堅持「夙夜小心，惟德是先」；她「廢寢忘食，秉炬夜覽，述古人之則，掇後賢之思。」然而，與屈原不同，作為女子，文氏的詩歌顯然更直接觸及女性日常生活的層面。她的詩歌是屬於直接表述的那一種，而非寄託式的。如在〈撫玉鏡〉一篇中，作者由每日照「玉鏡」的經驗而悟出個人生命的真正價值所在：「撫玉鏡之纖塵兮，光皎皎而虛明。睹此物之神聖兮，不淑見而心驚……。悲朱顏其易改兮，惟寸心之不更。」她終於發現，即使自己美麗的外表終將失去，那個「寸心之不更」（即對夫君永遠忠貞）的美德乃是自己心靈的財產[17]。

16 文氏，《擬騷》，見謝無量，《中國婦女文學史》，頁三〇二至三一〇。

17 有關文氏和其他寡婦的討論，請見拙作《古典與現代的女性闡釋》（臺北：聯合文學出版社，一九九八），頁八五至一〇九。

在明清寡婦的文學作品中，「貞節」一直是被看重的主題。現代有些讀者或許會對這些明清婦女的選擇感到同情，殊不知這些婦女真正相信自己的貞節德行乃是她們的權威和影響力所在。然而，與普通的政治權力不同，她們從「德」上頭所得到的權威卻是永恆不朽的。明末寡婦才女商景蘭在她丈夫祁彪佳以身殉明以後，曾在她的〈悼亡〉詩中說過：「存亡雖異路，貞白本相成。」大意是說，雖然丈夫光榮地殉國了，而她卻存活下來，表面上兩個人走的人生道路絕然不同，但其實他們都一樣擁有高尚道德的地位——那是因為，男人殉國的「貞」節與寡婦的清「白」相輔相成，不相上下。

貞節不僅能賦予中國傳統婦女一種自我的道德感，而且有時還能通過文學的功能來有效地洗冤雪恥。唐代女子程長文就是一個好例子。《全唐詩》收有程長文三首詩，其中一首題為〈獄中書情上使君〉，詩中記載作者自幼「一片貞心比孤竹」，但一日不幸為暴徒強暴的悲劇。據她自述，在搏鬥中她寧死不從，最後終於殺死暴徒、保全自身的貞操。但地方官僚不辨是非，居然把她關入監獄。她含冤負屈，只能企求長官公平判案，早日將她釋放出獄：

……
強暴之男何所為？
手持白刃向窗幃。
一命任從刀下死，
千金豈受暗中欺！
我心匪石情難轉，
志奪秋霜意不移。
……

三尺嚴章難可越，
百年心事向誰說？
但看洗雪出圜扉，
始信白圭無玷缺。

從該詩的內容，我們很難知道程長文後來的最終命運。只知道面對著「三尺」的判決書，作為女人的她，唯一的希望就是寫詩上訴。而她唯一的證據就是她的清白之身。細讀此詩，我們發現作者所用來形容自身貞潔的意象（如「志奪秋霜志不移」、「始信白圭無玷缺」等）都能以真摯而有力的筆法表現出她特有的情操。尤其是「我心匪石情難轉」那一句出自《詩經・邶風・柏舟》一詩，其意義極其明顯。〈柏舟〉的原文有一段寫道：「我心匪石，不可轉也。我心匪席，不可卷也。威儀棣棣，不可選也。」大意是說：「我的心不是石頭，不可被人輕易轉動；我的心不是草席，不可被人隨意捲起；我的儀容莊重，舉動高雅，不可挑剔。」現在程長文影射《詩經》這首詩，自然是為了要表達她那絕不可被侵犯的貞操和尊嚴。我們可以想像，這首詩在當時確實是起過某種作用的。可惜，由於史料缺乏，我們無法證明女詩人是否真的如願地出獄了。我們只知道，程長文頗有詩才，因為除了這首詩以外，《全唐詩》還收了她的一首律詩〈銅雀怨〉和一首絕句〈春閨怨〉。明代文人鍾惺特別讚賞程長文的〈銅雀怨〉，曾在其《名媛詩歸》中評曰：「如此寫事不必情傷，便已淒然淚下。」

然而，寫詩有時也會給人帶來災難。例如，明代女詩人李玉英因寫詩而差點喪命。原因是她的繼母焦氏控告她姦淫不孝。聽說她被判死罪，就是因為這首〈送春〉詩：

柴扉寂寞鎖殘春，

滿地榆錢不療貧。
雲鬢衣裳半泥土，
野花何事獨撩人。

現代的讀者可能無法相信這樣一首詩會導致一個人被判死罪。我們至多只會認為這是一首想像的情詩，就如鍾惺在其《名媛詩歸》中所說：「野花撩人，無是事，而有是情」而已（卷二八，頁二）[18]。然而，就如美國漢學家Ann Waltner在她那篇研究李玉英的文章中所說，當時許多明清的人仍認為婦女的詩「才」會妨礙「德」行，因而對女人所寫的情詩特別敏感[19]。況且繼母焦氏本來就想盡辦法要陷害李玉英，正想找到誣告她的理由，所以就拿玉英的〈送春〉詩作為狀詞的根據，趁機誣告她「姦淫不孝」。誰知當時的官府十分腐敗，只顧聽焦氏和她兄弟的一面之詞，就隨便批准了狀詞，居然很快就把玉英拘禁於錦衣獄中，並判「極刑」。那事發生在西元一五二四年。

且說，李玉英的身世極其坎坷艱難。原來她是明武宗時（十六世紀初）錦衣衛千戶李雄的長女。她的母親何氏共生有三女一男，但在生下最小的女兒後，就不幸染病身亡了。當時玉英只有六歲。她的父親李雄因無法照料幼小的子女，只得娶焦氏為繼室。但不幸的是，幾年之後李雄卻在戰場上戰死了。李雄死後，繼母焦氏開始虐待前妻留下的子女。首先，玉英的弟弟承祖被毒死，接著大妹桃英被賣為人婢，二妹月英被逐出家門成為乞丐。現在焦氏又千方百計地陷害玉英，終於把她陷入獄中。

18 見鍾惺，《名媛詩歸》卷二八，頁二a至二b。朱彝尊的《明詩綜》（卷八六，頁八a）作「野花何事一愁人」，但馮夢龍的〈李玉英獄中訟冤〉仍作「野花何事獨撩人」。

19 Ann Waltner, "Writing Her Way Out of Trouble: Li Yuying in History and Fiction," in Ellen Widmer and Kang-i Sun Chang, eds., *Writing Women in Late Imperial China* (Stanford: Stanford Univ. Press, 1997), 231.

但這個故事之所以成為千古佳話，乃由於玉英最後在獄中勇敢地上疏嘉靖皇帝，終於有機會詳述全家受冤始末而得以洗刷罪名。據載，在李玉英書奏皇帝之後，皇帝立刻下令嚴厲調查，經過審核，官方證明李玉英確實被誣。最後，李玉英被釋，焦氏及其幫兇焦榕雙雙處斬（本來皇帝連焦氏之子亞奴也要下令斬首，但因李玉英上疏乞求皇上開恩，才作罷。此為後話）。這個動人的故事後來成為詩詞編撰家和小說家十分注目的題材。除了鍾惺的《名媛詩歸》之外，趙世傑的《古今女史》和朱彝尊的《靜志居詩話》也都收集了李玉英那篇有名的的奏章和詩。此外，錢謙益的《列朝詩集》和其他許多明清詩集也收有李玉英的〈送春〉詩，並附故事簡介。至於馮夢龍的短篇小說《李玉英獄中訟冤》（見《醒世恆言》第二十七卷），則敘事的篇幅就更加詳盡，流傳也就更加廣了。

在此，我要特別提到的是，李玉英那篇寫給嘉靖皇帝的奏章自始至終都強調「德」的概念。也就是說，是「德」的感召力使她說服了皇帝。她的奏章一開頭就指出「孝」與「貞」的重要性，顯然是針對焦氏對她「姦淫不孝」的控詞。難得的是，李玉英在此情況下並沒有自哀自憐。相反地，她提出「五刑以不孝為先」的古訓，說明自己絕非不孝。如果自己真的不孝，願意接受死罪。接著，她引用一些古代女性因不願受辱而投崖墜井的故事來說明自己的貞潔操守：

> 臣聞先正有云：五刑以不孝為先，四德以無義為恥。故竇氏投崖，雲華墜井，是皆畢命於綱常，流芳於後世也……

除了遵守婦女的「四德」（德、言、容、功）和傳統的人倫「綱常」以外，她更希望「流芳於後世」，因此她要為自己的名譽努力抗爭。她說明自己所寫的詩不過是「有感而言，情非得已」，沒想到繼母卻誣告她。所以，她央求皇上仔細「將臣詩委勘」，仔細閱讀，看看她的詩究竟「有無事情」。如此，「則臣之生平獲雪，而臣父之靈亦有感於地下矣」。

這樣一篇富有情理又有道德感的奏章自然深深地感動了嘉靖皇帝。在當時女性沒有其他求救（recourse）的方式，唯一的方法就是借助於女性特有的德行之權威。難怪有明之世，李玉英一直被奉為女性道德的典範——例如，明人茅坤所編的《全像古今列女傳》、馮汝宗的《女範編》，和黃尚文的《閨範》等都把李玉英加入了「列女」的行列，使她與歷代有名的列女平起平坐[20]。值得注意的是，在這些新編的「列女傳」中，李玉英是被歸類在〈辯通〉的那一章；正好與以〈自悼賦〉著稱的班婕妤之地位相當（班婕妤也被歸類於《辯通》的那一章）。我想這是因為，李玉英和班婕妤都擁有驚人的辯才和德行之緣故吧。

然而，重要的是，本文所討論的幾位女子（不論她們表現德行的方式為何），都能用傳神而優美的文字把她們的心聲表現出來，否則她們也不可能在歷史上得到如此崇高的地位。是文字的感染力和魄力使她們最終獲得了道德的權威。所以，從班婕妤的〈自悼賦〉、蘇蕙的《璿璣圖》，到李玉英的奏章，我們確實見證了「文」的特殊力量。劉勰的《文心雕龍》首篇〈原道〉篇就曾說過：「文之為德也大矣」，並說「文」與「天地並生」，指的就是文章的這種永恆的召喚力。

所以，我們可以說，在傳統中國的時代，有德行的女子雖然不少，但一個女子若能在她人生的有限性中，用感人的文字寫下她心靈的崇高，那麼她所獲得的更是一種不朽的文學和道德的力量。所以傳統中國婦女尤其理解「才」與「德」並重的道理，後來明清時代有些女性作家甚至還利用「才德並重」的觀念來提高她們的文學地位，那又是更進一步的發展了[21]。但那個題目已經超出本文的範疇了。

20 有關這些版本的比較，請見Ann Waltner, "Writing Her Way Out of Trouble," 235-236.

21 見拙作〈論女子才德觀〉，《古典與現代的女性闡釋》，頁一三四至一六四；劉詠聰，《德・色・才・權》（臺北：麥田出版，一九九八），頁一六五至二五一。有關魏晉以前女性的才德觀，請見梅家玲，〈依違於婦德與才性之間：世說新語後記：本文（原題為〈傳統女性道德權力的反思〉）乃為二〇〇五年五月三日臺灣大學法鼓人文講座的演講稿。現略為修訂，收入本書中。

（康宜按：由於錢南秀提出的建議和批評——請見錢南秀的採訪文章〈美國漢學研究中的性別研究〉，我後來決定將原來文章題目中的「道德權力」一詞改為「道德力量」。）

賢媛篇的女性風貌〉，《古典文學與性別研究》，性別／文學研究會主編（臺北：里仁書局，一九九七）。

第四十四章　與蘆葦談《圖雅的婚事》

蘆葦是西安人，為西安影視製片公司的資深編劇，多年來以編寫《霸王別姬》和《活著》等多部得獎電影的劇本而享譽影視製作界。他最新的電影劇本名叫《圖雅的婚事》，該片由初露頭角的導演王全安執導，該電影不久前榮獲了第五十七屆柏林電影節最高獎「金熊獎」。日前蘆葦來耶魯訪問，我有幸與他共進午餐，趁用餐前後的機會，我特意就電影《圖雅的婚事》對他做了簡短的採訪。

蘆葦編寫的電影劇本有一個基本的特徵——那就是透過電影敘事，盡量把中國老百姓的生活實況和態度平實地表現出來。《圖雅的婚事》在這一點上顯得尤其成功。故事發生在內蒙大草原上，女牧民圖雅（余男飾）的丈夫巴特爾身有殘疾，為了一家人能活下去，圖雅不得不招夫養夫，也就是和原配巴特爾形式上離婚，改嫁給一個願意和她共同照料巴特爾以及兩個孩子的男人。影片在女性心理的刻畫方面尤為成功，顯示了蘆葦在刻畫女性人物上所做的多樣性探索。在此我必須順便一提的是，從前蘆葦為《霸王別姬》和《活著》編劇，都是導演來找他寫的。而且，那兩個劇本均為改編同名小說而成，而《婚事》則為蘆葦獨自創作的劇本，因此它更能表現出蘆葦獨特的風格以及他對現實人生的探索。

我是得到蘆葦隨身所帶的該片DVD而先睹為快的，因此在和蘆葦用餐時自然就談起了這部剛得獎的新片。一開始，我就好奇地問蘆葦：

「《圖雅的婚事》的情節是不是真人真事？」

「當然是真的了。這種『招夫養夫』的事是大陸農村及牧區特有的生活形態。就是為了把這個目前的國內生活形態介紹出來，我才想到要編寫這部電影的。從某個方面來說，這也算是我較有創意的一部作品——當然也獲得了導演王全安的共鳴。我之所以選擇把蒙古草原作為電影的背景，乃是因為我和王全安兩人都對蒙古的牧民生活有興趣，尤其是蒙古的長調音樂極其迷人……」

沒等蘆葦說完，我就迫不及待地問起有關女主角余男的問題：

「你知道嗎？前幾天《好萊塢報導者》（*Hollywood Reporter*）有一篇文章討論《圖雅的婚事》，作者Kirk Honeycutt盛讚電影的女主角余男，說她演得十分成功，把一個牧人之妻的堅強性格活生生地搬上了銀幕。我個人也認為余男演得很出色，很欣賞她在電影中的角色。但我這是第一次看余男演的電影，還不太瞭解她的情況，可否請你談談余男？」

「你說得很對，余男是一位傑出的演員。但她還很年輕，不過二十八歲，才剛出道不久。從前她演過一部叫《驚蟄》的電影。她曾在北京受過很好的訓練，而且表演技巧高明，但最重要的是，她不虛假。就因為余男不虛假，所以她很能體現女性的特殊心理，也比較能深入角色，理解角色。目前大陸上許多演員的演技都不錯，但大都很虛假，較膚淺，余男和他們不一樣。在選擇演員的事上，我和導演王全安都有一個原則，那就是：只有角色，沒有演員……」

蘆葦這個「只有角色，沒有演員」的想法，很富啟發性。我想，這個觀念不但適用於《婚事》的女主角余男，也可用來討論電影中的兩位主要男性演員——即飾殘疾丈夫巴特爾的那位，以及扮演那個暗戀圖雅的騎師森格。這兩位男演員都把他們的角色演得十分生動而令人難忘，但聽說他們都不是專業演員，這使我感到十分好奇。

我忍不住打斷了蘆葦的話：「我還忘了問你。你們怎麼找到那兩個非專業的男演員的？他們演得真好。」

「演巴格爾和桑格的那兩個人確實都是非專業演員。牧民巴格爾是我在內蒙古看外景時，當場選上的。當時，他正在草原上給羊餵水，我們兩人就很自然地聊了起來。我看他很有蒙古牧民的特色，於是就決定請他來扮演那個因挖井而導致殘疾的丈夫。從一開始，我就對他有信心，因為從他身上散發出來的牧民氣息是真的。至於騎師桑格，那是導演王全安在一個賽馬會上偶然遇到的，王導演一向善用非專業的演員。」

聽到這裡，我開始拿出筆記，也想深入談有關該電影的主題和內容。於是，我繼續問道：「你想這部電影最重要的信息是什麼？我個人以為這是一部有關女性存在問題的電影，它基本上是從女性的觀點切入的，你說是嗎？」

「是的。這電影確實採用了女性的角度。首先，它刻畫了蒙古草原上女性生存之困難。電影中，我們看到一個充滿活力又堅強的女子圖雅，她在丈夫成了殘疾人之後，每天不但要擔起一切家庭重擔，還要牧養幾百隻羊，後來終於太勞累而病倒，所以不得不面對現實，與丈夫巴特爾商量之後，決定改嫁，以便招夫養夫。一般說來，對於生活在蒙古草原上的人來說，他們的第一要務就是挖井，否則水源缺乏，就不能生存。現在圖雅的丈夫既已失去了挖井的能力，為了讓一家人生存下去，就得尋求解決之道。所以，在那個原始草原的環境裡，生存本身就是十分困難的。」

「但據我的觀察，」我又忍不住插嘴了，「電影中還有一個主題也很重要——那就是，有關一個女人生活在兩個男人之間的複雜性。從電影一開始，我們就可以感覺到鄰居桑格對圖雅的吸引力。而桑格也偶爾故意挑逗；有一次他還對圖雅說：『你現在需要的就是一個男人。』圖雅無疑對她的殘疾丈夫巴特爾十分忠心，而且也絕不會拋棄他，然而另一方面，她也隱隱約約對桑格懷有好感，總是凡事助他一臂。我們發現，每回桑格愈是把事情弄糟，愈是忙上加忙，圖雅愈是給他幫助，有幾次還救了他的命。總之，圖雅和桑格的關係很複雜，既有真摯的友誼，也有彼此的情感和肉體的需求。但這種感情一直沒正面說出來。甚至當圖雅準備嫁給其中一個求婚者時，桑格也沒敢表示內心的感情，只是繼續暗暗地幫助圖雅一家人，還及時營救了那個在福利院裡因孤寂難奈而企圖割腕自殺的巴特爾。一直到後來，我們才慢慢覺察到，其實圖雅一直是想嫁給桑格的，只可惜桑格是個有婦之夫。我看女主角余男的最大成就之一，就是把這種極其複雜的女性心理表現得淋漓盡致。」

聽到這裡，蘆葦的眼睛突然一亮，接著慢條斯理地說道：「其實我一直想要突出女性複雜的心理層次，而且這也是我原來編劇的主要重點。這種複雜的女性心理尤其在電影的結尾處很清楚地表現了出來。你注意到了嗎？電影的末了以圖雅和桑格的婚事作結，但那個結尾並不是真正的『結尾』，那只是另一個新的難題的開始。」

我特別喜歡蘆葦所說的這段話，因為它正好說中了人與人之間關係的複雜性。從表面看來，在電影接近尾聲時，圖雅已達到了她的目的：她終於找到一個願意娶她並照料巴特爾及兩個孩子的新丈夫（因為桑格已順利地與他的妻子離婚）。然而，婚禮尚未結束時，新的災難就已經開始了——在婚宴中兩個吃醋的男人居然當眾打了起來，而圖雅的兒子也和別的小孩起了衝突（因為那個小孩譏笑他有「兩個父親」）。最後，在電影即將結束時，我們看見可憐的圖雅獨自一人躲在蒙古包裡哭泣，顯然她對自己面前新的難題束手無策。那正好印證了圖雅對巴特爾從前所說過的話：「活著不容易。」如此看來，目前在中國的「招夫養夫」現象，也是充滿了問題的。

那天中午，我和蘆葦只聊了短短的一個鐘頭，因為午飯後蘆葦還得趕去我的耶魯同事康正果的電影課上，準備與學生們座談。臨走前，我請蘆葦給我補充一些有關蒙古音樂的資訊，因為電影《婚事》中的音樂特別感人。其中有一幕，月亮高掛在蒙古草原上，四周彌漫著抒情感人的琴音，一切都像夢境一般，令人難忘。

在走回辦公室的路上，我抬頭望去，只見紐黑文的天空清澈無雲。但我卻隱隱約約聽見那扣人心弦的琴音，一直在我的腦海中回轉不去……

——原載《世界日報・副刊》二〇〇七年五月七日
簡體更訂版載於《書屋》二〇〇七年六月號

第四十五章　傳統讀者閱讀情詩的偏見

Our assumptions about love and gender... can be seen as textual constructs rather than as givens which are simply there in the world. (Tom Furniss and Michael Bath, *Reading Poetry*, 1996)

如何解釋和評價古典文學中的情詩？凡是研讀過中國詩詞的人都知道，闡釋一首情詩的涵義常常要看作者的性別而定。如果作者為男性，我們就得注意一個古來約定俗成的問題：詩人是否借用戀歌來比喻他的政治遭遇？這是因為在傳統文人所處的文化背景中，一個看重君臣關係的文人會覺得他的「政治情感」與男女愛情有著同樣的性質：兩者都強調始終不渝的癡情，兩者都可能令人陷入失望的痛苦中。於是，一個詩人的政治背景常常成為傳統讀者闡釋情詩的根據。例如，曹植的一連串〈棄婦〉詩與閨怨詩（如〈七哀〉）被理解為深含隱義的「政治失戀」詩歌——表面上它們是描寫女主人翁的哀怨之情，實際上是詩人暗示自己被兄長曹丕（魏文帝）迫害以及深埋內心的無能為力之感。至於身為帝王的曹丕，他所寫的情詩卻得到不同的闡釋：例如在其〈秋胡行〉樂府詩中，那位苦苦渴望「雙魚比目，鴛鴦交頸」的發言者，卻被說成是「樂眾賢之來輔」的賢明君王[1]。同是情歌卻產生如此不同的閱讀效果，足見政治背景的考慮乃為左右中國古典詩歌的闡釋之關鍵。

1 參見黃節，《魏文帝詩注》，收入楊家駱主編《魏晉五家詩注》（臺北：世界書局，一九七三），頁三六。

這種以寄託為主的閱讀方式既是政治的，也是性別的。一般傳統讀者以為，男性文人的情詩大都是政治隱喻，因此詩中所描寫的愛情常常是言在於此，意在於彼；反之，女性作者的情詩，則因大都與政治寓意無關，常被讀成是直抒真情的自傳詩。這種閱讀的成見很大程度受到作者本人寫作習慣的影響：因為男性作者常藉著「男女君臣」的比喻和「美人香草」的意象來寫情詩，所以他們也用同樣的托喻策略來解讀別人的詩歌。同理，由於樂府民歌中的「女子」總是毫不掩飾地表達內心的愛與怨，後來的女詩人就常常撰寫直抒其情的自傳詩（雖然有些早期女詩人也模仿男詩人以「擬作」或「代言」的方式來訴說並非完全屬於自我的情感，但她們很少涉及托喻的層面）。我們發現，雖然男性詩人經常通過虛構的女性聲音來發言，女作家卻較少借用男人的口吻來說話。如果說，前者代表一種「寄託」的美學文化，後者則常常被視為是一種「非寄託」的抒情文化。

當然，這種分野也不是絕對的，並非所有男性文人的情詩都被當成君臣托喻來解讀；他們也不總是採用女人的口氣來抒情。例如，司馬相如在其〈琴歌〉中，以第一人稱的方式發抒他對卓文君的熱烈追求：

> 鳳兮鳳兮從我棲，得托孳尾永為妃。
> 交情通意心和諧，中夜相從知者誰？
> 雙翼俱起翻高飛，無感我思使余悲。

詩中直抒其情，完全沒有寄託的跡象，是一首真正的戀歌。此外，如秦嘉的〈贈婦詩〉、楊方的〈合歡詩〉、張華的〈情詩〉都是把夫婦之情直接用詩人自己的聲音來表達的最佳範例。所以，我們不可千篇一律地把所有男性文人的情詩解釋成政治詩歌。只能說：就男性文人文化來看，政治托喻是一個重要的寫作與閱讀情詩的法則。問題是，這個闡釋的法則經常被推行過了頭。本來是真正的言情之作，經過這種規則化的托喻解讀後，常常都成了以政教為目的的作品。學者康正果曾說，堅持這種「閱讀態度」的讀者似乎認為「承認一首詩是情詩，就等於把讀者的反應引向了淫邪的方向」[2]。

另一方面，中國傳統讀者在閱讀女性詩人的作品時，卻又走到另一個極端。與解讀男性作品有別，他們幾乎總是千篇一律地把女性詩歌看成是作者的自傳，完全否認了女作者也有虛構詩中「角色」（persona）或代言人的自由。這種讀詩的方式無形中製造了許多有關「作者」（authorship）的爭論。例如，有人懷疑武則天不是〈如意娘〉（一首充滿相思情意的樂府詩）的作者，因為從詩中的口氣來看，該詩不像是一位執政女皇所能寫出的：

看朱成碧思紛紛，憔悴支離為憶君。
不信比來常下淚，開箱檢取石榴裙。

但有此熱愛「考古」的讀者卻認為此詩是武則天寫的，那是描寫她還在做唐太宗的才人時，與太子李治（後來的唐高宗）的偷情經驗。這種以自傳為主的闡釋方式犯了一個最大的毛病，那就是：容易使人忽略了詩歌本身的美學價值。關於這一點，施蟄存在他的《唐詩百話》中表達了新穎的見解。他認為一般讀者都犯了把詩與作者對號入座的錯誤：

這是由於誤解此詩，認為是作者自己抒情。……但這是武則天寫的樂府歌辭，給歌女唱的。詩

2 參見康正果，《風騷與色情》（鄭州：河南人民出版社，一九八八），頁五三。

> 中的「君」字，可以指任何一個男人。唱給誰聽，這個「君」就是誰……你如何把這一類型的戀歌認為是作者的自述，那就是笨伯了。[3]

施蟄存的上述論點頗富啟發性，它是對傳統閱讀偏見的一種批判。

傳統的閱讀法則除了對「作者」問題產生不必要的爭論之外，還導致了許多對女詩人不公平的道德判斷。這是因為一般的論詩者常出於衛道的目的，對撰寫情詩的女作家持苛刻的批評態度，以為詩中所描寫的戀情即為作者本身的真實自白。在這一方面，最有名的例子莫過於宋朝女詩人朱淑真的遭遇。據考證，婚姻不如意的朱淑真是死於非命（很可能投水自殺），原因或許是她的婚外戀情為家人識破所致[4]。她生前創作了大量的情詩，但死後大都被父母「一火焚之」，以致「今所傳者，百不一存」（《斷腸集》魏仲恭序）。顯然，朱淑真的父母之所以忍痛焚詩，乃因怕這些詩歌的文本會帶給女兒「不貞」的罪名。然而，朱淑真終究難逃封建社會的性別歧視，有人批評她的詩詞「豈良人家婦所宜邪」（楊慎《詞品》卷二「朱淑真元夕詞」條）[5]。假如朱淑真是一位男士，則她的情詩或可被解為「美人香草」的政治托喻，從而逃脫讀者的道德判斷。

值得注意的是，這種傳統的道德判斷之箭頭不僅對著有名有姓的女作家，連虛構的「女性角色」也絕不被放過。例如，南宋以降的評論者對張籍的〈節婦吟〉中的女主人翁一直持極為苛刻的批判態度，完全站在捍衛儒家的禮教觀念來解釋這首詩。張籍的詩以第一人稱的女性口吻寫道：

3 施蟄存，《唐詩百話》（上海：上海古籍出版社，一九八七），頁七二四至七二五。
4 參見黃嫣梨，《朱淑真及其作品》（香港：三聯書店，一九九一），頁四八至四九。
5 據一些學者考證，常受批評的〈元夕・生查子〉詞並非朱淑真所作。

君知妾有夫，贈妾雙明珠；
感君纏綿意，繫在紅羅襦。
妾家高樓連苑起，良人執戟明光裡。
知君用心如日月，事夫誓擬同生死。
還君明珠雙淚垂，恨不相逢未嫁時。

詩中的已婚女子收到一個多情男子的定情贈物：兩顆明珠。顯然，她對這個男子也有感情，所以就把明珠「繫在紅羅襦」上。但經過理性的考慮，她終於把贈物還給情人，因為她不能離棄自己的丈夫。在戀情與婚姻之間，她最後選擇了婚姻，但卻無法壓制內心那種無可奈何之感，所以她在「還君明珠」時，忍不住流淚歎道：「恨不相逢未嫁時。」

前面已說過，張籍的「節婦」受到歷代文人的批判。例如，明末的唐汝詢曾說：「繫珠於襦，心許之矣。以良人貴顯而不可背，是以卻之。然還珠之際，涕泣流連，悔恨無及，彼婦之節，不幾岌岌乎？」（《唐詩解》）總之，一般從事闡釋的文人對張籍詩中的「節婦」那種「繫珠」、「雙淚垂」的行為頗有貶意。明初的瞿佑，甚至從衛道者的立場，在他的《歸田詩話》中改寫了張籍的詩，題為〈續還珠吟〉：

妾身未嫁父母憐，妾身既嫁家室全。
十載之前父為主，十載之後夫為天。
平生未省窺門戶，明珠何由到妾邊。

還君明珠恨君意，閉門自咎涕漣漣。[6]

所以，當清代的沈德潛編《唐詩別裁》時，特意不選張籍的〈節婦吟〉：「然玩辭意，恐失節婦之旨，故不錄。」[7]

有趣的是，這些歷來的讀者都把張籍詩中的女子當作真實人物來評價，好像她是某位淫婦型的危險人物。評論者不能同情她的立場，認為她的悲歎只是缺乏婦德的必然後果。另一方面，某些傳統的讀者卻對創作這首情詩的男性作者張籍賦予極大的同情，原因是：該詩並非真正的情詩，只是作者在政治上遭受困難時所寫出的一首托喻詩。原來，張籍早已接受某一幕府的聘任，但另有一名節度使李師道又派人用厚禮聘他，在左右兩難情況下（或只為了婉轉地辭謝對方），張籍就寫了這首以「男女君臣」為比喻的詩。在詩中作者自稱「妾」，把李師道比成「君」。於是，那個為情所苦的有夫之婦只能算是詩人藉由想像所創出的虛構代言人。

這種通過虛構的女性聲音所建立起來的托喻美學，我將之稱為「性別面具」（gender mask）。之所以稱為「面具」，乃是因為男性文人的這種寫作和閱讀傳統包含著這樣一個觀念：情詩或政治詩是一種「表演」，詩人表述是通過詩中的一個女性角色，藉以達到必要的自我掩飾和自我表現。這一詩歌形式的顯著特徵是，它使作者鑄造「性別面具」之同時，可以藉著藝術的客觀化途徑來擺脫政治困境。通過一首以女性口吻唱出的戀歌，男性作者可以公開而無懼地表達內心隱祕的政治情懷。另一方面，這種藝術手法也使男性文人無形中進入了「性別越界」（gender crossing）的聯想[8]；通過性別置

6 參見施蟄存，《唐詩百話》，頁四〇二至四〇三。

7 參見施蟄存，《唐詩百話》，頁三九九。我要特別感謝施蟄存先生在這首詩的闡釋上給我的啟發。

8 「性別越界」乃張小虹教授對「gender crossing」一詞的中譯，見張小虹《性別越界》（臺北：聯合文學出版社，一九九五）。

換與移情的作用，他們不僅表達自己的情感，也能投入女性角色的心境與立場。

相對而言，早期的女性詩人從未建立這種「性別面具」和「性別越界」的寫詩傳統。或許由於生活範圍的局限，她們很少寫「閨怨」、「宮怨」以外的男性題材。所以，面對一個女性作者的詩歌，讀者往往視之為作者本人的自傳，不會朝虛擬的方向做多方面的闡釋想像。一切都已約定俗成，很難破除這種偏見。

然而，明清以後的女性作家卻通過各種文學形式，企圖跳出這種傳統寫作與闡釋法則的局限。在這一方面，尤以女劇作家的貢獻最大。在明清女性的劇曲中，尤以「性別倒置」的主題最為突出：利用這種手法，女作家可以通過虛構的男性聲音來說話，可以迴避實際生活加諸婦女身上的種種壓力與偏見[9]。同時，那也是女性企圖走出「自我」的性別越界，是勇於參與「他者」的藝術途徑。例如，在雜劇《鴛鴦夢》中，葉小紈把她家三姐妹的悲劇（十六歲的妹妹小鸞與二十二歲的姐姐紈紈相繼於幾天之內去世）通過三個結義兄弟的角色表現出來。那是有關三個寄情山水、看透功名的邊緣文人的動人故事。當最後唯一活著的男主人翁唱道「哥哥，我想半生遭際，真堪歎也。抵多少賈誼遠竄，李廣難封，可憐英雄撥盡冷爐灰」時，我們感到女作家葉小紈確是借用男性角色來做自我抒情。她一方面顛覆了傳統詩中的女性話語，也同時表達了她與懷才不遇的男性文人之認同。

關於這種與男性文人認同的藝術手法，十九世紀的著名女詞人兼劇作家吳藻有特殊的成就。在其《飲酒讀騷圖》（又名《喬影》）中，吳藻把自己比為屈原。劇中的「她」女扮男裝，唱出比男人更

[9] 華瑋把這種藝術手法稱為「性別倒轉」（gender reversal）的「偽裝」。見Wei Hua, "The Lament of Frustrated Talents: An Analysis of Three Women's Plays in Late Imperial China", Ming Studies, No.32 (April, 1994), pp.141-560。並參見葉長海《明清戲曲與女性角色》，耶魯大學「明清婦女與文學」學術研討會論文，發表於《九州學刊》六卷二期（一九九四年七月），頁七至二六。

加男性化的心曲。此劇在當時曾激起許多男性作家的熱烈反應。例如，當時名流許乃穀在吳藻的雜劇演出之後，有這樣的描寫：

掃眉才子吳蘋香，放眼直欲空八荒。
彈琴未盡紓激越，新詞每覺多蒼涼。
……
滿堂主客皆噓唏，鯫生自顧慚無地。
鬚眉未免兒女腸，巾幗翻多丈夫氣。[10]

在他的「題辭」中，齊彥槐也寫道：

一卷離騷酒百杯，自調商徵寫繁哀。
紅妝拋卻渾閒事，正恐鬚眉少此才。
詞客深愁託美人，美人翻恨女兒身。
安知蕙質蘭心者，不是當時楚放臣。[11]

這些男性文人的評語都強調：最有效的寄託筆法乃是一種性別的跨越。屈原以美人自喻，吳藻卻以屈原自喻。兩性都企圖在「性別面具」中尋求自我發抒的藝術途徑。重要的是，要創造一個角色、一種

10 《飲酒讀騷圖》（一八二五年吳載功刊本）「題辭」，頁一a至二a。
11 同上書，頁三a。

表演、一個意象、一種與異性認同的價值[12]。

在《飲酒讀騷圖》中，吳藻無疑把自己假想成一個傳統男性文人的角色。她不僅藉「開樽把卷」來消愁，而且幻想自己是被美人歌伎包圍的「名士」：

怎生再得幾個舞袖歌喉、鳳群同扇，豈不更是文人韻事……呀，只少個伴添香紅袖呵相對坐春宵，少不得忍寒半臂一齊拋，定忘卻黛螺十斛舊曾調，把烏闌細抄，更紅牙漫敲，才得美人名士最魂銷。[13]

值得注意的是，這種顛覆傳統性別與主客位置的手法使吳藻創造了一種有別於「男女君臣」的情愛美學——在傳統的托喻詩詞中，男性文人幾乎總是站在「妾」的立場，溫順地對「君」說話；他們永遠是被動者，對方才是主動者。相較之下，在吳藻的作品中，雖不乏思婦失落情緒的描寫，但更有趣的是那些把說話者放在主動追求的位置上的詩歌。例如，吳藻曾寫過一首「追求」妓女的情詞：

珊珊仙骨，似碧城仙侶。一笑相逢澹忘語。鎮拈花，倚竹翠袖生寒；空谷裡，相見個濃幽緒。蘭釭低照影，賭酒評詩，便唱江南斷腸句。一樣掃眉才，偏我清狂，要消受玉人心許。正

12 關於「性別面具」的概念，參見Kang-i Sun Chang, "The Idea of the Mask in Wu Wei-yeh"。中譯文見〈隱情與面具——吳梅村詩試說〉，嚴志雄譯，收入樂黛雲主編《北美中國古典文學研究名家十年文選》（南京：江蘇人民出版社，一九九六），頁二一三至二三三。

13 《飲酒讀騷圖》，頁八a至八b。

漠漠，煙波五湖春，待買個紅船載卿同去。

（〈洞仙歌——贈吳門青林校書〉）[14]

近代詞學研究者謝秋萍把這首詞的末尾幾句稱為「豔句」；這種風格使人聯想到古代風流瀟灑的名士與妓女往來的豔情生活[15]。在此，吳藻顯然虛擬男士的口氣，在一種嚮往風流文人的冶游生涯之心境中，調情似地向一個名叫青林的妓女求婚：「待買個紅船載卿同去。」

有人認為這首〈洞仙歌〉就足以證明吳藻是個女同性戀者。但我以為把詞中的「說話者」與吳藻本人畫上等號是不對的。至於吳藻是不是同性戀，她的「女同志」是誰，這些都有待史實的查考。關於〈洞仙歌〉這首詞，我認為我們不妨把它視為「女扮男裝」的另一種「表演」：它告訴我們，情愛與性別認同可以是流動多變的，而且主／客關係也可以因情況的變遷而隨時調整。性別的曖昧正是此詞吸引讀者再三閱讀該文本的主要動力。吳藻的創作美學代表了近代以來中國婦女開始追求的女性主體性——不論是寫作還是閱讀，她們都希望像男性文人一樣，不但有主動虛構的自由，也有文學想像的空間。

然而，從另一個角度看來，吳藻和其他企圖模仿男性風格的明清女作家並沒有達到真正的「解放」。她們大都是一些不滿足於現實的不幸女子；現實的壓抑感使得她們羡慕男子在社會中獨享的權利。在現實中，她們只能像唐朝女詩人魚玄機一樣地「舉頭空羨榜中名」，因為她們畢竟是女人，無法享受到金榜題名的仕途生涯。在長期的不滿與壓抑之下，她們不得不移情於閱讀與寫作，在想像中的男性文人世界裡找寄託。所以，在乾隆年間，一位自恨身為女子的女劇作家王筠就說道：

14 謝秋萍編《吳藻詞》，頁四一至四二，收入胡雲翼編《詞學叢書》（上海：教育書店，一九四九）下編。

15 參見謝秋萍，〈吳藻女士的白話詞〉，收入《吳藻詞》，頁六。

閨閣沉埋十數年，不能身貴不能仙。
讀書每羨班超志，把酒長吟李白篇。[16]

這其中既有不平的情緒，也有幻想的成分。我想就是這種不平與幻想使吳藻進而追求文學中的「女扮男裝」。

由此可見，文學中的模式與創作實與男女彼此的社會處境息息相關。所謂「男女君臣」的托喻美學也同樣反映了中國傳統男性文人的艱難處境。從成千成萬的托喻政治詩看來，許多文人的政治處境是極其女性化的：他們的性別是男性，但心理卻酷似女人。通常的政治情況是：上自宰相，下至百官，所有的人只為了討好一個共同的皇帝。這與後宮裡的后妃宮女們互相爭寵的情況如出一轍。與爭風吃醋的女人世界相同，文武百官的朝廷上充滿了你死我活的明爭暗鬥。難怪遭人陷害的屈原要用女人的口氣說道：「眾女嫉余之娥眉兮，謠諑謂余以善淫。」從屈原以後，歷代的逐臣也跟著在無數的宮怨詩、閨怨詩、棄婦詩中表達了一種男女比君臣的情懷。每當言論極其不自由的朝代，這種政治托喻詩尤其風行——就如著名評論家Leo Strauss所說，在政治迫害嚴重之時，人們只得被迫「在字句之間斟酌寫作」（Writing between the lines）和「在字句之間細心閱讀」（reading between the lines）[17]，一切考慮均得特別謹慎。

16 見王筠，《繁華夢》的開場詞〈鷓鴣天〉（《繁華夢》於一七七八年刊版印行。今北京圖書館藏有此劇本）。有關王筠的《繁華夢》，參見華瑋，《明清婦女劇作中之「擬男」表現與性別問題——論〈鴛鴦夢〉、〈繁華夢〉、〈喬影〉與〈梨花夢〉》，臺灣「中研院」中國文哲研究所「明清戲曲國際研討會」（一九九七年六月十至十一日）論文。

17 參見Leo Strauss, *Persecution and the Art of Writing* (1952; reprint, Chicago: University of Chicago Press, 1988), pp.24-27.

由此不得不令人想到：無論是「男女君臣」或者「女扮男裝」，這些一再重複地以「模擬」為其價值的文學模式，乃是傳統中國文化及歷史的特殊產物。這兩種模式各表現出兩種不同的扭曲的人格：前者代表著男性文人對統治者的無能為力之依靠，後者象徵著女性對自身存在的不滿與一味地嚮往「他性」，二者都反映了現實生活中難以彌補的缺憾。如何在這些紛紜錯雜的文化現象背後找到新的解釋，進而重新評價男女作者的寫作心理及藝術，將是我們今後研讀中國文學的重要課題之一。

——原載臺灣「中研院」近代史研究所《近代中國婦女史研究》六期（一九九八年六月）（今略為補正）

第四十六章　在美國聽明朝時代曲

——記紐約明軒《金瓶梅》唱曲大會

普林斯頓大學一直是研究明史的中心。像《金瓶梅》這樣一部多方面描寫明代社會情態的長篇小說，尤受重視。雖然小說不一定事事出於史實，但一本成功的小說能把一個時代的精神活現出來。《金瓶梅》的收羅尤為廣泛，除描寫明末政治、經濟、宗教之形形色色外，對當時淫頹蕩穢的實際生活更是刻畫得十分詳盡生動。以小說技巧而言，《金瓶梅》是一部最成功的寫實小說；以歷史眼光衡之，則是取之不盡、用之不竭的社會史料。

要澈底研究《金瓶梅》，並不容易。小說中所描寫的市井生活，千態萬種，須仔細分析辨別，方能捨其粕而得其精。猶記得一九七五年五月四日那天，我們幾位攻文史的與教中國小說的蒲安迪先生（Andrew H. Plaks）曾本著「欲歷其境」的信念，在恩師牟復禮先生（Frederick W. Mote）府上舉行一次「金瓶梅大宴」。女主人陳效蘭女士把《金瓶梅》書中有關食物的描寫，抽其精華，用二十二道佳餚淋漓盡致地表現出明末富家的宴飲生活。記得，最精彩的幾道菜是：荷菜酸筍蛤蜊湯（二十一回）、蔥白椒料檜皮煮爛羊肉（五十四回）、酥皮果餡餅（三十四回）、玉米麵鵝油蒸餅（三十五回）。陳女士烹飪，力求對《金瓶梅》的背景忠實，技巧變化之妙，尤稱傑作。尚記得，吃到雞尖湯時，牟先生突然問道：「這是不是因為西門慶死後家境蕭條，才吃這樣淡淡的湯？」於是，大家連忙打開書本一查，果然雞尖湯出在九十四回，西門慶早在七十九回就去世了。當時，我們覺得《金瓶梅》裡的有些食物名稱，讓人疑惑不解。但至少在實地的吃喝經驗中，大家對小說裡那貪財嗜酒之徒更有一種設身處地的同情。西門慶奢侈淫亂的生活，並非明末所僅有，不論何時何地，皆能看到，而勢將潦落以終。可見，興衰之道，古今中外皆同，想起來難免令人黯然神傷。

開過「金瓶梅大宴」以後不久，我逐漸對《金瓶梅》裡頭所引錄的無數首時代曲產生了濃厚的興趣。這些曲子對全篇故事的結構及意義有莫大的作用。誠如清人張竹坡所說：「《金瓶》內，即一笑談，一小曲，皆因時制宜，或直出本回之意，或足前回，或透下回……」零星的曲子看多了，自然希望能深入其境，心裡頭常暗自盤算道：「若有幸聽專家演唱幾曲，即使一知半解，將終身難忘。」常聽說耶魯大學傅漢思先生（Hans H. Frankel）之夫人張充和女士擅長崑曲，可惜當時尚無緣結識，甚感遺憾[1]。直至一九八一年一月初機會終於來臨了。著名小說家沈從文先生及夫人張兆和自北京來訪，順道來普大演講〈服飾與扇子〉一題目，前後在普大校園停留了四天。因為張充和女士乃沈夫人之親妹妹，故與傅漢思先生自始至終陪著這一對來自中國大陸、多年不見的親人。一日，蒲安迪先生和我乘興在飯桌上向充和女士提出演唱《金瓶梅》曲子的事。當時，發現她並沒有反對的意思，心中極為興奮。

不久，服務於紐約大都會美術館的何慕文先生（Maxwell K. Hearn）自動提議要破例讓我們在即將完工的明軒舉行《金瓶梅》唱曲大會。這明軒是仿造蘇州網師園裡的「殿春簃」的，其中花木泉石已布置齊全，唯待今年（一九八一年）六月方可全部完工，對外開放。能在此園對外開放以前，在此舉行《金瓶梅》唱曲盛會，堪稱不易。何況明軒的建築工程又為建築史上一大輝煌成就，其工程之精密、策畫之周全都令人肅然起敬。自一九七七年開始，在普大教中國藝術史的方聞先生即為此建園事，多次在紐約及蘇州二城之間來回奔波，最後終於獲得多方人士之協助，並決定由蘇州市園林管理

1 當時我還沒到耶魯大學教書，還在普林斯頓的葛斯德東方圖書館擔任館長。我是一九八二年才受聘於耶魯的（孫康宜補注，二〇一五年六月）。

處派來二十七名工程師及匠工來紐約藝術館實地建園。這其間所費人工及經費甚巨，例如那五十根楠木巨幹是由四川、雲南等僻遠之處直接運來，那些一寸一寸的鋪地磚頭則全為蘇州「陸慕御窯」的特製精品，此外像那參差的太湖石也輾轉自虎丘附近一廢園搬運來的。在這樣精工的明軒裡舉行《金瓶梅》的唱曲大會，還有另一種美好的深意。原來，蘇州網師園裡的「殿春簃」乃為清朝乾隆年間宋宗元隱退時才正式建設，但其後幾經興廢，最後於一九五八年才整修成今日的形式。但是，紐約的明軒卻是名副其實的「明軒」，專以表彰明代建築風格為重，俾以精巧幽深見勝。能在建築精緻、滿是明人風味的美園朗苑中演唱明代時曲，尤令人神往。

唱曲大會定於四月十三日午後二時三十分舉行。這日天高氣爽，約中午的時刻，普大諸師友，各帶了答錄機，攜了幾頁《金瓶梅》曲子影本，在校園裡的五號停車場集合。我準時抵達停車場，走上巴士一坐，朝各方一看，只見車裡車外約有四五十人光景。看看出發時間已到，頃刻之間，站在外邊談話的人也都上了車。大家因為這麼多熟人一同乘一部巴士上紐約，是從來沒有的事，都異常快活。人人取出攜帶的午餐，一面吃，一面談。不知不覺，那巴士已過林肯隧道，穿過幾條街道，就到了第五街，巴士終於在大都會美術館前停了下來。

下車，走上美術館前階梯，大家就聚在門口等候其他來自紐約市區的朋友們。我一時無聊，東張西望，只見哥大的夏志清先生及夫人王女士牽手走來。夏先生一出現，大家都搶先同他握手，彷彿十年不見似的。夏先生一聲：「哎呀！你瞧，普大這批人馬多偉大！」說著就愈說愈暢快，惹得站著的無數男女呵呵大笑不止。正說笑間，普大的高友工先生陪著紐約的舞蹈明星江青也姍姍抵達。她梳一條辮子，穿一套粗布綠裝，拖一雙新式長靴，潔潔淨淨的。江青氣質極為沉靜，臉上浮現一絲微笑，但並無一語。站在門邊有兩個人，其中一人低聲問那人道：「這人一定是跳舞的江青吧？……」因為人多，以下的話全聽不清楚。這時，只見芝加哥大學研究張竹坡《金瓶梅讀法》的芮大衛先生（David

Roy）匆匆趕到。正預備開口招呼，忽然聽見嚮導何慕文先生大聲宣布道：「歡迎你們來此藝術館開此盛會，請大家現在就跟在我後頭走，不要東張西望，獨自個兒走迷失了……」各人就照辦了，很規矩地跟在後頭走，穿過一間一間畫廊，又上了電梯。不久，看見一些中國工人正在那兒鋸木搬磚，也有爬到頂上工作的，心裡知道所謂的明軒就快到了。

轉了個彎，看見一個滿月形的圓門，上嵌有石刻「探幽」二字。不覺得暗暗點頭稱道：「真正不錯。」從圓門望去，優雅深邃，曲徑別致，一直看到格子窗外映著叢叢綠竹。色彩忽明忽暗，一切雖為人為，卻似天然。踏進圓門，更是豁然開朗，一眼朝冷泉亭望去，只見白湖石、綠芭蕉繞亭羅列，交映成趣，構成一副精巧秀致的景色。一切似在夢中，彷彿回到蘇州網師園裡一般。庭院北側，就是那仿造殿春簃的正廳堂明軒，古色古香，清靜雅潔。如此佳景，自然想起前人「尚留芍藥殿春風」之句。再向前移幾步，看見張充和女士正站在冷泉亭前方，穿一身暗色旗袍，素雅玲瓏，並無半點濃妝，與二三人說笑自如。我慢慢走去，與充和握緊雙手。她微笑著指向身旁一位女客說：「這位是研究《桃花扇》的陳安娜女士，今天特地趕來吹笛伴奏的，這位是……」又說：「今天因為唱曲的種類太雜，極不容易穿合適的戲裝，所以決定只穿旗袍……」大家此時已陸續進來，有搬排椅凳的，有「作揖」的，有吱吱喳喳說閒話的。

到了二時三十分整，大家已按排朝冷泉亭坐定。蒲安迪先生首先上來說幾句寒暄話，接著傅漢思先生出來介紹他的夫人張充和女士。大意是說：充和出生在安徽省，自幼熟諳古典文學，善詩詞，工書法，通崑曲。後進北京大學念書，兼教書法及崑曲。而後，於書法、崑曲二方面，充和不斷努力，數十年如一日，未曾間斷。我全神注視冷泉亭裡的動靜。見亭中有二石椅相對，左邊坐著安娜女士，右邊坐著充和女士。安娜屏氣凝神，手拿笛子，做準備姿勢。充和聽見傅先生正在介紹她的生平，有些發窘，連做手勢，請求不要再說下去了。這時臺下拍手的聲音不絕於耳，充和就起身站立，停在明人文徵明所寫「冷泉亭」三字橫額底下。微抬起頭來，看見夏志清先生與夫人王女士斜坐冷泉亭左邊，緊靠「涵碧泉」，正被一些參差錯落的湖石圍繞著，背面是精巧的格子窗，窗口忽連忽斷，別有一番情致。亭子右邊，是那塊狀如獅子的太湖石與綠芭蕉。高友工、唐海濤、袁乃瑛諸位先生坐在湖石前面，與泉石翠木構成一幅自然新鮮的畫面。想當年西門慶（假設小說人物真有其人），夜夜喝酒聽曲子，還不如我們此刻來得有雅興。我們的唱曲會，就意境而言，倒較近乎《紅樓夢》裡的秀雅世界。而明軒乃一空中樓閣，酷似大觀園中之一角。雖處世上最繁華喧鬧的紐約市第五街上，然幽靜清雅若桃源，即夢幻世界，亦無以過之。

正想著，臺上的充和女士已開始了。她先來個短短的說明，用那輕柔婉折的聲音解釋說，今天唱的非崑曲，亦非什麼大調、小調，不如籠統以「南北曲」稱之。《金瓶梅》裡大都為南曲，卻無一處用笛，全用弦。但在明人魏良輔之後，即流行採用「北弦南笛」的做法，故今天唱曲會中，姑按今人作風，以笛音來配《金瓶梅》時曲。說完這麼一段話，充和便啟口輕圓，如花陰夜靜，悠然唱出《金瓶梅》九十六回裡的〈懶畫眉〉來：

冤家為你幾時休？捱到春來又到秋，誰人知道我心頭。天害的我伶仃瘦。聽和音書兩淚流。從前已往訴緣由，誰想你無情把我丟。

唱到那「休」、「秋」、「心頭」、「淚流」等處，聲聲細軟，節節漫長，像一根鋼絲，扣人心弦。以這首〈懶畫眉〉作為開場曲子，別有一層意境。原來，《金瓶梅》九十六回主要在描寫西門慶逝世三周年那天，春梅重遊舊家池館的淒涼情景。看見往昔那花木扶疏的園子已變成一片荒園：

垣牆欹損，臺榭歪斜。兩邊畫壁長青苔，滿地花磚生碧草。山前怪石遭塌毀，不顯嵯峨，亭內涼床被滲漏，已無框檔。石洞口蛛絲結網，魚池內蝦蟆成群；狐狸常睡臥雲亭，黃鼠往來藏春閣。料想經年人不到，也知盡日有雲來。

春梅眼見此景，一時心下悲切，故請兩位在旁彈唱勸酒的妓女——鄭愛香與鄭嬌兒——一個彈錚，一個弄琵琶，唱出前面那段〈懶畫眉〉來。

接著，充和換羽移宮，比前高一調，徐徐唱出三十八回的〈雙令江兒水〉。小說裡的潘金蓮彈琵琶，這裡陳安娜以笛來伴奏：

悶把幃屏來靠，和衣強睡倒。聽風聲嘹亮，雪灑窗寮，任冰花片片飄。懶把寶燈挑，慵將香篆燒。捱過今宵，怕到明朝。細尋思，這煩惱何日是了？想起來，今夜裡心兒內焦，誤了我青春年少！你撇的人，有上梢來沒下梢。

這曲寫的是「潘金蓮雪夜弄琵琶」的情景。三十八回的大意是，當時西門慶與李瓶兒兩人在吃酒取樂，卻撇下潘金蓮一人在屋裡寂寞。金蓮見西門慶久久不進她房裡來，又見芙蓉帳冷，一時心冷意沉，坐在床上，就彈起琵琶來。其情可憐，其境淒淒。雖然金蓮一向言行無軌，濫淫無度，且因時常指桑罵

一九八一年張充和先生在紐約明軒唱曲

愧，未免使人反感，但在此回裡，她的彈曲詠懷卻頗令人同情。思及此，抬起頭來，只見夏志清先生正聽曲聽得入神，還記得夏先生在他那本《中國古典小說》論著中曾說過，潘金蓮在唱曲彈詞時，總顯得較平日來得格外柔情動人，不知他記不記得自己這麼說過？

唱過〈雙令江兒水〉，充和又啟朱唇，發皓齒，唱出一首與〈江兒水〉音調同樣高低的〈朝元令〉來。這首〈朝元令〉出在《金瓶梅》三十六回，是一個男戲子在歡宴中唱的曲子，原摘自明傳奇《香囊記》。當時，流風所及，在笙歌軟舞、珍味放飲之間，必請妓女、男戲子等人來獻唱，歌曲則由宴客們親自點唱。《金瓶梅》裡大多數曲子，均為此類優伶小曲。尤其，自四十回至七十九回西門慶逝世前止，日日飲食豔歌，夜夜窮極奢華，故這些章回裡的曲子最為豐富。像這首〈朝元令〉則純為娛樂，並不含深意。

充和愈唱愈轉折，歌聲與笛音相應和，不知不覺已唱完〈朝元令〉。接下去，便唱二十七回裡的兩首〈梁州新郎〉，是摘自《琵琶記》的。這一首〈向晚來〉至今仍流行著，凡上演《琵琶記》一劇時，還照舊彈唱。但第二首〈柳陰中〉卻早已失傳：

梁州新郎

向晚來，雨過南軒，見池面紅妝零亂。漸輕雷隱隱，雨收雲散。但聞荷香十里，新月一鉤，此佳景無限。蘭湯初浴罷，晚妝殘，深院黃昏懶去眠。金縷唱，碧筒勸，向冰山雪檻排佳宴。清世界，幾人見？

前腔

柳陰中，忽噪新蟬，見流螢飛來庭院。聽菱歌何處？畫船歸晚。只見玉繩低度，朱戶無聲，此景猶堪羨。起來攜素手，整雲鬟。月照紗廚人未眠。金縷唱，碧筒勸，向冰山雪檻排佳宴。清世界，幾人見？

節節高

漣漪戲彩鴛，綠荷翻。清香瀉下瓊珠濺。香風扇，芳草邊，閒亭畔，坐來不覺神清健。蓬萊閬苑何足羨！只恐西風又驚秋，暗中不覺流年換。

《金瓶梅》二十七回〈李瓶兒私語翡翠軒，潘金蓮醉鬧葡萄架〉是公認全書中最膾炙人口者。此回主要描寫一個「赤日炎炎似火燒」的夏日，西門慶與他愛妾們在園中避暑取樂的種種細節。原來，《金瓶梅》二十七回表面上歌詠園中美景豔妾，實則諷刺土豪所過的那種日日「雪洞涼亭」，夜夜「風軒水閣」的靡漫生活。

舉頭望望臺上的充和，她已準備開始唱六十一回裡的〈羅江怨〉。此曲節奏甚緩，俗名〈四夢八空〉，共四段，因每段各有一個「夢」字，二個「空」字，故得名。充和只唱了前面二段：

羅江怨

懨懨病漸濃，甚日消融？春思夏想，秋又冬。滿懷愁悶，訴與天公也。天有知呵，怎不把我恩情送？恩多也是空，情多也是空，都做了南柯夢。

前腔

伊西我在東，何日再逢？花箋慢寫，封又封，叮嚀囑咐，與鱗鴻也。他也不忠，不把我這音書送。思量他也是空，埋怨他也是空，都做了巫山夢。

每唱到那「空」、「夢」二字時，充和的聲音像用弦子調過一般，回環不盡，既空又實。使人不禁想起六十一回那「懨懨病漸濃」的李瓶兒來。《金瓶梅》裡許多曲子都具有深刻的隱喻作用，像這裡〈四夢八空〉一曲，雖在酒席中由歌女申二姐唱出，且席間如應伯爵之流的人物一任打情罵俏，玩樂不已，但讀者讀到六十一回時，心情是沉重的。此回「回目」明明標出人生悲歡相錯的矛盾：「韓道國筵請西門慶，李瓶兒苦痛宴重陽。」申二姐剛唱完〈四夢八空〉，作者就說：「不說前邊彈唱飲酒，且說李瓶兒歸到房中……忽然一陣暈眩的……坐在炕上，不省人事。」緊接著六十二回，就寫瓶兒去世「西門慶大哭李瓶兒」的慘景。那一向飲酒取樂的土豪，此時也落得獨自一人，坐書房裡，「掌著一枝蠟燭，心中哀慟，口裡只長吁氣」。人間悲痛，莫過於此。

唱完「我又相思」最後一句，臺下叫好之聲如雷響，大家偏不許充和休息。停了一會，叫聲稍定，充和微笑問道：「你們想不想聽《孽海記》中的〈小尼姑・山坡羊〉？」這樣臺下方才齊聲說好，滿園子裡又恢復鴉雀無聲的境界了。充和不看譜，望著臺下微笑，便唱出底下一段曲子：

山坡羊

小尼姑年方二八，正青春，被師父削去了頭髮。每日裡，在佛殿上燒香換水，見幾個子弟遊戲在山門下。他把眼兒瞧著咱，咱把眼兒覷著他。他與咱，咱共他，兩下裡多牽掛。冤家，怎能個成就了姻緣，就死在閻王殿前，由他。把那碓來舂，鋸來解，磨來挨，放在油鍋裡去煠，由他。只見那活人受罪，那曾見死鬼帶枷？由他。火燒眉毛，且顧眼下。火燒眉毛，且顧眼下。

這時不過午後三時三十分，離巴士回普大的時間尚有足足一個鐘頭。回頭一望，明軒長廊一側早已預備有茶水、可口可樂，以及各式各樣涼酒。我站起身來，彎個腰，看茶水處人多擁擠，就低頭問坐在鄰座，來自耶魯大學的高勝勇先生：「你想不想去那明軒書室走走？那是仿造網師園裡殿春簃的。聽說張大千曾在蘇州殿春簃裡住過一段日子……」於是，兩人繞過廊側青松，徐徐步上庭前矮階，見左邊門上嵌著明人文徵明筆跡「雅適」二字，進入畫室，彷彿又回到蘇州一般，那詩意盎然的格子窗配著窗外的綠竹白石，虛中有實，實中有虛，一切美景盡收眼底。軒內座椅，一切陳設布置均精雅異常。正徘徊間，方聞先生來了，大家招呼了一會。

我站在明軒畫室中間，往外眺望，只見充和正坐在冷泉亭下與人談笑，十幾個人坐成一個圓圈，似在高談闊論，江青坐在一邊，陳效蘭、趙榮琪女士坐另一頭，說笑自如。眼前景色、人物，不覺使我想像到一九三五年左右，充和女士在蘇州拙政園荷花叢裡船舟上夜夜演唱崑曲的盛況。在富有自然風味，又滿是亭檻臺榭的拙政園裡唱曲，該是多麼風流不可一世。當時，我尚未誕生到世上來，蘇州的拙政園又是怎麼個樣兒呢？一九七九年夏天，我曾與住在上海的姑母全家同遊拙政園，見有個荷風四面的船舟，猜是當年充和女士演唱之處。猶記該船下層名「香洲」，取《楚辭》「採芳洲之杜若」之意。上層名「澂觀樓」，船中有大鏡一面，映著對面的「倚玉軒」（據充和回憶，船中並置一長桌，但我記不起曾看見什麼桌椅之類的陳設）。拙政園景物至今依舊，但時光絕不倒流，如今時代已變，往日歌聲已隨香洲水流逝去。今日，蘇州拙政園雖有其景，而無其人。我呆立明軒，心裡彌漫著一種無可奈何的滋味。

——原載於《明報月刊》一九八一年八月號

按：張充和女士已於二〇一五年六月十七日去世（孫康宜補注）。

第四十七章　美國學生眼中的張充和

每到春天，我常會想起住在耶魯附近的張充和。這位以書法、崑曲和詩詞著稱的才女今年已經九十二歲了。之所以會把她與春天的意象聯繫在一起，是因為每年春季我都教一門有關中國傳統女性文學的課程，都會在課堂上和學生們討論充和的詩詞。不久前，耶魯同事金安平又出版了《合肥四姐妹》一書，所以學生們都對張充和及其家族的文化背景產生了莫大的興趣。這些年來，我經常在課堂上引用的作品包括一九八一年充和為我抄錄的一組詞——那是由二首〈菩薩蠻〉及一首〈玉樓春〉組成的詞作——其開頭的第一句就是：「嘉陵景色春來好。」那是描寫半世紀以前重慶地區的春景和一段文人軼事的作品。後來，為了簡便起見，我乾脆就把充和的這組詞稱為「春來好」，因為可以省去向學生們解釋〈菩薩蠻〉、〈玉樓春〉等詞牌的麻煩。

後來，學生們就很自然地把充和的詩歌和春天的景

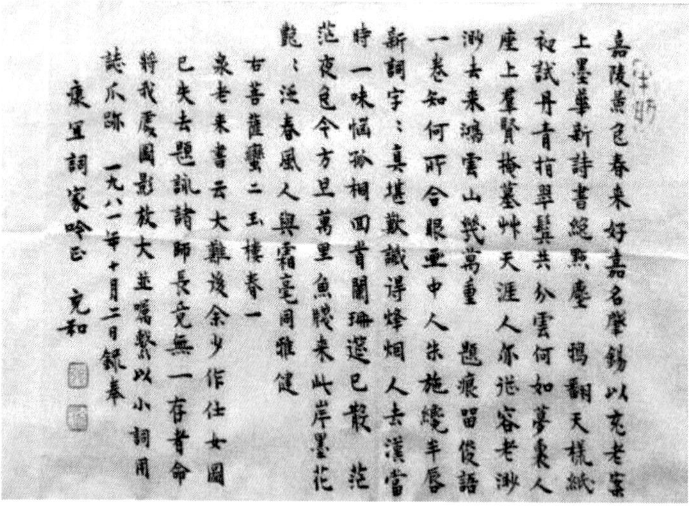

張充和的書法和詞作三首

物聯繫在一起了。他們都說，每次討論充和的詩歌，就等於是在迎接春天的到來。果然，藉著細讀文本的技巧（一般通過英譯），他們漸漸發現充和的詩中充滿了春天的氣息，代表著一種生命的熱情和希望。尤其，在充和出版的《桃花魚》詩詞集裡——由其夫婿傅漢思（Hans Frankel）和Ian Boyden、Edward Morris等人英譯，我們可以讀到許多有關春天意象的描寫。例如，「三月嘉陵春似酒」、「干戈未損好春光」等。特別在〈桃花魚．臨江仙〉那首詞裡，我的學生們感受到了「春風」的意境。他們想像，當春天桃花盛開時，武陵溪會是怎樣的景色；同時，他們也注意到，充和似乎在暗用明代畫家仇英的畫作《桃花魚》之典故，有意指向桃花源的理想世界。總之，學生們特別欣賞《桃花魚》裡所描寫的春天美景以及那充滿流水的意象，因為對他們來說，那種意境也最能代表中國傳統文學的特色（值得一提的是，班上的Adam Scharfman 和Melisse Morris 兩位學生特別在他們的期末作業中討論充和詩中的流水意境與夢的關係）。再者，我一直認為傅漢思教授的那本《中國詩選譯隨談》（*TheFlowering Plum and the palace Lady: Interpretation of Chinese Poetry*，一九七六年）專著也暗藏了「春天」的情緣隱喻。在他那本書的開頭，傅漢思曾引用梁代詩人蕭綱的〈梅花賦〉來讚美梅花的特殊靈性和氣質。據蕭綱的原意，梅花之所以美好，主要因為它能較其他花木早一步報導出春天的來臨（「梅花特早，偏能識春」）。但我卻一直以為傅漢思是用梅花來形容他的夫人充和的。傅漢思教授已於二〇〇三年去世，每次我想起這個梅花的隱喻，就自然感觸萬端。不久前，Mimi Gardner Gates 女士（即目前西雅圖藝術博物館館長，也是Microsoft總裁Bill Gates 的繼母）也把充和形容為一株永遠美麗而幽婉的梅花，真令我心有戚戚焉〔見《古色今香》（*Fragrance of the Past*），西雅圖藝術博物館張充和書畫展，二〇〇六年，頁二）〕。

此外，在課堂上，我的學生們最喜歡聽我講述充和那組「嘉陵景色春來好」的詞作之本事，因為那是有關一幅畫的傳奇故事，而那故事最能具體說明充和與中國傳統文人的密切關係（有關這個故事及其文化意義，波士頓大學的白謙慎教授已有詳細的專文介紹）。原來，這幅畫的故事發生於烽火連綿的二次大戰期間。當時，許多文人和藝術家們都紛紛逃往重慶等後方避難。一九四四那年，充和正在重慶居住，她於六月四日那天登門拜訪她的書法老師沈尹默先生。那天談話間，沈先生作了一首七言絕句贈給充和。詩曰：

為誰合眼想平生？
今古悲歡終了了，
意足無聲勝有聲。
四弦撥盡情難盡，

充和很喜歡這首詩，於是立刻就把詩中的字句牢記在心了。幾天之後，在一個偶然的機會裡，她造訪了朋友鄭肇經（權伯）先生。一見權伯先生的辦公室裡文房四寶樣樣齊全，充和感到興奮異常，於是就提筆畫出了一幅《仕女圖》，以回應老師沈尹默前些日子所寫的那首短詩，並將之贈給權伯先生。充和之所以作《仕女圖》本來只是一種即興的創作，是傳統文人慣常的習慣（順便一提，當時充和畫那幅圖時，外面空襲警報的聲音正在不斷地響）。沒想到，後來她再次拜訪權伯先生時，《仕女畫》不但已經裱好，而且該畫的上下左右均已填滿了當時許多位名家的題詞了（包括沈尹默先生的題詞）。

權伯先生一直將充和的《仕女畫》視為家中至寶，但二十多年後此畫卻在「文化大革命」中因抄家而不幸遺失了。但一九九一那年——權伯先生去世之後兩年，此畫突然在蘇州出現，正在城裡拍賣。當時，充和在美國得知此消息，立刻就請她在蘇州的弟弟以高價買回。這樣，歷盡了多年滄桑之後，此畫終於失而復得，又回到了充和的手中，目前就掛在她北港家中的牆壁上。如果說，充和是「民國最後一個才女」（在此借用朋友蘇煒的話），那麼沒有什麼比這幅《仕女圖》的故事更能具體說明充和在中國才女文化的悠久傳統中所扮演的重要角色了。

我自己感到榮幸的是，一九八一年初識充和時，充和為我寫的那幅書法居然和《仕女圖》的故事息息相關——當然，那時《仕女圖》尚未找到。原來那年，由於中美復交之後不久，權伯先生剛與充和取得書信的聯絡。在一封來信中，權伯先生曾惋歎《仕女圖》的失去，尤其對當年題詠的諸位文人都早已逝去一事感到悲哀，故他請充和將其所存該畫的圖影放大，並加上新的詞作，一併寄給他，以為紀念。因此，以「嘉陵景色春來好」開頭的那組詞也就是一九八一年充和特別為權伯先生所作的。而那年充和贈我的書法，所抄錄的也正是這組重要的詞作。

充和展開《仕女圖》

不用說，我的耶魯學生們非常欣賞「嘉陵景色春來好」那組詞。他們特別感動的是，一個在美國定居了半個世紀的人（充和於一九四八年與傅漢思教授結婚，一九四九年移民美國），還能保持對過去經驗的新鮮記憶，還能藉著中國傳統藝術的媒介，有效地再現那個經驗。

然而，我的學生們最欣賞的，還不是充和詩中對中國傳統的懷舊情緒。他們更喜歡的乃是充和所寫有關移居美國之後的生活經驗。這是因為他們在這些作品中，讀出了令人嚮往的淡泊情境。當然，許多移民到美國來的中國知識分子都想達到這樣的心靈境界，但能像充和如此不慕虛榮、不斷追求藝術而安於淡泊的人並不多。

首先，充和最喜歡用一個「淡」字來形容她的生活態度。她曾於自己七十壽辰的隸書對聯中自勉道：「十分冷淡存知己，一曲微茫度此生。」她那種「君子之交淡如水」的態度也是多年來朋友們最為欣賞的。一九八七年（即傅漢思教授從耶魯大學退休的一年）充和在其〈秋思〉一首題扇詩中也用「客情秋水淡」的意象來形容她作為一個移民者那種「淡如水」的心懷（即所謂「客情」）。移民者之所以較易培養淡泊的情緒，乃因為內心有著「到處為家」的觀念。充和曾在早期一首詩中說過：「不知何事到天涯」，「春為裝束夢為家」。她在〈桃花魚．臨江仙〉一詞中也寫道：「願為波底蝶，隨意到天涯。」其實，充和從小就習慣了這種「隨意到天涯」的人生態度，因為多年來連續不斷的遷徙終於使她把夢境看成自己的家了（「夢為家」）。她八歲時母親就去世，之後不久她就到安徽合肥的祖母家去受傳統國學教育，十六歲才回蘇州，後來抗戰期間又逃難至昆明、重慶等處，因此一九四九年之移民美國只是這一連串經驗的延續。

我的美國學生們在充和的詩中看到了中國移民者特有的一種「隨緣」之態度。他們最欣賞充和那組題為〈小園〉的詩（「小園」就是傅漢思夫婦多年來在他們北港家中後院所開拓的那個小菜園）。其中，〈小園〉第八寫的就是這種「隨緣」的情趣：

當年選勝到山涯，
今日隨緣遣歲華。
雅俗但求生意足，

鄰翁來賞隔籬瓜。

此詩用「選勝」和「隨緣」來突顯「當年」和「今日」的不同，最為有趣。顯然，淡泊的移民者已經改變過去那種精心選擇遊覽勝地的熱情了，而現在重要的乃是隨緣，乃是學習如何順其自然地過日子（「遣歲華」）。詩的末尾以一個鄰居的老翁來做結束，也特別發人清醒。

最近，有人把充和稱為「二十一世紀中國最後一個貴族」（見俊邁，〈古色古香的張充和〉，《世界週刊》二〇〇六年四月二十三日）。其實，我認為充和不一定喜歡讓人視為一個「貴族」。我想她會更喜歡被人看作一個腳踏實地、自力更生的淡泊人。她的詩中就經常描寫那種極其樸素的日常生活內容：

一徑堅冰手自除，
郵人好送故人書。
刷盤餘粒分禽鳥，
更寫新詩養蠹魚。（〈小園〉第九）

遊倦仍歸天一方，
坐枝松鼠點頭忙。
松球滿地任君取，
但借清陰一霎涼。

（〈小園〉第二）

可見，充和平日除了勤練書法以外，總是以種瓜、鏟雪、除冰、收信、養鳥、寫詩、靜觀松鼠、乘涼等事感到自足。那是一個具有平常心的人所感到的喜悅。難怪我的美國學生們都說，在充和的詩中可以看見陶淵明的影子。

——原載於《世界日報・副刊》二〇〇六年六月九日

第四十八章　張充和的《古色今香》本事（選錄）[1]

09. *Two Chinese Treatises on Calligraphy.*（孫過庭的《書譜》和姜夔的《續書譜》）Introduced, translated, and annotated by Ch'ung-ho Chang and Hans H. Frankel. Yale University Press, 1995.

如果有人問：要學張充和體，得從她的哪一書法作品練起？我一定會推薦這本一九九五年耶魯大學出版社出版的*Two Treatises on Calligraphy*（孫過庭的《書譜》和姜夔的《續書譜》）。充和於一九九四年六月十四日抄成孫過庭的《書譜》部分，於同年六月二十五日抄成姜夔的《續書譜》部分。可以想見，在那個六月裡，充和一定凝神盡力，奮筆工書，才得以完成她自認為最佳的小楷作品。

與眾不同的是，充和這本難得的作品是有標點的。我以為這個標點本正好適合現代的藝術愛好者。此外，充和的夫婿傅漢思教授還將《書譜》和《續書譜》譯成優雅的英文，一併收入此書。這本書算是夫妻兩人合作的精品（那次兩人合作，用功甚勤，幾乎讀遍了所有有關書法的資料。當時傅漢思還經常向密西根大學的林順夫教授請教有關姜夔的《續書譜》的問題）。

1 在此只選錄一小部分我所撰寫有關充和女士書法的「本事」。全書請見《古色今香——張充和題字選集》，張充和書，孫康宜編注，增訂版（桂林：廣西師範大學出版社，二〇一三）（百歲張充和作品系列）。

我個人最欣賞充和所抄錄姜夔《續書譜》的結尾「可謂癖矣」幾個字。清初的張潮說過：「人不可以無癖。」充和與漢思因文癖、書癖而結為夫婦，真可謂深於癖者也。

21. Kang-i Sun Chang (孫康宜), *Six Dynasties Poetry*（《六朝詩研究》，一九八六）

Six Dynasties Poetry（《六朝詩研究》）是我到耶魯教書後不久即著手撰寫的一本書，由普林斯頓大學出版社於一九八六年出版（後來，二〇〇六年中譯本的書名改為《抒情與描寫：六朝詩歌概論》，見《孫康宜文集》第五卷）。傅漢思教授和充和都對漢魏六朝的文學有很深的研究，我經常請教他們。一九八六年，英文書剛付梓時，我請充和女士在書的扉頁上題寫了「六朝詩研究」的中文題目。

記得，我最喜歡和漢思充和夫婦談有關陶淵明的「抒情聲音」——尤其是陶詩在哲理沉思中所流露出的抒情。我發現，即使主題是非抒情的，陶詩仍能保持詩歌的抒情性。多年後乍一回憶，當時談詩的細節猶覺情景宛然。

充和為此書的題簽也獲得了中外讀者們的重視。例如，二〇〇四年本書韓文版的譯者申正秀（Jeongsoo Shin）先生特地在封底的題簽之頁，向韓文讀者介紹張充和女士和傅漢思教授的成就。

二〇〇八年底，著名學者夏志清也曾來信，說自己在病中，經常閒來無事，最喜歡翻閱充和的題字，尤其欣賞「六朝詩研究」那幾個字。他說，充和的字簡直是「美的象徵」。

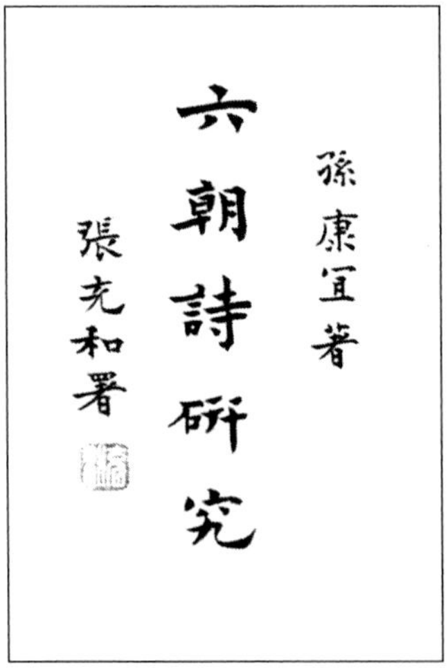

22. Chang, Kang-I Sun (孫康宜) and Haun Saussy (蘇源熙), eds., *Women Writers of Traditional China.* 《女》（一九九九）

一九九〇年代，美國學術界吹起一陣重新發現女作家作品之風，許多被遺忘的女性文本陸續被整理出版。我和蘇源熙教授也不甘落後，決定編譯一部較完整的中國女詩人選集。我們說幹就幹，邀集北美六十三位漢學家投入此項編譯工程。經過幾年的努力，終於在一九九九底年出版了那本女詩人選集的巨編：*Women Writers of Traditional China.*（Stanford: Stanford University Press）。全書共八百九十一頁，書中收入二百多位女作家的作品——還包括不少男性作家對女詩人的評論（從漢代到晚清）。

應當提到的是，充和為該選集封底所題的「女」字，一直成為讀者注意的焦點。關於那個「女」字的魅力，有耶魯同事特寫的四字短句為證：

敦厚其體，
嬌嬈其姿，
王母南面，

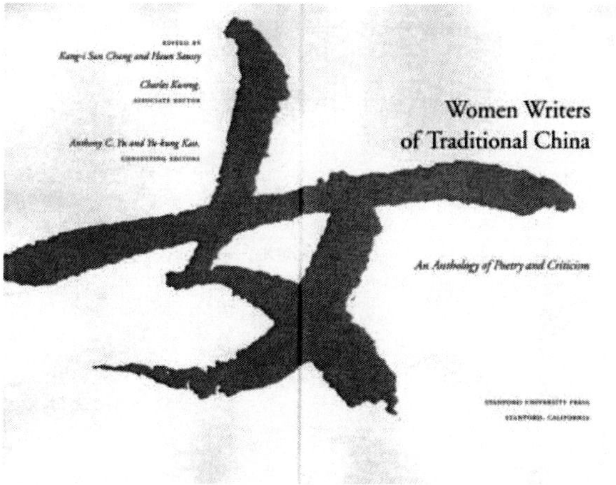

充和為中國女詩人選集封底題字

此外，充和還工筆書寫了集中所有二百多位古今詩人的姓名，因而她娟秀的的字跡幾乎點綴了全書的很多頁面，真可謂以當代才女之健筆鐫刻了古代才女的文名。

43. 施蟄存《施蟄存先生編年事錄》

施蟄存先生和充和的交情（透過沈從文先生的關係）可追溯到一九三〇年代。五十多年後（即從文先生去世後不久），充和與夫婿漢思一同至上海拜訪施先生。回美國後不久，充和即寄贈一個扇面給施老。施先生見之喜出望外，回信說道：「便面飛來，發封展誦，驚喜無狀。我但願得一小幅，以補亡羊，豈意乃得連城之璧，燦我几席，感何可言？因念〈山坡羊〉與〈浣溪沙〉之間，閱世乃五十載，尤甚感喟。憶當年北門街初奉神光，足下為我歌〈八陽〉，從文強邀我吹笛，使我大窘，回首前塵，怊悵無極，玉音在耳，而從文逝矣……」（一九八九年三月六日）

一九九一年八月二十一日施先生又給充和來信，並請充和為他題兩本新作（即《文藝白話》、《人事滄桑錄》）的封面，但充和終因忙碌而擱置未寫，以致為此而頗感缺憾。

二〇〇三年十一月十九日，施老以高齡九十八歲在上海去世。在那以後，施先生的弟子沈建中要編一本《施蟄存先生編年事錄》，就託陳文華教授寫信索求充和的題字。接信後，充和立即奮筆疾書，終於為老朋友寫了題字，算是了卻了那番心願。

必須補充說明的是：其實一九九一那年，充和還是為施老寫字了，只是並沒為施老及時題簽將要出版的兩本新作。董橋先生在他的〈隨意到天涯〉一文中就提到他目前藏有一九九一年充和贈給施蟄存先生的一幅字，上頭抄錄了充和從前為畫家蔣風白所作的一首詞〈臨江仙〉。那幅書法是施老去世後陸灝先生轉送給董橋的：

省識浮蹤無限意，個中發付影雙雙。翠蘋紅藻共相將，不辭春水逝，卻愛柳絲長。　投向碧濤深夢裡，任他鮫淚泣微茫。何勞芳餌到銀塘，唼殘波底月，為解惜流光。

45. Stanford University East Asian Library斯坦福大學東亞圖書館

能有機會見證充和女士為斯坦福大學東亞圖書館題字的經過，令我頗感幸運。

大約在二〇〇八年十月間，美國斯坦福大學東亞圖書館館長邵東方首次來耶魯拜訪充和——透過陳曉薔女士和趙復三先生的介紹。就在那次，邵館長請充和女士為他的東亞圖書館題字，同時註明紙張的尺寸（八尺長，三尺寬）以及題字的大小等。

在那以後的幾個月，我發現充和一直在努力構想那一大幅題字的布局。首先，要用怎樣的紙和筆才能如意地寫好那麼大的字？至於所用的墨，也必須特別考慮。此外，適當的境界也很重要，因為好的書法絕不全靠技術。總之，要在什麼情況和心情下，才能下筆寫這幅面積頗大的書法呢？

因此，每回我去看充和，她總會談到這幅尚未完成的題字。我有時會提醒她：「您還是趕快寫完給人寄去吧！聽說邵館長等得很急呢！」

後來，二〇〇九年一月八日那天，充和在電話中告訴我，已在當天清晨寫完了那幅書法。掛完電話，我和丈夫欽次立刻奔往充和家中，為了及時觀賞那個等待已久的作品——當時的心情有如迎接一個新生兒一般興奮。

「喔，美極了！」我和欽次異口同聲地說道。

接著，我們開始拍照，好像要藉著照相機把那件藝術品的準確誕生時日，以最快的速度登記下來。只是那天充和還來不及簽名，因為一直找不到夠大的圖章。直到一個月後請人刻完新印章，充和才終於得以把這個作品畫上了句號。

後來聽說，一向精益求精的張充和女士，卻又花功夫寫了另一幅題字，好讓斯坦福大學的人隨意挑選。誰知邵東方館長怎麼也無法割捨其中的任何一張，最後只好兩張都要。目前，這兩幅題字正輪流在斯坦福大學東亞圖書館中展出。

48. 許宏泉，《聽雪集》

對於年輕的畫家、鑑賞家和批評家許宏泉，我早已有所耳聞，但直至充和把她為許先生的題字（聽雪集）拿給我看之後，我才注意到許先生的著作。後來，發現他曾寫過《尋找審美的眼睛》、《燕山白話》等作品。但充和說，不知《聽雪集》將是一本怎樣的新書。

很巧，後來余英時教授和陳淑平女士介紹給我一本許宏泉的新作《管領風騷三百年》（二〇〇八年出版），令我大開眼界。書中收有自明清到近代以來許多著名文人的書法，並附有許君簡明扼要的評語。同時，我也注意到，他的「自敘」寫於「留雲草堂雪窗」，一個極富詩意的書齋。所謂「聽雪」，應屬以居室名其文集了。

我當初想到李商隱有「留得枯荷聽雨聲」之句，以為許宏泉所謂「聽雪」大概就是有心要模仿李商隱之意。但後來清華大學的劉東教授來信，他說《聽雪集》的典故似應來自陸放翁之詩句——「擁被聽雪聲」。他在信中寫道：「此詩我幼時讀過，過目未忘。陸放翁的這種傾聽，其實是滿有意思的。他的『小樓一夜聽春雨』，能夠廣被傳誦，詩眼就在那個『聽』字。而相形之下，我之所以記住了『擁被聽雪聲』，是覺得那境界更上一層，作者苦中作樂、隨遇而安的態度，一下子躍然紙上，而且聽雪又比聽雨，顯得更加細膩，更須悉心捕捉，其周遭的大自然，也顯得愈發靜寂。」我想劉東的解釋很有道理。

57. 董橋，《從前》

香港牛津大學出版社的林道群先生告訴我，說他們即將重印董橋的名著《從前》一書，因而私下問我是否可求張充和女士為此書簽題封面。我說充和一向喜歡董橋，一定會欣然答應。不巧，那幾天充和正患氣管炎，而且發燒，不知能否及時做到。

我當天就在電話中把林道群先生的話向充和重複了一遍。充和竟一口答應，邊咳嗽邊說道：「好，我要慢慢構想幾天。」後來，董橋聞知此事，心中「忐忑不安」，就趕緊寫電郵給我，說請充和不必寫了。我回函說：「不要緊，充和決意要寫。」

過不了幾天（於二〇〇九年六月二十五日清晨），充和終於抱病寫完書名的題簽。那天，我正巧必須外出，故一早就急電耶魯同事蘇煒先生，請他代為登門拜望張充和女士，並請將充和為董橋文集所寫的法書原件立刻以國際快遞寄給香港的林道群先生。

董橋自然喜出望外，後來他在一篇短文〈隨意到天涯〉中特別提到此事。

有關這個《從前》的題簽，我永遠要感謝蘇煒先生的熱誠幫忙。

58. 為北大中文系百年系慶的紀念集題寫書名

好友陳平原教授（時任北大中文系系主任）來信說，二〇一〇年是北大中文系創建一百周年。為了紀念百年系慶，北大中文系將舉行一系列的慶祝活動（如召開學術會議、出版「北大中文文庫」、拍攝專題片等），其中還包括編輯刊行以下六種重要的紀念文集：（1）《我們的師長》（談論近三十年去世或退休的諸位先生），（2）《我們的青春》（讓文藝方面的系友回憶北大校園生活），（3）《我們的五院》（收錄諸多有關系慶的徵文），（4）《我們的園地》（校園文學雜誌選刊），（5）《我們的詩文》（教授們在學術之外的另一種筆墨），（6）《我們的學友》（收錄在學界工作的北大中文系系友的作品）。

陳平原告訴我，他想請著名書法家張充和女士（一九三〇年代她曾在北大中文系念書）來題寫這六種書籍的書名。但考慮到充和已高齡九十七，又擔心她的身體狀況，不知她是否願意題寫。所以，他要我為他跑一趟，親自請教張女士，看此事是否可行，並附帶說：「請斟酌。若為難，不勉強，我另外想辦法。」

這是件義不容辭的事，凡是有關北大的事，我一向盡心盡力，何況這又是好友陳平原的「命令」。於是，那天一下課立刻開車到充和家，開門見山就把陳平原的請求重複了一遍。我告訴充和，北大人仰望她的書法已久，她若能以校友的身分為百年系慶做成此事，真太完美了。但我也說，此事頗急，她若願意題寫這六種書籍的書名，必須在一個月以內交卷。

那天，充和立刻答應為六種書題字，她說：「能為母校中文系的百年系慶題字，是我個人的光榮。我當然會盡力。請轉告陳平原教授，讓他放心，我一定在三個星期以內交卷。」說著說著，眼睛流露出無比興奮的神采。雖已是九十七歲老人，仍充滿了熱情。

最不可思議的是，三天後充和就打電話給我，說已寫好六個書名，要我立刻去取。我喜出望外，立刻飛奔前往充和家，進門就向她一再致謝。我說：「這回可以向陳平原交帳了。」

幾天後，陳平原教授寫成〈尋找「系友」的故事〉一文，登在《新京報》，以紀念此事。

62. 康正果，《浪吟草》

這是一冊尚未出版的舊體詩集，收在作者康正果的「博訊博客」中。康正果欣賞充和的書法，在我起草本書的稿件時常與我一起討論充和的題字。充和也喜歡康正果的舊詩，曾在我面前對康那首詠歎她書法和崑曲的七絕表示首肯。有一天，我帶上學生拜訪充和，正巧康也在座。康請求充和為他的詩集題一個封面，充和當下就在她的書案上展紙揮毫，寫下了「浪吟草」三個大字。

《浪吟草》中收了康正果幾十首舊作，都是他在中國的幾十年艱難歲月中感時憂身的哀怨之作：從勞教農場的山頭眺望到農村落戶時的田間即興，直到平反後重返校園讀書期間的激憤篇章。有五七言律絕，也有跌宕頓挫的七古和長達幾十韻的五古。所有的詩作按編年次序排列，構成了他獨特的韻文自傳。

我最欣賞作者在詩集後記中那幾段有關「閱讀感染」的有趣論述，讀到他講述自己學詩經歷的自嘲的口吻，尤其令人忍俊不禁。康正果的言談舉止中常有一種滿不在乎的神氣，讀了他那些浪吟出來的詩句，你一定會真切地體味到他那麼多年是如何從文字的災難和書寫的救贖中活出來的。

但願這冊《浪吟草》有機會正式出版，讓我在此藉談充和書法之機，先為康正果詩集的問世做一個預告。

又，孫康宜於二〇一六年七月二十六日附註：

康正果已於二〇一二年由耶魯東亞語文系退休。退休以來，他的詩性大發，經常有驚人的作品。以下是其中一首，希望將來《浪吟草》正式出版時，也能收入此詩。

康正果詩（二〇一三）

余耶魯教中文十八年，身在校園，而人處局外，所識同輩文史教授中，與余論學交友者，僅三人而已。尋思往事，賦詩贈之。

贈三教授

Prof. Kang-I Sun Chang

處事微含菩薩笑，
待人深守耶穌心。
矻矻終日理文牘，
譯解中西通古今。[2]

Prof. Perry Link

縱論「鴛鴦蝴蝶」事[3]，

---

2 參看其主編*The Cambridge History of Chinese Literature*。

3 參看其所著*Mandarin Ducks and Butterflies*。

遍交「牛鬼蛇神」人。
京腔只授諸生學，
不向北京賣效顰。

Prof. Paul Ropp
前世莫非史震林？[4]
雙卿海外獲知音。
十年譯事癡情絕，
更向綃山索驥尋。

63. Stephen Owen（宇文所安）, *The Poetry of the Early Tang*（《初唐詩》）

執教於哈佛大學的宇文所安（Stephen Owen）教授乃是一個不折不扣的「耶魯人」。一九六〇年代，他從耶魯大學的本科學院畢業，之後隨即進耶魯的東亞語言文學系攻讀中國文學的博士學位。當時，他的博士班導師就是張充和女士的夫婿傅漢思先生。其實，早在上大學的時代，宇文所安就開始跟傅漢思教授學唐詩了。等到進了研究所，他更是才華橫溢，不久就掌握了中國古典詩歌的祕訣，他的博士論文寫的就是有關韓愈和孟郊的詩學。後來，他於一九七二年獲耶魯大學東亞文學博士學位，由於成績優異，畢業後隨即留母校教書，從「學生」的身分一躍而成了傅漢思教授的「同事」（一直

[4] 參看其所著*Banished Immortal*。

到一九八二年他應聘哈佛，才離開耶魯大學）。

宇文所安的第一本書《初唐詩》（於一九七七年由耶魯大學出版社出版）就是他在母校執教期間所寫成的。不用說，張充和女士早就認識傳漢思的這位「得意門生」，所以主動為宇文所安這本書題寫了封面（雖然書中所有的中文詩歌都由一位日本女士Hiroko Somers所抄寫而成的）。

目前，一般中國讀者大都熟悉宇文所安的《初唐詩》（中譯本），但卻很少有人知道，張充和女士就是為那書的英文原著題字的書法家（有關這一點，我要特別感謝我的耶魯博士生Lucas Klein的提醒）。

65. 饒宗頤，《晞周集》

耶魯大學一九七〇至七一學年，饒宗頤教授曾到耶魯客座一年，期間多次與張充和詩詞唱和，並交換書法心得。尤其難得的是，充和以美麗工楷為饒公手抄整本《晞周集》出版，其中收有饒公詞作七十多首（乃和宋代詞家周邦彥之作，故名《晞周集》）。當時，充和與饒宗頤的合作，在北美的文人圈裡，一時傳為佳話。

那次，羅慷烈先生為該書寫序，對饒公的「和詞」讚揚備至說他雖「借他人（指周邦彥）之杯酒」，澆胸中之塊壘，但「言必己出，意皆獨造」，真乃神品。

今日看來，張充和女士所寫的工楷小字書法尤其不可多得。全書上下卷長達六十八頁，一筆一畫都散發出充和的特殊書法功力。

67.《肥西張公蔭穀後裔譜資料彙編》

早已聽說充和女士曾為合肥老家的家譜封面題字，該家譜由充和堂妹張旭和於二〇〇五年編成，自行印刷後在張氏家族間存閱。這冊家譜自然是研究張氏家史的重要資料，但直到今天上午（二〇一〇年三月二日），我因事去見充和，才偶然得見這本家譜。

幾天前我早就與充和約好，今天上午十點半要去看她。但在出門之前五分鐘，突然收到一封來自中國讀者的電子郵件。一個名叫童慶蓮的女士（復旦大學經濟學院資料室的一名副研究館員），說她的祖母張翠和是充和的堂姐妹，祖母在童女士的父親剛周歲時即去世，所以有關她的身世，家人知之甚少，甚至連一張照片也未留下（祖母一九四九年前的相片在文革動亂中全被燒毀）。從前只聽她的祖父（童筱南）說過，祖母十來歲時跟家裡堂姐妹一起去蘇州，在伯父（即張充和的父親）創辦的樂益中學讀書。從檢索的資料上看，童女士認為她的祖母跟「充和奶奶」年齡不相上下，或許兩人有可能同時在蘇州樂益中學讀書也說不定。此外，她信上還說，「這麼多年我一直渴望知道關於祖母的一點資訊，可沒有人能告訴我。」

童女士的來信中提到了《肥西張公蔭穀後裔譜資料彙編》一書，而且說那是今年過春節，她回老家安徽肥西給表叔拜年時，表叔送她的一本家譜。我心想：「充和一定也有這本張家的家譜吧！」我真想看一看這本書，順便查個究竟。於是，當下就將童女士的信列印出來，匆匆前往充和的家中。

一見充和，我立刻拿出童女士的信，並將童女士所要詢問的問題說明了一番。

「啊，最近我的記憶力真的很壞。張翠和這個名字我完全沒印象哩。當然，我們張家人數本來就很多，只是『和』字輩的人就多得數不清……」充和一邊說，一邊又起身：「但請等一下，讓我上樓去找出張家那本家譜再說。」

幾分鐘後，充和果然笑咪咪地拿來了那本家譜：「你看，這封面不就是我的題字嗎？我一時卻忘了……」

誰知，坐定之後，充和一翻就翻到那家譜的第二十五頁，上頭赫然出現了「張翠和」那名字！「啊，真巧，我一下子就給找著了。」她很興奮，邊說邊指著「張翠和」三個小字（後來我們發現，張翠和一家人的名字，包括她的夫婿童筱南，她的妹妹張壯和，甚至她的孫女童慶蓮的名字都在同一頁上）。

最後，充和想了一想，又對我說道：「過去的往事，想起來真的很模糊了。我不能確定是否曾經和張翠和同過學。我只記得一九三〇那年，我的叔祖母在合肥去世，我就回到了蘇州。但當時我在樂益女中只上了一年課，後來就轉到上海的光華中學去念高中了。或許我和張翠和在學校裡正好擦身而過，或者我們從沒見過面也說不定。真的，張家的後裔人數實在很多，你看看這麼一大本張氏家譜就知道了……」

在返回家中的途中，我突發靈感：我一定要寫一短篇隨筆來紀念這個有關張家家譜的故事。但我必須感謝童慶蓮女士，如果沒有她今天來信，我也不可能將這篇短文以及充和女士為家譜所寫的封面題字及時地加入這本《古色今香：張充和題字選集》的新書中。

69. 給李慧淑，「上善若水」

充和女士早已為耶魯校友李慧淑（今為加州大學洛杉磯分校藝術史教授）的新書《宋朝的皇后、藝術，及其主體性》（*Empresses, Art, & Agency in Song Dynasty China*）題了字。慧淑把充和的題字「上善若水」放在該書的首頁，並將之翻譯為英文：「Highest good is like water.」
這個題字很自然使人聯想到老子《道德經》的第八章：

上善若水，
水善利萬物而不爭，
處眾人之所惡，
故幾於道……

但值得注意的是，李慧淑的書乃是有關中國傳統女性的藝術精神，她之所以把充和的「上善若水」題字收入書中，別有一番用意。其中一個可能的涵義就是：女性有如流水一般地具有永恆的魄力，也有一種見證歷史的悠久感。

相信充和女士在寫那題字的當初，也一定有同樣的領會。

73. 孫康宜名片

這是一九八二年我初到耶魯教書時，充和為我寫的小名片。那名片至今一直掛在我的辦公室門上，已經三十多年之久，早已成了我的「符號」。許多喜歡欣賞充和書法的學生都來門上「參觀」那名片，說那是「神筆」。有一位在我班上剛讀過《文心雕龍》的美國學生，看到那張小名片，以為那是「風骨」精神的藝術表現，就情不自禁地朗誦起〈風骨〉篇末的「贊」來：

充和書法・孫康宜名片

情與氣偕，辭與體並。
文明以健，珪璋乃聘。
蔚彼風力，嚴此骨鯁。
才鋒峻立，符采克炳。

——摘錄自《張充和題字選集》，張充和書，孫康宜編注（香港：牛津出版社，二〇〇九）；《古色今香：張充和題字選集》，張充和書，孫康宜編注（桂林：廣西師範大學出版社，二〇一〇；二〇一三重印）

第四十九章　張充和的《曲人鴻爪》本事（選錄）

在充和的沙發上坐定，我一邊拿出筆記本、答錄機等，一邊迫不及待地問道：「您當時才二十四歲，一個年輕人怎麼會想到要把各種曲人的書畫收藏在這麼精美雅致的冊子裡？而且後來經過戰亂，又移民美國，您仍能積年累月，從第一集發展到第二集，最後又有第三集（包括上下兩集），是什麼原因使您這樣不斷地收藏下去？……」

一聽到這個問題，充和顯得很興奮。她微笑著說：「那是很久以前的事了。我十六歲從合肥回到蘇州，就開始在我父親所辦的中學選崑曲課。那雖說是一門課外活動，卻使我對崑曲這個舊時的演唱藝術產生了很大的興趣。再加上家裡請來崑曲老師特別指導，我的興趣更被導向專業的品位。我的第一個崑曲老師是沈傳芷，他是著名崑曲家沈月泉的兒子，不論是小生戲或是正旦戲，他樣樣都會，所以我很幸運有這樣一位崑曲老師。當然，還有張傳芳先生教我唱《思凡》，也幫我演出時準備服裝等等。另外，也有別的老師教我其他方面的崑曲，但沈傳芷先生是我主要的崑曲老師。此外，我也有幾位教笛子的老師，他們都是『小堂名』班出身，都是在窮苦人家長大的，但技藝十分精到。例如，李榮欣先生就以吹笛著名，有『江南笛王』之稱。他除了教我拍曲以外，還教我吹笛。當時，我們家人經常一起去看戲，所以我也就更加愛好崑曲了。其實，你在從前的一篇文章裡也提到，那個年頭我經常在蘇州拙政園的蘭舟上唱戲。」

「您是什麼時候第一次登臺演出的呢？」

「現在記不清是哪一年了，只記得第一次演出的地點是上海蘭心大戲院。那次我們演《牡丹亭》裡的〈遊園〉、〈驚夢〉、〈尋夢〉三折戲。我唱杜麗娘，我的朋友李雲梅演春香，我的大姐元和扮演柳夢梅……」充和一邊說，一邊微笑著。

「啊，您開始收藏《曲人鴻爪》的書畫冊時，就是那個時候嗎？」我好奇地問道。

「大約在那以後不久，我就開始收藏曲人書畫了，那大概是一九三七年的春天吧。那時，抗日戰爭還沒爆發。蘇州的崑曲文化一直很盛，到處都有曲社。喜歡崑曲的人可以經常聚在一起，在各人的私邸定期演唱崑曲。當時，蘇州最有名的曲社，名叫幔亭曲社（那是曲學大師吳梅先生所題的社名）。我和我的大姐元和、二姐允和都是該曲社的成員。曲會經常在我們家裡開。每次開曲會，別的曲社的人也會來參加，大家同聚一堂，又唱曲，又吹笛，好不熱鬧。其實，早在北大讀書時，我就跟弟弟宗和定期參加俞平伯先生創辦的谷音曲會，那個曲社的活動都在清華大學舉行[1]。後來，我也去青島參加過曲會兩次，因為我的老師沈傳芷當時在青島教曲[2]。總之，我特別喜歡和志同道合的曲友們在曲會裡唱曲同聚。到後來，我認識的曲人漸漸多了，發現有些曲人不但精通崑曲，還擅長書畫。因為我從小就喜歡書畫，所以就很自然地請那些曲人在我的冊子裡留下他們的書法或畫……」

「您的意思是，《曲人鴻爪》裡頭的書畫都是在曲會中完成的嗎？」我忍不住打斷了她的話。

「不，那些書畫不全都在曲會中完成的。有些是他們把本子拿回家去寫的，有時是我親自把《曲人鴻爪》書畫冊送到他們家裡，請他們題字或畫畫。當然，也有不少曲人是在聽我唱曲之後當場為我

1 有關俞平伯先生創辦谷音曲社的經過，參見吳新雷，《二十世紀前期崑曲研究》（瀋陽：春風文藝出版社，二〇〇五），頁一八一。

2 有關張充和到青島參加曲會的詳細情況，參見金安平，《合肥四姐妹》，凌雲嵐、楊早譯（北京：三聯書店，二〇〇七），頁二九七。

寫的。但並不是所有為我作書畫的人都把他們的作品寫在我的《曲人鴻爪》冊子裡。比如說，抗戰初年（大約一九三八年）我到成都，開始經常上臺演唱，曾演過《刺虎》等。有一回，我到張大千家參加一個party。在會上，張大千請我表演一段《思凡》。演完之後，張大千立刻為我作了兩張小畫；一張寫實，畫出我表演時的姿態；另一張則通過水仙花來象徵《思凡》的『水仙』身段。但這兩張畫都不在我的《曲人鴻爪》書畫冊裡，因為張大千不算是曲人……」

「啊，我知道了，」我忍不住打斷她的話，「這兩張畫就是一直掛在您飯廳牆上的那兩張，對嗎？不久前，李懷宇先生在《南方都市報》訪問您的文章裡也提到了這兩張畫。他還提起您收藏的一張寶貴的相片，相片裡有張大千和一隻大雁，那真是一個動人的故事。」

「你說得很對，多年來，我一直很珍惜張大千的兩幅畫和那張大雁的照片，那張照片是一個記者拍的。」

「您剛才說，張大千不是曲人。能不能請您談談《曲人鴻爪》書畫冊中有關『曲人』的定義？」

「當然，所謂『曲人』的定義很寬泛。首先，它包括所有會唱曲的人。一般說來，唱曲的人有兩種：一種是學演唱、練身段、最後上臺表演的人；但另外有一種曲人，只唱而不演，他們唱的是清曲。」

「對了，我想請教您：您唱的當然是南崑，但也有人唱北崑。您能不能解釋南崑和北崑的不同。」

「其實，南崑和北崑最大的不同就是對有些字的唱法不同而已。例如，『天淡雲閒』四個字，南崑是這麼唱的[充和唱]。但北崑卻是這麼唱的[充和再唱]。你可以聽出來，兩者的不同就在於那個『天』字的發音。其實，我也很喜歡北崑的風格，我過去常聽韓世昌唱曲。有一次，聽他唱《蝴蝶夢》，演莊周的故事，的確很有他自己的特色。」

「有關唱曲者的咬字吐音這方面，對我來說，一直是很難的。您認為這是學崑曲最難的一部分嗎？」

「其實，學昆崑並不難，只要下功夫就行。但重要的是，必須找到搭檔才行。」充和一邊說，一邊微笑著。

「喔，」我忍不住說道，「但我發現您的《曲人鴻爪》除了收當行曲人的書畫以外，還收了不少純學者的書法，這又是為什麼呢？」

「其實，我認為曲人也應當包括從事曲學研究的學者。例如，一九五六年胡適先生曾到加州柏克萊大學演講，也順便到我當時的柏克萊家中做客，他就堅持要在我的《曲人鴻爪》書畫冊中留字，因為他說，在撰寫文學史的過程中，他曾經做了許多有關選曲的工作。所以，當天胡適就在我的書畫冊中用毛筆抄錄了一首元人的曲子給我。沒想到，多年之後，胡適那天的題字傳到某些讀者中間，還引起一場很可笑的誤會。最後，我和漢思只得在《傳記文學》中發表一篇文章澄清一切。」

「啊，真有趣。所謂『讀者反應』的問題經常可以變得稀奇古怪。我會立刻去找您的那篇《傳記文學》的文章來讀。我一向喜歡做文學偵探，這個題目可以讓我好好研究了。」

談到這裡，我忽然想到，還忘了問一個重要的問題。

「充和，我想換個話題。我曾聽人說二〇〇一年五月聯合國的教科文組織（UNESCO）把崑曲定為『人類口述和非物質遺產代表作』，和您這些年來在海外崑曲方面的努力有密切的關係。對嗎？能不能請您說明一下？」

充和聽了，似乎在回憶什麼，接著就微笑道：「但你千萬不要把功勞都歸在我一個人身上，其他許多人的貢獻也很大……。其實UNESCO早在一九四六年就已經和崑曲有關係了。記得，就在那年，UNESCO派人到蘇州來，請國民政府的教育部接待，由樊伯炎先生（即上海崑曲研習社的發起人）負責搭臺。我和一些曲友正巧被指定為UNESCO演唱《牡丹亭》的〈遊園〉、〈驚夢〉。當天許多

『傳』字輩的人都來了。我還記得，當時演唱的經費全由我們樂益女中來負擔。」

「啊，真沒想到。今天大家都以為UNESCO一直到最近幾年才開始重視崑曲，原來早在六十年前他們就已經想到崑曲了！」我不覺為之驚歎。

同時，我也聯想到，當UNESCO派人到蘇州考察崑曲的時候，大戰才剛結束不久。也就在那個時候，蘇州的崑曲事業才從戰時的凋敝中復甦過來，戰前那種唱曲吹笛、粉墨登場的場面又陸續出現了。可以說，大約一九四六那年，那些到外地逃難的蘇州人才終於回到了家鄉。在此之前的八年抗戰期間（一九三七—一九四五），許多為了躲避日軍轟炸的知識分子和曲人都紛紛逃難到了崑明、重慶等地區。因此，當時崑曲文化最盛的地區是重慶，而非蘇州。諷刺的是，充和平生唱曲唱得最多的就是她在重慶的那幾年。她經常在曲會裡唱，在戲院裡唱，也在勞軍時唱。據她回憶，當年即使「頭上有飛機在轟炸」，他們仍「照唱不誤」。

大戰勝利之後，充和又回到蘇州，她和曲友們經常開曲會，重新推廣崑曲的演唱，不遺餘力。有時他們組織所謂的「同期」——那就是像「坐唱」一樣的聚會，大家不化妝只演唱，但表演方式要比普通的「曲會」正式一些[3]。同時，他們也參加上海地區的演唱活動。就在一九四六那年，充和與俞振飛同臺演出。他們在上海公演《白蛇傳》裡的〈斷橋〉，俞振飛演許仙，充和演白娘子，充和的大姐元和則唱青蛇。

大約就在那時，充和在一個「同期」的曲會裡寫下了她那首著名的〈鷓鴣天〉詞，題為〈戰後返蘇崑曲同期〉。詞曰：

3 有關張充和的「同期」活動，參見尹繼芳在二〇〇六年四月二十三日於「華美」人文學會「張充和詩書畫昆曲成就研討會」中的演講稿，頁三。

舊日歌聲競繞樑，
舊時笙管逞新腔。
相逢曲苑花初發，
攜手氍毹酒正香。
扶斷檻接頹廊，
干戈未損好春光。
霓裳蠹盡翻新樣，
十頃良田一鳳凰。

那已經是六十多年前的事了，看來那麼遙遠又那麼親切。在那以後，充和受聘於北京大學，教授崑曲和書法。一九四九年一月，她與丈夫傅漢思（德裔美國漢學家）前往美國定居。半個多世紀以來，她對崑曲的愛好一直沒變，她繼續在美國唱、吹、教、演，甚至到法國、香港、臺灣等地表演。通常由傅漢思教授演講，她自己則示範登臺演出。

這些年來，充和與她的家人一直住在離耶魯大學不遠的北港城。充和把他們在北港的家稱為「也盧曲會」；她所謂的「也盧」，其實就是Yale（耶魯）的意思，取其同音的效果。我以為「也盧」比「耶魯」更有深意；它使人聯想到陶淵明那種「結盧在人境／而無車馬喧」、「采菊東籬下／悠然見南山」的意境。

在她的「也盧」裡，有不少來自世界各地的學者、書畫家和曲人們都經常來訪。例如，一九七〇至一九七一年間，著名的饒宗頤教授曾在耶魯大學客座一年，在那期間他屢次與充和以詩詞唱和，並交換書法心得。尤其難得的是，充和以美麗工楷為饒公手抄整本《晞周集》，其中包括饒公詞作七十多首（乃和宋代詞家周邦彥之作）。當時，充和與饒宗頤的合作還傳為佳話；但饒公並沒在《曲人鴻爪》中題字，因為他不是所謂的「曲人」。一般說來，來訪的曲人，只要受過傳統詩書畫的修養，大都會在充和的《曲人鴻爪》書畫冊中留下痕跡。然而，近年以來，充和就只請人在她的「簽名簿」中簽名。但來訪的人也經常贈詩給充和。不久前，來自北京的郭英德先生（以研究明清傳奇著名）就贈了一首七絕給充和，中有「幔亭餘韻也廬會」諸語。

此外，充和不只精通詩書畫曲，還是一位琴人。學者謝正光還在耶魯當學生時就去拜訪過充和和她的夫婿漢思教授。大約一九八六年間，他又興沖沖地帶了一張從上海剛購得的古琴去請充和過目。因為賣古琴的人說是清朝的東西，謝正光想請充和確認一下。只見充和捧起古琴，朝窗前走去，撈起一個手電筒，往琴的龍池一照，驚喜地對謝說：「這古琴是明初永樂庚寅（一四一〇年）二月所製啊！」前人所謂「觀千劍而後識器，操千曲而後知音」者，蓋斯之謂歟？後來，謝正光為了那古琴，找到了許多元末明初的有關詩文，甚有心得。至今，他仍忘不了抱琴也廬得充和鑑賞的情景。

在充和的也廬裡，她也教出了許多崑曲方面的得意門生，其中包括她自己的女兒傅以謨（Emma Frankel）。傅以謨從小就學會吹笛，也唱〈遊園〉中的曲子。充和〈小園即事〉那組詩的第九首寫的就是這種富有情趣的教曲情境：「乳涕咿呀傍笛喧，秋千樹下學〈遊園〉，小兒未解臨川意，愛唱《思凡》最後篇」。經過充和的努力調教，以謨九歲就能登臺演唱了。

此外，充和最津津樂道的就是，一九七〇年代後期，一個叫宣立敦（Richard Strassberg）的崑曲學生（其實，當時宣立敦已從普林斯頓大學拿到博士學位，並已在耶魯大學執教）。宣立敦中文能力特佳，崑曲演唱技巧也極出色。直到目前，充和還忘不了她曾與宣立敦同臺演出《牡丹亭》的〈學堂〉那一齣的情景——充和演杜麗娘，宣立敦演杜麗娘的家教陳最良（並由張光直的妻子李卉演春香）。

後來，宣立敦到北京去拜訪沈從文先生，向他幽默地說道：「在臺下充和是我的老師，在臺上她是我的學生。」引得從文先生大笑不止。

今年充和已達高齡九十七，但她還是特別喜歡學生。因此，學生們經常到她的府上（即「也廬曲社」）拜訪她，並向她請教書法和崑曲。最近重陽節，我帶了四位耶魯學生去看充和（我的耶魯同事康正果正好也在那裡）。那天，充和興致很高，不但示範書法，讓學生們欣賞她為蘇州海外漢學中心剛寫成的「三槐堂」書法[4]，而且還親自唱〈遊園〉，令學生們驚歎不止。臨走前大家依依不捨，大夥兒一起朗誦李清照那首著名的重陽〈醉花陰〉詞：「……莫道不消魂，簾捲西風，人比黃花瘦。」

其實，充和每天仍像「學生」一樣地努力學習。可以說，習書法和唱崑曲和已成為她怡情養性的方式，日常生活不可或缺的內容了。順便一提，我之所以特別欣賞充和平日練習書法時所留下的斷簡殘篇，乃因為她那些殘缺不全的書畫有時比一些「有意為之」的作品來得更瀟灑不拘、更富情趣。去年，我就特意向充和要了一幅她在練字時所揮灑出來的簽名習作（是從廢紙中找出的）。我把它當至寶來珍藏，以為它得來不易。不久前，我有幸與充和分享她為史丹福（又名斯坦福）大學圖書館剛揮灑成的題字初稿——那時充和還沒來得及簽名，也尚未加印章——但我特別欣賞那種即興的情趣。所以，立刻拍照，想藉著照相機把那件藝術品的準確誕生時日記錄下來。

因此，這也使我聯想到，充和所收藏的《曲人鴻爪》書畫冊也大都是曲友們（他們都是文化人）在縱情唱曲之後，所留下的一些不經意的即興作品。唯其「不經意」，所以才更能表現出當時曲人和文化人的真實情況。無論是描寫賞心悅目的景致，或是抒寫飄零無奈的逃難經驗，這些作品都表現了

4 「三槐堂」書法是蘇州大學海外漢學中心特別託章小東向充和索取的，請參見章小東，〈天緣——夏日再訪張充和〉，《文匯讀書週報》二〇〇九年九月四日。

近百年來中國社會轉型過程中傳統文人文化的流風餘韻及其推陳出新的探求。可以說，《曲人鴻爪》中那些書畫曲詞的精緻片段也就直接構成了張充和女士與眾多曲人的那種獨特的「世紀回憶」。

——本文原載於《世界週刊》二〇〇九年二月一日；後收入《曲人鴻爪：張充和曲友本事》，張充和口述，孫康宜撰寫（桂林：廣西師範大學出版社，二〇一〇；二〇一三重印）；並收入《曲人鴻爪本事》，張充和口述，孫康宜撰寫（臺北：聯經，二〇一〇）

第五十章　玩而有志張充和

以書法、崑曲和詩詞著稱的才女張充和已經年逾九旬，但她仍精力充沛，每天都過著富有情趣的生活。在最近出版的《古色今香：張充和題字選集》（廣西師範大學出版社，二〇一〇）一書中，我如此寫道：

> 充和女士以她九十七歲（按中國的演算法，該是九十八歲）高齡，仍熱情地幫我找出一些她自己早已遺忘了的題字作品，其鍥而不捨的精神令我既佩服又感激。重要的是，我從她身上體驗到了詩書畫融合為一的寶貴精神，以及一種超然物外的心靈境界，這一切均非一個「謝」字所能表達。（頁三〇八）

真的，每回我去拜訪充和，總是從她身上學到許多東西，有一種滿載而歸的感覺。

最令我難忘的是二〇〇八年某個秋日的一次見面。

天我正好沒課，一早就抽空去拜訪充和（從耶魯校園開車到她住在北港的家只需二十分鐘）。一進門，只見她笑咪咪說道：「我剛才終於找到了我多年前從北京買到的那幾張乾隆兒子的畫，那是皇六子的『臨古畫』，想和你好好地欣賞哩！」

於是，我就坐在沙發上，開始看充和慢條斯理地展開一張一張的畫。

「你看，這裡只有七張畫，可惜少了一張。原來，皇六子的畫應當是有八張的。但我在北京買到時，就只有這七張，缺了一張。但這一套畫實在很寶貴，所以當時就出高價買下來了。」充和說著，語氣充滿了回憶的溫馨。

我指著其中一張畫問道：「奇怪，這個皇六子怎麼有這麼多不同的別號？看，這些都是不同的印章……」

「是啊，這個印章刻有『質親王』的名字，另外一個印章刻有『九思主人』的字樣，還有『九思堂』、『靜怡道人』等，這些都是皇六子的不同別號。」

接著，充和就談起了有關乾隆時期文人畫的風格。她告訴我，這種文人畫的風格就是含蓄而恬淡，即使是擬古畫，也不例外。重要的是，這種文人畫家不媚俗，不為謀利而作。

我說：「我真的很欣賞文人畫的樸實風格，它充分表現了恬靜的畫境。現在這種畫已經很少見了。」

接著，我又順便問道：「對了，乾隆時代的墨，你還有嗎？能讓我看一下嗎？」

這個問題可問對了。原來，那天充和本來正準備讓我看她的一些古墨的。所以，她就很興奮地說：「啊，我好像一直忘記讓你看我那塊乾隆朝的墨了。」

於是，她立即起身，很快就從櫃子裡取出一個墨水匣，只見裡頭裝有一塊特別雅致的菱形六角墨。我慢慢拿出那墨，翻來倒去，細細觀察，愛不釋手。同時，我還不停地觀賞那個古色古香的墨水匣，默默領會其別致的工藝品位。

「但你絕對沒想到吧！」她突然打斷我的思路，「這個菱形六角盒其實是從前我把漢思（指她的丈夫傅漢思，已於二〇〇三年去世）買來的一個裱盒改裝而成的。」她邊說邊把那個墨水匣倒放過來，果然裡頭暗藏美國某一裱店的名字！

我真不敢相信自己的眼睛。我說：「世界上哪有這麼麼巧的事，怎麼那塊菱形六角墨正好和這個裱盒的形狀一模一樣，而大小也完全一致？虧你有仿古變通的本領，你真能幹啊，我差點被你騙過了！」

「我哪兒能幹？我只不過玩物喪志而已。其實，從前余英時還開玩笑說我即使不玩物，也沒有什麼『志』啊！」說著，說著，我們兩人都開懷大笑不止。

在那以後，我每次憶起那天的談話，都覺得很感動。充和以一種安於淡泊的心，來充實地度過她的每一天。我尤其忘不了她所說有關「玩物喪志」的那句話。最近，我經常想起一九九〇年代初期，我曾請充和為我和蘇源熙合編的《歷代女詩人選集》（美國斯坦福大學出版社）撰寫書法，那次充和除了為該書扉頁題字外，她還工筆書寫了集中所有兩百多位古今女詩人的姓名。可以說，如果不是充和那種「玩物」的精神，絕不會那麼耐心地凝神盡力，熱情地為這樣一本大書（共八百九十一頁）奮筆工書的。後來，才聽說充和早在一九七〇年間就為饒宗頤工筆手抄整本《晞周集》出版，其中收有饒公詞作七十多首。

所以，我想充和的「玩物」其實是玩而有「志」的，戲曰「喪志」，愈現其忘懷得失的恬淡風貌。充和一向愛「玩」，她玩的方式就是教人寫書法和唱崑曲。在崑曲方面，她已經教出了許多得意門生，其中包括她自己的女兒傅以謨（Emma Frankel）。以謨從小就學會吹笛，也唱〈遊園〉中的曲子。同時，一九六一以後，充和就在耶魯藝術史系教授書法，直至一九八五年退休。退休後，她仍繼續在家中開書法班，一直到去年才停止。在美國，她確實是桃李成群，數十年如一日地誨人不倦，幾不知老之已至。但她卻覺得這並非什麼「志」，只是隨緣，順其自然地「玩物」而已。

我想，就因為充和喜歡過那種不奢言有「志」的藝術生活，所以她才能隨時進入自由揮墨和崑曲的藝術境界。在一幅七十自壽的對聯裡，充和曾如是自勉：

十分冷淡存知己，
一曲微茫度此生。

（康宜按：此幅對聯已於二〇〇九年十二月正式歸香港的董橋先生存藏）

相形之下，由於今日社會環境的改變，許多人都已經無法再過充和女士那種優雅淡泊的生活了。

——本文摘錄曾刊載於《人民日報》二〇一〇年七月十五日

第五十一章　與時間賽跑

——悼念充和

六天前（美國東岸時間二〇一五年六月十七日），充和女士在安睡中平靜地走了。她享年一百零二歲，一切功成圓滿。對她個人來說，可謂福中之福。

我一直佩服她對死生之事看得很淡薄，同時也很勇敢。記得，二〇〇八年十月間，醫生通知她患有癌症的當天，我正好去她家拜訪她。她一方面告訴我那個壞消息，一方面安慰我：「一個人要離開這個世界，總是有個原因的。不是患這個病，就是那個病……。所以，不要擔心，我會順其自然，聽醫生囑咐就是。」後來，她經過幾個月的奮鬥，天天按時吃藥，終於擺脫了癌症的侵襲。

在那以後，她的身體情況一直不錯，並無大病。同時，她很幸運，一直有可靠的年輕人在身旁照顧她。首先，小吳（吳禮劉先生）十多年來一直全天照顧充和，從不間斷，實在令人敬佩。直到兩三年前才由護士Lily Wong開始看護她老人家。之後，每週由Lily Wong和于萍女士輪流值班，一切都配合得很好。生活上的安定使得充和女士在遲暮之年還能享受她生平最拿手的兩件藝術——書法和崑曲。當然，近幾年來，隨著年歲的增長，她也逐漸變得衰老，無法再繼續寫書法，終於在二〇一一（九十八歲）那年正式收筆——她後來很少給人寫字，但我記得她曾破例給章小東（靳以先生的女兒）的《撕碎的記憶》一書題字。至於崑曲，則一直持續到她離開世界的前幾天（可惜，春季以來，由於工作太過忙碌，我一直無法去她家登門造訪，所以有關充和近來的崑曲活動消息大都得自我的耶魯同事王郁林，因為她可能是最後一位向充和學拍曲的學生）。

我最後一次去探望充和是去年秋季的某個早上。那時，充和已開始整天躺在床上，忽醒忽睡，不再多說話。但只要聽見小吳吹笛，她就會張開眼睛開始唱崑曲。那天，正好小吳準時於上午十時三十分抵達，一進門就開始吹笛，只見充和立刻隨著笛聲輕輕地哼了一段〈驚夢〉，聲音很是優雅。能見證如此美妙的畫面，令我感到非常興奮，於是我立即拍下小吳吹笛的一景，當下就將那相片貼在臉書上，贏得了許多臉書友人的贊歎。

可以說，一直到最後的一刻，充和的生命印證了傅漢思先生在他的書中對他的愛妻之稱讚：「[她是]中國文化中那最美好精緻的部分。」我以為傅漢思之所以把他的書題為《梅花與宮闈佳麗》，乃因為他一直是用梅花來形容他的夫人充和的[見Hans H. Frankel, *The Flowering Plum and the Palace Lady* (New Haven: Yale University Press, 1976）；中譯本《梅花與宮闈佳麗》（北京：三聯書店，二〇一〇）。]。

我個人感到特別幸運的是，居然能在充和女士接近百歲、記憶還算清新的時候，成為她藝術生涯的見證者之一。能在百忙中的「夾縫」裡偷出時間來，並為充和及時地趕寫出《古色今香：張充和題字選集》和《曲人鴻爪：張充和曲友本事》兩本書，乃是我生命中之大幸。

然而遺憾的是，我未能把充和女士在半個多世紀以前所寫的陸機〈文賦〉書法如期地印出，終於沒能趕得及親自交給她！那是一幅極其珍貴的書法。原來，一九五二年充和為柏克萊加州大學的陳世驤教授撰寫該幅書法時（當時，充和在該校的東亞圖書館工作），陳教授正在努力從事陸機〈文賦〉的英譯。後來，陳世驤的英譯成為美國漢學很重要的一篇作品。可惜，我幾年前在編注充和的「題字選集」時，尚未看到這幅寶貴的書法。一直到最近，我才從南京大學的卞東波教授那兒得到了這幅書法的電子版。我原先打算將它放大印出，並親自交給充和，順便祝賀她一百零二歲快樂。

沒想到她先走了。

我一直在與時間賽跑（racing against time），卻沒能趕上最後一班車。

寫於二〇一五年六月二十二日

——載於《明報月刊》二〇一五年八月號

輯三

訪談錄

《南方週末》朱又可採訪

地點：耶魯大學研究所大樓，孫康宜辦公室
時間：二〇一七年四月十五日

專訪耶魯大學東亞系教授孫康宜
南方週末記者朱又可　發自康州紐黑文

「我現在的目標是普通讀者，因為我寫的這些專著，頂多五十個人看，那還不如通俗讀者的好。」七十三歲的孫康宜教授在耶魯大學東亞系她的辦公室告訴南方週末記者說。

她給人的感覺既慈祥，又詼諧，簡直算得上調皮。比如，中午在耶魯莫里斯（Mory's）俱樂部她自己的固定餐位吃飯的時候，忘了她不知說到什麼事，她說「去他的」把所有人都逗笑了。

孫康宜是西方漢學界中國古典文學和女性文學研究最重要的國際學者之一，她和她的學生、芝加哥大學蘇源熙教授很早就開始主編《中國歷代女作家選集》，她發現「女性文學在中國古代比在歐洲更平等」這個現象引起國際學界的重視，女性研究隨後也在北美漢學界裡蔚成大觀。

孫康宜在學界地位的另一項標記是劍橋大學出版社邀請她和哈佛大學的宇文所安主編了近千頁的兩卷本《劍橋中國文學史》，而其他國家的文學史都是單卷本，如俄國文學史、義大利文學史、德國文學史等。「中國文學史必須兩卷，否則沒法編。」她告訴劍橋出版社，「英國文學開始的時候我們都已經到了元明瞭。他們基本上開始于喬叟，喬叟跟明代的高啟一個時代。」

所以，孫康宜不能贊同她耶魯的同事兼好友哈樂德．布羅姆教授的《一百個天才》收入了《源氏物語》而沒有《紅樓夢》。「我跟他抗議說我們的《紅樓夢》不曉得比那個《源氏物語》偉大多少。他說你要原諒我知識的限制，我早年就讀了亞瑟．威力翻譯的《源氏物語》，而《紅樓夢》（《石頭記》）一直到最近的另一個英國人David Hawkes才翻得那麼好。」

孫康宜一九六八年從臺灣到了美國。後來進普林斯頓大學師從高友工教授研究中國古典文學，高友工和陳世驤並稱為北美漢學界論述中國文學「抒情傳統」觀念的兩大旗手。孫康宜在美國將近五十年來，治學重點從英語文學到中國古典文學、抒情詩、比較文學、女性研究甚至電影等等，興趣廣泛，每有所得。最近她又在研究中國文學史上的作者問題。

儘管她的學術地位崇高，但似乎為學界以外所知，是她的一本筆墨節制、面向普通讀者的自傳式散文集《走出白色恐怖》。兩歲的時候，她隨父母跟爺爺告別，離開出生地北京去了臺灣，誰知爺爺不久失蹤。父親在白色恐怖年代坐了十年冤獄，她小小年紀遭受了本地孩子的語言和政治歧視。離開臺灣到美國求學，融入異鄉世界的語言、民族多元的人群中，她終於逃脫了語言的壓力。

從一九九一年到一九九七年，孫康宜擔任了六年耶魯大學東亞系主任，這是耶魯三百年歷史上首個華裔女性系主任。兩年後，她又做東亞研究所所長。「那時耶魯整個學校有七百多個男性正教授，只有十六個女性正教授，而我來之前，已經做過普林斯頓大學葛思德東方圖書館的館長，我對於行政也比較熟悉。」孫康宜解釋做系主任並不多難。「現在系主任實在太忙，因為學校規定，連芝麻小事都要討論，我覺得太浪費時間。而我們那時候很少開會，有時間寫好多書。」

「我們每一個人的知識都有限，只是在一個小小的領域裡自己想要抓些什麼。我覺得最愉快的就是教書。」孫康宜在耶魯教中國古典文學和女性詩歌，開始並不是教班婕妤、班昭，而是教張充和葉嘉瑩。張充和活著的時候，孫康宜不遺餘力地寫書推薦，「張充和就是一個繼承了古代女性的傳統，並傳下來的近代詩人、畫家、書法家以及昆曲家的最佳見證。」

孫康宜對學界的批評是，只注意到西方文化理論能給中國文學研究帶來新視角，卻很少想到中國文學研究成果也能為西方的批評界帶來新展望。她痛感東西方文化的影響是單向而非雙向的，中國文化常常是被忽視的他者。

幾個月前八十七歲的高友工去世了，普林斯頓大學降半旗致哀。在採訪時，孫康宜急切地想跟南方週末記者分享她對導師的懷念之情。

南方週末：我想請你介紹你的師承問題。你一九六八年從臺灣到美國讀的是英美文學，怎麼後來從事中國古典文學的研究與教學了，是誰影響了你，是你的老師高友工嗎？

孫康宜：感謝你想到我的導師高友工教授，他的確是我這一生中最重要的老師，他幾個月前以八十七高齡去世，我曾寫了一篇題為〈懷念恩師高友工〉的文章紀念他。但當初我決定從英美文學研究轉到中國古典文學，主要還是因為來自內心的「尋根」動力，後來才發現那是我的心路歷程很重要的一個里程碑。在這一方面，我受了朋友林順夫（密西根大學教授）很大的啟發。這是因為當年林順夫還在普林斯頓高友工教授的門下讀書時，他就經常告訴我有關高先生如何開導學生的情況，令我羨慕萬分。後來我有幸進普大讀書，正式成為高先生的門徒，果然大開眼界，對他的學問和為人深深拜服。從此數十年來，不斷與他保持密切的聯繫，一直到他半年多以前去世，可以說從未中斷過。

南方週末：高友工先生在很多領域都有很高的造詣，除了文學，還有美學，舞蹈、昆曲，表演藝術，另外，他還是美食家，你能講講據你瞭解的他的這些方面的才華嗎？畢竟大陸的專業界以外對他的介紹有限，比如在百度就查不到高友工的詞條。那你能講講他在海外學界的地位嗎？

孫康宜：真的。有關百度漏掉高友工的詞條一事，令我感到遺憾。我真希望百度能儘快更正這個嚴重的遺漏。在此我願意提供這個普林斯頓大學的link：https://www.princeton.edu/eas/news/Memorial-Professor-Yu-kung-Kao.pdf

總之，高教授是北美七〇-九〇年代（一直到他一九九九年退休）在中國古典文學研究方面產生過極其重大影響的導師之一。他的學生們執教於哈佛、耶魯、普林斯頓、密西根、伊利諾等大學，當然也與他在北美學界的重要地位有關。另一方面，你說得很對，高先生除了文學，還有美學、舞蹈、昆曲，表演藝術等方面的造詣，同時，他還是美食家，他真是一個了不起的全才。作為他的學生，我們都為他感到驕傲。

南方週末：大家都知道高友工教授關於中國文學文化的抒情傳統的理論，那麼，他的學術思想對你影響最大的是什麼？在這方面，陳世驤和高友工是兩個奠基人。陳世驤在一九七一年發表《論中國抒情傳統》演說之後不久就去世了。高友工有無談到他跟陳世驤的學術思想的關係？

孫康宜：高先生對我影響最大的就是「藝術即人生，人生即藝術」的生活態度。換言之，只要是我真正熱愛的題目，我都可以從事研究，不必局限於過去所熟悉的領域。當然，高先生一向以研究中國文學文化的抒情傳統聞名於世，但那只是因為他所發表的作品，例如《美典》一書（北京三聯，二〇〇八），大都以抒情傳統為主題。有關抒情傳統方面的貢獻，高先生確實與陳世驤先生的地位相當。然而，這方面的作品也只反映了高先生在教學和研究方面的一小部分。高先生是個奇人，他學貫中西，他的知識有如百科全書般的豐富，同時他懂得如何因材施教，尤其他上課時的瀟灑風采非常精彩，所以臺灣的柯慶明教授曾稱他為「藐姑社山的神人般的高先生」，美國學生則稱他為「legend」（傳奇）。同時，高先生不輕易寫作，這點使我想到孔子曾經對他的學生們說過的話：「天何言哉？」有時我也把高先生比成莊子。莊子只寫了《逍遙遊》、《齊物論》、《養生主》、《人間世》、《德充符》、《大宗師》、《應帝王》等短篇，但他的影響力卻永垂不朽。

南方週末：研究者指出你對高友工先生的傳承以一九七〇年代的晚唐及北宋詞體演進和六朝詩學研究為代表，為什麼你說高友工先生是你的終身導師？

孫康宜：我想你指的「研究者」是大陸的沈一帆博士。她在二〇一一年發表了一篇題為《普林斯頓的追隨者》的文章，專門介紹高友工教授以「美典」為主的文學研究方式，以及他當初如何把新批評、結構主義等語言批評方法引人北美漢學界的巨大貢獻。在那篇文章裡，沈博士還討論到我和林順夫兩人如何傳承高先生的抒情傳統。你的記憶沒錯，沈一帆確實指出，我對高友工先生的傳承主要是以早年我出版過的兩本書為代表——那就是有關晚唐及北宋詞體演進的研究（一九八〇年），以及六朝詩學研究（一九八六年）。但事實上，高先生對我的影響絕不限於一九七〇-一九八〇年代。他對我的幫助不但涉及學問，同時也涉及人格的道德教育，我們一向無所不談。所以我說，他對我的影響是終身的，也就是說，高先生是我的「終身導師」。

南方週末：你且說高友工是師父，而余英時也稱他是高士，那麼那究竟是什麼樣的中國知識份子的人格和風範？他的身世和學養的來歷是怎樣的？換句話說，他自己的傳承又是哪裡來的呢？他的論文由楊聯陞指導，他們師生之間有些什麼佳話？

孫康宜：對了，在那篇〈懷念恩師高友工〉紀念文章裡，我曾經說過高先生是個理想的「師父」。作為師父，高先生一直都是因材施教的。在這一方面，高先生傳承了孔子的教學方法，他希望學生能「舉一反三」，不要千篇一律地模仿老師。另外，就如你所說，余英時教授曾經稱高先生為「高士」，那是因為他把高先生比成傳統的隱士，是一種逍遙世外的莊子型人物。記得一九九八年底，余先生寫給高先生的贈詩中就有一句「依然高士愛泉清」，那就是表彰高先生的超然物外的道家精神。

有關高先生的身世和學養，請參見康奈爾大學梅祖麟教授為高先生的《美典》所寫的序言。還有，張鳳女士的《哈佛問學錄》（二〇一五）也有一篇有關高先生的特寫。可惜我不太熟悉有關高先生與他當年在哈佛大學的論文導師楊教授的關係，也請參考張鳳的書。

南方週末：那麼，你自己的學術又是怎樣往下傳的呢？

孫康宜：真不敢當，我從來沒想過自己的學術研究如何「傳下去」的問題。我一向把學生當朋友看待，所謂教學相長，對我來說真是名符其實的。有高先生作為榜樣，我很自然地學會「因材施教」。所以我的學生們大多是研究不同領域的人——例如蘇源熙（Haun Saussy，目前執教於芝加哥大學）當年他的博士論文寫的是有關《詩經》的題目；高岩（Edwin Van Bibber-Orr，目前執教於Syracuse大學）研究李清照和朱淑真；雷安東（Andy Knight，目前服務於芝加哥大學）研究唐代的賦；王敖（Weslyan大學）研究中唐詩人元稹；錢南秀（Rice大學）研究《世說新語》；Charles Kwang（香港嶺南大學）研究六朝詩人陶潛；嚴志雄（香港中文大學）研究明清文人錢謙益和王士禎；Lucas Klein（香港大學）研究有關唐詩和現代詩的翻譯理論；王璦玲（臺灣中山大學）研究明清戲劇；黃紅宇（已回中國大陸服務）研究明清詩人吳偉業；張強強（目前在上海教書）研究六朝詩人謝靈運；還有現在正在耶魯寫博士論文的淩超專攻六朝詩人庾信；Mary Ellen Friends（目前執教於Deerfield私立中學）也將完成她那有關牛郎織女研究的博士論文。

南方週末：你後來還經歷了幾次學術的轉向吧？從英語文學到中國古典文學、抒情詩、比較文學、女性研究甚至電影等，為什麼會有這麼多次的轉向？

孫康宜：從英語文學到中國古典文學，其實不是什麼「大轉向」，只能說是擴大了研究的領域。至於後來研究抒情詩、比較文學、女性研究、以及電影等，可以說是順水推舟，也不能算是什麼「轉向」。因為我的研究愛好從頭就順著比較文學和跨學科的方向走去，這就是為什麼我不但學了西方文學，也要專攻中國古典文學的原因。只有掌握多種文學傳統才能真正作比較文學和跨學科的研究。

南方週末：在《劍橋中國文學史》《中國歷代女作家選集》《陳子龍柳如是的詩詞情緣》等之後，你最近在關注中國文學史上的作者問題，中國文學史上，似乎從詩經開始，直到紅樓夢，都有作者問題的糾纏。那麼，在中國文學作者問題的研究中，你發現了什麼有趣的東西？

孫康宜：你說得很對，在中國文學史上，從詩經開始，直到紅樓夢，都有作者問題的糾纏。有關這一方面的問題，請參考我的一篇文章《中國文學作者原論》（由香港中文大學張健教授譯成中文），該文將發表在今年的《中國文學學報》七月號。（《中國文學學報》是香港中文大學和北京大學合作的刊物）。我這篇文章主要在綜述中國文學中的「作者」問題，舉出其有關寫作、性別、文學的聲音等特殊性，並希望藉著這篇短文促使其他學者們對這一方面的關注。我的文章概括性地討論儒家經典的作者問題、史傳與詩歌的作者問題、女性詩人的作者觀、《紅樓夢》的作者問題，以及西方漢學家對於中國作者問題的檢討等。

南方週末：《水滸傳》的作者究竟是一個還是兩個的問題，你的看法是什麼？

孫康宜：這個問題不容易回答，更何況我不是一個研究小說的專家。但我想，《水滸傳》的作者究竟是一個還是兩個，甚至是三個，全要看我們考慮的是哪個版本。將近一世紀以前，胡適早就在他所發表的《水滸傳考證》及《百二十回本忠義水滸傳序》中討論了《水滸傳》的各種版本及其作者的問題。例如，一百十五回本《忠義水滸傳》標明是由羅貫中編輯，一百回本及一百二十回本的《忠義水滸傳》都題為「施耐庵集撰，羅貫中纂修」，七十回本卻出現了金聖歎偽作的《施耐庵序》。

南方週末：關於《楚辭》的作者是不是屈原的問題，你個人的傾向是什麼？

孫康宜：《楚辭》主要是個詩歌選集，其中除了屈原的〈離騷〉以及其他幾個單篇以外，還收了許多後來漢朝人的模仿作品，所以作為一個大雜燴的選集，整本《楚辭》的作者不會是屈原。（有關這一點，可以請讀者看看龔鵬程最近在微信上發佈的一篇文章〈關於屈原的糊塗賬〉，二〇一七年五月二十六，龔鵬程大學堂）。但自從司馬遷為屈原作傳以來，幾乎所有中國讀者都認為〈離騷〉是屈原本人的作品。不過也有一些現代學者認為，司馬遷提到的一些屈原的作品——如〈招魂〉、〈哀郢〉、〈懷沙〉等——並非屈原所作。事實上，目前有一些學者，尤其是西方漢學家，還在質疑屈原作為〈離騷〉作者的真實性。然而在這同時，也有不少學者愈來愈能接受作者概念的變動性。對他們來說，「作者」不一定僅指一個人，同樣可以指所謂的「假定的身分」（即英文所謂的posited identity）。例如唐代作者寒山之名（約七-九世紀）其實是若干匿名作者的合稱，也就是這個意思。

南方週末：關於《紅樓夢》的作者問題，你傾向於認為前八十回和後四十回都是曹雪芹所作？為什麼？

孫康宜：有關《紅樓夢》的作者問題，確實非常複雜，很難讓人下定論。但你說得很對，我個人傾向於認為前八十回和後四十回都是曹雪芹所作。請讀者參考我的兩篇文章：〈夢與神遊——重讀《紅樓夢》後四十回〉（一九九三），〈白先勇如何揭開曹雪芹的面具〉（二〇一七）。一般說來，我很同意白先勇在他《細說紅樓夢》一書中所說：「在其他鐵證還沒有出現以前，我們姑且相信程偉元、高鶚說的話是真話吧」。原來程、高兩人在一七九二年程乙本的引言中早已說過，有關《紅樓夢》後四十回，他們只是「略為修輯」，讓故事的前後沒有矛盾而已，至於原文，則「未敢臆改」。可惜長期以來以胡適為首的紅學家們大都認定後四十回乃為高鶚的續作，而非曹雪芹的原稿。一直到上個世紀的八十年代，才開始有學者質疑「高鶚續書」的論點。例如，學者周策縱極力主張程、高並未說謊，因為高鶚只是編者，「他實在沒有著作權」。

南方週末：作為中國女性文學研究最重要的國際學者之一，你發現女性作者方面有哪些有意思的現象？

孫康宜：中國女性作家（尤其是女詩人）自古以來就佔有很重要的文學地位。首先，傳統中國所產生的女性詩人（即我們所謂的才女）數量之多，是世界上任何其他文明都很難比得上的。單單在明清兩代，女作家別集與總集（包括古代及當代女性作家作品的選集）之多很令人震驚，竟達三千種以上。另一個有趣的現像是：男性文人普遍支持女性詩人。尤其在明清時期，隨著男性作者逐漸不滿於政治制度，便逐漸從政治世界抽身出來。這些「邊緣化」的男性往往以畢生精力來支持女性創作。比方說，許多女性作家的著作集由男性文人編輯或出資印行。當然，女性出版熱潮也是明清女性自身造成。她們渴望保存自己的文學作品，熱情空前。通過刊刻、傳抄、社會網絡，她們參與建立了女性文學。不過，男性文人們熱衷於閱讀、編輯、蒐集、品評女性作品，確實有助於創造「女性研究」之第一幕。男性文士經典化女性作品的策略之一就是把女性著作集與《詩經》相比；他們也同樣拿屈原〈離騷〉來作為女性作品的典範。當然明代婦女作品出版之所以特別興盛還有其他因素——比如印刷的傳播；女性及商人階層文學圈的出現；商業出版的需求等。

南方週末：宋代女詩人李清照和朱淑真的作品也都存在真正的作者問題？

孫康宜：是的。首先，李清照作品集到了明初已經全都遺失了，能找到的真正出自李清照的作品大約只有二十三首。但出版商一直陸續增補李清照的「作品」。就如斯坦福大學的艾朗諾（Ronald Egan）所指出，如果作品集中有李清照的新作，自然會引人注目，也會吸引潛在的買者。因此，到了清朝末年，李清照的作品已經增加到七十五首，膨脹了兩倍以上。直到今日，李清照一些作品的真實性仍然受到質疑。

至於朱淑真的作品，那是另一種問題。近年來，西方漢學家艾朗諾與伊維德（Wilt Idema）做了許多有關朱淑真的「考古」工作，他們尤其質疑朱淑真其人的歷史真實性，認為朱淑真名下的詩作，若非全部，至少大部分都可能為男性所寫。

但有些學者認為，即使是作者問題充滿懸疑，但有個「作者」依然是重要的。例如，古代有人冒用班婕妤之名，寫了一首〈怨歌行〉。但歷代詩集目錄中，總是在班婕妤的名下列有此詩。所以哈佛大學的宇文所安（Stephen Owen）就說道：「這是因為，讀者雖然確信此詩非班氏所作，但依然期待在詩集目錄中，找到班婕妤名下的此詩。」這就說明了作者問題的的微妙性。把〈怨歌行〉放在班婕妤的名下，既是保存詩的重要方法，也是文學經典化之途徑。

南方週末：清代農家女詩人賀雙卿的身世為何如此撲朔迷離，這麼多人研究，而結論南轅北轍？

孫康宜：你說得很對。有關清代農家女詩人賀雙卿，居然有這麼多人研究，而他們的結論真是南轅北轍！首先，美國漢學家羅溥洛（Paul Ropp）並非質疑雙卿身分的第一人，早在一九二〇年代，胡適就說雙卿其人或許是《西青散記》的作者史震林（一六九三—一七七九）偽造的。但在現代的中國文學史中，雙卿依然是一文化偶像，被稱為中國唯一的偉大農民女詩人，也是十八世紀最偉大的女詩人。與此同時，雙卿也經常出現在各種女詩人選集當中，就連美國詩人王紅公（Kenneth Rexroth）與鍾玲（同譯者）所編的現代英語詩集也收錄了雙卿的詩作。

羅溥洛教授一向喜歡運用歷史主義的方法來做研究。他從很早就對史震林的《西青散記》感到興趣。史震林的書主要是在追憶十八世紀農家才女詩人雙卿，所以羅溥洛就開始探尋雙卿故事的演變。在研究過程中，他逐漸對雙卿其人的真實產生了懷疑，因為史震林在《西青散記》中有關才女詩人的回憶，還有其人與史氏之間的互動，以及與史氏友人之間的關係，不太令人信服。甚至史震林所引雙卿之詩究竟是否真出本人，亦有疑問。所以一九九七那年，他決定同兩個中國學者杜芳琴、張宏生一起到雙卿的家鄉——即江蘇金壇、丹陽鄉村展開了前後三個月的探尋之旅。他們的主要目的就是要探求雙卿究竟是一個真實的歷史人物，還是史震林虛構的人物。後來羅溥洛出版了一本書，題為《女謫仙：尋找雙卿，中國的農民女詩人》（二〇〇二），那書大都根據探訪之旅的所見所得。最終，對於是否實有雙卿其人，羅溥洛更加懷疑。在羅溥洛看來，根據他探尋之旅的經驗，沒有一個地方，沒有一個傳說，能夠證明雙卿其人乃是一個真實存在的歷史人物。

有趣的是，中國學者杜芳琴卻得出了完全不同的結論。杜方琴是中國有名的雙卿研究專家，編有《賀雙卿詩集》（一九九三）。與羅溥洛不同，杜芳琴在探訪之旅後，愈發強烈地感到雙卿乃是真實的歷史人物。按照她的說法，即便農民女詩人的名字不是雙卿，其作為才女詩人的形象一定基於某一真實的人物，因為教育發達的金壇地區產生了眾多的當代女詩人。換言之，杜芳琴並不懷疑那些歸入雙卿名下的詩作的真實性。她根據史震林回憶的寫作風格判定，史氏絕對沒有能力寫出雙卿那些高水準的作品。此外，杜芳琴頗受那次金壇、丹陽之旅的啟發，最後寫出了《痛菊奈何霜：雙卿傳》的巨作。此書頗受歡迎，一九九九年在中國互聯網上連載。（二〇〇一年出版）

南方週末：為什麼文學作品的作者問題會成為一個學術的關注點？在世界文學的範圍內，其他研究者都涉及了哪些作者問題，比如像莎士比亞的問題？

孫康宜：這是一個非常有趣的題目，但說來話長。因為時間的關係，我就簡單地說明一下吧。首先，一九六七那年，法國符號學批評家羅蘭巴特（Roland Barthes）寫了一篇文章，題為〈作者的死亡〉（"The Death of the Author"，法文題目是"La mort del'auteur"）這篇文章一發表，立刻轟動了全球的文學批評界。羅蘭巴特的主要論點是：作者已經「死亡」，讀者多面的深入解讀才能算數，在知識意義多元的現代，讀者已經成為最重要的文化主體。換言之，作者的意圖已經不重要了。

後來一九六九年，法國哲學家、史學家兼批評家福柯（Michel Foucault）在巴黎大學的一次演講中，提出了對羅蘭巴特的反駁（雖然福柯並沒對羅蘭巴特指名指姓地批評，但多數人相信福柯的批評對象是羅蘭巴特無疑）。福柯的演講題目是：「什麼是作者？」（"What Is an Author?"，法文題目是"Qu'est-ce qu'un auteur?"）根據福柯的解釋，作者還是極其重要的，因為的「作者」具有「分類的功能」（classificatory function），它允許人們能將一定數量的文本集合起來，並界定它們，把那些文本與其他文獻區別開來，並加以對照。我想福柯這個觀念恰好可以完美地詮釋中國傳統的「作者」觀。對中國讀者來說，關鍵的是與「作者」相關的聲音、人格、角色及能量。即使作者問題充滿懸疑，但有個作者依然是重要的，因為作者的名字乃是促使某種「組織」之動力。

我相信，或許是受福柯等人的影響，作者問題目前已成為西方批評學界的一個關注點。劍橋大學出版社將要出版一部題為《劍橋文學作者參考資料》（*The Cambridge Handbook of Literary Authorship*）的大部頭的書，已邀請二十六位學者分別撰寫有關不同國家的文學傳統的作者問題。我正好負責寫《中國文學作者》那一章，目前正在努力中。

我猜想，負責寫《英國文學作者》那一章的學者(目前我並不知寫那章的人是誰）也一定會討論到有關莎士比亞的作者問題的。

與曹雪芹相同，莎翁的作者身分一直充滿了「謎」一般的問號。難怪在英國文學專家John Michell的莎學名著《誰寫莎士比亞》（*Who Wrote Shakespeare*）一書中（一九九六年），作者特別請出版社的編輯在書的封面設計了一個大問號。

（孫康宜補注：《南方週末》發表時[二〇一七年六月二十二日]限於篇幅略有刪節，此文乃為受訪人審定的稿本）。

與南方週末記者朱又可合影

語言文學類　PG1371　文學視界90

孫康宜文集　第三卷

——自傳、性別研究、及其他

作　　者 / 孫康宜
封面題字 / 凌　超
責任編輯 / 盧羿珊、杜國維
圖文排版 / 楊家齊
封面設計 / 蔡瑋筠

發 行 人 / 宋政坤
法律顧問 / 毛國樑　律師
出版發行 / 秀威資訊科技股份有限公司
114台北市內湖區瑞光路76巷65號1樓
電話：+886-2-2796-3638　傳真：+886-2-2796-1377
http://www.showwe.com.tw
劃撥帳號 / 19563868　戶名：秀威資訊科技股份有限公司
讀者服務信箱：service@showwe.com.tw
展售門市 / 國家書店（松江門市）
104台北市中山區松江路209號1樓
電話：+886-2-2518-0207　傳真：+886-2-2518-0778
網路訂購 / 秀威網路書店：https://store.showwe.tw
國家網路書店：https://www.govbooks.com.tw

2018年5月　BOD一版
全套定價：12000元（不分售）

國家圖書館出版品預行編目

孫康宜文集. 第三卷, 自傳、性別研究、及其他 /
孫康宜著. -- 一版. -- 臺北市 : 秀威資訊科技,
2018.05
面 ; 公分. -- (語言文學類 ; PG1371)(文學視界 ; 90)
BOD版
ISBN 978-986-326-512-2(精裝)

1. 孫康宜 2. 傳記 3. 性別研究 4. 文集

848.6 106023063

ISBN 978-986-326-515-3
9 789863 265153 12000

讀者回函卡

感謝您購買本書，為提升服務品質，請填妥以下資料，將讀者回函卡直接寄回或傳真本公司，收到您的寶貴意見後，我們會收藏記錄及檢討，謝謝！

如您需要了解本公司最新出版書目、購書優惠或企劃活動，歡迎您上網查詢或下載相關資料：http:// www.showwe.com.tw

您購買的書名：______________________________

出生日期：________年________月________日

學歷：□高中（含）以下　□大專　□研究所（含）以上

職業：□製造業　□金融業　□資訊業　□軍警　□傳播業　□自由業

□服務業　□公務員　□教職　□學生　□家管　□其它_____

購書地點：□網路書店　□實體書店　□書展　□郵購　□贈閱　□其他

您從何得知本書的消息？

□網路書店　□實體書店　□網路搜尋　□電子報　□書訊　□雜誌

□傳播媒體　□親友推薦　□網站推薦　□部落格　□其他__________

您對本書的評價：（請填代號　1.非常滿意　2.滿意　3.尚可　4.再改進）

封面設計____　版面編排____　內容____　文／譯筆____　價格____

讀完書後您覺得：

□很有收穫　□有收穫　□收穫不多　□沒收穫

對我們的建議：______________________________

請貼
郵票

11466
台北市內湖區瑞光路 76 巷 65 號 1 樓
秀威資訊科技股份有限公司 收
BOD 數位出版事業部

（請沿線對折寄回，謝謝！）

姓　　名：＿＿＿＿＿＿＿＿　年齡：＿＿＿＿　性別：□女　□男

郵遞區號：□□□□□

地　　址：＿＿＿＿＿＿＿＿＿＿＿＿＿＿＿＿

聯絡電話：(日)＿＿＿＿＿＿＿＿(夜)＿＿＿＿＿＿＿＿

E-mail：＿＿＿＿＿＿＿＿＿＿＿＿＿＿＿＿